满族口头遗产传统说部丛书

萨大人传

（上）

富育光 讲述
于敏 记录整理

吉林人民出版社

图书在版编目(CIP)数据

萨大人传：上下册 / 富育光讲述；于敏记录整理
. -- 长春：吉林人民出版社，2019.5
（满族口头遗产传统说部丛书）
ISBN 978-7-206-16919-9

Ⅰ．①萨… Ⅱ．①富… ②于… Ⅲ．①满族—民间故事—中国 Ⅳ．① I277.3

中国版本图书馆 CIP 数据核字（2019）第 293961 号

出 品 人：常　宏
产品总监：赵　岩
统　　筹：陆　雨　李相梅
责任编辑：张培培　韩春娇　王　丹
装帧设计：赵　谦

萨大人传(上下册)
SADAREN ZHUAN

讲　　述：富育光　　记录整理：于　敏
出版发行：吉林人民出版社（长春市人民大街 7548 号　邮政编码：130022）
咨询电话：0431-85378007
印　　刷：吉林省优视印务有限公司
开　　本：720mm×1000mm　1/16
印　　张：45.75　　字　　数：760 千字
标准书号：ISBN 978-7-206-16919-9
版　　次：2019 年 5 月第 1 版　　印　　次：2019 年 5 月第 1 次印刷
定　　价：160.00 元　（全两册）

出版说明

满族口头遗产传统说部是具有较高社会价值和文化价值的满族文化的百科全书。整理发掘满族说部的项目工作被文化部列为中国民族民间文化保护工作试点项目，并被国务院批准列入第一批国家级非物质文化遗产名录。

“满族口头遗产传统说部丛书”是千百年来满族各氏族对祖先英雄事迹和生存经验的传述，一代一代口耳相传，保留下来的珍贵的满族遗存资料。经过近三十年抢救整理，从二〇〇七年到二〇一七年的十年间，根据整理文本的先后，我社分四次陆续出版了五十部说部和三本研究专著。此套丛书无论从社会价值和文化价值来看，都是一套极具资料性、科研性和阅读性融为一体的满族文化的百科全书。

此次出版对以下两个方面做了调整：

一、在听取各方专家建议的基础上，对原丛书进行了筛选，选取最有价值、最有代表性的四十三部说部，删去原版本中与文本关系不紧密的彩插，对文本做了大幅的编辑校订，统一采用章回体表述方式，并按照内容分为讲述萨满史诗的“窝车库乌勒本”、讲述家族内英雄人物的“包衣乌勒本”、讲述英雄和历史人物的“巴图鲁乌勒本”、讲述说唱故事的“给孙乌春乌勒本”等，突出了说部的版本特色。

二、保留研究专著《满族说部乌勒本概论》，作为本丛书的引领，新增考古发掘的图片和口述整理的手稿彩色影印件。

特此说明。

吉林人民出版社

编 委 会

序

冯骥才

任何民族的文学都包括两大部分。一是个人用文字创作的、以书面传播的文学，一是民间集体口头创作的、口口相传的文学。后一部分文学是前一部分文学的源头，是根性的文学。中国作为东方文明的古国，口头文学的历史去之遥远。就像西方文学始于古希腊罗马的神话故事，我国文学史上第一部作品是《诗经》，即民间口头文学集，这表明口头文学是一个民族文学的源头。在漫长的历史中，这两部分文学一直同根并存，相互滋育，各自发展，共同构成一个民族文化与精神的极为重要的支撑。

中华民族有着巨大文学想象力和原创力。数千年间，各族人民以口头文学作为自己精神理想和生活情感最喜爱和最擅长的表达方式，创作出海量和样式纷繁的民间文学。口头文学包括史诗、神话、故事、传说、歌谣、谚语、谜语、笑话、俗语等。数千年来，像缤纷灿烂的花覆盖山河大地；如同一种神奇的文化的空气在我们的生活中无所不在；且代代相传，口口相传，直到今天。

我们的一代代先人就用这种文学方式来传承精神，表达爱憎，教育后代，传播知识，娱悦生活，抚慰心灵；农谚指导我们生产，故事教给我们做人，神话传说是节日的精神核心，史诗记录文字诞生前民族史的源头。它最鲜明和最直接地表现中华民族的精神向往、人间追求、道德准则和价值取向。中国人的气质、智慧、审美、灵气、想象力和创造力，充分彰显在这种口头的文学创造中。

这种无形地流动在民众口头间的口头文学，本来就是生生灭灭的。在社会转型期间，很容易被忽略，从而流失。

特别是在这个现代化、城市化飞速推进的信息时代，前一个历史阶段的文明必定要瓦解。口头文学是最脆弱、最易消亡。一个传说不管多么美丽，只要没人再说，转瞬即逝，而且消失得不知不觉和无影无踪，所以联合国教科文组织把口头传统和表现形式，包括作为非物质文化遗产媒介的语言列为非物质文化遗产之一。

在中国，有史诗留存的民族并不很多，此前发现的有藏族史诗《格萨尔王传》、蒙古族史诗《江格尔》、柯尔克孜族史诗《玛纳斯》、苗族史诗《亚鲁王》。作为满族民族历史和文化传统的重要载体——“说部”，是满族及其先民世代相传的极其宝贵的精神财富。它最初用“乌勒本”（满语 ulabun，为传或传记之意）指称，后受汉文化影响，改称为“说部”或“满族书”“英雄传”。说部最初用满语讲述，至清末满语渐废，改用汉语并夹杂一些满语讲述。在漫长的历史进程中，满族各氏族都凝结和积累了精彩的“乌勒本”传本，如数家珍，口耳相传，代代承袭，保有民族的、地域的、传统的、原生的形态，从未形成完整的文本，是民间的口碑文学。“满族说部迥异于其他文类，不仅涵盖了口头传统，也吸纳了民俗学中多种民间文艺样式，包容性极强。”

我以为，对于无形地保留在人们记忆与口口相传中的口头文学，抢救比研究更重要。它是当下“非遗”工作的重中之重，要清醒地认识到文化和文明于人类的意义。当社会过于功利的时候，文化良知就要成为强音，专家学者要在抢救非物质文化遗产中勇于承担责任，走进民间帮助艺人传承与弘扬民间艺术，这也是知识分子的时代担当。

让人感到欣喜的是，经过吉林省的专家学者近三十年的抢救、发掘和整理，在保持满族传统说部的原创性、科学性、真实性，保持讲述人的讲述风格、特点，保持口述史的原汁原味的基础上，将巨量的无形的动态的口头存在，转化为确定的文本。作为“人类表达文化之根”的满族说部，受东北地域与多族群文化的影响，内容庞杂，传承至今已逾千万字。此次出版的《满族口头遗产传统说部丛书》为四十三部说部和一本概论。“说部”分为讲述萨满史诗的“窝车库乌勒本”、讲述家族内英雄人物的“包衣乌勒本”、讲述英雄和历史人物的“巴图鲁乌勒本”、讲述说唱故事的“给孙乌春乌勒本”四大部分。概论作为全套丛书的引领，从学术研究的角度对乌勒本产生的历史渊源、民族文化融合对其的影响、发展和抢救历程等多方面深入思考。

多年来“非遗”的抢救、保护、研究和弘扬，已取得卓越的成就。但未来的路途依然艰辛漫长，要做的事情无穷无尽。像口头文学这样的文化遗产的整理和出版，无法立即带来什么经济利益，反而需要巨大的投资和默默无闻的付出，能在这个物质时代坚守下来，格外困难。

文化传统和传统文化不是一个概念，我们的终极目的不是保护传统文化，而是传承文化传统。传统文化是固定的、已有既定形态的东西。我们所以要保护它，是因为这些文化里的精神在新时代应以传承，让我们的文化身份不会在国际资本背景下慢慢失落。

现在常把文化自觉与文化自信并提，这两个概念密切相关同时又有各自的内涵。文化自觉是真正认识到文化的重要性和自觉地承担；文化自信的关键是确实懂得中华文化所具有的高度和在人类文明中的价值。否则自信由何而来？

对传统文化的抢救与整理，不仅是为了传承，更为了弘扬。我们的民族渴望复兴，复兴的重要精神支撑在我们的传统和文化里，让我们担负起历史使命，让传统与文化为民族的伟大复兴发挥它无穷的力量。

冯骥才

二〇一九年五月

目录

上册

下册

《萨大人传》传承情况

一、满族说部《萨大人传》主人公萨布素生平述略

萨布素，富察氏，满洲镶黄旗人，祖籍吉林乌拉，清康熙朝著名抗俄将领。其祖父哈勒苏、父亲虽哈纳追随努尔哈赤父子征战，皆以尚勇著称，虽哈纳后任宁古塔城守尉之职。萨布素生于宁古塔将门府第，自幼严受家训，忠厚爱人，以清八旗养育兵童龄随伍。少而有谋，勇武善战，聪敏过人，屡立奇功，由笔帖式递升领催、骁骑校、佐领、协领、副都统。康熙二十二年十月，清廷增置黑龙江将军衙门，萨布素以其出类拔萃的才干被康熙帝钦点由宁古塔副都统衔擢升为第一任黑龙江将军。从此，京师山海关之外形成盛京、吉林、黑龙江三省政治管辖格局，直至现今。作为首任将军，萨布素在黑龙江历史上具有十分重要的地位。他与彭春等将领共同指挥了第一次雅克萨之战，显示了卓越的军事才能，为抵御外来侵略、维护边疆领土完整做出了不可磨灭的贡献。萨布素在任黑龙江将军十八年，驻守边疆、率兵抗俄、进剿噶尔丹、筑修城池、开辟驿道、设立官庄、兴办义学，政绩显赫，后人称颂其“为人沉勇好兵略，尤喜观山川形势”，有“文武干济之才”。康熙帝于康熙三十七年八月第二次东巡时，盛赞萨布素守疆功勋，又以亲御蟒袍、缨帽赐之。康熙三十六年，嫩江发大水，灾情严峻。此后连续三年累经水患，萨布素“因以旧存仓米按丁支放”论罪革职，在佐领上行走，寻调京授散秩大臣，未几卒，家无余财。

萨布素以士兵而将军，深谙民间疾苦，视漠北各族如兄弟，深得军民之心。病逝后，各族各姓奠祭缅怀，常忆故将军。

二、满族说部抢救项目的提出及对其流传区域的考察

自一九七八年春吉林省社会科学院东北民族文化研究室创立始，研究人员便风雨无阻地奔波在白山黑水满族大小村屯之间，开拓着对我国满族等北方诸民族历史文化的调查、征集与研究工作。深切体会到，民族文化的存藏、延续与传播，至关重要的是，各民族中都有一批忠诚于本族文化的知情人和传承人，像保姆、像园丁，使民族文化遗存永葆不朽的生命力。满族及其先民悠久灿烂的古老文化，并未因社会风云变幻而消失，仍如数家珍般地藏于民众之中。满族不胜枚举的文化遗物，是靠那些可钦可敬的民族文化老人祖传父、父传子流传下来的。令人惋惜的是，由于我们对这种民族古老文化现象所固有的内在增消规律认识不足，抢救意识淡薄，有多位民族知情人溘然长逝，珍贵的民族文化遗产未能来得及抢救。满族传袭古久的民间长篇说部，亦处于濒临消失的危境。我们在科研力量薄弱、经费不足等窘况下，徒步到满族聚居村庄，住农家，同劳动，使族人很受感动，获取了珍藏有年的满族说部的大量线索。在院科研会议上，历史学家佟冬院长十分重视流传在黑龙江省清康熙朝抗俄名将萨布素英雄传记和渤海时期镜泊湖传奇故事《红罗女》等满族说部，认为对于我国古代史、边疆史、民族史研究颇有一定的学术价值和代表性，而且对北方民族文学史的架构也有重大意义。

基于人力和财力条件，遵照老院长“要像挖萝卜一样，挖一窝得一窝，不可摊得太大”的叮嘱，从一九八一年起，除在东北乃至京津、河北、成都等地对满族文化流布实况做调查外，着力以“访萨采红”为开端。一九八三年春至一九八四年冬底，频繁往返于长春至齐齐哈尔、瑷珲、呼玛、宁安之间，考察萨布素传说故事在民间流传的历史和现状，先后专访了萨布素将军同宗的满族富察氏族人和文化知情人士吴维荣、富崇孝、傅英仁、马文业、关墨卿、富希陆、富安禄、富兴禄、陈凌山、徐昶兴等诸位长者和先生。一九八三年，恰逢端阳佳节之际，我们访问了瑷珲镇西岗子村。东西岗子一带，是清康熙朝八旗劲旅抵御外侮入侵的后勤基地。传讲当年盛京和吉林的物资，由水陆两线日夜兼程输运，粮草如山，警锣震野，灯火如昼，赢来了保卫雅克萨之战的辉煌胜利。清末民初，还曾在附近寻见旧箭镞和锈矛残物。在怀着崇敬之情寻访古

战壕遗墟后，与当地父老欢度了一个难忘的夜晚。热情爽朗的满族男女老少，一听说畅谈萨布素的传奇故事，嬉笑着聚在一起，全不知疲劳，在槽头马灯下争相讲唱萨大人。此行有幸认识了一位七旬老人叶福昌，满族，正蓝旗人，祖上曾跟随萨布素参加过雅克萨战斗。大家在一起越谈越亲热，老人的儿子原来还是富察氏家族姻亲。福昌老人家从小听过老辈人讲说部，如今仍能绘声绘色地讲上一段儿瑷珲早年传流的《萨大人传》。从谈笑风生中可见，族人熟悉萨布素，敬仰萨布素。他的英雄故事，久已融入中国北方众多英雄人物业绩之中，沁人肺腑，百听不厌，成为北方民众激励族人、教育儿孙的生动话本。

据《竹书纪年》等古史可考，早在公元前两千多年前，黑龙江古代地区就是女真先民肃慎生活区域，向中原王朝贡献弓矢。肃慎至汉时称挹娄，南北朝时称勿吉，唐时称靺鞨，宋时为黑水女真人故地。多年来中俄两国考古挖掘，证实沿江两岸挹娄、靺鞨时代文化遗存最为丰厚。明永乐七年间，在黑龙江口设置奴儿干都司，派兵驻守。“奴儿干”即“尼噜罕”，满语画的意思。管辖着西起斡难河（今额嫩河），北至外兴安岭，东抵大海与东北的库页岛。清代完全承继了明朝的行政管辖范围，萨布素便是为执行维护北疆主权而到瑷珲赴任的第一任黑龙江将军。在中华民族不屈服列强凌辱的抗争中，与彭春等众将领充满大无畏的爱国主义精神，取得清史中签订中俄《尼布楚条约》的历史性胜利。

处于这个重大历史旋涡中的风云人物萨布素，有众多关于他的传奇故事得以在东北各地传颂，应该说是必然的。不仅如此，在黑龙江省萨布素本族后裔之中，长期以来还流传着两部长篇说部：一部源出宁安富察氏家族，另一部源出瑷珲富察氏家族。宁安，即清代宁古塔副都统衙门所在地的宁古塔，是萨布素降生乃至童年、青年、壮年时代的故乡，也是他在开疆守边的烽烟中，从马甲锤炼成长为八旗劲旅中一员高级将领的热土。瑷珲，则是清政府远设黑龙江畔抵御外侮的前哨疆场。在这里，萨布素以统帅之谋，兵进额苏里，建黑龙江新城，即今瑷珲城，雅克萨奏凯，继建墨尔根城和齐齐哈尔城，嫩水罹难，等等，萨布素整个后半生的辉煌历程、坎坷生平，都镌刻在黑龙江这片土地上。宁安和瑷珲两地族众，各依对萨布素的记忆和经历，汇集成两部长篇说部。宁安满族富察氏家族，由傅英仁先生承继傅永利老人传讲的萨布素说部，名曰《萨布素将军传》（又名《老将军八十一件事》），于二十世纪八十年代初，由吉林省社会科学院记录完毕。瑷珲地区满族富察氏家族，由富希陆先生承继其祖父伊朗阿、父亲富德连传承下来的萨布素长篇说部，名曰《萨大人传》。《萨大人传》内容浩繁，与《老将军八十一件事》相映生辉，是反映十七世纪中叶我国北方边疆史、民族史之重要佐证，传颂了老将军勇捍边陲、戎马一生的丰功伟绩，堪称满族说部艺术的姊妹篇。

三、长篇说部《萨大人传》在瑷珲满族富察氏家族中的产生与传承

瑷珲地区满族富察氏家族《萨大人传》的讲述和传播，有其深广的历史渊源。有清一代瑷珲向为北方锁匙。雍乾以来，江驰兵船，城报更漏，武馆茶肆充斥里巷。边陲古城空前繁华，远胜今日，十字街闹市有人竟俏比为京师小天桥。《瑷珲十里长街俗记》载，相传清咸同至民国施政，老瑷珲城关魁星楼下十字街口，书艺场鳞次栉比，为北陲一景。有用扎板、琴弦、八角鼓弹唱《雪妃坟》《征马餍鲑》者。其中，有位艺名叫“小雷公”的人，为《征马餍鲑》所动，将它改编成长段子河间大鼓《漠北精英传》，沿黑龙江上下奔走，住工棚子里给放排哥儿们弹唱，挣铜文百串，颇有声望，成一佳话。从吉林、盛京先后到瑷珲求财落脚，类似“小雷公”的艺人，尚有“扇子刘”“小彩凤”“堂笑天”诸老板。除有自家闯红江湖书段子之外，因受满洲宣讲“乌勒本”故事影响，都曾到过满洲人家，去听萨公传等北方人物故事。有心者竟锦上添花，冠以新名，自成一派，使满洲一些内传说部由此出了名，传播开来。考萨布素故事等能够风靡北方，从前述多位艺人的钟情可见，满族传统说部艺术为清代以来我国北方书场汇入清新活水，在北方的长期影响是深远的。俗话说：“水有源，树有根。”脍炙人口的长篇说部《萨大人传》能在民间流传不衰，影响几代社会文化，根本原因就在于满族世代承继着族中上下人等均喜听讲本家族“乌勒本”的古制，有一代代传讲“乌勒本”的人。

黑龙江畔的瑷珲县大五家子村和孙吴县四季屯村，中间有座著名的三架山为屏障，相距仅仅三十多华里。山明水秀，鱼米丰饶，这就是满族富察氏家族在瑷珲地区中心聚居地。据富氏谱牒记载，富察氏族人到瑷珲落户最早的先祖名讳叫托雍额，系清康熙二十二年春，奉旨被选定为北戍瑷珲征勇。携子伯奇泰与家眷，伙同满洲其他姓氏丁勇，同随萨布素将军经水路北上，汇合吉林兵进抵黑龙江东额苏里屯兵建寨。后迁至江西岸达斡尔人托尔加旧城址，重建黑龙江新城，即今之瑷珲。清军

平定罗刹后，在瑷珲城四周建起八旗将士驻守耕牧的众多官屯。除在瑷珲城内有田亩外，大五家子、四季屯两官屯，皆为托蕹额与儿子伯奇泰居住地。托蕹额父子的儿孙，生息繁衍，人丁兴旺，成为瑷珲地方满族富察氏望族。其先人都是当年随同族同姓最高首领萨布素背井离乡、出生入死走过来的，有非同寻常的亲情。萨布素宽厚仁慈，身先士卒。夫妇俩又乐善助贫，赡养孤寡，享各族美誉。故而不少族人敬爱萨公，追随萨公，苦筑墨尔根，降风沙建卜奎，数月无盐笑不減，同甘共苦，生死不弃。萨布素晚年因嫩江连年洪祸，人畜毙野，擅动国粮获罪遭贬。老将军以重疴之躯系念灾乡，上折允奏，由京师得返江城齐齐哈尔，与军民同伏洪魔，称："不令洪遁，安瞑目哉。"不久，郁愤而终。据传，一代享有盛誉的老将军溘然长逝，震惊朝野上下。崇仰萨公的将士族众，拜祭啨哭将军衙门前，日日如潮涌，悲歌孝幡百日不落。富察氏族人在葬礼后，奉迎灵牌，归返老将军生前魂牵梦绕的黑水故地瑷珲，举行隆重的立祠奠祭礼。祭礼时，老将军生前同宗的长辈、同辈、晚辈以及各族兄弟朋友人等含泪齐聚。鼙鼓号炮声声，富察氏家族以为英雄送葬用黑龙江口鲸鹿献牲大礼，荐献灵堂，众萨满咏歌祝祷，奠酒抛盏。穆昆达玛发以高亢的满洲传统古调，缅怀老将军之德，长忆老将军之威，英风长存，江河不老，高扬永祀。自康熙朝为老将军立祀故乡之祭始，便独立成祭，祭必有颂，沿成常例。这便是满族传统说部《萨大人传》产生的源流。

富察氏家族自古就传袭着极严格而独特的族规礼仪，族人们从康熙时代由宁古塔北戍瑷珲起，族规礼仪仍沿旧制。全家族文武渔耕涉外事务多由男穆昆达总持，人丁育教、饱暖、杂艺、家祭等多由掌家姑奶奶分派。虽互有分工，相辅主政，但掌家姑奶奶的族权高于男穆昆达。讲唱说部为育教之事，尊管家姑奶奶的吩咐办。据传，早在清初本家族还在吉林乌拉的时候，就谨遵当时掌家祖太奶奶遗命："每岁春秋，恭听祖宗'乌勒本'，勿堕锐志。"可见，富察氏家族讲颂说部久已成制，而且规矩很严。每讲必先由萨满奶奶从西墙神龛请下装伴奏用的恰板、铜钟、铜镜等物件的神匣儿，众人拜祖祭祷。然后由族中长老或遴选的师傅们焚香漱口，讲唱"乌勒本"。

"乌勒本"内容宏富，有神龛中众神的非凡故事、氏族发轫艰辛史、为氏族兴旺矢志献身的先民和各种精灵的英雄传说等。

《萨大人传》是融入全族"乌勒本"文化宝匣中的又一新说部。据族人们回忆，《萨大人传》能传流后世，凝聚了多少代人的心血。萨布素将军故事，经过几次及时访问和关键性充实，使说部生辉。康熙末年，在三世祖穆昆达果拉查筹谋下，大量采录了老将军生前个人口述的生平回忆。萨布素深受祖父哈勒苏的影响，倔强幽默，豪爽乐观。喜欢用自身从孩提到将军苦辣酸甜的人生趣事，还有对那些一生中提携他的男女老少的衷情怀恋，现身说法，启迪亲朋，使说部倍加撼人心魄。另外，广邀各族遗老和老将军亲随家人以及曾蒙恩于老将军夫妇的北方族众和宁古塔、吉林故地人士，叙谈所知的老将军往事，纠误修缮说部故事，才使这部“乌勒本”粗具了长篇规模。当时，富察氏家族讲唱之老将军故事传本，名称并非统一。有称《萨克达额真玛发乌勒本》的，即《老主人传》；也有称《萨宁姑乌勒本》或《萨宁姑安巴尼亚玛笔特曷》的，即《萨大人传》。后来确定以《萨大人传》命名，在族中及周围的官屯和噶珊传讲。

《萨大人传》第二次增补，时间持续很长。从乾隆末年至道光、咸丰、同治年间，在几代本族穆昆达奔走操劳下，先后向萨布素同朝的彭春、马喇、巴海、林兴珠之后人借阅过文牍函册，问询逸闻往事。曾于雍正朝任黑龙江将军的萨布素季子常德，赠送老将军遗文墨宝，详解其父灵车归葬遇水患事。道光朝因罪谪贬齐齐哈尔之大学士英和，在瑷珲聆听说部后便倡议“勿囿于内，广而昭之”，并热心教授汉文。从此，《萨大人传》始用两种语言讲诵。族内依旧沿用满语，款待汉官客人时，由通晓汉语族人用汉语讲唱《萨大人传》。初始以汉语讲述故事时，时间很短，情节也较简单，后来才逐渐充实丰满起来。进入光绪朝以后，用汉语唱讲《萨大人传》，成为族中男女长幼不感到陌生的常事了，而且扩大了它的社会感召力。此外，道光、咸丰两朝戴均元、赛冲阿、倭仁、富俊等几位大人非常关爱《萨大人传》，叮嘱说部多载民情风物，重史乘之说，杜“姑妄言之”之弊。这尤其加深了《萨大人传》囊括史实的厚重内涵，使其愈加具有了艺术生命力。一九〇〇年庚子俄难，多少房屋被焚，多少手足同胞惨死黑龙江。富察氏家族当年由琪任格太奶奶掌家，丈夫抗俄殉国。为凝聚阖族溃散之心，激奋重创家园之志，她率族人杀牲祭祖，然后亲讲《萨大人传》。兴起时，拉起族人载歌载舞，铿锵歌舞吸引了荒塞北域逃难归来的满洲瓜尔佳氏、吴扎拉氏、尼玛查氏、章佳氏等族亲和沿江毗邻之汉、达斡尔、鄂伦春、索伦等族兄弟。《萨大人传》成为须臾不可离的良师益友，是瑷珲一带很受欢迎之满族口碑说部书目之一。

正如前述，满族说部初始以满语口耳相传，有说有唱，夹叙夹议，讲唱起来颇为灵活。在清康、雍、乾、嘉几朝，此部以讲人物为主体的说部，就是这样说唱结合地以满语流传着。咸同两朝后渐兴满汉两语传讲。民国兴，满语渐废，汉语讲诵日盛。尽管如此，直到新中国成立初期，在黑龙江瑷珲大五家子、四季屯、兰旗沟、下马场一带，即该说部产生的地域，还有不少中老年男女用满语说唱的，后来才逐渐改用汉语。从前的说唱多无固定唱本，直至清末，才有人用毛头纸记下了讲唱提纲，且一个故事一个纲。然后再将提纲结集成本，便形成了这部“乌勒本”传本。

本部《萨大人传》，是二十世纪二十年代瑷珲大五家子富察氏家族总穆昆、说部总领富察德连先生承继的祖传珍藏本。这个古老的传本，自康熙朝果拉查起，经历朝已有二百七十余年传承史。其传承的顺序大体是：富察氏家族第十世祖、清道光朝武将发福凌阿(又名吉屯保)，对族传说部极为钟爱，讲唱人小有疏漏，必严词申斥。据讲，发福凌阿老玛发身为武将，素喜文章。在清后期社会江河日下情况下，主张要恪守礼俗，对全家族说部的传藏，特别是能够保留到今日，起到了关键作用。他在咸丰初年告老还乡，荣归瑷珲故里，率族人拜祠祭祖后，谦恭地在中堂为族人讲唱《萨大人传》中“老将军雨夜挑灯护江堤”的故事。老人家返乡无事，便同穆昆们推敲《萨大人传》。《萨大人传》能成为全家族的重要宝卷，乃发福凌阿老人于晚清后期使之备受呵护，并得以完好传世的，是最值得尊敬和感激的人。同治初，他在卧榻边将本家族说部总领事务传给长子、瑷珲副都统衙门委哨官伊郎阿将军，不久便与世长辞了。伊郎阿于光绪庚子年抗俄，与凤翔大人等殉难于大岭。灾祸突降，阖族议定将全族说部总领事务并说部卷匣儿交由伊郎阿将军妻子琪任格太奶奶掌管。她病逝后，委于长子富察德连。德连公于民国年间病故，传给其子富希陆和其侄富安禄、富荣禄，由富希陆收藏。此时社会动荡，家族已经没有祭礼和讲唱说部之举了。新中国成立后，经土地改革和路线教育，说部卷匣儿及文稿陆续被收。“文革”期间，富希陆手中之残稿被焚，一九八〇年秋病危时，电召我速归故里。我当即由长春返回故乡。老人危病中仍系念祖传《萨大人传》，命儿不要偷闲，一边躺在炕上调病饮汤药，一边吃力地吟述《萨大人传》，我含泪边听边一字一字记录。老人家讲一气儿，歇一气儿，足足记了三十多天。我因公务，忙返长春。没过月余，接亚光弟电报，老父长逝，终年六十有九。我有愧于先父，热泪洗面，一连不少日子什么事情也做不下去。先辈这部长篇说部，不论从所记载之时限跨度，还是从所包容之历史与社会内涵，堪称绝无仅有的北方民族文化百科全书。它活生生地记录和再现了十七世纪我国北方边疆错综纷纭的社会现实，是几代人民间口承艺术的智慧结晶，故称其为一代史诗也不为过。若干年来，我总为沉睡在身边的一卷卷记录而激动发愁。如何处理先父留下来的遗物，是数十年来始终萦绕在心里的一桩大事。二○○二年，在老学友荆文礼先生的热忱关注与帮助之下，有幸得到了吉林省委原副书记谷长春先生和吉林省原文化厅厅长吴景春先生的鼎力相助，吉林省文化厅成立了满族口头遗产传统说部丛书编委会，使珍贵的满族文化遗产得以面世。我怀着对先辈的崇仰之情，对本家族家风的诚挚敬意，夜以继日地忘我忙碌，用半年多时间，将此传本讲述并录了音。而后交由吉林省艺术研究院于敏先生，遂根据录音下载，悉心整理完毕。

引　言

《萨大人传》是一部二百七十余年来流传在黑龙江省瑷珲一带满族民间的脍炙人口的口碑说部。在北方，传讲《萨大人传》已成为一种古风，讲唱之佳者受到人们的尊敬。尤其在富察哈拉[①]家族以及关姓、吴姓、杨姓、张姓等氏族中，更以能讲《萨大人传》为荣。

《萨大人传》这部宝卷，因为讲的是满洲镶黄旗人、富察氏家族的黑龙江省首任将军萨布素一生的传说故事，所以被族人称之为富察氏家书或富氏子弟书。内容的来源，既有萨布素本姓家族的子弟，怀着对老将军的赞佩、思念与缅怀之情回忆的往事，也有萨布素将军为了启迪族人，现身说法讲述的家事和亲身经历。由于讲唱人多是目睹或身体力行者，故而讲得愈加生动、细腻、感人，不但对《清史稿》中《萨布素传》的内容是一种补充和拓展，而且消除了很多关于萨布素的疑团。流播的时间越久，故事越多、越丰富。

《萨大人传》流传伊始，没有具体的名称，就叫乌勒本。“乌勒本”为满语，译成汉语即传、传记之意。也就是由富察氏家族中的长老讲述将军的一些事，用以颂扬、缅怀祖先。随着岁月的推移，又收进了本族的族众及将军身边将士们的追忆，对乌勒本不断进行丰赡、扩展。加上萨布素的亲属、后辈，包括儿女们的充实、修润，使其日臻完善。大约于萨布素故去后的康熙末年，粗具说部规模，到了雍正年间，被族人以《萨大人传》的名目在族中传讲。经年磨砺，才形成了现在的洋洋巨篇，是本族中最受欢迎的口碑书目之一。

在清康、雍、乾、嘉年间，《萨大人传》是以满语在本姓族中传讲的，具有鲜明的满洲书夹叙夹唱的特点。直到新中国成立初期，黑龙江瑷珲一带，仍有不少老年人、中年男女用满语讲唱。其中，大五家子的张石

① 满语：姓。

头、赵小凤等，就是讲唱《萨大人传》中一些段子的能手。满语称《萨大人传》为“萨宁姑乌勒本”。“萨宁姑”译成汉语为萨上人，即萨大人。还有一种传本叫“萨克达额真乌勒本”。“萨克达额真”汉译为老主人，皆指《萨大人传》。后来，满语渐渐消失，年轻人自然而然地开始用汉语传讲了，“萨宁姑乌勒本”“萨克达额真乌勒本”被称之为记录《萨大人传》的神本。

据先父富希陆先生回忆，《萨大人传》最初是口耳相传，多无固定唱本。直至清末，为了讲唱有所依据，流传方便，就由族中会写满文的人，将内容简要地记在毛头纸上，大体上是一个故事一个纲。然后再将记述各个故事提纲的毛头纸用纸捻的绳儿穿在一起，汇集装订成册。平时把神本，即“萨宁姑乌勒本”的故事提纲存放在族中专用的木匣子里，供在西炕的神龛上，同族谱和萨满[①]祭祀用的神器供在一起。也有个别讲述人为了便于准备，自己留下文字提纲，供放在自家西炕神龛上。用时，请下来温习；用毕，再请到神位上。有了传本，则将有利于更多的人参加讲唱。本来满族诸姓，当然富察氏家族也不例外，素有传统的敬祖礼俗，慎终追远，继往开来。以瑷珲大五家子为中心居住的满洲富察氏家族，有镶黄、正黄两旗各牛录[②]的人，皆为康熙二十二年时，由本族将军萨布素奉旨从故乡宁古塔[③]带到黑龙江抗击罗刹[④]南侵而永戍瑷珲的。对萨布素的讴歌，其实就是对本族英雄业绩的礼赞。故此，每每讲唱《萨大人传》，族人都很肃穆、虔诚。在节庆、祝寿、新春伊始或家祭结束后，阖族欢聚在一起，焚香、立案，按长幼辈分依序落座，请族中德高望重的长老或者文才、口才佳者讲唱《萨大人传》。以将军的故事，通过对英雄业绩的传诵，黾勉后辈子孙，不负祖望，奋志韬进，承袭爱国之志，保卫边陲，光耀家风。

此传本是由瑷珲富察哈拉大五家子的富察德连祖辈珍藏并传承的，自清代乾隆朝以来，代代有传人。乾隆朝时，德连公的曾祖父将讲述本传给德连公的祖父，即道光朝的备御发福凌阿。发福凌阿再传给德连公的父亲，即光绪庚子年抗俄殉将伊郎阿将军。伊郎阿又传给了德连公。德连公在民国初年病逝前，传给长子富希陆。经过富希陆先生的整理，

---

① 满语：司祭、巫师。

② 清初八旗组织的基层建制。

③ 即今黑龙江省宁安市。

④ 原意指恶鬼，此为对沙俄入侵者的蔑称。

使《萨大人传》叙议更加丰富，引人爱听。除此之外，对本说部的传承、发展做出贡献的前辈还有：远祖——富察氏正黄旗佐领伯奇那大人，抗俄牺牲的将领阿拉密大人，果拉查、嘎哈、嘎泰、达期哈、祖僧额、那凌阿、德泰等诸大人以及萨布素之二大爷珠和纳大人，萨布素的叔伯兄弟珠和纳之子、抗俄中殉难的额赫图将军，萨布素之弟党丹佐领，萨布素之侄瑚拉布、塔林布将军，萨布素的长子雅图、三子雅顺等。需要特别提出的是，对本书的形成做出贡献的也有朝中的大臣，如马喇、安珠瑚、松筠、赛冲阿、英和、戴均元、倭仁等。他们出于对萨布素将军的尊崇，有的增补了内容，有的润笔赠书，为《萨大人传》题词。大学士戴均元、英和、倭仁等，皆在瑗珲萨大人的藏书楼里，留下了自己的墨宝。可惜的是于庚子年，即光绪二十六年，由于沙俄的入侵，这些珍贵之作全部化为灰烬。以上介绍的，即是这本说部形成的始末概略。

早年，满洲家族祭礼之后的余兴，则是听讲家史及族源的故事。在富察氏家族中，就是讲唱《萨大人传》。这不仅仅是单纯的娱乐，也不单单是对萨布素个人的崇拜，主要的是对祖先业绩来龙去脉的一种回顾、一种敬仰。将祖先创业的艰难一点一滴地向族人渗透，使之从中得到教益，激励后代不辱家风，更是一种讲家风、述族史、唱英雄、扬国威的传承教育的虔诚、肃穆之举。因此，每当祭祀完毕，讲唱《萨大人传》便成为家族敬祖不可缺少的重要内容。

讲《萨大人传》之前，讲述人得漱口、洗手、焚香，族众还要磕头。在简单表示敬重的祈祝礼仪后，再从木匣子里请出唱本的提纲，然后按提纲开讲。首先，依照族中讲唱《萨大人传》的习俗，用满语报出《萨大人传》的名字，为的是让族人记住本民族的语言。开篇的时候，仍用满语唱一遍“敬酒歌”，曲调高亢、悠扬，非常好听，现在已失传。唱“敬酒歌”的目的，一是表示虔诚；二是使全场肃穆，精神集中，用说部敬尊先踪，诚奉先志，以启后人。酒要敬三杯。第一杯献给神龛，把话本请下来。第二杯向东南遥祭。因为东南方坐落着宁古塔，为我们祖先生活过的地方，也是祖先的陵寝所在地，即老坟的地方。第三杯酒向富察氏居住的大五家子西北方向，那里埋葬着从康熙年间迁移来的历代英雄和先辈长者。为了保持讲述的原貌，我朱伯西[1]把满文的“敬酒歌”复述一遍。

① 满语：说书人。

富察哈拉依萨布素乌勒本，恩毕特呵。
艾依——，莫讷——，扎林德。
喔依——，莫讷——，我林德。
沙比依侬给，乌春勒勒。
沙延依侬给，给苏勒勒。
各凌妈妈，各凌玛发，各凌阿浑格赫额云，
额木给苏，乌春勒勒，
富察哈拉依萨布素乌勒本。
萨哈连乌拉，富莫西郭勒敏射恩德，
兴安达巴杭，富莫西郭勒敏阔罗德。
萨宁姑乌勒本德，
阿林登恩，阿布卡登恩，莫德力苏民簿。
富察哈拉各凌扎兰，恒葛勒莫，
翻德林德，班丹杜莫，安巴沙奴勒·阿勒刻，
车库牙力，尼莫哈牙力·乌力尖牙力·朱克腾菲……

歌词大意为：现在是个什么样的日子呢？为了什么要唱讲呢？这是一个吉祥的日子，是个安详、幸福的时刻。各位奶奶、爷爷，各位哥哥、弟弟、姐姐、妹妹，我要给你们讲唱的是满洲的古歌——富察氏的萨布素说部。黑龙江的水呵，总是那么辽阔；兴安岭的山呵，总是绵延无边；萨大人的乌勒本呵，要比山高，比水长，比海深，富察氏家族的辈辈儿孙们给您磕头了！我们摆上了高桌，敬上了鹿肉，献上了美酒，奉上了供品，请萨大人的神灵尽享吧！

满语的"敬酒歌"到咸丰朝以后就不用了，改由说书人用汉语先唱一首"定场歌"，内容同"敬酒歌"大致相同。有曲牌，曲调是一种悠缓深沉的旋律。其歌词是：

在吉祥的日子里，
受族众之托，我要虔诚讲诵。

各凌[1]妈妈[2]，各凌玛发[3]，
各凌哈哈[4]赫赫[5]阿浑[6]，
这是百天唱不完的古歌，
这是百天说不尽的“朱奔”[7]，
我要敬颂祖代的巴图鲁[8]。
萨哈连的水呵，浩浩东流，
兴安岭的山呵，绵延无际。
这是我们日夜巡狩的土地，
这是我们儿孙开垦的故居。
别忘了皇上赏咱们家族的亮顶子，
别忘了皇上赏咱们家族的黄马褂，
好男儿热血要永洒在疆场上，
决不能让耶鲁里[9]豺狼闯进家园。
我敲响尼玛琴鹿皮神鼓呵，
我弹起银色的木库连[10]，
我要动情地敲起来，
我要动情地跳起来，
我要动情地唱起来，
我要动情地讲起来，
小窝离[11]里安睡的哈哈济[12]别闹哩，
沙延包[13]里的萨里甘居[14]别笑哩，

---

① 满语：各位。
② 满语：奶奶。
③ 满语：爷爷。
④ 满语：男人。
⑤ 满语：女人。
⑥ 满语：兄。
⑦ 满语：故事。
⑧ 满语：英雄。
⑨ 满语：魔鬼。
⑩ 达斡尔语：口弦琴。
⑪ 满语：摇车。
⑫ 满语：小子。
⑬ 满语：白帐篷。
⑭ 满语：姑娘。

要学长辈们谦恭的样子，
听我开讲《萨大人传》……

各位阿哥，讲唱《萨大人传》之前，我先用嘉庆朝大学士戴均元老大人的一首《赞萨布素》五言绝句开场：

忠勇传家世，
沥血荐国恩。
筌篌声切切，
常忆故将军。

第一章 有名望的家族

清代圣祖爷康熙帝驾崩，雍正胤禛受旨承继大宝。御极太和殿的第五个年头，即雍正五年，丁未年秋，正是萨布素将军二十周年的忌日，也是该部乌勒本刚刚以《萨大人传》的名字定下的时候。富察哈拉家族的掌权人、五辈姑太奶奶临终前授命族人，今后定要宣讲萨宁姑安巴[①]玛发的业绩，力践萨大人的遗训："凡我儿孙，务习羌语，务效国恩，以扬家风，世代传递，不可中辍也。"因为富察哈拉家族历来是由姑奶奶掌家，所以，族人谨遵五辈姑太奶奶的临终之命，自此开始，年年讲唱《萨大人传》。

俗话说，水有源，树有根。要讲故将军，需先说说咱们富察氏家族的起根发蔓。要唠起根发蔓，就得讲讲富察氏家族的祖居地。沧海桑田，说来话长。

那是康熙二十一年，沙俄对中国的警告置若罔闻。除继续盘踞尼布楚、雅克萨及精奇里江、额尔古纳河流域之外，又向黑龙江下游进犯，一场反侵略的战争势不可免。正是在这种形势下，康熙二十二年，壬戌四月，康熙帝急下圣旨，命萨布素以副都统衔率领富察氏儿男及八旗兵，千里迢迢北上黑龙江抵御罗刹。军令如山，家族马上密定起兵。尽管行色匆匆，粮草不足，寒衣供不应时，困难很多。但还是破艰难，排险阻，水陆并进。一路由呼尔哈河[②]乘船前进，一路顺呼尔哈河沿岸骑马穿越密林而行。将士们披荆斩棘，伐柯铺路，迅速到达黑龙江瑷珲一带，痛歼了来犯之敌，赢得全胜。本想胜利后返回故里，可圣旨又下，要他们永戍瑷珲。从此，富察氏的一部分儿男便世代留在了北疆，富察氏家族在相距数千里的宁古塔与瑷珲两地居住。兄弟、父子、母子、夫妻、亲人两分离，天各一方，后来才陆续团圆。

① 满语：大。
② 即牡丹江。

光阴如白驹过隙呀，于北疆居住的儿男们生儿育女，代代传宗，另立谱书。时过二百多年，在本地的子孙却不知道本家的源头历史，为此，祖上要求宣讲家族史。朱伯西就为这个，受命讲唱《萨大人传》，不仅要讲富察氏的族史，还请族人记住我们的根在哪里。不至于年深日久，数典忘祖，亲族相遇，如同路人。

富察氏家族的祖居地在宁古塔。“宁古塔”为满语，此乃古肃慎之地，是满洲先世女真人世代生存的沃土。宁古塔的名称说来颇有趣，讲法很多，不一而足。一种说法是：宁古塔最早始见于《大清志》。书中写道：“明万历三十六年秋九月，呼尔喀路人侵我宁古塔城。”这“呼尔喀路人”，指的便是当时沿江一带的野人。宁古塔原称宁古特，满洲称“六”为“宁古”，称“坐”为“特”。相传清皇族远祖曾有兄弟六个坐在这里，故而称之。另一种说法则认为“宁古”之后非为“特”，而为“塔”，满洲称“塔”为“个”。说这里是金太祖阿骨打起兵之处，当时有兄弟六人，各踞一方。据讲，后来曾有人在海浪河中上游长汀一带，发现了六座古城。不论哪种说法，都说明我们祖先居住的宁古塔有着悠久的文明史，是几千年来人类生存之所。说书人之所以不怕费唇舌，向诸位介绍几种传说，就是为了使族人对宁古塔之名的来历有个大概的了解。

祖先居地的名称表过，再来说说宁古塔所处的位置和自然条件。它处于呼尔哈河的支流——海浪河中游龙头山西面的平畴沃野上，北靠青山绿水，南依丘陵林莽。山环水绕，土地肥沃，峰峦罗列，草深林密。自然条件优越，物产极为丰富，黑油油的土地宜于耕稼。农作物有大麦、小麦、燕麦、秫、黍、稷、高粱、荞麦、铃铛麦、大豆、红豆、苞米等，尤以稷子为最。每到春天，芍药花开，遍地如雪，百里飘香，甚是好看。群山起伏，林木参天，各种各样的飞禽走兽掠来窜去。动物有黑熊、虎、棕熊、犴大犴、鹿、野猪、狗獾、猞猁狲、貉子、豹子、狸猫、狐狸、蜜狗等，飞禽有大雁、天鹅、雕、仙鹤、飞龙、沙半斤。还有水獭、飞鼠、紫貂以及各种蟒蛇，其中以貂皮为世人宝重，真可谓“东瀛物产富难详，美毳尤称豹鼠良。”人们从牡丹江的源流上溯，直抵二道白河、三道白河。然后再从这里攀援长白山的南坡或北坡，用各种方式捕猎或采集人参、草药等。

宁古塔河流遍布，鱼类品种繁多，以细鳞鱼、鲟鳇鱼最为著名，其他有鲤鱼、鲫鱼、狗鱼、草根鱼、鲢鱼等。人们“以捕鱼为乐，或钓或网，或以叉或以枪，每出必车载而归”。还有能取出大量珍珠的淡水蚌，所产东珠，极为珍贵。传说早年在海浪河中，曾有人拾得大块儿金沙狗头金。平常，宁古塔人春秋两季赶海。一个是从绥芬河东去，翻过锡霍特阿林[①]，即到日本海的西海岸；一个是从珲春入东海或南海。只要出海，收获颇丰，随时可以品尝各种各样的海味，置办丰富的鱼宴、海宴。若从南方运进，路途太远，困难很多，十分不便。因此，每年京师和内地所需之大量海产品，也大都是从宁古塔运去的。

人们向来把宁古塔视为人间福地。据传，龙头山曾飞有白尾的神鹰。北方的女真人都崇敬鹰，认为有鹰飞翔的地方，是神居住过的地方，为圣洁之地。风鉴先生说："宁古塔为非凡之地，肯定出将军。住在这儿，世代不受穷。"此乃金玉良言，一点儿没掺假，难怪世人把这里称之为"塞北的金珠"。自唐宋以来，只要一提到宁古塔，就禁不住流口水，那真是肥得很哪！当时有句话说得好："只要不怕苦，宁古塔的金银塞满屋。"各位阿哥呀，我们富察氏家族的祖居地，是何等的富庶、多么的壮美呀！

宁古塔地处源于长白山北支的呼尔哈河畔，呼尔哈河注入松花江，通达黑龙江。因而，自古以来，它便是东北边疆地区前往中原的通道枢纽。渤海时期的朝贡道从此启程，经鸭绿江，出渤海，前往唐朝京城长安；元明两朝的陆路交通道也经此地，北接斡朵里，东抵旧开原；金和清初有驿道经吉林通往盛京，并可转道前往朝鲜会宁。水路则下达松花江，通往黑龙江，直到出海口。呼尔哈河水深流急，能载千吨以上的巨舟。地势开阔，气象雄厚，岸边的十里峭壁悬崖，酷似扬子江上的赤壁、黄河的龙门，惊险异常。从宁古塔坐船顺呼尔哈河而下，遂进入松花江。往前走，通连混同江，进入鞑靼海峡，一路顺水行舟。若遇有军情险事，从宁古塔发兵，即如离弦之箭，由松花江驶入黑龙江。再经同江往西拐，逆水上行，便可到雅克萨、额尔毕齐河、洛古河，直抵尼布楚，与沙俄隔兴安岭相持。

可以说，宁古塔南瞻长白，雄视朝鲜；北绕龙江，久扼混同[②]之险，与罗刹对垒；东控东海，远眺日本海；西握老岭，为北方之要冲，素有"北疆锁匙"之称，是历朝兵家必争之地、屯兵之所。

宁古塔不仅是军事战略要地，也是北疆的政治中心。早在唐朝时，

① 满语：山。

② 即混同江，指黑龙江汇合松花江后到乌苏里江入海口这一段。

就将这里作为一个受制于朝廷的行政区，通过渤海都督府的最高长官和朝廷所派的长史监督政务。明朝时，曾于此设立卫所，以夷制夷。在努尔哈赤和皇太极统一黑龙江流域的过程中，更把宁古塔看作重要的军政据点，先后派大将前去征服呼尔哈河之地。十几年来，连续用兵，不惜代价，全力进剿，终于占据了宁古塔，并作为后勤基地，同乌拉、叶赫、辉发等部落长期抗衡。继而以此为桥梁，扩充力量，增强储备，征讨窝集部。

据记载，明万历三十六年九月，窝集部之呼尔哈路千人，侵我宁古塔城，我驻防萨齐库兵百击败之。这表明了努尔哈赤不但以宁古塔为后方基地，而且早已在此设防。随后，又把一些归附人口安置在这里"驻牧"。至皇太极继承汗位、改国号为大清的时候，宁古塔已是百十户人家的一座商贾云集、较为繁华的城埠了。战略地位日显重要，驻防力量不断加强，管辖地区逐渐扩大。宁古塔将军初期的镇守区是东至日本海三千五百七十里；西至威远堡边门五百九十五里开原界；南至郭勒敏删延阿林①南一千三百六十里朝界；北至拉哈福阿色库地方六百里蒙古界；东南至锡赫特山两千三百里海界②；东北至赫哲、费雅喀三千里海界；西南至英额门七百里盛京将军界；西北至赫儿苏门四百五十里蒙古界。东北还包括自乌弟河以南、黑龙江下游、乌苏里江南岸的全部以及库页岛在内的沿海与海中各岛屿。可以说，大清北疆的大半之土皆属宁古塔将军统御管辖，国内任何省份都没有它所辖疆域那么辽阔无垠。我们家族的先人，就是在这片广袤的地域里跨马驰骋、为朝廷建功立业的。

天聪三年，是皇太极下朝鲜、降蒙古之年。前方要打仗，急需后方的稳定。而后方是否安宁，关键在于宁古塔驻防力量的强弱。为此，当年秋九月，皇太极下旨，从吉林把一户显赫的人家开进了宁古塔，以增加那里的防御力量，此举在史书上有正式的记载。那么，是哪一个姓氏的家族呢？就是随汗王爷转战南北的咱们满洲富察氏的一支英雄世家。正是这个家族，在紧要关头受皇命，从吉林迁到呼尔哈河畔、落户于宁古塔的。

富察氏，乃一个古老的姓氏，上可追溯到金代。当时在黑号姓中，

---

① 满语：长白山。

② 指鄂霍次克海。

有一支便是蒲察，也有写成付察、符察、富察的。译成汉姓，有写成李姓的，还有写成马姓的，皆为女真人中之大姓。清朝通志《世族谱》里，记载着富察氏散处于沙济、叶赫、额宜湖、扎库塔、赛音纳殷、额赫库伦、讷殷江、辉发、吉林乌拉、长白山等地方。说书人今天要向各位阿哥讲唱的落户于宁古塔的富察氏家族，即是这其中赫赫有名的不平凡的一支。

富察氏这一支，自雍正年就建立了传世谱书的总谱。说起这传世总谱，说书人需交代一下。原来在宁古塔的总谱是一部满文谱，居住于瑷珲的富察氏家族，曾三次去宁古塔寻踪、拜祖、跪叩，阅读传世总谱。后来，这部满文谱被烧了。宁古塔的同族为了续谱，又写了汉文谱。但此谱书记得比较乱，其中有些辈分也不清。我们现在要讲的萨布素出生的这支富察氏家族，主要是根据萨大人在世时的回忆，并对照了后来改成汉文的《宁古塔镶黄旗傅氏阖族宗谱》的记载。按照回忆和族谱的记载，这一支的始祖尔德依，原居满洲肇迹发祥之地长白山，以游猎为生，那一带的深山、河流等处，留下了族人的足迹。这个家族从尔德依起，生息繁衍，绵绵不绝，各辈均非单传，多有兄弟数人。其时人烟星稀，俱遂意愿，居佐近之泉眼乡、寄信乡各处。皆系体态魁伟、身膺操练、善射捕猎之人，或骑射娴熟、文武兼优，堪称超等之士。随军从事，曾于珲春旗佐总辖，也曾奉调迁徙布勒哈图、榆树河子等处驻守。萨布素即为这支剽悍骁勇、威名显赫家族的后裔子孙。

为了让各位阿哥更多地了解萨布素出生的这个在清朝基业中，几代人东征西讨、屡建奇功、闻名于世的富察氏家族，不妨在这里先介绍一下各代的情况。

尔德依是萨布素远祖在谱书上可以追溯到的第一代，对他的记载不多。这代的祖先大多是在流经延吉、图们以及进入图们江的嘎呀河两岸游猎，也常到长白山一带狩猎。

萨布素远祖在谱书上可以追溯到的第二代，即尔德依的儿子充舜巴奔，还有写作充舜巴或充顺巴本的。谱书对充舜巴奔的记载较多，从中可以看出富察氏族众到这一代，已从原始的游牧生活向有猎物便打、无猎物便住下来的定居生活转变。他们经常住在岳克通额，也就是布尔哈通河的一侧，冬天筑有穴室，夏天盖有马架子。仍以狩猎为主，兼顾采集，并有了简单的农耕，养些家畜。

充舜巴奔这个人很有意思。传说他勇力过人，臂力非凡，常常独自于深山中赤手同野兽搏斗，是个勇敢善射的猎手。而且为人豪爽，好义爱人，喜欢帮助、扶持弱小者。所以，远近的人们都羡慕他、亲近他、敬仰他。据说，有一天他在深山中猎取了一只带甲的大马鹿，正拖着往回走，半道儿遇上礼喇尔等五人。这几个人见他拖着一只大马鹿，很是眼红，便走到跟前，想夺过去。充舜巴奔说："你们不用夺、不用抢，谁能用手拽着这只鹿把它拖走，我可以送给他。"礼喇尔一听高兴了，商量道："好啊，那我们五个一起来，怎么样？"充舜巴奔爽快地答应道："行啊！"于是，这几个人抓着鹿角，用力拖着。可折腾了半天，恨不得把吃奶的劲儿都使出来了，大马鹿只是扑棱棱地摆着角，就是纹丝不动。五个人你看看我，我看看你，一脸的无奈，只好放手。这时，充舜巴奔走了过来，上前抓住马鹿的角，拖着往前走。不仅走得轻快，还越过了一道深沟，其力远远超过身躯高大强壮的大马鹿。礼喇尔等人大吃一惊，异口同声地赞叹道："有这么大力气的不会是别人，准是富察氏充舜巴奔也！"这件事一传十，十传百，充舜巴奔的名声大振，附近的人没有不佩服的。时值强凌弱、众暴寡的年代，为了生存，归附者日众，一致拥戴充舜巴奔为这一带部落的首领。他的号召力很强，都愿意跟随在他身边，听其指挥。充舜巴奔也特别会办事儿，在众人归附的情况下，将田地和种子分到各户，配以耕牛，让他们耕种。又盖了不少小屋子，给暂无居室之人住，世称"分田授室"，并立些约束。还组织大家建岳克通额城，结寨自保。部落的人遂推选他为岳克通额的城长，即部落的酋长。从此，这个差事在充舜巴奔的家族中没有间断过，世世为城主。

到了充舜巴奔的孙子哈木都的时候，由于形势的变化，便率部归附了努尔哈赤。努尔哈赤，也有人叫他努尔哈齐，姓爱新觉罗氏，号淑勒贝勒，出身于女真贵族世家。清代官书称他为"生而龙颜凤目，伟躯大耳，天表玉立，声如洪钟，仪度威重，举止非常，骑射轶伦，英勇盖世，刚果能断，凡所睹记，终身不忘，国人号曰聪睿贝勒"。年轻时家道中落，以采集山货为生。明万历十一年，明军攻打古勒城阿台，其父祖死于战乱。明朝廷以误杀之故，准其承袭建州左卫指挥使之职。当时，女真社会出现了统一的趋势，努尔哈赤遂以父祖遗甲十三副起兵，只用五年的工夫，就收服了建州五部，即苏克苏浒部、哲陈部、浑河部、王甲部、栋鄂部。随即迅速讨伐分布在鸭绿江边的鸭绿江部，人马越来越多，力量越来越强。之后，又向哈达部、辉发部、乌拉部、叶赫部用兵，并逐渐降服了这些部落。哈木都与家族中的人，皆参加了努尔哈赤对女真诸部的征战，表现得异常勇猛。后受努尔哈赤的指令，哈木都迁移到珲春一带发展力量，建立旗佐，充任游击之职，于布尔哈通河、榆树河子一带驻防。

哈木都像他阿玛[1]一样，正直、诚朴、心地善良。养有五个儿子，当时都很出名，人称“五虎上将”。大儿子图可尼，二儿子奇喀尼，三儿子西喀尼，四儿子阿西坦，小儿子哈勒苏。五子皆同父亲一起受汗王爷的指挥，既镇守珲春一带，又参加了努尔哈赤征服长白山部、鸭绿江部、叶赫部、哈达部、辉发部的战斗。个个敢打敢拼，英勇善战，并将珲春治理得比较安宁。

努尔哈赤十分重视珲春一带的防御，它所处的地理位置，正好是打通出海口的重要据点。其部下大将费英东、额亦都等，在进攻东海女真时，就常常让哈木都的儿子们穿林跨岭地带路。为什么呢？因为这哥儿五个经常在布尔哈通、珲春一带的林莽中狩猎，对那里的地形和路径了如指掌，可以少走不少冤枉路。哈木都父子也因此立下了赫赫战功，深受汗王的赞许。

努尔哈赤先后征服了建州女真全部及海西、东海女真大部，经济上推广了部落屯田及牛录屯田；军事上于明万历四十三年，创立正黄、正红、正白、正蓝及镶黄、镶红、镶白、镶蓝八旗军制；文化上命额尔德尼、噶盖在蒙古文基础上创制满文。做了上述的各项准备之后，万历四十四年，时年五十八岁的努尔哈赤在赫图阿拉登上了汗位，建立了后金，建元天命，以是年为天命元年。哈木都父子随军东打西杀，在努尔哈赤开国立业中，做出了重要贡献。天命二年，努尔哈赤以镇守珲春有功，向哈木都颁赏了银牌和黄马褂儿，并赐予巴图鲁称号。不幸的是，哈木都于后金建国的第五个年头，即天命五年，庚申，明万历四十八年初秋病逝。随后，由四十七岁的小儿子哈勒苏继任了珲春总游击之职。

按富察氏家族的族谱来说，哈勒苏是第五代传人，哈木都是第四代传人，第三代传人为充舜巴奔的儿子乌珠葛拉。自乌珠葛拉接管后，只管家族之事，不管兵马之事。兵马之事则由充舜巴奔的孙子、乌珠葛拉的儿子哈木都掌管。乌珠葛拉身体不好，寿命较短，所以很快就传给了哈木都。哈木都病逝后，又传给了明嘉靖四十年、辛酉出生的小儿子哈勒苏。

---

① 满语：父亲。

说书人在这里要特别介绍哈勒苏将军，在《萨大人传》中，他是位举足轻重的人物。按族谱排列，哈勒苏是萨布素的爷爷。萨布素在世的时候，曾多次向族人及身边的将士讲哈勒苏将军的业绩。哈勒苏承继了富察氏家族尔德依、充舜巴奔、哈木都所有的英风以及善良、坦诚、正义、果敢等高贵品格。萨布素说："最受人尊敬的哈勒苏大人，是对我一生影响最深最广的人，以至于性格和品德有很多方面都是在他的培养下形成的。老玛发为人耿正、心肠好，乐于济贫救人、慷慨解囊，不管对上还是对下，皆一视同仁。对儿子们的管教相当严格，经常要求他们黎明即起，起来后不能待着，要主动找活儿干。自己从不闲着，每天不是干这个就是忙那个，家里的事儿、战场的事儿、军队的事儿全管，还经常出外打猎。他力大无穷，用的是张百石弓，一般人拉不开。箭法又准又狠，曾一箭射穿黑熊，是著名的猎手。爷爷常说：'我是属鸡的，属安巴辍阔阿米拉[①]的。'还说：'勤快、精神的雄鸡不是每天要报晓吗？这便是我的品格。你们都应该像我一样有精神，起得早。'哈勒苏作为家族的萨满，在主持祭祀报自己的属性时，总是说属辍阔阿米拉。"萨布素还经常对家人说："咱们得向爷爷学，做人要像个'人'字，还要有个'勇'字，啥也不用怕。要勤快，有精神，黎明即起，起来就干活儿。"

说起哈勒苏这个人，自小受到阿玛哈木都的喜爱。既聪明、活泼，又有精气神儿，老说自己觉少。七八岁时，小哥儿几个一溜儿排地睡在一铺炕上，同盖一床被子。五个光屁股孩儿数他奇怪，无论你什么时候点着灯，见他总是两眼瞪得溜圆、锃亮。哈木都喜出望外地对家人说："你们看着吧，我那五儿将来肯定有出息！"每当遇到一些事情时，哈木都便让小哥儿几个认真想想，然后说说自己的想法。各自讲完后，最中哈木都心意的，还是小儿子哈勒苏。哈木都不但是领兵的大将，而且是家庭的穆昆达[②]，任何事情都需经过他。这样，家里家外的不少繁杂琐事也得他费心操劳。可事情太多，哪能记那么清？总得有个人帮着记才好。小儿子就主动帮阿玛记这个、记那个的，久而久之，形成了一种习惯。哈木都每天回来，必问哈勒苏："今天还有什么事儿没办哪？"这时候，哈勒苏像个小穆昆达一样，一五一十地讲哪些事儿已经办了，还有哪儿件没办，应该怎么办，帮了阿玛不少忙。说实在的，像哈勒苏这么勤快、

① 满语：大公鸡。

② 满语：族长。穆昆，即女真人的一种父系血缘组织，多以祖先名字及住地命名。其组织成员公推一人为头儿，管理内部事务，这个头儿即穆昆达。

聪颖、机灵的孩子，大人们能不喜欢吗？

哈勒苏到了十二三岁的时候，常常偷偷随大人们一块儿出去打仗了。大人怕孩子上战场出个闪失什么的，所以，每当说起打仗的事儿，都避开哈勒苏，不让他听。可一旦知道了，还是骑着马跟了去。这事儿惹得哈勒苏的爷爷乌珠葛拉特别生气，曾多次埋怨哈木都："你怎么不管着孩子呢？那么小就跟着出去，要是让刀枪碰上，那还了得吗？"哈木都无可奈何地说："阿玛，我是一点儿招儿都没有，管不住哇！打仗的事儿，从来是尽量不让他知道。可不知怎么的，只要一扎营，说不上是啥时候，他早悄悄儿地钻进马棚或马车空儿里了。待仗一打起来，那小脑袋瓜儿就露出来了。既然去了，不得已只好带着，还得时时保护他，我们还嫌麻烦呢！"乌珠葛拉一听，觉得是这么个理儿。打仗之前，有很多事儿要做，大人哪有时间老盯着一个孩子呀，还干不干别的了？再说了，小孙子像条泥鳅似的到处钻，真是看不住。这么一想，便不说什么了，转身该干啥干啥去了。

攻打叶赫和辉发部时，哈勒苏全参加了。去的次数多了，大人们渐渐习惯了，知道撵也撵不走。你别看哈勒苏年龄小，打起仗来却遇事不慌，马骑得还好，蛮像一员战将呢！一次攻打乌拉部的时候，十五岁的哈勒苏表现得很是机敏、勇敢。当时，乌拉部阵前燃起了熊熊大火，人们惊叫着纷纷往外跑。小孩儿眼睛尖哪，发现里面有两个人正在倒腾什么东西，便一拍战骑钻进了火海。当冲到跟前时，见那俩人已被烟熏得昏了过去。他立即翻身下马，一手拎起一个，然后灵巧地一跃，跳上了马背，迅疾从火里蹿了出来。到了阿玛面前，将人往地上一撂，转身又跑走了。待那两个人缓醒过来后，经查问方知，原来他们是乌拉部的佐领。刚才是趁大火人们外逃时，在那儿忙着抢银子呢！结果被火盖住了。当二人知道自己是被小小的哈勒苏救出来时，慌忙跪在地上，连连给哈木都父子磕头，感谢救命之恩。还大声称赞道："汗王爷有这么多的猛将，乌拉部怎能不败？"对哈勒苏的壮举，十分佩服。

后来，哈勒苏年龄大了一些，正式参加了汗王爷的部队，从马甲[①]到骁骑校，硬是凭能力一步一步升上来的。赫图阿拉，明初时是建州卫地。万历三十一年，努尔哈赤于此建内城，两年后增建外城，哈勒苏参加了此城的建设。他的忠诚、勤奋、勇敢、肯于吃苦耐劳的优秀品质，连汗

① 清代兵种名，即马兵、骑兵，又称骁骑。

王爷努尔哈赤都知道，在当时是挺出名的人，萨布素对爷爷的作为深为敬佩。

说起萨布素的奶奶，即哈勒苏的妻子，那可是个出色的妇人。当年，哈勒苏跟随汗王爷打天下，天天东打西杀的，只忙到二十大多了，仍没娶媳妇。谁帮他想着呀？汗王爷想着呢！在建州部，追随努尔哈赤的不少虎将，甚至包括额亦都这些大将的妻子，全是汗王爷赏赐的。他常对部下说："小兔羔子们，只要脑袋别在裤腰带上闯天下，将来什么都会给你们，要什么给什么。我就瞧不起那些孬包、草包，给啥呀？啥也不给，让他们喝马尿去吧！"努尔哈赤把从建州部掠回来的一些女子，一个不落地全赏赐给了在战场上勇于拼杀的功臣，使其成家立室，繁衍子孙，壮大力量。

这种赏赐是有一定礼仪的。先是把即将被赏赐的那些女人蒙上头，背过身去，站成一排。然后，由主持礼仪的人按立功大小的顺序，点着获赏人的名字。点到谁，谁走到前边领出一个来，领谁算谁。再双双跪地，给汗王爷磕个头，就等于拜堂成亲了。成家以后，有的赏给一头牛，有的赏给一匹马或一头鹿，还赏些银两。

一天，汗王爷令有战功的勇士们排列在殿前，说是要赏赐媳妇。又让大将费英东和大贝勒褚英从东海窝集部掠来的、经过重新打扮的女子蒙上头，背对着勇士站成一排。萨布素的爷爷哈勒苏，正是提着脑袋跟汗王爷闯天下的功臣，当然也站在受赏人之列。汗王爷是位慈祥、说话幽默、生动的老人，看了看大家，风趣地说："小兔羔子们，一个个都不小了，肉桩子该干点儿营生了，索索者喔！"意思是说，你们成年了，小鸡鸡得吃点儿东西了，就是该成婚啦！汗王爷的话，把大家全逗乐了。随后，只听他大声喊哈勒苏的名字，哈勒苏慌忙答了一声"嗻"，赶紧过去给汗王爷叩头。汗王爷笑着说："去吧，你这个小牛犊子，可要好好儿挑哇！"应当说这是破例了。一般来说没有挑的，点到谁的名儿，上前看都不看，领出一个便走。因为汗王爷喜欢哈勒苏，所以单独把他叫出来，让进人堆里先挑。还嘱咐说："可得把眼睛睁大点儿，选个好模样儿的，多给咱生几个沙音哈哈[①]，眼下我汗王爷正等着用人呢！"说得大家"哈哈哈"地笑了好一阵子。

哈勒苏叩完头起来，心里紧张得像揣个小兔子似的嘣嘣直跳，满脸

① 满语：小子。

通红，连眼睛都不敢睁，哪还有胆量去挑哇！就那么闭着眼，上前拉住一个女人后，立即退回来了。这时，等在一旁的哈木都和哈勒苏的几个哥哥围了上来，想看看究竟挑了个什么模样儿的。待揭下盖头一看，大家全乐了，特别高兴！原来哈勒苏领过来的，恰恰是这次被俘虏的女子中最漂亮、才貌双全的东海女人。一打听，她如今仍不知道自己姓什么，是给当地尼玛察部落的部落长当阿哈[1]的。年龄同哈勒苏挺般配，也就大那么一两岁，哈勒苏心里别提多乐呵了。俩人高高兴兴地给汗王爷磕了头，又给众贝勒磕了头，这才离去。哈勒苏与东海女人结婚后，两人恩恩爱爱，生了五男二女，日子过得很和美。那五个儿子人称“五虎上将”，都出息成材了。哈勒苏常向儿孙们说：“你们的奶奶是阿布卡恩都力[2]赐的呀，可真是咱家的福分哪！她不仅能吃苦，还非常能干，做了不少好事儿呢！”

哈勒苏担任珲春的备御以后，几个哥哥尽力辅佐他，把珲春治理得挺好，成了赫图阿拉进入东海窝集部的一条重要通道。他的大哥图可尼，就是萨布素的大爷，随杨古利、扈尔汉大将东征时，留在了东海，成为当地的首领。所生的两个儿子也在海岛安了家，入了军籍，镇守亮鱼湾。从此，图可尼同亲人们分开了。亮鱼湾是东海人晒渔网的地方，后来叫海参崴，被俄国霸占后，称其为符拉迪沃斯托克。在萨布素当将军时，曾同大哥联系过，后来便音信杳然了。图可尼故去后，他的坟埋在了那里。

哈勒苏的五个儿子，即前书所说的同东海女人生的“五虎上将”皆非常出色，都是汗王爷身边的重要将领。长子倭克纳，由骁骑校升到游击，再升至备御。结婚较早，生有两个孩子。二子珠和纳，由骁骑校升到佐领。婚后生有二男一女。三子依成额和四子都克山，也是由骁骑校升至佐领。小儿子虽哈纳，充任骁骑校，正申报佐领。大女儿是在三子之后生的，已出阁，嫁给了盛京瓜尔佳氏的一位将军。四子之后生的第二个女儿，即虽哈纳的二姐也出阁了，嫁给珲春尼玛察氏一个将军的儿子。五个儿子中，眼下只有小儿子虽哈纳没娶媳妇。哈木都在世的时候，富察氏家族的人口虽然已经不少了，每次迁徙得需十几辆大车才行。到哈勒苏生下五个儿子、儿子们又娶妻生子之时，人口更多了。家族越来

---

① 满语：奴才。

② 满语：天神。

越大，跟随的阿哈自然越来越多。

在这里，说书人要向阿哥们多讲几句虽哈纳，就是现在还没出世的萨布素的父亲，他是本传中的重要人物。

在富察氏家族里，有个约定俗成的规矩，即传承给末子。到哈勒苏时，仍同阿玛哈木都一样，器重小儿子。虽哈纳很像哈勒苏小时候那么淘气、机灵、聪明，天天身前身后地围着阿玛转，像个跟腚虫似的离不开。哈勒苏特别喜欢他，只要出征或办事回来，虽哈纳就一蹦一跳地跑了过去，亲昵地搂住阿玛的脖子不放。哈勒苏高兴得捧着儿子的小脸儿又是咬、又是啃、又是用胡子扎的，把夫人乐得前仰后合不说，眼泪也笑出来了。一边笑一边还得赶紧将爷儿俩拉开，因为哈勒苏已把虽哈纳咬得大笑不止，气儿都喘不上来啦！

虽哈纳大约出生在明万历二十二年。女真人有个习惯，不记下生时的年头儿，只记属相，往往从属相来查出生的年代。虽哈纳属马，所以哈勒苏常说："我年岁是越来越老了，不中用了，可阿布卡恩都力又赐给富察氏家族一匹小宝马呀。有了这匹千里驹，就能驮着咱们前程似锦哪！"这些话成了老人家的口头禅。

虽哈纳出生时，正是富察氏家族跟着汗王爷南征北战、东打西杀、战事最紧张的时候。当时，努尔哈赤为了征战东海窝集部，常派驾下大将通过珲春进入东海。谁最熟悉路呢？当属作为珲春总游击的哈勒苏及其儿子们。不少大将在他家住过，主要是进行攻城略地的准备。再一个就是由这爷儿几个带领大军穿山越岭，过密林，走捷径，秘密地深入东海，绕过乌拉部的据点，直抵东海尼玛察、那穆都鲁氏族等部落。并想办法说服当地的部落长，劝他们归附努尔哈赤，按时进贡，反对乌拉部。不长时间，努尔哈赤的兵将如猛虎下山般一举打败乌拉部的阻挠，占领了东海，征服了这些部落，树起了建州的大旗，而且缴获颇丰，掠回了大批的人畜。乌拉部失去了东海，等于被砍断了一条臂膀，损失惨重。在这个过程中，哈勒苏及其儿子们屡建奇功，特别是做向导带路有功，使努尔哈赤的大军总是百战百胜。当时，常去的大将有努尔哈赤的大儿子、大贝勒褚英，三弟舒尔哈齐，还有被努尔哈赤收为养子的五大臣之一的扈尔汉以及曾被努尔哈赤赐号巴图鲁、累官至后金一等内大臣、授一等子爵的额亦都等。哈木都、哈勒苏及其儿孙们都与他们共同战斗过，并建立了深厚的友情。

这里还要特别介绍一下与富察氏家族有着密切关系的杨古利大将。杨古利姓舒穆禄氏，满洲正黄旗人，世居珲春地方。由于同父亲一起率部首先归附了建州，努尔哈赤妻便以女招为额驸[①]。明万历二十七年，从征哈达部，擒贝勒孟格布录。后受命屡征窝集、辉发、乌拉等部，皆立战功。正是在这些战斗中，与珲春的总游击哈勒苏结下了生死之交。杨古利是沙场上的一员虎将，勇猛善战，不怕死，有韬略，令哈勒苏父子十分敬佩。杨古利也很赞赏哈勒苏父子在战场上的那股以一当十、不要命的劲儿，真是不怕死的和不要命的凑一块儿了，非常投缘，还结为了兄弟。杨古利比哈勒苏小十几岁，故而称其为大哥。

杨古利要去东海，必须得有熟悉路径的人做向导。一天，哈勒苏来到了杨府，对他说："老弟，不如干脆让我的三儿依成额、四儿都克山随了你，他们不在镶黄旗了，属正黄旗吧。这个事儿如果能同意，我去跟王爷说。"这"王爷"指的是谁呢？即和硕贝勒皇太极。当时皇太极还没当皇上，与大贝勒代善等同称"四大贝勒"，辅佐努尔哈赤，共理国政。哈勒苏同皇太极的关系甚好，因此要将这事儿向和硕贝勒说。杨古利一听，哈勒苏准备把两个儿子交给自己，心里别提多高兴了。但仔细一想，这是件大事儿，得再问问老哥哥。还没等开口呢，哈勒苏又说了："我把儿子交给你，是因为有他俩在身边，去东海可就方便多了。依成额和都克山常在那一带打猎，对每座山、每片林地、每条河流都很熟悉。哪儿有什么部落，哪儿有什么险情，怎么去，全在脑子里呢！让他们跟着你，尽管放心，等于有了可靠的耳目了。"杨古利当然特别感激，一再表示谢意，对哈勒苏老哥的盛情欣然接受了。从这件事情可以看出，二人之间的关系非同一般。

杨古利为了回报哈勒苏，东征中每打一次胜仗，从来忘不了在父汗努尔哈赤跟前说："这次胜利，全仰仗哈勒苏将军给我的帮助了，他的两个儿子功劳不小。父汗，您要是论功行赏的话，其中一部分功劳应算在哈勒苏身上，算在他的三儿和四儿身上。"努尔哈赤听后，高兴地点点头，对依成额和都克山更加器重。再加上哥儿俩干得很出色，因此升迁很快，已经分别升至参领了。参领，是三品衔，比他们的大哥倭克纳、二哥珠和纳职位都高。杨古利觉得只是这样做还不够，又想到哈勒苏的小儿子虽哈纳还没成家呢，一心要帮老哥哥找个小儿媳。

① 满语：驸马。

说起杨古利给虽哈纳找媳妇，还真有一段曲折的故事呢！且听我慢慢道来。

九年前，杨古利所管辖的舒穆禄部，是东海窝集部的一个大部落。它处在锡霍特阿林河下游，或者说是乌苏里江的上游。东边是海，群山环抱，气候宜人，物产丰富，是个富足的地方。在舒穆禄大部落下，有很多小部落。其中，有些随着杨古利父子归顺了赫图阿拉，臣服了努尔哈赤。有些则以乌拉部为靠山，兵力很强，跃跃欲试，即使是努尔哈赤的兵马，对他们也惧怕三分。好在几年来，由于扈尔汉和杨古利的几次秘密潜入，在哈勒苏父子的帮助下，说服了一些小部落，准备归顺赫图阿拉，这里就有杨古利的叔伯大哥米尔赞的部落。

米尔赞老玛发已六十多岁了，是该部落的头领，不但武功好，而且会使海船。在当时，有海船的部落，一般来说力量都是比较强的。那是明万历四十年初秋，正是部落准备归附努尔哈赤、等待杨古利带兵到来的时候，部落却发生了纷争。米尔赞的一个晚辈领着一伙儿人，杀害了老玛发及老夫人和儿子，把其他几个夫人也抢走了，还掠走了所有的钱财。米尔赞家族的奴才全被圈了起来，谁不服管就杀谁。对服管的，磕头以后，在他脸上刻上字，便成了新主人的奴才。

正在米尔赞部落遭到血腥屠杀、哭声震天的时候，杨古利率领赫图阿拉的兵马赶到了，真是迅雷不及掩耳啊！那些反叛者哪里会想到，黎明未至，一个个正搂着妃子狂欢不已的时候，杨古利大军会马踏连营呢！杨古利把米尔赞的残部和被圈的奴才全部解救出来，将反叛的同族人一个不落地抓起来，干净利落地将整个部落收归了赫图阿拉。之后，对部族人重新进行编制，并把杀害米尔赞的那几个人点了天灯，为老玛发报了仇。所谓点天灯，就是将这些人的身上包上草，再用绳子捆住。然后挂在高杆上，浇上獾子油或熊油，用火点着，活活烧死。米尔赞一家在这次浩劫中，唯有一个小女儿舒穆禄格格[①]幸免于难。那是因为她长得漂亮，叛逆者想留下来，以后好做压寨夫人。杨古利在平息了部落叛乱班师回营时，将舒穆禄格格带回了赫图阿拉，留在家里抚养。

光阴如梭，一晃九年过去了。这位舒穆禄格格、杨古利的侄女已经长大成人，而且越长越好看，越来越出息。受阿玛米尔赞的影响，不仅有文化，知书达理，兼习汉文，还跟阿玛学得一身好武艺。马上枪、马

---

① 满语：公主、姐姐。

下箭都会，使一手凤凰彩绣刀。什么是凤凰彩绣刀呢？刀的形状很像关云长的青龙偃月刀，上方绣着一只彩凤，刀穗儿是羽毛做的，刀把儿上系有骨头做的响铃。骨头全是带眼儿的，响铃可随风舞动。当风从骨头眼儿中穿过时，响铃便嗞嗞作响，似凤凰的鸣叫，故而称之。舒穆禄格格自被带到杨古利家之后，向叔叔学了不少武功。

现在已经是明万历四十八年、天命五年了，舒穆禄格格到了女大当嫁的时候了。杨古利不止一次地想："米尔赞老玛发的遗孤究竟该嫁给谁好呢？看来，我这个当叔叔的，得好好儿给侄女找个主儿。"这天，他又在琢磨这件事。寻思来寻思去地，突然眼前一亮："对呀，把她嫁给哈勒苏的小儿子虽哈纳呀！俩人的岁数差不多，虽哈纳顶多比她大一岁，这不正合适嘛，太般配了。不仅门当户对，还可以表达我对哈勒苏的感激之情，真是再好不过了！"越想越觉得这门亲事挺相当。

一天晚上，杨古利把哈勒苏老哥哥请到了自己的行辕。这行辕是什么地方呢？即旧时高官出外办事的行馆。高官每到一个地方，必须设置自己的指挥场所。待大军班师回朝的时候，这个府第该是谁的，仍交还给谁，照付所花费的银两，此为赫图阿拉兵马的仁义之举。因当时杨古利正带兵在珲春驻扎，是大军的指挥，当然得设临时帅府。他把哈勒苏请到了这个行辕，并预备了酒菜，老哥儿俩蛮有兴致地喝了起来，边喝边谈，很是高兴。过了一会儿，杨古利开口了："大哥，有个事儿想跟您商量商量，不知可否？这是件好事儿，我想不单是您，老嫂子也会同意的。"哈勒苏笑着说："好兄弟，你我乃生死之交，有啥话尽可直言。何况老弟无论到哪儿都为我家说好话，是有恩之人啊，大哥和你老嫂子包括全家真是感激不尽哪！啥事儿？说吧。"于是，杨古利便把平叛米尔赞部落纷争的事儿、米尔赞遗下的小女儿舒穆禄格格的情况和想让她与虽哈纳结成连理的想法一口气儿讲了出来。哈勒苏听后，那就是个乐呀！说实在的，他能不高兴嘛，这老夫妻俩也日里梦里地惦着小儿子的终身大事呢，只是由于战事繁忙，一直无暇顾及，再说上哪儿去找这么门户相当的名门之女呀？所以，哈勒苏是一百个愿意，一边听一边向杨古利千声道谢、万声感激，笑容始终挂在脸上，一口一个好，连声道："巴呢哈[①]！巴呢哈！"因为高兴，这酒便多喝了几杯。哈勒苏一再说："杨古

① 满语：谢谢。

利，好兄弟，我代表萨里甘[1]向你表示感谢，真是太谢谢了！不过现在战事正忙，过两天你又要班师，况且这个侄女从未见过呢。还是先等等吧，总得同她商量不是？下次咱们哥儿俩再见面的时候，会谈成这件事的，今天先这么定下了。”杨古利听罢，心落了地。

第二年，又一个辛酉年，女真天鸡年，后金天命六年，大明天启六年。正月十三这天，是哈勒苏老玛发的六十大寿，今年刚巧是他的本命年。在珲春的大儿子倭克纳、二儿子珠和纳和五儿子虽哈纳备了酒宴，高高兴兴地欢聚一堂，给老人家拜寿。哈勒苏多年治理珲春，很有名气，人缘也挺好。因此，当地不少的族人听说后，也纷纷前来祝寿，愈加显得红火、热闹。

寿诞刚过，便有飞马传来赫图阿拉皇廷的令箭。哈勒苏忙整衣戴冠，摆案上香，向南叩头。待接过一看，原来是八贝勒皇太极的急书，上面写道：“令珲春总游击哈勒苏安排好旧地事务，率子赶到赫图阿拉，有军情要务。速速！”哈勒苏按令箭的要求，赶紧料理了当地诸事，准备即刻起程去赫图阿拉。

清初的八旗兵，接到行止的命令，都是全家出动。走到哪儿，哪儿就是家，像狩猎一样。为什么家眷也跟着呢？当时有个规定，即在旗的人挣俸饷，家眷同样有俸饷。因为打起仗来，无论到哪儿，总是离不开洗衣做饭。这是女人干的活儿，她们是后勤保障，自然得把家眷带着。哈勒苏接到命令的当晚，准备了二十多辆马车，以便拉家眷和所用之物，几个儿子分别有自己的车马。次日，天刚蒙蒙亮，家族已准备开拔了，老头儿做事从来这么快。孩子们知道，只要阿玛一说话，马上就得动。于是，哈勒苏同兄长、儿子们骑马，家眷和仆人坐车，直奔赫图阿拉而去。全家不辞辛苦，昼夜兼程，很快赶到了那里。到了地方才知道，原来这次汗王爷调动人马，为的是兵进明军把守的沈阳城。

要说努尔哈赤进占沈阳城，说书人需先交代一下后金建立后与明朝的关系。努尔哈赤统一了建州女真，又渐次吞并了扈伦四部、东海三部，势力一天天壮大，这本来对大明朝廷已构成了极大的威胁。明廷虽有剿灭之心，却无灭敌之力，何况还想利用努尔哈赤以夷制夷。在无可奈何的情况下，只好对努尔哈赤施以笼络、怀柔的方针，始授都指挥使，继

① 满语：妻子。

升都督佥事、左都督，后续封龙虎将军。努尔哈赤称汗建立后金之后，双方也曾有一段时间相互各遵守边之约。后金天命三年，努尔哈赤才以“七大恨”为由，公开反明。

传说此年春正月丙子这天的寅刻之时，月将落，有黄气贯月中，其光广二尺许。月之上，约长三丈；月之下，约丈余。努尔哈赤望之，对众贝勒、大臣说：“天意如此，今岁必征明矣。予与明成衅，有七大恨，其余小忿，难以悉数，故欲往征，可共议之！”在他写给官军人等的谕文中，说到的七大恨是：我祖宗[①]与南[②]看边进贡，忠顺已久，忽于万历年间，将我二祖无罪加诛，这是一大恨。癸巳年间，南关、北关、辉发、乌拉、蒙古等九部会兵攻打我们，南朝休戚相关，袖手坐视，仗庇皇天，大败诸部。后我国复仇，攻破了南关，迁入内地，南朝责我擅伐，我们遵依上命，又退回到故地。后来北关攻南关，大肆掳掠，南朝毫不加罪。我与北关同是外番，事是一样的，处理的则不同，何以怀服？这是大恨之二。先汗[③]忠于大明，心若金石，恐因二祖破戮，南朝见疑，故同辽阳副将吴希汉宰马牛，祭天地，立碑界约铭誓曰，汉人私出境外者杀，夷人私入境内者杀。后来沿边汉人私出境外，挖参采取，念山泽之利，系我过话，屡屡申禀上司，竟置若罔闻。不得已遵循碑约，始敢动手伤毁，实在为的是信盟誓，杜将来。可正在这个时候，新巡抚来了，我们例应叩贺，派人前去行礼，当时巡抚不究出边招衅之非，反抓了送礼行贺之人，非要杀十个夷人来偿命。欺压如此，情何以堪，这是第三大恨。北关与建州同是属夷，我两家结怨，南朝本应公正对待，可为什么南朝要对北关助兵马，发火器，卫彼拒我，让我们伤心，这是第四大恨。北关老女，系先汗礼聘之婚，后竟违盟不让迎亲，更不该的是南朝竟帮助维护，让其改嫁蒙古，似此耻辱，谁能甘心，这是第五恨也。我们是看边之人，二百年来，俱在柴河、三岔、抚安等近边住种。后南朝信了北关诬言，发来兵马，逼令我部远退三十里，立碑占地，将房屋烧毁，田禾丢弃，地里的庄稼不让收割，使我部无居无食，人人待毙，此为第六恨也。我部素来都很忠顺，并不曾稍逆不轨，忽然南朝派备御萧伯芝，蟒衣玉带，大作威福，秽言恶语，百般欺辱，这是第七大恨。众贝勒、大臣知悉后，怒不可遏、义愤填膺，个个摩拳擦掌，誓报历代之血仇，并议定

① 指努尔哈赤的祖父和父亲。

② 指明朝廷。

③ 指努尔哈赤之父。

告天兴师反明。

大明朝廷为了维护对辽东和金国的统治，任命杨镐为辽东经略，以山海关总兵杜松、开原总兵马林、辽东总兵李如柏和刘綎为大将，调集十万大军，号称二十四万，分四路进攻后金都城赫图阿拉。明军派兵来攻，后金要反明，于是，双方开始了大规模的兵对兵、将对将的格斗。

天命四年二月至三月一日，努尔哈赤采取集中优势兵力、各个击破的战略，出动八旗六万劲旅，先在萨尔浒山击溃杜松左翼中路明军三万余人。然后绕道北击马林军，东击刘綎军、叶赫军和朝鲜军，南路李如柏军不战而逃。明廷四路之军，三路败北，阵亡将领三百余人，士兵战死四万五千多人，努尔哈赤大获全胜。从此，明朝在辽东的统治动摇，后金大军长驱进入辽沈地区，先后占领了开原、铁岭以及沈阳周围的据点，死死困住了沈阳城。哈勒苏的兄弟、儿子及其全家，就是在这个时候被急牌令箭调来赫图阿拉的。

这里要说一下，女真的兵马向来训练有素，让什么时候动，就什么时候动，动作相当神速。拿哈勒苏一家来说吧，接到皇太极的急令，只一天一宿的工夫便开过来了。不但兄长、儿子一块儿来了，连后勤也没落下。吃有吃的、住有住的、穿有穿的，都有人管，井井有条。而大明的兵马却不然，纯粹是老爷兵。建州兵一来，他们甚觉吃惊啊，怎么这么快就到了？像天兵似的！

天命六年三月，努尔哈赤令军士带营栅攻具，乘舟顺浑河而下，自统大军，水陆俱进，以攻沈阳。由于哈勒苏及其兄长、儿子骁勇善战，故被调入八贝勒皇太极率领的镶黄旗下，受命先攻义州。到义州城下，哈勒苏带领儿郎及其兄长，不顾守城之敌的顽抗，冒着箭雨，首先冲入敌阵，杀死明兵明将无数，顺利地攻占了义州。然后又随皇太极转战至沈阳东南的奉集堡，亦一举夺之。

过了一段时间，后金已列兵沈阳周围，明军侦卒举烽驰告总兵贺世贤、尤世功。为死守沈阳，遂于城外掘深堑，堑内竖起削尖的木桩，上面铺上秫秸，再盖上土。近城还有大壕两道，广五尺，深两丈，里面也竖起削尖的木桩。在贴城根儿的地方，筑有拦马墙，间留炮眼儿，排列鸟枪炮具，派众兵密布防守，城上亦有兵卒列阵。金兵开始攻城，明将是困兽犹斗，拼死挣扎，攻了三天不下呀！双方死伤无数，战死的人像蚂蚁一样，一片一片的。仗打得相当激烈，给养供不上去。明兵没有吃的，便以人肉、蛤蟆、小蛇、飞鸟为上餐。渴了没有水，就喝马血。后金兵的给养虽比明军稍好些，但同样十分艰难，连汗王爷也同士卒一样，什么水都喝。

这天夜半，是个漆黑的夜晚，汗王爷下了死令，命皇太极带领兵马誓死攻下沈阳城。皇太极带上武器，跨上战骑，率先冲了上去，哈勒苏一家英雄好汉护卫左右。战马被利箭射伤，就徒步往前冲；衣服划破了，就赤臂往上冲。金兵举着火把，施以火攻，到处是一片火海，许多士兵被烧伤。恰在皇太极驱赶战马急奔的时候，突然迎头一箭，正射在坐骑的头部，马扑通一声倒下了，人被甩出老远。哈勒苏一看贝勒爷摔下去了，心里这个急呀，没等座下的马停住呢，便跳了下来。可下马一看，竟不见了贝勒爷！找了半天没见影儿。因那是一个山坡儿，皇太极摔倒时，已顺坡儿骨碌下去了。哈勒苏的几个哥哥和儿子们见他下马寻找贝勒爷，也赶紧随之跳下。这时，从城上射来的箭如同下雨一般，不少的马被射死了，许多人的身上、双臂、腿上中了箭，他们哪儿顾得了这些？急忙分头寻找。天那个黑呀，伸手不见五指，个个睁大着双眼，仔细焦灼地搜寻着。突然，哈勒苏首先在山坡儿下发现了已摔昏的八贝勒爷，遂三步并成两步地跑了过去，并用身体护住。然后一边用刀拨着射来的箭，一边回头向兄长和儿子们高喊："快过来，贝勒爷在这儿呢！"谁知就在他一回头时，一支袖箭"噌"地射中了左眼眶，疼得不禁"啊呀"大叫了一声！还算万幸，没把眼珠儿射出来，只觉得眼睛发木，脑袋像要涨开似的。尽管如此，哈勒苏却没忘自己的责任，不顾疼痛，回身扑到了皇太极身上。

三位兄长和儿郎听到哈勒苏的喊声，迅速围了过来，只见八贝勒爷躺在地上，哈勒苏趴在他身上。大家以为二人均受了重伤，那是又惊又担心哪，大声喊着、叫着："贝勒爷，快醒醒！""阿玛，你怎么了，伤着哪儿了？"这一声声急促的呼喊，把皇太极给震醒了。睁眼一看，哈勒苏正趴在自己身上，其兄长和儿子们护在周围。再细看哈勒苏，见他左眼眶插着一支箭，像钉进个小木桩子似的。这时，哈勒苏坐了起来，忍着剧痛，用左手把住箭，咬紧牙关一使劲儿，"噌"的一声将箭拔出，满脸顿时全是血，并溅到了皇太极的身上，皇太极因哈勒苏的冒死相救而毫发无损。说时迟，那时快，八贝勒爷又飞身上马，仍然是哈勒苏护着皇太极，兄长和儿子们护在左右，大家一块儿拼命往上冲。就在这天晚上，皇太极终于带领八旗子弟兵，连砍带杀地从东门冲进了沈阳城。到了城里，稳定下来后才知道，哈勒苏的四哥阿西坦为救大哥被砍两刀，照样爬上了城墙；三哥西喀尼身上多处被刺，坚持伤敌数十；二哥奇喀尼身陷壕堑，是弟兄们给救上来的。可以说，哈勒苏及其兄长、儿郎为攻沈阳城做出了不小的贡献。

汗王爷进了沈阳城后，在御前褒奖哈勒苏兄弟，赏每人黄马褂儿一件，赐哈勒苏巴图鲁称号。从此，哈勒苏更加得到汗王爷努尔哈赤和皇太极的赏识。天命十年，努尔哈赤迁都沈阳，哈勒苏同兄长也带着家眷从珲春迁入了沈阳城，成为可汗身边的重要武士。

天命十一年，努尔哈赤率兵围攻宁远城，不克受伤，八月在距沈阳城四十里的爱鸡堡驾崩。九月初一，努尔哈赤的第八个儿子、八贝勒皇太极承继汗位，翌年改元天聪。哈勒苏兄弟仍在都城，为皇太极身边的御前侍卫。由此可以看出，哈勒苏的家族是多么显赫，是深受两代皇恩的，也是凭自己的本事和勇猛赢得这些殊荣的。

努尔哈赤共有十六个儿子。长子褚英，二子代善，三子阿拜，四子汤古岱，五子莽古尔泰，六子塔拜，七子阿巴泰，八子皇太极，九子巴布泰，十子德格类，十一子巴布海，十二子阿济格，十三子赖慕布，十四子多尔衮，十五子多铎，十六子费杨古。在努尔哈赤实行八和硕贝勒共治国政时，就有代善、莽古尔泰、皇太极、多尔衮、多铎等五个儿子称为和硕贝勒。这其中，努尔哈赤最喜欢、最赏识的是皇太极；办事最合心意的，还是皇太极。

皇太极是个很有心计的人，承继汗位之后，始终牢记父汗的遗训，忠于父汗的事业，而且雄心勃勃。一是要把后金的旗帜打出去，誓灭大明；二是继续向黑龙江用兵，把罗刹占领的土地夺回来。黑龙江以北、大兴安岭以南原本是中国的疆土，近些年来，有些地方却被罗刹所侵占。他们在那里烧杀、抢掠、奸淫，无恶不作，甚至有很多的子民也被掳了过去，强迫入了俄罗斯籍。这能答应吗？绝不能！那是我们后金的疆土，怎能允许外国人任意践踏？所以，皇太极当了可汗以后，决心不惜一切代价灭明、卫国，以对得起父汗的在天之灵。然而要完成这两件大事，谈何容易？当时后金的实力并不那么强。准备打仗，要有兵源；战斗中离不开马匹，要有战马之源；兵将需吃粮食，要有粮食之源；春夏秋冬总要穿衣裳，还要有布匹之源。如此看来，想解决这些战争之必需，没有后勤保障是不行的。皇太极开始琢磨了："一定得有个长远之策，抽调人员专门建立后勤基地，设立庄园，有自己的猎业、渔业、采集业、畜牧业。只有这样，才能有充足的衣食之源。”事实证明，皇太极很有远见，此举确为后来清代二百多年的统治奠定了基业。应该说，这是皇太极之功！

其实，建立后勤基地也是努尔哈赤多年的夙愿。老汗王爷在世时，十分羡慕乌拉部。认为乌拉部的领土广，有东海，又有松花江，不用愁衣食之源。曾多次讲过：“布占泰[①]凭其父祖乌拉鱼米宝地，雄踞众部，必当翦之。”还说：“若得松阿里[②]，建州将永固矣！”皇太极始终牢记父汗的这些话，下决心为后金建立起兵源、衣食之源的储备之所。要派亲信去吉林乌拉一带，寻找可以建布特哈[③]的地方，成立吉林乌拉打牲总管衙门，专管渔猎、采集、征送贡品及后勤补给业。正是为了这件事，他在承继汗位的第二个年头，即丁卯年，后金的天聪元年，大明天启七年五月的一天，于沈阳的宫殿召见了哈勒苏。

哈勒苏进得殿来，大礼叩见可汗。皇太极笑了，亲切地说：“快起来，起来，咱们仍像过去一样，不必拘礼。”又赐座、赐茶。尽管皇太极让哈勒苏坐下说话，可他仍半坐半站。哈勒苏这人一向谦虚、有礼貌，认为自己虽然与八贝勒爷很熟，关系也不错。但现在毕竟是可汗，是主人，只能以礼相敬。哈勒苏越是这样老实忠厚、谦和礼让，越得到皇太极的宠用。想到他一片忠心，屡建奇功，常受封赏。父汗在世时，曾几次赐予巴图鲁称号，又多次颁赏黄马褂儿和银牌，却看不到哈勒苏及其兄长、儿子们有半点儿傲气，真是忠厚可嘉呀！更忘不了在攻占沈阳时，哈勒苏一家舍命救主的壮举、冒死为后金拼搏的精神以及哈勒苏为此眼睛受了重伤的情景。想到这些，关切地问道：“爱卿，眼伤怎么样了？”皇太极这句问话，让哈勒苏很受感动，心想：“没想到时间这么长了，汗王还惦记着我受箭伤之事。”忙回道：“好了，好了，不碍事儿。伤口已完全愈合，视力没怎么受影响，请汗王不用挂念。”皇太极说：“噢，那就好。”接着，打了个唉声道：“爱卿刚入沈阳城，才安顿下来，按理说，应该好好儿歇息一阵子。先王走了，朕初登大宝，许多事情急等着办，真是不想再劳碌你们。然而眼下这件事却使朕时时挂念在心，非立刻办不可呀！哈勒苏，今天找你来，是想一块儿商量商量，不是下旨意。可能你已经知道

① 乌拉部的首领。
② 满语：松花江。
③ 满语：打牲、渔猎之意。

了，朕要说的，就是必须建立后勤基地、办好打牲衙门、管好大家的衣食住行之事。父汗在世的时候，因忙于征战，抽不出兵力，也抽不出得力的大臣专办此事，故未成行。现在，我们统御的疆域一天比一天扩大，兵马的数量越来越多，急需有充裕的物资补给。这些日子朕一直在想，要完成先王的遗愿，南伐大明，北攻罗刹，将黑龙江本来属于我们的疆土全部收回来，没有可靠的物资供应做后盾是不行的。所以，想请爱卿带着兄长和孩子们，帮助朕开创这一新的事业，朕今天在这里求你了！"语气十分诚恳。

哈勒苏听了皇太极这番动情的话语，非常激动，扑通一声跪在地上，颤声儿说道："奴才万死不辞，愿为汗王效犬马之劳！说什么求啊，只要汗王想做什么，奴才便会带领子子孙孙去做，绝无二话，这是做臣子的职责。"皇太极忙走过来，边扶哈勒苏边说："好爱卿，起来，起来，咱们君臣坐下来细细唠唠。"哈勒苏又很谦恭地、半坐半站地倚在太师椅上，恭听汗王的训示。皇太极说："这是一件全新的事业，本朝没干过，前明亦未做过。爱卿，全仗你去办了，地点选好了，在吉林乌拉。朕已同老皇兄代善讲了，请他到实地看一看，你带着兵马、领着家人随老王爷大贝勒一块儿去，到那里去创业、去开拓。要选贤任能，尽快把打牲衙门建立起来，创办咱们自己的官庄，设立打牲丁户籍，专管渔猎、采集和征送贡品之事。选出来的打牲丁务要可靠，不一定都得是旗人。后来加入满洲的满洲人、汉人及蒙古人等，他们之中愿意、又老实肯干的，也可以做咱们的打牲丁。将这些人分别编入网户，即捕鱼的；蜜户，就是采蜜的；猎户，专管打猎的。你看还需要些什么户，比如松子户呀、珠户呀，等等，分别建立起来。总之，要把采捕的衙门办好。这样，既解决了本朝各庙宇陵寝四时祭祀的祭品，又解决了八旗所需的物资。要想抓好这件事，不但须下大力气，而且需要时间，恐怕得干上几年才行。爱卿，你看怎么样？"哈勒苏跪倒在地，叩头道："奴才谨遵圣命，马上动身。"皇太极说："不用着急，把家里的事儿安排一下，是不是过几天再走？"哈勒苏说："汗王，这是件急事儿，什么事儿也比不上圣上的旨意急，不能等。我们以前住在珲春一带，本来是草莽之人，说实在的，这沈阳城还真有点儿住不惯呢！再说吉林乌拉奴才较熟悉，我们一到那儿，立刻着手办起来，绝不会耽搁。只要老王爷大贝勒一声令下，便可出发。"皇太极说："好，爱卿请起，这事儿就这么定了。说心里话，朕选来选去，还是选中了你。只有你去，朕才放心，要有心理准备，担子可不轻啊！老皇兄岁数大了，年龄不饶人哪，事情也挺多。他到那儿只是看看，得很快回来，一些事儿全靠你了。”哈勒苏忙说：“请汗王放心，奴才记下了。”皇太极在送哈勒苏出殿时，又嘱咐道：“走之前，再到朕这儿来一趟，咱们君臣告别一下。”哈勒苏说：“谨遵圣命，走前一定来拜别圣上。”说罢跪叩汗王，离开了宫廷大殿。

哈勒苏是一个仗义之人，在回去的路上心里还琢磨：“这人与人之间的相处，就是个情投意合呀！自从认识了汗王爷，怎么着都觉得投缘，没有一点儿主子的架子不说，对我哈勒苏全家可是真好。在镶黄旗下，在八贝勒爷的麾下南征北战，咋打咋痛快。为圣上做事，哪怕是死了也心甘情愿！那真是当今英明的君主，头脑敏锐，打仗身先士卒，没说的。而且一向平易近人，很少发脾气。满洲人的性格暴躁，动不动就发火儿，一上来那个劲儿，根本不允许别人讲话。记得有的亲信部将对皇太极曾发过脾气，那话是一句接一句地说，甚至唾沫星子都喷到脸上了。可他并不在意，擦擦脸，让你继续说。等把话说完了，这才缓缓地讲出自己的想法。这种作风和品德，能不让人感动、不让人敬佩吗？”又想，“圣上对我有知遇之恩。全家之所以能进到沈阳城，那是皇太极定的，进城当然高兴；现在圣上又命令马上离开沈阳城，到边远、艰苦的地方去开创基业，这是主子对我的信赖。理当肝胆相照，没什么可说的，更没什么可打怵的。应该走，立即走！”老将军从宫殿出来，这么前前后后地想了一道儿。

哈勒苏回到家后，马上把去吉林乌拉的事儿向几位兄长及儿子和众家眷说了，让大家赶紧收拾东西速行，并吩咐道：“收拾东西时，是自己的带着，不能带走别人的，更不能把战利品带走。”说到战利品，说书人得交代几句。后金的时候，一些事儿还没有更多的讲究。在沙场上，凡是战利品，你得到了，便是你的，只要拼死干就行。所以，有些八旗兵争着抢着去打仗，越到远处打越来劲儿，越到新鲜的很少去的地方打越来劲儿。待仗打完以后，可以将掠来的东西大车小辆地运回自己家中。但哈勒苏不这样，还特别倔，多次讲：“朝廷的东西、后金的东西给咱的已经不少了，富察氏子孙够享福的了。不是自己的，一件也不能要，子子孙孙都得这样。”几个哥哥和儿子们当然知道哈勒苏的脾气，于是在清点时，便把从珲春带来的东西、过去的一些物品以及攻沈阳得到的一些物品一件一件地分别摆好，然后请他来决定哪些要、哪些不要、哪些留下。哈勒苏家中也有一些阿哈，全是皇太极和老汗王爷在世时赏的。那时，每次打仗掠回的奴才，宫廷里各个衙门留够了以后，剩下的便按将士功劳的大小，赏一两个或三五个不等。这在当时是正常现象，不要一听到有奴才，就视为富有，还真不是那么回事儿。哈勒苏对此要求很严，汗王爷每次赏赐奴才时，只是带走一两个，其余的都留下了。事情决定之后，全家上下按照哈勒苏的要求，把需要带走的东西该捆的捆、该卷的卷、该装的装。听老王爷讲，路挺远的，那是长途跋涉呀，说不定半道儿上还有战斗呢！因此，必须得装好车，把所有的东西捆绑得结结实实的。

哈勒苏的几个兄长和儿子们，除了小儿子虽哈纳没结婚，其他都是有媳妇、有家口的。有的不单是老两口儿啊，还有儿女呐，儿女还有孩子、身边还有护兵呢。女眷得有丫鬟，男的得有小奴才、老奴才、小伙计吧？帮助挑挑儿的、担水、扫院子的也少不了哇，喂马、饲养鸡鸭鹅狗、管粮食的更得有。何况又是个大家族，家口确实不少。一个家，要不动没啥，这一搬哪，各样东西显得比平时多好几倍。尽管哈勒苏要求很严，这个不能拿、那个必须留下，最后连人带物三十辆车还是装得满满的。前辆车装着汗王赏赐的黄马褂儿、银牌、珠宝玉器等，跟着有几辆花轱辘轿车。这种车可是满族早些年最时兴的了，一些阔人家的老人、妇女、孩子出门时常坐。花轱辘轿车是由几匹大马拉着一个带篷儿的车斗儿，车斗儿多是用荆条儿围的，再用丝绒毯罩上。两侧有小窗户，可随时打开观景、通风。车斗儿前面挂一帘儿，作为车门儿。驭手处有雨搭，车夫坐在那儿赶车能避雨。车的后面常常是封着的，有的装上两撇帘儿，用时便拉开。有些轿车前后是敞开的，显得宽敞、明亮，象征着任何邪气不能侵犯。轿帘儿的上头，挂着头巾或小塞镯什么的。塞镯的眼儿很细，也是象征不论什么妖气都能给塞住，过不去。车前一般可坐两个人，一个是驭手，一个是副手或护卫，身上皆佩带腰刀和弓箭。出行时，主要是车夫赶车，另一个在旁边照看着。在需要昼夜兼程的情况下，车夫肯定很累，副手就替换着赶赶车。车斗儿的后面伸出一块儿小木板儿，上面可坐两三个人，多是家丁。篷车里很宽绰，备有靠背坐椅、小痰盂、小茶几等。茶几上放着水壶、茶杯。抽烟的设有烟台，台上放着烟缸儿、火绒、火镰。坐椅和靠两边儿的地方放有被褥，可以坐一坐、靠一靠、铺一铺、盖一盖，很是方便。这几辆花轱辘车里坐的除了老人和小孩儿外，全是女眷。其他车辆装着各种家什及物资，包括路上的吃喝，一应俱全。一切准备停当后，哈勒苏尽管已是六十岁的人了，却英风不减，仍骑着马同几个哥哥和众儿孙们一起走在前面，大小车辆跟在后面，一大家子呼呼啦啦地向宫廷而去。

正在哈勒苏临行前要去拜别圣上的时候，杨古利先于哈勒苏匆匆忙忙赶到了宫廷，也要叩见汗王。他为什么如此着急呢？前书说过，杨古利一心想把侄女舒穆禄格格嫁给哈勒苏的小儿子虽哈纳，可这事儿一直到现在都没最后定下来，心里着急呀！前一阵子打仗事儿紧，无暇顾及；好不容易攻进了沈阳，哈勒苏一家迁城里来了，不久却赶上先王努尔哈赤晏驾。那是个大悲的日子，喜庆不能有，音乐不能有，天天穿的是素服，悲伤难抑，无心谈及此事；接着是皇太极荣登大宝，需要做很多准备，群臣忙来忙去的，仍然顾不上；最近总算安定些了，一切也就绪了，以为这回到了该谈此事的时候了。忽又听说哈勒苏大哥全家受皇太极旨意，要离开沈阳去吉林乌拉，马上起行。杨古利知道，圣命难违呀！他更清楚，哈勒苏那是汗王身边的人，乃圣上的亲信。先王在世的时候，很是赏识他们全家，现在充任新登基的八贝勒御前侍卫。之所以能舍得把亲信放出去，肯定是差事十分重要，非他莫属。再说了，哈勒苏绝不会因为孩子的亲事而耽误圣上交办的大事，他们走了，我侄女怎么办？何况这事儿已同舒穆禄格格说过了。姑娘不小了，继续拖下去，得着急不是？事情往往就是这样，不定则已，定了以后，那心便长草了。侄女也不例外，肯定天天惦着，嘴上不说，心里得琢磨："咋回事儿呢？叔叔说办又不办，到底为啥呀？"特别是过些日子要领兵出去打仗了，不知哪天能回来，倘若此次不定准，还不知拖到猴年马月呢！这种情况下，你说杨古利心里哪能不急呀？怎么想怎么觉着不行，无论如何得赶紧办，只有求圣上给做主了。于是，才心急火燎地奔向了宫殿。

这杨古利可不是一般人哪，其夫人是先王的女儿。也就是说，他是已故汗王努尔哈赤的额驸、当今汗王皇太极的姐夫。如此看来，有什么事儿要面见圣上，自然不难。当进了宫廷，见到内弟皇太极后，便一五一十地禀明了在珲春如何同哈勒苏边喝酒，边将叔伯哥哥的遗孤许配给他的小儿子虽哈纳的事儿。还说了这门亲事本该早就办了，只是因征战太忙，朝廷的事儿又多，始终没倒出空儿来。现在可下行了，两个孩子都老大不小了，寻思赶紧给他俩办了吧。哪承想圣上又命哈勒苏全家急速离开沈阳去吉林乌拉，这事儿咋办好呢？皇太极听后，高兴地说："哎呀，这是件好事儿呀，真是一点儿不知道。我问过哈勒苏走前还有什么事情要处理，他回答没有，再说你也未曾对朕提起过呀！要是知道的话，晚些走不是不行。眼下，只有让哈勒苏多留几天了，等把喜事儿办完之后再走。姐夫，你看行不?”杨古利说：“看来，圣上并不十分了解我这位老哥哥的脾气呀，他是说做就做。特别是圣上吩咐的事情，从来没打过奔儿啊！既然圣命已下，肯定是留不住的。”皇太极想了想，说：“那这样吧，我让公公去传话儿，速召哈勒苏进宫，咱们一块儿商量商量，务必把此事安排好再走，这总行了吧?”杨古利听后乐了，忙不迭地点了点头。

说实在的，当皇太极听说虽哈纳和舒穆禄格格这门亲事后，对于让哈勒苏速行很是过意不去，而且打心眼儿里钦佩他的为人。觉得老将军的确是一心一意为朝廷干事儿，家里即便有再大的事儿，也不会耽误朝廷之事，真乃忠心可鉴！于是，忙令御前太监，速召哈勒苏进宫。正在这时，太监禀道:“哈老将军求见。”皇太极侧过头来，冲杨古利微微一笑，然后吩咐太监:“宣哈勒苏上殿。”

哈勒苏进得大殿，先跪下给汗王叩头，站起身后，又与杨古利互相打千儿见礼，这哥儿俩见面也是分外高兴啊！皇太极赐哈勒苏、杨古利座，接着直截了当地谈起虽哈纳与舒穆禄格格的亲事，歉意地说：“有这么个情况，你们咋不同朕讲呢？是件好事儿嘛！哈勒苏，不妨晚走几天，准备一下，把喜事儿办了吧！”哈勒苏忙回道：“谢圣上关心！汗王命臣此行，乃关乎国家的大事。恕臣不能停留，决意速行。再说，老王爷命臣今日起程，臣进宫拜别之前，早让家族人等整装在宫门外候旨了。至于同杨古利兄弟两家的亲事，已做了考虑，臣派人去接舒穆禄格格了。如果她同意，再好不过了，可同我们一起走。等到了吉林乌拉，诸事有了头绪，再择吉日给她和虽哈纳完婚。不知这样做，圣上可否恩准，贤弟是否愿意?”杨古利一听，哈勒苏早将此事做了安排，又考虑得这么周全，放心了。再说，这位老哥哥一向是只要决定了的事儿，那是任谁劝不动的。既然来不及在沈阳办，到乌拉完婚也成啊，不过是早一天晚一天的事儿，便表示同意了。皇太极见姐夫表态了，边点头边说:“那好吧，爱卿这样顾大局、明事理，朕只能依你之言了。你那小儿子虽哈纳同我姐夫的侄女舒穆禄格格的婚事由朕做主了，朕高兴，还要送他们一些礼物。”随即叫过御前太监，吩咐进内宫传旨:“为祝贺虽哈纳和舒穆禄格格喜结良缘，赏帛一百匹、骏马二十匹。除此，特赏舒穆禄格格锦缎绣袍一件、凤冠霞帔一套、玉镯、金银簪饰各四副。”御前太监答应一声“嗻”，赶忙进内宫传旨去了。

杨古利、哈勒苏双双跪倒，谢过圣上钦定儿女婚姻之恩后，皇太极让身旁的太监把早已准备好的一个玉匣儿拿了出来，然后向哈勒苏说道："朕与爱卿一起征战多年，沙场之上，结下了生死之情。对此番要去千里之外的吉林乌拉，为朕开创新的事业，还真有些难以割舍。这把宝剑是父汗万历年间去明朝朝贡的时候，明神宗赏的，后来父汗赐给了朕。现在，朕将此剑转赐给你，以表明对爱卿的怀念之情。"说着将玉匣儿打开，只见匣儿内红绸铺底，装有一把金光闪闪的短剑。金色的剑把儿上雕刻精美，系着金黄色的彩穗儿，看上去格外漂亮。皇太极又道："爱卿，赠此剑的另一层意思是祝你早得孙儿，把他调理成国家的栋梁。我们后金需要人哪，希望不辱朕命啊！"说得很有感情。哈勒苏扑通一声跪倒在地，双手接过玉匣儿，满怀深情地垂泪道："谢圣上的赏赐，阖族老少感谢圣上的恩泽！奴才马上要走了，圣上有事儿就招呼一声，定当随叫随到，万死不辞。敬请汗王保重龙体，奴才此去千里迢迢，不知何时才能拜见圣颜。"说着说着，禁不住"呜呜"地哭出了声儿，站在一旁的杨古利也已泪流满面了。皇太极走下御座，一边说"好爱卿，快快起来"，一边伸手扶起哈勒苏道："爱卿此次随老皇兄去吉林乌拉，那是重任在肩、难处很多呀！希望务要选贤任能，因才施用，建好布特哈衙门。好了，朕把一切全托付给你了，望爱卿保重身体。"说着，忍了半天的泪水夺眶而出，君臣抱在一起痛痛快快地哭了一场。这真是：人世难得知己情，情到深处眼泪流啊！

哈勒苏在即将离开汗王的时候，考虑再三之后，启禀道："圣上，臣有一事请求恩准。"皇太极问道："什么事儿？尽管讲来。"哈勒苏说："臣已近暮年，多年征战，伤病在身。近来因眼中箭伤，左目迷蒙，常常彻夜流泪，疼痛难耐。为了社稷大业，斗胆举荐小儿子虽哈纳承袭臣职。他聪慧、敏捷，马箭武技均在其兄和同龄人之上，当可为国担当重任。老臣退了以后，只要不死，有口气儿在，定为主子效犬马之劳！如蒙圣上恩准，臣将感恩不尽。"皇太极看了看哈勒苏的眼伤，想起沈阳城外老将军全家拼死护驾的情景，深情地说："爱卿，朕与众位贝勒都知道，富察氏一家满门忠烈。虽哈纳不仅是你的'五虎上将'之一，勇武果敢，也是朕的得力臂膀啊！你的请求，朕准就是。"于是，令人拿过笔墨，很快写下了一道手谕："令虽哈纳全权协助哈勒苏办理吉林乌拉布特哈总管事物，钦此。"哈勒苏高兴得急忙跪地叩首，接过圣旨，代儿子谢了圣恩，一旁的杨古利亦感到很是欣慰。从此，虽哈纳便成了朝廷的命官了。

就在皇太极、哈勒苏、杨古利君臣三人即将离别之时，一小太监来报：“启禀汗王，大贝勒老王爷乘官轿在宫外候旨出行。”皇太极自言自语道：“啊，老皇兄来了，赶快出迎。”边说边下了御座，一手拉着杨古利，一手拉着哈勒苏，兴致勃勃地向宫门走去。

各位阿哥，你们可知皇太极为什么对老皇兄如此尊敬吗？代善乃努尔哈赤之二子、皇太极的二哥。论嫡庶，是所谓正宫娘娘之子；论长幼，是努尔哈赤现存的十五个皇子中最为年长者。青少年时期，即随父兄为统一女真诸部而战。万历三十五年，一次在随叔父舒尔哈齐贝勒、长兄褚英贝勒偕费英东、扈尔汉、杨古利率兵三千出征回返时，与乌拉布占泰的一万兵马相遇。在实力悬殊的情况下，代善以精彩、中肯的话语鼓舞士卒，率先登山而战，直入敌营，最后击败了乌拉部。为此，努尔哈赤赐予他“古英巴图鲁”的美号。“古英”，即刀把儿顶儿上镶钉的帽子铁;“巴图鲁”，即英雄、勇士的称呼。这个尊号，在清代，唯代善所独有。万历四十一年，又随父汗努尔哈赤灭了几代相传的强国乌拉，为后金国的建立立下了大功。天命元年，被封为和硕贝勒，参与国政，列四大贝勒之首。代善为人谦和，大度宽容，遇事总要尽量化解矛盾，大事化小，小事化了，不愿招惹是非。同八弟皇太极虽非同母所生，但比较投缘，相处得很好。皇太极最终能登上汗位，实事求是地讲，是得到了代善皇兄很大帮助的。对于这样一位在八旗贝勒、大臣中拥有极高威望的老者，皇太极怎能不特别敬重呢？

皇太极到了宫门口儿，护卫把门打开，只见宫外文武百官跪了一地。正面有一金鼎大轿，轿的丝绒围子上绣满了兰花，正是汗王赐给大贝勒代善专用的官轿。代善的护卫见汗王已出宫门，急忙禀告老王爷：“汗王驾到!”代善尽管是皇太极的哥哥，可皇太极毕竟是汗王，所以赶忙由几个侍从搀扶着欲下轿迎驾。皇太极见老皇兄要下轿，快走几步来到轿前，双手扶住年事已高的代善说：“皇兄不必拘礼，坐在轿子里说话吧。”代善笑了，说道：“你是汗王啊，怎能免去君臣之礼？”皇太极说：“咱们心到就是礼到，请皇兄落座。”回头命丫鬟、用人，扶持老王爷坐在绸缎大靠背椅上，然后站在轿下说：“这次让皇兄去千里之外的吉林乌拉，真是辛苦了，请多多保重。皇兄也知道，按照父汗在世时所定，吉林乌拉的各种事务，实际上是控制在各王之手的。哈勒苏固然能干，亦忠心耿耿，具体事情可交他去做。但光靠一个人，有些问题恐怕很难解决，因此必要的时候，只好请皇兄出面解决了。本来皇兄年事已高，应多休息才是，实在不忍劳动。无奈朕在宫内诸事繁多，确实是脱不开身，只好有劳皇兄前去代朕主持了。吉林乌拉的事情，请皇兄酌定，帮助哈将军办好布特哈衙门。”皇太极几句诚恳的话语，说得代善心情十分舒畅。他原本还有些怨气，怕惹是生非，不太想去。因那里很多都是自己兄弟的领地，弄不好的话，容易得罪人，没法儿办，然而又不能不去。皇太极是真有办法、真会说话呀，见什么人说什么话。讲完以后，让你听起来舒坦，有多少怨气呼啦一下全泄没了。代善一听皇太极这么说，哪好意思再推却？便道：“行了，汗王，我既然答应前去，就一定禀旨而行，请放心吧。”皇太极说：“皇兄悠着点儿，可别累着，千万保重身体。”又命众轿夫一路要稳抬轻放，必须侍候好大贝勒爷，关照好老王爷的贵体。众轿夫、侍卫跪地叩头道：“谨遵圣命。”于是，皇太极下令起轿上路。

这一支队伍，前头是八面大锣开道，接下来是回避、肃静牌，还有各类旗帜等卤簿，即仪仗，护卫马队紧紧相随。中间是代善坐的大轿，两边跟着由护卫牵着代善的坐骑和百余名士兵，真乃前呼后拥，浩浩荡荡，好不威风！代善的队伍后头，便是哈勒苏父子及兄长们。他们各自牵着马，到了汗王面前，齐齐跪倒在地，山呼万岁，万岁，万万岁！向圣上叩别。皇太极很高兴，抬抬手道：“都平身吧。”哈勒苏指着虽哈纳说：“圣上，这是奴才的小儿子虽哈纳。”皇太极笑了，言道：“不用介绍，朕早就认识。朕做贝勒的时候，我们像兄弟一样，还曾同骑过一匹马呢！”说得大家都乐了，紧张的气氛顿时缓和下来，哈勒苏忙让虽哈纳过来谢圣上赐婚、封官之恩。虽哈纳走上前来，向汗王大礼参拜道：“谢圣上的恩赏，臣愿肝脑涂地，赤心报国。此去纵有千难万阻，臣将绝不辜负圣上的信任，全力效命。”皇太极伸手扶起虽哈纳，鼓励道：“好了，好了，朕早知道你是好样儿的，富察氏家族个个是好样儿的，朕相信你们！此去吉林乌拉肩上的担子不轻啊，前面定会有荆棘丛生，望尔等好自为之，一定要事事谨慎、处处认真。”大家一起跪地，齐声儿答道：“谨遵圣命！”皇太极说：“行了，大贝勒老王爷已经出发，你们也该上路了！”随后，命杨古利代为送行三十里。杨古利领旨答应一声“遵命！”接着说道：“不过臣还要向圣上介绍一个人。”随即往后面一招手，只见一个年轻将军打扮的人骑马奔了过来，身边紧跟着两个护卫。

你道这前来之人怎样打扮？头戴英雄盔，身穿英雄甲，外面罩件丝绒斗篷，一派英俊威武的风姿。那两个护卫，一个手提大刀，一个身缠九节鞭。来人到了皇太极面前，滚鞍下马，匍匐在地，叩头道："吾皇万岁，万岁，万万岁！"之后，顽皮地微微仰起头，眯缝着眼睛，特意让圣上辨认。皇太极一看，眼前这位小将也就十八九岁的样子，剑眉、大眼睛、高鼻梁，小脸儿长得很是俊秀。看了半天，倒愣住了，自言自语道："哎呀？怪了，富察氏家族和杨古利家族的人朕哪个不认识呀，怎么这位年轻小将却认不出来呢？"哈勒苏急忙上前说："圣上，这就是奴才的小儿媳舒穆禄格格呀！"舒穆禄格格又一次叩头道："谢圣上为小女主婚，在这儿给圣上叩拜了。"皇太极笑着说："噢，原来是舒穆禄格格女扮男装啊！起来，快起来，难怪杨古利一家个个是武将，连年轻女子打扮起来，都有当年穆桂英的风采哟！"接着，向舒穆禄格格叮嘱道："朕知道，你是文武全才、才貌双全。待嫁给虽哈纳后，富察氏家族定会如虎添翼呀！朕已命虽哈纳协助总管乌拉布特哈事务，你有能力，知书达理，应当多帮帮他。不仅要保持本家族的孝道和忠义，辅佐舒穆禄家族，也要辅佐富察氏家族，让两族更加光耀！"舒穆禄格格羞涩地回道："小女谨遵圣命！"皇太极说："时候不早了，众位爱卿抓紧赶路吧！"大家答应一声"嗻"，然后翻身上马，车辆随行，上路追赶走在前面的代善大贝勒，杨古利带着哈勒苏的三儿依成额、四儿都克山代圣上出城相送。皇太极站在大路上，一直目送着代善及哈勒苏一行，直到再见不到一丝影儿，才在太监、护卫的簇拥下，返回宫殿。

回到宫殿之上，皇太极还在想着哈勒苏带领兄长、儿子随老皇兄去吉林乌拉的事儿。觉得哈老将军像兄弟一般，又是自己的救命恩人，忠诚、肯干，一步一个脚窝儿，选他去吉林乌拉开创新的事业，是绝对可靠的。但是，万事开头难啊！从天命四年先汗致朝鲜国书正式称后金国以来，至今仍战争连绵，不仅南朝势力依然很强，北方也不安定。辉发、哈达、叶赫、乌拉这些部落，尽管已被力量很弱的建州部以各个击破的战术攻克了，像用斧头砍树一样，你不是粗吗？我一斧头一斧头地往下砍，砍一点儿则细一点儿，不着急，一棵树一棵树地伐。最后全部被伐倒了，为建州部赫图阿拉所统辖，入了后金的版图，但还是比较乱的。另外，黑龙江上游的使犬部、外兴安岭以南的使鹿部以及镜泊湖以西的窝集部有少数尚未臣服。再说，即使把这些地方全征服了，紧接着将涉及如何治理的问题，向来如此。征服一个地方好办，治理好太难了。为什么这样讲呢？因为要治理，就要发展生产，以便养活这个地方的人口，使他们心甘情愿地受你驾驭，受你管辖，这怎么能不难呢？拿大贝勒老王爷受命领着哈勒苏一家去吉林乌拉说吧。之所以去，是要治理那个地方，必须建起打牲衙门。可说起来简单，做起来哪那么容易呀？皇太极一想到这些，心情有些郁闷。但转念又一想，哈勒苏是敢作敢为之人，既听话又有魄力，身边还有虽哈纳帮助他，挑起这副担子不会有大问题。何况大贝勒代善为人随和，德高望重，褚英死后，他在诸王中最年长，兄弟们都愿意听二哥的。这样看来，说服各王应该不是很难。这么琢磨琢磨，又稍稍松了口气，其结果如何，只能静待佳音了。各位阿哥，你们可知道皇太极为什么感到解决乌拉的事儿不容易吗？这得从灭乌拉部说起了。

乌拉，也有写作兀喇、乌喇、吴喇的，是明末海西女真的部族之一。族人沿乌拉河，即今松花江上游居住，乌拉城是该部的治所。除此，还建有宜罕河麟、金州、孙扎泰、俄漠、优尔哈、斐优等城寨。酋长布颜时尽收乌拉诸部，筑城称王。由于所居之地依山傍水，资源丰富，故实力最为雄厚，历经四世。到了布占泰时，同努尔哈赤的建州部屡发冲突，并联络九个部落与之对抗。九部联军失败后，布占泰为努尔哈赤所俘，恩养三年放出，被招为额驸。后因阻碍努尔哈赤统一呼尔哈，又发生冲突。万历四十一年，癸丑年，女真的天牛年正月间，努尔哈赤领着儿子们征乌拉，布占泰以兵三万越富勒哈城列阵而待。努尔哈赤率兵将前进，两军距百步许，下马步战。矢发如雨，呼声震天，乌拉十损六七。于是，建州兵乘势夺门，努尔哈赤登上乌拉西城楼，竖起了大旗。布占泰带败卒不满百人，急回城下，见建州部大旗飘于城头儿，大惊，调头逃向了叶赫，乌拉遂亡。

乌拉被灭后，距这次大贝勒代善和哈勒苏去治理乌拉有多长时间了呢？这一年是丁卯年，女真的天兔年，是皇太极登汗位的头一年，叫天聪元年。如此算起来，已有十四个年头了。那么，这些年来，乌拉是怎么个状况呢？努尔哈赤率军占领乌拉之后，光顾打仗，光顾争雄占地方，治理之事还没有时间认真考虑。只是先按八旗制度，将乌拉部的人丁作为俘虏化整为零，分给八旗的各个旗。分给哪个旗的，便迁到哪个旗去，重新编户，即编入牛录。被俘的人想留在原来的地方，没门儿！有人问，都迁走了，他们的原居地不是空了吗？绝对不会。你想啊，别的部族在归顺后，也会有人丁被迁到这里来呀！这么一迁动，那些人全由各贝勒爷来管了。为了防止他们反叛，各贝勒爷领着兵马，像赶羊似的把男男女女赶到各个旗，再分到东西南北不同的地方，全部拆散开。既是新来的户，又不是原来在一起的户，互相大眼瞪小眼，谁也不认识谁。重新凑一起，重新编户，重新给你选穆昆达。连兄弟俩由于分开编入牛录，十几年都难于见上一面，这不是地地道道的一盘散沙嘛，还何谈结成反叛力量？一个个老实得像绵羊似的。群龙无首，谁敢反哪，反啥呀？如果发现有反叛的，立刻杀掉或者再把你迁徙，反复几次就折腾屁了。因此，任何人不敢轻举妄动。尤其对有些逃人返回来的，你不是从这儿逃走的吗？我把你塞到那儿去，让你们互相之间没联系，谁也找不着谁。当时常有这样的事儿：兄弟俩从被抓住那天起，便被拆开来，分别住在相距几百里的地方，互无联系，互无消息。直到五六十年以后，老哥哥同老弟弟才见上面，就到这个程度。此做法，是当时努尔哈赤统治部属的一种手段。即是说，目前居住在乌拉这地方的，已不是原来乌拉部族的人了。努尔哈赤在皇太极的请求下，曾答应过："乌拉这地方最富，灭掉它后，可以分给你们兄弟几个。"现在的乌拉是由好几个旗主分别管辖，重新制定了规章制度，以此进行约束。很多的部落看起来似乎是统一的，实际上已划成了块儿。这块儿归这个贝勒爷，那块儿是那个贝勒爷的，互相制约，又互不干涉，是分散开的领地。当然，总的是由建州部汗王爷统领，下边各贝勒爷却是自己管自己，各自为政。

说起旗主是怎样管辖的，就得先说说努尔哈赤创立的八旗制。八旗制，源于女真人长期流行的牛录制。"牛录"为满语，意思是射兽用的大披箭。很久以来，女真人凡遇兴师出猎，不论人数多寡，皆按族寨而行。各出一支箭，十人中立一总领，称之为牛录额真[①]，即大箭主。实际上，这是以族寨为基础编凑而成的临时性武装组织。围猎用兵时，则自由组合；兵猎完毕后，随即解散。由于它客观上助长分裂，不利于统一，努尔哈赤在统一女真各部的长期过程中，便对这种传统的组织形式不断予以改组，遂建立了八旗制。

八旗制，即是将所有统辖下的人丁，每三百丁为一牛录。这个牛录不再是自由组合的松散组织，而是固定的社会基层组织，任用率部来归的酋长或其子侄为牛录额真。五个牛录为一甲喇，又称扎栏，设一甲喇额真，作为承上启下的中间机构。五甲喇为一固山，即一旗，设一固山

---

① 满语：主。

额真，也就是一旗的旗主。旗主全部由各贝勒充任，旗主之上有汗王。这样，便将原来分散的牛录统一编制起来，共有八旗，故而称为八旗制。前书说过，八旗分黄、白、红、蓝、镶黄、镶白、镶红、镶蓝。到了皇太极时，又新编蒙古八旗、汉军八旗，此为后话。

八旗不仅是军事制度，还包括征赋佥役等政、财、刑各方面的职能。这种制度的确立和实施，对后金国的建立和发展，起了重大作用。但是，由于各旗的固山额真，即旗主贝勒拥有很大的权力，分别成为一旗的所有者和军事统帅。他们与旗下人员之间的关系是主奴关系，官将兵丁都得听旗主的调动，服从旗主的命令。而且各个旗主在一个地方经营多年，久而久之，有可能造成旗主与汗王的抗衡。

现在，皇太极刚继位不久，既是为了搞好平时和征战时的后勤，也是为了集权于一身，一改过去父汗的策略，将化整为零变为化零为整。提出其他地方先不动，仍按原来那样分别管辖，乌拉则收回分治权。这回派大贝勒代善和哈勒苏前去，便是要收回各旗主的权利，设一打牲衙门统管，形成打牲衙门的上面是汗王、下面由一位官员具体负责的局面。如此一改，必然涉及各个旗主的利益。就当时的八旗来说，因为居住的地方不同，所以习俗不一，制度各异。有的旗依山傍水，除了参与战事外，便是捕鱼捉貂、采参捞珠，以渔猎为生；有的旗则室居耕田，挣了钱全是各贝勒爷自己的。十几年了，那些由贝勒爷充任的旗主都有各自的官庄和私人土地，奴才为他们自由驱使。如今，按照皇太极的旨令，马上要收归国家，你说哪能好办呢？肯定是矛盾重重。何况各个领地皆为当年努尔哈赤给分的，涉及皇太极的好儿个兄弟呢！吉林乌拉又最肥，物产最丰富，各旗主到手的肥肉谁不掐着，能那么痛痛快快放手吗？因此说，这是一件很难办的事儿。

咱们回头再表已经上路的代善和哈勒苏。代善一路上坐在轿车里是思前想后啊！既想到了随父占领乌拉的情景，也想到了各王分领乌拉后的一些情况，更想到了这次皇太极把他推出来要办的这件难事儿，心里话："八王啊、八兄弟，你胆儿也太大了，刚当上汗王咋就敢这么干呢？这可是向自己的兄弟们开刀、割身上的肉啊！谁能同意呀，碰谁谁不噘嘴？纯粹是个得罪人的差事。好哇，真行啊八兄弟，把老哥给推出来了。让我去充当说客，干让人恼的事儿，哪那么好办呀？然而圣命难违，你能说这事儿难就不办吗？那可是抗旨呀！"虽然皇太极在临别时给以代善很大的安慰，但他一路上思来想去的，怎么想怎么觉着不好办，一直是眉头紧锁、唉声叹气、心潮难平。

那么，此刻的哈勒苏又是怎么个心情呢？尽管一路上既不坐轿也不坐车，同兄长、大儿、二儿、五儿一起骑马前行，看上去是春风满面、信心百倍的，内心却很不平静。汗王令他前往吉林乌拉，可不像每次派去带兵出战，只要敢杀敢拼便能得胜。这次则不同，是去治理乌拉，是要建起衙门，把原来分散在各旗主手里的权力集中起来，由这个衙门代汗王去掌管。所面对的不是敌人，而是自己的主子、各位贝勒爷呀！临出发前，几个哥哥问过哈勒苏："弟弟，办这件事咱们能行吗？弄不好可要惹得诸位王爷不满哪！"连大儿子、二儿子也一再埋怨，说他什么差事都敢接，珠和纳还出主意说："阿玛，这事儿不能干哪，不是明摆着去得罪人吗？到那儿把人家的家产夺过来，交给新建的衙门，这事儿放到谁身上能愿意？要我看呀，咱是不是干点儿别的什么？"大儿子倭克纳甚至建议父亲跟汗王说说，现在战事挺紧，我们对东海又熟悉，能不能不去乌拉，赴东海征战窝集行不行？三儿依成额和四儿都克山则庆幸多亏跟了杨古利大将，没去干那不受欢迎的事儿。只有小儿子虽哈纳没那么多顾虑，满不在乎地说："阿玛，我不怕谁高兴不高兴，你怎么说，我就怎么做！"要不说哈勒苏咋喜欢这个小儿子呢，听话呀，指哪儿打哪儿！对家里人的种种担心，哈勒苏能不琢磨吗？可他想："我家深受两代皇恩，汗王需要我们去办的事儿，怎能推脱呢？再说，此次是依照谕旨行事，这里没我一点儿光可沾，富察氏家族没占任何便宜，有什么可怕的？"哈勒苏明知道此事难办，困难很多，但绝不会退缩。凭他的认真和耿直劲儿，只要汗王有令，会坚决做到底的，毫不含糊。平时在这个家族中，哈勒苏决定要做的事儿，无论是他的哥哥还是儿子们，即使一时想不通，也一定会跟着的。这次不是这样吗？一个个乖乖地去了吉林乌拉，可见哈勒苏在家中的威信是相当高的。

说书人在这里要把一件事说得更清楚些，此为萨大人谱中的一桩要事。过去曾有很多人提到：皇太极在天聪元年，派哈勒苏去承担开拓吉林乌拉的重任了吗？萨大人的父亲虽哈纳是否真的担任过打牲乌拉总管，还是往自己脸上贴金呢？各位阿哥，不是往脸上贴金，确实如此，这是我们富察氏家族在历史上的一个荣耀。讲史要讲准，可不是说书人随便编造的，有书为证。《八旗满洲氏族通谱》里记载："绥合纳（虽哈纳）任打牲乌拉总管"，非常明确。这是历史上有关打牲乌拉最早的记载，正式的打牲乌拉衙门的成立，那还是顺治十几年以后的事儿。现在讲的是太宗皇帝开拓乌拉，最早承此大任的，便是满洲镶黄旗富察氏家族。所以，在萨大人谱里便写进了这件事儿，说书人也就不能不讲这件事儿。

闲言过后，咱还是书归正传。代善和哈勒苏一行，大轿、车马浩浩荡荡地走了三天两宿，才到了吉林乌拉境内。此时，正是丁卯年的初春时节，暖意浓浓。哈勒苏策马登上山冈，见几只灰鹤咯咯地叫着从头上掠过。极目远眺，映现在眼前的是一片柳林，林中升腾起白蒙蒙的雾气。越过柳林，便是美丽的松花江了。江两岸是一片平川沃野，给人一种心旷神怡之感，老将军不禁赞叹道："真乃富庶之地也！"又见远处袅袅腾腾的烟霭，原来有人在那里烧荒放地。还听到啾啾的喊声，此起彼伏，那是一群老少爷儿们正骑马打围猎鹿呢！

哈勒苏颇为兴奋，将马一打下了山冈，来到代善乘坐的金鼎大轿前，大声儿说道："禀大贝勒爷！"话音刚落，轿帘儿打开了，坐在里面的代善问道："哈将军，有什么事儿吗？"哈勒苏在马上抱拳道："大贝勒爷，马上要到乌拉城啦！"代善自言自语道："噢，是吗？"哈勒苏说："是呀，上了前面这个山冈，绕过那片林子，就到松花江边儿了。再沿江过去，可见到城池，那便是乌拉城。"代善高兴地说："好哇，总算到啦！哈将军，你说咱们到那儿之后该如何行事呀？我呢，不想多待，三五七日后得返回去，有些事情你按圣命办理吧。"哈勒苏说："老王爷，请您放心，肯定不会总打扰您，只请帮助吓唬一下就行了。您想啊，您是大贝勒爷，德高望重。此次前来，如同汗王来了一样，谁能不听您的呢？"尽管这是哈勒苏给戴的高帽儿，代善听了也感到舒坦、高兴，情不自禁地哈哈大笑起来。哈勒苏又说："既然是这样，您到那儿呀，先住下来，不出面，诸事由我去办。等到了掯劲儿的时候，再把您请出来，看这样可好？"代善原本不愿多出头，一听这话更高兴了，连忙说："好哇，好，这么办吧！那么哈将军，你先行。"哈勒苏接着说："大贝勒爷，还有件事儿请您恩准。"代善马上问道："什么事儿？"哈勒苏回道："为了便于摸清情况，最好暂不惊动地方。咱们能不能收起仪仗，偃旗息鼓？像现在这么大张旗鼓的，可能会镇住一些人。倘若把他们吓跑了，有些事儿摸不着底细，将来怕不好办。我的意思是：您呢，坐着轿悄悄儿进去，先不让任何人知道大贝勒爷来了。由我去同他们打交道，以便将来处理起啥事儿来，也好留有充分的余地。待摸清这里哪几个人管事儿、具体是一种什么状况后，必要时才亮出您的执事，打出您的旗帜，代汗王行事。这样一来，极有可能一锤定音。”代善听了此番话，心想：“没承想哈勒苏这个战场上敢打敢拼的武将，想问题、办事情竟如此周全！”随即点头道：“好，看来哈将军还挺有计谋，按你说的办吧。”于是，大贝勒爷发令，收起了出行的所有卤簿、执事，只打着钦命办理乌拉布特哈衙门事务的旗帜，向乌拉城进发。

当时，镇守乌拉城的，是千户长瓦岱。说起这个人，那可大名鼎鼎，是一员打仗不要命的武将。当年努尔哈赤率兵攻打乌拉城时，内城设置异常坚固，易守难攻，布占泰是下死力抵抗。汗王爷下令：“小的们，务必想办法尽快打开乌拉城门！”在箭雨纷飞、刀光剑影中，有多少人被利箭穿心而死，有多少人被战刀砍得七零八落，真可谓血流成河呀！就在这紧要关头，有个人冒着箭雨，首先爬上了攻城的云梯。不顾脸上、身上全是血，抡起腰刀，冲护城的乌拉兵好一顿左杀右砍，硬是杀出了一条血路，令敌兵震惊丧胆，使建州兵顺利地攻上了城楼，占领了乌拉城。努尔哈赤高兴极了，心想：“这是谁呀，这么勇敢？听我一声令下，小兔羔子连死都不怕，第一个爬上了云梯。而且刀亮得那么快，杀得那么勇猛，为本汗占领乌拉城立下大功啦！”于是，仗一打完，马上令护卫：“快点儿，把第一个爬上云梯的那位将军叫过来。我要好好儿看看他，重重奖赏他！”护卫听命而去。

不多时，护卫将一个穿着普通马甲[①]骑兵服的人领到了努尔哈赤面前。他浑身血污，衣裳刮扯得一条条儿的，眼眉上的血已凝成嘎巴儿了。见了汗王，慌忙叩头下拜，随之龇牙一笑，把站在旁边的代善、皇太极等人都逗乐了。为什么乐呢？因为他整张脸全是血，又结成了嘎巴儿，很像关云长的红脸，只见一口白牙了。努尔哈赤一看那个样儿，也乐了，让他快快起来，并问道：“你叫什么名字？”马甲回道：“我叫瓦岱，何舍里氏。”又问：“什么时候入营的？”瓦岱说：“不到十天。”再问：“从哪儿来的？”“原本是个要饭的，大军在进攻乌拉城的半路上，把我收进骑兵营的。”努尔哈赤听了瓦岱的回答，看了看他的穿着打扮，感慨地说：“你这小马甲、小要饭的，比我的这些虎羔子厉害，是有功之臣哪！好哇，本汗今天赏你，可赏什么呢？”想来想去，想到乌拉这个城不大，即便人都凑到一块儿，也不会太多，边琢磨边说：“噢，千户长……对，赏你当

① 清代兵种名，即马兵，骑兵，又称骁骑；也是像大坎肩似的衣服的名称，有硬板皮的，也有毛皮的，穿在兵丁身上可起防箭作用。

乌拉城的千户长吧！”瓦岱瞪着眼睛，一只手摸着后脑勺儿，愣愣地瞅着汗王，半天没懂是啥意思。旁边的人忙对他说：“快给汗王叩头谢恩哪！”瓦岱这才赶紧跪下，“咣咣咣”地叩头谢恩，他就这么当上了千户长。

真是平地一声雷呀，瓦岱一下子出了名啦！在建州部里，只要你勇敢杀敌、不怕死，有可能一步登天。要是偷懒，临阵脱逃，不管你是谁，或是多么显赫的王侯，说刷就刷，努尔哈赤向来是这样做的。于是，瓦岱的名字像阵风似的很快传遍了兵营，兵丁们虽没见过他，但全知道瓦岱的故事，很是羡慕。说来也真不简单，看似瓦岱一步登天，实际是用命换来的呀！这可不是每个人都能做得到的。攻下乌拉城后，瓦岱又参加了攻打叶赫之战，立下了赫赫战功，晋升为二等甲喇章京，后升至参领。他这个镇守吉林乌拉的千户长，实际上是甲喇章京、参领衔的三品官。

瓦岱听报，办理乌拉布特哈衙门事务的钦差大人快要进城了，急忙带兵出城迎接。刚到城门口儿，见一行人已经到了，赶紧滚鞍下马，叩拜钦差。哈勒苏随即也下了马，两人见过礼后，瓦岱头前带路，将大家引进了城外的行营，并于当晚设下酒宴，为哈勒苏接风洗尘。因为大贝勒爷和哈勒苏的家眷不便出面，遂在另处用膳。酒席宴上，哈勒苏与瓦岱谈得十分投机，了解了不少事儿，并让他讲讲乌拉的情况。瓦岱说：“哈将军，这样吧，待会儿我领你到城中各处转转，一看就知道了。”说完打了个咳声，似有许多难言之隐。

酒席宴散，哈勒苏于行营安置了众将和家人的住处，又特别选了大贝勒爷的下榻之处，再三叮嘱瓦岱：“你的兵将千万要保护好贝勒爷住的地儿，马虎不得。”瓦岱问：“是哪位贝勒爷？”哈勒苏笑了笑，说道：“先不要问，暂时是军事秘密，不能讲，过些天便知道了。你要给我看好、守好，不准任何人近前一步。出了事儿，咱俩的脑袋都得掉！”瓦岱心想：“咋这么神秘呢，莫不是汗王来了？”边想边答应了一声“嗻”，立即调集兵马，命令必须严密护卫行营。所谓行营，其实就是原来乌拉部首领布占泰的居所。

哈勒苏见一切皆已停当，便让大家歇息了，然后叫上小儿子，准备同瓦岱一起到城里看看。你道为什么只叫虽哈纳？因为他已受命协助办理乌拉布特哈衙门的总管事务，需要熟悉一下这里的情况，当然得叫上。恰在此时，哈勒苏未来的儿媳舒穆禄格格从屋子里走了出来。

说起舒穆禄格格，不愧是知书达理之人。来乌拉的这一路上，对哈勒苏、老夫人，就是前书说的那个东海女人，如同对待自己的亲爹娘一般。早起请安，一日三餐，端茶送水，嘘寒问暖，照顾得细致、周到，别提有多贤惠、多孝顺了。另外，她作为一个满洲姑娘是很大方得体的。既不像汉人女子那样扭扭捏捏，也不像有些大家小姐那样张狂自傲，而是充分表现出北方女性的那种刚强、开朗、豪放的性格。在舒穆禄格格看来，男大当婚，女大当嫁，这是很正常的事儿，没什么可羞涩的。多帮帮未婚夫，照顾他的生活，是应该的，根本没有那种男女授受不亲的想法。对于这一点，哈勒苏十分满意，总是啧啧称赞，时常暗想："我真有幸啊，选舒穆禄格格做小儿媳妇真是太好了！杨古利大将的家风，完全保留了女真人那种自己就是主人、不是客人的古风，在这个丫头身上表现得尤为突出呢！"

哈勒苏父子刚要出大门的时候，只听舒穆禄格格在后边喊道："阿玛，等等我！"俩人回头一看，见她一身少年将军打扮，身披斗篷，显得格外英俊。哈勒苏十分诧异，问道："姑娘，这是要做什么去？"舒穆禄格格笑答："我同阿玛一块儿走，你们上哪儿，我就上哪儿。"哈勒苏说："同你额莫[①]和阿沙[②]们歇着吧，一路上挺累的，别跟我们去了。再说，我俩很快会回来的。"舒穆禄格格撒娇道："不，要去，有些事儿我也懂得。阿玛，您应该带我去，想亲自听听、亲眼看看，以后或许会有用呢！答应了吧，行不？"舒穆禄格格这么一撒娇，哈勒苏便没招儿了，只好说："好啊，好啊，跟着走吧！"舒穆禄格格见公公同意了，乐了，调皮地故意向前推了虽哈纳一把。虽哈纳回头一笑，用手点着舒穆禄格格的额头说："你个小机灵鬼，快走吧！"

爷儿仨刚出行营门，便见瓦岱带着两个护卫前来迎接，瓦岱的年龄比哈勒苏小一些。于是，他们这一老一中加上两位青年，后面跟随着护卫，徒步沿江向城里走去。为什么都没骑马呢？因为骑马本来就挺显眼的，再到城里那么一走，更容易引起人们的注意了，不利察看情况。那么瓦岱又缘何带上两名护卫呢？你想啊，哈勒苏毕竟是京师来的上差，当然得尽力保护好。倘若出了差错，他瓦岱怎能交代得了？还不得吃不了兜着走哇！为了防备万一，所以才带上的。

路上，瓦岱关切地对哈勒苏说："哈将军，我得提醒你，方方面面可要多加注意呀！乌拉虽然设了我这个千户长来统一掌管，归建州已十几

① 满语：母亲。
② 满语：嫂子。

年了。但领地分割之后，这里住了好儿家贝勒爷的家眷，设有护兵和管事的，实际上各自为政、各霸一方啊！我呢，是个光杆儿司令，说话不算数，难干得很。这回你来了好哇，是救我一命啊！不然，愁也愁死我了，受了窝囊气不说，还不敢向别人讲。再说了，到哪儿去说理呀？全是贝勒爷，谁听咱们的？我说让你们小心点儿，那是因为就凭你哈将军，这些人哪个能轻易碰得？人家可是贝勒爷呀！”哈勒苏假装不知道，明知故问道：“这里有哪些贝勒爷？”瓦岱说：“哪些贝勒爷？我跟你说吧，那都是汗王的哥哥、弟弟，是老汗王的亲儿子呀！乌拉几乎全被他们占了，凡是好山、好水、好林子，总之，所有人们认为好的地方，皆属于这些贝勒爷的。”哈勒苏仔细地听着，半天没吱声。

这时，走在旁边的舒穆禄格格听了公公和瓦岱的交谈，感到十分不解，插嘴问道：“瓦岱将军，怎么会是这样啊？谁给定的，乌拉不都是咱们金后的吗？”瓦岱说：“小将军，你不知道哇，谁定的？那是咱们老汗王爷定的。打下乌拉城，老汗王爷高兴极了，在这里住了七天哪，他在任何地方也没住过这么长时间呀。为什么？因为这儿太美了，太富了！”用手一指旁边的江水说：“看到了吧，这便是松花江，一直能通到大海。往那边通到长白山，再往前接脑温江[①]，往左边又与牡丹江相连。松花江里的鱼可多了，有鲤鱼、鲫鱼、白鱼、大马哈鱼、鳇鱼，还有一种叫牛鱼，就是鲟鳇鱼。你知道这鱼有多大吗？”舒穆禄格格和虽哈纳年轻啊，张着嘴、瞪着眼睛问：“多大？”瓦岱说：“多大？这么跟你说吧，你们俩合到一起称，还没有那一条鱼尾巴重呢！”舒穆禄格格惊叹道：“哎呀，这么大呀！”哈勒苏说：“可不是，牛鱼有的一条重上千斤，几百斤重的都算不上大，一条鱼能将船拱翻！”瓦岱接着说道：“到了太阳落山的时候，江中的鱼游来游去的，非常好看。金翅大鲤鱼全是三四十斤重啊，从水里忽地蹦出来，一条比一条跳得高，真个是鲤鱼跳龙门哪！山上的梅花鹿成百上千，成群结队地东窜西跑哇。还有小熊、黑熊，特别的淘气。小熊爬到树上采果子吃，人从树下走，它会扑腾一下跳到你的肩上，不仅把你吓一跳，它自己也惊得嗷嗷叫着跑走啦！”三人听后，哈哈大笑起来。

瓦岱见两个年轻人越听越有兴致，也就愈加来劲儿，继续讲道：“这么好的地方，你们说老汗王爷能不喜欢吗？他住在这儿的七天里，天天

---

① 满语：即嫩江。

晚上和大家一起跳舞啊、喝酒哇、庆贺呀，可热闹了。一天，老汗王爷在同众贝勒爷喝酒时，高兴地说：‘这里青山绿水的，獐狍野鹿满山遍野，真是个难得的好地方！’当今的汗王，那时还是四大贝勒的皇太极马上接过话茬儿说：‘父汗，这么好的地方，赏给我们兄弟吧。每人一块儿，看谁能将它治理得更富、更美。’老汗王爷说：‘好哇，我原来也是这么打算的。那咱们就破一次例，把这块地方分给你们几个虎羔子吧！’当时，大贝勒代善、七贝勒阿巴泰、四贝勒皇太极等好儿位贝勒爷在场。老汗王爷把这里分封以后，各贝勒爷不但派了身边得力的人到这儿管理分给自己的那块儿地方，而且还雇了些奴才开垦土地，设立庄园。”虽哈纳一边听，一边认真思索着。

哈勒苏一行就这么一路走着，一路听瓦岱不停地介绍着，很快便到了城边儿。三人抬头望去，只见城墙年久失修，有些已经倒塌。城楼烧的烧，扒的扒，连城里的一些房子也是破败不堪的。他们以前虽然没到过乌拉，但对它可久闻其名。知道本是一座临江的名城，乃东辖东海、北辖北海的乌拉部首府，为名震辽东的赫赫有名之地，布占泰家族几代都是在这里发迹的。还听说过去这座城周围十五里，四面皆有门。内里有个小城，小城里有个土台子，叫百花点将台，传说是百花公主拜将点兵之所。小城不大，周围二里，东西各设一门，城内古树参天、百花吐艳。十多年前，乌拉是个景色宜人、物产富庶的美好城池。可是，经过建州这些年的分封割据，人丁迁徙，眼下呈现在人们面前的却是一座颓垣断壁、黄蒿漫地、野兔成群、一派萧条景象的荒凉之城了。哈勒苏、虽哈纳、舒穆禄格格看后，不禁眉头紧皱，似有所思。哈勒苏带着儿子、儿媳随千户长瓦岱巡视了一圈儿后，看天色已晚，便各自分手，返回住处歇息了。

第二日，天刚放亮，哈勒苏便披衣下了地。老夫人说：“天还早呢，再眯会儿吧。”哈勒苏说：“心中有事儿，睡不着哇。”说着，推门来到了院子里，外面是春风拂柳、百鸟齐鸣啊！哈勒苏顿时精神了，到东边的柳林里走了一圈儿，然后伸伸胳膊晃晃腰，感到活动得差不多了，又开始练拳脚。正练着，抬眼一看，见虽哈纳和小儿媳舒穆禄格格也在前面树下练功呢。两个孩子见阿玛出来了，赶忙收了功，走过来给老人家请安。虽哈纳熟练地掸了一下袖头儿，左腿前屈，右腿后蹲到离地只有一寸的位置，左手扶膝，右手下垂，头与身略向前倾，施了个打千儿礼。舒穆禄格格则以右手抚鬓，半蹲，行了个抚鬓蹲儿礼。爷儿仨你看看我，我看看你，会心地笑了。虽哈纳问道："阿玛，今天准备干什么？乌拉这地方咱们不熟悉，您看得从哪儿下手好呢？"哈勒苏说："别着急，什么事儿都要稳住架儿，慢慢来。你大哥、二哥路上偶感风寒，身子骨儿懒，还没起来，让他们在家歇着吧。今天就是你和我，咱俩吃过早饭，到田庄走走，看看那些老人和住户，之后再确定下一步该怎么办。"站在旁边的舒穆禄格格一听着急了，连忙说："阿玛，怎么又把眼前这个大活人给忘了？我还同你们一起去，反正在家也待不住，去了说不定能帮着办点儿啥事儿呢！让我去吧，行不？"哈勒苏笑了，只好说："可也是呀，哪能把舒穆禄格格给忘了呢？好吧，阿玛答应了，多一个人多一分力量嘛。何况你又会汉文又认识汉字的，我和虽哈纳这方面不行。去了倒是能帮助做些文书的事情，记一记、写一写呀，以后不是还要向汗王禀奏吗？对，你做笔帖式[①]干的那些活儿吧，咱们一块儿办这件大事儿。"舒穆禄格格听后，高兴得跳了起来，连连拍手道："太好了，太好了！"哈勒苏就这样轻松地安排妥当了。其实，今天让虽哈纳同他一块儿出去，是早已想好了的。怎么的呢？这得从昨晚讲起。

头天晚上，他们爷儿仨同千户长瓦岱分别后，直接回到了住处。哈勒苏让两个孩子早点儿休息，自己则去了大贝勒爷代善处。到那儿以后，详详细细地禀报了随千户长瓦岱一起巡查的情况，又讲了第二天的打算，并对大贝勒爷说："依我看，事情早晚得露出来，晚办不如早办。如果需要的话，想请大贝勒爷明天出山。在我没派人来请之前，您老该歇就歇着，想喝茶就喝茶，想听琵琶的话，就让他们找人给您弹奏。一旦有人来请了，您便坐上金鼎大轿，二十四抬或二十八抬都行，抬的人越多越好，亮出全部卤簿、旗帜，敲着大锣前去。总之，咋威风咋来，以皇家的慑人气魄镇一下子。噢，还有哇，千万别忘了带上老汗王爷赠给您的宝剑。无论是各贝勒爷，还是文武百官，皆会是见剑如见人。因为您不仅代表当今的汗王，也代表老汗王爷。大贝勒爷呀，我想的这盘棋到底能不能赢，可全看您的了。"代善听后，忙摆手道："这不行，我到那儿说什么呀？又是自己的兄弟，怎么开口啊？"哈勒苏说："大贝勒爷，其实也不用说什么，只要一出面，就等于表明了态度。放心吧，绝不会让您为难的，看我的眼色行事便可。"代善想了一下，说："只能这样了，抓紧时间办吧，好早点儿回去。"哈勒苏谢过大贝勒的恩准，遂施礼告别，回到

① 满语：清代职名，各衙署中之低级官员，掌翻译及各种文移事。

了自己的住处。

夜里，哈勒苏躺在炕上，翻来覆去睡不着。脑子里装的事儿太多了，对第二天该如何做，差不多仔仔细细地琢磨了一夜，你说还哪来的觉了？老夫人同样是一宿没睡，怎么都合不上眼。这位东海女人既爱丈夫，又疼爱孩子，本以为进了沈阳城挺好，安心住着吧。可哪承想刚进城就出来了，又得折腾，这也罢了。使她担心的倒是听人们讲，乌拉很不安宁，市面儿特别乱，这不等于丈夫和孩子及家人的手里捧着个刺猬嘛，怎能不使她惦着全家的安全呢？心想："丈夫命苦啊，接了个如此难办的差事。你说他领着一帮孩子和兄长到这么个人生地不熟的地方，将来可咋办呀？"越寻思越发愁，越愁越睡不着，索性老早爬起来了，叫起老大、老二的媳妇，动手预备早饭。

哈勒苏与虽哈纳、舒穆禄格格在外练过拳脚，将一些事情向两个孩子嘱咐了一番，这才回家吃饭。老夫人见哈勒苏进屋了，便说："老爷，我得提醒你，在这地方，可要小心着点儿。出去的时候，最好多带几个人，能不能另外带些护兵？别一个人到处走。还有哇，你再出去，不许让舒穆禄格格跟着了。人家还没过门儿呢，要是出点儿啥事儿咋办，日后怎么向杨古利大将交代？再说了，虽哈纳岁数也不算大，是个愣头青。天天这儿那儿地到处转悠，能不让人惦着吗？"哈勒苏一向疼爱自己的老伴儿，笑着安慰道："我说萨里甘哪，用不着担心，没事儿，我自有办法。"老夫人刚张嘴又要说什么，哈勒苏马上半开玩笑地说："一个妇道人家，就不要过问朝政啦！你呀，把酒菜给我预备好便行了，其余的不用操心，好不？"老夫人乐了，信任地点了点头，转身去厨房端菜去了。你别说，哈勒苏的夫人虽然是老汗王爷赏的，但处的还真是百倍、千倍、万倍的情呢！

话不多说。吃过早饭，老大、老二恭敬地站在门口儿，送阿玛、弟弟、弟媳出门，老夫人也领着两个儿媳出来了。这次，爷儿仨都骑着马，带上了兵刃。什么兵刃呢？哈勒苏和虽哈纳父子带的是单刀。富察氏家族的单刀可了不得，很是出名，有家传的一套刀路子。平时，将刀插在皮鞘里。骑马时，马鞍韂底下有个豁儿，刀鞘正好卡在那儿。人坐在马上，别人根本看不到那儿有兵器。用时，右身往下一弯，随着身子往后一悠，便可把刀拔出来。用完之后，再一哈腰，嚓的一声，又插回刀鞘里，这是马上藏刀法。一般情况下，你看不到富察氏家族的人带刀。说实在的，那些天天身上带刀乱晃的人，打不了仗，只能吓唬人。舒穆禄格格带了一把短刀，此为护身刀。不骑马时，从不用长刀，那多笨呀？近打或在地上打时，非得用短刀不可。别看刀短，武功若强，半寸的刀等于一丈；武功不强，一丈的刀，也顶不上个烧火棍，全在技法。她这把短刀，就插在右裤腿儿的刀鞘里。过去，凡是需放刀的裤子全是皮子做的，而且是双层皮。因为有刀鞘在里边，所以内层必须是硬皮子。用时，手往下一摸，可将刀嗖地一下拔出来。马鞍韂底下，仍然放着她那把大刀，即舒穆禄氏家传的凤凰彩绣刀。

说书人在这里插说几句。在那个年代，带家巴什儿是常事儿。不管家里人还是外客，哪个人出门都带着，有兵刃、箭兜儿一点儿不奇怪。不像现在，哎呀，你怎么有刀呢？会引起别人的惊恐和怀疑。

且说这爷儿仨出了家门，哈勒苏特意叮嘱儿子、儿媳："此次出去务必要小心，得多长几个心眼儿，处处留神，千万不可粗心大意。从表面看，咱们是客，实际是主，还得办大事儿呢！无论遇到什么情况，都不要慌张，看我的眼色行事。"虽哈纳、舒穆禄格格异口同声地说："阿玛，请放心，一定听您的。"他们边说着，边奔南面的田庄而去。一路上，初春的风光甚是美好。翠绿的柳林，万木葱茏，枝条吐绿。柳树条子上长满小毛毛狗，一片片毛茸茸的小白球绽开了，柳絮如绒，特别好看。爷儿仨走了一会儿，便听前面的柳丛里传来了汪汪的犬吠之声，心想，肯定是有人出来打猎了。那时，北方满族多以狩猎为生，春天有春猎，秋天有秋猎，冬天有冬猎。各个狩猎队伍，人欢马叫，一群群的狗撒欢儿般跑前跑后，热闹得很。果然不出所料，随着狗叫声，一支队伍出现了。只见前面有三四十条各色各样的狗，接着是四十多人的马队，后面还跟着三辆大车，飞快地向前走着。

那么，这车是做什么用的呢？你想啊，出外打猎得带些吃的、喝的吧？再说当天不一定能回来，有时几天回不来，晚上要睡在外面，需带上休息用的帐篷吧？另外，回返时，还要装载打来的各种猎物呢，大车就是做这些用的。哈勒苏看着这支猎队精神抖擞，马蹄踏踏，声声震耳，响声在山谷里回鸣，不禁想起往日在珲春狩猎的情景，真还勾起了打猎的瘾来，手直痒痒。他很快收住了这个念头，心想："这么大的一支出猎队伍，肯定是哪个贝勒爷家的，不然咋会有如此的气魄呢？"又想起瓦岱同他讲过的话："哈将军，你要注意，这块儿各伙儿都有一帮人，后头全有靠山。互相你争我斗，你硬我比你还硬，大鱼吃小鱼，小鱼吃虾米，互相打。明着是兄弟，暗中下绊子。为了一个山头儿、一条河湾、一片林子，往往大打出手，那送命的可全是奴才呀！”想到这儿，不免又注意起了这支队伍来。这时，马队、车辆从他们身边哗哗地过去了，人家根本没注意这三个人，哈勒苏回头示意两个孩子赶紧跟上。于是，大队在前面走，爷儿仨在后面不远不近地跟着。

不多时，马队到了河边儿。跑在前面的狗“噌噌噌”地跳下河去，马也跟着往下跳，大车亦快速赶了过去。看起来，他们是要到河对岸的密林里。哈勒苏和两个孩子一勒马缰绳，身子向上一抬，纵马跳到河里。眼下是初春，大河没怎么涨水，河面较宽，中间有个大沙滩，沙滩那边还是水。你别说，这骑在马上浮水过河，真是别有一番情趣呢！马浮水时，四腿一蹬便向前，尾巴一撅当舵使。头抬起，鼻子喷着水往前走，人骑在上面很平稳。马浮水走了一会儿，就踏上了中间的沙滩，又过了一条河湾才上了岸。

哈勒苏他们跟着这支打猎的马队走了一程子，突然，前面的人停了下来，掉转马头把路给堵住了。一个个瞪着眼睛看着这爷儿仨，其中一人高声儿喝道：“站住！你们是干什么的，竟敢大胆跟着我们？”原来，马队一开始并没在意后面有人，走了一会儿才觉得不对，因这仨人是紧追不舍呀！这便引起了他们的注意，故而停了下来，想问个究竟。马队中，一个手握长枪的站在中间，两边有好几个拿刀、拿枪、拿棍的在那儿跃跃欲试，好像只要中间的这个人一发话，非要刀枪棍棒齐下不可。哈勒苏一看这架势，咔噔一声将马停住了。虽哈纳、舒穆禄格格见此，也停下了，分别站在阿玛的左右。哈勒苏带马向前跨了一步，冲着马队中间的那个人一拱拳说：“各位兄弟，不必紧张，我们是进山里走走的。”然后抬手往左一指道：“这位是虽哈纳大人，奉钦命从京师而来，到这儿是为了察看乌拉的山川土地。本人是虽哈纳的父亲、当今汗王身边的御前侍卫。”又指指右边道：“这位是著名大将杨古利的侄女舒穆禄格格。”这一报号，只见众人立刻由气势汹汹转为和颜悦色了，中间为首的那个拱拳回礼道：“原来是哈勒苏大人驾到，请您稍等。”说完转过身去，向后面一招手，就见一辆轿车赶了过来。这时，哈勒苏、虽哈纳、舒穆禄格格才发现，三辆车中有一辆是装饰得十分豪华的大轿车。此前，他们仨光顾盯着马队了，谁也没注意这辆车。轿车停下后，从车上缓缓下来一位老者，边走边喊道：“来的可是哈老将军吗？兄弟呀，你好啊？”哈勒苏一听，觉得声音咋那么耳熟呢？心想：“这是谁呀，竟已知我来了乌拉？”可一时却未能分辨出来，便匆忙从马上跳下，向老者快步走去。虽哈纳、舒穆禄格格也随之下了马，跟在阿玛的身后。马队中那些拿枪、拿刀、拿棍的赶紧收起了家伙，往后退了退。

那来者老态龙钟，由两个年轻人搀扶着，步履蹒跚地一步步走了过来。只见他身穿长袍儿，外罩巴图鲁坎肩儿。两鬓斑白，留着银白的八字须，下巴颏儿底下一缕长髯。两人走到对面时，哈勒苏认出来了，这不是查其讷大人吗？忙施礼请安道：“老哥哥，身体一向可好啊？多年不见，没想到能在这儿见到你呀！”查其讷赶紧弯下身子，边扶哈勒苏边说：“老兄弟，快快起来，起来。”又看看他身后的两个人，问道：“这两位是……”哈勒苏叫过虽哈纳、舒穆禄格格说：“快给大人叩头。”二人双双跪倒，大礼参拜。查其讷将他们扶起，又问：“老兄弟，他俩是你的什么人哪？”哈勒苏指着虽哈纳介绍道：“这是我那小儿子虽哈纳，咱们分别有几年了，你可能不认识。我那大儿子、二儿子都还记得吧？”查其讷点点头。哈勒苏又指着舒穆禄格格说：“这是我没过门儿的小儿媳舒穆禄格格。杨古利大将你知道吧？是他的侄女。”查其讷笑着说：“噢，没想到杨大将军还有这么好的一个侄女呢，好哇，好！”这时，从马队中走过来两个人，将哈勒苏他们仨的马缰绳接了过去，两位老人相携着边说边向轿车走去，虽哈纳、舒穆禄格格仍在后边跟着。

四人来到了车前，哈勒苏恭请查其讷上车，并说：“不知老哥哥今天这是上哪儿去呀？要是打猎，你就先去，晚上咱们再唠。”查其讷说：“咳，哪有心思打什么猎呀，你来得可太是时候了，有些事儿真想同老将军唠唠呀！汗王已捎信儿给我，早知道你这两天到。这不，说来真来了，正盼着哪！快上车，咱们车上唠。”然后回头命刚才在马队里趾高气扬向哈勒苏问话的那个人：“门克，太阳地儿晒得慌，你领着大伙儿到林子里歇一歇，我先同哈大人说会儿话儿。那个事儿先不用着急，等一等，那块地方他们占不了几天。再说了，反正将来咱们不要，汗王也不让要。这回哈大人来了，不用愁，能好办多了。你叫几个人把马喂喂，连那三匹一块儿喂。”门克答应一声“嗻”，转身领着弟兄，牵着马到树林子里去了。林子里有阴凉，马在那儿歇着，吃着草。年轻人在里面追打着玩儿，不少的狗也忽而东一下、忽而西一下地跑来跑去，只留下两条老人家的狗趴在车两旁。哈勒苏随着查其讷上了车，虽哈纳和舒穆禄格格一起被叫到车上。查其讷又命人把大轿车赶到树荫下，将车帘子打开，通通风，这样会很凉快。用人赶忙备上茶，于是，老哥儿俩边喝茶边聊了起来。

我们暂且放下哈勒苏和查其讷唠的嗑儿不表，先说说这查其讷是何许人也，与哈勒苏又是怎么个关系。查其讷原来是老汗王身边的侍卫，跟着汗王爷有些年头儿了。那时，当今的汗王皇太极年龄还小，其生母叶赫那拉氏，即孟古姐姐，是汗王爷最喜欢的爱妃，可惜死得很早。努尔哈赤也是爱屋及乌吧，对这个留下的孩子格外疼爱，并把他放在自己身边抚养。待皇太极稍稍长大一点儿，老汗王便把最信得过的老奴查其讷派去侍奉他。努尔哈赤晏驾时，查其讷曾要为老汗王爷殉葬，是皇太极把他留下了。因此，后来一直侍奉皇太极。皇太极承继汗位之后，考虑到查其讷已是八十高龄的老人，身体又不好，就让他到乌拉这个有山有水的地方颐养天年，因为这里有老汗王爷分给自己的一块领地，还特别派了最信得过的人照顾他。查其讷这回可真是享福啦！过去是老奴，现在倒像个主人了，为什么呀？不是曾经侍奉过两代汗王的有功之臣嘛！哈勒苏也是长期跟着皇太极的人，为御前侍卫呀，凡是要见皇太极，都得经过查其讷。这样，他们俩自然熟识了。而且查其讷对哈勒苏的印象非常好，俩人的关系处得挺不错，直到查其讷去了吉林乌拉，再未见面。谁也没想到今天竟能在此相遇，你说二人能不高兴吗？老哥儿俩是越唠越热乎。

且说哈勒苏同查其讷唠完宫里的事儿，才又唠到此次马队出来的原因。查其讷告诉哈勒苏，马队出来根本不是去打猎，而是要去找饶余贝勒，即努尔哈赤的七子、皇太极的七哥阿巴泰理论。为啥要理论呢？原来是因占地的事儿。乌拉被建州军占领之后，老汗王不是答应把这个地方分给各个贝勒吗？为让他们别埋怨谁分得好、谁分得坏，只好先分了地块儿，每块儿皆是二万九千步方圆，再让几个贝勒分别抓阄儿确定。当时还是四贝勒的皇太极抓到的是江北的地，后来因继了汗位，事情太多，对这块儿地便不大过问了。七贝勒阿巴泰倒是经常在乌拉，整天东游西逛的，不是欺负这个就是熊那个。此人本来争强好胜，得理不让人，啥事儿好要尖儿。他抓阄儿抓到手的地方离江边儿近，沙滩多些，总觉得自己吃了亏。认为二哥代善，还有八弟皇太极的地好，五哥莽古尔泰的也不错。于是，他就偷着今天把这个的地划过一块儿，明天又跑到那儿划过一块儿，强占了人家的一些地。你想，这样能不打架吗？肯定消停不了。弟兄们都说，地是老汗王爷早已分定了的，你怎么能乱占呢？没有这么办的！阿巴泰可不怕谁说啥，这不，前些天看中了八弟的一块山坡地。见那里松林好，松子多，松塔也大，下头又都是榛材，还出蘑菇，眼馋得不得了，马上派兵给占了。光占不算，还插上了木桩子，上写“七贝勒阿巴泰之地”。后来被皇太极派到那儿管事儿的文凯看见了，前去找阿巴泰说：“贝勒爷，不能占这个地方啊！你占了，我怎么向汗王交代呀？”阿巴泰还管那个，理都不理。文凯没办法了，转身去找查其讷，无可奈何地说：“老爷子，您看这事儿怎么办哪？本是圣上的地方，七贝勒爷硬是给占了，是我们没能耐还是咋的？要是汗王怪下来，可怎么吃罪得起呀！”查其讷说：“你别急，今天我出面，咱们一起去把那块儿地要回来。他要打的话，咱奉陪，反正我老头子这么大岁数了，让他砸巴死得了，什么事儿总得说出个道理来吧？”文凯想：“这八十来岁的老人出面，七贝勒得尊重些吧？不论怎么说，早年那也是他父汗身边的侍卫呀！再说了，七贝勒爷是老人家从小抱大的，千不看万不看，总得看老爷子的面子吧？”就这样，文凯才带着马队，让老爷子坐着轿车来了。

哈勒苏听完事情的原委，安慰查其讷老人家说：“老哥哥，不用犯愁，你不是得到汗王的信儿了吗？我这次正是为此事来的。实不相瞒，这些领地谁占也没用，全得收上来。”查其讷一听，不禁大吃一惊：“啊？收上来，谈何容易呀？哈勒苏啊，你哪儿来那么大本事呀，就凭你能行吗？我看难办。再说了，七贝勒恰好在这儿，谁敢跟他斗哇？”哈勒苏说：“老哥哥，怕什么？一物降一物嘛。我有办法让他服，替你解这个疙瘩，肯定能摆平这个事儿，可叫门克他们先回去。噢，想问一下，七贝勒的地在哪儿？”查其讷用手指着前面说：“挨着我们山坡地下面的那块沙滩地看见了吧？还有那片松林、那片桦树林也是他的。那是块好地方，土质相当肥沃，再往里去，有个好大的猎场。原来大家都到那儿打猎，什么熊啊、豹啊、猞猁呀，想打啥有啥。自打被七贝勒爷占了以后，打猎的不敢去了。我们在那儿附近打猎若碰到狍子、獾子什么的，只要被撵到他占的地方，就不能继续追了。你要过去抓，肯定是事儿了。反过来，他若是打猎，可以到任何人的地面儿去抓猎物，还有理由：‘这是从我们那儿撵过来的呀！’真是他的嘴大，我们嘴小，任谁不敢惹他。”哈勒苏笑了笑说：“大哥放心，今天我去碰碰他。”查其讷不知底细呀，听了以后，心里直犯嘀咕。哈勒苏为了保密，没敢露出底牌，怕人多嘴杂，走漏了风声，只是说：“老哥哥，你在车里坐着别动，等着看便行了。”查其讷过去一向佩服哈勒苏，知道他既勇敢、正直、可信，又有智谋，凡事皆能办好，是个人尖子。甚至觉得皇太极身边有这么个人，是一种福分。但今天这个事儿，他对哈勒苏的话却半信半疑，可也不好再说什么了。于是，按哈勒苏的意思，让门克领着马队回去，只留文凯带十几个人护卫着轿车，向八贝勒爷和七贝勒爷所管的领地走去。

不大一会儿，一行人来到了江北的一片地方，文凯把前边的车帘儿打开，说道："哈大人，您看，这就是老汗王爷分给八贝勒爷的领地。"接着手指一小山坡说："那儿不是有块儿牌子吗？是七贝勒爷给插的。为这事儿我们同七贝勒爷说了好几次了，人家根本不理，硬是把牌子插在不属于他的地块儿上。这不是欺负人嘛，哪有光天化日之下这么干的？别人不吱声，可我们是在这儿管事儿的，不能眼瞅着却装作看不见吧？如果汗王问起此事，得怎么说呢？是说我们没管，还是说七贝勒爷硬占？哈大人，您给评评这个理儿。"哈勒苏说："文凯，我看这么办。老爷子仍坐在车上不动，你先去，把七贝勒爷的人叫出来，跟他们理论。然后我再出去，下面的事儿由我们办了，你不用管了。我让你干啥，你就干啥，行不行？"文凯点头答应道："行！叫我干啥都行。"查其讷不无担心地对哈勒苏说："好兄弟，你可要量力而行啊，千万别把事情闹大了，人家毕竟是贝勒爷呀！要有道圣旨就好了，可你却什么没有，能管住贝勒爷吗？咳，也不知汗王是咋打算的，把你两手空空地派来了。"哈勒苏说："老哥哥，没事儿，你把心放到肚子里吧！"文凯这小伙子倒是挺敢闯的，查其讷老人的话音未落，他早从车上蹦下去了，大大方方地到了那块儿山坡地，弯下腰一使劲儿，把七贝勒爷插的牌子给薅出来了，随后冲着山坡儿下的房子大声喊道："八贝勒爷的人来了，这地方是我们的，谁给插的橛子？我可把它拔啦！"又听啪的一声，把橛子摔到地上去了。

这里要交代一下，那所谓的房子，其实就是地窨子。这种地窨子房是怎么盖的呢？即先按南北向拉好地基，然后依照地势挖一个斜坡的深坑，用干打垒的方法夯实筑墙。再用木头棱子一个压一个地压到上头，顶儿上有盖儿。房子的一少半儿在地上，一多半儿在地下，南边留门。要进屋子时，得从斜坡儿进去，像钻地沟似的。只有下到底儿，才能开门。为防地潮，盖房子之前，地面儿须先用火烧一下。挖好坑以后，再用木头火把地烧硬，绷绷的，像石头一般，老鼠都捣不了洞。这种房子冬天不冷，夏天不热。

再说文凯的喊声由于是顺风，房子里的人全听到了。他们仗着七贝勒爷的势力，总觉得高人一等，要尖儿要得厉害，怎能受得了这个？其中有几个彪形大汉相当厉害，手特别黑，都是七贝勒爷的打手。个个心里明镜似的，知道前些日子八贝勒爷的人曾经来过，谁也未敢动桩橛儿。没想到今天这小子他妈这么胆儿大，不仅敢冲他们大喊大叫，还真把橛子给薅了，简直是吃了豹子胆啦！几个打手拔腿刚想往外冲，马上又收住了脚。为什么呢？因为此刻七贝勒爷正在屋里，觉着这事儿还是得听他的，就没动。

其实，外面的一切，七贝勒爷在屋里听得一清二楚，早想找碴儿同老八较量较量。可是，因为皇太极平时总是尽量让着七哥，啥事儿从不与之计较，所以这碴儿始终未找到，仗便一直没打起来。今天，阿巴泰觉得机会来了，心想："八弟，你装大呀？父汗凭什么让你继承汗位而不让我当汗王？好事儿还都成你的了呢，我就是不服，非跟你比试比试不可！这下好了，你的人竟敢动我的桩橛子，欺负到七贝勒爷的头上，还了得！这可是你们自己找上门儿来的，别怪我不客气！"于是，吩咐巴拉本、巴拉甘："你俩带上一些人出去给我好好儿教训一下拔桩橛子的那小子，给他点儿颜色看看，让他们知道究竟谁厉害！"

巴拉本和巴拉甘是哥儿俩，原是蒙古人，居住在科尔沁大草原的扎鲁特。老汗王联姻通好蒙古这个地方之后，二人就随了汗王爷的部队，后来分到了七贝勒阿巴泰的手下。由于打起仗来又厉害又狠，使蛮劲儿，还挺勇敢，便得到了阿巴泰的重用和提拔。现在这老哥儿俩年岁大了，已将带兵打仗的事儿交给儿子干了，自己则到乌拉替七贝勒爷管领地。为了讨好主子，他俩恨不得把其他几个贝勒爷的领地都帮着占过来。说实在的，这些年真干了不少这样的事儿。今天占了这个贝勒爷一块儿地，明天又去占那个贝勒爷的，包括大贝勒代善的地也占了一些。虽然有人将此事禀报给了大贝勒，代善只是睁一只眼闭一只眼，不去理会。总觉得那是自己的弟弟，我又不是非缺这块儿地不可。这块儿少了，从别的地方补呗！包括四贝勒爷汤古岱的地，那可是阿巴泰的四哥呀，阿巴泰照样去占他的便宜。还挺心安理得的，认为反正我的地没你们的好，不占白不占。汤古岱虽然也是爱要尖儿的人，但顾及是亲兄弟，父汗又刚驾崩不久，不愿撕破脸皮，便没过分追究，只派了身边的一个叫习钦的侍卫替他管着。

话说简短。那巴拉本、巴拉甘哥儿俩受七贝勒爷的指使，领着一帮打手走出地窨子，不由分说，像虎狼发威似的，冲着文凯扑过来了。车里的哈勒苏一看这伙儿人的架势，真是来者不善、善者不来呀，眼看着一场恶斗要发生了！他想了想，觉得这样下去不行，再说也是时候了，得赶紧求老哥哥回行营请大贝勒爷了。于是急忙回头对查其讷说："老哥哥，你可知道我是同谁一块儿来的吗？告诉你吧，是大贝勒爷代善。我

们不但接了汗王的圣旨，而且大贝勒爷还带来了老汗王爷的宝剑，一起来处理乌拉的问题。要将分封的土地全部归到一起，建立布特哈打牲衙门，由朝廷统辖。这会儿大贝勒爷正在行营呢！老哥哥，麻烦你马上赶着车到行营去，请大贝勒爷快来，看来此事他不出面已经不行了。”查其讷老人如释重负地说：“咳，老弟呀，咋不早说呢？我就估摸这后边肯定有人。汗王哪能那么糊涂，让你一个人来？这下行了，既然大贝勒爷在此，事情便好办多了。贝勒爷之间的事儿，只有他处理最合适，没他还真不成。那好，我这就去接。”哈勒苏爷儿仨赶忙跳了下来，八十多岁的查其讷老人让车夫赶上车，一溜烟儿地奔行营而去。哈勒苏领着虽哈纳、舒穆禄格格拔腿朝文凯那儿跑去，怕到晚了，小伙子要吃亏呀！

单讲巴拉本、巴拉甘带领一帮人大步流星地来到文凯跟前，二话没说，举手便打。抡棒子的、挥拳头的、用脚踹的，什么都有，文凯只好护着脑袋满地跑，边跑边大声儿喊叫着。他哪能打过那么些人呢？喊的意思主要是给哈大人听的。正在这时，哈勒苏和虽哈纳冲了上来，高声喝道：“住手！光天化日之下，竟敢随便打人，难道没王法了吗？”打手们听了，并没在乎，好像没听见一样，照样打。虽哈纳气坏了，随手拿起一根棒子，冲进人群就抡起来了，“啪、啪、啪”地一顿好揍，打倒了好几个，这才把那帮人给镇住了。

巴拉本、巴拉甘一看，眼前的这俩人不认识，以为是文凯从哪儿雇来的，心里想：“哎呀？你文凯行啊，还找来帮忙的了。好哇，今天让你们见识见识！”于是放过文凯，直接冲哈勒苏、虽哈纳使起了威风，吼道：“哪儿来的强盗？给我揍！”打手们一拥而上，根本不同你讲什么理，更不容你说话，抡起手中的家伙就是个打呀！哈勒苏年岁大了，再加上生气，只打了几个回合，心便怦怦直跳。觉得身上也没劲儿了，腿也软了，气儿也喘不匀了。舒穆禄格格见此，赶紧把公公搀了下来，劝道：“阿玛，您千万保重身体，别生气。”一边安慰，一边扶到树下歇息。那边虽哈纳仍被巴拉本、巴拉甘一伙儿人纠缠着，虽然武功好，但好虎架不住一群狼啊！这么多人一齐上，一个人哪能胡噜过来呀？再说，虽哈纳知道这些都是贝勒爷的人，真要伤了或死一两个，到时候那不有口难辩了？所以，不敢真动手，只是左躲这个、右防那个地招架着。打手们可不管那套，噼里啪啦地光知道打，致使虽哈纳的背上、手上、胳膊上到处是伤。即使是这样，巴拉本、巴拉甘还觉得不过瘾，一个劲儿地喊：“狠狠打，给我往死里揍！”于是，这些人开始用刀砍，用斧子剁，用板子拍，那是真狠哪！就在虽哈纳左闪右躲、没太注意的时候，打手们将一张大网呼啦一甩，一下子把他给罩住了。又一拽网绳儿，像个球儿似的被困在网里了。

此时，舒穆禄格格刚把阿玛安顿好，回头一看，见爱根[1]不知啥时候被罩在网里了。而且那些人并没因此放过，仍然围着不住手地打，已到了十分危急的时刻。这丫头可气坏了，忽地一个箭步穿过去，利用轻功脚尖儿一点，“嗖、嗖、嗖”腾空而起，像燕子飞翔般过来了。紧接着凌空来了个飞螺旋。什么叫飞螺旋呢？即双脚、双手叉开，变成十字形，在空中一转就是一圈儿。于旋转的同时，用手和脚攻击对方。舒穆禄格格连续两次凌空飞螺旋，“啪、啪、啪”的声响过后，只见地上已经躺倒了不少人。那劲儿可太大了，有的脑袋打歪了，有的胳膊断了，有的踢得滚出几丈远，捂着肚子哎哟哎哟地直叫唤，真可谓一扫一大片哪！姑娘快步走到罩网前，掏出短刀刷地将网划开，救出了心爱的爱根。这时的虽哈纳已被网绳儿勒得气儿都喘不上来了，罩网松开之后，半天才缓过一口气。他抬眼一看，原来是未婚妻把自己给救了，笑着竖起了大拇指。舒穆禄格格看看爱根身上的伤，心疼得边往起拉边说：“赶快站起来，大口喘气儿。”虽哈纳站了起来，大口大口地喘着。气儿刚喘匀，巴拉本、巴拉甘又拿着家巴什儿过来了。舒穆禄格格那能让吗？气愤地指着他们的鼻子质问道：“你们太狠了，还真下死手哇，没完了？”巴拉本一脸冷笑，狂妄地说：“没错儿，就是往死里揍！难道你也想送死吗，是不是活腻歪了？”说着拉开了架势。

前书讲了，舒穆禄格格生长在武将世家，在杨古利大将的调教下，武功很是厉害，眼前的这些酒囊饭袋，根本没放在眼里。听巴拉本这么一说，还真想较较真儿，便手握短刀，一脸的轻松，随即也拉开了架势。刚要动手，虽哈纳急切地喊了一声：“悠着点儿，别伤人！”此话一点，舒穆禄格格立刻明白了，当即把短刀刷地插进右裤腿儿的刀鞘里，单凭拳脚同巴拉本、巴拉甘打了起来。别看这哥儿俩是武将，但年岁在那儿呢，都是五十多岁的人了。况且舒穆禄格格的拳脚技法十分娴熟，只几个回合，哥儿俩就觉得招架不住了。调头刚想往回跑，被舒穆禄格格飞起双脚，啪啪两下踹倒在地了。

正在这时，从地窨子那边过来一个骑着白马、手拿长刀的人。只见他

---

① 满语：丈夫。

头上所戴之冠是貂皮冠檐儿，周檐儿上仰，上缀朱纬，冠顶儿饰有红宝石一粒；身上着的是金黄色大襟儿长袍儿，外罩石青色对襟儿短褂儿。此人一过来，便冲舒穆禄格格喝道："谁这么大胆，敢来我这儿胡闹？"你道来人是谁？就是努尔哈赤的七儿子、皇太极的七哥、七贝勒爷阿巴泰。可舒穆禄格格不认识呀，听他这么一喊，脸上毫无惧色，又拉开了架势。

此时，坐在树下的哈勒苏已经恢复了一些体力，也在注意着来人。当眼看着双方要动手时，着急了，赶紧站起身来，向舒穆禄格格喊道："姑娘啊，千万别打，不能惹事儿呀！"可能喊声太小，舒穆禄格格一点儿没听见。虽哈纳离哈勒苏近，他听到了，急忙大声儿制止道："舒穆禄，快快住手！"哈勒苏为什么不让小儿媳动手呢？因为尽管他并不认识阿巴泰，但一看这人的装束，便知道肯定是七贝勒爷。你想啊，别人谁敢穿金黄色的衣服？哈勒苏的家中倒是有，不过那是汗王赏赐的，只能供着，不能穿。只有汗王爷家中的人，才可以穿黄马褂儿。他怕打了这人出事儿呀，千不看万不看，还得看当今汗王的面子不是？这可是汗王的哥哥呀！七贝勒爷纵然有错，只能由汗王去处理，做臣子的绝不能动手。他担心小儿媳一时动怒，真跟七贝勒爷打起来，那事儿可大了。说你什么罪，就是什么罪，弄不好还不得犯欺君之罪呀！哈勒苏跟随皇太极不少年了，能不明白这事儿吗？生怕舒穆禄格格一个女孩儿家，不一定清楚后果的严重性，况且是在气头儿上，又是个讲正义的人，不行咱跟你干了。一旦动起手来，七贝勒爷再有个闪失，很可能会祸及杨古利和富察氏两个家族，你说能不让人着急吗？所以，哈勒苏一边喊着，一边疾步走了过去。舒穆禄格格见阿玛来了，收手退到了一旁。

哈勒苏走到阿巴泰跟前，跪倒叩拜道："臣哈勒苏叩请贝勒爷大安！"随后又叫虽哈纳、舒穆禄格格叩拜贝勒爷。虽哈纳刚才让那张网给困得挺难受，才缓过劲儿来，稍有点儿精神了。紧接着又碰到七贝勒爷驾到这么紧张的事儿，正不知如何是好时，听阿玛一叫，连忙拽了一下舒穆禄格格的衣角，俩人一同过来跪倒叩拜。这时，阿巴泰在马上还那么板着脸，冲哈勒苏问道："你就是哈勒苏吗？"哈勒苏低着头回道："臣正是。""什么时候到的？""昨天到的。""为啥事儿来？""奉旨而来。""什么旨？""臣同儿子虽哈纳奉旨，前来查勘乌拉的山川物阜。"听到这儿，阿巴泰提高嗓门儿说："好大胆！乌拉所有的山川物阜，先王在世时早查勘过了。这里的土地乃我们兄弟各自分管的领地，你难道不晓得吗？"哈勒苏回道："臣知道。""既然知道，还查勘什么？你该清楚这么做便是抗旨！

抗旨该当何罪呀？”哈勒苏说：“臣此次是受汗王之命，按旨行事。”阿巴泰说：“这个旨意违反先王的决定，你不会没听说吧？听着，我们家族内部的事儿，任何人无权来管！”那真是目空一切，谁都没放在眼里。

此刻，阿巴泰明明清楚哈勒苏是八弟的亲信，竟又故意问道：“你任何职、官居几品哪？”哈勒苏答道：“臣世袭总游击之职，现为御前侍卫。”阿巴泰听后，不屑一顾地嘴角往两边一咧，哼了一声，轻蔑地说：“御前侍卫？即使是当朝一品，敢违反先王的旨意吗？再说了，就凭你哈勒苏，能把我贝勒爷怎么样？”说着，将大刀一摆，冲舒穆禄格格不阴不阳地说：“听说你是杨古利的侄女，还会武功？怎么样，比试比试？我看这里数你还算厉害，其他几个全是孬种！”舒穆禄格格气得把头一甩，没理他。哈勒苏原本跪在地上，一听这话来气了，心想：“给你跪什么呀？太不像话了！打狗还得看主人呢，何况我们是奉汗王之命来的。若说抗旨，你才是胆大包天、违抗圣命呢！”这么想着，上来倔劲儿了，忽地站起来了。又往旁边一使眼色，虽哈纳也随之站了起来，舒穆禄格格则起身向后山跑去。哈勒苏知道，这姑娘性如烈火，肯定去取兵刃了。只是顺嘴喊了一声：“回来！”没太挡。心想：“比就比吧，还真想借此机会看看小儿媳究竟有多大能耐呢！”

不大一会儿，舒穆禄格格骑着战马、手提凤凰彩绣刀“嗒、嗒、嗒”地奔过来了。阿巴泰手握着大刀，一看舒穆禄格格真的要比，便说：“你个黄毛丫头，竟敢同本贝勒爷比试？要知道，这可是以下犯上，必祸灭九族的！”舒穆禄格格毫不示弱，嘴巴一点儿不让人，马上将话儿递了回去：“七贝勒爷，哈将军本是奉旨而来，你却出口不逊。叫我看呀，这不是对我们，而是对当今的汗王。要说抗旨，你才是抗旨呢！不是要比武吗？奉陪就是。”说着把刀举了起来。虽然手举着刀，但只是比划着，并未砍过去。因为她明白，不能先动手。阿巴泰才不管那套呢，嗖地一下将刀伸了过来。

说实在的，阿巴泰只是学了点儿武术皮毛，没多大能耐，哪能打得过生长在武将世家的舒穆禄格格呢？但他知道自己是贝勒爷，谁敢同贝勒爷打呀？既然你不敢，我可要动手了。他见舒穆禄格格举着刀，并不发招儿，遂将刀尖儿速度极快地先向左边一弹，然后把刀反过来甩到右边去，这叫反背刀。这么一甩，如果对方来不及防备，有可能被反背刀把手中的刀，包括头和身子都给甩下去。可他万万没想到这是舒穆禄格格早已熟知的技法，一眼便看出用的是反背刀。此时的舒穆禄格格仍然举着刀，心想："不能使真招儿啊，他毕竟是贝勒爷，是汗王的哥哥呀！无论怎样，绝不能真动家伙。可也得让他知道什么是人的尊严，不能不显示我的力量！"于是，将马缰一勒，左脚一点，马当即往后嗒嗒退了两步。马和人相互配合，是马上作战最主要的一个环节。若是人往这边躲，马往那边挣，那不挨刀了吗？舒穆禄格格已将马训练到了马知人心、人知马意、十分默契的程度。就在马往后一退的当口儿，阿巴泰的刀从舒穆禄格格的胸前悠了过去。由于那是一把长刀，悠的力量必然大。而且在悠刀的同时，阿巴泰座下的马自然而然地随之转了过去，屁股正好对着舒穆禄格格。这时，如果舒穆禄格格那高举的刀往下一砍，马不被砍掉一半儿才怪呢！即或不直接砍下去，只要马伤了，也会马翻人仰。舒穆禄格格此时非常冷静，没有用刀砍，还是举着大刀，只将马向前带了一步，并用刀把儿下边的那个硬疙瘩做起了文章。

这硬疙瘩是做什么用的呢？一个是可以起点马的作用；另一个是拿刀的手在使劲儿一悠的时候，有这个疙瘩挡着，刀不至于悠出去；再一个便是作为反击用。对手从前头进刀时，马若走好了，可以闪过刀尖儿。然后用刀把儿上那个硬疙瘩啪地一下打到对方的马身上，可把骨头敲碎，力量是相当大的。此刻，当阿巴泰的马刚一转过去，舒穆禄格格便采用了捣蒜之法。什么是捣蒜法呢？即用刀把儿上的硬疙瘩"啪、啪、啪"像捣蒜似的往马屁股上点，因为尾巴骨那块儿是最怕碰的地方。人们不是说嘛，马最怕碰的地方，一个是耳朵。若抓住它的耳朵，再厉害的马也能被制服。再一个便是马屁股。一点到尾巴骨那儿，它是又疼又酸又难受，那两条腿都麻呀，路也走不了，跑更跑不动，半天才能缓过劲儿来。可倒好，舒穆禄格格这么偷偷捣蒜似的点了几下，那马眼看着瘫了，前腿不由自主地往下趴，后腿拖地，将阿巴泰一下子摔了下来，手中的长刀亦随之扔掉了。巴拉本、巴拉甘一看，七贝勒爷摔下来了，当即吓蒙圈了！要知道，那下面正是土坡儿，地上还有不少石头，倘若骨碌下去，定会把脸和脑袋碰破的。二人急忙赶过去，企图抱住七贝勒爷。可他们离得太远了，速度再快也不赶趟儿啊！谁近呢？虽哈纳和哈勒苏最近。这爷儿俩眼见此情，说时迟，那时快，一个箭步蹿过去，刚好抱住了阿巴泰，使他免遭滚下山坡儿、碰破头脸的危险。阿巴泰虽然没摔着，但闹个稀里糊涂，不知是咋摔下来的，更不知马是怎么瘫的。反正只觉着马身子一低，自己忽悠一下跌到地上了，以为这下算完了。可睁眼一看，却让哈勒苏父子给抱住了，得救了，他是又羞又臊哇！

就在这时，一阵“哐、哐、哐”开道的锣声传来。大家抬眼一看，见仪旗招展，后面有一辆大轿车。未待车停下，只听里面的人喊道：“七弟，难道要抗旨不成？”阿巴泰一愣：“啊？喊我七弟，这是谁呢？”车里的人又说了：“阿巴泰，我是你二哥！”阿巴泰一听，是大贝勒代善来了，没想到二哥这时会来，他是又气又惊啊！怎么的呢？原来那边的舒穆禄格格早知道，只要一捣马屁股，七贝勒爷肯定挨摔。寻思既然已经赢了，我没伤你，也算行了。便赶紧将刀收回来，插在马鞍韂上，翻身下马，疾步过去相救。刚走了两步，一看阿玛和爱根已将阿巴泰抱住了，便到跟前说：“七贝勒爷，小女给您赔不是了。”舒穆禄格格这么一道歉，你说这阿巴泰的脸往哪儿放吧？气的是自己咋就那么笨，连个姑娘都斗不过；惊的是咋就赶得这么寸，恰在此时二哥就来啦！

阿巴泰在哈勒苏和虽哈纳的搀扶下，慢慢站起身来，抬头看到大贝勒已经下了轿，旁边跟着查其讷老玛发。再一看，二哥身旁的侍卫手里捧着一把宝剑。对这把宝剑的来历，别人或许不全知道，他可是再清楚不过了。那是因为代善在这些兄弟里最有威信，能镇住一些事儿，也能按父汗的旨意行事。八贝勒皇太极承继汗位，便是他按照父汗旨意力主而成的，所以阿玛去世前，将身佩的宝剑赐给了他。阿巴泰本来就佩服二哥，又见是带着尚方宝剑而来，急忙掸掸身上的灰尘，上前几步，跪下给代善磕头，说道：“不知王兄驾到，小弟给二哥磕头请安了。”代善边搀阿巴泰边说：“七弟，快快起来。为兄这次是受圣命而来，哈勒苏他们也是受汗王之命而至，是有圣旨的，你可不要太造次了。”由于阿巴泰胸中之气未消，遂争辩道：“二哥，这分地的事儿原本是先王定的。八弟尽管当了汗王，总不能随便改变先王的旨意吧？要说抗旨，我可以斗胆地说，是汗王在抗先王之旨！”代善忙大声儿制止道：“住口，不许胡言！七弟这是大逆不道的话，千万不要这么说！”显然，大贝勒生气了。

且说阿巴泰正在同代善争辩着，远处飞马传报：“沈阳京师圣旨到，大贝勒代善接旨！”话音刚落，只见三个骑马的人从山下飞驰而来。为首的一位，是足登高筒靴、身着灰袍儿、外套坎肩儿的太监，手里捧着圣旨；后面两位则是穿着马甲的护旨侍卫。三人以六百里急递，日夜兼程赶到乌拉。进城以后到了行营，才知晓大贝勒的去向，又来到此处传旨。代善一听圣旨到，慌忙转过身来跪下接旨，随手扯了一下阿巴泰说：“七弟，快跪下。”阿巴泰只好听从二哥的话，跪倒在地。此时，不但代善和阿巴泰跪下了，在场的哈勒苏、虽哈纳、舒穆禄格格、查其讷老人、巴拉本、巴拉甘、文凯等所有在场的人全跪下了。护旨侍卫走了过来，上前帮着将圣旨打开，公公宣读道："锦绣乌拉，为先王恩威之土，乃我后金御明发基之地也。朕膺承先王基业，辟创布特哈。故朕初袭先王封赐乌拉之地，计数二万九千步领地，归交大贝勒统领之，诸王领地亦速计数照行，钦此。"代善领旨谢恩，心想："这回可好了，圣旨写得干脆、有气派，句句掷地有声，真是及时雨呀！既然汗王下了圣旨，谁敢不听？"

各位阿哥，你可知道圣旨怎么来得这样及时吗？皇太极确实是个英明之主，想得十分周到。当亲自送走了大贝勒和亲信哈勒苏后，马上想到了必须要有圣旨，因深知收地之事很棘手，涉及每个兄弟的私家利益。若没有圣旨，即使二哥威信再高，恐怕也难以解决乌拉的问题。于是，当即拟就，派太监飞马传来。

大贝勒接旨后，带一行人回了城，并将各贝勒在乌拉的管事人找到行营，向他们传了汗王的圣旨。代善首先表示了态度，说道："我遵旨，将先王赐给的于依罕河西岸的二万九千步领地，全部交给哈勒苏统领。"汗王交了，大贝勒也交了，其他人还有什么可说的？五贝勒莽古尔泰在乌拉的管事人乌尔恰玛发说："我们遵旨照办。"七贝勒这时想："都说话了，我也得表个态呀！"低头想了半天，没琢磨出啥招儿来，只好说："王兄按旨意办了，我没什么说的了，照旨意办。"其实，这些哥儿们中，事儿最多最麻烦的，就是阿巴泰。他既然遵旨照办了，收地之事便差不多了。接着，四贝勒汤古岱在乌拉的庄头儿徐进、十贝勒德格类在乌拉的管事玛发皆表示遵旨照办。大贝勒代善见大家全表态了，遂问道："哈勒苏，你看由谁把这件事记录在案哪？"哈勒苏回道："让舒穆禄格格记吧。"于是，喊来了未来的儿媳妇，告诉她："由你做笔帖式，将每位贝勒爷交上的土地数目一一记录下来。然后请贝勒爷或者贝勒爷的代理人签字，登记造册，听清了吗？"舒穆禄格格边点头边答应道："阿玛，听清了。"就这样，只一个晚上，顺利地将收归领地的事儿解决了。

此时的阿巴泰虽然表了态，但心里还挺难受，总感到不得劲儿。哈勒苏一看他那样儿，立刻明白了，便走了过去，扑通一声给阿巴泰跪下了，说："臣给贝勒爷请罪！"并回过头来，令小儿子虽哈纳和舒穆禄格格都跪下。阿巴泰看了看，没出声儿。哈勒苏又道："贝勒爷不原谅，我们就跪着，啥时候贝勒爷笑了，我们啥时候起来。贝勒爷不笑，爷儿仨永远跪在这儿。"代善马上说："行了，七弟，不是挺好嘛！这么多人向你赔罪，还不依不饶的？再说了，此事能怪人家吗？你呀，爱犯这个毛病，咬着屎橛子给麻花都不换。连汗王都交了领地，为啥你交了就委屈？何况其他地方还有不少田产，能缺这么一块儿地吗？少这块儿地穷不了，多这块儿地也肥不到哪儿去，是不是这样？”阿巴泰听二哥如此一说，觉得是这么个理儿。再看下边跪的人很是虔诚，一想倒也是啊，哈勒苏是奉命而来，当今汗王、自己的八弟让人家来，人家能不来吗？既然是奉旨行事，我对汗王不满，与哈勒苏没关系，跟他耍哪门子脾气呀？这么想着想着，忍不住扑哧又笑了。哈勒苏、虽哈纳、舒穆禄格格赶忙谢了贝勒爷的不怪之恩，真可谓一笑泯恩仇啊！大家一看阿巴泰那个样儿，全乐了，阿巴泰忙把哈勒苏三人一个个搀了起来。旁边的查其讷老玛发也乐了，连说：“好哇，好哇，真是不打不相交啊！咱们是自家人，没说的。”大家很尊敬查其讷老人，包括大贝勒代善亦如此。查其讷在老汗王爷身边时，代善的岁数稍大点儿，可还是孩子呀，常常给擦个鼻涕抹个泪、整理个衣服什么的，兄弟几个都是在老玛发的眼皮底下长大的。当年的孩子如今虽然成了贝勒爷了，但仍然挺拿这位老人当回事儿的。

千户长瓦岱听说收归领地之事解决了，那颗悬着的心总算落了地，别提有多高兴了。原来心里一直不踏实，着实捏了把汗，认为此事很难办。担心这从贝勒爷身上往下割肉的事儿，人家肯定不能同意，弄不好很可能惹出乱子呢！没想到哈勒苏父子的确有办法，不到半天，难缠之事便迎刃而解了，像头顶儿的乌云突然散了一样，见了亮儿了。就冲这，理应好好儿谢谢人家。另外，觉得也要感谢大贝勒爷，全仗着老人家亲自来了，说服了七贝勒爷。是呀，谁能不听老王爷的？还有查其讷，那是两代汗王身边的侍卫，乃德高望重之人，从中帮了不少忙，理应感谢。瓦岱原没想到的，倒是七贝勒爷竟变得这么快。他知道，只要七贝勒爷的脾气一上来，那是十匹、百匹马也拉不动的。仗着是先王的儿子、当今汗王的哥哥，怕谁呀？谁都不怕。哪承想今天却变了，乖乖地把领地交了，使事情得到了圆满的解决，真个令人高兴、痛快！所以，今天瓦岱做东，举行酒宴，像办喜事儿一样把大家请来了。吃的什么呢？有鹿肉、烧鹿脯、细鳞鱼、鳇鱼子等，又特别做了飞龙汤，全是乌拉的特产，口感清香得很。喝的亦备足了，是一色的白酒和黄酒。大家围在一起，笼着篝火，一边吃着一边跳着。满族本是好歌好舞的民族，何况今天这么高兴，当然是尽情地舞之蹈之了。众人高兴地将手平举，肩抖动着，脚跟着鼓点儿和乐器的节拍，自由地舞动，怎么美就怎么动，想怎么跳就怎么跳。吃一会儿跳一会儿，跳一会儿又吃一会儿，非常热闹。

说起来，这也是一个合欢的酒宴。过去，各个贝勒派往分封领地的头人，比如文凯呀，乌尔恰呀，巴拉本、巴拉甘哪，还有秦松木哇等等，虽然互相都认识，但各为其主，碰面就那么瞪着眼睛，从来不说话。相互猜忌，暗中摽劲儿，那是麻秆儿打狼两头害怕。今天我同你打起来了，明天你与他骂起来了，十几年来没消停过。如今不同了，这些人好像变了个样儿，显得较前亲密多了。因为从此归到一起了，土地，全是汗王属下的土地；奴才，全是汗王属下的奴才，不再分你是谁的人、他是谁的人了。尤其是贝勒爷之间的感情也发生了变化。以前，七贝勒爷是个嘎牙子，同谁都合不来，就是跟大贝勒代善的关系亦不怎么好，总是气不公地说："二哥，你好呀，会送人情啊，不就是偏心眼儿吗？把八弟推上了汗位，他这回可感激你了，那在大堂上一坐，该多威风啊！"心里一直想不通。今天所属领地这么一变，阿巴泰的情绪随之也变了，心情似乎好多了，对代善开始有笑模样了。

其实，在这些人中，哈勒苏比谁都高兴。他受汗王之命，带着家口刚到这儿的时候，一想到前面荆棘丛生，困难很多，那是整日心里没底呀。尽管老夫人劝慰时，他还嘴硬，一个劲儿地说没事儿没事儿，不用惦着，心里可是十五个吊桶打水，七上八下的。那些贝勒爷手中握有生杀大权哪，是真怕出事儿呀！但必须得按旨行事，你说能不捏把汗吗？万万没想到的是事情办得这么快、这么顺、这么好，心里不就只剩下乐了吗？在酒席宴上，哈勒苏对德高望重的两位老者深表谢意，一位是在乌拉碰到的老哥哥查其讷，一位是大贝勒爷代善。多亏他们从中周旋，才使十分棘手的事情圆满地解决了。更感激的是当今的汗王，那是圣明之主，考虑得如此周到，安排得如此细致。汗王派他来乌拉，怕遇事难办，推出了老哥哥大贝勒爷代善在后面镇着。这还不算，到措劲儿的时候，又发来了一道圣旨，有如为久旱的秧苗下了一场及时雨，怎么能不念及皇恩浩荡呢？所以他高兴，酒也喝得痛快。

喝酒中间，大贝勒代善说："哈勒苏啊，我已经完成了汗王的圣命，将收封地之事办妥了。至于下一步该如何收摊儿，怎么建打牲衙门，全靠你费心了。这块土地可都交上来了，今后再没我们哥儿们什么事儿了，该退出去了，你听明白了吗？我不准备再耽搁了，转天就回去，好早点儿向汗王交差。"哈勒苏边听边点头答应着。代善又转过脸对阿巴泰说："老七呀，我问你，是在这儿待着呢，还是同我一块儿回去？"阿巴泰撂下酒杯，高兴地说："二哥，既然你回去了，我还在这儿待着干啥？现在全完事儿了，一身轻啊，跟你一块儿走！”代善乐了，说：“好哇，那咱俩明儿个动身。你这事儿办得对呀，我的好兄弟，给当哥的长了脸啦，也给咱们家族长了脸啦！来，咱哥儿俩碰一杯！”话音刚落，大家同时把手中的杯举了起来。

第二天一大清早，大贝勒爷代善、七贝勒爷阿巴泰等一行人起程了。哈勒苏父子、瓦岱领着众兵将前来送行，还有巴拉本、巴拉甘、文凯、徐进、秦松木、乌尔恰等各贝勒的庄头儿、管事儿的全到了，一直送出很远。回来的路上，哈勒苏想：“查其讷的威望高，有经验，知多见广，对乌拉很是熟悉，往后有些事儿得多问问他。瓦岱也不错，一个要饭的，只当了十天兵就得到了老汗王的赏识，眼下干得又这么好，不容易呀！将来一定大有作为。对我还挺好，凡事能帮着出主意、想办法，建立乌拉打牲衙门就得靠这些人了。”于是连家都没回，改道儿去拜望了查其讷老哥哥，目的是向他取经。

话说哈勒苏送走了大贝勒代善、七贝勒阿巴泰后，便在查其讷、瓦岱等人的帮助下，带领全族的人，开始了打牲乌拉的艰难创业。要在乌拉扎根，首先必须安家。哈勒苏选了一处靠近江边儿的地方，全家动手盖房子，什么和泥、叉墙、上梁、苫房，各样活儿自家人都会干。他说得好：“咱们家族原本是草莽之人，不管到哪儿，如同到了自己家一样。”因此，根本不用麻烦别人。瓦岱曾带着兵丁来帮忙，让哈勒苏给打发回去了。他没动用朝廷的一兵一卒、一草一木，硬是领着孩子们起早爬半夜地很快便盖起了几间大房子。有老两口儿住的，有兄长们住的，有儿子们住的，还特别准备了虽哈纳结婚用的房子。又用汗王赏赐给虽哈纳的银子购置了马匹，为什么呢？因为要长期在这里生活，没有马是不行的。哈勒苏不可能像有些官员那样，受不了这里的艰苦，住几天拔腿儿走了。富察氏家族从来是只要接受汗王之命，必将拼命干到底，绝不会半道儿打退堂鼓。叫到哪儿，哪儿就是家，向来不含糊。当时，乌拉古城城边儿的散居户较多，显得挺乱。哈勒苏一看，觉得这样不行，不好管理。立即和瓦岱一起在城北选了一块地，拉好地基，建起房屋，将那些散居户做了妥善的安置。

哈勒苏安好了小家，也安置了大家。之后，便率领兄长和虽哈纳及老大倭克纳、老二珠和纳着手勘查乌拉的地界，查看有多少座山、多少片林、多少条河流、多少种物产，从这儿往远处去，它的辐射面儿有多大等。由于哈勒苏未过门儿的小儿媳舒穆禄格格能写会算，就让她当笔帖式，根据调查，将物阜山川详详细细地一一造册。这样，他们对那条河产什么、这座山有什么、春天种什么、夏天备什么、秋天收什么、冬天有多少猎物可打，皆做到心中有数了。说实在的，过去都知道乌拉是个富庶之地，然而到底有多少物产，并不完全知晓。像他们爷儿几个调查得这么细，掌握得这么清楚，有史以来还是头一遭。布占泰在乌拉尽管四世为王，却从未这么做过。

做了调查，心中有了数，只是第一步。重要的是，应怎样将所需要的东西弄到手。只有如此，才能年年给朝廷、给汗王进贡，也才能年年供应停灵祭祀的方物，即土产品。哈勒苏认为，地怎么种啊，鱼怎么捕哇，土产品怎样采集呀，不能光靠嘴说，只让别人去干，必须亲自动手做，才能熟知和掌握。他这个人做事向来是身体力行，于是，每天领着孩子们起早贪黑地样样儿去尝试。大儿子倭克纳发牢骚道："这成什么了？咱们本是拿兵器的，是武将。这下可倒好，是农民又不像农民，是打猎的又不像打猎的。现在是扔了兵器拿起了丈量尺，干的不是咱们该干的！"哈勒苏听罢，眼珠子一瞪，严肃地说："怎么？拿兵器的手就不能干别的了？你应少说话多干活儿，咱们做的任何事儿不都是汗王家的事儿吗？要干一样儿懂一样儿。不仅是拿刀、拿弓箭的手，也应是拿锄杆子的手，还要是拿笔的手。孩子，得什么都会干才行啊！"又对虽哈纳说："儿子，汗王既然命你协助总管打牲乌拉，那就把咱们家作为第一份儿打牲丁，你要先做好这打牲丁的达[①]。只有做好这个达，才能协助总管好布特哈衙门的事儿，我们大家跟着你一起好好儿干。"孩子们听了阿玛的这番话，觉得说得很对，全痛快地答应了。从此，哈勒苏家族在开拓打牲布特哈事业的道路上，不畏艰苦，慢慢地摸索着、尝试着。

万事开头难，一开始谁也没干过。可哈勒苏家族愣是凭着勤奋、不怕苦和一股百折不挠的韧劲儿、一丝不苟的认真劲儿，将打牲事业开了个好头儿。而且由于他们的诚挚及热情待人，感动了原来好闹事的蒙古人巴拉本和巴拉甘。现在这哥儿俩可变了样儿了，像哈勒苏的儿子似的，整天围在身边跑前跑后的。文凯、徐进、乌尔恰这些原来各贝勒爷领地的头人，也都跟虽哈纳一起天天张罗着、合计着，很快便悟出了一些门道儿。认为要大量捕鱼，就得建立网户，将打鱼的把式、能手凑到一起。

① 满语：头儿。

因为这些人会看水势、会使船，知道啥时候是鱼汛，啥时候来什么鱼，该用啥渔具，怎么捕。是用叉、用网，还是用鱼笼子、鱼链子。于是，由文凯当头儿，开办了渔场。

再有，每年需向汗王进贡皮张啊，什么虎皮、豹皮、狼皮、紫貂皮、鹿皮等。不仅要将那些猎物打来，还要懂得皮张怎么熟，什么时候弄合适，怎么做才能晾好皮子。此项由徐进当头儿，组成了打猎的猎户，专事狩猎。别看徐进是个汉人，来到乌拉的时间可挺长。据他说，自家可能是五代十国时就进来了。这个老哥哥快六十岁了，会满语，对此地特别熟悉。人又勤快、肯干，坦诚厚道，会过日子。他家是既保留着汉族的生活习惯，家教严格，勤劳节俭，也接受了满族的习俗，又不像北方满族人那样大手大脚，一年四季到处游猎。他精通狩猎，很有威望，对啥时候打什么野兽了如指掌。甚至一看雪中的脚印儿，便能辨别出是什么兽。对于那兽是啥时候来的，离去了多久，往哪个方向去了，怎么抓，都能做到心中有数。

另外，住在这儿的人要吃饭，要向朝廷贡粮，就要有米户。其实，乌拉早已有了农耕，最出名的是谷子。这里的白小米在唐代时，曾贡进过朝廷。到了明代，皇宫用的辽东白小米，多数也是乌拉的贡品。布占泰做乌拉王时，给大明朝廷进贡过很多白小米，借此来沟通和明廷的关系。其他如大麦、小麦、燕麦、黄豆、红豆、绿豆等，也比较出名。这里的白菜，唐代以来便开始了种植，长势不错。要想发展农耕，必须把种植户统起来，派有经验的人管理这些粮户。决定由五十多岁的乌尔恰当头儿，管米户，专司农作物的耕种。

巴拉本、巴拉甘是从草原来的，对猎业、弓业很熟，虽哈纳便让他们两个管弓户。那时很少有快枪，兵士用的武器多是扎枪、弓箭等。供应大军用的枪杆儿、大弓、箭杆儿，历来都是大军后勤的一项重任。建起了弓户，可使兵刃生产的原料有了保障。再有就是秦松木原来是大贝勒爷代善庄园的头领，虽哈纳让他管松子户，主抓榛籽、橡籽、白瓜子等土产品的生产以及养蜂户的蜂蜜、蜂蜡的制作。这样，原来各贝勒爷在乌拉的头人全有事儿干了，让他们各安职守，各显其能。

一段时间后，又增加了珠户，专门采珠，以进贡朝廷。当时，松花江、图们江、牡丹江、黑龙江下游大小支流皆产珍珠，人们把这些地方产的珍珠称之为东珠或北珠，是较为名贵的珍品。这种珠子孕育在蚌蛤体内，采珠人必先采到蚌蛤，而后才可得珠。蚌和蛤本是有区别的，形长者曰蚌，形圆者曰蛤。蚌蛤孕育的珠子形态各异，大者如酸枣儿、弹丸儿。有方圆与不方圆的，方圆的称为正珠。色彩也不同，有白色、天蓝色、淡绿色、粉红色，等等。浑圆明亮的大正珠，晶莹闪光，璀璨夺目。有书曰："大珠以其'圆滑重大，紧皮光亮'而令人赏心悦目。"传说有种千年的神蚌，人们称其为呼其纳神蚌，身怀五珠，每颗皆价值连城。辽金以来，宫廷里的诸王、后妃及社会上的达官显贵，穿的戴的都镶有珠子。皇冠上、凤冠霞帔上的珠子，其中最好的当属东珠。那么，这些珠子从哪里来的呢？多半是乌拉进贡的。于是，乌拉就要大量地采珠。

说起来，采珠并非是一件易事。珠子在蚌蛤体内孕育到一定程度后，蚌蛤便沉入了水底，卧在那里不动了。怀珠越大的蚌，往往沉入深水之中。夏天蚌并未长成，只有到了深秋或初冬，蚌处于冬眠状态，才能孕育出质地上好的珠子。因此，采珠要潜入深水，还得在冬天河面儿刚要结冰时才开始操作，是件很苦的事儿。潜入水底之后，怎样去找有珠的蚌蛤呢？只要有闪光的地方，那里准有蚌蛤。其实，既不是蚌蛤会发光，也不像传说的珠子本身会发光。而是珠子受了一种光的照射，才会反射出光来。受月光的照射，不就有了夜明珠吗？这种光，白天因为亮，不易被发现，往往是夜间容易看得到。所以，采珠一般都是在晚上，你说这不更难了吗？

别看哈勒苏年龄大了，可他不怕苦、不怕累，在珲春居住时，便在布尔哈通河里采过大蚌。富察氏家离东海近，家族的人都赶过海，水性也好。因此，这回哈勒苏亲自管采珠户。他经常带领着珠户的打牲丁，划着船到深山老林的河汊子里去采珠。要知道，密林里常有黑熊、蟒蛇出没，但他们不怕这些。在那儿支起棚子，白天在里面休息，夜晚划船去寻找蚌蛤。发现哪儿有亮光，将杆子往那儿的水下一插，停住了船。准备下去采珠的人，得喝上几口酒，暖暖身子。嘴和鼻子插上芦苇筒儿，以便用来在水中换气。先憋住一口气，然后头冲下噌地蹿到刺骨寒的水里去了。水很深哪，有的甚至几丈深，只能按照闪光的方向去摸。抱住一个蚌时，立即返上水面，有人在船上等候接蚌。若是水面儿已经结冰了，得先将冰面儿凿出一个洞。下水的人必先喝酒，喝到浑身通红，才从冰洞钻入水底去摸蚌。就是这样，人上来时，手脚全冻木了。在上面的人得赶紧给他披上衣服，再喝点儿酒，那也得好长时间才能缓过来，真是苦啊！

时光如梭，转眼间，一年的时间过去了。哈勒苏带领兄长、儿子们在查其讷、瓦岱和文凯、乌尔恰、巴拉本、巴拉甘、徐进这些人的帮助和共同努力下，乌拉布特哈事业不但顺利起步，而且粗具规模了。乌拉古城原来颓垣断壁的荒僻样子不见了，变得美丽、富饶了。千户长、二等甲喇章京瓦岱为此很高兴，脸儿总是红扑扑的，可不像以前那样让人给压堆了似的。眼下可是扬眉吐气了，成了名副其实的参将，真正有了指挥权，实力也强了。他每天都坚持操练兵马步箭，可以说是兵精马壮。因为乌拉这块儿富啊，所以，常有一些强盗、黑龙江流窜来的匪徒以及北方没有被降服部落的人，趁夜里到此烧杀抢掠。过去无力抵御，即使你的兵到了也不赶趟儿，人家早就化整为零跑了，把乌拉糟蹋得破败不堪。现在好了，瓦岱完全有能力保卫乌拉百姓的生命财产，保护打牲事业，使这里的人们安居乐业，日子亦越来越富足了。

且说虽哈纳作为乌拉打牲事业的达，一年多来可从没闲过，每天到各处跑来跑去的，直到现在还没顾得上和舒穆禄格格成婚呢。这两个年轻人相处得挺好，感情越来越深，互相疼爱，互相帮助，一边忙着打牲事业，一边彩绘出一张《乌拉打牲（布特哈）舆图》。这可是天聪元年的一件大事儿，因为乌拉从未有过此种图样，首创的第一张图是富察氏家族来了以后才绘制的。当将舆图送至沈阳京师恭呈汗王时，皇太极异常兴奋，连声赞叹，这是后话。

时光进入天聪二年，眼看到先王努尔哈赤薨世两周年的祭日了。前书说过，老汗王努尔哈赤是天命十一年、大明天启六年八月十一日，在距沈阳四十里的爱鸡堡驾崩的。哈勒苏没来乌拉之前，常听皇太极对臣子们说："在八月十一日先王祭日的那天，陵寝里应供上乌拉的方物。因为先王在世时，对那个地方特别喜欢。灭了布占泰后，不但在那儿住了七天，而且还将乌拉破例地分封给了儿子们。现在先王走了，我承继先王的遗业，应该把先王最喜欢的乌拉土产供奉，使他得到品享。"皇太极的这个想法，在哈勒苏离开京都时，并没有对他讲过，怕给老将军增加压力，觉得能去乌拉就很不简单了。哈勒苏却一直记着汗王的这番话，并暗下决心，一定要千方百计地实现汗王的愿望。于是，早早做了准备，在老汗王祭日到来之前，为京师先王的陵寝——东陵的昭陵进贡了一尾活蹦乱跳的大鳇鱼及细鳞鱼五槽、马鹿九头，还有梅花鹿、野猪、大雁、飞龙等。

向京师进贡鳇鱼这件事，《萨大人传》早有记载。准备这些东西本来

很难，还要安全地、稳妥地按期送到京师，并须保证鱼是活的、鲜的，那就更难了。哈勒苏考虑此任不轻，便让虽哈纳带领巴拉本、巴拉甘、徐进、乌尔恰、文凯、秦松木和百余名打牲丁负责护送。各位阿哥，你们道这鳇鱼有多大？寻常者八九尺，大者可达两三丈，再说给京师进贡，当然是挑最大最好的。为运送，须将鱼装在盛水的大木槽子里，将槽中放进足够的水，用大车拉着。从乌拉到京师，不但路途遥远，而且很不好走，要穿林越岭，过江跨河，坎坷难行。为保证鳇鱼的鲜活，路上只要遇到河流，就得给它戴上笼头，由人牵着过河，车上、河里来回地倒腾。另外，装鳇鱼和细鳞鱼木槽子里的水必须经常更换，不然这些鱼还不得憋死呀？自然要有一批人不停地分拨儿提水、换水，十分劳累，要不咋去那么多人呢！这支押运队伍真可谓浩浩荡荡，也是乌拉向朝廷呈贡的一次壮举。

虽哈纳等人押运着贡品，千辛万苦地于八月十一日之前到达沈阳，将贡物送进了大内。当今汗王皇太极看了贡品之后，龙心大悦，含着眼泪说："正中朕意，哈勒苏确知朕心也！"在虽哈纳他们要回乌拉的时候，皇太极分别给哈勒苏父子及运送祭品的随行人员许多赏赐，有银子、布帛等，还传旨特别召见虽哈纳。汗王一见虽哈纳，显得非常亲切，先是垂问："你父哈勒苏的身体如何？"虽哈纳急忙跪倒做了回答，并代阿玛叩谢圣上的关怀。又问："虽哈纳，你同舒穆禄格格的婚事办没办呢？"虽哈纳一听，圣上每天有那么多的要事需处理，竟还没忘了一个臣子的婚事，很是激动，忙禀道："臣暂时还没办。"皇太极知道，这是富察氏家族一心一意在为国家的事情忙碌，根本顾不上办自家的婚事呀！心里是既感动又不安，随即说："哈勒苏一心为朕，精诚可嘉，朕知也。望尔等回乌拉后速办婚事，以安朕心。"虽哈纳叩谢圣恩后，辞别出宫。

虽哈纳率一行人回到了乌拉，将去京师呈贡之事以及汗王召见的情形，一一讲给了阿玛，又把汗王赏赐的银子、布帛、玉器等呈上。哈勒苏就是个高兴啊，手捧赐品，不由得见物思人，心潮难平，热泪滚滚，连连叩谢汗王的隆恩。

当天晚上，全家吃饭时，虽哈纳向阿玛和额莫说："这次去京师，汗王还特别垂询我的婚事，让回来以后赶紧办，以安朕心。"说到这儿，只见坐在旁边的舒穆禄格格那张俏皮的脸蛋儿腾地红了。哈勒苏放下碗筷，喝了盅儿酒，笑呵呵地说："是呀，一年了，汗王命咱们办的大事儿已有些眉目了，该操办操办家里的事儿了。我跟你额莫着急了，想抱孙子喽!”说得大家全乐了。接着冲老大、老二说:“下一步啊，咱把你们的弟弟、我的小儿子虽哈纳和精明能干的舒穆禄格格的婚事办了，大伙儿一块儿张罗张罗!”又回过头对东海额莫说:“老伴儿呀，这可是你的事儿了，全权交给你啦! 一定要办圆全、办好。咱们的小儿媳妇可是没说的，样样儿、处处叫人满意，也真是苦了她了。自从进了家门儿，从没闲过，同大伙儿一把泥、一把汗地创建这个家，还辛辛苦苦地帮着安置了大家，哪件事儿都少不了她。说实在的，舒穆禄格格像咱的小女儿一样，我真是有福哇!”说得老夫人直劲儿地点头，兄长、嫂子们也认为是水到渠成的时候了，早该办了。以前，老大、老二及两个儿媳妇曾提过，让阿玛挤时间把弟弟的婚事办了，可哈勒苏总是说:“咱们还有很多大事儿没办完，哪能先考虑自家的小事儿呢? 过一段再说吧。”虽哈纳是个孝顺的孩子，谨遵父命；舒穆禄格格是个懂孝道、又尊重老人的姑娘，自然也听阿玛的。就这样，两个年轻人的婚事拖了一年多。现在想办了吧，可当年的秋天是来不及了。因为秋冬两季还有许多活计要干，比如收割庄稼呀，收拾兽皮呀，还有渔户的冬捕哇，等等。再说要办婚事，尽管有汗王的一些赏赐，仍需做些准备。最后决定来年办，即天聪三年，己巳年，明崇祯二年，选的日子是五月端阳。

大家一起忙完了秋冬两季的活儿，收获很大，没白干，转眼到了第二年的春天。天聪三年的五月，乌拉阳光灿烂，百花吐蕊，百鸟齐鸣。松花江开江跑起了老冰排，有如一条彩带镶嵌在松辽大地上。这美丽的风光，温暖的春风，越发为虽哈纳与舒穆禄格格的婚礼增添了喜庆气氛。哈勒苏本想小儿子的婚事只家里人热闹一下就行了，不想惊动太多人。哪承想喜信儿一传出，一传十,十传百,十里八村都知道了。有骑马来的，有划船来的，还有坐车来的，连京师也来了不少人。周围的邻居跟哈勒苏家的关系处得挺好，一听信儿，更是一个不落地全到了。这样，只好把婚礼按女真人大婚的习俗，热热闹闹地操办起来。又因事务甚忙，诸事简办，便选定了三日婚。即头一天在家祭祀，祭拜祖先。之后，男方去迎接新妇，当晚打下处，就是在离男方家较近、又看不到自家房檐儿的亲戚家住下；第二天接新人到男家，举行结婚仪式；第三天大会亲朋，摆下女真的燔烤古席。哈勒苏全家按三日婚的礼俗，忙得不可开交，加上迎来送往的，一直闹腾了三天，婚礼才算结束。

虽哈纳结婚不多日子，突然京师有特旨传来，让哈勒苏、虽哈纳接旨。哈勒苏领着小儿子三步并两步地刚迎出大门，便见上差已经捧旨到了门口儿，互相一看，都认识，原来传旨的是当今汗王身边的老太监、五十多岁的苏老公公。哈勒苏和虽哈纳向苏老公公施打千儿礼道：“不知公公前来，未曾远迎，失敬，失敬！”苏公公下了马，边扶哈勒苏爷儿俩边说：“好了，快快请起，公公我有圣旨宣布，去把千户长瓦岱将军也请来。”哈勒苏赶忙让虽哈纳去请。只一会儿，瓦岱就到了，上前叩拜了苏老公公。苏公公说：“瓦岱参将，待宣完圣旨后，上面有些事情我再跟你讲。”瓦岱答应道：“遵命！”哈勒苏命家人在院中摆上了香案，又同儿子换上了官服，苏公公这才展开圣旨说：“哈勒苏、虽哈纳听宣。”二人异口同声地答应一声“嗻”，然后将袍服撩起，跪倒在地接旨，瓦岱亦随之跪下。苏公公宣道：“奉天承运，汗王诏谕，特命哈勒苏、虽哈纳父子妥为安排乌拉布特哈诸务，前往宁古塔，委虽哈纳为宁古塔城守尉，钦此。天聪三年吉月吉日。”旨意言简意赅。实在是太出人意料了，有如晴天霹雳一般！哈勒苏和虽哈纳万万没想到会是这样。以为汗王既然把他们派往乌拉，建布特哈衙门，便在这儿长期住下去了。哪里会想到才刚刚两年，汗王又下特旨，让到宁古塔去重新立业。跪在一旁的瓦岱更是吃惊不小，圣上竟让哈勒苏父子去宁古塔，马上要与自己分手！尤其令他心酸的是，两年来的朝夕相处，感情颇深，什么事儿也离不开这爷儿俩，成了不可缺少的主心骨儿了。这一走，不知啥时候能再见面，真是舍不得他们啊！

圣旨宣完，苏老公公一看，三人全愣在那儿了，说道：“哈大人、虽大人，圣旨已经宣完，你们可是听清没有？”二人一惊！是呀，光顾想事儿了，倒忘了领旨了，于是急忙叩头说道：“奴才领旨，谢恩！”三跪九叩，将圣旨接了过来，恭恭敬敬地供在西炕神龛上。然后，请苏老公公坐在上席，敬上了茗茶，哈勒苏、虽哈纳、瓦岱在下手相陪。苏公公呷了一口茶，对哈勒苏说：“来之前，汗王让我转告你，宁古塔目前军情紧急。之所以派往那里承担重任，是对你们父子的信任，一定不要辜负圣命。”哈勒苏和虽哈纳站起身来俯首道：“奴才愿为汗王效力！”苏公公点点头，又转过脸看了看瓦岱，瓦岱站了起来。苏公公说：“瓦岱参将，汗王没有专门给你下旨，想必也能知道为何。因为你是这个城的守尉，先王在世的时候，便有功于乌拉。这些年从不懈怠，一直精诚为国，其功劳汗王心中是有数的。哈将军父子走后，圣上之意，将乌拉的打牲事业交给你了。从此以后，既是乌拉城的守尉，也要兼管布特哈的事儿，是否专设衙门，汗王尚未定决。瓦岱将军，听清了没有？”瓦岱跪地回道：“奴才谨遵圣命！”苏老公公说：“好了，都请坐下，事情就这些。我已将汗王口谕传达完了，得赶紧回禀圣上，各位也要抓紧做好准备。”哈勒苏问道：“公公，我们是待几天去宁古塔呢，还是立即去？”苏老公公说：“行期汗王没说。不过你们应该明白，宁古塔那边有紧急军务要办，还是快去为好。具体事儿自己商定吧，我走了。”说着，带着两个护卫转身便走。哈勒苏忙说：“苏公公，您年岁不小了，这么远的路途，马上又得颠簸，实在是太辛苦了。公公这么走了，我心何安哪？”瓦岱也挽留道：“公公暂请留步，用完膳再走不迟。”尽管苦苦相留，苏公公还是执意要走，想给带点儿干粮也不拿。哈勒苏父子和瓦岱参将只好作罢，一直步行将公公送出城外，苏老公公于马上告别道：“行了，到此为止，不要再送了。回去吧，回吧！”哈勒苏说：“公公一路顺风，多多保重！”三人目送着苏老公公跨马而去。

前往宁古塔这件事情，来得的确是太突然了，致使哈勒苏全家都震动了。本来认为乌拉就是自己的家了，待得好好儿的，一切也安排得妥妥的，老太太还养了不少的猪、鸡、鸭、鹅什么的。没想到又接圣旨，圣命难违呀，必须得走。于是，全家上下赶紧做起程的准备。那么汗王为什么一定要让哈勒苏父子放下吉林乌拉的事情而到宁古塔去呢？这里说书人要多说几句。

前书我们讲了，皇太极继承汗位以后，极力主张用兵黑龙江，抵御沙俄入侵，降服当地那些尚未归附的部落。他曾多次讲过：“黑龙江的诸部落和女真人的语言是一样的，应当尽量去招抚，把他们团结过来。只有兄弟和睦，拧成一股绳儿，才能抵御外寇。如果不这样做，罗刹一旦入侵，我们会后悔莫及的！”其实，明代皇帝就已意识到了北疆易动难安，重在戍守。十分注意对那儿的治理，采取了不少办法，建立了奴儿干都司和很多卫所。而今天，皇太极提出要想巩固北疆，防御外寇侵略，必须加强宁古塔的力量。不仅因为它是北方的重镇，更重要的还是黑龙江扼制罗刹的咽喉要道，只有将宁古塔的事情办好了，才能把黑龙江流域以北的各个部落收服。看来，皇太极还真是深谋远虑呀！

那么，宁古塔是个什么情况呢？宁古塔的驻防，是从努尔哈赤晚年开始的。有史可查的，第一个被努尔哈赤派到宁古塔驻防的是兴佳，镶蓝旗人，乃宁古塔的老人，世袭佐领之职。其父原为当地的部落头领，归顺努尔哈赤后，开始随着老汗王爷到处征战。考虑他是部落头领，便授衔佐领，官居四品，管部落里的吃喝拉撒、户籍、婚姻等事，可是并无定所。正因为官职是老汗王爷封的，可以享受后金的俸禄，所以他死后，由儿子兴佳承继做了部落头领，世袭四品佐领的官职。努尔哈赤进兵黑龙江时，派兴佳在宁古塔驻防。此人只是个一般的武将，没什么大能耐，老汗王爷对他不太满意。故而于第二年，即天命十一年将他撤了，换了当地的镶蓝旗人拉佳驻防宁古塔，也是佐领之职。就是这一年，努尔哈赤八月驾崩。皇太极荣登大宝后，又把在宁古塔驻守八个月的拉佳免掉，将身边的戴珠瑚派去了。这位将领原来是宁古塔人，多次随努尔哈赤征战，东打西杀。皇太极认为戴珠瑚肯定能够超过兴佳、拉佳，能将北疆镇守住、治理好，原因是他的官衔挺高，是个将军。从这儿我们可以看出，皇太极不但重视宁古塔的防御，而且更注重驻防在这里官员能力的大小、品级的高低。

戴珠瑚是天聪元年到任的，为人耿正、老实，是个直性子。办事认真，忠于圣命，然治理一方水土却只能守摊儿，无开拓进取之力，缺乏冲劲儿、闯劲儿。皇太极喜欢自己的部下不仅肯干，还要勤于思考，奋力勇为，积极推进边疆的发展。可戴珠瑚恰恰不是这种人，任职期间，几次回京接受垂询。什么是垂询呢？即在汗王的垂问下，回禀所办差事完成的情况。有些什么功绩了，还有些什么事情没有解决呀，等等，要一一说清楚。汗王要听，众大臣也跟着一块儿听，然后对你做出鉴定和评价。戴珠瑚每次对垂询的回禀，皇太极都是边听边皱眉头。因他总是说今天这块儿好了，明天那块儿行了，没出什么问题了，那块儿还是那个样子了，等等。你想啊，皇太极作为君主、马上汗王，哪愿听这一套？他想的是：宁古塔是后金的前哨，那里有很多地方还没有统一，罗刹借机正闹腾着，一些兄弟部落不断地惨遭他们的蹂躏。有些部落的兄弟姐妹不明真相，不辨敌友，对后金做出了萧墙之争。甚至还在罗刹的挑唆下，领着兵马袭击后金，掠夺财富，那块儿的事儿实在是太多了！朕把你戴珠瑚派去，是希望身为大将能多动动脑子，有所作为。哪能饱食终日、无所用心呢？皇太极有时也真呲他，戴珠糊听了只是直劲儿地“嗻、嗻”答应着，脸都不红。打起仗来倒很勇猛，像黑李逵似的，棒子一甩起来，那就是个拼命，任谁得说是一员虎将！皇太极以为：只这样不行啊，我需要的是有勇有谋的干才，看来戴珠瑚不是能治理好宁古塔理想的将军。可身边一时又选不出更合适的将领去承担宁古塔的事务，再说了，后金当前的大事是对付大明啊！大明有不少将领挺厉害，像袁崇焕就相当能耐。他一箭便射中了父汗以至于死，这仇到现在还没报，人家正洋洋自得地做着辽东的巡抚，与我后金为敌呢！说实在的，皇太极登上汗位以后，眼睛始终盯着的是南边，多数大将也用在南边，重心十分清楚。他不可能再从那里抽出得力的将军到宁古塔去，不是等于杀鸡用宰牛刀嘛，舍不得呀！为此很是伤脑筋。

且说戴珠瑚虽然头脑简单，但每次去接受垂询时，早看出汗王的脸色了，说话好听不好听还能辨别不出来吗？他很苦恼，常说："咳，我就这么大能耐了，咋办？没什么才学，汉书一天没读过，只知道打仗。本来是个打猎的，后来被老汗王爷看中了，咱跟着走呗。一直在刀尖儿上滚来滚去的，别的啥也不会，连满文字都不会写，是个文盲。我哪能不着急呀，恨不得拔着自己的头发往上蹦几个高高儿，好给主子露露脸。"看来，戴珠瑚为这件事真是犯愁。就这么愁来愁去的，始终没有个什么好办法。每次去盛京接受汗王垂询之前，一连几天睡不着觉，甚至觉得比得一场大病还难受，不如死了得了！但是不行啊，仍然得硬着头皮去。到那儿以后，听别的大臣一说，自己又是个没脸儿，你说他能不着急吗？曾不止一次地琢磨："要是能想办法请出个高人帮助治理宁古塔，做出个样儿来，汗王必会龙心大悦。那样的话，我便安心了，再不用怕被召去盛京接受垂询了。"

有一天，戴珠瑚忽然想到了吉林乌拉。因为乌拉是受宁古塔管辖的地方，为戴珠瑚的属地，他对那里的情况了解得比较多。这一年多来，常听下人禀报说："乌拉现在可变了样儿啦，不像过去那么乱了，丁户的日子过得好多了。尤其是打牲差事大家干得热火朝天的，前些日子，他们还到京师给汗王送去大鳇鱼了呢！汗王特别高兴。现在不只是瓦岱将军在那儿管事儿，还有汗王的御前侍卫哈勒苏将军和他的小儿子虽哈纳以及全家都在那里办差。"戴珠瑚是皇太极的人，过去曾听说过哈勒苏将军的一些情况。知道汗王用的多半是身边信任的人，这样，办一些事互相之间能心领神会，用起来得心应手。话还不用多说，因为各自的秉性、处理问题的方式、心里想法全知道，心心相通嘛！要不怎么说一朝天子一朝臣呢，自己的人就是好办。哈勒苏也是当今汗王的知己、亲信，但是到底有多大能耐，是半斤还是八两，戴珠瑚过去不大清楚，只听说他的人品不错。哈勒苏全家到吉林乌拉后，将大家调动起来了，把打牲事业干得挺红火，这才开始对爷儿俩刮目相看了。

戴珠瑚曾几次巡视过乌拉，在各处所看到的，足以证明哈勒苏做事井井有条，处理公务很有办法。虽然出面的是虽哈纳，但后面主事的却是哈勒苏。他想：“汗王派哈勒苏到乌拉，算是选对人了。开拓乌拉多不容易呀，那可是各贝勒爷原来的领地呀！若是让我去，可是没法处理，敢得罪谁呀？你看人家，脑袋真不白给，一到那儿便能逢凶化吉、遇难成祥，毫不费力地将收地之事顺利解决了。”所有听的、看的、传讲的，皆令他感动。又想：“看来，得把哈勒苏这个宝贝从吉林乌拉请到宁古塔，请到我的身边。倘若能来，一是我们都是当今汗王的亲信，肯定合得来；二是人家也真有能耐，我可以他为师。身边能有这样一个兄弟经常帮助出个主意，拿个好点子，再去接受汗王垂询自然不用愁了，会同其他臣子一样，被另眼相看了。虽哈纳也得请来，年轻、能干、有魄力，缺他不可。但汗王能答应一下子给两个人吗？不妨到那儿看看情况再说。对，就这么办了！”他越想越觉得唯有如此才是上策，于是，决定立即亲自到京师奏请汗王，希望能准允将哈勒苏调到宁古塔。

戴珠瑚到了京师，先向汗王陈述了宁古塔有多么重要，然后又道：“当前，宁古塔北受罗刹的威胁，社会治安不好，急需治理。可奴才身边没有好助手、好谋士呀，实在是缺人哪！”皇太极问：“戴珠瑚，什么意思呀，你想要人？朕身边目前没人哪，这不是给朕出难题吗？”戴珠瑚扑通一声跪下了，恳切地说：“汗王啊，请帮帮奴才，奴才这也是为国家大事着想啊！圣上知道，奴才是从来不敢偷懒的，不管什么差事都是拼尽全力去做。有一分劲儿，能使上两分；有十分劲儿，能使上百分，愿为圣上肝脑涂地，死而无憾！不过奴才只有这么点儿能耐呀，头脑不行。宁古塔事情又多，汗王总跟着着急，这些奴才心里清楚。奴才斗胆建议，能否请哈勒苏将军到宁古塔来？我们凑到一块儿，那可是人合心、马合套了，不仅能把宁古塔治理好，还会更加稳固。到那时，汗王就放心了，恳请裁定吧。”说完，心怦怦直跳哇，渴盼着汗王能准允。

戴珠瑚的这些话，还真把皇太极给点化了，那是茅塞顿开呀！心想：“对呀，谁能担起宁古塔的重任呢？还得是哈勒苏这位老将。现在乌拉布特哈事业已粗具规模，凡事得慢慢来，有了开头便好办了，将来再派人去充实和加强打牲衙门内部的机制和建设也不迟。”想到这儿，爽快地说：“好吧，朕答应让哈勒苏到你那儿去。”戴珠瑚急忙叩谢圣恩。皇太极有些高兴了，又道：“戴珠瑚，这回你算是提对了。看来脑袋总有开窍的时候啊，这事儿呀，就得这么定！”戴珠瑚接着向皇太极请求道：“汗王，不能光调哈勒苏一个人去。老头儿岁数大了，没人照顾不行，况且他离不开小儿子虽哈纳呀，最好让全家去。这样，哈老将军才能安心住在宁古塔，把那儿当作自己的家，对宁古塔的事情亦会全力去办。如果让他一个人去，与家人分开了，互相都惦记着，则不一定能把治理宁古塔作为自己的终身职责。”皇太极听后，觉得戴珠瑚讲得太直白了，再说哈勒苏也不是那样的人哪。不过这招儿倒挺厉害，于是笑了笑说：“准奏！”接着又问：“老爱卿，你认为他们什么时候去合适呀？”戴珠瑚回道：“当然越早越好，事不宜迟，以防夜长梦多。现在哈勒苏将军在乌拉的事情已办得四脚落地了，一切都挺顺利，正是调动的大好时机。他们父子到乌拉的时间不长，才两年。虽然在那儿安了家，但感情还没那么深，因此容易动。时间一长，像棵大树一样，树大根深，那可难搬动了。请汗王早点儿发旨，让他们快些到宁古塔安家，我们之间定会相处得很融洽，请汗王放心吧。”皇太极说：“好了，好了，不要再说了，回去吧，朕会发旨的。”戴珠瑚走后，皇太极立即下了特旨，并让苏公公速到乌拉传旨，这就是为什么让哈勒苏离开乌拉到宁古塔的原委。

好儿孙记住，圣恩浩荡啊！对咱们富察氏家族，汗王是百分之百信得着。愿富察氏家族的子子孙孙忠诚朝廷，到什么时候都忠贞不贰，唯如此，才是对得起圣恩。这是我说书人顺便讲的几句话。

咱们回头再表哈勒苏接旨以后，尽管心里不太明白汗王为什么立马让自家去宁古塔，但那是圣上的旨意，没说的，照办！可他的大儿子、二儿子，包括小儿子虽哈纳及三个儿媳妇全想不通，纷纷噘着嘴说：“阿玛，能不能跟汗王说说，咱们别动了。已经在这儿安家了，你看额莫又养鸡、又养鸭的，动起来哪那么容易呀？再说，乌拉这么好，山清水秀的，多美呀，我们都喜欢，真舍不得走啊！”东海额莫虽然嘴上没说什么，但从脸上也能看出很是犯难。

哈勒苏这回没发脾气，看了看大家，然后笑着说：“我的老夫人、孩子们呀，不动不行啊！咱们是后金的臣民，汗王说的话不听，还听谁的？再说了，不管在哪儿，皆是为汗王效力嘛。听我的话，赶紧准备，走，一定得走。富察氏的家风从来如此，忠于天朝。”老人家已经这么说了，孩子们即使想不通，还能说啥？照办呗！于是，又像从沈阳城出来的时候那样，把所有的东西全拿了出来，分出哪些是自己的，哪些是乌拉的，哪些是带来的，哪些是别人送的，一件件摆好了，请阿玛过目。看过后，再定出哪些可以带，哪些不能带。老头儿看得挺仔细，还特别嘱告老夫人：“你要好好儿管教儿子、儿媳妇，不要见什么都眼开，还是清贫为上。

乌拉这两年生活刚安定，旗民的生活不怎么好，咱们不要带走太多的东西。是自家的，有些能舍的就舍出来，送给那些贫困之家。你跟儿媳妇们说，这是我的意思。衣裳有那么两三件换着穿便行了，不要七八件、十多件地放着，还不是让虫子嗑了或霉烂了，有啥用?”老夫人遵从老伴儿的意思，一一照办了。

富察氏家族就是这样一种家风，从来不占朝廷一分一毫的银子。在珲春如此，从沈阳出来时也如此，离开乌拉时还是如此。这件事办完之后，哈勒苏又对东海额莫说：“老伴儿呀，还有个事儿得同你商量。”老夫人笑呵呵地说:“跟我还客气什么？别像在官场上似的，有事儿得商量。啥事儿？说吧!”哈勒苏说：“依我看哪，咱家的阿哈太多了。像小花呀、小兰哪，岁数不算小了，成大姑娘了。你是知道的，她们来家的时候，才十二三岁，是别人不要才捡回来的。眼下十七八岁了，已到结婚的年龄了，这回别带走了。我想把咱家的七个女阿哈和八个男阿哈召集到一起，征求一下他们的意见，愿意走的，最多带几个跟着走。你那儿需要有两个人照顾，儿媳妇有一个就行了。男阿哈留三四个做家丁、家院，其余的全放出去，让他们成为正身旗人[①]，别当阿哈了。有的男女互相看顺眼的，给撮合一下，尽快成婚，留在乌拉，你看咋样?”老夫人原本是尼玛察氏的阿哈，知道当阿哈的苦处，自己还是被老汗王爷赏给了哈勒苏，才过上了今天的好日子。她心疼这些奴才，平时对他们都挺好，像对待亲生儿女一样。这人与人之间是情与情相通，心与心相连，心心相印。你敬我一尺，我敬你一丈；你敬我十分，我敬你百分。只有这样，方能使一家人和睦相处。富察氏家族正是因为有了像哈勒苏、东海额莫这样的人，家风才十分淳厚。当然，老夫人舍不得与这些朝夕相处的奴才分开。可她总想，若是没有老汗王爷的赏赐，自己到现在不还是奴才吗？甚至主子死了，你得跟着去殉葬。现在不同了，是正身旗人，是哈勒苏大将军的夫人，有了地位，也有了身份。因此，她完全理解老伴儿的心思，同意所提出的办法，当即表态道:“行，这么办吧。”

哈勒苏在离开乌拉之前，将家里的男女奴才叫到一起，跟他们讲了此事。这些人听后是号啕大哭哇！又是感激又舍不得分开，跪在地上边哭边说:“老爷和太太是我们的再造父母、是大恩人啊！心地那么好，拿

① 清代(后金)具有平民以上资格的人。他们有独立的户籍，享有当旗兵食其饷的义务和待遇。

奴才像亲生儿女一样，我们不愿离开，愿意跟着一起走。生是富察氏家族的人，死是富察氏家族的鬼，只要能跟老爷、太太在一起，不在乎是不是阿哈。”哈勒苏劝慰道：“不行啊，你们都不小了，总不能让我养一辈子吧？今后应该自食其力。特别是从此可以成为正身旗人，这是个大事儿。再说乌拉是个养人的地方，青山绿水的，多好啊，不要跟着去宁古塔了。”经过哈勒苏反复地强调正身旗人如何重要，加上老夫人及三个儿媳妇在一旁帮着讲了不少道理，这才好不容易说服了大家。之后，又为其中的三对儿成就了婚配，小花、小兰也选中了自己满意的丈夫。他们改变了奴才身份，到旗衙门注了册，瓦岱重新给立了正身旗人的身份证明，由哈勒苏在上面画了押，以此证明今后不再是阿哈了，而是变成平民了。哈勒苏和老夫人拿出了一些积攒的银子，分别送给他们作为成家之用。还选了房场，帮助盖了房子，将自家饲养的牲畜和家禽也这家一匹马、那家三只羊、这家五只鸡、那家八只鸭地分了。最后，哈勒苏只带走四个女佣和五个男佣。一是因家里有一些事儿，像照顾老夫人及各房媳妇呀，赶车、放马、搂草打柴呀，都得需要人手。再一个是这几个人是从珲春跟来的，岁数比较大了，有的已经四十多岁快五十了。倘若单独放出去，谁养活他们？恐怕得老死在家了。有的给找了老伴儿，像自己家里人一样，将来可另拨房子给他们住，年轻的便留在乌拉了。

哈勒苏把奴才安排好以后，静下心来，坐在那儿又开始琢磨了：“乌拉这里的事儿既然开始做了，就应把它继续做好。眼下还有好多该做而没有着落的，不能这么搁下不管哪？不行，得想个办法。”于是，马上叫来全家人，同大伙儿一起商量该怎么办。你一言我一语地合计了半天，最后哈勒苏决定让老三依成额和老四都克山仍跟着杨古利大将，转战各地；把兄长及大儿子倭克纳、二儿子朱和纳留在乌拉，跟瓦岱及其他几个哥儿们，像乌尔恰、文凯、秦松木这些人，坚持做好乌拉布特哈的事儿。让这哥儿俩住原有的房子，前后大院儿，咋住都行，并嘱咐倭克纳、朱和纳：“你们的岁数不算小了，要好自为之，更要教育好子女，为国家多出力。乌拉属于宁古塔管辖，离那儿不算远，交通还方便，可以随时去看我们，看看弟弟。兄弟之间得多走动，我和你们额莫在世时是这样，将来老人不在了，兄弟情谊也不要淡了，咱们的宗谱应永远续下去。你俩留在这块儿，仍是富察氏镶黄旗。”阿哥们，讲到这儿，大家可要记住：咱们镶黄旗的富察氏家族在吉林的分支，便是这样留下的。

哈勒苏在领着小儿子虽哈纳及夫人、小儿媳动身去宁古塔的前一天，一大家子吃了在乌拉的最后一顿团圆饭，包括兄长及家人、大儿子、二儿子的全家、已经离开富察氏家族的那些奴才、小花、小兰和她们的丈夫等。还特地请来了瓦岱将军以及一起建设布特哈的那些头儿们，连年逾古稀的查其讷老人家也没落下。大家团团围坐，共同祝福，直到深夜才依依惜别。哈勒苏在送别查其讷老人时，二人相拥在一起，呜咽不止，依依不舍地嘱咐道："老兄弟，年岁不饶人哪，往后干啥都得悠着点儿。多多保重，多多保重啊！"哈勒苏说："谢谢了，老哥哥，祝你长寿啊！乌拉是个好地方，一个人杰地灵之地呀。借汗王的洪福，你在这里定会福体安康的！"二人话别之后，哈勒苏让孩子们把来时没坐轿子的查其讷老人抬着送回了家。

第二天，哈勒苏一家上路了。五辆大车拉着随身用的东西，什么穿的戴的、铺的盖的、吃的用的装得满满的。另外有两辆轿车，本来预备给老夫人和虽哈纳媳妇坐的。可舒穆禄格格不愿意坐，嫌车里太闷，想骑马。老夫人又不愿让她骑马，怕倘若怀有身孕，一路颠簸影响了身子骨儿，坐在那儿一个劲儿地劝。哈勒苏说："我说老伴儿呀，你别唠叨了。姑娘也不小了，啥事儿不明白？随她吧。"听阿玛这么一说，舒穆禄格格便乐呵呵地陪着丈夫并排骑马前行。哈勒苏年岁大了，没有坚持骑马，同老夫人坐在轿车里。他们走的是从乌拉奔宁古塔的东路，那叫鹿道，即野鹿走的山道。这条东路怎么走的呢？即从乌拉出发，奔张广才岭，再奔布尔哈通河，然后由天桥岭北上。哈勒苏年轻时常走这条道，因此，对此路很是熟悉。哈勒苏一家离开乌拉时，瓦岱将军骑着马送出五十多里，怎么劝都不肯回去。他是边骑马边掉眼泪呀，就是舍不得离开哈勒苏，还说："老哥哥，老弟有一事相求。待我晚年时，也上宁古塔去，咱们再不用分开了。如果将来到汗王那儿接受垂询的话，我就说自己不是做打牲衙门的料，没那能耐，更没那智慧和谋略，只是个武夫而已。哈大人，到时候老弟要真上你那儿去了，能要我吗？"哈勒苏笑着说："哪能不要呢，一定要！"虽哈纳说："瓦参将要能去可太好了，怕盼都盼不来呢，我们欢迎啊！"后来，瓦岱的儿子瓦礼祜真的去了宁古塔，还同萨布素成了生死弟兄，这是后话。

再讲哈勒苏一行沿着鹿道往前走着，有时要穿过密林，有时要爬过山坡儿。那时的轿车轮子后边是大轮儿，轴还短，走在山坡儿上自然是一面高一面低，快了容易折个儿。加上林子又密，道窄车宽，很难通过，因此行进的速度很慢。为了赶时间，只好日夜兼程，风餐露宿，当看到布尔哈通河时，知道离珲春老家不远了。虽哈纳高兴地告诉老夫人："额莫，快到咱们老家了。没想到出来这么几年，先到沈阳，后到乌拉，现在又要经过珲春去宁古塔，地方还真没少走呢！"哈勒苏说："我看今天在此地歇了吧，不到珲春住了，遥拜一下祖先。洗个澡，歇一歇，睡宿好觉。明天一早，从嘎呀河北上，奔天桥岭，好早点儿到宁古塔。"于是，为了祭祀祖先，大家按哈勒苏的吩咐，现抓了两只鹿和一头野猪。用这些牲灵，一敬山神，再祭祖先，还祭了沿路的路神。

第二天早晨，刚要上路，舒穆禄突然头一晕、身子一晃，差点儿没从坐骑上掉下来。多亏虽哈纳及时发现了，从坐骑上嗖地跳了过去，将小夫人给抱住了。舒穆禄在虽哈纳的怀抱中，好半天才醒过来，可把大家吓坏了。正好，前面嘎呀河旁边不远是蓝旗镇，那里是猎人、商人、采山人常路过的地方，有些商埠、客栈、药房什么的。虽哈纳说："阿玛，咱们先在蓝旗镇找个地儿住下吧，也好给舒穆禄请个郎中看看。"哈勒苏说："行啊，只能这样了。"于是，他们很快到了蓝旗镇，大车小辆地赶进了名曰"仁义客栈"的院子里。客栈老板见来人了，赶忙热情地招呼着将哈勒苏一家迎进店里，并吩咐几个伙计把大车卸了，抱来草喂上马，又选了五间好房让客人住。虽哈纳夫妇住一间，老夫人和哈勒苏住一间，剩下的两间由女佣、男仆分住，还有一间专放贵重的东西。待一切安顿完后，虽哈纳跑到街里大药房请了位郎中，领到客栈给小夫人舒穆禄看病。

郎中来时，舒穆禄刚刚睡醒一觉，还没起来。头上扎着一条红绸子，身上盖件衣服，老夫人不放心哪，坐在旁边陪着。请来的这位郎中七十多岁了，挺瘦，干净利落。身穿长袍儿，外罩坎肩儿，戴着一副老花镜，两撇儿八字胡，下巴颏儿还留有一撮羊角须。待郎中喝完茶，老夫人开口了："先生啊，这是我儿媳妇。今天早晨起来时还好好儿的呢，没承想刚才突然昏迷了，不知是咋回事儿，请您老给看看。"舒穆禄见郎中来了，刚要坐起来，老郎中马上制止道："请小夫人躺着，不用坐，把手伸过来就行了。"说着，拿过脉枕，放到舒穆禄的腕下。先号右手脉，再把左手脉，边切边闭目沉思。切脉完毕，看了看瞳孔，然后说："请把舌头伸出来。"又看了看舌苔，再重新把了一下右手脉，这才舒了一口气道："好了，好了，请小夫人歇着吧。"老夫人安顿好儿媳后，便将郎中请到了前厅。

此时，哈勒苏正同虽哈纳坐在前厅喝茶等信儿呢。一看夫人引领郎中过来了，忙站起来说："请先生落座。"虽哈纳又让用人献上了茶，老夫人也坐在一侧相陪。哈勒苏说："先生，您看我儿媳的身子骨儿如何，有啥毛病吗？"郎中微闭着眼睛说道："老爷、太太，你们的儿媳妇没什么病，挺好的，请放心吧。不过从脉象上看，她的关脉和尺脉跳得微洪，这是好脉，是喜脉呀！可能是长途劳顿，觉睡得少，才一时昏迷，肯定不是身体有啥毛病，不必担心。她的胎脉初成，是身怀六甲啦！"老夫人高兴地说："哎呀，是喜脉？好哇，我猜儿媳妇也该有了！这一路上一直惦着呀，不让她骑马，非骑不可。"郎中说："太太，她骑马没事儿，不能总躺着，那对胎儿不好。只要不累着，活动活动还是可以的。"哈勒苏对老伴儿说："是呀，随她吧，听先生说了没？你不用多管。"老夫人仍不放心，问道："那怎么办呢，是不是该吃点儿什么药？"郎中说："现在看来，不用吃药，静养要紧。暂时最好先不骑马，不知你们还要到什么地方去？"老夫人刚想告之，哈勒苏马上接过话茬儿道："噢，我们得继续往北走，是去串亲戚，估摸着还有两天的路呢。"哈勒苏没细说，郎中也没往下问，便说："啊，既然是这样，这两天别让她骑马了，应该歇一歇。等歇好了，身体自然便好了。"老夫人又问道："请问先生，要不要给她吃点儿补药呢？"郎中说："一路劳顿，内里发热，原本有火，不用吃啥补药了。好好儿休息吧，注意保养，不要受惊吓，更不可动了胎气。要是带着鹿血、人参什么的，熬点儿汤喝倒行，不过年轻人不能喝得太多。就这样了，祝贺老爷、太太，告辞了。"边说着，边手托脉枕站起身来。

哈勒苏见郎中要走，忙让老夫人拿出一锭银子赏给先生，郎中推辞不收。哈勒苏说："先生，本来就打扰您了，又把您请到这儿来，已深感过意不去。这点儿银子算见面礼吧，略表我们的谢意，请收下吧。"郎中看出两位老者很是诚恳，觉得实在难于推却，便谢过老爷和太太，收起了银子。虽哈纳走上前打开门帘儿，哈勒苏起身恭恭敬敬地送走了郎中。经郎中给舒穆禄看过之后，老两口儿的心中有底了，老头儿还看见老夫人悄悄儿地叫过虽哈纳，领到自己的屋里做了些嘱咐。至于都说了些什么，那肯定是小夫妻之间的事儿，既然老头儿不问，咱们在这儿也就不细说了。

这一天，哈勒苏心里真是个乐呀！你想啊，汗王降旨，让到宁古塔去，可还没等到地方呢，便有喜事临门啦！儿媳妇一怀孕，就意味着眼看又要见到第三代人了，你说他能不高兴吗？还要好好儿谢谢阿布卡恩都力呢！晚上，哈勒苏同老夫人一起到院外烧了三炷香，磕了三个头，以谢天神的福佑。老夫人更别说了，心里总是挂念着小儿媳妇，索性别的什么都不管了，一些体力活儿及做饭的事儿全交给用人了，自己专门侍候小儿媳。

一大家人在客栈歇息两天后，哈勒苏见舒穆禄已经没啥事儿了，便整车备马，准备起程。老夫人心疼儿媳妇，这回说啥不许骑马，非让同自己坐一辆车不可。诸事完毕，店钱一交，大车又动身了。在车里，老夫人对舒穆禄说："孩子，你现在身怀有孕，一定要听话。好好儿吃饭，好好儿睡觉，把身子骨儿调养好了，我跟你阿玛可等着抱孙子啦！不过，你不用害怕，溜达溜达走走没事儿，不要有什么精神负担。我有你大哥那会儿，也是啥都不懂，有些害怕。大概头胎会紧张点儿，生了一胎以后就好了。"舒穆禄听了额莫说的这番话，不免有些害羞，把被子往脸上一蒙，偷偷笑了，心想："看我婆婆乐的，不知道说些什么好了，咋啥话都说呢？我不小了，这些事儿能不明白吗？"说实在的，当舒穆禄刚听说自己怀孕时，也挺高兴的。因为她深爱着丈夫，多么希望早点儿给爱根生个儿子，只不过不好意思说出口罢了。她轻轻地抚摸着肚子，想到真的有了孩子了，心里甜滋滋的。

一路上，哈勒苏的心里是又急又怕呀，恨不能插上双翅飞到宁古塔。他生怕路途远，道又狭窄，怀孕的儿媳出点儿什么意外。那是阿布卡恩都力给富察氏家族送来的贵子啊，是件多么令人高兴的大喜事呀！心中默默祝愿着："我的小儿媳妇，你可要保重身体，千万不能有闪失啊！"舒穆禄坐的是大轮儿轿车，如果在驿道上走，是很平稳的。可走的却是条打猎的鹿道，一片莽林，总得七拐八拐的，真是难行啊！轿车咣当咣当地走着，每咣当一声，老头儿、老太太的心随着咯噔一下。穿过密林，到了崎岖的山路，越发叫人提心吊胆。山势又高又陡，从峻峭的山崖向下望去，白云缭绕，不时可见白鹤、乌鸦、喜鹊在空中飞过。山风阵阵，呜呜作响，好像随时都可能将摇摇晃晃的轿车吹翻而滚下山崖去。往前走了一段路，到了天桥岭，这里更是山高路险、古树蔽日。又时值初春，那沟壑之间尚有残雪，使人感到寒气袭人。有时可听到寒鸦在叫，有时可见老鹰俯冲下来，捕捉猎物。哈勒苏见此，便叮嘱车把式："要小心，不能快赶。实在不好走的道，可以停一停、歇一歇。"老头儿、老太太生怕由于车的震动，伤了小儿媳妇的身子骨儿，有碍小孙儿的胎位，时不时地提醒着。这一路之上，层层密林，连绵山峦，看不到人家。走很长时间，偶尔才能见到一两个骑马打猎的人和几处猎人暂时住的、用树枝和树干搭成的托包[1]或乌克顿[2]。富察氏一家人连车带马，就是这样在极为荒凉的路上行进着。

哈勒苏一面指挥着家人赶路，一面吩咐着身边的老家人宝尔赛，让随时报告前面的道路情况。这位老玛发年届古稀，银色的胡须，头发亦全白了。他和父辈已跟随富察氏家族几代人了，既是哈勒苏最尊敬的一位长辈，又是最可信赖的家人。宝尔赛在不算大的时候，侍奉过哈勒苏的阿玛哈木都。他的爷爷先是侍奉哈木都的爷爷充舜巴奔，后来跟着哈木都的阿玛乌珠葛拉，可以说辈辈是奴才。宝尔赛老人在哈勒苏的眼里，如同自己的亲人一样，走到哪里，带到哪里。曾跟着进过沈阳城，也跟着到了吉林乌拉，如今又随哈勒苏一起去宁古塔。带领着富察氏所有的家丁、奴婢，像管家一样，管着家里、家外诸事的安排。这位老人办事一向认真，想得周到、细致，用不着哈勒苏操心。反过来，哈勒苏对他十分尊重，从不叫名字，而是亲切地称他玛发。宝尔赛此时正是按照哈勒苏的吩咐，派人前去探路，以便随时报告将要到达的村落，并且总是没走多远便打听。所以，哈勒苏不时地听到禀报："老额真，前边是一个小屯子，离宁古塔还有八十里。"走一走，又报："老额真，现在离宁古塔还有七十里。"一会儿再报："额真，离宁古塔只有六十里了。"家人就这么飞马跑来跑去地走一会儿报一次，不断地报告着前面路途的情况。

哈勒苏这一道儿真可谓心理上受煎熬啊，是又着急又不敢走快。着急的第一件事儿是：早一天到达宁古塔，虽哈纳便可早一天赴任，完成汗王的圣命。既然汗王信着富察氏家族了，那咱们没说的，为汗王鞠躬尽瘁，死而后已，这是奴才的本分。再说了，宁古塔军务紧急，怎可耽误？着急的第二件事儿是：老郎中已诊断清楚，舒穆禄身怀六甲，需要加以调养。然而路途之上怎如家里方便？加上道难行得很，只能是早到早安定。他是又磕头又祈祷诸神的，保佑儿媳平平安安地到达宁古塔。还有一件着急的事儿，就是担心老夫人的身体，早点儿到宁古塔，也好早点儿请郎中给老伴儿瞧瞧病。这话他对谁都没说，怕大家跟着着急，可心里惦着呀！

说书人在这里不能不告诉各位阿哥，老夫人的身子骨儿的确不好。

---

① 满语：小窝棚。

② 满语：地窨子。

这位被称为东海女人、东海额莫的老夫人，自打老汗王将她赏赐给哈勒苏之后，真是为富察氏家族奉献了全身心。对丈夫体贴入微，知冷知热，侍候得周周到到；对五个儿子、两个女儿更是疼爱有加，关怀备至，惦着这个想着那个。有点儿好吃的，全拿给丈夫和孩子们吃，自己从来舍不得沾一口。常常是吃碗野菜、喝点儿剩汤，有时饽饽抹大酱就算是一顿了。到了乌拉，自家的事情多不说，别人家的事儿也放在心上，不是帮这个就是帮那个，整天闲不着，累得吐了几次血。这一切，哈勒苏看在眼里，疼在心上。每次问她怎么样，老夫人总是说："挺好的，没事儿，哪那么娇气，不用惦着。"经常是有苦自己咽，有泪偷偷擦干，不声不语不抱怨。对孩子和丈夫报以笑脸，给以温暖，对周围的人影响亦很大，是一位刚强、贤淑的女人。哈勒苏对这一切心中是有数的，十分疼爱自己的贤妻，不但理解她的苦衷，而且清楚她的身体状况。拿眼下来说吧，即使老夫人不讲，也知道一路上的颠簸，肯定把老伴儿折腾得够呛，到了宁古塔，免不了得继续吃苦。儿媳妇又怀孕了，不仅不能帮太多的忙，反过来还得照顾儿媳妇，比原来要累多了。哈勒苏早已想好了，到宁古塔以后，让虽哈纳去承担公务，自己除了协助儿子外，更多的时间便是帮助萨里甘打点家里的事情。她太苦了，太操劳了，该歇一歇了。尽管哈勒苏此时心里特别着急，可还是一再地吩咐家人把车赶稳，路上一定不能出事儿。

走了很长的一段路后，只见宝尔赛老玛发骑着一匹青花马向哈勒苏坐的轿车"嗒、嗒、嗒"地跑过来了。这匹坐骑叫豹点儿马，个头儿不高，浑身青点儿，长长的黑鬃，尾巴长得快拖地了，什么蚊子、瞎虻全不敢近前。别看马的个儿小，跑起来却挺有劲儿。特别是在野甸子的塔头墩上跑，稳当得很，不用担心会掉下来。说起来，此马还是哈勒苏赏给宝尔赛的呢！一天，哈勒苏说："老玛发，这么大岁数了，送你一匹马骑吧。它是匹走马，跑起来十分平稳，不蹴踧人，骑在上面能解乏，会舒服些。"宝尔赛从此一直骑着这匹小青花马。

老玛发到了轿车跟前，大声儿向车里的哈勒苏说："额真哪，前头就是火茸城了。到了火茸城，再过江，便是咱们要去的宁古塔了。快啦，快到啦！"哈勒苏听后，高兴得忙打开轿帘儿向外看。他知道，火茸城是渤海大祚荣创立的渤海国先后两代帝王的都城。当时，渤海国将所属领域划成五京十五府六十二州，以肃慎故地为上京，称之为龙泉府，领龙湖渤三州。龙泉府，即所谓的火茸城。渤海国是在唐朝武则天执政时建

立的国家。刚建国时，都城设在敖东城。一迁迁至中京显得府，就是现在的敦化海浪河古城。二迁迁至上京龙泉府，即这座火茸城。唐贞元三年时，三迁都城至东京龙源府，也是哈勒苏的老家珲春八连城。贞元十年的时候，又将都城迁回上京龙泉府。所以，火茸城便成了座有名的名城。为什么叫火茸城呢？因为这里长期以来出产艾蒿，其中白艾蒿是有香味儿的。将采来的艾蒿砸了，编成绳儿，晾干。需要火时，用火镰打着火，将绳儿点燃作为火绒，火一直不灭。可以用它点烟、生火，人们称它为火中之王。那时，取火是件挺难的事儿，故而中原地区的历代王朝都希望得到这里的火绒，火茸城也因此而得名。

哈勒苏正看着，忽然宫殿的旧址映入了眼帘，哎呀！这不是渤海古城吗？他异常兴奋，忙回身轻拍了一下躺在那儿微闭双眼正打盹儿的老夫人，说道：“老太婆，快起来，起来看看！”老太太听老头儿这么一招呼，便慢慢抬起身子，顺着轿帘儿门儿往外瞅。哈勒苏告诉她：“你瞧，那就是我过去常跟你讲的渤海古城，看见了吧？多清楚哇！再往前看那边……”一边大声儿说着，一边东一下西一下地指点着。只见宫殿旧址有的殿堂油漆的颜色都没变，还很鲜艳，并且保存完好。周围则是层层密林，成群的鸟在林中飞旋、鸣叫，好一个世外桃源哪！这座城在布尔哈通河的南岸，周围三十里，四面有七门；内城周长约五里，东西南三面各一门。

哈勒苏看着火茸城，看着松林中的宫殿旧址，马上来精神了，心想：“过了江就要到宁古塔了，连日颠簸真是劳累疲乏呀，总算快盼到地方了。前面都是沿江的平原路，没有山，只在密林中穿行，好走多了。”想到这儿，便唤宝尔赛过来，对他说：“老玛发，快进城了。去，把烟熏枣骝马牵来，我要骑着它走进宁古塔！”宝尔赛老玛发高兴地答应一声“嗻”，将小青花马一打，转身向后面的车跑去了。不大一会儿，将链在车后的哈勒苏的马牵过来了。哈勒苏下了轿车，到了宝尔赛跟前，接过了缰绳，一骗腿儿骑上了战骑。

哈勒苏平生最喜欢马，富察氏家族的人都爱马。“五虎上将”虽哈纳等，从小就练习骑马，皆骑得相当好。哈勒苏已经换过好儿匹马了，现在这匹跟他有五年了，因而很有感情。此马原是打沈阳的时候，从明军一位大将手里夺来的战利品。后来，当今汗王皇太极见马不错，才赏给了哈勒苏。这的确是一匹名马，满语将它叫作“塔拉刻勒莫林”。“莫林”，汉译即为马，“塔拉刻勒”就是烟熏枣骝的意思。满族原来也是马上民族，族人全爱马，根据每匹马的颜色、形状、脾气的差异，起了各种不同的名字。塔拉刻勒莫林长着黑长鬣、黑尾、红身。尽管身上的毛色红得像红枣儿似的锃亮，但还不能叫红鬃烈马。因为马尾、马鬣是黑色的，仿佛像烟熏过的一样，故而叫它烟熏枣骝马。这匹马特别精神，能日行千里，一跑起来，四只大黑蹄碗落地，发出有节奏的嗒嗒声。马鬣摆动着，耳朵竖着，尾巴撅着，看起来很是威风。哈勒苏跨上战马后，它大声儿地咴儿咴儿叫着，似乎在同老主人说话。哈勒苏一听能不高兴吗？随即一踹马镫，放开缰绳，兴冲冲地跑到了车的前头。虽哈纳看到阿玛精神抖擞地骑在马上，很是欣慰，也打马跟了上来。虽哈纳骑的这匹是干草黄的毛色，马鬣稍有点儿黑，即浅黑色。虽然毛色是黄的，在阳光下却闪着白光，满语称它为“库哇莫林”。“库哇”是火的意思，即火光之马，同样是匹骏马。父子俩并排骑着马往前赶，因为路很平，七辆车走得快了许多。

就在哈勒苏一家于密林中急匆匆向前赶路的时候，突然从前面林子里闪出一队人马，举着旗子向这边走来。队伍的后面，有人敲着锣鼓，吹着唢呐。哈勒苏好生奇怪，心想：“咋这么热闹呢，莫不今日有什么喜事儿不成？”虽哈纳问道：“阿玛，前头那些人是干什么的？”哈勒苏只顾与宝尔赛老玛发向前抻脖儿看着行进的队伍了，也没顾上回答儿子的问话，心里仍在反复琢磨着，这彪人马究竟是做什么来了？正边猜测边瞧呢，只见队伍里闪出一个骑着黑马的人，身上穿着盔甲，一看便知是八旗的武将。马跑得飞快，不大一会儿，就离哈勒苏一行人不远了。那人高声儿问道：“请问前头来的可是哈勒苏将军吗？您好啊！我们已恭候两天了，一路辛苦了，大伙儿接您来了！”他的话，一时把哈勒苏给弄糊涂了，又琢磨开了：“哎呀？怪了，是哪位呢？”这么想着的时候，武将已打马“嗒、嗒、嗒”地跑过来了。哈勒苏一勒马缰绳，烟熏枣骝马很听主人的话，咯噔一下站住了。它这一站，走在身边的虽哈纳骑的库哇莫林也站住了。紧接着，随着走的两辆轿车及后面跟着的五辆大车和所有人等全停下了。顿时，鼓乐齐鸣，唢呐吹得震天响！随着马队来的人群沸腾了，高声儿喊着：“安巴乌勒滚[①]，沙音[②]西沙音，我们欢迎您！”边喊边呼呼啦啦地往哈勒苏他们这边跑来。

---

① 满语：大喜。

② 满语：你好。

哈勒苏根本没想到会有这么多人来迎接自己，急忙从马上跳下，领着儿子快步走近了欢迎的人群。这时，那位武将也从黑骓马上跳了下来。黑骓马又叫乌骓马，满语叫作“萨哈林莫林”。它是黑毛、黑鬣、黑蹄，像一堆黑炭似的。武将大笑着紧走几步，双手一伸，将哈勒苏和虽哈纳父子紧紧抱住了，激动地说：“沙音西沙音！久闻大名，今日得见，真是三生有幸啊！”又告诉哈勒苏：“我们大家盼您来呀！眼前的这些人不都是我的兵丁，很多是住在宁古塔的老户。他们听说汗王派来了城主，可是以前从未有过的事儿呀，高兴得不得了，这不，全跟着我来了！”哈勒苏面对此情此景，再也抑制不住自己的感情了，那是热泪盈眶啊！是呀，此地的人们如此热情、纯朴，对于城主的到来，看得似天上送来的神仙一般，是那样的赤诚、真心地迎接，谁能不为之动容呢！各位阿哥，你们可知来的这位武将是谁吗？不是别人，正是驻防宁古塔的头领戴珠瑚大将。他同哈勒苏虽然皆是汗王的爱将，却从未见过面，此次是初识。在鼓乐声中，前来欢迎的人有的帮着赶车，有的帮着牵马，像亲人一样相互簇拥着，说说笑笑地走了五六里地，才将哈勒苏一家领进了宁古塔城里。在这里，哈勒苏有了聪明可爱的小孙儿，却失去了朝夕相伴几十年的内荆，可谓悲喜交加。欲知详情，请听下章乌勒本。

第二章　虎崽，生在虎窝里……

后金天聪三年的春末，哈勒苏和爱子虽哈纳在一片鼓乐声中，在戴珠瑚大人的热情陪同、搀扶下，在土著的女真人的簇拥下，向宁古塔城里走去。路上，戴珠瑚高兴地对哈勒苏说："哈老将军哪，好大哥，我们盼星星盼月亮似的总算把您给盼来了，这是宁古塔的大喜事儿呀！"哈勒苏微笑着，不自觉地搓了搓手，北方冷啊。此时的宁古塔，春寒料峭，远山还有积雪。在这乍暖还寒的日子里，飞在头上的喜鹊叽叽喳喳地叫着，锣鼓欢快地敲响着，表达着宁古塔人的热情和喜悦。哈勒苏父子随着前来欢迎的人群，领着老夫人东海额莫、小夫人舒穆禄及家丁、奴婢，后跟着车轿、马匹，来到了海浪河南岸宁古塔的村落。哈勒苏已经是七十来岁的人了，以前只知道此地挺出名，不过从未来过。这次到宁古塔，那是汗王的旨意。他十分清楚，将来要在这儿扎根了，暮年就在这儿生活了。大概也是自己与这里有缘吧，今后，宁古塔便是富察氏家族世世代代生存的沃土了。所以，老将军进城之后，心情特别激动，真是别有一番情感在心头啊！

在哈勒苏父子和家人的想象中，宁古塔既然是一座古老的历史名城，又是女真人先世待过的地方，还是渤海国的都城，一定是个漂亮、美好的所在，哪儿也比不上它。可是实地一看，却大吃一惊！心里顿时凉了半截儿。他们简直不敢相信自己的眼睛，此地怎么会这么破旧呢？不就是个大堡子、大屯子吗？说是城镇，仅仅有些土围墙和一片草房而已，且荒乱不堪的。街面儿不热闹，显得异常沉寂。住户不多，最多也就百十来户。住房零散，极不规整，东一堆儿西一块儿地零零星星分布在海浪河的南岸，还赶不上吉林乌拉呢！那里起码有些瓦房。有的房子没有土墙土围子，而是盖在杨树林子里或古松之间，有的盖在山坡高岗儿处。别看房子又低又矮，四周围的木障子却像山似的，可倒好，居高临下。房子盖得如此散乱，一看便知，没人统一安排，是自由选地搭建的。

往西边一看，更让人吃惊，根本没有房子，只在林中搭建有几十座帐篷，或叫撮罗子[1]、塔丹包[2]，有的是用桦皮搭的，有的是用狍子皮、鹿皮或其他兽皮搭的。从远处望去，炊烟缭绕，一些妇女正在草丛里晒着肉干儿呢。孩子们倒是无忧无虑的，欢快地唱着、跳着、奔跑着、嬉笑着。戴珠瑚用手往前一指，告诉哈勒苏："哈将军，这些散乱的帐篷，都是天命十一年以来逐渐搭建起来的，里边住的多数是从东海、混同江、乌苏里江一带迁移过来的难民。到这儿以后，虽然给他们分配了住的地方，立了户，安了家，但生活仍然十分困难，常常因此而发生争斗。"哈勒苏听后，若有所思地点了点头。停了停，戴珠瑚又道："哈大哥，你们爷儿俩来了好哇，这里有不少难事儿呢，快帮我们好好儿安顿安顿吧。"哈勒苏说："戴大人，别着急，回头咱们一块儿商量着办，总会解决的。"戴珠瑚边走边说着，哈勒苏边听边看着，没一会儿，便来到了龙头山下。

龙头山是宁古塔西部的一座小山，虽不太高，却也险峻，不易攀爬。山的形状很奇特，像个龙头绵延着伸向南边很远的地方。山上是密林遮天，山下则搭建了一些帐篷，还有土窑子，即前书说到的北边到处都有的地窨子。在散乱的地窨子后边，有一个大院儿，看上去倒比较阔气。因为这里是林海呀，木头多，所以院子是用一排排的粗木头围成的木墙。前头是大门，进了大门，里面又分成几个院套儿，门外有骑兵把守。很显然，这是驻防宁古塔的八旗兵营，戴大人就住在这里。从这儿绕过去，便可看到南街的景象了。

南街要比刚才看到的街面儿热闹多了，人来人往的，穿什么样的衣服都有。有的穿旗人的皮衣，有的穿布衣，极少数人穿着绸缎做的衣裳。有牵着马的，有赶着大轱辘车的，有个别的轿车，还有几辆由四十多条狗拉的狗车。狗车不太大，挺轻巧，小轮儿。这些人和车，大多是从混同江以及松花江下游聚到这里来的。一些叫买叫卖的商贩正在那儿交易，我的粮卖给你，你的布匹卖给我；我的药材卖给你，你江南的器皿卖给我。还有些卖野味的、卖靰鞡的、卖皮张的、卖靴子的、卖各种药材的，总之，卖什么的都有。也有卖鱼的，条条个儿不小，看样子是黑龙江、松花江出产的，偶尔卖鲟鳇鱼的亦能得见。叫买叫卖的吆喝声、讲买讲卖的讨价声、买卖成交的欢悦声混杂在一起，大大活跃了集市的

① 索伦语：帐篷。
② 满语：帐篷。

气氛，让人听起来心情愉悦、畅快，这大概就是宁古塔的闹市了。集市是在一条长长的胡同儿里，每年要开集数次。由于有从各地来的以物易物的人们，各种各样的小吃便应运而生了，烤肉的味儿随风飘过来，真是香气扑鼻呀！哈勒苏对戴珠瑚说："看来，这里倒挺热闹，其他地方可差远了。"

满族先民有句古谚："飞龙肉清香无比，羽毛灰褐无华。"飞龙是历朝的进贡品，用来调汤最好。不管是什么油的汤，只要把飞龙肉往锅里一下，立马能把油集中在一起，成为油花儿而变成清汤，特别鲜美可口。别看飞龙肉好吃，但毛色不好，长着棕灰色的小羽毛，青灰色的尾巴。尽管眼睛是栗红色的，头顶儿还有束盔毛，可并不因此而好看。只喝过飞龙汤、没见过飞龙的人，或许认为飞龙很美。只要看到了，就会说飞龙还不如乌勒胡玛[1]彩羽如锦呢！即是说飞龙肉虽然好吃，却比不上野鸡好看。这个比方是告诉人们不能光听名儿，若只听名儿，会让你一时不知东南西北，不一定清楚它的实际情况。此比方，在汉学书中也有类似的古论。汉代李固在《遗黄琼书》中讲："尝闻语曰：'峣峣者易折，皎皎者易污。阳春白雪，和者必寡；盛名之下，其实难副。'"比照起来，宁古塔正是如此。它虽名声在外，其实只不过是个荒凉的大屯落而已，这是哈勒苏，也包括在任的戴珠瑚共同的感觉。

说起戴珠瑚大人，来到宁古塔的时间并不长，只有两年多，是天聪元年受汗王之命调来的。到任之后，很想把这里的事情办得妥妥帖帖的，让汗王放心。可总是不行，汗王认为他没有把这个北方重镇治理好，汗王着急，他也着急。琢磨来琢磨去，终于琢磨出一个高招儿来，向汗王请调哈勒苏父子。汗王痛快地答应了他的请求，颁下了旨意，这些在前书已经讲过了。现在哈勒苏父子奉命来了，就站在他的面前，从他们看宁古塔的那种失望的眼神儿里，戴珠瑚感到了爷儿俩到这儿来心里不会太痛快。将心比心嘛，这是完全可以理解的。因为戴珠瑚当初听说要派自己到宁古塔时，也想过这里是个挺了不起的地方，乃北方重镇，一定很不错。可来后一看，很是心灰意冷，甚至觉得还不如到战场上去领兵冲杀干起来痛快。成天见到的不是打架，就是穷得无端闹事，经常还有外族人来袭扰抢夺，使你天天不得安生，这是何苦呢？曾经不止一次地后悔到宁古塔来，当时是又心焦又犯愁。可也是呀，一个武将，从未治

① 满语：野鸡。

理过城镇，更谈不上有什么经验，你说他能不犯愁吗？一路上戴珠瑚尽管显得很高兴，陪着哈勒苏东瞅西看的，心里却像揣个小兔子似的嘣嘣直跳。他想，哈勒苏父子肯定是同自己当初一样的心情，倘若知道是我给要来的，虽然嘴上不说，心里大概不得劲儿，还不得寻思："你戴珠瑚是怎么打算的呀，为什么非把我们父子弄到这么个地方来呢？"想到这儿，感到有些过意不去，琢磨着用什么办法安慰安慰老哥哥。可好办法还没等琢磨出来呢，又想到人都来了，住哪儿呀？现有的房子当地人已住满了，现盖房子又不赶趟儿，让人家住帐篷、住土窑子，也不合适呀！要不就将自己家腾出来，让哈大哥去住？那他根本不会同意的，怎么办好呢？想来想去，还是决定让出自己行辕的一半儿，请哈勒苏一家住南院儿。因为南院儿较大，是三间大正房，两排厢房，屋子既宽绰又舒适。由于戴珠瑚的家口还在辽阳那边没过来，只他老哥儿一个来了，因此一直只住小一点儿的北院儿，南院儿的房子暂时让一些骁骑校等低级将领和兵丁住着。

戴珠瑚一向爱护官兵，不愿他们住得太差。在哈勒苏未到、还没下定腾房的决心之前，只是同住在南院儿的官兵打过招呼，并没做出让他们搬走的决定。其实，这些官兵非常欢迎哈勒苏将军父子的到来，早做了准备。一听说哈大人一家已经到了，马上自动搬到帐篷、土窑子里去了。当戴珠瑚陪同哈勒苏来到行辕时，屋子已收拾得干干净净，院子也归拢得整整齐齐。戴珠瑚一看，高兴了，便让哈勒苏一家住在南院儿。把车子赶进院子之后，一些兵勇七手八脚地搬的搬、扛的扛，很快就把东西都卸下来了。当时，哈勒苏并不知道这是现腾出来的房子，还以为旗里事先安排好了的，自然没说的，从此便住在这儿了。后来才听说不仅是将戴大人的房子给挤了，还占了官兵的住房，心里很是不安，这是后话。

咱们前面说了，宁古塔乃满族发祥之地，有山有水有平原，山上有獐狍野鹿，河里有鱼虾。人们说这里是"棒打飞龙瓢舀鱼，野鸡飞进饭锅里"，可见还算富足。居住在这里的人们多以渔猎为生，兼种些地，不过只是简单的耕作。春天把土松一松，撒下种子，不铲不蹚，到秋天就收了。尽管如此，由于土质肥沃，苞米棒子、土豆子的个头儿长得挺大。有的人家还种点儿芸豆、黄豆、苘麻之类的作物，收成也不错。

宁古塔的族众有许多优长，始终保持着女真人的那种淳朴、乐观、豪放的性格。人与人之间重情重义，常以兄弟相交。尤其有不少家族宁愿自己苦点儿，少用少吃点儿，对外来的客人向来是家里有什么拿什么，从不吝惜。凡是到宁古塔去的人，可以不用带吃的，到谁家都像到自己家一样，有啥吃啥，此为满族祖先留下的古风。这里的人很好客，只要来了新户，全争着抢着去看望，不厌其烦地为你办这个办那个的。有的人家生怕新户刚来，东西带得不全，会主动送去油盐柴米，有的甚至还牵去羊、赶来猪什么的。这不，哈勒苏一家刚刚动手安置没一会儿，就有人给送来了两只老母羊，还带着小羊羔儿，这便有奶可喝了。还有人送来带羔儿的母鹿，因为母鹿同样有奶呀，也有送乌勒胡玛呀、鸭子、鹅什么的。

特别有意思的是，这块儿有一个赫赫有名的部落，叫宁古塔部。部落的头领是位女穆昆达，大家叫她波尔辰妈妈。个子高高的，身材魁梧，体格健壮、剽悍，性情泼辣，俩小伙子一齐上打不过她一个，一只手能摁倒俩，就这么厉害。她身披皮大哈[①]，穿着羽毛扎成的彩裙子，耳朵上戴着一副大银环，走起路来哗啦哗啦直响，还闪着银光，显得很威风。此为北方东海人常见的装束，有些男人也戴耳环，波尔辰妈妈仍保留着这个古风。她既是宁古塔的老户，又是本家族的族长，听说汗王派来了城守尉，马上带领着家人和各族长来了，还提着一些礼物。

波尔辰妈妈一进屋，便扯开大嗓门儿高喊道："谙达[②]来了，沙音西沙音，我们欢迎啊，欢迎！"她这一嗓子，把屋子震得嗡嗡响。"我给你们拿来了沙林[③]、西叉[④]、苏拉莫[⑤]，还有库如[⑥]、都莫[⑦]、乌达[⑧]"，边说边把这些东西一样样儿地放在了桌子上。跟她一起进来的，有瓜尔佳哈拉[⑨]的族长杜琴妈妈、尼玛察哈拉[⑩]的穆昆达包布格老玛发、萨克达哈拉[⑪]的族长楚穆斤老玛发、吴扎哈拉[⑫]的族长哲森妈妈等，真是来了不少人，都

---

① 满语：即里外有毛的大衣。
② 女真语：朋友。
③ 满语：肉酱。
④ 满语：肉糜。
⑤ 满语：肉条子。
⑥ 满语：奶饼子。
⑦ 满语：打糕。
⑧ 满语：奶糕。
⑨ 即关姓。
⑩ 即杨姓。
⑪ 即张姓。
⑫ 即吴姓。

没空手。还有些人在院子里帮着往屋里搬东西，像哈勒苏的家人一样忙活着，反倒让自家的女主人东海额莫没法儿插手了。哈勒苏和老夫人一再对大家说："你们来了，我们已经很高兴了，谢谢，谢谢啦！东西又不多，还是自己慢慢归拢吧，大家快进屋歇歇。"不管怎么说，一点儿用没有，根本不听你的，硬是帮助抬这个搬那个的。哈勒苏和东海额莫只好任大家帮忙，心想："这回倒好哇，啥活儿都不用干了。"就这样，由波尔辰妈妈、杜琴妈妈指挥，这样东西放这儿，那样东西放那儿，家具靠墙，很快全安置好了。

这天晚上，哈勒苏一家本想简简单单地弄点儿吃的就得了，饭后好早点儿歇息。可戴珠瑚大人不同意，阻拦道："这怎么行？哈大哥，你们刚来，还算是客人，这头一顿饭，哪能在家里吃呢？今晚请到兵营，跟兵将们一起吃。"波尔辰妈妈听他这么一说，不答应了，生气地说："什么？到兵营去吃？哈将军一家大老远地来到宁古塔，难道我们不能请，非得你请，你才来几天？别的事儿咋说都行，这个事儿你说了不算，我是宁古塔的主人，这些个姓氏可听我的，我得说了算。今儿个我们请哈勒苏将军全家，让他们跟大伙儿一起吃个团圆的晚宴！戴大人，你必须得到场，兵丁们愿意来，我们照样欢迎！"不管哈勒苏和戴珠瑚怎么说，波尔辰妈妈就是不答应，谁也没辙！最后只好按她的意思办，全去了波尔辰妈妈家。

当天晚上，波尔辰妈妈家笼起了好几堆篝火。这是北方女真人的习俗，来了客人，常常以举行欢乐的聚会形式表示欢迎。说起篝火宴，那是很有讲究的。夜里，笼起篝火，点起火把，所有参加的人围着篝火席地而坐。男男女女、老老少少，或三三两两、或五七个人围成一圈儿，每人手中拿着刀子、叉子、筷子。酒一般是装在葫芦里，或者装在动物的尿脬里。这种装酒的尿脬是怎么做的呢？很简单，就是将动物的尿脬吹大、晒干，尤以牛、熊的尿脬最大，然后便可以用它盛很多的酒了。篝火宴的肉类分好多种，有天上飞的各种禽类，从沙半斤一直到大雁、天鹅；有水中的多种鱼类，如江鱼、湖鱼、海鱼；有森林中的兽类，像獐、狍、鹿、熊、豹子等。尤其值得一提的是，吃篝火宴的兽类都得是活的，包括禽类和鱼类，没有吃死的。禽类装在笼子里，鱼放在水槽子里养着，待篝火宴开始后，当场现杀。吃一会儿后，人们便围在篝火旁载歌载舞，有时还边吃边唱边跳。

今天，在宁古塔人为欢迎哈勒苏全家而举行的篝火宴上，吃的是桑卡[1]，喝的是奴勒[2]和阿勒给[3]。肉类主要是狍肉，并以公狍肉为主。公狍子肉肥，烤起来又香又好吃。一般来说，女真人和北方少数民族春秋两季很少捕杀母狍子。因为它此时正在繁殖后代，吃一个等于伤两个，叫人心疼啊！波尔辰妈妈得知哈勒苏将军要来宁古塔的信儿以后，早早做了准备，同族人一起抓了几个大公狍子，只是事先没告诉戴珠瑚大人而已。

大家围坐后，先由波尔辰妈妈领族人唱女真的古歌。接着，她用左手端起一碗奴勒，右手指伸进碗里蘸点儿酒弹向空中，再把奴勒跪洒大地，口里念念有词，然后大声儿命令道："究扎反布比[4]，开杀！"话音刚落，有人将装着狍子的木笼车推了过来，让大家亲眼看着。打开笼子，用铁钩子一搭，勾进了狍子的脖子。再一拉，还没等它叫唤、腿一蹬的时候，两个人快速走了过来，用锋利的尖刀把狍子的肚子哗啦一声劐开了，活剥皮。剥完皮以后，照着心窝儿一刀捅下去，狍子马上便死了。再把腔子里的一些东西拽出来，将新鲜的心、肝取出来，洗净后就酒生吃。之后，把收拾好的狍子挂在高架子上，下面点着火，一边烤一边翻。烤到半生不熟的时候，将狍子卸成一块儿一块儿的，分到每伙儿人的盘子里。众人继续用篝火边烤着，边割下来一小块儿肉，蘸着盐水，或蘸当地野花儿炮制出来的香精水吃。一边吃一边喝一边唱，很是热闹。

在波尔辰妈妈家举行的篝火宴上，大家玩儿得非常高兴，戴珠瑚始终陪伴着哈勒苏，老夫人东海额莫和小夫人舒穆禄则由波尔辰妈妈陪着。老夫人心里惦着儿媳妇，生怕有个什么闪失。来赴宴之前，哈勒苏也叮嘱过："你可要多照顾咱们的小儿媳妇，那里人多，别碰着，小心动了胎。"因此，吃饭时，老夫人总是把儿媳妇往身边拉。可是舒穆禄年轻啊，大伙儿都愿意拉她跳舞。她也盛情难却，同这个唱完了又同那个跳，总是闲不着。老夫人怕她出事儿呀，便一个劲儿地劝阻别喝酒，要少动。

这么一来二去的，那波尔辰妈妈多尖哪，早把一切看在眼里了，遂问老夫人："哎？怎么回事儿，你干啥老护着儿媳妇？"没办法了，东海额莫只好说了："实不相瞒哪，穆昆达妹妹，我的儿媳怀孕了。这里人多，怕她有个什么闪失，一旦动胎就麻烦了，请多担待些吧。"波尔辰妈妈是

① 满语：烤肉。
② 满语：黄酒。
③ 满语：白酒。
④ 满语：把狍子抓来。

个爽朗豪放的人，听了以后，哈哈大笑起来，边笑边说："哎呀，老姐姐，想哪儿去了？你也是女真人，咱们都是马上的人，还怕什么动胎？我怀孕那时候，天天骑着马跑呢，怎么颠也没把孩子颠下来。没事儿，没事儿的，几个月了？"老夫人告诉她："好妹子，还是在来宁古塔的半道儿上，我们路过蓝旗镇时，儿媳的头有些晕，赶忙请位郎中给看了看。郎中说她是怀孕了，这样的话，不得多注意些嘛。"哪知听东海额莫这么一说，波尔辰妈妈极为高兴，眼睛顿时一亮，忙说："这好办哪，你找郎中干啥？我就是郎中。放心吧，我给她看看，你儿媳妇怀没怀孕、怀几个月了、是男是女全能看出来！"说着，立马要给舒穆禄检查。可四周围了这么多人，咋看哪？波尔辰妈妈向身边的女佣说："快，把皮帘子给我拿来！"女佣应声儿而去。

各位阿哥，你们道这皮帘子是做什么用的吗？那时，宁古塔一带的女真人平时随身总带个小包儿，出门儿时，累了可把它放在地上当垫子用。到哪儿要是想睡觉，可将小包儿打开，用包儿内的皮帘子把几棵树一围，睡在里面。旁边再点上篝火，让狗看着，一点儿事儿不会有。所说的皮帘子，即是取来动物的皮张，不论是马的、牛的、鹿的，还是野猪的、熊的都行，将毛刮干净，再一张一张地接到一起。一般来说，用这种皮张拼就的皮帘子比较沉，所以多数用的是灰鼠皮。那时，小灰鼠多极了，漫山遍野有的是。也是将灰鼠皮上的毛刮下去，越刮越薄，像纸似的，特别轻，刷白刷白的，很好看。然后把这些皮子拼在一起，想要多长拼多长。有的人喜欢用各种各样的花鼠皮，大约三四百张拼一块儿。还不是乱拼，而是按花纹的形状拼，可拼成一朵朵美丽的花儿，那样会使人更加耐看。波尔辰妈妈让女佣拿来的长帘子，就是用这种花鼠皮拼的，平时卷起来，挂在马背上。需要时，随时拿出来用，方便得很。

当女佣拿来白如雪、花似锦的皮帘子时，东海额莫还真不知道这是什么玩意儿，她住的那地方没这个东西，只是宁古塔本地的习俗。用人把皮帘子打开之后，将旁边一个小树林中的几棵树围了起来。波尔辰妈妈回身用大手一把抓住舒穆禄的手腕儿说："小格格，跟我来，给你看看是不是有孕了，怀几个月了。"舒穆禄听她这么一说，可不好意思了，脸涨得红红的。倒也是呀，当着这么多人的面儿，能抹得开吗？再说了，谁知波尔辰妈妈到底会不会看、看得准不准哪，便有些犹豫，又很无奈。她扭头瞅瞅坐在身边的婆婆，东海额莫当然不想让她去，怕弄不好再抻着。这时，波尔辰妈妈催促道："孩子，快跟我走，没事儿，放心吧！"又对东海额莫说："老姐姐，你得跟我去，看她怀的是男是女。"在这种情况下，就是谁都不好对主人的热心劲儿拒绝吧？没办法，婆媳俩只好站起身来，跟着波尔辰妈妈走。老夫人边走边回头看坐在人堆里的哈勒苏，哈勒苏同样正在看着老夫人。他见波尔辰妈妈这么热情，周围坐的这些人又不反对，真的不好再说什么，便冲老夫人点点头说："赶紧去吧，只能入乡随俗了。"老夫人转过头来，搀着儿媳妇说："别着急，慢点儿走，不用害怕。"波尔辰妈妈的大手始终没松开舒穆禄，边往前走边说："检查检查好，看得准着呢！你要是真怀上了，我肯定能帮上忙。告诉你这个月吃啥，下个月补些啥，该注意些啥，一直到帮你把孩子生下来，这可是咱宁古塔的宝贝呀！"说着，爽朗地大笑起来。于是，三个人向前面的小树林走去，很快进入了花鼠皮帘子围成的圈儿里。

这个时候，部落里有些好信儿的孩子想凑过去看看热闹。有个不太大的男孩儿叫土球子，便是其中之一，啥事儿都少不了他。他见老穆昆达领着一个女的，还有一个老太太进到那个围子里去了，立刻站起来跟过去了，想瞅瞅里边究竟是咋回事儿。由于跑的脚步声挺急，可能是让波尔辰妈妈听到了。只见她两步冲了出来，在小土球子正低着头只顾往前跑的时候，被她伸过来的大手一把将脑后的辫子抓住了。小孩儿刚一叫唤，波尔辰妈妈用另一只手轻轻地打了他一脖拐子，大声儿说："好哇，你个小兔羔子，怎么啥事儿都干呢，这儿哪有你什么事儿呀？你个秃小子不也是我拍你额莫的肚子拍出来的吗？还敢往这儿瞅，快给我滚回去！"小土球子挨了一巴掌，又挨了一顿骂，羞得转身就跑了。坐在地上喝酒的、吃烤肉的人，听波尔辰妈妈这么一骂，个个笑得前仰后合的。波尔辰妈妈打跑了小土球子，瞧见这边还有些人瞪着眼睛不错眼珠儿地往小树林里瞅，遂双手一叉，喊道："你们这些浑蛋，不许往这儿盯，谁盯谁瞎眼睛！痛快儿喝你的阿勒给吧，谁要再往我这儿看，小心大巴掌可要拍他啦！"这些人吓得忙低下了头，全知道波尔辰妈妈厉害，谁也不敢惹她。

波尔辰妈妈骂完了，喊够了，又回到围子里去了。这时，听到里面传出了拍肚子的啪啪声和说话声。不大一会儿，舒穆禄在东海额莫的搀扶下，边系着衣扣边走了出来。波尔辰妈妈随后也跟出来了，冲着大伙儿喊道："有啥害臊的，宁古塔有多少男男女女不都是我给拍出来的？咱们赫赫不能忘了本，你们这些哈哈不是靠我们才来到这世上的嘛！宁古塔要是没有赫赫，会有今天这样好吗？"话音未落，人堆里发出一阵哄笑声，看得出来，波尔辰妈妈对自己的女人身份特别自豪。接着，她又向喝酒的那些人说："汗王不是盼着宁古塔的人丁兴旺吗？小格格刚来，便给带来了喜兴，这可是咱们的福气呀！"大家高兴得连喊带叫地使劲儿鼓起掌来，给穆昆达的话助兴！之后，波尔辰妈妈转过身，向坐在戴珠瑚身旁的哈勒苏行了一个蹲儿礼，笑着说："恭喜哈大人，你的儿媳确实怀孕了。我可以保证，她怀的是哈哈，沙音哈哈！胎跳可有劲儿啦，明年不到五月，你就能抱喔莫罗[①]啦，一个沙音喔莫罗！"哈勒苏乐呵呵地说："巴尼哈，巴尼哈！"坐在周围的人听罢，纷纷举起酒杯，向哈大人表示祝贺！

波尔辰妈妈的年岁其实并不大，在天聪元年，女真天龙年，即戊辰年，被宁古塔部推选为部落头领。她不仅歌儿唱得好，还会治病，又是宁古塔氏家族中的萨满。族中人都喜欢她，也敬重她，可又怕她，就因为嘴巴厉害不饶人。她曾经跟人比试过武术，宁古塔氏家族的人全比不过她，那是独占鳌头。当了部落头领以后，她选出三个布特哈达。一个是渔达，负责打鱼；一个是禽达，负责捕鹰，射天鹅、大雁；一个是兽达，负责猎兽。宁古塔的百十来户里，老宁家的人口最多，最富有，力量最强。

作为宁古塔氏家族穆昆达的波尔辰妈妈，处处身体力行，对规定的族法从来是首先执行。老宁家有个规矩：族里犯规的人，要被脱下裤子用鞭子抽屁股。据此，还设有专管打板子、抽鞭子的行刑人，穆昆达说抽多少鞭子，执行的人必须抽多少鞭子。不论男女老少，都得守这个规矩，只要你犯了族法，就得这样。

大家清楚地记得有这么一件事儿：一年春天，波尔辰妈妈向禽达下了命令："大雁来了，咱们赶早不赶晚，赶快准备一下，带人给我抓雁去！"周围的人说："现在不是时候，今年天寒，雁来得晚，去也没用。"波尔辰妈妈坚持道："一定要去，不成算我的。"大家怎么说都不行，没办法，禽达只好领着十几个人到长汀一带的河边去捕大雁。那时，河尚未解冻，大雁确实没过来，去了好几天不见影儿，只得无功而返。族中有的人说了："你这个当穆昆达的，怎么乱指使人呢？这不劳民伤财嘛，该怎么办吧？"波尔辰妈妈知道是自己错了，瞎放炮，便将族人招呼来，对大伙儿说："不管是谁，有了错儿，应当按族规来罚；做了好事儿，应

① 满语：孙。

当按族规来赏，就是要赏罚分明。这回的事儿是我没弄明白，随便派人出去捕雁，结果让禽达他们白跑了一趟，按族规该罚。一般的族人要是信口雌黄，使大家受了损失，要抽十到十五鞭子。我作为穆昆达，应该是二十或三十鞭子。”有人说：“真要打，就打二十鞭子吧。”波尔辰妈妈说：“那好，打吧！”可是，行刑的这些小伙子谁都不敢上前，那可是穆昆达呀！又舍不得打，因为她平时净帮族人做好事儿了，所以全站在那儿不动弹。波尔辰妈妈一看，急了，大声儿喊了起来：“打呀，怎么不伸手呢？”小伙子们仍站在那儿看着她，喊谁谁不动。她气坏了，跳过去薅着两个人的耳朵提溜了过来，厉声儿命令道：“给我打，必须得打！你们若不打，反过来我打你们！”说着，当着众人的面儿，把上衣一件一件脱了，最后呼啦一下裤子也褪下去了，随后扑通一声往地上一趴，喊道：“给我打！”小伙子们没招儿了，已经这样了，谁敢不打呀，只好拿起了鞭子。

这鞭子是牛皮卷的，又粗又沉，一鞭子打下去，刺啦一声便是一道血印子。于是，“啪、啪、啪”一口气抽了二十鞭子，波尔辰妈妈硬是挺着，一声儿没吭！二十鞭子打过，她问：“完了吗？”小伙子们齐声儿回道：“禀妈妈，打完了。”“好了，你们都下去吧！”这几个人按照吩咐转过脸退下了。波尔辰妈妈站了起来，把裤子一提，衣服一穿，笑呵呵地说：“打犯规的人，就要用男的打。男的劲儿大，打得疼，可使被打的人永远记住，以后再不会犯这样的错儿了。”大家看得出她的腿很疼，趔趄着走路，然而却没有任何抱怨。

波尔辰妈妈是一位刚强、认真的人，族里的人全信服，一致认为她讲出的话，那就是板儿上钉钉儿，没说的，必得照办。在宁古塔的众头领中，她的威望最高，许多事情大伙儿都愿意听她的。拿这次哈勒苏全家到宁古塔来说吧，为了表示欢迎，表达宁古塔人的诚意，也为了招待城守尉的到来，是她提出来要办一个团圆的篝火宴的，各部落的头人纷纷举双手赞成，没有一个不响应的。

此刻，波尔辰妈妈的热情和率真，让哈勒苏很是感动。没来之前，以为宁古塔一定是个人人向往的地方。然而一踏上这片土地，心就冷了。可也不能打退堂鼓哇，因为这是汗王的圣命，不能抗旨呀！现在见了宁古塔的人，一个个是那样的火辣、真诚，像自家人一样，心里又觉得热乎乎的。他边喝酒边想：“这里房子虽然破，地方也显得荒寂。但有了这些纯朴的人们，大家共同努力，脚踏实地地慢慢治理，宁古塔的将来会越来越好、越来越美的。我应加倍努力地干，哪怕把老命搭上，也要对得起圣上的信任和期望!”

咱们暂且放下哈勒苏在篝火宴上的心情不表，还说波尔辰妈妈。她向哈勒苏报喜之后，回坐到了老夫人的身旁。东海额莫已经七十多岁了，头发也稀疏斑白了。身子骨儿原本就不好，又在路上颠簸了好几天，折腾得快要散架子了。到了宁古塔后，忙碌了整整一个白天，既要安顿自家的一切，还要招待来人，没得闲。晚上本想早点儿歇着，主人又热情地邀请参加篝火宴，觉得不到场不好。再说，儿媳妇去了，总得有人陪着，能让老头子陪吗？不合适呀，只好强打精神、咬着牙硬挺着去了。来后紧挨着儿媳妇坐下了，不停地嘱咐着不要这样、注意那样的，怕有个什么闪失不好交代。她啥都嚼不下去，勉强嚼了几口烤肉，还觉着卡在嗓子眼儿那儿不好下咽。刚才又被拉着陪儿媳妇看“病”，连累带乏的，头上一阵阵直冒虚汗。

一直坐在东海额莫身边的波尔辰妈妈对这位老姐姐的状况看得十分清楚，要不怎么能做头领呢，啥事儿都瞒不过她。早就发现老夫人无精打采、脸色苍白、说话没力气，好像内气不足。劝她吃这个、吃那个，根本不动筷儿，什么也不愿意吃，坐在那儿眯缝着眼睛犯困，似乎好多日子没睡觉了。同她唠嗑儿，总是走神儿，不知在寻思些什么，心想：“看来，哈大人这个老夫人肯定是有病啊!”波尔辰妈妈平时常给人看病，眼睛尖，又有经验，一般能看个八九不离十。这时，她不管东海额莫愿意不愿意，用右手抽冷子把老夫人的手腕儿抓了过来。东海额莫一惊，忙抽回手说：“哎？妹子，抓我手干什么?”波尔辰妈妈笑着说：“老姐姐，把手给我，让妹子掐掐看。”老夫人觉得宁古塔人很亲切，像自家人一样，便没在意，顺从地把手伸过去了。波尔辰妈妈抬手搭在她的寸关尺上，先号左手，又号右手，认真地把了一阵子。

单说这切脉，讲究的是男左女右。脉经可分浮、芤、洪、滑、数、促、弦、紧、沉、伏、革、实、微、涩、细、软、弱、虚、散、缓、迟、结、代、动、长、短、牢、疾二十八种，从脉象上，基本能断定是什么病症。波尔辰妈妈把了半天脉，一声儿没出。老夫人也不急，心想：“咳，摸就摸吧，愿意摸多长时间就摸多长时间。”这时，其他人仍然推杯换盏地喝着，嗷嗷地喊着、笑着，歌在唱，舞在跳，热闹、欢快。咱们不去讲这些，只讲这对儿老姊妹。

波尔辰妈妈把过老夫人的脉，又借着篝火的光亮观其气色，然后开口问道：“老姐姐，你是不是总觉得身子发软、没劲儿，想睡一会儿、躺一会儿才好?”东海额莫回道:“妹子,你说得对呀!连着走了几天的路,我是又累、又困、又乏,浑身一点儿力气也没有。什么都不想吃,只想睡上三天五夜的,好缓缓劲儿,等过了这几天就没事儿了。”波尔辰妈妈又问:“你是不是有时候胸腔疼,咳嗽,还吐过血呀?”东海额莫一惊,心想:“哎呀?她还真看出来了。”便说:“妹子,你说得咋这么对呢?可不是嘛,我是累的,全是累的。在吉林乌拉盖房子时,把我累得够呛。还得养鸡、养鸭、养鹅的,天天有干不完的活儿,很少能得空儿歇一会儿,没招儿哇!是啊,是吐了几次血。这个事儿开始谁也没告诉,后来瞒不住了,我那老头子,还有儿子才知道了,他们都惦着呢!其实呀,没事儿,吐两口血有啥关系?好妹子,你不用担心,现在不吐了。”波尔辰妈妈说:“老姐姐,千万要当心哪,可不能不在乎自己的身体。我看出来了,在这个家里,哈大人尽管七十高龄了,在外面的事儿仍然不少。你儿子虽大人更闲不着了,还不得忙得脚打后脑勺儿哇?家里家外的打点全落到你一个人身上了。你呀,是挺累的,咱们当真人不说假话,你有病啊!老姐姐,不用瞒我,瞒别人能瞒得了我吗?刚才也看见了,我在你儿媳妇肚子一边拍了两下,就知道她怀没怀孕、是男是女,你服不服气?”东海额莫直点头:“服气,服气,早服了。老妹子,那我得的到底是啥病啊?得怎么扎咕呢?不瞒你说,我着急呀,家里事儿这么多,真不愿意赶这个节骨眼儿上有病啊!还得让大伙儿惦着。咳,有许多需要我去做的事儿还没做呢,现在是无能为力了,想干却没那精神头儿喽!”波尔辰妈妈说:“是呀,这病不轻啊,眼下看来,主要是在上胸腔。可能是年轻时,家里太苦,常悲泣,忧伤的时间久了,病才坐下了。你的肺不好,血亏气亏得厉害,是肺痨,又叫血气亏症,必须得抓紧治。不过不用犯愁,既然到我们这儿来了,妹子会帮忙的,保你这几年没事儿。要不是到这儿来,说实在的老姐姐,真还说不定咋样呢!”老夫人听后没吱声儿。

各位阿哥,刚才你们听到了吧?这位波尔辰妈妈的话说得就这么直,才不管你愿听不愿听呢!“说不定咋样”这句话,让人听起来多不舒服哇?可她不在乎,口无遮拦,直言不讳。东海额莫已经知道波尔辰妈妈是这么个性格了,索性随她,愿意咋说就咋说吧。波尔辰妈妈又道:“人的精神好,比啥都重要。特别是肺痨这种病,千万不要忧伤,更不能累着,还要多吃些有营养的东西。好在宁古塔这块儿想吃啥有啥,你是河里的鱼呀,天上的飞禽哪,林中跑的百兽哇,样样儿不缺。你儿子虽大人、老头子哈大人,还有我的那些孩子,个个有这个能耐。想吃啥东西,到山里去找，找一圈儿准能猎到。之后，再用马驮回来，全是些新鲜的猎物，吃了真壮体力呀，你这是来到福地喽！咱们在山边儿住着，依山傍水，山能养咱，水也能养咱，空气又好。所以，你这病不用怕。但我要告诉你，活儿是不能干了，再干妹子可不答应，今后我看着你。”说完，站起身来，直接奔戴大人和哈大人那边去了。

再说，这边哈勒苏和戴珠瑚俩人像亲哥儿们一样唠得正热乎。他们互相久慕大名，都是立在镶黄旗下转战南北的大将，又是当今汗王身边的爱将，只不过各自分领自己的队伍，没在一起共事而已。现在到一起了，皆有种相见恨晚的感觉。戴珠瑚一喝酒不要紧，把啥话全抖搂出来了，拍着哈勒苏的肩膀说：“说实在的，老哥哥，怎么到这儿来的还不知道吧？告诉你吧，是我给硬要来的！”接着便将如何请调哈老将军前前后后的经过讲了一遍。哈勒苏听罢，如梦方醒，笑着说：“哎呀，我说老兄弟，闹了半天是这么回事儿呀！全家本想在吉林乌拉待下去了，房子也盖得挺好的，不想再动了。没想到是你老弟把我们折腾到这儿来了，看来老哥哥将来得老死在这儿喽！”说着，二人哈哈大笑起来。

俩人正唠着，波尔辰妈妈过来了，冲他们说：“二位大人，打扰你们了，我有话要跟哈大人说。”戴珠瑚一看泼辣娘儿们来了，赶紧让出地方：“请坐，请坐。”波尔辰妈妈没坐，站着对哈勒苏说：“哈大人，我一是向你祝贺，很快要抱孙子了。到了宁古塔，便有喜事临门啦！然而哈大人，我不能不说的是，你的身边还有一件最危险的事儿。”哈勒苏一愣，忙问：“什么？请穆昆达妈妈快说说，是啥事儿？”波尔辰妈妈回道：“想必哈大人也知道，我的老姐姐、您的夫人病很重啊！”此时，哈勒苏虽然喝了酒，但没过量，头脑挺清醒。马上接过话茬儿说：“啊，穆昆达妈妈，你说得对，我知道，知道，眼前最着急的确确实实是老伴儿的病啊！儿子呢，我不惦着，城守尉差事有戴大人帮忙。孩子跟戴大人在一起，我放心，虽哈纳也会认真尽力去做的。儿媳妇生孩子的产前准备有大家帮衬，尤其是还有你穆昆达妈妈的关照，我更放心。唯独担心的就是我的老伴儿，你是不知道哇，她太辛苦、太累了，又特别可怜。活了这么大岁数，不知道自己姓什么，甚至没见过父母长得什么样儿。说起来，戴大人可能知道，我的夫人还是老汗王爷赏的呢！对丈夫和孩子那是没说的，我很感激她，也疼她。打算到这儿以后，好好儿伺候伺候，让她静下心来养养病。真得谢谢你呀，穆昆达妈妈，我的老伴儿让你挂心了。”波尔辰妈妈赞许地点点头道：“好，哈大人，有你这话，赫赫堆里的听了高兴。你是个男人，对得起我们这些女人，巴尼哈！就凭这个，我一定帮忙。不过，有件事儿你必须做到。”哈勒苏说：“噢，什么事儿？尽管说。”波尔辰妈妈说：“哈大人，从现在起，不许再让老姐姐干这干那了。有些活儿哪怕是我去做，或者找别人帮着做，也不要让她干了。眼下最重要的，就是要好好儿养病，其他啥事儿也别管。大姐仍在吐血，是气血两亏呀，不能再累着了。”哈勒苏是个明白人，听波尔辰妈妈此话讲得既亲切又中肯，很受感动，站起身来说：“谢谢你，波尔辰妈妈，咱们来日方长，有些事儿恐怕还真得请你帮忙呢！刚才说的话我一定记在心上，并告诉我的儿子和家人以及老管家宝尔赛玛发，让他们都要照顾好我的老夫人。”波尔辰妈妈听完乐了，说：“那好，哈大人，你同戴大人继续喝、接着唠，我过那边去，再和老姐姐商量商量。”哈勒苏恭恭敬敬地送走了波尔辰妈妈，又坐下来同戴珠瑚倾心而谈。

波尔辰妈妈回到东海额莫跟前，坐下来说：“老姐姐，我回头弄些草药，让你的家人先到山里抓些僧固[①]。那东西好抓，都是一窝一窝的，繁殖得特别快。抓来后，把皮剥下来，焙干了，再配上巴尔玛沃尔霍。此种草药，其实就是一种野草，你们不认识，我去采。这两样儿按剂量配好，你可以天天吃，又治病又补养身子。”波尔辰妈妈所说的“巴尔玛沃尔霍”，是北方少数民族常用的一种救命草，又叫“还魂草”，能治百病。“巴尔玛”是草的名字，“沃尔霍”，汉译为草。这种草长得不高，小短叶儿，开紫花儿，味辛辣，乃当年生的草本植物，一年一茬。根子扎地挺深，春天雪化了，根儿还在里面。一般在秋天紫花儿刚谢时去采，以留下备用。波尔辰妈妈的确是个热心肠儿的人，善良诚朴，心直口快，这种真情让老夫人很受感动。两个人都不见外，越唠话越多、越谈越投缘，后来舒穆禄也凑过来了。三人一直聊到很晚，已月上中天了，东海额莫和舒穆禄才准备回家。波尔辰妈妈一个是怕黑灯瞎火的，路上不安全；再一个是担心这娘儿俩人生地不熟的，再走差了道儿，便命仆人把她们送了回去。这个晚上，大家是酒喝得痛快，歌儿唱得高兴，舞跳得尽情。特别是波尔辰妈妈的豪放、热情，更给聚会增添了不少乐趣，哈勒苏全家就是这样欢快地度过了来宁古塔后难忘的第一夜。

哈勒苏当晚回到家里，由于岁数大了，本来就觉少。再加上酒喝得

---

① 满语：刺猬。

尽兴，异常兴奋，竟然睡不着了。来回总翻动又怕影响老伴儿，只好悄没声儿地在那儿眯着。后来似乎是睡了，觉得只躺了一小会儿，打个盹儿的工夫便醒了。往外一看，天已放亮儿，索性穿衣起来了。走到外头，才注意到院子的后面有一些帐篷，全是用椴树皮、槐树皮、柞树皮搭的，比较小，半地窨子式的。老人家过去打仗时，曾长期驻扎在树林子中，于珲春驻守时，也在林区住过。因此，一看就知道这帐篷是新搭建的，最多不过两三天，用来搭帐篷的树皮里侧还是黄黄的、湿湿的呢！当即心里一惊："哎呀，两三天，这不正是我来时才搭的嘛，那他们原来住在哪儿了？"老人家好奇呀，拔腿儿顺着林荫路走了过去，看到路两边用木头夹的板障子里边，有十几个半地窨子式的小窝棚。走到近前，见每个窝棚里都支着长铺，住有二十多个马甲。地面儿挺潮，知道肯定是没用火烤，若烤过的话，应当发干。再说这些帐篷又建在地势很洼的河边儿，能不潮吗？

哈勒苏正边看边想着，一些身着"兵"字马甲服的兵丁看见穿官服的哈大人来了，马上叩头下拜。哈勒苏说："快起来，起来，忙你们的，我只是随便走走。"这些兵丁刚刚吃过早饭，只等牛角号一响，便到校武场上去操练的。哈勒苏向身边的一个小校，可能是个领催问道："你们是从什么地方迁到这里来的，原来驻扎在哪儿？"领催半跪道："禀大人，我们是戴大人属下的兵丁，原本驻扎在这儿，不是从外地迁来的。"哈勒苏说："不对吧？这些营房才建两三天嘛。此处多潮哇，容易生病啊，至少要长疥疮的。戴大人为何选这么个地方搭建营房呢？"领催忙又回道："禀大人，我们过几天就搬走，不会在这儿长住，只是临时的。"说完，好像是怕再问什么，扭头想走。可哈勒苏这个人好刨根儿问底儿呀，不管什么事儿，不弄清楚是不会罢休的，想躲也躲不了，遂叫住了领催说："我已经看过了，你们肯定是从别处迁到这儿来的。告诉我，是不是原来住的还不如这儿，又为什么非选在河边呢？"领催一看，眼前这位大人一句接一句地抠问得挺紧，有些犯难了，怎么回答好呢？他认真想了想，然后回道："禀大人，因为此地林子比较多，便于伐树、剥皮，树皮又好。所以，我们在这儿建起了临时的营房。"哈勒苏紧盯不放："到底原来住在哪儿？"领催显出一副无可奈何的样子，躲闪地说："大人，请不要问了。对了，我们得走了，去参加马步箭的操练。"哈勒苏笑了笑，说："噢，你要走，那这么的吧。只需告诉我这究竟是怎么回事儿，说一句便可放你走。"小领催一看是真走不掉了，实在没辙了，只好说："大人，实话跟您说吧，我们将军戴大人不让讲。既然大人一定要问，那我斗胆说一句，不过这个事儿您千万不要告诉戴大人。”哈勒苏又笑了笑道：“有这么严重吗？好，你说吧，我不告诉戴大人。”领催说：“我们原来住在行辕的南院儿。因为您来得很匆忙，戴大人还没来得及给大人搭建房子，又心疼您和夫人，便让大人一家住那里，我们就搬到这儿了。大人，这可是官兵们自愿的，都年轻，身体好，不碍事儿。”哈勒苏这才恍然大悟，心想：“噢，是这样。我现在住的这个院儿，原来是八旗兵住的兵营啊！”不禁暗暗地埋怨戴珠瑚：“老弟呀，你怎么能这么办呢，咱们是谁跟谁呀？国家正是用人之时，哪能让兵勇遭罪受委屈呢？他们有个好的环境和舒适的地方休息，一旦国家需要出征，才能够一往无前哪。有愧，有愧呀！”哈勒苏不再问了，向众兵勇告辞后，转身往回走。

一路上，哈勒苏的心里很不安，一直在想这件事。觉得无论如何不能再住行辕的南院儿了，要尽快搬出来，让八旗兵回来住，他们比谁都重要。又向几个营官打听了一下，知道戴大人的家眷目前还没来，也是暂时住在那个北院儿。他正准备拿出俸禄银子，到东山坡儿那块儿盖儿间房子，等家眷来了便搬出行辕，到新房去住。哈勒苏十分欣赏戴珠瑚的这种做法，心想：“戴大人想得真周到啊，做得对呀！皇太极身边的爱将有一句常说的话，那就是为个人的事儿，‘不占朝廷半分银两’。谁要是违反了这个，则要自己抹脖子。你戴大人能按照常言拿出自家的银两盖房子，我哈勒苏为什么不能呢？回去同老夫人、儿子商量商量，想办法尽早地盖儿间房子，将这营房倒出来，还给八旗兵！”

这两天，哈勒苏心里惦着的事儿挺多。本来是个急性子，到哪儿还好打听这个打听那个的，因此了解了不少情况。现在又想起了在篝火宴上戴珠瑚跟他说过的话：“老哥哥，宁古塔这地方挺乱，我们的兵丁不多，马匹又少。你初来乍到的，很多事情还未弄清，千万谨慎才是。要向家人讲清楚，晚上最好不要到街上去，不安全哪！尤其是夜间必须紧锁外门，多提防着点儿，警惕匪徒的袭扰。”当时，还没等他问个究竟呢，便被什么事儿给岔过去了，但这些话却始终印在脑子里。此刻他反复琢磨着：“戴大人这是什么意思呢？为什么特别嘱咐‘要警惕、小心，晚上别出去’呢？老夫人、儿媳舒穆禄，还有老家院宝尔赛玛发也说过：‘宁古塔这地方真怪呀，那个本来很热闹的集市一到下晌便没人了。各个店房老早把门关了，还扣上了闸板儿，有的店门上了七八道锁。外地来交易的老板，都骑着驴或赶着车早早地走了。’这到底是怎么回事呢？必得抽个时间摸摸清楚。晚上不安全，那就白天出去走走，好在手中有令牌。”所谓的令牌，即天命年间，被派出去的官员随时带着的用木头刻有满文“令”字的牌子，通常是用丝带儿穿在牌子的眼儿里系在身上。此牌代表朝廷，因此不能被人偷走，更不能让匪盗、敌人或仇家得到，否则将受到朝廷的处罚。拿着这个牌子，无论是什么地方，皆可以通行，任何人不会挡，连牢房也可以进去看看。哈勒苏父子现在身上带的令牌，是到了宁古塔后，从戴珠瑚大人那儿换的新牌子，是他们的护牌。

这天，恰巧赶上虽哈纳办完公差回来得早，进屋后，照例来叩见阿玛和额莫。哈勒苏听儿子滔滔不绝地讲了些新情况后，问道：“虽哈纳，忙得怎么样了，下晌和晚上还有没有公务？”虽哈纳回道：“今天没什么事儿了，明天准备去哨卡一趟。”哈勒苏说：“那正好。儿子，你就别歇着了，吃完晌饭，跟我一块儿出去走走。咱们来这儿以后，你呢，整天忙公务；我呢，家里外头的事儿也不少。忙来忙去的，还没到宁古塔镇子上好好儿转转，该去走一走、访一访、看一看了，熟悉一下环境，你看咋样？”虽哈纳一向是个孝顺的孩子，听阿玛这么一说，立刻答应道：“嗻，谨遵阿玛之命。”

到了下晌，爷儿俩从居住的宁古塔东街，即龙头山这边，沿着海浪河堤岸边儿的一片杨树林子往东走，去拜访住在那里的各家，看看市井情况。他们对东边比较熟，因为住的多是宁古塔的老户。每个姓氏各选自己满意的地方盖房子，这边是萨克达哈拉的，那边是尼玛察哈拉的，左边是瓜尔佳哈拉的，右边是吴扎哈拉的，还有宁古塔哈拉的……各家住的多半是土平房，还算规整。访完东边之后，又顺着小道儿往西走，过了一道沟，来到了宁古塔的西街。一看这西边与东边迥然不同，至少房屋的搭建不一样。东边好在都是泥土房或草房，有的还套有土院墙，或用柞木劈成的木头条子夹成的高障子，里面堆着很多木头。马欢牛叫、猪鸭鸡狗到处跑，蛮有生气。西街显然不行了，像样儿的房子很少，多数是些撮罗子。搭建很简单，不过是将几根椽子支起来，外面苫上桦皮或兽皮，顶部留个窟窿，为的是点火时，上头好冒烟，这便成了。人住在里面，牛、马全拴在撮罗子外面。再往西看，在一个山坡儿上，有一处用粗木围成的院子，木墙挺高，看上去很结实。院子相当大，院门外有骑兵把守，个个挎着腰刀，拿着激达[1]。除此，还有骑马游动的巡哨沿

① 满语：矛枪。

着高墙走来走去的，一看便知，这是牢狱。经打听，果真如此，牢狱的名字叫乌堪济大牢。“乌堪济”是女真语，汉译为逃人的意思。就是说，这所大牢关押的大多是逃跑抓回来的人，当地人称这儿为西大围子。

哈勒苏领着儿子走上山坡儿，来到了牢狱。把门儿的官兵一看二人有令牌，知道是上差，赶紧谦恭地磕头请安。狱头儿也急忙过来拜见，然后便要领他们进去。哈勒苏说：“不用了，忙你们的差事去吧，我们自己进去就行了。”狱头儿应了一声“嗻”，退了下去。于是，哈勒苏和虽哈纳信步走进了这所高墙里的大牢。

乌堪济大牢，说是牢房又不像，实际只是一些住房被墙围了起来。这些住房很松散，人在高墙里可以自由活动，但不能轻易走出去。想要出去，必须持有关卡，把门儿的门官验看之后才可放行，不管男女老少皆如此。里头的面积不小，方圆能有三里多地。被围的这个山坡儿在海浪河的北岸，里面有树林、草场，还有一条小河。除了住户，也有不少的牛羊。哈勒苏父子边走边看边询问巡逻的哨兵，向他们打听高墙里都是些什么人。据兵丁讲，高墙里住的多数是从外地来侵袭、骚扰宁古塔和附近噶珊[1]的人，被追歼俘虏后，圈在了这里。有的是孤身一人，也有带家口的。由于面积大，故而被圈的人可以伐木头、搭窝棚、盖地窨子，全是自己干。他们已经在里面呆了很长时间了，说是改好了，经官员审查合格了，能放出去。可是从天命年到天聪二年间，从没放过。为什么一个不放呢？就怕这些不轨之人出去再干坏事儿，搅得世面儿不安宁。

大牢里面所圈之人的情况并不一样。有一部分是在外为非作歹的匪徒，曾聚众骚扰噶珊。今天抄这个噶珊，明天掳那个村屯，抢男霸女，无恶不作。有一小部分是杀人的凶犯和没有归附后金的一些部落的头人。这些头人有黑斤部落的、混同江下游一带部落的、黑龙江中下游的索伦及乌苏里江周边部落的。还有一些是为这些部落当色刻[2]的，被抓住后也圈在这里。最里边有处铁牢。所说的铁牢，其实是用木头建的房子，外面有木障子围着。每间房子里囚五六个或七八个重犯，其中，有些人戴着司勒痕[3]。这是一种木板夹子，上部把脑袋铐进去，下面铐住两只手。大牢里圈的多数是窝勒库[4]犯人。这些人不一定犯了什么罪，有

① 满语：屯寨、村屯。
② 满语：即送情报的人。
③ 满语：夹靠。
④ 满语：指从外面掳来的人。

的是金兵远征抓到的外部落没入后金户籍的人，有的是从外地流浪来的一些闲散的游民，有男有女，有老有少。女子能婚配的，分给本族的男人为妻室，或被一些人家收为奴才。没分出去的，全部圈在这儿。有些孩子是金兵在追剿没有归附后金的部落时，大人们逃跑来不及带走而被扔下的，小的十来岁，大的不过十四五岁，在野外衣食无着，成了乌木都[1]。被圈进来后，官家负责供给粮食、衣裳，由后金兵雇人看管。大点儿的孩子，便让他们自食其力，或开荒种地，或放牧牛羊。哈勒苏父子刚进到宁古塔时听到的歌声，就是这些孩子们唱的。

哈勒苏和虽哈纳到乌堪济大牢来的这半天里，还真是没白来，知道了不少情况。爷儿俩是边走边看边想，感到宁古塔确实有些乱事儿、难事儿急需解决。比如说，大牢里圈着这么多人，终归不是长久之计。由于长年被圈着，又有官兵看守着，一个个充满了仇恨，不但仇视朝廷，而且仇视宁古塔当地的居民。哈勒苏和虽哈纳在问他们话时，都远远躲着，不肯近前。即使有的同你搭话儿，也是瞪着眼睛盯盯地瞅着你，眼神儿很不友善。看样子，好像一口咬死你、狠狠掐死你，他才能解恨。难怪呀，这些人本来有自己的家园和亲人，抓来以后，愣是给圈进大牢之内。没有了自由，见不到妻儿老小，说杀就杀、说砍就砍，你说他能不恨吗？另外，住在宁古塔西边的人中，有的曾参与掠夺东边一些已归附后金部落的噶珊，后来被抓住了，并遭到了东边人的报复。由于害怕，从此轻易不敢再到东边来。宁古塔当地的人，同样也怕大牢里的人出来报复。认为他们都像豺狼似的，恶毒凶狠，黑心肠儿，杀人不眨眼，自然也很少到西边去。人就是这样，越不接触，越容易生分，并且是越打越记仇。结果是宁古塔东西两边、高墙内外谁都不敢接触谁，互相猜忌，互相仇恨。

哈勒苏父子在了解情况的时候，还听狱卒说，一个月前的一天晚上，东边，即乌苏里江那边一些黑斤部落的二百多人，骑着马越过林子，冲到了宁古塔附近，放火烧了三个噶珊。其中，东大围子一个噶珊烧得最惨，整个屯子全烧光了。并杀了一些人，抢了不少牛马，还掠走了羊群和几车财物。紧接着冲入了宁古塔东边的街里，又是一顿烧杀，抢走了十匹马、十二头牛、三十多只羊。戴珠瑚大人得知后，立即整兵围剿。其实，宁古塔不仅兵不多，战马也既少又瘦。可这些黑斤部落的人不知

① 满语：孤儿。

道哇，一听说官兵追来了，又听到咚咚的锣鼓声，以为有大队人马从后面追来了呢，吓得没命地跑。临逃走时，还烧了七间房子，抓走了五个沙音哈哈。戴珠瑚带兵拼命追赶，终于俘虏了二十多人，抢回来一些牛啊、马呀、羊啊什么的，但被掳走的五个壮小伙子却不知去向了。铁牢里圈着的那些戴夹靠的人，就是那次被抓到的，审问多次了，至今仍没有交代出组织此次行动的头人。哈勒苏这才明白了宁古塔城里的人为啥那么人心惶惶、担惊受怕的，发生过如此严重的事情，当然觉得没有安全感，晚上谁还敢出来？虽哈纳说："阿玛，听说波尔辰妈妈的大儿子，便是那次被抓走的五人之一。她怕咱们担心，所以一直没说。"哈勒苏心想："波尔辰妈妈的心真好，出这么大的事儿，依然那么乐观，对朝廷还是一心一意的，不能不令人钦敬！"

哈勒苏见天色已晚，便同虽哈纳往回走。当拐过一个弯儿、顺着帐篷的空隙往前走着时，突然，从帐篷的后面扔过来三块大石头。多亏哈勒苏眼睛尖，赶忙把儿子一推，就势坐在了草棵子里，石头噼里啪啦地落在了他们的前头。若不是躲得快，俩人肯定被砸，至少得砸住一个。石头落地后，虽哈纳腾地站起来抬腿就要追，哈勒苏一把将他拉住了，使了个眼色转身往出走。其实，刚才哈勒苏已恍惚看到了扔石头的是三个小孩儿，在他俩躲闪的时候，早"嗖、嗖、嗖"地跑走了。当时也想蹿出去抓他们，但马上想到这个举动不那么简单，孩子背后肯定有大人指使，绝非是扔几块石头的事儿，所以才没让儿子去追。二人绕过帐篷，快速地来到了大牢的东门。

东门的门卫见是哈大人父子，刚要叩头施礼，忽然从树林子里传出一阵哭声。哈勒苏一愣，忙问跟前的骁骑校："这是怎么回事儿？"骁骑校回道："禀大人，这里常有哭声，请大人不用去管，可能又是在打架斗殴呢。他们这些人，打死了好，死一个少一个，咱们也清闲了……"哈勒苏没等骁骑校把话说完，顺手拉着儿子便朝传来哭声的那片树林子里走去。骁骑校一看哈大人真的去了，赶紧跟了过去。哈勒苏回过头对他说："你该站岗就站岗，巡哨要紧，我们自有办法。"骁骑校答应一声"嗻"，领着几个兵卒巡哨去了。

哈勒苏父子循着哭声，经过一片小树林，过了一道木头夹障，又穿过一排帐篷，再顺着前面的小道儿过去，便见一个小院儿。院墙是用木柈子堆成的，院内的帐篷看上去已年久失修，很是陈旧，勉强在那儿支着，帐篷里有不少人正围着一个人哭呢！父子俩匆匆走进去，在人群中探头往里一看，见地上躺着一个骨瘦如柴的老头儿。穿得破破烂烂的，身上盖着一件狍皮光板儿大衣，闭着眼睛，眼窝儿深陷着，像一具僵尸。仔细一看，老人已是出气无力、奄奄一息了。几个孩子围着老头儿跪在那儿哭，周围的一些人都瞪眼瞅着，显得很无奈。哈勒苏会说几句当地话，用黑斤语问道："老者咋的了，是怎么回事儿？"在场的人回头一看，哎呀，这不是朝廷的官员来了吗？吓坏了，谁也没敢吱声儿，有的还想偷偷溜走。

这时，跪在地上的一个孩子听到问话，抬起头来仰着脖儿，用乞求的目光看着哈勒苏，带着哭腔儿说："大人，我爷爷得瘟病已经十多天了。没有药吃，我们上山采了些能治这病的野草给他熬了，吃了也不当事儿。大人，请允许把爷爷带出去看看病吧，他快不行了。您可怜可怜、救救他的命行吗？求您了！"哈勒苏蹲下身，把老头儿的眼皮扒开，看看瞳孔。又摸了一下脉，觉得跳得还算行，如果抢救及时，人不至于死去，便问那群孩子："这老人叫什么名字，是你们什么人？"跪在地上的一个稍大一点儿的孩子，顶多十二三岁，扭过头对哈勒苏说："禀大人，他不是亲爷爷，我们都是乌木都。到这儿来以后，全仗这位阿其纳老爷爷帮助、照顾，给做饭吃，才算活了下来。"虽哈纳插嘴问："他家里人呢？"那个孩子说："大人，您不知道哇，他老伴儿前年就死了，埋在山根儿底下的一棵大杨树下了。他们俩是诺雷那块儿的人，大前年被抓来的，儿孙仍在诺雷。自打到这儿以后，再没见到自己的孩子，多苦哇！"

哈勒苏站起身来，又详细地询问了一下周围的人。证实这个老头儿确实是黑斤人，原来住在乌苏里江江边儿，是诺雷部的，已年近六十了。其中一个人介绍道："这两口子被掳来时，怎么磕头作揖求情都不行，到底没被放回去。其实，还真没干啥坏事儿，就这么无缘无故地给抓来了，从此永远同家人分开了。你说他们能不惦念在诺雷的儿孙吗？老太太天天哭哇，饭都吃不下，最后愁得病死了。老两口儿心地可善良了，老太太在的时候，见有不少孤儿没人管，便一个个接到家里，同老头子一起照看着，每天给他们熬点儿粥喝，衣服破了给补一补。后来老太太不在了，老头儿自己拉扯着这帮孩子，孩子们也喜欢和老爷爷在一起。头些天，老头儿突然得了暴病，吐泻不止，想了好多办法也止不住。没招儿了，这些孩子请求管牢房的官员能同意带老爷爷出去诊治，可咋说全没用，就是不答应。这不，现在人已经快不行了。"哈勒苏听后，暗暗叹了口气，从怀里掏出一个银锞子递给刚才答话的那个孩子说："孩子，拿着这银子给老爷爷看病去。”在场的人头一次看到朝廷的官员这么心善，还给银子让看病，日头莫不是从西边出来了？都过来千恩万谢的。哈勒苏说：“大家赶紧弄块木板，抬着老人跟我一块儿走。越快越好，别耽误时间了！”众人听哈勒苏这么一说，才松了口气，高兴地说：“这下好了，老头儿有救了，今天是遇上贵人啦！”

不大一会儿，大伙儿找来了一块门板，又找了两根木杠，用皮条子绑好。然后把老头儿放在门板上，上来八个大人抬起了老头儿。孩子们扶着门板也想跟着去，哈勒苏说：“你们不要去了，有这几个人足够了。”又转过身对那八个人说：“你们出去必须得老老实实的，不许打架斗殴，更不许喝酒闹事，不能给我丢脸。把老人送到郎中那儿，看完病，拿上药，赶紧回来。要是就此不回来了，以后我可再不管了，能做到吗？”大家异口同声地回答：“能做到，请老爷放心。”哈勒苏说：“好，咱们一言为定。做啥事儿得讲信用，这次要是办得好，将来我肯定还会帮助你们的。”那些孩子高兴极了，问道：“哎呀，大人，您是多大的哈番[①]呀？”哈勒苏笑了笑说：“不用管什么哈番不哈番的，这种事儿谁见了都应该帮。”随即招呼那几个人：“你们动作快点儿，跟我走吧。”边说边走出了帐篷。

哈勒苏、虽哈纳走在前头，八个人抬着有病的老人跟在后头，很快到了大门口儿。哈勒苏把腰牌儿一亮，向一个骁骑校说：“这位老者病了，让他们抬出去找郎中看看。我是哈勒苏，这位是城守尉虽哈纳大人。”因为虽哈纳刚来，很多人还不认识他，所以骁骑校听后吃了一惊，忙跪下磕头道：“哎呀，不知道城守尉大人到此，小人失礼了！”虽哈纳说：“赶紧把他们放出去吧，出了事儿有我，我跟将军禀报。”骁骑校不知怎么听说过哈大人、虽大人是将军的知己，你说他哪能不放行呢？这些人很会看眼色，谁不溜须呀？于是谦恭地说：“没事儿，没事儿，既然二位大人说了，当然得放行。”就这样，哈勒苏和虽哈纳顺利地把人带了出来。哈勒苏又向八个人嘱咐道：“给老头儿看完病以后按时回来，不许耽搁，一定要按我说的去做。”众人答应一声“嗻”，抬着老人匆匆地走了。这几个人自从被关进院墙里，还是头一次走出大牢的门，一个个兴高采烈的，像笼子里飞出的鸟一样，抬着老头儿走得飞快。不大工夫，便在山民之中找到了郎中，这且不表。

---

① 满语：官。

哈勒苏和虽哈纳在天傍黑儿的时候才回到家，爷儿俩坐下又聊了一会儿。此时，哈勒苏的心情既压抑又沉重，南街北街地到处转悠了大半天，深深感到今后宁古塔的治理任重道远。特别是看到高墙大牢里圈着那么多人，内心更不平静。他们并不都是不轨之人，其中不少是同族弟兄，这样长久地圈着，宁古塔怎么会安宁？琢磨着应该把这些情况同戴大人谈谈，说说自己的想法，再听听他的意见，看怎么解决好。还有一个必须尽快着手办的，就是自家盖房子的事儿。觉着长住在兵营很不合适，赶紧搬出去为好。想着这些，不觉地打了个咳声，便与虽哈纳各自回屋歇息了。

虽哈纳回到了自己的房中，舒穆禄正做针线活儿呢，见丈夫走了一下晌总算回来了，很是高兴。自从到了宁古塔，虽哈纳每天几乎不着家，从早忙到晚，小夫妻俩很少有机会在一起说说唠唠。舒穆禄将爱根让到炕上，端来洗脸水，拿来手巾，又把饭菜摆到炕桌上。虽哈纳擦把脸，吃完了饭，待舒穆禄拾掇停当后，小两口儿便聊了起来。俩人恩恩爱爱的，有说不完的悄悄话儿。说到孩子，也说到房子，极为亲热地唠了大半宿才睡。

再说哈勒苏回屋之后，刚要坐下，就听老夫人问道："上哪儿去了，晚饭还没吃吧？大伙儿都惦着呢！"哈勒苏顺嘴问了一句："你吃了吗？"老夫人说："你不回来我能吃吗？等着你呢，饭菜在锅里热半天了。"说着，下地把热饭热菜端了来。东海额莫把饭盛到碗里，放到哈勒苏面前，见他两眼直勾勾地看着饭菜不动筷儿，坐在那儿一声儿不吭，知道这是心情不好。老两口儿在一起知疼知热地生活几十年了，互相之间的脾气秉性摸得透透的，她清楚老头子只要不开心，肯定吃不下饭。过去，每当遇到这种情况，总要耐心地予以劝导，老头子才勉强能吃点儿或者喝盅酒。于是便说："又怎么了？有什么事儿别憋在心里呀，能不能说出来，咱们一块儿商量商量？兴许我能帮着把事儿化解开呢！你这样饭不吃、闷闷不语的，让人跟着着急不是？"哈勒苏说："老伴儿呀，你说得对，现在确实有很多事情压在心头，让我喘不过气来。外面的事情咱先不说，说说自家的事儿吧。从长远看，这里是咱们的家，子孙后代要世世代代在宁古塔生活下去；从现在看，你的身板儿不怎么好，越来越不如从前，需要有个安静的环境好好儿调养调养；儿媳妇很快又要临产，总得做些准备吧，你说没有房子住能行吗？我是说应该有自己的房子。老夫人哪，告诉你吧，我是今天早晨才听说的。现在住的这个南院儿，原来是骑兵住的地方。戴大人看咱俩的年岁大了，又担心在这里生活不习惯，骑兵们也希望咱能住得舒服点儿，便主动把好房子让出来了，搬到在墙外头河沿儿那儿新建的一些帐篷里。我已经看过了，帐篷里特别潮。那可都是朝廷的用兵啊，咱可不能让他们受委屈呀，国家一旦有事儿了，还得靠着人家。因此，这个房子得快些还给那些超哈[①]，你说是不是？”老夫人一听，忙说：“哎呀，原来是这么回事儿呀，我也一直在纳闷儿呢！寻思这些超哈住哪儿不好，干吗非住在河沿儿那儿？又凉又潮的。老爷，想得对，应该搬出去。你说怎么做，咱就怎么做。”哈勒苏说：“那好，说实在的，想要跟你商量的便是这事儿。我琢磨着，凡是鸟都得垒窝呀！咱们在海浪河那儿选一块儿风水好的地方盖房子，作为万年基地，成为富察氏家族永远立根之所。这么的吧，等吃完饭，咱俩再仔细合计合计。”说着，端起饭碗便同老夫人一起吃了起来。

话不在多，老两口儿吃罢饭，上炕又唠了起来。这俩人挺有意思：老头儿想得周全，老太太也理解老头儿，话能说到老头儿的心里；老太太想的事情，只要说出来，老头儿还准爱听。贴心话儿越说，老两口儿之间的感情越深。哈勒苏深情地对东海额莫说：“说心里话，来到宁古塔以后，本想让你生活得好一些，再看看病，好好儿养养身子骨儿。可眼下不行了，咱要建自己的房子，又得辛苦你了，还得继续受累，真是对不起呀！”东海额莫笑道：“看你说哪儿去了？咱们有福同享，有难同当，有事儿也得共同担着，大伙儿一块儿干嘛！你不用说那些，要是那么讲，把话扯远了不是？”这一夜，老两口儿心对心地聊了不少，直唠到天明。

各位阿哥，说书人就不多说老少两对儿夫妻的温存、体贴及相互理解了，咱们再说说流经宁古塔的海浪河。“海浪”，女真语即榆树的意思。这是一条美丽的河，两岸大多是榆树，还有不少柳树、杨树，长长的榆树通护住了河岸，河流因此而得名。河水很深，最深处约几丈。河面不宽，河流湍急。它发源于长汀西边的大岭，即海澜窝集一带，也就是张广才岭中的大秃岭子山下头老爷岭的东坡儿，流程二百多里。东流进牡丹江，随牡丹江流进松花江，再流进黑龙江，是黑龙江的子孙河。此河在流经宁古塔时，分有三条支流，曲曲弯弯地穿行在林海之间，当地人叫它“三道海浪”。宁古塔是一座面山临河的城镇，正好在海浪河流域这

① 满语：兵。

个最开阔的盆地的河网地带。故而群山环抱，河流成网，环境优美，土地肥沃。不但可以渔猎，而且适合种植，种什么都爱长。海浪河内多有蚌蛤，出东珠极多。有的珠子挺大，二三钱重者有之。东珠塔那，色泽鲜艳，有银白、粉红、天青、煞白等各种颜色，历朝皆有名气。

哈勒苏夫妇见海浪河附近是居家的好地方，决定在此选一块房场。老夫人从来是听老头儿的，便说："老爷，你看哪块儿地方好？要我看呀，哪儿都不错，我全喜欢。"哈勒苏说："是啊，哪块儿都挺好。不过，我准备把房基地选在西边。现在，宁古塔的西边住的几乎全是外姓人，多数又是被掳来的，还建有一处大牢。而当地土著的老户集中在东边，这样可不好。两边的人互不来往，互不通气，不是越来越分心吗？老伴儿呀，我想打破宁古塔西为牢地、东为住宅的格局，别把咱们房子建在东边，尽量往西挪，跟那些新来的户住在一起。这样，能够同他们常来常往，关系还能得到改善，慢慢地就成为朋友了，那多好哇！这回由咱们先开头，动员大家以后再建房子时，也往西靠，使东西两边的住户越来越融洽。怎么样，住在西边怕不怕？"老太太倒挺干脆，笑着说："行啊，有你在这儿我怕啥？不怕。这个想法挺好，就这么办吧！"于是，哈勒苏在西边大牢高墙外，选了一块高坡儿地。他是真有经验、真有眼力呀，谁见谁竖大拇指，称道这块房基地选得好，是卧牛之地、子孙繁衍之地。风水先生来看，也说这地方的方位、地势都不错，是块风水宝地。南边居高临下，北边靠海浪河。虽然临水，但即使河水泛滥，也冲不到这儿，因为这是块高坡儿地。坡儿上有不少老杨树，其中有三棵最高最大的钻天杨。基于此，便称这个地方为"三棵杨"。旁边还有几棵梨树，一到春天，梨花儿开放，白得耀眼。

房基地选好之后，哈勒苏便吩咐宝尔赛老玛发："你呀，不用管别的事儿了。从今儿个起，领着那几个跟你比还算壮小伙儿的阿哈，再叫上两个女佣上山伐木头，下河搬石头。如果人手不够，从老太太那儿拿点儿银子，雇些人和车马来。"老头儿在这之前，早跟东海额莫说了："老伴儿呀，建房子咱不能用朝廷的钱，把你攒的银子拿出来用吧，要尽量少麻烦戴大人。昨天我不跟你讲了嘛，西街帐篷里住的那些掳来的人，不少是难民哪，太苦了。咱们的日子要比他们强得多，省下些银子给那些人解决点儿困难不是挺好吗？"老夫人听了，二话没说，把省吃俭用积攒下的那些银子全拿了出来。哈勒苏嘱咐道："这些银子你掐着，先交给宝尔赛老玛发一些，雇个车呀、马呀什么的。"老夫人听了，直劲儿点头儿说："行，咋的都行！"

在宁古塔盖房子，木料是不缺的，到处是参天的古树，就地可以挑到最好的、直溜的、一点儿疙瘩节子没有的树木去伐。盖房需架梁，仨人抱不过来的原木有的是。海浪河岸边的石料还多，大的、小的、圆的、扁的、四棱儿的，啥样儿的石头都有。于是，哈勒苏自家很快开始干了起来。当天，来了一伙儿人帮忙，推都推不走。第二天，又增加了一伙儿，撵也撵不动。没过三四天，盖房子的工地上，已是人来人往、热热闹闹了。哈勒苏挺奇怪：怎么来这么多人呢？便问东海额莫："我说老夫人，这些人是不是你请来的？""老爷，不是呀，是他们自己来的，怎么推辞都不行。"邻居们也是一个传一个地全到场了，有的是大人带着小孩儿来的；有的是男人前脚儿来了，女人后脚儿跟来了，帮助做做饭、洗洗菜什么的。宁古塔这地方人情淳厚，一家有事儿，大家相帮，像自家的事儿一样。出人、出车、出马不用谁吱声儿，主动登上门。你怎么婉言谢绝，根本无济于事，皆说这是宁古塔祖祖辈辈的老规矩。哈勒苏夫妇面对如此热情的人们，一点儿办法没有，只好应允了。波尔辰妈妈更是落不下，自报为总建房达，即建房的首领。她说："宁古塔酷寒风大，冬长夏短。盖房子必须得地基深，房屋才能牢靠、坚固、耐用。"东海额莫怕她累着，再三苦劝让她回去歇会儿。可不论怎么动员，就是不肯走，谁拿她都没辙。老夫人又心疼儿媳妇正怀着孙儿，怕动了胎气，只好叫人看着舒穆禄，不让动一下手。而自己却强撑着，率众男仆女婢忙着盖房。

这些天来，三棵杨每天从早到晚是人欢马叫、车来人往、有说有笑，成了宁古塔最热闹的一道风景。宁古塔的老户，像吴家、关家、张家、徐家、唐家的人，不约而同地齐聚这里，七嘴八舌地拿主意、出点子。有的帮着挖地基、夯土；有的帮着抬料、上梁；有的和泥、叉墙；还有的从三百多里外的海澜窝那儿，拉来又高又厚实的苫房草，把它排压在木板房盖儿上面。大家齐动手，干得热火朝天，一座漂亮的宅院，很快便在这只有树林子、绿草地的高坡儿地建了起来，真像说故事、讲瞎话儿一样，就这么快！哈勒苏看着那整齐的院套儿，那用松木围起的、里外用干草抹泥而成的坚固光滑的院墙，那前三间后五间高大的房屋，还有那东西两边的厢房，什么马棚、猪圈、草栏子以及堆得像小山似的柈子场，真是规规矩矩、一应俱全，要比在吉林乌拉的宅院更宽敞、明亮，更气派、壮观！心中不由得升腾起一股对宁古塔人的感激之情，由衷地感到：人都是这样，在一起待的时间长了，会越来越亲近；在互相帮助之中，会越来越和睦。这所宅院，不就是宁古塔人携手努力、共同用血汗和智慧建造起来的吗？当然，人情是互相的，富察氏家族会永远记住宁古塔人的恩情，早晚一定要报答的！东海额莫看着临江绿地上的新房舍，乐得嘴也合不上了，一个劲儿地笑哇！两位老人还想到，我们的小孙儿不久将要在三棵杨降生了，可以说是全城人以辛勤的劳动、诚挚的感情把他迎到了人世间，这个孩子可是太有福气啦！此是后话，我们暂且不表。

单说哈勒苏建房的这些天，全城人能来的都来了，为什么却单单不见戴珠瑚的身影呢？因为他此时不在宁古塔，哈勒苏就是特意选了这么个时间。各位阿哥会问，为啥呀？一是哈勒苏怕戴大人给他从衙门拨银子。按理说，哈勒苏父子是奉旨而来，衙门事先得给预备住的地方。人家不住兵营，总得拨款盖房子吧？可他知道，宁古塔现在并不富裕，不想那么做。二是怕戴大人担心他一家的安全，不让把房子建在西大牢的墙外。戴珠瑚来宁古塔的时间不长，只知道此地历来是东边为土著人住的地方，西边为从外地掳来的流民住的地方。东西两边很少联系，彼此生疏，是麻秆儿打狼两头害怕。但不管怎么说，东边有兵营看着，有骑兵巡逻，总要安全些。因此，老住户谁都不愿意挨着西边住，而愿住在东边。实际上，戴珠瑚对西大围子里的一些具体情况并不十分清楚。哈勒苏偏要改变这种布局，把自家的房子建在西大围子的墙外，戴珠瑚知道了，你说他能同意吗？可哈勒苏认为，宁古塔要真正兴旺发达起来，则必须打破东西的界限，以感情去沟通，尽早消除两边的相互戒备之心。如果继续对立下去，仇恨将越来越深，宁古塔怎么可能安宁？更谈不上兴旺发达！哈勒苏的这些想法还没有来得及同戴大人说呢，他就出门儿了。正因为怕戴大人不同意把房子盖在西边，于是，便来了个先下手为强。

戴珠瑚这些天到哪儿去了呢？是奉命到京师接受汗王垂询去了。离开京师之后，又去吉林乌拉等地巡视。宁古塔当时管辖的地面相当大，东至日本海，西至辽河流域的开原，南至长白山，北至蒙古界。北边还包括乌弟河以南、黑龙江下游乌苏里江东岸。这么大的面积巡视一圈儿，自然要去较长一段时间。等戴珠瑚带着兵马、随从返回来时，一进宁古塔城，一眼看到海浪河岸上新落成了一座房子，当即大吃一惊啊！心想："哎呀，咋这么快呢？我才走了一个多月，新房子就起来了，是谁盖的呀？"一打听，原来是哈大人盖的。戴珠瑚回到了行辕，下了马，连屋都没进，直接来到南院儿见哈勒苏。

此时，哈勒苏还没搬进新房，房子刚建成，得让它干一干。戴珠瑚一进门便埋怨哈勒苏："大哥呀，急得哪门子呢？我走了没多少天，你就把房子建起来了，在这儿住不是挺方便、挺好吗？本打算过些日子，大家动手，在东山坡儿上盖几栋大房子，我们俩都可以搬过去了。你看你，非要自己花钱盖房子，那哪行呢？这事儿我得上报朝廷，从旗衙门给你拨出些银两。"哈勒苏说："戴大人，万万不可。自家盖房子，怎能破费朝廷的钱？"戴珠瑚又道："大哥，你选的那个地方我也不同意。从地势上看，肯定是一流的，任谁说不出啥来，可是不安全呀！说实在的，天命以来，那里便没有住户。你知道为什么这么好的地方没人用吗？只因为有西大牢。咱们不能跟那些人混在一起，万一出点儿啥事儿，受到伤害，你让我怎么向朝廷交代？哈大人，房子建在那儿确实很危险。再说了，西大牢一旦哪天炸了营，里头的人跑出来，烧杀抢掠怎么办，这事儿你想过吗？"哈勒苏笑了笑说："想过了，关于西大牢的事儿，早想同你合计合计呢。这样吧，既然来了，就别走了，在我这儿吃吧，算是为你接风洗尘，咱哥儿俩正好借机好好儿唠唠，怎么样？"戴珠瑚高兴地说："好哇，听大哥的，不走了！"老夫人东海额莫和儿媳舒穆禄赶紧到后屋张罗做饭。

单说哈勒苏和戴珠瑚老哥儿俩坐在一起，边饮着茶边聊了起来。哈勒苏开门见山地说："我有个建议，不怎么成熟，提出来，你琢磨琢磨，看行不行？""好哇，咱哥儿俩谁跟谁呀，有什么想法敞开讲！""好吧，那我说了。老弟，咱们都是朝廷的命官，管一方平安的。你到这儿的时间不算长，有些情况不一定全掌握，不知是否到西大围子看过？那里有许多人是咱们的同族兄弟，只不过没住在一起、不是一个姓氏罢了。可早早晚晚，他们会成为后金臣民的。当然，其中有些人是做过一些坏事儿。比如为某个部落传递过情报什么的，那是当时的形势造成的，再说人是可以改好的嘛。我的想法是向朝廷上疏，把那些没有大错儿的人放出来，相信汗王会同意的。因为汗王同咱们一样，心地善良，主张对北方尚未归附的民族以德化之。只要咱俩同心协力把这事儿上疏明白，肯定能成。"戴珠瑚说："大哥，你说得对，这些天我也想过这事儿。总觉得西大围子圈得不好，大家看着不得劲儿，又是天命年间建的，已经好几年了。关在大牢里的不少人，真找不出什么过错。就因为人家是从外地来的，怕捣乱闹事才圈了起来，只为防备着而已。"哈勒苏说："既然是这样，

你敢不敢把西大围子的高墙拆掉？应该向宁古塔的土著人讲清楚，里边圈着的一些人，是咱们同族、同一语言的兄弟。不应该相互对立、长期隔绝，要以感情相联络，里外的人们应建立起兄弟的情谊。老弟，你看我说得对不对？”戴珠瑚连连点头表示赞同。

这时，老夫人和儿媳已把饭菜做好并端放到炕桌上，还烫了一壶酒，老哥儿俩坐在炕上边吃边接着唠。哈勒苏说：“我觉得这个事儿不能再拖了，应尽快拆掉高墙，当然，里边的人我们要区别对待。真正杀人越货的，要依法处之，圈到囚牢里。其他的全部放出来，让他们同宁古塔的土著人混住在一起。这样，大家可以彼此熟悉，互相帮助，处长了，就能够建立起感情来。另外，那些掳过来的家本不在这儿，老是愣圈着，这算什么法呀？将心比心吧，人家好好儿的一个家被拆散了，自己又没法儿生活，时间长了，能不产生仇恨吗？对这些人你看是不是这样：愿意住宁古塔的，分给土地，搭建房子，跟宁古塔人生活在一起；不愿意留下的，送点儿银两，带些路上的生活必需品，让他们回老家去。这样，这些人不仅会感激朝廷，跟朝廷一条心，将来咱们有啥事儿需要去求人家，还会慨然相助的。再说，这么做了，他们回去必会宣讲咱们的好处，于国有利。当今的朝廷，特别是汗王不也主张以德服人、不以兵威压人吗？”戴珠瑚听完哈勒苏的肺腑之言，兴奋地说：“大哥，你说得太好了！我同意大哥的建议，尽快上奏朝廷，把这些想法禀告汗王。”这样，拆掉高墙放人这件事儿算是议完了。俩人吃过饭，戴珠瑚告辞回了行辕。

长话短说。汗王接到戴珠瑚和哈勒苏二人的奏折，心里很是高兴。皇太极在未承继大统时，便主张对尚未臣服的部落以招抚为重。认为同是女真人，只是住的地方不同，对那些愿意归顺的，不要以武力压人。在努尔哈赤时期，皇太极曾多次向父汗婉言建议过。当时努尔哈赤考虑到正面的敌人是大明，如果对北方的同族部落不采取强硬办法，恐怕会酿成内乱。倘若后院儿起火，就无法对付大明了。在他晚年的时候，也觉得一味以武力压服，效果并不好，并同意皇太极的招抚主张。皇太极继位之后，对未臣服的部落，特别注意采取能招抚则尽量招抚的办法。所以，一见到宁古塔的奏章，很快加了朱批，下了谕旨，不但完全同意此种做法，而且大加赞赏。

按照汗王的谕旨，宁古塔很快拆去了西大牢的高墙，这件事在东西两街引起了极大的震动。西大牢里的人，原来像小鸟被圈在笼子里一样，不许出去，有兵丁、哨卡看着。每天出了自家的门，看到的只是堵在眼前的一面高墙，过着没有自由的囚徒生活。大墙一拆，出门不见了高墙，像鸟从笼子里飞了出来，海阔天空，任意遨游，一股憋闷在胸中的怨气，如放开的闸门，一下子倾泻而出！一个个高兴得跳哇、蹦啊、欢呼啊，有些人激动得面南背北跪在地上咣咣磕头，山呼汗王万岁、万岁、万万岁！真心诚意赞扬圣上的英明，称道宁古塔官员的恩德。他们感激汗王，也表示愿意做后金的子民。东街的老户见拆除了高墙之后，并不像原来想象得那么可怕，见了面才知道，大墙里的很多人的确是同族的兄弟姐妹。经过一段时间的接触，逐渐有了一些了解，不但不再相互猜疑，而且开始你帮我、我帮你了，还真没出啥事儿。因此，认为高墙拆得对，拆得好。有些老户见原来圈在里边的孤儿很可怜，便这家两个、那家三个地接到自家养着，波尔辰妈妈也接走了两个孩子。

事情往往就是这样，做得合情合理，顺民意，必然会得到大家的拥护，亦会有效地聚拢人心。大墙拆除后，一些从外地掳来的人，因想念家乡的老婆、孩子和亲人而不愿住在宁古塔。衙门便给了马匹、银两和生活用品，让他们回去同家人团聚。临走时，个个感恩戴德、痛哭流涕呀！向戴大人叩头谢恩不算，还一再表示：回去后，一定宣扬后金的戴天之德。如果将来有什么事儿需要我们，愿效犬马之劳！西大牢除了那些杀人越货、罪大恶极的仍被关押在牢房外，其余的人全部放了出来，顺顺当当地成为后金的子民。

这些天，哈勒苏和虽哈纳一直在为拆高墙、安置大牢里放出来的人忙碌着，根本照顾不了家里。波尔辰妈妈则天天到哈勒苏家给东海额莫诊病，还带了些草药，熬好了为其服下。在她的热心关照下，东海额莫的病一天好似一天，身子骨儿较以前强了。可能是由于心情好、精神好的关系吧，觉得病立刻减去了一大半儿。舒穆禄这些天感觉不错，比前一段好多了。妊娠反应过去了，能干点儿活儿了，能吃下饭了，体力也强壮了。肚子亦一天天大了起来，开始显怀了。波尔辰妈妈在给东海额莫诊病的同时，隔三差五地要为舒穆禄轻轻拍拍肚子两侧，查查胎位。每次查完都说："好哇，胎位正着哪！"她与哈勒苏一家不仅来往密切，还特别投缘，像一家人一样。

再说戴珠瑚自从西大墙拆除之后，看到了西街的变化，心里特别高兴。感到哈勒苏和虽哈纳无论从哪个方面讲，都是自己知心的好帮手，从心眼儿里佩服这爷儿俩。常常想："人家没念多少书，却有满肚子的韬略。讲起话来，头头是道，乃名副其实的智多星啊！待人处事又那么礼貌周到，还给我出了不少的好点子，真是能干啊，怪不得汗王那么器重呢！”暗暗庆幸多亏得到汗王的准奏，把他们要到宁古塔，这是宁古塔的福气呀！如今，戴珠瑚不管大事小情，全去找老大哥哈勒苏商量，请他帮着出主意，想办法。

虽哈纳跟随阿玛到了宁古塔之后，便担起了城守尉的重任。城守尉在当时是初设的官衔，论品级，比四品稍高，相当于三品的佐领。尽管不像将军、昂邦章京一二品大员那么显贵，总还是一个城池的头儿。满语称城头儿为“霍通依达”，管一方平安的，这是汗王皇太极对富察氏家族的封赏。因为富察氏家族为努尔哈赤打江山是出过力的，哈木都和哈勒苏的“五虎上将”皆为后金的建立立下过赫赫战功。再说，宁古塔管辖的地方大，事情又多又杂，戴珠瑚一个人根本忙不过来。所以，在戴珠瑚请求汗王恩准哈勒苏父子到宁古塔来的时候，皇太极考虑到哈勒苏的年龄大了，已是古稀之年，应颐养天年了。遂命他的儿子虽哈纳为城守尉，主要是协助戴珠瑚治理宁古塔这座北方的重镇。虽哈纳这个三品官，要比佐领管的事儿多。比如城里居民的户籍了、人们的吃喝拉撒了、城池的军事防卫以及宁古塔周围八十多个噶珊的安全了，都要由他这个城头儿来抓。当时宁古塔已有些部落佐领，虽哈纳在众佐领之上，由他协调和安排政务和军务，并统一在戴珠瑚将军的麾下。

说实在的，宁古塔当时尽管叫城，其实并没有城。只是因为所处的是军事要冲之地，才把它推到了重镇的位置，历朝历代皆很重视。且不说明朝在这里设立都司卫所，努尔哈赤起兵之后，也先后派了拉佳、兴佳两届四品官员镇守于此。到了皇太极登上汗位的时候，更是把它看作是实现后金统一大业、扼制北方罗刹进犯的前沿，选派了身边勇猛的爱将戴珠瑚统率旗务，职位要比原来的佐领高得多。当时，皇太极曾关切地对戴珠瑚说：“你先自己去，不用带家口，因为那里还有征战。”戴珠瑚这位曾经跟随皇太极征战多年的大将，知道此差事的分量，二话没说，只身来到了宁古塔。一到这里，便被军政、人口、战事等诸多事务缠身，忙得喘不过气来。虽哈纳到任后，便分担了原来归戴珠瑚管的一些事务，同样忙得脚打后脑勺儿。他要跨越崎岖的山路，在方圆五百多里的宁古塔疆域里建哨卡，修烽火台；要征集兵丁，用以招抚乌苏里江、呼尔哈河等地的女真野人，待他们归附后金，称臣纳贡；还需为后金经过宁古塔北征的部队征集粮草、马匹、车辆，提供给养，招募补充兵源。并且无论是向黑龙江进兵，还是向玛哈苏苏方向、混同江下游方向、乌苏里江诺雷方向进兵，只要路过宁古塔，都得由城守尉设法安置驻地，事儿是真多呀！何况城守尉的活儿十分零乱，又是新设的，没有完全固定的章程，只能摸索着干。这样，使得虽哈纳没工夫回家，天天领着兵丁到各地巡查。巡逻归来或处理完一大堆事儿后，晚上就住在像马架子似的城守尉衙门里。

西大墙拆除了，大家都挺高兴，也乐了一阵子，一段时间里较为平静。但是，诸事千头万绪，民族之间和各个部落之间的矛盾，短时间内是不可能完全妥善解决的，原来大墙里的一些新来户同当地老户之间时常发生一些口角和争斗。那些刚刚恢复自由的逃人，过去因为圈在大墙里，又设哨卡把守着，在八旗兵的镇压下，不敢说什么。即使不满意，也不理直气壮地争辩，只能是打掉牙往肚子里咽。现在不同了，大墙拆了，兵不看着了，是宁古塔的正丁了，同原来的老户可以平起平坐了，便开始翻起了旧日老账，陈芝麻烂谷子的事儿多了去了。他们天天跑到城守尉衙门告状："禀大人，这个房基本来是我的，被他给占了，得马上还给我！""禀大人，那块儿园田地是我的，他凭什么占用？""禀大人，我刚种出的庄稼，让他家的牛给踩了，怎么办吧？"告状之声不绝于耳。动手打架之事经常发生，今天你扯我的衣裳，明天我薅你的脖领子。过去被人欺负过的，如今要寻机报复。你不是打过我三拳吗？那好，我把你堵在旮旯儿胡同里狠狠捶巴七拳八脚。以前我卖给你一张皮子，才给一小把儿钱，占了我多少便宜呀？不行，非找回来不可，哪怕欠一碗盐，也得还！一些鸡毛蒜皮的乱账是没完没了。特别是有些人得寸进尺，勾来外面一帮人袭扰宁古塔，不仅掳走一些人畜、财物，还拆你的房子、砸你的家，给原来宁古塔的住户造成了很大的伤害。有些曾被抓来的人受过兵丁的打骂，或在脸上刺过字，文过身。这回自由了，要求必须把文痕去掉，并且得赔偿。总之，纠缠不清就来告状，那是打不完的架、告不完的状。虽哈纳常常是今天去林子里抓外来流民，明天前往噶珊平息打仗斗殴之事，后天再抓回一些外逃的重新圈起来。这些女真野人也够狠的，你不是把他放了吗？他便把过去的账一笔一笔地算到一块儿，仇一次性报。才不管某个孩子、某户人家是否得罪过他呢，反正你们都是宁古塔的人，个个都坏！于是，不管三七二十一，只要碰到机会，便把人抓走。抓去之后，那是真杀、真蹂躏、甚至活剥皮呀！死得特别惨。这些事儿，天天搅得虽哈纳心烦意乱，不得安生。

大概世上的事儿都是这样，有一利就有一弊。哈勒苏为了缓和矛盾，消除积怨，建议拆除西大牢的高墙，并取得戴珠瑚的同意，呈报了汗王。汗王认为“正合朕意”，很快恩准，下了谕旨。大墙拆了，聚拢了人心，改变了多年东西两边隔绝的状况，这是一利。弊病是长时期新老住户之间不可避免的摩擦和相互猜疑，结下了一些仇怨，已是冰冻三尺，非一日之寒。这种仇怨，并非一拆墙便能解决的。特别是没有了一墙之隔，互相见面的机会多了，必然会产生一些新的矛盾，面对面打起来、骂起来的事儿也随之增多了。若解决不了，当然又要找城守尉衙门评理，致使城守尉的事情比原来更多、更乱了。虽哈纳本是个虎将，是个善于征战的人，每天为这些乱七八糟的事儿累得急急歪歪的，吃不好饭、睡不好觉。自家新房盖好了，经过一个秋天风干得差不多了。搬家时，为了答谢邻居们的帮助，家里在欢快的鼓乐声中杀猪宰羊表示庆贺。可他呢，因为衙门里的事儿太多回不去，喜酒没喝成。自己的夫人舒穆禄的肚子一天比一天大了，快要临产了，连波尔辰妈妈每天都要过来看看，查查胎位，几天一报，总是告诉小夫人：“现在你要小心了，胎动听得很清楚，胎位正常，小家伙欢实着呢！”还耐心地向舒穆禄讲解产妇在临产前通常是怎样一种状况，目的是不让她紧张，到时候好顺利生产。东海额莫、宝尔赛老玛发则不断地叮嘱家人，做好小夫人产前的一些必要的准备，置办好这个、别忘了那个。哈勒苏高兴得更是坐不住，希望早一天在宁古塔听到自己的孙儿呱呱降世之声。全家上下皆在忙着、盼着，唯独作为丈夫的虽哈纳却无暇顾及。小两口儿老是不在一块儿，他能不惦着、不着急吗？没招儿哇，回不去呀，真是照顾不上啊！心里憋了一肚子火儿。尤其是两天前发生的一起命案，使他越发火冒三丈。

发生命案的第二天清晨，哈勒苏家的门哐啷一声被踢开了，老头儿、老太太吓了一跳！寻思这是谁呀，弄出这么大动静？仔细一看，原来竟是小儿子。心想：“他哪来的这么大火气呢？”说实在的，虽哈纳一直是很孝顺的，对老人发这么大的火儿，还是头一次。他进屋后，不问青红皂白，冲哈勒苏嚷嚷道：“阿玛，都是你爱管事儿。这下好了，管出乱子来啦！昨天夜里，四个从高墙里放出来的人，用酒肉骗杀了两个狱卒，劫走了三个重犯，还掠走了五匹马和一些财物，另有两个宁古塔人失踪了。这还不算，他们逃走时，一路上又砍伤了我们不少的骑兵。那三个重犯，全是诺雷部的贼首啊，阿玛，这事儿咋办吧？捅了个多大的娄子呀！你若不说拆高墙，戴大人不至于能这么办，我的差事或许好干些。这回可倒好，算是陷到里头了，惹来多大的麻烦呀？此事若是朝廷知道了，降下罪来，城守尉不干是小事儿，恐怕难逃牢狱之灾呀！”是啊，命犯被劫走，城守尉当然脱不了干系，你说虽哈纳能不急嘛。所以，他才火急火燎地跑回来，找阿玛吐苦水、发牢骚。

东海额莫听儿子这么一说，只觉得脑袋嗡的一声，便迷糊过去了。仆人急忙上前，连拍带叫的：“太太，你怎么了？快醒醒啊！”舒穆禄听说丈夫要有牢狱之灾，一时不知怎么办好了，急得哭了起来，家里顿时乱作一团。哈勒苏万万没想到会出这么大的事儿，心里很不是滋味。不过还好，倒比较镇静，马上对大伙儿说：“不要哭，急有啥用？祸既然是我惹出来的，由我担着，一个人去解决，决不用城守尉衙门一兵一卒！”说着，站起来穿上衣服就要走。他这是头一次受到儿子的埋怨，可并不因此而生气，因为觉得乱子确实不小，又是自己惹下的。如果逃犯追不回来，儿子要受朝廷王法的处置不说，富察氏家族也有负汗王的重任和族众的期望呀，他是真想快点儿追回逃犯，挽回损失。这时，刚刚苏醒过来的老夫人和还在痛哭的舒穆禄见哈勒苏要走，以为是被虽哈纳气糊涂了，全过来申斥虽哈纳。老夫人边哭边捶着儿子说：“虽哈纳呀，咋跟你阿玛说话呢？也不小了，还这么没深没浅的？平时不是挺细心的嘛。可千万不能让你阿玛走哇，他都多大岁数了，一旦有个三长两短，谁能担待得起呀？”舒穆禄亦不住嘴地埋怨丈夫：“你咋一进来就嚷嚷呢？有啥话不能好好儿说嘛，看把咱阿玛气成啥样儿了？阿玛要出去，出了事儿咋办？”边说边擦着眼泪。

就在屋子里闹闹吵吵的时候，戴珠瑚将军进来了。他板着脸，冲虽哈纳申斥道：“虽哈纳，你是我的属下，出了这么大的事儿，为什么不先向本将军禀报？要知道，这不是你的家事，哈勒苏提出拆除高墙的建议，那是经我同意上奏朝廷的。现在出了问题，责任在我，不关你阿玛的事儿。别忘了，你是城守尉，我是主帅。不仅不立即向主帅禀报，还回家闹，成何体统？”停了停又说：“出了这事儿，你也有错。我不管你同哈勒苏大人什么关系，按照后金的律条，罚俸银三千，戴罪即刻率五百兵卒进剿！”戴珠瑚那是是非分明，说得句句在理。尽管一个城守尉一年的俸银只有五千，一下子罚去三千，看起来挺重。可是出了大事儿不该罚吗？虽哈纳听了戴珠瑚的话，马上冷静了下来，后悔自己太莽撞了，立即叩头领命，转身退了出去。站在一旁的哈勒苏见此，对戴珠瑚说：“老弟呀，拆高墙后出了这么大的事儿，论责任，我是有份儿的。不管怎么说，那建议是我提的。虽哈纳年轻不懂事，你不要太生气了，请多多担待。罚他的俸银，命他去追剿，这都是对的。不过我有个请求，为了尽快抓回逃犯，请允许我随儿子一起去。自家原在珲春，这你是知道的。我懂得一些黑斤话，能同他们交流，接触起来方便些。再说，虽哈纳毕竟还不十分成熟，我怕他自己去，办不成反误事，这可是事关重大呀！”戴珠瑚认真考虑了一下，觉得哈勒苏说得不无道理。虽哈纳虽然是“五虎上将”之一，有征战的经验，但论计谋和办法，比不上他老子。因此，便同意了哈勒苏和虽哈纳一同前去追剿的请求。这样，家里的紧张气氛稍稍有了些许缓和。

哈勒苏送走了戴珠瑚，回头马上对家里做了些交代。他嘱咐老夫人：“你要好好儿管家，不用担心我和儿子的安全，不会有事儿的，放心吧。”然后找来宝尔赛老玛发，吩咐道：“我和小主人要出去一段时间，家里的一大摊子都交给你了。老夫人身体不好，小夫人快临产了，全靠你照顾了。遇有什么事儿，你该咋办就咋办，不必多打扰她们。”宝尔赛老玛发领命道：“请老额真放心，我一定把家里家外的事儿料理好。”哈勒苏又对全体家人说：“你们要各自保重，免得我和小主人日夜牵挂。小夫人生孩子的时候，我们或许赶不回来，只能拜托大家多辛苦了。等办完了大差，会马不停蹄往家赶的。”一切安排妥帖，哈勒苏同虽哈纳出发了。老夫人、舒穆禄，还有听到信儿赶来的波尔辰妈妈，含着眼泪随马队送出很远。戴珠瑚也骑马前来送行，并对虽哈纳说：“一路多加小心，务要照看好老将军，出了闪失拿你是问。”哈勒苏和虽哈纳请戴大人多加珍重，然后抱拳告辞，率领马队直向珲春方向飞奔而去。

话说简短。哈勒苏和虽哈纳率领马队晓行夜奔，跑了五百多里的路程，终于追上了逃犯，顺利地擒住了劫犯，缴获了掠走的马匹和财产，救回了两个被抓走的宁古塔人。经审问，这起杀害狱卒的案子才真相大白。原来那两个被杀狱卒合伙儿敲诈从高墙里放出的那四个人的财产，还无故殴打关在牢里的三个诺雷部首领，引起了众怒。被敲诈的人为了报仇，便设下酒肉，骗杀了狱卒，劫走了同族的首领。此情况向戴珠瑚大人禀报之后，引起了他的高度重视。从这个事件中，感到原来对兵丁、狱卒没有按后金律条严格进行约束，因而出现了一些贪赃枉法之事，这次便是由于狱卒敲诈财物招来了杀身之祸。看来，首先要治理内部，对所有的狱卒、兵丁、官员须从严缉查，这是避免祸乱的首要一条。还感到汗王交给的对北边各族实行招抚的重担，远远没有挑好。这不，由于狱卒动了武，才引发了诺雷部三个首领逃跑的重大事故。看似狱卒的罪过，实在是自己尽心不够啊！今后，还要百倍努力地做好汗王交办的差事才是。

前书已多次说到了宁古塔在战略上的重要性。我们说宁古塔出名，并不是因为城镇有多么漂亮。事实上，它地处东北的北边，风狂雪厚，史称为漠北、朔方、朔北、域北，是猎民渔猎之地。后金倚重这个地方，也不只是因为它的渔猎或者出什么农产品，更重要的是出于军事的需要。后金建立后，一是要向南用兵，攻打大明的军队；一是要向北出兵，因靠黑龙江、乌苏里江、呼尔哈河一带的许多部落还没有归附。宁古塔就是北征的天然重要基地，不但利于行动，而且离要征服的各个地方距离比较近，交通方便，便于控制、联络、出击、守备。后金如果不这么做，只能从苏子河、辽河，或从沈阳京师出发到黑龙江一带征战，那可是长途跋涉、远水难解近渴呀！你想啊，重兵行程千里奔袭塞北，到了地方，腿都迈不动步了，还有什么战斗力？他们要攻打的部落却是以逸待劳，很容易战胜远来的疲惫之师。远程出兵，不仅兵卒困乏不堪，物资供应也难于接济。一个兵、一匹马能背负多少东西呀？即使再能多带，哪够得上两三个月的人吃马嚼哇！

各位阿哥，你们可能想象不到，早年打仗是兵车行。前面是统兵之帅率领兵马开拔，后面跟随着运粮草、运给养的车队。当时，农业还不发达，粮食没有那么多，得吃牛、马、羊肉。这就要赶着上百头、甚至上千头的牛啊、马呀、羊啊、猪哇什么的。一路行军，战马嘶鸣，牛羊号叫，鸡鸭呼号，你说热闹不？那真是人畜齐往前奔、浩浩荡荡、烟尘滚滚哪！牲畜累死了，吃它的肉；战马弱得不能骑了，将备马选出来给兵丁骑，再把没有战斗力的军马杀掉做口粮，就这么走一路、杀一路、吃一路。可想而知，拖累如此大的队伍，行动哪能方便呢？更不要说秘密行军了。再说了，你有一个供给给养的长蛇阵，想不被发现都不行，没有办法隐蔽。除非是短途袭击，人吃饱了，马喂足了，少带点儿粮食，驰奔一宿到了。一顿烧杀抢掠，然后拨马而归。可这不是近距离的袭击，而是千里之遥的大运兵啊！因此，那时率兵打仗的统帅，最头疼的便是给养这件事。

为了能使战争取得胜利，有战略眼光的指挥者，尤其注意选择在最具有战略意义的地方建立粮草基地、兵源基地。以它为据点，使部队有了休整、站脚的地方，进而稳扎稳打。从战略上讲，即是把长途奔袭化为了短途征战。而宁古塔正是这样一个北征各个部落、扼制罗刹进犯的战略要地，也是兵勇战斗休整的理想之地。因它处在吉林乌拉以北，临近呼尔哈河，地理位置好，还有充足的兵源及方便的物资运输，既可以从陆路，又可以从水路向北、向东进军。当时，水路比旱路畅通。旱路只是一片片莽林，一座座高山，没有道路。大军只能在林子中、群山里前行，往往走不多远便碰到悬崖，根本过不去。从这山望那山，看起来挺近，可有时五六天都不能前进一步。逼得没招儿了，不得不下山涧。下山不但道不好走，而且常常是马匹摔下山崖，人畜皆亡。水路则不同，只要有大的战船，借风力加帆，或用人力拉纤，虽然走得慢些，但总能往前走。所以，还算方便。

明朝的时候，对宁古塔不算太重视。因为朝廷已在黑龙江出海口不远的特林，即明史中赫赫有名的努尔干建立了基地，设立了奴尔干都指挥使司。可这地方到明朝衰败的时候，各个土著部落纷纷自立，不听天朝管了。后金建立后，也顾及不到这儿，只能另选地方。这才从天命年间，选了宁古塔作为基地。这里从呼尔哈河入水，船只可直抵松花江，再入黑龙江，下边可以到东海，能够完全控制北边的各个部族。如果从黑龙江东行，顺乌苏里江南下，可将窝集诸部，包括诺雷、黑斤、东海乌德赫等部，都控制在自己的兵威之下。努尔哈赤先在宁古塔派了佐领镇守，即前书说到的兴佳、拉佳。传说他们是叔伯哥儿俩，属镶蓝旗人，乃宁古塔当地的人。随努尔哈赤征服了这个地方之后，遂留此镇守。到了皇太极在位的时候，后金扩展了宁古塔以北、以东的大片领土，但是那些地方的很多土著部落还没有完全归附。于是，天聪年间，皇太极下了决心，克服严重的不利进兵的自然环境，一定要北进。尽管是南讨大明、北征各部落两面作战，也要平北、平东。

图们江流域、乌苏里江流域以前臣服明朝的女真人，随着大明势力的衰微，有的带着部落、家眷、家园归附了努尔哈赤。还有不少部族群雄鼎立，各自为政，不向后金进贡，不愿受其管制，甚至分庭抗礼。其中的兀良哈部，野性很强，天马行空。族人以狩猎为生，夏天于树上巢居，冬天住在地窨子里。大明万历二十六年，努尔哈赤招抚过，未获成功。大明三十五年，派兵攻打过，亦未服输。到了天聪年间，即皇太极继承汗位时，乌苏里江流域还有很多部落没有归附后金。宁古塔地临北部，最容易受到这些部落的侵扰。天聪四年春天，兀良哈部的首领曾带领不少人侵扰过宁古塔。征服这些部落很不容易，因为他们住在深山密林之中，隐蔽性强。那里河流纵横，道路崎岖，在外面只能听到声音，见到炊烟缭绕，却看不到人。如果贸然闯进林中征剿，他们在暗处，后金兵在明处，必会遭到利箭的射杀，损失将非常惨重。从林外进去的人倘若被抓住，不仅杀掉，还要在剥皮后把尸骨挂出来示众，专给后金人看，残忍至极。更多的未归附后金的部落，是依水散居。人们根据他们的依水而居、依水而生、食鱼肉、穿鱼皮的习性，称其为“鱼皮鞑子”。这些人凶猛、剽悍，自由自在惯了，仰仗山高皇帝远，不愿受各代朝廷的管辖和约束。松花江下游、黑龙江中下游及乌苏里江一带，跨度大，地域广，约万里之遥，易守难攻。因此，很难制服生活在此地的未经开发、愚顽不化的族群。

明朝在这种情况下，采取了一个巧妙的办法，称之为羁縻之策。此话说白了，就是对他们实行笼络、怀柔、与其求和、不面对面硬打的策略。因为人家住在林子里，那可是“海阔凭鱼跃，天高任鸟飞”呀，强攻根本不行。具体措施是在那里建立羁縻卫所，卫所的头领由当地的部落长担任。授给以权，大的叫都司指挥使，小的叫千户长，均可世袭。老子死了，儿子继任；儿子死了，孙子继任。朝廷很少用兵，只是派些官员去同他们讲和，接受上缴的贡品，向部落的人提供需要的物资。卫所的头领仍然可以延续原来的生活习惯，按本民族以往的规矩来治理，只要降明、定时朝贡土产方物、不与朝廷对抗就行。当时最北边赫赫有名的卫所，是在永乐初年，于黑龙江下游恒滚河东岸的古镇特林地方建立的努尔干都指挥使司。主要是治理黑龙江，招抚黑龙江出海口之诸部。北边很多的部落逐渐归附了明朝，连有名的库页岛也未落下，并在那里建立了卫所。这个办法很是成功，北方因此稳定了很长一段时间，没有兵伐之乱。

后金建立后，一段时间内，也仿照了明代的做法。努尔哈赤时，同明代不同的是采取了恩威并施、以威为主的策略，皇太极则采用了以招抚为重、以德治之的策略。他先派出了疆场的勇将戴珠瑚，感到力量不足后，又加派哈勒苏父子到宁古塔。不是让他们以将军的威武治之，而是要继续实行招抚之策。主张人应大度，以忍以让为先。不要以怨待恶，要以让安霸，以情化心。只有这样，才能化敌为友，平抚诸部间数百年来的积怨和不间断的征战。使其同朝廷合心，自愿称臣，永远跟随后金，不会反叛。并具体指出，须一个地方一个村寨地去感化，一个人一个部落地去招抚。使那些久匿山野之人主动接受感召，自愿去出山林，心悦诚服地归附过来。皇太极是个很有头脑的人，常向部将讲："梃戮降之，却很爽心，迅捷而奏凯，然不久长焉。攻其人而难抚其心，一旦势微，劳军进伐，资财靡费而攻战不停。"就是说，用棍棒和杀戮的办法让其归降，可能很快奏效，干起来十分痛快，但这样不会长久。因为你只是制服了他的人，并未征服他的心。倘若有一天你的力量不足了，他却反了。再用兵攻打，只能是花费资财，打个不停，不能彻底解决问题。皇太极还说过，应该"以教化人，畅言皆同宗同语，兄弟手足，昔年很少言及，故不知也。令其洞彻源脉，诚心来归，纵有微势，归附者接踵而至，大块夷城迅即归附"。意思是说要以教化感动之，讲清我们本来都是女真一族，说的是同样的语言，皆为兄弟姐妹。过去因为很少讲这些事儿，所以你们对这个不知道，并不奇怪。现在应该彻底明了，我们本是同一祖宗。只有让他们知道本族的起根发蔓，才能诚心诚意地投入你的怀抱。即使势力弱了，他也不会背叛你，还会有人不断地归附。这样，便能使那些没有征服的大片土地迅速归于后金了。

再说戴珠瑚。他从骗杀狱卒事件，又想到了宁古塔的重要位置和当今汗王对北方各族采取的策略，更感到自己的责任重大。遂与哈勒苏、虽哈纳一起，认认真真地对内部进行了整饬，对外则实行了招抚政策。在他们的共同努力下，结果是事半功倍，迎来了天聪四年一个明媚的春天。宁古塔周边的许多原来不属于后金的噶珊，在宁古塔官员的真心招抚下，都主动归属了过来。当时一些比较出名的部落长，如巴扎旦、福逊、乌斯泰、隆金、特克什肯等八十余位率众归附，建立了新噶珊。戴珠瑚任命了新噶珊达，由宁古塔城守尉虽哈纳统辖。松花江部斯乌吉兄弟俩在后金德政的感召下，自愿为虽哈纳当向导，乘船从松花江北上，很快招抚了塔兰部的部落长，进而征服了这个部落。这是个很大的胜利，因为塔兰部是松花江去黑龙江的咽喉之地，将它收过来，就打开了从松花江进入黑龙江这条通道。宁古塔的形势发生了可喜的变化，管辖的疆域不断扩大，社会治安大有好转。

正在宁古塔享受着春天的喜悦的时候，从沈阳京师飞马传来了一道圣谕："赐宁古塔诸旗将领御酒十坛，赏珠玉百斛。"传旨使者还专门到富察氏家，传汗王旨意："赐年事已高、告老还乡的哈勒苏珠镶彩绣金缎锦袍一袭，授三品阿达哈番衔。"后金初期，官衔的一些等级以及赏赐，还没有正式的条文规定。一个官员到了年事已高、不能承担国家重任时，则要退下来。对告老还乡的官员，一般就是由旗署衙门给些银两，作为赏赐便完事儿了。而像哈勒苏这样能得到汗王赏赐锦袍的，是极少数。只有那些为国家辛劳一辈子、功绩卓著、受到各方面尊重和敬仰的人，才能得到价值连城的珠镶彩绣锦袍。这一点，也是女真族向汉族学来的，学汉人的“衣锦还乡”。像后来的皇帝赐给有功之臣的黄马褂儿一样，不是给你穿的，而是要供奉起来，见锦袍如见天颜，是一种莫大的殊荣。应该说，哈勒苏为后金的建立奉献了自己的全部精力，是有功之臣。到了宁古塔，又帮助戴珠瑚及儿子虽哈纳出了很多好的计谋，使宁古塔一年多来发生了不小的变化。周边各部纷纷归附，化仇敌为友善，化对立为友爱，汗王正是因此赏给了锦袍。赏赐锦袍，还意味着哈勒苏老将军受到了朝廷的恩典，不用再为国家操劳了，可以颐养天年了，并终生享有三品官的俸禄和待遇。这是哈勒苏的光荣，也是富察氏家族的荣耀啊！

这年春天，真是喜事频传，一件接着一件。五月端阳刚过三天，又传来了动人的喜讯：舒穆禄就要临产啦！

讲到这儿，说书人要多说几句。哈勒苏夫妇不是没有孙子、孙女，大儿、二儿、三儿、四儿都有孩子。可这些孙子、孙女不在二老身边，老大、老二全家在吉林乌拉，老三、老四还跟随着杨古利大人，成年见不到面。只有小儿子虽哈纳不同，媳妇舒穆禄是哈勒苏给娶的，小夫妇俩一直跟着阿玛、额莫，一起在宁古塔为汗王办差，为后金创业，从未离开过。眼下老两口儿身边马上要有孙子了，又有后人来承袭家族的事业、为富察氏扬威建功了，这是多大的慰藉、多么的幸福啊，你说他们能不高兴嘛！萨布素将军在世时，常以富察氏家族的艰难创业启示后人。他说：“倘若讲富察氏家族，不要光讲一个人。要讲一个家族，讲透、讲全、讲具体了，不能忘了咱们的族史。水有源，树有根，不管什么人，都不要忘了自己的根。”我说书人正是按照此遗训，说到将军的出生，也要讲到富察氏家族的喜悦。

闲言少叙，咱们回头再来说三棵杨的喜事儿。舒穆禄要临产的这几天，富察氏家的大院儿真是热闹啊！人们里里外外、出出进进地忙个不停。主持这件喜事儿的，可不是老夫人东海额莫，那是谁呢？大概各位阿哥猜到了，即是被人们称之为宁古塔总穆昆达的波尔辰妈妈。这个女人年轻有气魄，做事干练，体质好，从没听到喊过累。这不，她已把自家的事儿、部落的事儿、族里的事儿全托付给了别人，专门帮哈勒苏接孙子来了。她拍着胸脯保证道："你们放心，我说过了，肯定是孙子！"刚开始时，大伙儿都当笑话听。可后来架不住她总这么说呀，加上十分好奇，便急切地想验证波尔辰妈妈的预言准不准。萨大人在世时，每当说起自己出生这件事时也常讲："我下生这段故事特别有意思，大家盼啊盼，总算把我给盼来了。一降生，还真是个淘小子！"波尔辰妈妈不但会接生，而且在女人怀孕时，能预测出是男是女。东海额莫曾问波尔辰妈妈："我说老妹子，你看得准吗？"波尔辰妈妈说："这可不是吹呀，十拿九稳！我倒要问问老姐姐，你是愿意要萨里干居呢，还是愿意要哈哈济？"东海额莫回道："富察氏家族的萨里干居已经拉巴都[①]了，现在想要的是哈哈济呀！"波尔辰妈妈笑着说："那就听我的吧，儿媳妇这回一定能给你生个大胖孙子！"大家听了没有不乐的。

现在哈勒苏的全家上下都在为舒穆禄的临产忙碌着，外姓人因为同他家走动得挺熟，也都前来帮忙。家里家外的这些人中，最忙的莫过于宝尔赛老玛发了。别看他七十来岁了，腿脚还那么利索，说话像洪钟一样响亮，不停地指挥着大家干这个干那个的，把院子收拾得干干净净，还亲自在房门上挂了一副带有彩皮彩条儿的小弓箭。女真人有这么个习俗：生小孩儿前，门上单独挂布勒喀[②]的，预示着要接女孩儿；挂带有彩皮彩条儿小弓箭的，象征着要接男孩儿。宝尔赛相信波尔辰妈妈的话，这不，真的挂上了小弓箭。

这一年按后金的年号是天聪四年，按天干地支来说是庚午年，也就是女真的天马年。按女真的习俗，凡是天马年出生的孩子，要刻一匹飞翔的骏马放在产妇的厅堂里。象征着出生的孩子勇猛、顽强，将来定有一股天马精神，奔腾万里。得由谁刻呢？要由家族里德高望重、最受崇敬的人来刻。如此说来，在这个富察氏家族里，理所当然地要属哈勒苏了。哈勒苏非常高兴，兴致勃勃地到外面选好了木头，拿到屋里又是锯、又是削、又是凿的，很快刻就了一匹突呼莫林[③]。此马特别精神，四蹄飞腾，长鬃竖着，头向上扬着，小尾巴撅撅着，像要飞起来一样，既漂亮又生动。大家看了齐声儿夸赞，舒穆禄更是高兴，欣喜地把它供在了自己的厅堂。为什么要供在厅堂呢？因为骏马不单单是给大家看的，它还

① 满语：多。
② 满语：彩条。
③ 满语：骏马。

是代表神的，代表阿布卡恩都力，寓意奥都妈妈[①]和乌莫锡妈妈[②]给这个家族送来了小巴图鲁。既然是供奉，就要上香，并要摆上供品。

骏马供上之后，把从宁古塔野外采来的刚刚吐蕊的小花儿、南葫芦头折来的果松枝儿和石头甸子的香蒿枝儿、龙头崖上生长的香树枝儿、南山坡高树上的冬青枝叶，还有茯苓叶儿、五味子叶儿、百合叶儿、黄芪叶儿、茵陈叶儿以及专门到石头坑子采集的一些白芍药花蕾、花叶儿均匀地铺在产房的地上。顿时，一股清淡的幽香充满了产房，使得产妇的心情格外舒畅，好像又回到了郁郁葱葱的山野之中，这也是女真人的古俗。

北方一些民族生孩子还有一个古俗，就是要在依山傍水的地方搭建一座新帐篷。将生孩子所有必备的用品用车拉到那儿，再由亲人护送产妇到帐篷里生育儿女，之后还要住上七八天。因为那里空气新鲜，产妇心里敞亮，可以减少生孩子时的紧张和痛苦。孩子出生后，需用江水为婴儿擦身子、擦眼睛，用露水擦身上的茸毛。这样，孩子将来便可吉祥永寿。做饭、熬粥和饮用的水，全用各种野花儿榨出的汁儿，此风俗在舒穆禄生产时依然保留着。不过这次富察氏家没去野外搭建帐篷，因为他们的房子是新盖的，既宽敞又漂亮。再加上产房的地上又铺满了各种花草、香枝儿、野药，同在野外搭建的帐篷里的空气一样清新，同样能愉悦身心。新盘的土炕也变了样儿，将原来铺着的皮毡卷了起来，重新铺上了芦苇席子及香蒿、香树枝儿。香树枝儿是宁古塔的特产，枝叶本身就喷香喷香的。正像萨大人向人们讲述的那样："我出生的时候，女真人的古俗几乎全享受到了。"

一家人生存并延续下去，最重要的就是繁衍后代，衔接香火。在北方的冰天雪地里，能顺利地接生下孩子，并且大人和孩子都平平安安的，是很不易的。所以，人们把生孩子看成是件极神圣的事情，看成是神的恩赐。皆信奉神、爱神，认为人要心地善良，做好事。接生前需敬神，诸事不能得罪神明，包括孩子吃的、用的、穿的、戴的及产妇屋里的摆设和用品，都不能悖逆天道。如果有想得不周到的地方，得罪了奥都妈妈和乌莫锡妈妈，神就不愿意了，你的孩子便不能长寿。富察氏家族也不例外，那真是绞尽了脑汁，把一切该用的东西全备好了，还特别

---

① 满语：即女神。

② 满语：即子孙神。

做了郭勒敏查勒芬衣包特，即长寿袋。什么是长寿袋呢？是指为了避免产妇生孩子时受凉，用来铺在身下的垫子。这个垫子要用山里的白辛草、马兰草、雁来红、星星草、红根草等五种草编织而成，可以是方形的，也可以是椭圆形的。由谁来编呢？一般说得是产妇的娘家妈。可是，舒穆禄的母亲早已去世了，热情的波尔辰妈妈自告奋勇地承担下来。她把长寿袋编得挺厚，既保暖又有弹性。除此，还用唐古沐林皮特[①]做了马那干[②]，孩子穿上会很暖和。

为什么必须准备马那干呢？前面已经讲了，过去生孩子不在屋里，而是在野外的帐篷里。帐篷不比屋里呀，不时要有山风吹进来。因此，孩子生下后，先用江水洗了，用露水擦了，然后赶紧得用马那干包上，怕受脐带风。马那干是用多种鼠皮做成的。把灰鼠子、花鼠子等鼠类的皮剥下来后，用刀把小毛刮净，刮到相当薄的程度，再将这些皮张连缀起来。为啥一定要用百兽皮，只用一种鼠皮不行吗？不行。因为不同的鼠，毛色亦不同。这块儿是花鼠的，那块儿是松鼠的，这是五道梁的，那是三道眉的。用这些各种各样不同毛色的鼠皮缝起来的马那干，不但花色美丽，而且又薄又柔软，适宜包裹细皮嫩肉的婴儿。另外，这种皮子有个特点，特别吸水。小孩儿撒了尿，尿水很快就被皮子吸进去了。马上撤下这张，再换上另一张，把撤下来的那张拿到河水里冲一冲，晒干后下次继续用。小孩儿吃奶尿多呀，故而需要多预备几张，以便替换着用。马那干同样不是谁缝都行的，只有孩子的额莫或是姊妹、亲朋好友等最亲近的人才可以帮助缝缀和做些其他的准备，家家如此。不仅女真人这样，鄂伦春人、索伦人、达斡尔人也是这样。一个孩子的母亲，从刚怀孕时便开始忙碌，一直忙到生产。由此可见，人们对繁衍后代是非常重视的。富察氏家按照古俗，把一切全预备好了，可以说是万事齐备，只等孩子呱呱落地的那一刻了。

天聪四年，庚午年，女真的天马年，大明崇祯三年五月端阳之后的第三天，万里无云，春光明媚，白鹭鸣天。白鹭是北方特有的一种鸟，生在河边，其鸣叫之声令人赏心悦耳，同喜鹊一样，是传报喜讯的。清晨，在白鹭的叫声中，从三棵杨富察氏家的大院儿上房，传出了清脆的婴儿啼哭声，声音是那样的洪亮、有劲儿。等在门外的哈勒苏和家人以

① 满语：百兽皮。

② 满语：用来包孩子的小外衣或小包袱皮。

及本族的亲人、各姓穆昆达、亲朋好友，包括原来在西大围子里的一些新落户不少姓氏的人一听到这哭声儿，个个激动不已，长长地舒了一口气。还没等里面传报呢，众人便纷纷给哈勒苏叩头贺喜啦！

这时，只见东海额莫兴冲冲地从内堂小跑着向门外的人群奔来，乐得嘴都合不上了，瞅着哈勒苏一边大声儿喊着："萨克达额真，追儿[①]巴奇哈[②]，安巴乌勒滚！"一边忘情地扑到哈勒苏的怀里。院子里的大人、小孩儿、老少爷儿们看到老两口儿那高兴劲儿，眼角儿含着喜悦的泪花，祝贺富察氏家族喜上加喜。汗王刚刚赐给哈勒苏金缎锦袍，现在又喜添孙儿，大家能不高兴、能不乐吗？唯一遗憾的是舒穆禄的丈夫、宁古塔城守尉虽哈纳不在其中，正在离家较远的勒夫哨卡执行军务呢！不过临走时，特别嘱咐过宝尔赛："老爷爷，家里一有喜事儿，可得马上告诉我呀！"宝尔赛笑着说："小主子，你放心去吧。"这不，还没等老爷、太太吩咐呢，老玛发已飞马跑出了二十多里路，来到了勒夫哨卡，向虽哈纳禀报道："小主子，喜事儿来了，小夫人生贵子啦！"虽哈纳听罢，兴奋异常，就地蹿了三个高儿，不禁喊道："我有儿子啦，有小巴图鲁啦！"忙把军务交代给了两个骁骑校，又叮嘱了一番，然后随着老玛发飞身上马赶了回来。正当哈勒苏老两口儿急着派人要去给儿子报信儿的时候，虽哈纳已风尘仆仆地进了家门。他跳下马来，先给阿玛、额莫请了安，又同大伙儿打了招呼。东海额莫说："好了，还是快去看看你的宝贝儿子吧！"其实，虽哈纳心里急着呢，额莫的话音未落，早就几步进了屋。不大一会儿，便乐呵呵地出来了，向阿玛、额莫行大礼，又向前来道喜祝贺的乡亲们表达谢意。

波尔辰妈妈从半夜一直忙到清晨，直到把接生的事儿全办完了，安顿好小夫人睡下，这才从产房出来。富察氏家族的人赶忙迎上前，将她围在中间，异口同声地表示由衷的感谢。东海额莫拉着儿子的手走到她的面前，虽哈纳完全理解额莫的心意，整了整衣冠，恭恭敬敬地向波尔辰妈妈叩头致谢。波尔辰妈妈急忙扶起虽哈纳，认真地说："哎呀，这可使不得！怎好受你如此大礼，不是要折杀我吗？"东海额莫笑着说："使得，使得，怎么使不得？你就是我孙子的奶奶，孙子他阿玛理当磕头，有什么不应该？应该！"几句话说得波尔辰妈妈和众人都笑了。

---

① 满语：孩子。

② 满语：降生了。

正在大家互相祝福的时候，忽听传来一阵哗哗的銮铃声，随之一队人马进了富察氏家的大院儿，原来是戴大人和几位武士前来祝贺。戴珠瑚在巡视军营时，听到了富察家生子的喜讯，心中暗暗为他们高兴。待巡视结束后，立即带着几名武士到海浪河的杨树林子射猎去了。为什么呢？他想送给哈勒苏老哥哥一些新鲜的猎物。射猎归来，满面灰尘没来得及洗，直接去了富察家。戴珠瑚下了马，一位武士接过缰绳，将马拴在旁边的柱子上。哈勒苏一看戴大人来了，赶紧同老夫人、虽哈纳一起迎上前去，戴珠瑚抢先向哈勒苏、老夫人施了打千儿礼，笑着说："哈大哥、老嫂子，恭贺你们喜抱孙儿，我向全家祝福啦！老哥哥，你这房宅选得好哇，刚受了汗王的赏赐，阿布卡恩都力又赐给了贵子，是双喜临门哪！我没什么可送的，把这儿只刚打来的大雁送给你们尝尝鲜吧！"说着，回头向武士一招手，一个小拨什库[①]捧着一张大弓，另一个拨什库牵着匹马、手提着雁走了过来。哈勒苏急忙说："老弟呀，何必如此？"戴珠瑚说："老哥哥，这是人之常情，不用多说。咱们现在需要人哪，盼着你的孙儿快快长大，成为国家的栋梁之材。我呀，就按照女真人的古俗，送给未来的巴图鲁一张大弓，还有这匹喀拉莫林。"大家一看，那是一张有十几石重的大弓，那马更是一匹好马，黑鬃黑毛，像座黑铁塔。每当跑起来的时候，犹如风驰电掣一般，感觉眼前似大山推了过来，给人一种震慑力。戴珠瑚骑的便是这样一匹黑骏马，也一向喜欢黑马，显得特别威武。哈勒苏过来掐掐马嘴，看了看，口挺小，知道是一匹年轻的良驹。又摸摸马毛，光溜溜的，于是笑着对戴珠瑚说："好啊！谢谢老弟，这匹喀拉莫林正好给我的小孙儿骑。"女真人本来是马上民族，个个爱马。在他们看来，最贵重的一是儿女，二是马匹。有了马，就有了财富；有了马，就有了生存的力量；有了马，在战场上就可以有万夫不当之勇。众人见戴大人送了这么贵重的礼物，都为哈勒苏高兴。戴珠瑚风趣儿地对哈勒苏说："老哥哥，你可别小瞧了，它可是我的心爱之物，原是从外地买来的。精心饲养了几年后，长得还算不错，若是给你呀，我还舍不得呢！只能送给咱们的孙儿喽，等到五岁肯定能骑了。"一家人围着看了好半天，又连连谢了戴大人的厚礼。

哈勒苏的小孙子、未来的萨大人，真的从五岁开始便骑上了喀拉莫林。在马上练功，骑它征战，直到四十岁当了将军、离开宁古塔时，才

① 满语：职名。汉意为"督催者""催促人""领催"、小吏。

含泪让这匹陪伴了三十多年的战骑退役，这是后话。

且不说戴珠瑚同哈勒苏老哥儿俩互相寒暄、致贺、说说笑笑多么惬意，单说正在他们唠得热热乎乎的时候，外面又传来一阵銮铃声响。大家一看，马上的人是汗流浃背呀，知道这是长途跋涉而来。那么，来的是何人呢？谁都想不到，还是宝尔赛老玛发首先看清了："哎呀，是两位小主人回来啦！"这时，哈勒苏和老夫人才看出来，原来是留在吉林乌拉的大儿子倭克纳和二儿子珠和纳骑马归家了，看来是专为弟弟、弟媳祝贺的。你若问，他们远在吉林乌拉，怎么会赶得这么是时候呢？说来并不奇怪。前一阵子，老玛发宝尔赛已托人给兄弟俩捎去信儿了，说了他们的阿玛和额莫到宁古塔后，一切都挺顺利，快要搬进新房子了。还叮嘱说，小夫人五月初就要临产了，最好能回来凑凑这个热闹。哥儿俩一听，高兴还来不及，哪能不回去呢？说实在的，他们自从被留在乌拉，同阿玛、额莫已经好长时间没有见面了，能不想吗？再说小弟弟有了孩子，这是全家的大喜事儿呀，做哥哥的当然要祝贺。于是，哥儿俩便按老家人说的日子，约摸着差不多冒蒙赶了回来，也真是巧了。倭克纳、珠和纳进院儿后，见到二老即跪地叩头请安，虽哈纳赶忙上前打千儿施礼、问候。东海额莫笑容满面地一手拉着大儿子，一手拉着二儿子说："好啊，好啊，快去看看你们刚刚出生的小侄子吧！"哥儿俩进屋悄悄儿看了看，很快退了出来。东海额莫领着他们叩见了戴大人，施礼问安。戴珠瑚见哈勒苏的这两个儿子长得竟也如此剽悍、强健，很是喜欢，说了许多鼓励的话。接着，哥儿俩又一一拜谢了波尔辰妈妈以及宁古塔各姓的头人。

咱们放下倭克纳、珠和纳在家中与阿玛、额莫、弟弟、弟媳以及刚刚出生的小侄儿共度难忘欢乐的时刻、共叙天伦之乐不说，单讲新生儿到了第九天，按照女真人的礼俗，要大礼祭祀，称之为"常祭祀"。女真人讲究祭祀，无论是婚丧嫁娶还是生儿育女，都要如此。为什么呢？一个由于这次是生儿，生儿是大事儿；再一个是生孩子要带些血呀，即指有些血污的东西。有血灾，当然要进行祭祀。一般来说，较大的祭祀皆由萨满主祭。什么是萨满？就是巫师、司祭。萨满分为两种，即大萨满和二萨满。大萨满言说上过刀梯，宣称可使神灵附身，能除邪魔病患。因为总是以跳神为主要活动，所以也叫跳神萨满。二萨满又称家萨满，是主持全家族祭祀的人。初为女性，后渐被男性所取代，多由族中有声望的长者或族长担任。这次富察氏家族为新生儿出生第九天的祭祀，由哈勒苏主祭，因他本身乃家萨满。

祭祀开始，杀了三头鹿。即用杀鹿来诚谢祖先，诚谢众神灵，这叫神鹿祭，也有用猪或其他野生动物来祭祀的。为什么要杀三头鹿呢？因为要连祭三天。鹿被杀死后，将鹿头、鹿骨分别埋在院子里四个角落的墙下，鹿肉则让前来参加祭祀的人吃。吃剩下的全部撒到野外，给众牲吃。祭祀的主要活动有：首先将产妇生孩子时所用的那些已经沾上血污的东西，如垫在身底下的用五种草编织的长寿袋呀、包孩子用的马那干呀以及其他布帛等，都在神的面前一块儿烧掉。据传，这些东西若随便扔出去，神会怪罪的，容易出罗乱。接着在萨满的神鼓声中，烧一锅温水，给新生儿洗一个恩都力木克[①]澡，象征着孩子更加健康、平安。这种祭祀有三层意思：一是为了清室、净室。把生孩子使过的一些脏了的用品清理干净，使屋子更加整洁。二是为了对祖先、神灵表示承谢。因为生儿在女真人心目中，那是祖先和神灵的保佑赐给的贵子，所以要献牲。全家跪下叩头说："神灵保佑，祖先神保佑，母子平安，全家平安，吉祥万福。感谢我的祖先，我们献上牲灵，请诸神和祖先享用吧"。三是请保护本族儿孙健康的女神、子孙神、智慧神降临神堂，永远住到这个家来。在一间净室选出一个地方设神堂，供上乌莫锡妈妈、奥都妈妈、歪历妈妈[②]的神位。这一切进行完之后，全族人喝团圆酒，吃祭祀肉，一连三天的隆重家祭才算结束。

富察氏家族祭祀完毕，倭克纳和珠和纳便叩别了阿玛、额莫，回吉林乌拉了。虽哈纳送两位哥哥至百里之外，一遍遍地互道珍重，才依依不舍地分手。

自打祭祀以来，三棵杨这个新出现的富察氏大院儿，连着好些天人来人往、喜气洋洋的。波尔辰妈妈及各姓的头领、族人，同富察氏家族处得更加亲热，不仅平时走动得频繁，在祭祀的日子里，也都过来帮助劈柴、搬动粮食、清扫整理庭院，热心地忙这忙那的。哈勒苏已不用再去操劳公事了，可以颐养天年、享清福了。然而他闲不住，不是出去骑马、打猎、放鹰，就是在家织网，还去河边钓鱼，过得有滋有味。舒穆禄夫人和婆母东海额莫每天精心侍候小婴儿，从早到晚忙个不停。宁古塔现在是日趋稳定，然军务之事甚多。虽哈纳只得同戴珠瑚大人一块儿

① 满语：神水。

② 满语：即指一位满族民间祭祀的女神。

天天为后金北进黑龙江呼尔哈部、乌苏里江窝集部的军旅张罗马匹、给养，很是繁忙，仍常常不能回家。萨大人在世的时候曾回忆道："听额莫讲，由于我们家族的声望，特别是玛发哈勒苏将军在宁古塔一带又是赫赫有名之人。额莫生下我以后，一个普普通通的小孩子便受到了各方面的重视，一个用马那干包着的屎尿泡臭小子成了大家眼中的宝贝。从小到大，得到了奶奶和额莫无微不至的照顾，波尔辰妈妈对我也像亲孙子一样疼爱。可正是因为阿玛公务太忙顾不过来，爷爷、奶奶又没有及时给他们的小孙儿起个名儿，所以一岁多了，还没有名字，大家全叫我'哈哈济'。"

光阴荏苒，时光如梭，转眼到了天聪五年的夏天，即大明崇德四年，辛未年，女真天羊年，小哈哈济已经虚三岁了。这孩子长得又胖又精神，小眼珠儿滴溜乱转，总是瞅着大人笑。有时候躺在摇车里，扬着小脸儿，瞪着眼睛看着天棚板上的各种花纹儿，咿咿呀呀的，好像在吐露着自己的心声。女真人育儿习俗很多，其中有睡头一举。为了孩子将来能更好地习练马上功，包扎方法是有很多讲究的。婴儿刚出生时，多以布带儿或皮条儿捆缚臂肘、膝盖及脚踝等处，使两条胳膊紧紧挨在腿胯上，两只小脚丫、大腿、小腿贴在一起，双腿双脚绷直。这样，腿臂不至于弯曲，走起路来不会八字脚。头枕在装满小米的枕头上，仰卧时间长了，后脑勺儿平直而不凸出，长大了戴凉帽或皮帽子不至于撅着。北方的冬天冷啊，帽耳朵常常系在下巴颏儿底下，脖梗子露在外头。只有睡成扁头，戴上帽子才不容易掉下来，而且端正、好看。东海额莫的"五虎上将"全是如此保育的，她同舒穆禄一起，对自己的小孙儿亦是这样精心照护的。哈勒苏常常嘱咐老伴儿和儿媳："你们务要用心培养我的喔莫罗，不能出差错，将来也让他成为一员武将。"老夫人说："你不用惦着了，我能不知道嘛，咱们的那几个儿子哪个不是武将？"正如俗话所说，小孩儿有如豆芽菜，一天一个样儿。小哈哈济在大家的关爱下，长得一天比一天精神、壮实，很是招人喜欢，不论谁看见了都想抱一抱、亲一亲。特别是全家没有一个不疼爱的，谁回来先得到孩子屋里搭一眼、逗一逗，若不看上几眼，像缺点儿什么似的，日子就这么平静、安宁地一天天度过。

天聪五年，宁古塔发生了一个重要的变故，戴珠瑚将军刚把夫人接来，便奉旨调回沈阳，随同舒尔哈齐的第六子济尔哈朗贝勒等出征松山、杏山的明将洪承畴、祖大寿。此役声势很大，参战人马众多，打得异常激烈。不幸的是在一次对阵中，戴珠瑚身中数箭，受了重伤，不久因失血过多而前敌殒命，未能再返回故地。汗王又派了一员战将吴巴海巴图鲁来到宁古塔，接替戴珠瑚的遗职。受命之前，吴巴海巴图鲁正率兵攻打松花江下游的呼尔哈部。取得胜利后，汗王命其驻扎吉林乌拉休整，过些日子再回沈阳。还没等回沈阳呢，突然接到圣旨，任他为驻防宁古塔梅勒章京，速速前去镇守。

说起吴巴海，那也是后金赫赫有名的大将军。他是正蓝旗人，原为参将，长期跟随皇太极。在攻打宁远、奔袭敖木伦、察哈尔、永平、滦州的各役中，屡立战功。曾在激烈的迅猛冲杀中，身中四箭不下马，带箭拼命追赶逃敌，生擒明军游击陈守仁和八十余名官兵。战后，被授予巴图鲁封号。有的史书上曾这样描述和介绍吴巴海巴图鲁的豪气："吴巴海中箭如刺，敌惧之，视若神，跪下降。命拔箭，不及，又自拔箭，不知疼，神勇也。"意思是说四支箭扎在吴巴海的身上，就像刺猬一样，却没在乎，照样在后面追赶着逃敌。敌人惊恐万状，将他看成是神人，已被吓破胆的八十余名官兵立马跪地投降了。这时候，吴巴海才命人给他拔箭。又嫌拔得太慢，自己还动手拔，不怕疼，实在是勇武可嘉。吴巴海巴图鲁的确了不起，不仅战功卓著，政绩也很显赫。在战场上，骁勇有智谋；在办差中，身体力行，精明干练，大刀阔斧，雷厉风行，其风度远远超过沉稳持重的戴珠瑚。于宁古塔任上的七年，勤于政务，治理有方，各族百姓无不钦佩，汗王多次给予褒奖，这是后话。

吴巴海巴图鲁到宁古塔就任之后，我们且不说他督检城内的治安、巡视各哨卡、驿站及兵勇的调动和为国忠勤情况，单讲所办的几件大事。

第一件事儿是上任不久，便推行了于乌拉行之有效的"计丁授田"策略。所谓"计丁授田"，就是先查清当地有多少男丁、多少女人，有多少是能干活儿的。然后按计丁人数及个人情况，分给一定数量的土地，让百姓除了狩猎之外，还要搞好农耕。这样，既可使人心稳定，有衣食之安，又有田产和收获，遇荒年不慌，促进了经济的发展。应该说，吴巴海是位很有建树的将军。在当时的那种情况下，实行计丁授田是十分及时、非常必要的，是个很重要的决策。后金天聪年间，皇太极虽然是这样主张的，但都属于试行、创新，并无定制。后来在顺治、康熙年间，才形成朝廷的制度，并在更大的范围内开展。

第二件事儿是在坚持渔猎、奖励农耕的同时，提倡保护耕牛。由于女真人过去都是以渔猎为主，很少耕稼，自然养牛甚少，也不重视。养些牛的目的，只是杀后用来祭祀，汉族亦有杀乌牛、白马以做祭祀的说法。现在要发展农业，吴巴海就此提出不要滥宰耕牛，祭祀可用其他牲畜，如猪、羊等。要保护牛，把它用于农耕，或者用于挽力。这样，便大大地改变了以前的旧风。这个大胆的倡议影响不小，深得汗王皇太极的赞许，并于崇德年间颁旨令行。

第三件事儿是修建了宁古塔石城。前书我们说过，名曰宁古塔城，实则无城。正像哈勒苏父子刚来时所看到的，这里只是一个住房分散的破乱不堪的大屯落而已。吴巴海巴图鲁到此驻守后，感到宁古塔乃北地要冲，其名声源远流长。然而至今却仍袭荒塞，实在是有泯其名，遂书写奏折上疏朝廷，请求在这里建城固守。疏文中有这么几句话谈得很是鞭辟入理："宁古塔如有石城可据，敌不可轻入。否则，这样一个一水三山之境，一朝敌来，便会如入无人之境，此乃兵家之大忌。"他的直言上疏，汗王很快谕批奏准，并分拨了建城的银两。于是，从天聪六年秋天开始便组织力量，依宁古塔地势，在海浪河南岸建起了一座石城，这就是史书说到的宁古塔旧城。此城"城高一丈余，周围一里，东西各一门；城外边墙周围五里有余，四面四门"。建城工程从设计、备料、制图以及用人等项，皆由吴巴海巴图鲁亲定，并自任监造人，统管各项事宜。虽哈纳作为城守尉，也是筑城的总管之一，协助吴巴海巴图鲁组织差役、管理城工等，为此项工程出了不少力，做出了贡献。为什么要用石头搭建呢？因为这里山高，石头多，容易取材，以石代泥筑起的城墙坚固。这座有史以来最早的宁古塔石城，于天聪七年春天建成，威严矗立于海浪河南岸的龙头山下。城虽然不大，却改变了宁古塔的一个历史。使之从此有了规模，边框四至，颇有气势，看起来十分规整。城民也因有城墙护卫而感到安全、光彩，颇为自豪，一时轰动了北疆。宁古塔石城早已载入了史册，令人不能不怀念、不讴歌吴巴海巴图鲁的功绩！

当然，吴巴海巴图鲁赴宁古塔上任并非单枪匹马，一块儿来的有其亲信部将，后来都是比较出名的人。一个是他的亲随、当时的参将钟五戴，是位勇敢、有智谋的战将，也是吴巴海巴图鲁身边的智多星。在与吴巴海办差过程中，出了不少好主意，可以说是位好帮手、好朋友。钟五戴的名字，不同的地方叫法亦不同。有的地方叫他为珠木太，在《萨大人传》里常讲的正蓝旗人珠木太，即是此人。随来的还有一个人，这就是哈勒苏、虽哈纳的好友、原任吉林乌拉城守尉的瓦岱。他在吉林乌拉有了新的城守尉之后，专管打牲乌拉事宜。随着年龄一年比一年大，身体又不太好，便退了下来。吴巴海巴图鲁在吉林乌拉休整那段时间，俩人相处得很熟。当瓦岱得知吴巴海要去宁古塔镇守时，马上与他商量道："吴大人，能不能带我一起去宁古塔？很想晚年就在那儿度过。再说，哈勒苏将军和他的儿子虽哈纳我也认识，能到一起该多好啊！您看怎么样，成不成？"吴巴海知道瓦岱很能干，为人忠厚，当即同意带他一起去宁古塔。瓦岱来后，帮吴巴海做了许多事儿，跟着一块儿修城、办差。天聪七年春，索性把家也搬到了宁古塔，实现了自己向哈勒苏许下的夙愿。

吴巴海早就仰慕哈勒苏的大名，何况都是皇太极的部下，又听说他治理吉林乌拉立了大功。因此到任后，立马领着钟五戴、瓦岱拜访了哈勒苏。在此后的办理宁古塔诸项事务的过程中，尤其是建石城的倡议，均征求了哈勒苏的意见。哈勒苏尽管没有亲自参加石城的建设，却真心实意地帮了不少忙，并为其出谋划策。吴巴海说过："筑城屯兵这件事之所以能在不到一年的时间内完成，毫无疑问，有哈勒苏老将军的功劳。"吴巴海对虽哈纳也很关照。到宁古塔后，特意让钟五戴参将兼任副城守尉，以帮助虽哈纳做好承担的差事，减轻了他的压力。

这里说书人要向各位阿哥说明的是，虽哈纳奉旨任宁古塔城守尉时，宁古塔并没有城，无城可守。他所承担之事，多由戴珠瑚交办，如办理哨卡、驿站、噶珊、户籍等。因此，虽哈纳任宁古塔城守尉一事在历史上没有写到，也很少有人知道。然汗王下过的圣谕，在富察氏的家谱里确有记载。

天聪六年，是富察氏家族最难以承受的一年。据萨大人在世时回忆，从天聪五年春天起，东海额莫的病势一天比一天沉重，虽多方求医问药，仍无济于事。她是积劳成疾呀，早就病病歪歪的。来到宁古塔后，因为有波尔辰妈妈精心调理，又服了一些草药，病情有些好转。再加上那两年喜事一件连着一件，盖新房子、哈勒苏受汗王的封赏，特别是儿媳舒穆禄又给生了个可爱的孙儿，这些都使她精神振奋、乐不可支。人的精神好，心胸开朗，有病也能支持。可到了天聪六年春天便病倒了，再没能起来。初秋的七月中旬，竟与世长辞了，享年七十有五。

东海额莫的去世，乃富察氏家族最大的悲痛。哈勒苏实在是难以忍受失去老夫人对他精神上的打击，恸哭欲绝，虽哈纳和舒穆禄边哭边安慰着老阿玛要保重身体。认识东海额莫的宁古塔老少爷儿们无不悲伤流泪，波尔辰妈妈更是号啕不止，哭诉道：“老姐姐，你是那么的慈祥、与人为善，真像是我们的亲娘、亲祖母一样呀，怎的就忍心离开了呢？大家都舍不得你走哇！”东海额莫临终前，对老伴儿哈勒苏说：“我生在东海窝集部，从小没有见过阿玛、额莫的面，后来被大军掳到赫图阿拉，才走进了你的家。没想到这竟是今生之幸啊，是精神上最大的安慰，知足了。已经没有多少时间了，不能再陪伴你了，这是让我最难以瞑目的，没陪够哇！好在看到了咱们的小孙儿，心里感到快慰不少。希望孙儿更加精神、壮实，尔等自重珍爱，勿使我念。哈勒苏啊，我始终思念故乡窝集部，多想能再看看童年生活过的地方，看看父母待过的地方。可是已经没有机会了，回不了那儿了，是朦胧而来、朦胧而去呀！请求你在我去了以后，就埋在龙头山上吧，也好能远望东海的故乡啊！”老夫人说完便闭上了眼睛，安详地走了。全家人遵照东海额莫的遗嘱，将她头向东南葬在了龙头山。葬礼那天，举家致哀，波尔辰妈妈和所有认识东海额莫的人皆前来为其送行，一路上，那是哭声震天哪！

萨大人在世时，曾深情地回忆说：“奶奶走的时候，我还是一个不懂事的小哈哈济，根本记不得老人家的音容笑貌，真是终生的遗憾哪！但我知道，是奶奶把孙儿接到了人世间，她爱我，当宝贝一样疼我，会永远活在我的心里，这辈子都不能忘怀。奶奶走后，我就成了爷爷、阿玛、额莫最大的慰藉了。当时大家经常说的只有两句话：一句是龙头山，一句是小哈哈济；一个是走了的奶奶，一个是又胖又招人喜欢的我。大人们每天走出家门，望着前面的龙头山，好像见到了东海额莫站在那里，眺望着东海的故乡，向他们微笑。回到家里，便能听到小哈哈济咿呀学语的声音，像在唱歌，又像在玩儿。每当见到我在摇车里扔胳膊撂腿儿、手舞足蹈的样子时，会开心得大笑起来，给他们带来不少的乐趣与安慰。特别是爷爷哈勒苏，尽量克制自己，抑住眼泪，把全部的心血、全部的爱，都灌输在小孙子身上了，成了他唯一的寄托。每次从外面回来，总是坐在我的身边，轻轻地推着摇车，欣喜地看着孙儿的一举一动，不住嘴地念叨着要好好儿睡觉，不要哭闹。只要见了我，脸上的愁容全没了，而是堆满了笑意，忘却了一切疲劳。额莫舒穆禄夫人出身于武将世家，喜欢良驹，也愿意骑马。从怀孕到生我的这段时间里，一直没有摸过马。后来终于又能骑了，便将我用皮子包好，放在奶奶在我没出世前用桦树皮做成的斜形小摇车里。然后再用皮条儿捆住，背在她的后背上，一同跨马驰骋。不管跑得多快，我都十分安稳，一点儿不觉得蹿跶，还能在摇车里睡觉。有时额莫背着我骑马到龙头山上，在奶奶的坟前转转，向她老人家说几句心里话。阿玛也非常关心我，大概是为了能让他的儿子从小得到锻炼，常常背着我飞马去哨卡或到野外狩猎。可以说，从三岁到五岁的三年时间里，我是在额莫和阿玛的马背上逐渐长大的。”

萨布素从降生到十五六岁的这十几年，正是后金的重要历史转折时期。要想说清这个转折，我们还得从后金的政体变化谈起。

前书讲过，先汗努尔哈赤共有十六个儿子，先后皆由贝子封为贝勒。虽说都是贝勒，但势力并不均等。努尔哈赤所建之后金，实际上是一个封建王国，八旗旗主们等于各踞一方的诸侯，共治国政。金汗乃八旗推选出来的共主，唯独有实力者可居之。八旗旗主之中，力量不尽相同，尤以代善——努尔哈赤的二儿子、阿敏——努尔哈赤之弟舒尔哈齐之长子、莽古尔泰——努尔哈赤的五儿子、皇太极——努尔哈赤的八儿子势力最大，比别的旗主高出一筹，并称为和硕贝勒。国中称代善为大贝勒，阿敏为二贝勒，莽古尔泰为三贝勒，皇太极为四贝勒。前书我们说到的代善为大贝勒，就是按和硕贝勒的顺序而称之。要按努尔哈赤所生之子，褚英才是老大。说皇太极为四贝勒也是如此，按兄弟排列他是老八，应称为八贝勒。

努尔哈赤死后，这四大贝勒都有自立的想法。唯迫于对明交战，不得不暂息内讧，皇太极在代善父子的拥戴下，承继了汗位。代善、阿敏、莽古尔泰俱以兄行列座，同受朝拜。他们对皇太极可以不尽臣礼，说白了，仍是四大贝勒合议体制。皇太极继汗位后，为名分之首领，其势力自然较之其他贝勒的扩展要容易一些，以他的英明之才，从事于安内攘外。不到十年，南下朝鲜，西荡蒙古，屡挫明朝之师。对外武力，远超前代；对内审时度势，不断变革。为加强君权，逐步废除三大贝勒轮值制，将其逐个幽禁或贬斥。增设“八大臣”“十六大臣”共同议政，削弱八旗王势力。天聪五年，设六部，自领正黄、镶黄、正蓝三旗，扩大军事实力。天聪九年，随着女真诸部的统一和八旗制度的完善，皇太极下旨废除旧有族名“珠申”，即女真，定族名为“满洲”。他在谕旨中曰：“我国原有满洲、哈达、乌拉、叶赫、辉发等名，向者无知之人，往往称为珠申。夫珠申之号，乃席北超墨尔根之裔，实与我国无涉。我国建号满洲统绪绵远，相传奕世。自今以后，一切人等，统称我满洲原名，不得沿袭他称。”这道谕旨的颁布，标志着满族共同体正式形成。

天聪十年三月，外藩蒙古十六部四十九贝勒、都元帅孔有德等，以请称尊号来朝。四月十八日，大贝勒代善及诸贝勒文武群臣又共同上表劝进，要皇太极当皇上。表文曰：“诸贝勒大臣文武各官及外藩诸贝勒，恭维皇上承天眷佑，应运而兴，当天下混乱之时，修德礼天，逆者威之以兵，顺者抚之以德，宽温之誉，施及万方。征服朝鲜，混一蒙古，更获玉玺，内外化成，上合天意，下协舆情。以是臣等仰体天心，敬上尊号，一切仪物，俱已完备，伏头赐俞允，勿虚众望。”其实皇太极早有此心，不过总要推辞一番，最后则表示：“尔等合辞劝进，至再至三，恐上无以当天心，下无以孚民志，故未俞允。今重违尔等意，坚辞不获，勉从众议，既受尊号，当益加惕厉，惟天佑助之。”于是，十四日己酉时刻，皇太极率诸贝勒大臣，祭告天地，乃受“宽温仁圣皇帝”尊号，建国号大清，改元为崇德元年。于盛京城东营建太庙，遣官祭告，上太祖努尔哈赤尊谥曰：“承天广运圣德神功肇纪立极仁孝武皇帝”。皇太极亲率诸贝勒大臣到太庙祭告，在祝文中曰：“臣以明人尚为敌国，不可遽称尊号，固辞不获，勉徇群请，践天子位。”又一次表白了他是在大家的一再推举之下，才同意做了皇帝的，并追封功臣费英东为直义公，额亦都为宏毅公，配享太庙。十六日颁诏大赦，群臣上表称贺。二十六日，叙功册封大贝勒代善为和硕礼亲王，济尔哈朗为和硕郑亲王，多尔衮为和硕睿亲王，多铎为和硕豫亲王，豪格为和硕肃亲王，岳托为和硕成亲王，阿济格以下为郡王贝勒，部下各官亦论功升赏。就这样，皇太极做了满洲的第一个皇帝，大清建国事业从此开端。聪颖机敏的萨布素便是在这个历史时期成长、认知，在摇篮里、马背上度过了童年，成为一个英俊少年。

萨布素的少年时期，适逢大清开国之初，人心向上。做父母的没有一个不希望自己的孩子从小受到锻炼，有健壮的体魄，有熟练的骑术和高超的武艺，以待效命朝廷，干一番光宗耀祖的事业。谁家的老人都望子成龙，孩子们也想走这条路，特别是武将之家，代代如此。俗话说：十年树木，百年树人。一个孩了的成长以及品德、能耐的形成，环境当然有一定的影响，然而最重要的是离不开长辈的教诲。小树经打枝，才能长直长壮；老鹰教小鹰，小鹰才能展翅高飞；母鹿带小鹿，小鹿才能机灵善跑。孩子要成人，当受“鲤庭之训”。

什么叫“鲤庭之训”呢？这是出自《论语·季氏》中的一个典故，

是讲孔子教训儿子的事儿。"鲤"是孔子的小儿子，也叫百余。"鲤庭"就是孔子教训儿子、增长知识的地方，后来引申过来，即是指善于聆听父亲的教诲。书中说："尝独立，鲤趋而过庭。曰：'学诗乎？'对曰：'未也。''不学诗，无以言。'鲤退而学诗。他日，又独立，鲤趋而过庭。曰：'学礼乎？'对曰：'未也。''不学礼，无以立。'鲤退而学礼。"正是在孔子的教训之下，他的儿子鲤后来成为一代名士。诗人刘禹锡在《酬郑州权舍人见寄》诗中曰："鲤庭传事业，鸡树遂翱翔。"王勃在《滕王阁序》中曰："他日趋庭，叨陪鲤对；今晨捧袂，喜托龙门。"一代诗圣杜甫在《登兖州城楼》诗中，也赞扬"鲤庭"之举曰："东郡趋庭日，南楼纵目初。"

萨布素在回忆童年时曾说过，他从小接受了严格的家教，对身心成长影响最大的有四个人，并以这几个人为楷模，以他们的力量为自己的力量，以他们的形象为自己兢兢业业、忠心报国的一种勇气和毅力。

一是额莫舒穆禄。她美貌、贤惠，生活节俭，善于骑射，武艺超群，是一位慈母。

二是严父虽哈纳。他常向年幼的萨布素讲："咱们家族代代是武将，不窝囊，不软弱。记住，不许有愧于将门之后，骨头要硬。应当有股冲劲儿、勇劲儿，努力发扬富察氏家族的家风，以武风铸魂。"在萨布素六岁时，虽哈纳还特意给做了张小弓，让他练习弯弓射箭。十二三岁时，便能随父狩猎了。后来萨布素将军在父亲的墓志铭中写道："倜傥负奇，老诚垂范，鲤庭授传家之训。"萨布素自幼受"鲤庭之训"，后来常用这个词来说明自己因有严格的家教才成为一代将军的。

三是爷爷哈勒苏。萨布素每当说起自己的爷爷，总是感到特别自豪，因为爷爷是在他的成长过程中影响最大、终生难忘的一位老人。哈勒苏是哈木都将军的小儿子、虽哈纳的父亲、萨布素的爷爷，在富察氏家族发展的历程中，起着承前启后、继往开来的重要作用。为人正直、善良、刚直不阿，深得汗王皇太极的赏识，是身边的爱将、挚友。他治政有法，治家有方，平时有句口头禅："虎崽，生在虎窝里。"家即是虎窝，儿孙们即是虎崽儿。就是说在虎窝里养大的虎崽儿，应该是虎虎有生气，有虎劲儿、猛劲儿、勇劲儿，还要有韧劲儿。东海额莫在世时，哈勒苏常对她说："我们家的孩子，个个要锻炼得像小老虎一样，长大才能冲锋陷阵，为朝廷效力。"说起来，他培养的那五个儿子，即倭克纳、珠和纳、依成额、都克山、虽哈纳，在统一女真各部的大仗里，皆很勇猛。皇太极也主张女真的古风应传袭不衰，要教育子弟，训练勇敢善战的本领，曾称道“哈勒苏家虎虎有威”。人们把哈勒苏的这五个儿子，亦称为“五虎上将”。

虎将的虎气不是一说就有了，需要大人手把手地教，孩子还得肯于吃苦方能练出来，而且必须从小做起。东海额莫常心疼孩子，那是自己身上掉下来的肉啊，能不疼吗？孩子那么小，才三四岁便把身子一掀，疼得哇哇直哭。可一见到哈勒苏，吓得马上憋回去了，话也不敢说了，东海额莫总是含着眼泪看着孩子。一次，年幼的依成额，即哈勒苏的三儿子练骑术，没承想一下子从马上掉了下来，当即摔昏过去了。东海额莫抱着人事不省的儿子，难过得眼泪像断了线的珠子直往下掉，两天没吃下饭。哈勒苏却说：“哭什么？没关系，不要怕，能活就活，不能活就扔，孩子只能这样练。虎窝里的虎崽儿，应当是老虎，不能是狗熊！”他的五个儿子，正是在哈勒苏的耳提面命严教下，练出了“尚武精神”。

哈勒苏的好友、皇太极身边的爱将杨古利知道老哥哥的性格，曾将一块在天命元年打仗时，从明将手里掠来的上写“尚武”二字的铜匾赠给他。这块匾不大，很好看，“尚武”两个字是由大明辽东名士舒越题写的，哈勒苏特别喜欢，将它悬挂在自家的门楣之上。后来由于随汗王东征西杀，转战南北，家随之经常搬动，不知怎么把这块匾弄丢了。哈勒苏为此几天吃不下饭，酒也没心思喝了，并对杨古利大将说：“你送给的那块匾，我真是太喜欢了，可惜给丢了。”杨古利说：“没就没了吧，其实你本身深藏着‘尚武’二字，这种精神早已刻在老哥哥心里啦！”哈勒苏确实是继承了女真古风，主张“尚武精神”。满族及其先世都是马上民族，个个弓箭娴熟，马上功夫过硬，这就是“尚武精神”的具体表现。哈勒苏本人不仅体现了这种精神，还要求后代具备这种精神，甚至家里挂的一些字画，多数也与虎有关。据萨大人回忆，记得最清楚的一幅画儿是皓月当空，一只猛虎窜出山林，题款为“虎啸山林”。此画儿充分显示了一种虎虎生威的英雄气概，亦是富察氏家族的家风、传统。萨大人常说：“我生于将门的严父慈母之家，得到了得天独厚的特殊栽培，受到了严格的家教，使得自幼有一种‘尚武精神’。”很显然，萨布素受到的“鲤庭之训”，便是贯彻了这种精神。

说书人讲的这些，各位阿哥和后代的族人不一定十分清楚。现在说来，咱们的生活比以前要好上百倍，宽松多了。但对子孙的要求却赶不上先人那么严格，多是疼爱重于严教，这就违背了富察氏的家风。过去是只有严教，孩子才能得到真正的疼爱，才能成为栋梁之材，也才能光宗耀祖。所以，哈勒苏对孩子不只是疼爱，更重要的是严教，渐渐成为一种家风。萨大人在回忆“鲤庭之训”时常讲，小时候我额莫、后来成为老夫人的舒穆禄曾说过：“孩子，你是吃了不少苦、遭了不少罪才有今天哪！”并要求萨布素也要继续这样做，以教育好自己的子孙。

第四位对萨布素影响较大的长者，既不是富察氏家族的成员，也不是满洲人，而是汉人，姓周、名顺、字子正，是萨布素童年时偶然邂逅的一位恩师。至于怎样得遇的恩师，我们暂且不表，还是先来具体说说萨布素从幼儿至少年在习练武功的过程中，受到了哪些家教、过了几道关坎儿吧。

第一道是身魄关，即身关和魄关，又称儿功或童子功。女真人是以骑射为特征的，尤其是武士之家、将门之后必须得过这一关。要有一身高超的骑射本领，有一副适宜练武、打斗的筋骨，不仅为了拼争，也为了生存。因此，孩子从小要练就一套马上功夫。马上功不单纯是练身体的灵巧和动作的熟练程度，更不是让马站在那儿，你在它身上表演。而是马的四蹄尥开，在飞速地跑动颠簸中，人在马上做出各种抵御或进攻的动作。练就这套本领，是非常不易的。因为马身上的面积不大，只是从前鬃到后屁股中间那么一个很小的活动空间，身上既光又圆，何况有的根本不放鞍韂。唯有掌握一套高超的驭马之术，像粘在马身上一样，任其自由驰骋，才能符合战争、捕猎、征杀、生存的需要。如果功夫练得不到家，有可能在转瞬间败北甚至丧失生命。故而，人们常讲，强中还有强中手，必须得强，不强便是死亡，成为终生的遗憾。怎么办？务要从小练习马上功。若想练好此功，不是先练技巧，而是首先得具备骑马的体形。体形有了，才可能正确地练出各种姿势。那么，怎样做才能具备这骑马的体形呢？这就回到了刚刚提到要过的身魄关。

前书我们说过，女真人育婴是有传统习俗的，十分讲究。他们主张从襁褓时开始培养，事在早，不宜晚。此话已成为家家的座右铭，互相比着做。常能听到妇女们在一起唠：“你们家孩子的儿功怎么样了？”“哎呀，还不行啊，孩子太娇，哭得厉害。”“可不能怕他哭哇，哭也得练，千万别心疼。现在要是心疼他，将来就该后悔了。”各位阿哥，你们可知道这是怎么回事儿吗？说书人在这里详细地介绍一下身关和魄关是如何练就的。

襁褓中的婴儿只知吃奶、拉屎、撒尿，其他什么都不懂。然而却能慢慢感知周围的环境，熟悉额莫，进而认识身边的人。小孩儿的骨头又细又软，像春天的柳枝儿一样，柔韧性好，并且是在成长之中。这时，可以根据身体的素质、体形以及发育情况因体施教，随着体形慢慢地摵，让他渐渐习惯，使骨骼按照成人的要求长。不能硬来，更不能揠苗助长，那样的话，孩子容易受伤。还要用皮条儿或布带儿捆绑婴儿的不同部位，不能缠得太紧，太紧容易畸形。也不能缠得太松，太松等于没缠，不起作用。对身上、背部、腰部、臂部和上下肢，捆绑的形态、松紧度不一样，从出生到一岁半或两岁，包括在摇车中皆如此。只有这样，孩子长大后，躯体的骨骼才会长得直，双腿胫骨不至于弯曲，肩、臂、腰三直相并，臀部到腿成斜线形，看起来体形很好看，此即为要过的身关。

再一个是魄关，即体魄、气魄。说简单点儿，则是小孩儿的心情。你把他缠得紧了、痛了，肯定要哭叫。你一心疼，哎呀，那快解开吧，这不行。要让他慢慢习惯，不至于见到这样做就害怕。还不能使小孩儿麻木不仁，时间虽一天天过去了，但总是没什么变化，你不知道应该是重捆还是轻捆。小孩儿到三四岁时，稍微懂事儿了，对事物的反应也敏感了，大人开始多注意培养他的魄力了。要有气魄，不害怕，而且让他喜欢这样做。变成一种自觉行动，培养一种精神，即“尚武精神”，这便是“魄”。这些事情多由额莫来做，因此，做母亲的必须懂武功。只有懂得，才知道怎样训教自己的孩子。有了这种体形和这种精神了，可以练二功了。

第二关是弓关。弓箭，是过去的主要兵器之一；射箭，是女真人的强项，自古以射猎为先。所说的“北方骑射”，“骑”是骑马，“射”是射箭，箭术是满洲先世传统的体育活动，也是个传统的竞技项目。辽金以来，便在部族中倡行箭法和箭术，荐选首领或精英，没有不是以骑射、特别是箭术评高下的。一个人将来是否能成为冲锋陷阵的武将，或者至少成为骁骑校、武士，首先要比骑马和射箭。若过不了弓关，则不能在旗下为武，这点非常重要。所以，各家对此都很重视，孩子五六岁时，就开始练习射箭。

首先要让孩子认识弓箭。弓杆儿是用柞木、桦木或竹子做成的，弓弦用的材料不同，性能也不一样，握力、推进力亦不尽相同。有鬃丝弓，就是用几股儿马鬃或马尾拧成的绳儿。弓弦绷力强，发韧，发刚。小孩儿刚开始一般不用这种弓弦，因为弓太硬，拉不动。也有皮条弓，是先把牛皮、豹皮、熊皮削成细条儿，再把一层或两层皮条儿编在一起，成为绳儿。由于它的弹性较弱，容易拉动，后坐力不大，故而小孩儿初练多用皮条弓弦。还有绳弓。秋天时，把苘麻或野麻割回来，浸于水中沤烂，扒出麻坯。砸软以后，用纺车纺成绳儿。此种绳儿做成的弓弦韧性强，反弹力大。力气大的，绳儿可粗些；力气小的，绳儿可细些。强弓拉圆再放箭，力量极强，能射穿黑熊的肚子，年龄稍大的孩子都用绳弓锻炼臂力和腕力。

萨布素从五六岁始练绳弓，并随年龄的增长，弓弦逐渐加粗。拉弓射箭，有了臂力，还要射得准。聪明伶俐、勤奋好学的萨布素在长辈的指导下，进步很快，是宁古塔众儿童中出类拔萃的一个。六七岁时，常同小伙伴儿们做射箭的游戏。这种游戏很有趣儿，每人出箭两支，捆在一起，竖放于三十步之外。然后用划拳或闭眼睛猜石子的方法排先后顺序，依次射之，看每人能射中几箭。射中多者为胜，那摆在前面的一小捆儿箭便归他了。要知道，做一支箭可不那么容易呀！先到林子里选合适的柳条儿，再将它刮得光光的，后头插上小羽毛。箭头儿是硬木的，放在油锅里炸一下，木头会更加坚硬。然后在石头上磨光，绑在箭杆儿上，这支箭就算做成了，完全可以射鸟、兔子等一些小动物。所以，尽管是游戏，孩子们也很认真，并以此为乐。然而，每次比赛，萨布素常常是最后的赢家。

萨布素还记得，在他八九岁的时候，爷爷用木头刻了一只可爱的小兔子，两只大耳朵翘翘着，放在草棵子里像活的一样。一次，爷爷领他到野外，把事先刻好的小兔子悄悄放在草丛里，然后问道："萨布素，你看那是什么？"他当时真以为是只活兔子呢，马上回道："是古勒马浑①。"爷爷说："那好，你就在这里射那只兔子。"萨布素拿起箭，嘣的一声，一箭果然中的。待兴奋地跑到跟前一看，才知道原来是只爷爷刻的木兔子，开心得边笑边躺在草地上打起滚儿来。

闲暇时，哈勒苏也带着虽哈纳、舒穆禄和萨布素一起到郊外去比试射箭，每人三箭，看谁先射中。最先射中者，会得到大家给他献的水果、烤肉。有时在远处的木靶上，画一只大雁，在大雁的身上又画了个小小的圆圈儿。他们站在离靶百步的地方，轮流射箭，比试谁的箭能射中雁身上的圆圈儿。有时则在箭靶上画一只羊，专射羊眼，那叫百步穿杨。有时也比射铜钱眼儿，锻炼视力和箭发的准确度。为了让萨布素练习射

① 满语：兔子。

箭，虽哈纳还在自家院子里平整出一块儿地方，四周围上木墙，放上一两个艾航[①]，作为练箭、比武的场地。萨布素和邻居的孩子们常在这里练习，不但要看谁射得准，一箭中的，而且要看出箭速度是否快，就比这个能耐。萨布素到了十五六岁时，不单单射固定的靶子，而是练射活动的靶子了。常常是在远处挂起一块绸子，绸子很软，被风一吹，飘飘忽忽的。要想射中，首先出箭必须快。经过一段时间的苦练，几乎是每箭必中。

第三关是马关。这马上功夫，要从小练起，小到什么程度呢？出生不久的婴儿，在襁褓之中，便要经受马上的锻炼。前书我们讲了，萨布素的母亲舒穆禄时常把襁褓中的他捆绑在用桦皮做的摇篮里，背在背上，骑马奔驰。这可不像婴儿躺在屋子的悠车里，悠来悠去地很平稳，一会儿就睡着了。天天在马上骑着，开始时，马蹄嗒嗒的声响和跑起来的震颤，小孩儿受不了更睡不着，那是又哭又闹哇！但时间一长，逐渐适应了，觉得平稳了，也困了，慢慢地能睡着了。不论马怎么跑怎么颠，照样睡，这就是功夫。

在马上睡觉，可以说是女真人的一种特有的能耐。你想啊，一个以狩猎为主的民族，常常是游荡不定的。尤其是长途跋涉，很多时候要在夜间赶路，能总不睡觉吗？那也受不了呀！因此，什么时候困了，不是在地上睡，而是骑在马上打盹儿、睡觉，同在屋子炕上一样舒服。大家皆如此，只有在前头领路的不睡，这种功夫，都得从小练起。

女真人不仅要练在马上睡觉，还要练在马上吃饭、喝水以及注意观察周围的环境。刚开始时，由于马跑起来颠哪，饭吃不到嘴就洒了；水喝不到口不说，甚至把自己给呛了；看周围的东西也是模模糊糊的，根本看不清。练长了，可以放开缰绳，两腿夹紧马肚子，用腿和臀部下坐的力量，像钉在马上一样。这样，便能自由自在地吃饭、喝水了，看近处、远处的景物如同在平地上一样，非常清晰。这当然是功夫啊，同样要从小练起。

当小孩儿能自己骑马时，就得在马上练习。先是让马慢慢走，然后是小跑，再后来是奔跑乃至狂奔。先在不放鞍韂的马上练，这样骑马，说句粗话，很容易骣了屁股，即下胯、会阴部、臀部会被磨破。下了马，走起路来十分困难，即人们常说的“拉胯了”。练长了，下胯磨出一层膙

① 满语：靶子。

子，再骑多瘦、脊梁骨多硬的马都硌不了屁股，跑个百八十里没事儿。之后，要练习骑放鞍韂的马。其实骑惯光身儿马的人，不愿意骑带有鞍韂的马，觉得出门带着鞍韂很麻烦，脚在鞍镫里受拘束。但为了征战、打猎的需要，必须练好骑带鞍韂马的功夫。因为骑光马，两腿夹得再紧，手要是把不住，没法儿拿刀枪。马一跑、一甩，容易把你悠出去，那仗还怎么打？而骑在有鞍韂的马上就不同了，身子坐在马鞍上，两脚插在鞍镫里，鞍韂紧紧勒在马肚子上，既得劲儿又结实，马怎么跑、怎么滚、怎么尥蹶子也掉不下来。只要马不倒，你就永远不倒，可以任意挥舞兵器，是用刀砍或者用枪刺全行。只有这样，方可立于不败之地。还可借助两脚在鞍镫里的动作力量，一擦马肚子，马立刻能明白是让它快跑、后退还是左右转，跟人配合得相当默契。当然，这是长期训练出来的。

为了征战，光会骑马不行，还要在马上练好站功、立功、卧功、滚功、左侧功、右侧功、前侧功、后侧功等。即是说，你在马飞奔的时候，要能同在陆地上一样腾挪躲闪，既可进攻，又可防御。女真人为什么从辽金以来这么强，打得中原王朝一败涂地？就是因为他们，从小练就了一身马上的真本领和强健的体魄。有了本领，再加上异常威猛，必如虎添翼，有万夫不当之勇。所以，明兵一听女真人来了，皆吓得胆战心惊。

萨布素在世时，常津津乐道地向部下、亲朋、儿女们讲述从小练童子功时的苦劲儿、难劲儿及老人们要求的严劲儿。他说："当时年幼无知不理解，也噘嘴、有怨气，有时甚至还偷懒。在这种时候，额莫总是含着眼泪鼓励我：'孩子，要苦练哪，只有从小吃苦头儿，长大才能尝甜头儿。为了自己的将来，要咬牙坚持住，可不能偷懒呀！'现在我明白了，之所以能有今天，当了将军，成了马上英雄，得到汗王的奖赏，凭的是什么？凭的就是从小家教严格，让我练就了一身过硬的本领。要说该感激的，首先应是长辈们循循善诱地培养和教诲。"

事实的确如此，萨布素六岁的时候，马上的骑术在宁古塔便有点儿名气了，曾得到吴巴海巴图鲁的赞赏。吴大人就为这个，先后几次拜访哈勒苏老将军，而且特别对他讲："富察氏家族真是让人钦佩，老子英雄儿好汉，没一个孬种，连小孙子都让你调教得这么好。"哈勒苏笑着说："哪里，哪里，您过奖了。"吴巴海又道："这些日子我一直在想件事儿，现在朝廷正是用人之时，咱们宁古塔是个出名的地方，应该多给送去一些巴图鲁。这样的话，需要有专人对宁古塔八旗各姓氏的子弟，还有新迁来的住户子弟从小赐教，使他们受到教练。以便成丁后，人人都成为英雄。到那时，宁古塔不就成了无凡夫之乡了吗？要做到这一点，全靠哈大人您了。若能把您的家风传给宁古塔，这可是朝廷之幸、宁古塔之幸啊，我在这里替朝廷给您磕头了！”说着，还真的要长跪叩首。哈勒苏连忙扶住吴巴海：“这可万万使不得、万万使不得呀！”吴巴海认真地问道：“这么说您是答应我的请求了？”哈勒苏说：“吴大人，我都这么大岁数了，恐怕不行啊。”但他抗不过吴巴海巴图鲁的这顿磨呀，也是盛情难却。再加上宁古塔各穆昆达全推举德高望重、文武兼优的哈勒苏长老，说那是宁古塔最信得过的色夫[1]，非他莫属。哈勒苏一看，实在没办法了，只好应允。吴巴海当即授给他一面旗，上写“色夫”二字。有了这面旗，哈勒苏有权号令各族子弟，因为师傅有如再造父母啊！多高品级的人，见了师傅要磕头，表明尊师重教。此乃儒家之风，当然，这也是受汉文化的影响。

哈勒苏接了师傅的差事后，先把三棵杨旁边的一块草地用木障子围了起来，里边搭建了一个很大的草棚，既可用来遮阳，又可休息、喝茶、教练武术，这就是校场。然后召集各族的哈哈济，每天在那儿习武、训练。清初，在教童子功方面，宁古塔是走在前头的。吴巴海很早便在此地倡行了童子功，将金代的许多遗风承接了下来。后来，清代将培育童子兵形成了制度，将童子兵叫夕旦，即预备兵或养育兵，成丁后，选其中最好的披甲从军。

吴巴海巴图鲁十分关心下一代的成长，经常来校场看哈勒苏教孩子们练功。一天，他把身边的将领，像钟五戴、瓦岱等以及宁古塔的各姓穆昆达全请来了，对哈勒苏说：“哈大人，是不是叫你的宝贝孙子给这些孩子做做示范，让我们也开开眼哪？”哈勒苏不便推辞，回头将儿媳舒穆禄招呼过来，告诉她：“你把小哈哈济领来，让他练几招儿马上功夫给大家看看。”舒穆禄边答应边跑去唤小萨布素，对他说：“哈哈济，用心做几样儿，让吴大人和众位长辈瞧瞧，好给你指教指教。吴大人那可是巴图鲁啊，你要跟吴爷爷好好儿学，懂吗？”小萨布素听后点了点头。看起来他一点儿不害怕，可能是因为常练，所以不在乎了。

此刻，大伙都围在新建的校场里，哈勒苏紧挨着吴巴海坐着。舒穆禄把萨布素领了进来，宝尔赛老玛发将小主人的马牵过来了，就是当年戴珠瑚大人作为贺礼送给萨布素的像铁塔似的黑鬃、黑毛马，也是从小

① 满语：师傅。

练马上功骑的那匹喀拉莫林。萨布素让老玛发放开缰绳，黑骏马便跑了起来，马鬃扎煞着，那凶猛劲儿好像在表示：谁要敢上来，我就咬你儿口，踢你儿下！小萨布素可不管这些，马正跑着，他噌地跃上了马背，紧紧握住了马鬃，不管它怎么尥蹶子跑，像粘在上边一样。接着，用手一压马鬃，身子一挺，忽地站在了黑马的背上。这马是光身儿，没备鞍韂。萨布素的两只脚踏在溜溜光的脊骨上，两臂伸开成十字形，身子左右来回旋转，不管怎么动，都掉不下来，有如被钉子笔直地钉在了马背上，这叫立马技。

大家正看得眼睛发直时，忽见萨布素身子往后一仰，可把大伙儿吓坏了，以为孩子要倒栽下马来！哪知他把腿一抬，在马背上来了个后仰翻，就势两腿夹住马脖子，躺在了马背上，头枕在圆圆的马屁股蛋子上。这还不算，马跑了一会儿后，又见他两手抱头，仰脸朝天，一条腿抬起，另一条腿弯曲着搭在抬起来的那条腿的膝盖上，好像是月夜里躺在草地上数着天上的星星呢！这叫卧马技。

大家看萨布素躺在马背上是那样的舒服自在，全乐了，吴巴海更高兴，心想："我倒是有这能耐，没想到今天在一个六岁的小孩儿身上也看到了，真是后生可畏呀！"人们异口同声地称赞萨布素的马上功夫，没有不佩服的。身在其中的各位穆昆达，还有波尔辰妈妈乐得是边看边拍手，手都拍疼了。萨布素在马上躺着，皆以为这就是表演完了呢。突然，他从马上往右一滚，众人惊愕地喊了一声："哎呀，糟糕！"寻思这下可要出大事儿了，孩子肯定挨摔了，至少也得抢个嘴啃泥。谁也没想到，就在这人一滚、马一走时，萨布素迅速下滑到马的底部，来了个鹞子翻身，头冲下、脚冲上打了个旋儿，顺着马的走势，稳稳地站在地上了。全场人屏住呼吸，静了几秒钟之后，方才醒悟过来，欢呼着拍手叫起好儿来！

各位阿哥要问，这是怎么回事儿呢？因为马一走，萨布素也跟着。当向右一滚、正好滚一圈儿时，马往前一带，带到前头三丈多远。他就顺着马的走动一缓又一转，下滑的冲劲儿便缓解了，自然十分平稳地站立于地面了，这叫滚马技。之后，又表演了上马技、下马技，看得大家是目瞪口呆、啧啧称赞，齐夸萨布素的功练得太棒啦！哈勒苏看了以后，觉得小孙子的功夫还行，心里挺高兴，不禁一个劲儿地点头。萨布素的马上功夫表演同样也把吴巴海乐坏了，赶忙走了过去，一把将小萨布素抱了起来，在小脸蛋儿上亲来亲去的，那连鬓胡子把孩子扎得直往后躲。放下萨布素后，又向哈勒苏抱拳施礼，表示由衷的感谢，并说舒穆禄培养出了这么好的孩子，有功啊！

说书人向各位阿哥讲这些，可不是凭着这张嘴一吧唧瞎诌的。说实在的，过去的滚马技、立马技，要比我讲的悬得多，速度快得多。那马是在跑动中啊，没有缰绳，也没放鞍韂，小孩儿能在上头坐得那么稳，各种姿势做得那么准，十分不易呀！稍有闪失，就可能摔下来，后果不堪设想啊！因此，女真人都知道，这些马上的技能必须从小练，练到十五六岁才能成型。没听说十七八了才开始练马上技的，胳膊腿都硬了，一点儿不灵巧，特别笨，练什么练哪？根本练不了。马上技还必须得练，因为只有在练好骑术的基础上，才可以练马上射箭。

萨布素七岁的时候，舒穆禄生了一个女孩儿，起名儿叫安茹。由于要侍候这个小格格，便不能常教儿子练功了，只好由丈夫在公务之余教授。可虽哈纳的脾气暴、管教严，只要哈勒苏不在跟前，萨布素的动作有一点儿做得不对，说揍就揍，说罚跪就罚跪，还要咣咣踢上两脚。哈勒苏偶尔看到都觉心疼，生气地数落儿子："你咋这么没有耐心呢？要是全做对了用不着你教了。他还是个孩子嘛，学啥得慢慢来，我过去对你是这样做的吗？"虽哈纳从不顶撞老父，听了没吱声儿。萨布素为挨阿玛的打偷偷抹过眼泪，仍愿意让爷爷带着练功，既学了本事，又有兴致。此时，他已有了较好的童子功，可以学马箭功夫了。

所谓马箭功夫，即在马身上弯弓射箭。看似简单，却要比步箭功夫难多了。为什么呢？因为步箭是站在地上，两腿很稳，瞄准较容易。马箭则不同，是在马飞跑的时候拉弓射箭，需要有更强的臂力、更稳的蹲力和更好的视力才行。所以，练马箭首先得练力功。这力功包括练臂力，即左臂的握力、右臂的拉力以及两臂互换的力量；练蹲力，即前腿的蹬力、后腿的蹲力以及前后腿互换和双腿下蹲之力。练臂力要练双手提起来上推，像要把天推出个窟窿似的，这叫双推。练蹲力，要练双腿蹲下之后，臀部冲下，像被地力吸住一样，同双腿一起插到地里。上身直立，头要稳，眼睛平视，一蹲就是好长时间。无论是风吹着、太阳晒着、雨浇着，还是瞎虻叮咬得又痒又疼，都不能动。要是不注意，有人推了一下，你立马一个跟头栽那儿去了，或者晃了，这不行，说明没练到份儿。应练到不管是平行力量推，还是前后左右推，既不能晃，更不能倒，像两腿立地生根、三足鼎立一般，纹丝不动，这叫双蹲。

为了增强臂力、蹲力，还要练双顶柱。什么是双顶柱呢？即双手分别驮着一根较沉的柱子，柱子上面有横梁。只有将柱子驮得直直的，横梁才不会倒，而且双手力量要相同。这么一驮，就是一两个时辰或半天，没有点儿耐力、持久力，那是做不来的。手驮的柱子和上面的横梁，随着练习时日的增加，也要逐渐加粗。待这套功夫练下来，两只手上举，可以力驮千斤；两条腿蹲到那儿，像入地有多深；臀部下蹲，稳当得如同坐在一根柱子上。手臂的力量有了，便完成了肩膀的力量。肩膀靠什么？靠腰、臀部的力。臀部靠什么？靠两条大腿的力。大腿靠什么？靠两个双胫骨、两只大脚片儿的力，力量是一个顶一个这么顶起来的。练的时间长了，便能站立如梁，即站在那儿像个大梁柁似的，这叫站功，射箭必须先练好此功。萨布素从七岁起，在玛发和阿玛的教导下，天天练，时时练，练出了强而有劲的臂力和稳如泰山的蹲力。有了这样的臂力，才能使射出的箭有力量；有了这样的蹲力，才能稳坐马上，任其驰骋。

为了能把强弓拉圆，且推动力大，使箭的射程更远，则需练吊膀子。这吊膀子有几大功：平伸、平拉、平推、平握、平提、上顶，外加练轮胳膊和抻功。萨布素一次次地练习，一练就是三个时辰。肩膀总得保持平行，不许动，两只胳膊是红了紫、紫了又红，累得不知哭过多少回。日久天长，终于苦尽甜来，练就了一副铁臂膀。

练马上箭，除了力功的锤炼外，相应的还有两个辅助功，即目力功和目测功。这是很重要的功夫，它决定着将来功的能量是否能发挥出真正的功效和水平。光有力功，力气再大，眼睛不好，射不准目标也是白费力气，力功发挥不出去。骑在马上飞跑的时候，本来看什么不像在地上那样容易看得清，何况目标是移动的。因为你在马上跟踪要射的目标时，目标也在跑啊！拿射猎来说吧，那些兔子、狐狸、鹿，哪个是老老实实等着你去射？它们一听到马蹄的声响，早吓跑了，甚至穿山越涧地跑。这时，便用上目力功了，视力必须跟上。如果看不清乱射，怎能射中？打仗也是一样，你骑马追赶敌人，他当然不能挺着让你射呀，也要骑马奔跑，可能还会躲藏起来，或露出半个头、露出腰、露出一点身影儿，或一点身影儿都不露。你要放箭，视力得随着对方的移动及时盯住，才能射得中。因此，女真人在小孩儿练童子功的时候，就已经注意孩子的视力了，不让他在暗光下看东西，那样视力容易减弱。眼力不好的人，根本无法考武将、考武功、考武能，可见这是很重要的先决条件。一个武将，一定要保护好眼睛，绝不能受到任何损伤。

那么，目测功是指什么呢？指的是视力达到的水平，视力对你看到的目标所得到情况的真切程度，估摸出目标与你的距离。只有准确地测出距离，看得一清二楚，射出的箭才能有效地击中目标。过去打仗不管用什么武器，箭也好、刀也好、枪也好、镖也好，首先目测后的判断非常重要。既要盯准目标，又要测准距离，使箭不虚发，百发百中。敌方射过箭来，只有看清是从什么方向、多远的距离来的，才能用自己的某一种兵刃去对付。

目测必须具备四个方面的基本功，一是平测功。即是凭你的视力尽量往前看，能看多远看多远，以看得清晰为准。有人能看出半里地，有人能看出一里地，也有的能看到一里半地、最多二里地之外，而且看得清清楚楚。哪怕是一只落在树上的鸟，头朝哪边，在那儿干什么，都能看个八九不离十。平测的能力不强，防御和进攻的能力亦随之受到影响。看得越远，远处的目标方能掌握在你的指掌之中，才能射得中。如果他是敌人，你看得清楚，便能有效地予以防备，进而战胜之。哈勒苏常让萨布素目不转睛地平视远方，不管是风天、雨天，还是阳光明媚、昏天黑地，都坚持这样做，不能走神儿。刚开始，眼睛看一会儿就疼了，淌眼泪了，视力也模糊了。练长了可不一样了，把眼睛瞪住，能不眨眼地看很长时间。萨布素有时眼睛一瞪，看着爷爷坐在板凳儿上那么认真地瞅着自己，总忍不住想笑。爷爷立刻大声儿说："不能笑，只许瞪圆眼睛向前看。大点儿睁，眼皮不许眨，尽量往远望，看你能坚持多长时间。"孩子从小就这样练平测功。

二是侧力功，即用眼角儿的余光看东西。人们常说的"要眼观六路""你为啥不多长几只眼睛"，就是这个意思。指同时能看到来自不同方向、不同角度的东西，将前后左右甚至视野更宽阔的地方在瞬息间全能看清楚。平时你看他侧立在那儿，似乎没注意到或没看到你，该干什么还干什么，让你感觉是在十分专注地做一件事。事实上，他早已利用眼角儿的余光一扫，把周围的人正在做什么、脸上什么表情、衣裳里有什么东西、手里提着什么等看得清清楚楚。武林之人都要有这种眼角儿的侧力功夫，不然难于对付偷袭。

三是卧式功。坐骑在往前走，信马由缰。你累了，可以半躺卧在马背上，仰着脸，微闭双眼，头枕在马屁股上，用眼角儿的余光看周围的情景。人站着看东西同躺着看往往不完全一样，躺着视野更开阔，看得更远、更细、面积更大。一旦在特殊情况下不能站、只能躺着的时候，也能发挥两眼的功力，使周围任何细微的变化都跑不出你余光所及的视线之内。

四是反背功。此功在武林中，是高人、强手必须掌握的一个极其重要的功法，指的是要能看到脑后的东西。人往前走，对手从后面杀上来时，你马上能知道。除了需要练耳功，即耳能听八方，根据风声、响声辨别出周围发生了什么情况，就要掌握这反背功。所谓的反背功是什么意思呢？是说一般人的视力平时只看前方，两个眼角儿看左右两边，似乎看不到后头什么，应该是个盲区。因为视力没达到，当然对后面的情况不掌握。但要做武林之人，则必须能观前、观后，观左、观右、观上、观下。总之，上上下下左左右右前前后后尽在你的掌握之中，不能有盲区。无论是来自任何一方对你不利的因素，皆能做到如探囊取物一般。一个武艺高强之人，在特殊情况下往前走时，两只眼睛左一扫、右一扫，随即速度极快地回头一扫，快得对手还以为你没看后头，而且双脚并未停下。事实上是你一注意，眼睛已经扫过去了，将后头的情况看得像前边平视一样清楚。然后马上又回到了正常的平视，对方全然没有察觉，而你的观察过程却在瞬间完成了。只有这样，才能掌握主动，永远立于不败之地。

马上功夫，除了马上箭功以外，还要练柔功，又叫软功，就是练躯体的可塑性。萨大人在世时，常给大家表演小时额莫教给的软功。那时他已四五十岁了，身子仍挺软。站在那儿，两手掐着腰，两腿叉开，上身往后弯，一直能弯到两手触地不倒。这种软功，马上将和地上将都需要，尤其是在马上更要掌握。没有软功的人，马都不愿意让骑，嫌你笨，累得慌。身子绷绷硬，像个秤砣似地坠在马背上，越压越沉，把它累得浑身冒汗，走不动路，你还能发挥马上技能吗？有了软功骑在马上，可以随着它的走势，改变骑马的身形，相互配合。这样，不但骑的人不累，马驮着你也不觉得累。只有随着马行进时的上下颤动，轻轻地一抬一压，它才能正常地奔驰，功力亦能发挥到极致。

萨大人曾说过，在马上要有五大功。第一是缩身功，即能收缩身体，以缩小目标。马的目标本来就大，如果你直直地坐在上面，人高马大的，既兜风又不得劲儿，还能使对方看得清。敌人要杀伤的正是马背上的人，这么大的目标，对方很容易对你刀砍、斧劈、枪刺、箭射。如果有软功，尽量收缩身体，将体积收缩到最小的程度，紧紧扣在马的脖子、前胛骨上。面积小了，便不易被发现，马也会觉得轻快，容易躲避敌人，从而降低了对方的杀伤能力。比如在树林子里骑马跑时，马的身上除了鞍韂是个大目标外，你如能收缩身体，隐蔽性就强多了。因为有繁茂的枝叶遮挡，阻碍了对方的视线，而且马能扬着脖儿跑。说实在的，连战马都知道缩身。比如它在草丛中过时，为了躲藏目标，也为了躲避敌人，使之射不着它，不是挺得很高地跑，而是尽量收缩身体，压低身子往前跑，以减少受到伤害。那么作为武将，则更要懂得并且练好缩身功。

第二是藏身功。不论马背是否备有鞍韂，务要学会在上面藏身，让对方只见马在跑而看不到人，这在过去的征战中是十分必要的。根据当时的情况，或藏身于马的右侧，或藏身于左侧，还可以藏在马肚子下面。比如你骑在马上往前跑，左侧有敌人或箭或枪进攻时，你就躲到马的右侧。身子滑下去，两条腿紧紧卡住它的后大腿和腋窝儿处，身体尽量收缩往右撤，左手抠住它的上胛骨地方，右手抱住马脖子，贴在身上。功夫强的人，哪儿都不躲，干脆藏到马肚子下边去。大腿夹住它的两条前腿，两手抱住马的后腿和后腰，紧紧地扣住，咋跑掉不下来。这样，使对方很难发现你在哪里。待跑远了，一使劲儿，嗖！翻身上马，既躲开了对方的进攻，又可发挥你的主动性。

第三是隐身功，第四是侧身功。二者皆是用来发箭的功法，或躲在马的一侧发箭，或在马的侧边射箭。第五是转身功，或曰滚功。什么叫滚功呢？比如马突然倒下了，不是由木头、石头、树枝绊倒的，而是一种技能，为了应对突然发生的情况而倒的。骑马的人用两脚在马肚子上轻轻一磕，这是给它信号儿，马立刻明白了，就势前腿一屈，前蹄向后一窝，身子往下一坐，肩胛骨先着地倒下了。此时马上的人则迅速地返到马的另一侧，仍然骑在上面，摔不下来。这往往是在躲避飞石、利箭时，所采取的一种迅捷的办法。滚功的方法挺多，左、右、上、下、前、后、大弯功等。只要人和马配合好了，箭法将更突出，马上箭就可百发百中，敌人射不着你，你却可以射杀敌人。这些功夫，都要靠小时候的苦练，越练越精，熟能生巧。所说的神勇，离不开技能，技能的得来，只能靠勤练。

萨布素生长在呼尔哈河流域，这里是个美丽而富饶的地方，族众人性质朴，心地纯良，团结互助。耕作之余，尤好骑射，四季常出外打围。通常可分两种：一种是打小围，规模小，几个人或单个人出猎。时间短，有朝出日暮归者，有三两日而归者；一种是打大围，规模大，人数多。居住在这里的满族先世女真人，同当地的索伦人、达斡尔人、费雅喀人、赫哲人等，在外来人口的帮助和引导下，时不时地到东南西北不同方向长途远涉。一般情况下，可直接北上，沿松花江进入黑龙江，再到牛满江或精奇里江，直至北海、北兴安岭一带。捕猎为期长，有时一去就是半年一载，最少也得二三十天。《宁古塔记略》中记述："仲冬打大围，按八旗排阵而行，成围时，无令不得擅射，二十余日乃归。"尤其在北兴安岭可捕到白貂、白尾海冬青，有时也能捕到白熊。回来后，将各样的皮张拿到辽东去卖，很值钱的。当时的猎业在宁古塔一带特别兴旺，大人、小孩儿都愿意出猎。这种打围习武，不仅检验了平时所学的功夫，还能培养人们吃苦耐劳、机智勇敢的精神。使之精于骑射，勇于搏击，从而提高自卫的能力。

宁古塔的社会风尚和自然环境陶冶了萨布素。据萨大人回忆，他小的时候，正好赶上了捕猎的黄金时代。那时，对猎业没什么管制，几个人组织到一起可以随便到哪里去打围。各家出猎时常带着小孩儿，爷爷哈勒苏很喜欢带他，一出去至少三五天。他骑着戴珠瑚大人送给的那匹黑骓马，夜里赶路可以在马上睡觉，不用担心，准掉不下来。身上挎着爷爷、父亲给做的弓箭，可不是一把呀，有小弓箭，那是射鸟、野鸭子、天鹅用的；有较大的弓箭，用来射狍子、獾子的；有箭上带夹子的及各样的套子，还有架箭用的叉子。当需要用更大一些的弓箭射鹿、射虎时，将叉子立于马脖子上，把箭轻轻搭在叉子上。这样，不仅能使箭射得准，也能省些力气。若不然，只能用手平端着弓箭，时间长了会很累。一累手就要抖，射出的箭肯定不准，当然捕不到猎物。所以，只要射大的野兽，便用大人给想出的这个招儿去射。出发时，将这些用具放在褡裢里，挂在马背的两边儿。马一跑起来，稀里哗啦直响，萨布素特别高兴。他那时虽小，但身体很壮实，又受过那么多马术和箭术的培养，箭法不错，射得准。爷爷所以带他去狩猎，也是为了让小孙子多出去闯荡闯荡，在围场得到更多的机会锻炼。既可检验学的那十八般武艺技能的高低，又使马术、箭术有用武之地，逐渐更趋成熟。哈勒苏曾说过："虽哈纳由于公务忙，常不在家，家务全由舒穆禄操持。宝尔赛老玛发七十多岁了，眼神儿不怎么好，身子骨儿一年不如一年，只能在家扶持小夫人，帮着照应一下杂七杂八的事儿。虎崽子要靠虎妈妈来领，雏鹰要靠老鹰领着飞，小哈哈济就由我这老头子带着出去练啦！"要知道，家家的小孩儿都愿意玩儿，一出去乐得了不得！小萨布素主要是跟爷爷到处走，有时还要在外宿营，在篝火旁打小宿。经过这种磨炼，很快便成了一名出色的小猎手了。

萨布素六岁多一点儿，便随爷爷到过乌苏里江以东的东海窝集一带和黑龙江以北的一些地方。这么小的年龄就出猎那么远，在当地是很少有的，也使萨布素引以为豪。每当回忆这段难忘而又甜蜜的童年生活时，他总是深情地说到爷爷，并为有这样一位头鹰率领而感到骄傲。特别是哈勒苏做的几件事，对萨布素人格的形成至关重要，影响了他的一生。为此，在当了将军之后仍记忆犹新。

第一件事是爷爷给他起名字。萨布素生下来很长时间没起名儿，族人都习惯按他奶奶东海额莫的叫法来称之。叫什么呢？叫阿济格，这是女真语，汉译为小小子。一直到东海额莫去世，大家仍然这么叫。当萨布素逐渐地能站立并会走了时，说来也怪，一会走便到处跑，从来没有一步一步慢慢走的时候。大人告诉他："阿济格，慢点儿走，别摔着。"可怎么说也不行，就是个跑。哈勒苏看在眼里，乐在心里，总是说："好哇，小孙子和我小时候一样虎实，从不那么慢慢腾腾的。"所以，每当小孙子一跑，他就高兴地喊着："素儿，素儿！"这是女真语，即旋风的意思。还说："看呀，我的哈哈济真壮实，跑起来像旋风一样。"站在一旁的奶奶东海额莫不乐意了，嗔怪老伴儿："你别老在那儿素儿、素儿地叫了，要跑急了，一个跟头摔坏了怎么办？"哈勒苏才不听这个呢，还是常常在萨布素前头逗着，拍着手，大声儿叫着："素儿，素儿！"萨布素便朝着爷爷趔趔歪歪地跑去，到了跟前，猛一下扑在爷爷的怀里。爷爷赶紧把孙儿抱住，用连鬓胡子蹭他的小脸蛋儿，痒痒的，蹭得咯儿咯儿直笑。奶奶见状，急忙过来解围，一把抱过小孙子，心疼地说："行了，行了，你看把孩子逗得那样儿，气儿都喘不上来了。"爷爷"素儿、素儿"地叫常了，大家也跟着喊起"阿济格素儿"了，即小旋风的意思。

萨布素当了将军后，曾回忆道："我小时候，不愿穿衣服，更不愿穿鞋，总是光着腚和两只小脚丫在地上跑来跑去的。跑得特别快，见到大人就追，特别喜欢追我爷爷。只要看到爷爷在前边走，我便在后面一边追，一边'玛发、玛发'地叫着。要是在屋地上跑，小脚丫没事儿，因地面很平。可一到了外头，光顾跑了，也不往地上看呀，有时会被小石子儿、小土疙瘩硌着，疼得直咧嘴。于是，爷爷该申斥奶奶和额莫了：'你们怎么不给孩子穿鞋呢，那不硌脚吗？'完了又冲我喊：'萨布，萨布[①]！'我一跑过去，爷爷马上告诉说：'萨布，素儿！'即是穿上鞋，跑

① 满语：鞋。

得快。结果一来二去的，这‘萨布’‘素儿’便被叫成‘萨布素’了，成了我的名字。这个名儿真的代表了我的性格，也是爷爷的性格。就是不管做什么事情，那都是雷厉风行、嘁里咔嚓，像刮旋风一样，既认真又快，从不拖泥带水。这是爷爷给我留下的一个普普通通的名字，也是一个具有特殊意义的名字。”

第二件事是哈勒苏爷爷当色夫。一天，爷爷接受了吴巴海巴图鲁的盛情邀请，担当了宁古塔孩子们的色夫，接过了授予的色夫旗。从此，爷爷每天像对自己的孩子一样，认真、精心地教练着这帮哈哈济，宁古塔各姓氏的穆昆达和族人，也都愿意并放心地把儿孙交给德高望重、文武全才的老将军教授。波尔辰妈妈说：“把两个小孙子交给哈大人，我是一百个放心哪！上哪儿找这么好的色夫去？又教武功又育人的，这是孩子们的福气呀！”她的大孙子叫麦里西，汉译为小榔头，是被掳到诺雷、直至现在还没回来的大儿子纳木它的孩子，比萨布素大几个月。小孙子叫麦里特，汉译为锤子，是二儿子纳木汗的孩子，看来波尔辰妈妈给他的两个小孙子起的名字可够厉害的了。其中还有一个孩子，就是戴珠瑚大人的孙儿。

前书说过，戴珠瑚将军受汗王之命，同济尔哈朗一起出征攻打明军，不幸受了箭伤，为国捐躯了。在此之前，因戴珠瑚同哈勒苏在一块儿相处了一段时间，俩人的关系处得挺好，打算将来告老还乡时，能同老哥哥经常相聚，促膝谈心。于是，便在三棵杨这地方，挨着哈勒苏家盖了房子，并把夫人从辽阳接来宁古塔，住进了新房。没几天，戴珠瑚领命出征了。当他的夫人得知了丈夫在战场上殒命的消息后，做梦没想到夫妻刚一见面，竟成了永别，哭得死去活来呀！两次寻短见要随戴珠瑚而去，都被哈勒苏和东海额莫救下了。东海额莫那时尽管在病中，然而一刻不敢离开戴夫人，每天陪伴着她，不停地劝解着：“可千万不能寻短见哪！虽然戴大人不在了，但儿子还在汗王身边为国效力呢，小孙子就得靠你这当奶奶的来抚养了。你要是走了，扔下个孩子怎么办，不是让戴大人死不瞑目吗？这孩子是戴大人的心尖儿宝贝、未来的希望啊，得好好儿把他拉扯大呀！”在大伙儿的多次劝说下，戴夫人再没有起过寻死的念头，一直靠朝廷授予佐领世职的俸禄生活。哈勒苏经常让家人过去看看有些什么困难，及时给以帮助。戴珠瑚在宁古塔的时间并不长，由于为人好，宁古塔的各姓很尊敬他，对家中的生活也主动给些照顾。戴大人的小孙子叫巴克，汉译即炮仗。顾名思义，可知这小孩儿脾气有多暴，像炮仗一样噼里啪啦地乱跳乱蹦，戴夫人便是把他交给了哈勒苏教练。在老将军教授的这些孩子中，还有瓜尔佳穆昆达的孙子门德赫，是个小豁牙子；苏木穆昆达老徐家的孙子窝赫，汉译为小石头。这里要特别告诉各位阿哥的是，窝赫有个妹妹叫卡克屯，汉译为百合。当时只有五六岁，扎着两根小辫子，既好看又聪明伶俐，她就是未来的萨布素将军的夫人，这是后话。

孩子们到齐那天，吴巴海来了，各位家长也到了。吴巴海向哈勒苏授旗后，孩子们磕头正式拜师。这是宁古塔最早的拜师仪式，相当隆重，还杀了一只山羊用来祭祖，是吴巴海巴图鲁亲自骑马上山用利箭射来的。为什么用山羊祭祖呢？这是有讲究的。山羊最聪明，由于它任何山岩全能爬上去，又能从陡峭的山岩跳下来，因此又叫岩羊。别看羊蹄分瓣儿，却像熊瞎子的爪，可以爬上很粗的树。老山羊领着小山羊，在岩石上如履平地一般，不停地倒腾着小蹄子。尤其是过小山包时，蹬着石头跑得更快，狼都追不上，女真人尊崇它为阿林恩都力[①]的儿子。更可爱的是小山羊刚从母羊肚子里生下来时，身上的毛是湿的呢，便能站起来跑了，并能爬山，想往哪儿爬就能往哪儿爬，下巴颏儿的胡子还不长呢，它已有能耐了。只要母羊能上去的地方，它也能上去。只要有山岩的地方，它便有了生存的环境。所以，山羊是不好抓的。

说书人不妨给各位阿哥讲个小故事。有只离开羊群跑丢了的小山羊，碰巧遇到了一群狼，被紧紧追赶着。它看前面有座立陡的高山，下面是一片古树参天的林海，遂踩着一块块的岩石拼命往山上跑。到了陡峭的山岩顶尖儿，再没处跑了，便将四只蹄子并到一起，耷拉着小脑袋，形成一个三角形，支在山尖儿上。那样子，很像稍微一碰，能立即滚下山崖似的。可它就在那儿稳稳地那么一立，一动不动。狼爬不上去呀，只好在底下看着它，也挺尖的，心想：“好啊，你不是能在上面呆着吗？我在这儿等着。总有累的时候吧？只要一掉下来，我们几口就把你吃掉。”于是，狼群在山下耐心地候着。可等了好长时间，这只小山羊是真有能耐，就是不动。狼逐渐失去了耐性，终于急了，老头狼一声长嗥，带着狼群往山上爬。只只张着血盆大口，贪婪地看着小山羊，眼看要够着小山羊的腿了。正在这时，只见小山羊突然身子一倒，从山岩上跳下，轻

① 满语：山神。

轻落到山下参天的大树上。然后爬下树，轻松地逃走了，你看这小山羊多机敏啊！吴巴海特意射来一只山羊，祭祀祖先，祭山灵神，便是希望孩子们能像山羊一样聪明、勇敢、无敌。祭祀时，吴巴海说："孩子们，你们要记住哈老将军说过的一句话：'虎崽，要生在虎窝里。'只要胆大心细，累，不怕流汗水；苦，不怕流泪水，奋力苦练，就能成材。谁要吝惜自己的汗水、泪水，谁就成不了大器。"各穆昆达和孩子们听了吴巴海的话，皆信服地点了点头。在举行隆重仪式的当天晚上，哈勒苏爷爷又给大家讲了一个难忘的故事，即"库尔金学艺"，现在由我这个说书人给各位阿哥再讲一遍。

早些年，女真人家里都讲究马箭弓，男孩儿五六岁便开始弯弓盘马，即骑马、射箭。这马上功夫可多了，有卧马技、立马技、滚马技等。也有更难一点儿的，就是在两匹马一前一后扬鬃竖尾猛跑时，骑手冷不丁双手一按马背，身子一抬，身下骑的这匹马噌地跑过去了。然后往后嗖地一纵身，不偏不倚，正好骑在从后面跑上来的没人骑的那匹马的背上，这叫"过棱"。还有马在并排跑着时，骑手一拍马背，随即一侧身，跳到了身旁的那匹马的背上，一把抓住马鬃，再跑起来。把马鬃一放，又跳到另一匹马的背上，这叫"滚边"。上马的名堂也不少，什么纺车上、纺背上、抓鬃上、夺鞍上，等等。马上的功夫娴熟不单单靠练，还要靠机智和勇敢。

马上箭的功夫更讲究了，身要稳、眼要尖、背要直、力要大。什么左手箭、右手箭、勾底箭、花马箭、旋身箭，很多很多。马上箭，要箭箭射中靶子，不能张了，即不能把箭射飞了，射太高、太远都不行。更不能射偏了，还不能误了。什么是误了？那座下的马已跑过靶子了，你才发箭，当然不赶趟儿了，必然射不着，那不就是误了吗？又不能裹了，即箭没射准，箭头儿扎到地底下去了。所以，光有好看的骑马架势，没有扎扎实实的准确、干净、利落的真本事不行。要想练就一身过硬的本领，只能认真地学，反复地练，技巧才能逐渐纯熟，这就叫熟能生巧。

镶黄旗下有个叫库尔金的，成天三吹六哨的，净耍嘴皮子，什么能耐没有，干啥啥不行。一天，他在外面闲逛够了，回家的路上想，我不能总这么混呀，也该学学了，将来好去挣个功名。到家后，便煞有介事地对媳妇萨尔罕说："我要拜师学艺去了，多则三年，少则一年就回来。"媳妇一听挺高兴，爱根要学点儿正经能耐了，这是好事儿呀！于是，小两口儿在西炕墙的祖宗板儿上，上了香，磕了头，祭告了祖先。媳妇又为丈夫张罗了银两，打点了行囊，第二天一早，高高兴兴地送库尔金出门儿学艺去了。

库尔金出了家门儿琢磨开了，我可上哪儿去学、拜哪个色夫呢？没关系，一路走一路打听吧。后来听说百里之外有位名师，心想："既然是名师，我就去他那儿学吧"。经过几天的奔波，终于到了名师家门。进屋后，扑通一声跪地叩头认师傅，说道："色夫，请收下我这个徒弟吧，本是慕名而来，很想跟您老学弯弓盘马的功夫。"老师傅一看他是远道而来，又这么诚恳，便想收在门下为徒。不过开始时不太相信他，看了看说："想在我这儿学艺可以，但有一宗你要听好：凡是我收的徒弟，要学必得学到底。要是半道儿不学了，那没说的，得打四十椴青棒。"库尔金一听，倒吸了一口凉气。又一想，既然已经来了，不能再走啊！咳，咬着牙学吧。想好后，对师傅表态道："请色夫放心，徒弟一定遵规。"就这样，师傅答应留下了。

第二天，库尔金高高兴兴地去拜见色夫，跪在地上等待着向自己传艺。师傅却声儿也不吭，靠在卧榻上闭目养神。库尔金等了半天，才见睁开眼睛，慢慢地说："从今天起，你开始学艺吧。"库尔金一听高兴了，美滋滋地点了点头，心想："我跪在这儿，不就是等着听您传艺吗？反正豁出去了，这么熬吧。等熬过几天苦日子，从这儿学了艺，将来我也成武林名人了。到那时，谁能不佩服？"便乐呵呵地说："徒弟听着呢，请色夫教吧。"师傅说："去吧，到后山，那儿有一群没笼头的马。你呀，在那里放两年马。记住，只准骑，不准给马带笼头；只准在山梁上放，不准在平地上放；只准吆喝马，不准打。去吧！"库尔金一听，当即怔住了，以为是不是耳朵不好使了，听错了？又听师傅说："快走吧，发什么愣啊？放马去吧。"库尔金一看真的是让自己放马，心里这个憋气呀："这算学的什么艺呀？来这里是想学弯弓盘马的技艺。若是放马，谁家没有马呀，何必跑这么远到你这儿来呢？"刚欲争辩，就见师傅站了起来，趿拉着鞋进屋歇息去了。库尔金想："咳，咋办呢？再说刚来，总不能打退堂鼓哇！行啊，到后山看看再说吧。"于是，转身出了师傅的厅门，心不甘情不愿地往后山走去。

到了后山，库尔金看到不少的师兄弟，有的在放马，有的骑着马，闹闹吵吵好不热闹。又登上山冈瞅瞅，很快找到了师傅让他放的马群。因为那是一色的红鬃烈马，匹匹膘肥体壮，特别显眼。见库尔金走过来了，这些马怒哼哼的，扬蹄尥蹶子不说，还张着大嘴，好像要咬他似的，把库尔金吓得直往后躲。师傅事先有话呀，不管马怎么样，绝不能打。可不打又不敢靠前，急得直搓手，不知怎么办好，只能心惊肉跳地站在那儿瞅着。就这么站一天，瞅一天，又站一天，又瞅一天，一连十来天没敢靠近马群。心想：“总这样不行啊，这得瞅到什么时候是个头儿哇？不行，得想办法抓一匹试试。”于是，狠下心来，一咬牙、一闭眼冲了过去，狠劲儿抓住了一匹马的长鬃。马正在吃草呢，突然有人薅住它的鬃毛，那能让吗？立刻发了脾气，咴儿咴儿直叫，刚要尥蹄奔跑，库尔金一下子跳上了马背。马更惊了，扬鬃竖尾地穿山越涧狂奔不止。库尔金闭着眼睛紧紧抓住马鬃不放，心想：“我今天豁出去了，就死抓不放了，看你能怎么着？”真怪了，马跑了一阵子不跑了，老老实实地站在那儿了。这一次，库尔金成功了。接下来，他一匹一匹地试骑。经过一年多的时间，对马的脾气摸熟了，这群红鬃烈马都骑过了，他也被踢咬得浑身是伤了，越想越懊丧：“我这是干啥来了？艺没学成不说，却放了一年马，何苦遭这个罪呢？”一赌气，硬着头皮去找师傅理论。

库尔金来到色夫处，进门跪在地上，还未等开口呢，师傅笑着说：“恭喜你呀，这一年多学得挺好，长了不少见识啊！”库尔金听色夫这么一说，反而不好意思了，要说的话说不出来了。想打退堂鼓吧，又怕挨不起那四十椴青棒；留下吧，又担心学不到什么，一时不知怎么办好了。其实，就在库尔金犹豫不决时，师傅早看透了他的心思，接着说道：“咳，可惜呀，可惜，我看你马上功夫也就这么点儿造化了。好吧，明天不用放马了，换一样活儿吧。前沟有三千三百三十个石磙子，你把它们搬到后沟。记住，只准两手抱着或夹着，不准扛着，去吧。”库尔金一听，吓得差点儿没一屁股坐在地上，心里更加窝火，搬石磙子不比放马还遭罪吗？忙说：“色夫，这得干到什么时候啊？”师傅说：“照你的状况，三年完了是快的。”说完，扭头便走了。他没辙了，只好站了起来，唉声叹气地去了前沟。

库尔金到前沟一看，一个挨一个的有很多石磙子。其中，重的估摸一个得有二三百斤，不用说抱着搬，就是扛着，也难于扛走啊！这回可是真犯愁了，蹲在地上直淌眼泪，悔不该当初跑到这么个地方来学艺。他东瞅瞅，西望望，见山上无人，心想：“不如趁色夫不在跟前儿，赶快逃走吧！”刚有此邪念，冷不丁看见从山上下来一个人，一个胳肢窝儿夹一个大石磙子，走得轻快如飞。库尔金看看这个人，虽然不认识，但知道准是自己的师兄弟，寻思人家怎么有这个能耐呢？赶忙上前打千儿施礼。那人并不还礼，问道："你在这儿干啥呢？"库尔金只好把色夫让来搬石磙子的事儿讲了。那人说："我刚来时，比你的劲儿还小呢，练一练以后，便能一手托一个石磙子了。再练练，不但一手托一个石磙子，而且能用胳肢窝儿两边各夹一个，头上顶一个，走起来还轻飘飘的呢！"说着，夹着石磙子，边走边唱："练吧，练吧，力量是长河水，勤用大无边哪！"库尔金眼看着那人向后沟走去，仔细一瞅他的背影儿，不禁大吃一惊！那不是色夫特意来点化自己的吗？色夫能做到的，我为啥做不到？于是把心一横，动手搬起了石磙子。开始时搁不动，慢慢地能搁起来了。再练练，可以抱起石磙子走了。库尔金用了两年的时间，终于把那三千三百三十个石磙子从前沟搬到了后沟。若说吃苦，那不是假话，真是吃了不少的苦。一晃三年过去了，他想，媳妇和孩子在家一定等急了。这几年，先是放马，后是搬石磙子，有啥意思？什么真本领没学着，趁早回去吧。如果让色夫知道了，肯定走不了。对，还是夜里逃吧！就这样，一狠心，偷偷地跑回家了。

库尔金到家时，正赶上旗里校武场比武，很想去看看热闹。但不能去呀，明知道自己是偷着跑回来的，怎能露面儿呢？可别人不知道哇，还以为他是拜名师学艺归来了呢！便三番五次地到家请他去比武。库尔金急得没处躲没处藏的，到底还是被几个人硬给拉到了校武场。到那儿以后，心里怦怦直跳哇，知道这骑术也好、箭术也罢，色夫是任啥没教，怎么办呢？就在他不知如何是好时，场上的武士一个个都比试过了，只听一阵锣响，传令官喊道："下面请库尔金出场！"他一听傻眼了，叫到自己的名字了，没招儿哇，只好硬着头皮走进了比武场地。传令官告诉他，做好准备，先比骑术。好在放了一年多的红鬃烈马，他一骗腿儿便上了马背。咦？好怪呀，这马骑着怎么像骑牛似的？库尔金这时才回过味儿来，原来色夫叫放马，就是在让我学骑术呀！因此这骑术还算没丢人。

接着，又有人将弓箭抬到场地中央，让库尔金选。他选了一张八百斤重的弓，一拉，还真奇了，像摆弄细藤条儿一样，拉了个满弓。随即"嗖、嗖、嗖"连射了三箭，射透了三张牛皮靶心。大家报以热烈的掌声，由衷地赞叹道："哎呀，库尔金，你真是神功啊！"正在这当口儿，场上也不知从哪儿来了一位白胡子老爷爷，只听他大声儿说："什么神功？不足喜，不足喜。要再苦练三年，用千斤重弓，可以穿透五张牛皮靶呢！"库尔金一看，白胡子老爷爷不是别人，正是自己的师傅！当即羞得满脸通红，无地自容，忙跪地哀求道："色夫，我甘愿挨那四十棍青棒，让徒弟

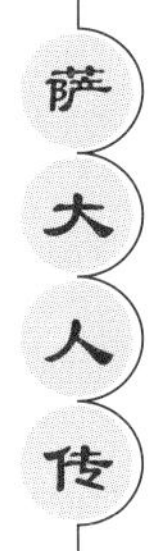

回去再跟您老学三年艺吧。”当抬起头来时，白胡子老爷爷早已不见了踪影。库尔金跪在那儿仰天长叹哪，这个悔、这个恨呀，都怪自己的意不定、志不坚、吃不得苦，结果功亏一篑，成不了大器呀！从此，库尔金的名字便成了羞耻和懒惰的代名词了。

萨布素听完爷爷讲的这个故事，愈加明白了一个道理：练功只能踏踏实实，绝不能偷懒。只有肯于吃苦，坚持不懈，才能成器。他当了将军以后，常向属下讲这个故事，并以库尔金作为一面镜子，警告大家不能羞当库尔金。

第三件事是为掏喜鹊窝惹怒了爷爷，被阿玛打了四鞭子。萨布素小时候，同其他孩子一样，淘得厉害。那时，位于海浪河畔的宁古塔旧城山多、水多、树多，到处是林子。杨树最多，还有榆树、柳树、槐树、柞树等。其中杨树和老榆树因间隙小，所以都往上长，棵棵长得高高的。尤其是钻天杨更高，仔细一瞧，每棵树上差不多有两三个喜鹊窝。秋天时，见不到喜鹊，全是空窝。每到春天抱窝的时候，不知从哪儿飞来的那么多白脖儿喜鹊，一对对儿地喳喳叫着飞来了，占满了树上的窝。它们就在这里孵卵成雏，繁殖后代。喜鹊有个特点，互相之间好打仗，谁也不许碰谁，每天从早到晚唧唧喳喳叫个不停。或是表示问候、公母之间表示爱恋，或是丈夫叫媳妇、媳妇喊儿郎，总之没有不叫唤的。时间一长，叫得人们心烦意乱的，想闭眼睛歇一会儿都不行。纷纷抱怨道：“这萨吉哈勒[①]实在是太烦人了，怎么这样吵！”

小孩儿天生好奇，萨布素小时候也是这样。常常是跟爷爷打猎回来后，大人歇着了，可他闲不住，总是出去这儿走走、那儿看看的。他看到树上有很多喜鹊，还一对儿一对儿的。有的站在树枝上叫唤，有的站在窝边沿儿上东瞅瞅西望望的，有的在窝里喂着小喜鹊。那些小喜鹊白肚儿、白脖儿、尖尖的小嘴儿、细长的尾巴，特别好看、精神。萨布素抬头望着它们，它们也在窝里探头探脑地看着萨布素，向他叫。萨布素越看这喜鹊窝越觉得怪，心里琢磨开了：“那些用烂树枝絮的喜鹊窝，为什么搭在树梢儿很细的树丫巴儿上呢？噢，对了，原来是怕有人上树拆它的窝呀！”于是，便产生了一个奇特的想法：“要是把小喜鹊掏出来，窝空了，那些大喜鹊不就搬家了吗？再也听不到那烦人的叫声了，大人们

① 满语：喜鹊。

肯定会高兴。”要不咋说是小孩儿呢，还以为是个挺好的事儿呐！可又一想：“这事儿我一个人办不了，把喜鹊崽儿从窝里掏出来倒行，总不能全揣在自己兜儿里，揣不下呀！哎，有了，找几个伙伴儿一块儿去。”

萨布素虽小，但在小孩子中很有威信。平时像个小统帅一样，不但能把这些孩子聚到一起，而且都听他的，找谁谁不来呀？他先去找了波尔辰妈妈的大孙子麦里西。跟麦里西一说，当即高兴得跳了起来，拍手叫好儿道：“行，我再把弟弟带上！”回头就把麦里特喊来了。麦里特更是个爱凑热闹的小淘气包子，一听说是去掏喜鹊窝，那多有意思呀，巴不得去。于是，仨人乐颠颠地向林中走去。走到半道儿，碰上了正往东边跑的苏木穆昆达的孙子小窝赫，麦里特把他叫住了，问去掏喜鹊窝干不干？小窝赫一听是这事儿，还有萨布素领着，马上嚷开了：“太好了，干，干！”边说边兴高采烈地跟着走了。

他们来到一棵老杨树下，仰脖儿往上一瞅，麦里特为难地说：“哎呀，这树咋这么高哇，谁能上去呀？”萨布素说：“这还算高？我上，你们在下面接着。”蹬着树干刚要上，忽然想起了什么，说：“光上去不行啊，得找一件东西装。要不，咱们掏出来的小喜鹊往哪儿放呀？”小窝赫说：“对呀！这么的吧，我回家看看，把爷爷那件羊皮袄拿来。反正破了，他又不穿，一直扔在哈什[1]里，正好能当包袱皮儿用，你们等着！”说完一溜烟儿地跑回家，很快取来了爷爷的那件破羊皮袄。萨布素接过来一看，见皮袄里头白茸茸、暄腾腾的，高兴地说：“还真挺好，行，就用这个了。窝赫，你在下面等着。麦里西、麦里特，你们俩拉开距离，上树中间儿坐着，接我掏出来的小喜鹊。不过手得轻点儿，可别捏死呀！你俩接到后，往下传给窝赫，由窝赫把小喜鹊放在皮袄上，都听清了吗？”三个孩子齐声儿答应：“听清了！”随后，萨布素第一个“噌、噌、噌”儿下便上去了，根本没把爬树当回事儿，学过轻功啊，即使是细树枝也压不折。麦里西、麦里特随其后爬到了树的中间儿，小窝赫在树下等着。

萨布素爬到了树梢儿，落在树枝上的喜鹊见来人了，立马喳儿喳儿地叫着飞走了。他一看，喜鹊窝搭得挺精巧，两边各有一个窟窿，那是母喜鹊进去抱窝或大喜鹊出入的通道。小喜鹊要食吃时，大喜鹊亦是从这窟窿递食给它的孩子。上面有细枝条儿支成的盖儿，小喜鹊待在里面，风吹不着，雨淋不着。这同老鸹窝、鹰窝就不一样了，它们搭的窝上面

① 满语：仓房。

没有盖儿。萨布素动手掀开了窝盖儿，里边的三只小喜鹊还以为是爸爸妈妈给送食来了，全张开小嘴儿喳儿喳儿地叫着。萨布素伸手一抓，小喜鹊一下子咬住了他的手。开始，还真把他吓了一跳。又一看，原来它们是要食吃。萨布素也不管三七二十一了，把小喜鹊一只只抓了出来，迅速地下到树中间，递给麦里西，麦里西又递给麦里特，麦里特再递给窝赫，窝赫将它们放到皮袄上。掏完一棵树，再掏另一棵，接连着掏了七八棵树上的喜鹊窝。

几个孩子正掏得高兴呢，没承想虽哈纳带着两个护兵从哨卡办完公事回来，正好骑马从这里经过。虽哈纳先是看树上好像有个小孩儿，树那么高，风又大，树枝迎风摆动着，树尖儿上的那个小人儿跟着树枝来回晃悠。这一瞅不要紧，可把他吓坏了，心想："这是谁家的孩子呀，胆儿太大了！树枝这么细，要是断了跌下来，不就没命了吗？"赶紧打马快走了几步，才看清树上不止是一个孩子，还有两个像小猴子似地坐在树杈儿上。他急忙跳下马，身边的两个护兵亦下了马，来到树下抬头儿一看，那最上面的不是别人，正是自己的小哈哈济！见孩子这么淘气，虽哈纳肺快要气炸了，心想："好小子，这么高的树也敢上，竟爬上去掏喜鹊窝。什么事儿都干，看我不收拾你！"萨布素因为是站在树尖儿上，风又呼呼地刮着，只顾掏小喜鹊了，所以根本没听到马蹄声，更没看到阿玛站在树下，还乐呵呵地在那儿掏呢！这时，谁看见了？麦里西、麦里特、窝赫看见了。他们一看萨布素的阿玛来了，全吓傻了，两手捧着小喜鹊一时不知咋办了，一声儿不敢出，个个瞪着眼睛瞅着虽哈纳。愣了半天，才直劲儿地大声儿冲着上面喊："萨布素，你阿玛来了，快下来吧！"喊了好几声，萨布素愣是没听见。虽哈纳尽管很生气，但一看树那么高，怕一喊，孩子突然间一害怕，从树上扑腾一下掉下来，那不更糟吗？故而站在那儿没吱声儿，提心吊胆地仰着脖儿往上瞅着。

说来巧得很，波尔辰妈妈在家里好长时间没见到两个孙子了，寻思这俩孩子上哪儿去了呢？外边又刮着大风，很是不放心，便出门来寻。找了一圈儿，屋前院后全找遍了，都没有，就到城外找。刚一出城，便看见前边一棵大杨树下站着几个人。再看树上，有几个小黑影儿在随风摇摆。哎呀，这还了得，肯定是在掏喜鹊窝呢！她怕孩子们从树上掉下来，没敢喊，三步并做两步地赶到树下。到跟前一看，虽大人也在。

这时，由于麦里西他们不停地向树上喊着叫着，萨布素终于听到了。往下一看，怪了，怎么有三匹马呢？再一看，哎呀，糟糕！阿玛正板着脸站在那儿，还有波尔辰妈妈和阿玛的两个护兵都仰脸儿往上看着自己呢！这下可把萨布素吓坏了，赶紧从树上往下爬。波尔辰妈妈担心地冲上喊：“孩子，慢点儿，别急！”虽哈纳看萨布素已爬到树当腰了，这才放开嗓门儿大喊一声：“快下来！”萨布素、麦里西、麦里特一个个乖乖地爬下了树。

当这些孩子下来时，又来了不少看热闹的人，萨布素的爷爷不知怎么知道的，也急匆匆赶来了。才有意思呢，人们看到一件破羊袄上，摆放着十几只喜鹊崽儿。只只毛茸茸的，灰黑色，肚皮上还没长毛呢！大脑壳儿，嘴挺大，黄嘴丫子。两只小爪红肉似的，尾巴秃秃的，站不起来。一站三晃，冲着人们张着大嘴叫着，好像在诉苦。此刻，风仍在吹，大喜鹊在头顶儿盘旋着，树上、房顶上也站了不少喜鹊，唧唧喳喳地叫着，似乎在抗议：“我们过得好好儿的，从不惹任何人，为什么抓我的孩子？”小喜鹊则向大喜鹊叫唤着，像在求救。

哈勒苏看到这一切，可真生气了，万万没想到心爱的小孙子淘到这个份儿上！爬那么高的树不说，还把可怜的小喜鹊崽儿掏出来了。特别是听到那些好看的小喜鹊崽儿睁眼冲你唧唧的叫苦声，心里挺不是滋味的。这时，波尔辰妈妈沉不住气了，连珠炮似地数落开了：“萨布素、麦里西、麦里特，还有窝赫，咋啥事儿都干呢？吃饱闲的吧，喜鹊得罪你们什么了，为啥要把这些崽子掏出来？那也是小生命呀！再说了，风这么大，又爬这么高的树，一旦掉下来咋办，不要命了是不是？”哈勒苏站在那儿，气得半天没吱声儿，突然指着萨布素厉声儿喝道：“把喜鹊崽儿全给我送回窝去！”萨布素一听，反倒糊涂了，心想:“怎么，还叫送回去？我这是做好事儿呀！”正迟疑时，只见忍了半天的虽哈纳扬起马鞭，当着众人的面儿，也当着那几个孩子的面儿，照着萨布素的屁股“啪、啪、啪、啪"连抽了四鞭子，把萨布素疼得直咧嘴。接着还要打，被波尔辰妈妈一把拽住了，生气地说：“虽大人，这是干什么？别打孩子呀！顶多是个说说的事儿，叫他送回去不就得了嘛，干吗非打呢？”一旁的哈勒苏没挡儿子，虽然不愿让宝贝孙子挨打，但觉得虽哈纳管得对，小孩子不接受点儿教训不行。

过了一会儿，哈勒苏见窝赫、麦里西、麦里特吓得头都不敢抬，这才说：“好了，咱们赶紧把这些小喜鹊崽儿送回它们的窝里去，好在没伤着。”又问孩子们：“你们记没记住这些崽子是从哪儿棵树上掏出来的？”萨布素因为是站在树上往下递，当然不知道哪只小喜鹊是哪个窝的，没法儿接茬儿。窝赫是负责在底下摆的，心又细，来一只放在这儿，再来一只放在那儿。所以，哪几只喜鹊崽儿在哪棵树上、从哪个窝里掏出来的，他全记着呢，于是回答道："爷爷，我能记得。"哈勒苏很有经验，深谙这些禽鸟的生活习性，点点头说："那好，只要知道哪几只崽子是一个窝的便好办了。窝放错了没关系，它们的爹妈只要一听到叫唤，肯定知道哪个窝是它的那些崽儿，都能认出来。这么的吧，由我上树往回送。虽哈纳，你也不用再打孩子了，波尔辰妈妈说得对，让他们记住这次教训就行了。"说着，转身要爬上树去。

萨布素见此，马上走了过来，拉住爷爷说："玛发，这事儿是孙儿挑的头儿，与麦里西、麦里特、窝赫没关系，他们是我找来的。我老想，这些喜鹊总这么叫，多影响玛发和众位奶奶、婶婶、姑姑的休息呀，所以才来掏喜鹊窝的。孙儿错了，要往回送，应该由我来，保证能送回去。"哈勒苏看了一眼儿子，虽哈纳没吭声儿，还站在那儿生气呢！波尔辰妈妈一听着急了，忙说："这可不行，不能让萨布素送。孩子小，上这么高的树，太危险了。"萨布素请求道："奶奶，没事儿，让我上吧，保准摔不下来。"说着，走到原来爬的头一棵树的下面，又"噌、噌、噌"地爬了上去。然后像接力棒一样，由小窝赫在下面按摆放的顺序，将喜鹊递给麦里特，麦里特递给麦里西，麦里西再递给萨布素，很快便将这些小喜鹊崽儿一只只送回它们原来的窝里。下了树以后，波尔辰妈妈拍拍萨布素的头说："孩子，以后可不要干这种事儿了。要记住，嘎思哈[①]的叫声有时是挺烦人，总还是咱们的邻居呀，一定要善待它们，千万不要伤害它们。"从此，萨布素懂得了应爱护鸟，也记住了那四鞭子，再没有掏过任何一种鸟的窝，从未破坏屋子里燕子垒的窝。这年江河开化之后，宁古塔的鸟越来越多，为人们送来了春天，带来了欢乐。后来，萨布素经常对大家讲："童年时，我对鸟的爱，包括对任何生物及小动物的爱，皆是由于挨了阿玛的四鞭子。打那以后，知道了应怎样与这些鸟相处，做它们的好朋友。可以说，一生都难忘长辈们对我的谆谆教诲。"

第四件事是从一次错误中吸取了教训。萨布素多次向自己的晚辈讲，他小时候犯过一次不该犯的错儿。尽管不是大错儿，却让他警醒，并在此后的成长过程中，引以为戒。怎么回事儿呢？萨布素长到八岁的时候，已经很懂事了，从不跟别人家的孩子打仗，喜欢帮助人。一次，他在宁古

① 满语：鸟。

塔的西街遇到了一个十五六岁的大男孩儿，原本没有名儿，大家都叫他哇嘎，汉译即臭鱼刺儿的意思，是逃人门突呼老人的儿子。听名字，可知这是个懒惰、大人不喜欢的孩子，孩子们亦不愿理他。门突呼本是在外地犯了罪才带着儿子逃到宁古塔来躲避的，一晃已好多年了。从戴珠瑚大人在这儿执政时，他们便生活于此，时间一长，大伙儿也就不说啥了。门突呼这个人好酗酒，家里挺穷，又没女人。爷儿俩住在一个破地窨子里，每天吃了上顿没下顿，穿的衣服也是破破烂烂的，这还是靠宁古塔人这家帮点儿、那家帮点儿的呢！哇嘎因为无人管教，好吃懒做，常对那些比他小的孩子施威，不是今天熊这个，就是明天欺负那个。哪个孩子要是从他身边经过，就上前拦住管人家要吃的。要几个豆包了、几块儿烤肉丁儿了，或者是要馓子了，即油炸的小果子什么的。你要不给，他举手便揍，孩子们都怕他。有些小孩儿一见到他，像碰上了灾星似的，马上躲开了，麦里西、麦里特、巴克、窝赫、门德赫全被打过。不仅如此，还威胁说："可要听明白了，别说我事先没讲，回去不准告诉你家大人。要是告诉了，下回非砸扁了你！"有些孩子怕他揍哇，只得偷着给他拿些东西吃。有的小孩儿不敢偷着拿，不得不一次次地谎称自己饿了，管大人要。要来之后，再交给哇嘎，就这么熊人。

有一次，萨布素看见几个小伙伴儿从家里拿着吃的东西出来，但没见他们吃，过一会儿就没了。心想，这是怎么回事儿呢？他很好奇，又爱管事儿，便暗中观察，结果发现这些东西全被哇嘎给熊去了。萨布素特别生气，对哇嘎说："你咋这么欺负人呢，凭什么伸手要别人的东西？若是再这样，那好，你等着，哪天我非收拾收拾你不可！"哇嘎不以为然，心想："萨布素，口气太大了吧，一个小崽子也敢管我？等着就等着，看你能把我怎么样，照要不误！"根本没在乎。平时，萨布素每当做了一件好事儿，常听爷爷鼓励道："哈哈济，这样做对，只要自己认准的事儿，可大胆地做。必须得像虎崽子那样，有一股冲劲儿、闯劲儿，将来才能有出息、干大事儿呢！"所以，他性格倔强，锻炼得天不怕地不怕，那么高的树不是都敢爬吗？他想："别看哇嘎岁数比我大，个头儿比我高，可我不怕，非治治他不可！"

一天晚上，吃过饭，萨布素一个人来到了哇嘎家住的地窨子后院儿的过道儿，这是哇嘎走出家门的必经之路。过道儿的两旁长满了蒿草，很容易藏身，便悄悄儿地猫在那儿等着。不大一会儿，哇嘎果然从家里出来了。虽然过道儿很窄，天也擦黑儿了，但地面溜平的。加上平常走惯了，用不着低头看，就那么扬脸儿朝天地噌噌往前走，速度还挺快，可能又要熊谁去。待哇嘎走近时，萨布素将右腿往外一伸，来了个骑马蹲裆式，一下子把哇嘎绊倒了，骨碌好几个个儿，滚到了旁边的沟里，摔得嗷嗷直叫，不住地喊：“哎哟，这是谁呀，咋这么坏呢？有能耐你出来，出来！”他想看看是谁把自己绊倒了，大睁着眼睛向四处寻摸。可天很暗，瞅了半天没瞅清，坐在那儿边哭边揉脑袋、揉腿的，嘴里还骂骂咧咧的。这时，小萨布素忽地跳了过去，大声儿说：“我是萨布素，今天是来收拾你的！你太坏了，干啥老欺负人？”哇嘎那也是个嘎牙子，怕过谁呀？觉得在宁古塔这地方，哪个孩子不得听我的？你想压服我，没门儿！腾地站了起来，想狠狠揍萨布素一顿。

哇嘎的脑瓜儿挺灵活，举手刚要打，一想，不能这么做。萨布素的阿玛是朝廷的哈番哪，而自己家却是从外地来的逃人。再说阿玛时常叮嘱：“孩子，千万别在外头闯祸呀！咱们是逃人，得受人家管，有啥事儿忍着点儿，可别没事儿找事儿，听到没？”我今天要是动了手，打出事儿来咋办？你看这小哇嘎也怕官呀。这么想着，立刻变了个样儿，嘻皮笑脸地走过来，热情地说：“哎呀，原来是萨布素哇，我当是谁呢，摔个跟头算啥，没事儿！走，到我家坐坐。”萨布素没理这套，仍直挺挺地站在那儿，把两个小拳头往腰上一叉。他的个头儿比哇嘎矮挺多，便仰起脸看着哇嘎说：“你想咋的，为啥总不改？这么大个子，老管别人要东西吃，害不害臊？我看不惯，明告诉你，今天就是为这个才打抱不平来了！以后要是还不改，咱们找个地方比试比试。你说比试什么吧？比马上的还是比箭的，比布库[1]也行，随你挑，比啥我都不在乎。”说着，故意往前迈了两步。

说实在的，小萨布素摔跤还真有两下子，没白生在武将之家。阿玛虽哈纳、大爷倭克纳、二大爷珠和纳都教过他一些摔跤的技巧，什么扫堂腿、反腕、背包摔人等，别看人小，会的招儿倒不少。哇嘎知道萨布素有能耐，看过他那能站能翻的马上技。一想自己可差多了，家里连饭都吃不上，学哪门子武功啊？再说也没人教哇，什么都不会。听萨布素这么一叫号儿，只好说：“萨布素，跟你得讲实话，我跟他们要的那些东西，不是我自个儿吃，主要是为了给我阿玛吃。他已病倒快一个月了，家里一点儿吃的没有。要不信，你跟我进屋看看就知道了。”萨布素开始

① 满语：摔跤。

并不想去，但后来一想，既然已经到他家门口儿了，听哇嘎说话的口气，挺像是真的。再说，常听老人讲：“家族中的人要尊老爱幼，这是咱们的家风。不管对谁的老人和长辈，都要像对自己的爷爷、奶奶、阿玛、额莫一样，要有礼貌。”想到这儿，对哇嘎便由恨逐渐变成了怜悯，爽快地答应道：“行，你头前走，带我去看看。”于是，小哇嘎在前，萨布素在后，一大一小两个孩子一块儿走进了门突呼老人的家。

萨布素一进门儿，也不知那是一股什么味儿，臭味儿、汗味儿、潮湿捂巴味儿混在一起扑面而来，只觉着熏得直迷糊。晚饭后这个时候，虽然天不算太黑，但屋子里很黑。这房子是半土窑式的，没有窗户，只是用一些破布把几个窟窿挡上就算是窗户了，没点獾油灯。萨布素摸黑儿往里走，哇嘎赶紧回身伸过手去，拉着他的手说：“萨布素，不用急，慢点儿走，小心别碰着。”他俩还真被外屋锅台下扔了一地的烧柴绊了脚，差点儿没摔着，只好慢慢地、一步步地往里挪。走到里屋，见南边有一铺炕，炕上放张破桌子，炕头儿头朝里躺着一个人，在那儿直哼哼。半天，炕上的人说话了：“哇嘎，水……给我拿点儿水。”声音颤抖着，有气无力的。哇嘎赶忙跑出去，从外头的水缸里用小葫芦瓢舀了半瓢水端过来，轻声儿说：“阿玛，木克[①]，木克卧木米[②]。”炕上的老头儿慢慢翻过身子趴在炕上，接过水瓢，咕嘟咕嘟地连喝了好几大口，然后递给哇嘎说：“行了，拿走吧。”哇嘎伸出一只手把水瓢接了过去，另一只手扶阿玛躺下。

小萨布素从来没见过这么破的房子，没进过这么黑的屋子，更没见过病成这样的人，便走到老人的跟前。这时，正巧呼呼的北风把堵窟窿的破布吹了起来，透进了一缕星光。借着这光亮，才看清躺在炕上的老人满头灰发，胡子挺长，蓬松着，好像很长时间没有剪过了。面部黄黑，干瘦，看起来有六七十岁了，跟自己的爷爷岁数差不多。萨布素心里十分难受，寻思这也是一位老爷爷呀，咋生活得这么苦呢？又看了看四周，回头问哇嘎：“你们家有粮吗，天天吃什么呀？”小哇嘎说：“哪来的粮啊！我阿玛病了以后，不能干活儿，家里一点儿银子没有，没钱买米吃。”萨布素说：“那你怎么不干活儿呢？”哇嘎哼唧了半天，没说出个啥来。可他自己心里明白呀，因为懒呗，白长两只手，啥活儿不想干。老父一病，

---

① 满语：水。
② 满语：喝水。

没人经管他，就这么天天冲这个要点儿、向那个熊点儿的，可这话没法儿说出口哇！聪明的萨布素立刻明白了为什么哇嘎总管大伙儿要吃的。哇嘎又说："萨布素，其实他不是我的亲阿玛，是在逃难路上遇到的。我本是个流浪儿，老人家把我给救了，又领到了他的家，从此我们成一家人了。这么多年，一直是这位老阿玛照顾我。"萨布素越听越觉得这是个善良的老人，心中顿时产生了一种亲切感，想了想，对哇嘎说："我回去一趟，等着我，一会儿就回来。"说完，返身出门撒腿便往家跑。

萨布素毕竟是个孩子，啥事儿想得简单，何况一心要帮助老人家，别的啥都没想。他曾看见阿玛和额莫往炕琴的小匣子里放过银锞子，就想拿两块儿给哇嘎他们家用，觉得这算不了什么，反正家里又不缺这点儿银子。跑到家以后，舒穆禄看他回来了，没在意。因为小萨布素常出去玩儿，天天东跑西颠的，家里外头来回折腾，闲不着，家人都习惯了。再说这孩子挺听话的，从不跟谁打架，大人很是放心。当时，舒穆禄正在后屋给小女儿安茹格格换尿布呢，哈勒苏则在另一间屋子的炕上躺着，谁都没注意他。小萨布素进屋脱鞋上了炕，把炕琴打开，找到了那个木匣子，抓出两个银锞子，下地就往外跑。舒穆禄在后面喊了一声："萨布素，天黑了，早点儿回来！"他边答应边跑走了。

小萨布素气喘吁吁地跑到了哇嘎家，进门儿便说："哇嘎哥哥，这银子给你，赶紧给老爷爷看看病，抓点儿药吃。"此话被躺在炕上的门突呼老人听到了，忙着急地说："哎呀，孩子，太谢谢你了！不过，我们可不能要哇，怎么敢用你家的银子呢？"萨布素听也没听，放下银子就跑回去了。

过了几天，哇嘎来求萨布素："萨布素，我阿玛吃了药好些了，可是还起不来炕。你能不能再帮帮忙，将来我干活儿挣了钱，一准还给你。"萨布素听说老爷爷的病轻点儿了，心里挺高兴。寻思帮人得帮到底呀，接着用药就能彻底好了，于是又从家里拿出一块儿银锞子给了小哇嘎。

单说这小匣子里的银子，并不是虽哈纳自家的，更不是舒穆禄攒的体己钱。而是朝廷拨下来的作为接济流散移民安家用的，是公款、专款，谁也不许挪用。虽哈纳再三叮嘱夫人："这些银子可得给我收好，不能动。咱们家任何人，不管有什么大事儿，都不许动用这银子，记住没有？"舒穆禄说："你把心放到肚子里吧，我明白。你还不知道嘛，咱们家的东西不管放哪儿，从来没人动。"可虽哈纳说的话，萨布素并没听见呀，哪里知道这些？

且说一天晚上，虽哈纳从外边回来后，觉得挺累，躺下就睡着了。一觉儿醒来，冷不丁想起明天一早，要从乌苏里东荒子那边拨来七户人家。准备安置在宁古塔东边的一个噶珊，需给他们点儿银子安家，务必得带几块儿银子去。随即坐了起来，拉开炕琴，把那个小匣子拿了出来。打开一看，傻眼了，银子有人动过了！因为原来里面的银锞子一个挨一个地摆得很整齐，现在中间却少了三块儿一两一锞的。虽哈纳生气了，冲屋外不是好声儿地喊："舒穆禄，舒穆禄！"舒穆禄夫人放下手中的活计，赶紧过来问："啥事儿呀，这么大呼小叫的？"虽哈纳把小匣子往夫人身边一推，质问道："这银子数儿不对呀，怎么少了呢？"舒穆禄觉得挺奇怪的，心想："不可能啊，是不是记错了？"便说："是吗？不会吧，我看看。"边说边拿起小匣子，一看，果真少了。虽哈纳没好气儿地又问："咋回事儿呀，你动这银子啦？"舒穆禄说："没动啊，自打你放进去之后，我从没打开过呀！"虽哈纳火儿了："那它咋少了呢，难道能长腿儿飞了不成？""我怎么知道？你问我，我问谁呀？"舒穆禄也不相让。

小夫妻俩这么一吵吵，把睡在旁边屋的哈勒苏给吵醒了。他听了听，儿子的火气似乎挺大，便欠起身大声儿问道："虽哈纳，你们吵什么，为啥事儿呀？"虽哈纳忙走过去压着火儿回道："阿玛，我搁在小匣子里的银子不知怎么少了。这可是朝廷特拨的接济流民的专款哪，咱家怎么会出贼了呢？"哈勒苏一听，也很不解，马上披衣下地走了过来，对儿媳说："舒穆禄，你别急，好好儿想想，是不是买什么东西把银子拿串了？"舒穆禄十分肯定地说："阿玛，绝对不会。公家的银子一直装在这个木匣子里，我把木匣儿放在炕琴里了，咱家的银子放在另处，不会拿串的。"哈勒苏心想："他们俩住的这屋，平时用人不进去。有什么事儿，只是站在门口儿，禀完后立马退出去了，从不进屋待着。再说，舒穆禄每天要在这间屋子里侍候小安茹。安茹还在襁褓之中，得放在悠车里悠着，总也离不开人。家里的用人全是从吉林乌拉带来的老人儿，很老实，没说的，像自家的亲人一样，他们不太可能干这种事儿。挨着这屋的暖阁，是跟随了几十年的宝尔赛老玛发住着，最近又病了，躺半个多月了。这老头儿可不是那种人，与他不会有关系。"无论怎么想，也想不出是谁动了银子。他们三个人在一起猜测着，商量着，是谁能把刚放在那儿七天的银子给动了，是萨布素吗？不能啊，家里什么都不缺，他要银子干什么？不会是他。哈勒苏说："要我看哪，咱们别在这儿瞎猜了。这样吧，今天晚上叫萨布素到我屋来，我们爷儿俩睡一块儿，好跟他唠唠，看究竟是咋回事儿。”说完，转身回到自己屋里去了。

那么，哈勒苏为什么要把询问萨布素这事儿揽过去呢？他知道儿子虽哈纳的脾气不好，火儿一上来，弄不好就动手。舒穆禄又贤惠，若让她问，很难问出啥来。再说，事情已经出了，大家心里都很焦急，她恐怕不一定有耐性去启发萨布素。哈勒苏那是什么人哪，是有智谋的武将，像智多星一样啊！所以他思前想后，还是决定由自己来问萨布素。哈勒苏回屋躺在炕上，仍在琢磨这件事，翻来覆去地想：“今晚我把孩子叫过来，怎么同他说呢？或许是他干的。要真是那样，一定是有原因的，只不过没跟大人打招呼而已。”他相信萨布素是个好孩子，因为太了解自己的孙子了。

当天晚上，哈勒苏把心爱的小孙子叫到屋里，说是想他了，今个儿跟爷爷一块儿睡。萨布素自从有了小妹妹安茹以后，便不在阿玛他们那个屋里住了，而是跟爷爷住在一起。爷爷在哪儿睡，他就在哪儿睡。哈勒苏还越老越怪，特别愿意让小孙子睡在自己的被窝儿里。有时本来萨布素一个人睡得香香的，哈勒苏总是睡着睡着，就伸过胳膊，掀开被子去拍拍小孙子的屁股，搂到被窝儿里来。小萨布素从五岁起，便跟爷爷睡在一块儿，还常逗爷爷说：“咱们被窝儿里有两个老头儿，一个大老头儿，一个小老头儿。”只是现在大些了，舒穆禄考虑儿子每天要按虽哈纳规定的时间早早起来练功，小孩儿起床不知道注意，动静大。为了不影响阿玛的休息，给萨布素特意倒出了一个屋住。萨布素已经好些日子没跟爷爷睡了，同爷爷的感情又特别深，几天不在一块儿想得厉害。当听说让到爷爷屋里去睡时，别提心里有多高兴了，他搂着爷爷边亲边逗趣儿说：“爷爷，我可想你了！爷爷真好，也想我了吧，要不咋让孙子过来了？今天，大老头儿、小老头儿又睡一个被窝儿喽！”说完，自己先咯咯地笑了起来。

躺下不大一会儿，哈勒苏便开口说了：“萨布素，爷爷想问问你，最近做什么错事儿没有哇？”萨布素是丈二和尚摸不着头脑，愣愣地回道：“没有哇，没做啥错事儿呀！爷爷，咱俩总在一块儿，做什么事儿你都知道，不是爷爷到哪儿、孙子也到哪儿吗？”哈勒苏说：“不一定全是我到哪儿、你就到哪儿吧？有些事儿可没告诉我。孩子，一定要诚实。我过去不止一次地讲过，咱们家族的人从来没有撒谎的，撒谎是家族的耻辱。好孙子，爷爷是心疼你呀！我问你，要老老实实回答，这两天从咱们家往外拿东西没有哇？”萨布素终究是个孩子，整日到处玩儿呀、跑哇、疯啊的。今天去打猎了，明天跟小伙伴儿们遛遛夹子，后天再去套个狍子什么的，天天还挺忙，那拿银子给哇嘎家的事儿早忘到脑后去了。听爷爷这么一问，便认真地说："没有，没有哇，我啥也没往外拿。"哈勒苏想了想，说道："孩子，咱家丢东西了。丢的是你阿玛放在家里的公家的东西、朝廷的东西，是皇上为安置外来户拨来的银两。眼下又来了不少爷爷、奶奶、大爷、叔叔，全是刚从外地迁到这儿的，都很穷，没有住的地方。朝廷拨来一些银两，是准备给他们盖房子和买些牛啊、锄头呀、犁杖用的，好安家过日子。朝廷把这银子交给你阿玛了，前些天阿玛回来后，放在你额莫装东西用的炕琴中一个小木匣子里了。不知怎么，你阿玛发现缺了三块儿。三块儿银子没了可不是小事儿呀，这是朝廷的银子，咱不能动啊！好孙子，爷爷知道你是个好孩子，不会干这事儿。好好儿想想，有谁管你借过没有？"萨布素冷不丁激灵一下，脸腾地红了，哎呀，想起来了！咋给忘了呢，这不糟了吗？吓得好半天说不出话来，躺在那儿不吭声儿了。

哈勒苏一看小孙子那样儿，已猜出了八九分，接着又说："孩子，要有这事儿，必须告诉我。如果隐瞒不说，爷爷今后就不疼你了，咱们全家都不疼你了。不仅不会疼你，也不能要你，富察氏家没有这样的孩子。爷爷跟你讲的这些话听见没有？照实说，别害怕，告诉爷爷，银子到底哪儿去了？"听了哈勒苏的这些话，小萨布素还真有些害怕，没承想那银子是公家的，是阿玛暂时存放在家里的，可哪里知道哇！把朝廷的银子给动了，不得挨打呀？想到这儿，吓得不知咋说好了，只是紧紧地搂着爷爷。

此刻，哈勒苏啥都明白了，知道这个乱子肯定出在小孙子身上。看他憋得小脑门儿冒汗了，伸手照屁股使劲儿拍了两下，鼓励道："萨布素，只要把实话讲出来，我不生气。有错儿没关系，谁还能没错儿？有天大的事儿，爷爷替你兜着。咱们家全是虎将，虎崽子生在虎窝里，什么大事儿也吓不住！孙子，到底怎么回事儿，就咱俩说，在被窝儿里偷偷说，好不？"这时，小萨布素实在憋不住了，哇地一声哭了。哈勒苏拿过汗褟儿，给小孙子抹抹眼泪，擦擦鼻涕，然后说道："小喔莫罗，别哭了，哭有啥用？要是讲出来，你便是小虎将。爷爷不是跟你说过嘛，不但打敌人要有勇气，而且犯了错儿要有勇气承认，这才是个好孩子。好了，我可不喜欢掉眼泪的人，究竟是咋回事儿，能不能告诉爷爷？咱们大老头儿听小老头儿的，你看怎么样？"这一下倒把萨布素给说乐了，连哭带笑地搂着爷爷说："爷爷，我错了，这事儿是我做的。"于是，将事情的前前后后详细地讲了出来。哈勒苏听完以后，严肃地说："喔莫罗，爷爷疼你，你阿玛、额莫疼你，还有现在睡在龙头山上的奶奶也疼你。刚才跟我说的事儿到底是真是假？千万不能糊弄爷爷。"萨布素保证道："爷爷，我要做虎将，说的句句是实话。能不能答应孙儿一个要求？"哈勒苏问："什么要求？"萨布素说："明天一早，我领你到哇嘎哥家去看看。他家太苦了，怎么没人管他们呢？虽然是逃人，但逃人也是人呀，阿玛从没到他家去过。爷爷一去，就知道我是不是撒谎了，然后再告诉我阿玛，他要打就打吧。"哈勒苏说："好吧，我答应你，今天咱俩好好儿睡一觉。你说的话，爷爷哪句都相信，是个好孩子，是个小虎将。睡觉吧，睡吧。"边说边拍着小萨布素的屁股。萨布素在爷爷的怀里很快呼呼地睡着了，哈勒苏亲亲小孙子，躺在那儿好长时间闭不上眼睛。

第二天早晨，哈勒苏悄悄儿把事情的原委简单地告诉了虽哈纳，并嘱咐道："你们先不要批评孩子，更不许打，我先同萨布素去哇嘎家看看。如果真像他说的那样，下一步咋办，回头再合计。"这时，舒穆禄已把早饭做好了。全家吃了饭，虽哈纳遵照父亲的吩咐，一点儿没露声色，装作没事似的骑马到衙门办差去了。之后，哈勒苏领着小孙子向哇嘎家住的破房子走去。

哈勒苏去过宁古塔许多人的家中看过，像波尔辰妈妈的家，其他几个穆昆达的家，还有各姓邻里乡亲们的家，也曾到西大围子大牢里去过，唯独没到过那些逃人家。一路走着，觉得心里挺有愧。本为朝廷的命官，吃皇粮的，差事做得如此不细，从没去逃人家体察、了解一下他们的生活状况。可萨布素却做到了，自己还赶不上小孙子呢！他边走边想，不大工夫便到了哇嘎家，走进那又脏又臭的小屋。一看，门突呼老人正趴在炕上，露着个光脊梁，两只手托着脑袋，小哇嘎跪在炕上给阿玛捶腰呢！

门突呼和哇嘎听到了开门声，抬头一看，见是萨布素领着爷爷来了，爷儿俩顿时吓了一跳哇！哈勒苏那是将军哪，谁能不知道？即或他不认识人家，人家可都认识他哈大人呀！这父子俩根本想不到哈大人会走进自家的破土窑里，简直像晴天霹雳一般，哪能不害怕？门突呼挣扎着从炕上站了起来，晃晃悠悠地扑通一声跪下了。小哇嘎一看阿玛跪了，紧跟着在阿玛旁边也跪下了。门突呼说："没想到哈大人光临寒舍，奴才给您叩头了。"说着，爷儿俩咣咣地在破土炕上磕了几个响头。哈勒苏急忙走上前扶住门突呼，心疼地说："老兄弟，你身体不好，不要再折腾自己了，快躺下。我和小孙子是来看你的，萨布素把他做的好事儿告诉我了，这才知道了你家的情况。"哈勒苏看老头儿病得不轻，脸色蜡黄，眼圈儿发黑，气喘吁吁的，一点儿力气没有，便硬摁着让他躺下了，自己顺势坐在了炕边儿。门突呼说："哈大人，真是万分感谢您的小孙子呀，给送来了银子，让我看病。你们的心肠太好了，如果没有那银子买药，可能早没命了，终生难忘啊！哈大人，我是要脸的人，不是那好占便宜的人。请放心，奴才记着欠您的这笔债呢。等病好了，哪怕给你们做牛做马，只要这把老骨头活一天，一定要还上救命债，报答大人的大恩大德呀！"说完，一声接一声地咳嗽起来。哈勒苏忙伸出手轻轻敲老人的后背，想让他缓缓气儿，一边敲一边说："老兄弟，不要太激动，什么钱不钱的，儿两银子算什么？千万不要往心里去。我来晚了，早该来家看看，过去关心不够，应向你道歉才是呀！关于钱这个事儿今后就不要再提了，那不是主要的，人世间的情谊才是最重要的呀！"门突呼听了哈大人这番动情的话语，感动得吧嗒吧嗒直掉泪。

待门突呼老人止住了咳嗽，呼吸平顺下来，哈勒苏又同他唠了一会儿家常。临要走了，拍着老人的肩膀安慰道："你安心养病，别的什么都别想。等病养好了，我跟吴大人说说，一定帮着想想办法，让你有衣穿，有饭吃，让宁古塔的人全有活儿干。咱们大清刚刚创业，目前还有很多的难事儿，得一件一件地办。请老兄弟多保重，我还有事儿，先回去了，过两天再来看你。"边说边站了起来，一回头，见小哇嘎仍在炕上跪着呢，便笑着说："哇嘎，这小子，怎么还跪着？快起来。你呀，这些天少往外边跑，多伺候伺候你阿玛，让他身体早一天好起来。孩子，你都多大了，该懂事了，今后可要学好哇！老在外边打架、淘气，多让你阿玛操心哪，有没有决心改好？"小哇嘎红着脸，头一次现出了挺羞涩、腼腆的样儿，一个劲儿地点头。然后站起来下了地，想送送哈大人和萨布素。哈勒苏说："孩子，不用送了，在家照顾你阿玛吧。不要总贪玩儿，听到没有？"小哇嘎边答应着，边恭恭敬敬地给哈大人行了个打千儿礼。哈勒苏高兴地捋着胡子，拍拍小哇嘎的脸蛋儿，亲切地说："小子，一定好好儿学，将来会有出息的！"随后领着萨布素从哇嘎家走了出来。尽管哈勒苏一再不让送，小哇嘎还是送出挺远，一直到看不见他们的影儿了，才回到自己的破屋子去。

再说哈勒苏领着萨布素往家走的路上，心里琢磨开了："看来，我这小孙子还挺正直，心地善良，这么小就知道帮助人，是个好孩子。”越想越高兴，边走边笑眯眯地瞅着萨布素。萨布素一看爷爷既没生气，又没说什么，便仰着小脸儿调皮地说：“爷爷，我没撒谎吧？你跟他们说了这事儿我做得对，还说你去晚了，觉得过意不去，那我没有错儿了吧？”哈勒苏拍拍萨布素的小脑袋瓜儿，说道：“孩子，这是两码事。你好心帮助有难处的人，可是不告诉大人，自作主张从家里往外拿银子，这是好孩子、虎将应该做的吗？小喔莫罗，爷爷不多说了，相信我的小孙子最聪明，一定能明白这个理儿。到家以后，你要有勇气跟阿玛和额莫说说这件事哪儿做对了，哪儿做错了，能不能做到？”萨布素一听，立马蔫儿了，脚步慢了下来。要不怎么说是孩子呢，早晨领爷爷去哇嘎家，当时心里没底，挺害怕。到了哇嘎家，爷爷看到的、听到的和自己说的一样，并对门突呼老人和哇嘎挺关心的。那颗一直悬着的心才落地了，寻思这是做对了，开始有点儿扬脖儿了。回来时，还以为爷爷准会夸奖呢！哪知哈勒苏对这事儿盯得挺紧，指出了他错在哪儿，道理讲得很明白。萨布素一琢磨，觉得爷爷说得对，自己还真是有错儿，这才不出声儿了。

哈勒苏这位老人一向如此，对自己的孙儿总是循循善诱。他一看小萨布素那样儿，便回过头来说：“怎么又蔫儿了？我不是说要有勇气嘛！做对了当然好，做错了必须得承认，以后不做就是了，快走吧！”萨布素听爷爷这么一说，又来精神了，连跑带颠地跟在爷爷屁股后面。哈勒苏知道虽哈纳的脾气，性子急还认真，什么事儿都得刨根儿问底儿，定要问个水落石出。再说，出这么大个事儿，他那脾气，能不惦着吗，哪能在衙门里坐得住？肯定得比平时早回来，想尽快知道这银子究竟哪儿去了。一想别让儿子太着急了，快点儿回去吧，祖孙二人大步流星地很快回到了三棵杨。

哈勒苏进了正厅，果然看见儿子噘着嘴、铁青个脸坐在那儿等着呢！虽哈纳一看老人家领萨布素回来了，赶紧站起来迎上前，扶阿玛坐在正座，并让用人献上了茶。哈勒苏坐好以后，没等儿子问，先开口了：“虽哈纳，我知道你惦着这事儿，肯定会早回。回来好，进屋去把舒穆禄叫出来，有些话我得跟你们俩当面儿说说清楚。”虽哈纳恭敬地答应了一声，到了里屋，把夫人叫了出来。舒穆禄见了老人家，礼貌地问候了一句：“阿玛回来了，累了吧？”哈勒苏摇摇头道：“啊，不累。你俩坐下，我把事情原原本本讲讲，好让你们放心。”这时，舒穆禄见小萨布素始终依偎在哈勒苏怀里，便说：“萨布素，别老缠着爷爷，爷爷挺累的。过来，到额莫这儿来。”萨布素只好乖乖地走过去，站在了额莫身边。哈勒苏喝了口茶，便一五一十地把方才领萨布素到小哇嘎家看到的情况以及萨布素拿三块儿银子的来龙去脉讲给了儿子和儿媳。还说萨布素做这件事儿是事出有因，孩子没干坏事儿，尽管放心。虽哈纳听完以后，不禁长出了一口气，自言自语道：“噢，原来是这样。”心里挺高兴，没想到小儿子做的是一件助人为乐的好事儿，还算不错。舒穆禄更是如释重负，乐呵呵地侧过头来看着萨布素，然后搂过来亲着。

就在这时，只见萨布素忽然从舒穆禄的怀里挣了出来，扑腾一下跪在父母面前，检讨道：“阿玛、额莫，我又做错事儿了，惹你们生气，那三块儿银子是我拿的。哇嘎哥家太穷了，他阿玛前些天病得起不来炕了。我看他们实在太苦、太可怜了，啥也没想，跑回家拿了银子就送去了。后来一玩儿起来，便把这事儿给忘了。昨天晚上听爷爷一讲，才知道银子是皇家的。爷爷说得对，不经过大人允许随便拿，是错误行为。开始爷爷问时，一时没明白咋回事儿。接着提到家里的银子少了，我才呼啦一下想起来，又怕挨阿玛打，没马上主动承认，不敢讲。”说着，抽抽搭搭地哭了起来。虽哈纳站起身来，走到萨布素面前，把儿子拉过来抱在自己怀里，亲了两口说：“儿子，别哭了，你帮助穷苦人家解决困难，做得对。但要记住，以后不仅不能拿公家的东西，就是自己家的东西，不经大人允许，同样不能随便往外拿，记住了吗？”萨布素说：“阿玛，记住了。”哈勒苏笑着说：“小喔莫罗，没你事儿了，出去找伙伴儿玩儿去吧。爷爷要和你阿玛商量点事儿，去吧！”萨布素擦了擦眼泪，答应一声转身跑出去了。

萨大人后来回忆说：“未经大人允许拿银子送人这件事虽然不是有意犯错儿，但对我来说，却是终生难忘的一次教训。”前书我们说过，富察氏家族从不妄用皇家一分钱，送给哇嘎家的那三块儿纹银，后来用虽哈纳的饷银给补上了。从此以后，萨布素所做的任何事情，没有不禀明额莫的。到了四五十岁了，家里需做些啥或添置什么物品，仍要先向额莫禀报，然后再去办。他说，这是从那件事中得到教训而养成的习惯。

我们不说小萨布素去找小伙伴儿们玩耍，单说哈勒苏留下了虽哈纳后，十分严肃地对他说：“孩子做的这件事儿，倒给咱们敲起了警钟。虽哈纳，你身为地方的官员，可以说是个父母官嘛，下头的事情究竟知道多少？又到多少人家看过，是不是有愧于朝廷啊？我到小哇嘎家一看，确实没有吃的，一粒儿粮没有。这些人的吃喝问题不解决，宁古塔怎能不出现今天这家丢东西、明天有人入户偷拿、后天打仗斗殴的事情，街面儿又怎么能安定？作为一城之长，你难道没有责任吗？依我看，我们不能把宁古塔的住户人为地分成等级，对原来的老户挺好，对新迁来的或逃人在这儿安家的就瞧不起，甚至对他们的生活状况不管不问。长此下去，不出乱子才怪呢！宁古塔不是一般的地方，而是北地的前哨，朝廷要在这里屯兵、发兵，不治理好能行吗？再说了，北方还有很多部落和兄弟没有归附过来，咱们这地方不安宁，怎么能有力量去招抚他们呢？我看你应马上把这些情况向吴巴海大人禀奏，大家一起想想办法，此事不能再拖了。”虽哈纳听了阿玛的这番话，深感有负于朝廷，辜负了吴大人对自己的期望，很是内疚。马上去找了吴巴海巴图鲁，如实禀报了门突呼老人一家目前的困境，讲了萨布素如何从家里拿银子帮助老爷爷治病的事儿，谈了阿玛哈勒苏对处理这件事的想法。吴巴海听后，震动不小，十分感谢哈老将军的提醒和帮助，对虽哈纳说:“这段时间光顾忙一些大事儿了，把刚才你说的这些事儿忽略了，这个小哈哈济可帮了咱们大忙啦！小事儿往往能影响大事儿呀，何况对逃人的生活安置看似事儿不大，实际上这是关乎民心向背、社会安定的重要之事啊！”

吴巴海是个做事雷厉风行、果断、有魄力的人。前书我们说过，他到宁古塔一上任，就推行了计丁授田。之后，又提倡农耕，保护耕牛。这些皆得到了朝廷的赏识，皇太极还发圣谕，颁令推行吴巴海巴图鲁的一些做法。这次他对三块儿银子所引发的问题非常重视，当天晚上带着钟五戴、瓦岱等人，到三棵杨富察氏家里，同哈勒苏、虽哈纳一起，为如何解决宁古塔目前的具体困难整整谋划了三天。大家商议来商议去，最后哈勒苏提出了一个建议。他说:“每年朝廷给咱们拨的银子，都做正用了，没有胡花。戴珠瑚大人在任时，银子全用在安居新住户上了。这样做，暂时固然能帮助一些人渡过难关，却有个很大的缺欠，就是把银子洒了芝麻盐了。谁借便分给谁点儿，谁有功劳便赏给谁点儿，没用在刀刃上，没从根儿上解决问题。依我看，咱们不如把朝廷拨来的银子集中起来用。宁古塔是块宝地，有山有水，物产丰富，土地肥沃。尽管可以靠山打猎，依水网鱼，然而地总要多种些，人缺粮怎么行？牲畜马匹，尤其是战马没有草料也不行。要解决这些大事儿，正像吴大人所说的，关键在于发展农耕，把乌忻贝勒[1]请来。吴大人很重视农业，我举双手赞成，只要自己认准的事儿马上去做。大片的土地那么荒着，太可惜了。如果能撒下籽种，勤于耕作，把绿草地变成良田，到了秋天不就万粒归仓了嘛，还愁没粮吃？更不用每年到皇上那儿请粮了。这样，咱们不仅能富起来，宁古塔的人心也能安定。”吴巴海听了哈勒苏的这番话，眼睛为之一亮，觉得想法挺好，忙问：“哈大人，具体该怎么办好呢？再说说看。”哈勒苏想了想，接着说道：“照我看哪，现在最缺的是耕牛。马匹家家有，谁家都不缺，咱们是马上民族嘛。如果用朝廷拨给宁古塔的银子多买些牛，把它租给或借给住在宁古塔的人家，不管是老户还是新户，一律平等对待。到秋收的时候，再让他们偿还借牛、租牛的银两，这样，可以接济很多的穷人。比如类似门突呼这样的家庭，有了牛，便能种点儿地了。种地就会有收获，就能有饭吃。安居才能乐业，宁古塔减少了隐患，自然会安定。大家全富裕了，完全有实力更好地帮助朝廷，还愁北征大军兵不强、马不壮吗？”吴巴海高兴地赞同道：“好，讲得太好了，咱们就这么办啦！”

此事定下之后，宁古塔从天聪五年起，准备派人到外地买牛。让谁去好呢？哇嘎的阿玛门突呼本是一个在北方贩牛的牛贩子，当然知道哪里有什么样的牛。春天的时候，他们常到李朝[2]附近去买牛，然后用两三个月的时间赶到内地贩卖，买主多半是用那些牛做祭祀用。门突呼由于吃了一阵子药，现在病已经完全好了，虽哈纳便请他带几个人，分两路去买牛。一路经珲春南下，到庆原、东坪、李朝一带买小黄牛，不但好养，什么草料都吃，而且壮实。你是拉车、拉犁、爬山、爬岭全行，既可棚养，又可放牧。另一路到敖东，即东京以南的敖东城一带买当地的犁牛。这是一种在北方生长的黎黑色的牛，公牛雄壮，身量儿大，有劲。吴巴海、哈勒苏二人还特意嘱咐门突呼他们，要多买些犁牛的种牛，再买些李朝附近的母牛，用敖东的犁牛配李朝附近的小黄母牛，这样很快就可以繁育出宁古塔的牛了。

门突呼一行从初秋出发，用了两个多月的时间，吃尽了辛苦，终于把牛赶了回来。吴巴海见这些牛有的瘦些，有的小些，便说：“我看这样吧，暂不忙把牛分下去。先由门突呼带着哇嘎集体饲养一段时间，等养

---

① 满语：农神。

② 即朝鲜。

肥壮了，再往下分。”为此，还特意在东甸子、西甸子开辟了两个大牧牛场，怕人手不够，又选派了几个差役同门突呼他们一块儿放牛。自从把这些白色的、黄色的、棕色的、黎黑色的大大小小的牛放牧在两个草甸子上，立马将这里装扮得十分好看，像一片片花朵撒在绿茵茵的草坪上一样，谁看谁爱。经过一个秋天的放牧，这些牛饲养得特别好，头头膘肥体壮。这时，吴巴海告诉虽哈纳，将所有的牛登记造册，并把宁古塔和周围噶珊的穷户也统计清楚。再征求一下用户的意见和想法，看他们有多少劳动力，需要几头牛，然后分派给各家各户，算暂时借用。等到第二年，把租银偿还给朝廷。虽哈纳按照吴大人的吩咐，一一认真照办。与此同时，吴巴海还派人外购来一些犁、锄等农具。考虑到宁古塔有一些住户不会种地，连怎么撒籽都不懂，又从外地请来了几位牧牛和耕种的老把式，专门传授放牧和种地的经验。此事一传出，宁古塔人没有不高兴的，真是户户感恩、家家戴德，纷纷伸出大拇指夸朝廷好。离得较远的诺雷和呼尔哈部落的一些游民听到这个信儿以后，主动投奔到宁古塔来了，愿做宁古塔的住户。有些过去偷着从宁古塔逃跑的、搬走的人，也陆陆续续悄悄儿地回来了，没想到由三块儿银子引发出来的竟是宁古塔蒸蒸日上的新变化！

第五件事是惩治“狼群”。大概是在萨布素七岁那年，崇德二年，女真的天牛年，大明的崇祯十年，有一件事震动了海浪河两岸，说来很有趣儿。怎么回事儿呢？当年的海浪河中上游一带，水流湍急，水势丰满。放眼望去，波浪起伏，阳光下闪着银光，真像是一条飘飘的玉带。水量大，河又清，鱼就多呀！早年，宁古塔附近住的人，靠吃海浪河的鱼为生。不仅顿顿离不开鱼，是主要口粮，还有用鱼皮做衣服穿的。不单黑斤人这样，当时的女真人亦如此，可谓是食其肉，衣其皮。为了捕鱼，各家各户在江两岸下了许多鱼梁子，撒了不少阿苏[①]。有大网、小网、圈网、套网、连环网，还有像笼子似的网，也有下鱼罩子的，这些打鱼的用具做得既好看又精巧。每家各选一个地方，晚上把网一撒，第二天早上去起网。一到天亮，你就看吧，家家挑着不少的鱼回来了。小的不吃，晾成鱼干儿，只吃大的。这里的鱼种类也多，有细鳞鱼，当时是给皇上进贡的，味道鲜美，非常好吃，满洲人叫它尼莫顺。你是腌着吃、蒸着

① 满语：渔网。

吃、炖着吃，或者晒成鱼干儿全行。另外还有杆条鱼、草根鱼、鲇鱼等，也有勾辛，即大狗鱼。河流的水既大又深，有的地方差不多四五丈深，扎个猛子进去，半天摸不到底儿。鱼是肉厚体长，要不人们怎么说水深鱼壮呢，那确实不假。当年萨大人回忆说，小时候曾看见过叔叔、大爷们三四个人一起抬一条用绳子、皮条儿捆着的大杆条鱼，像抬个木轱辘似的，你说这鱼有多大吧？它的骨头比一般的鱼骨粗多了，有些人家用这种鱼骨和木头混在一起搭小棚子，连那些位于江边的网房子也多是用杆条鱼骨搭的。因为总要下河捕鱼，所以不论男女老少皆会水，家家户户都有船。船是各式各样的。有用桦皮摵的，很轻巧，也有小木筏子，还有用独木抠成的威呼[①]。较好的一种，是用牛皮缝制的皮筏子。充上气后，筏子有气一鼓，立马漂起来了。在水里轻飘飘的，划起来十分省劲儿，又不容易翻。

然而让人有气的是，最富的地方最容易招来“恶狼”，一些贪婪、好称霸一方的家伙，经常出没于海浪河两岸。他们从哪儿来的呢？有些是从海浪河上游到这里打鱼的。打鱼就打你的呗，互不干扰也行啊，可这些人不是。蛮不讲理地强占地方，他要是在这儿捕鱼，便不许别人来。单说宁古塔就有这样两个朱巴达[②]，都是恶喝沁[③]。长得像凶神恶煞一般，又是安巴亚力都[④]，力大无穷。凭着自己长得壮、有劲，到处欺负人。还全会水，水量特别好，扑通一声跳入四五丈深的水里，靠苇子筒儿或鱼肠子露在水面上出气儿，可以一个时辰不出来，大伙儿叫他们“水鬼”。经常是在这儿霸几天，再换到别的地方占几天，只要是他俩霸占的地方，绝不允许别人捕鱼。甚至不管原来是谁家的鱼梁子在那儿，一个不剩地给薅掉，拿去建自己的鱼梁子，这地方从此理所当然归他们了。要不，就毫不客气地同你干。你若打不过，去找官府衙门，等官府的人一来，人家早已潜水跑了，根本找不着。这俩人没名儿，从来不说是哪儿来的。由于不知道他们叫啥，大家给起了个名儿，叫“乌鸦善”[⑤]。宁古塔的这两个朱巴达天天水里来、水里去，干着破坏别人鱼梁子的勾当，搅得人们

① 满语：小船。
② 满语：仇家、仇人。
③ 满语：总做坏事的人。
④ 满语：大胖子。
⑤ 满语：泥鳅。

不得安生。这还不算，你要是乘着图鲁玛[1]去查鱼梁子，见自家的被拔了，气愤地骂上几句："他妈的，哪儿来的这些'乌鸦善'，太坏了！凭啥把我们的鱼梁子给偷去了，这是人干的事儿吗？"他会藏在水底下，忽隆一声把你的皮筏子给拥翻了，人淹在水里，浑身全湿透了。这么说吧，自从来了两个恶喝沁，这里可变样儿了，很多人遭了罪，致使不少人家不能去打鱼了。

波尔辰妈妈在海浪河的三条河汊子里有三个鱼梁子，两个大的，一个小的。小鱼梁子叫水笼，也叫串笼，是用网织成的一个圆筒儿形的长网，一节一节的，像条龙似的。鱼只要钻进去，就出不来，因为后头的口儿是扎着的。鱼满了以后，把口儿这端拥起来拉出水面，再把网倒过来，将鱼倒出来。这种串笼放在河底，小鱼、大鱼、泥鳅全往里钻，一个串笼可以装进很多鱼。如果是满满的，一两个人拉不动，必须得七八个人甚至十几个人一起拉，才能出水面。再把后头扎着的口儿打开，哗啦一倒，啥鱼都有，活蹦乱跳的，真招人喜欢。一到这个时候，人们可开心啦！

往年，波尔辰妈妈用这种串笼捕了不少鱼。因为多呀，所以常给各家送一些去。萨布素他们家刚来宁古塔的时候，没少吃波尔辰妈妈送来的新鲜鱼，还有鱼干儿和各样的鱼肉，生的熟的全有，哈勒苏很是感激。后来哈勒苏家也下了渔网，从此说什么不收波尔辰妈妈送的鱼了。这阵子波尔辰妈妈的串笼遭到了破坏，气得她是天天吵、日日骂呀！然而一点儿不顶事儿，鱼梁子照样丢。没办法了，只好让两个小孙子麦里西和麦里特看着。可谁能总在河边儿站着呀？一不留神，鱼梁子又被薅了，怎么看都不行。你不是骂吗？好，人家就在道上拉几泡屎，让你觉得恶心，下不去脚，你说这人该有多坏！

有一天，波尔辰妈妈家的三个鱼梁子又被薅了，这下把她气急了。咱们知道，这位穆昆达可不是好惹的，嘴挺臭，什么话都敢往外掏。只见她站在小皮筏子中间，两个孙子在两边坐着。她光个大脚丫子，上身没穿衣服，两手叉着腰在那儿高声儿大骂："谁他妈这么坏呀，好不容易做了三个鱼梁子，又给偷走了？别这么欺负人哪，还让不让我们活了？全家人可靠它过日子呢！这两个'乌鸦善'咋那么缺德呀，专门钻到水里害人，怎么不敢出来呀？出来！看看到底是谁，我知道你们是什么人，宁古塔的人谁不知道啊，别以为半夜拉屎没人看见就不承认，被窝儿里

---

① 满语：皮筏子。

放屁总能闻出味儿来的。朱巴达，你给我出来！寻思我们孤儿寡母好欺负哇，别拿豆包不当干粮，靠着你膀大腰圆有力气是不是？告诉你，老娘我厉害着呢！不用别的，两个大巴掌就能拍死你，拍死你！”正骂得来劲儿的时候，只听轰隆一声，皮筏子被掫翻了，根本没看见水里边的人。波尔辰妈妈和两个小孙子滚进了水里，好在都会水，周围的人马上过来相救，将仨人拉上了岸。波尔辰妈妈这么骂了半天，到了也没把那两个“水鬼”给骂出来，还是潜遁而去。

波尔辰妈妈在岸上快气疯了，眼泪噼里啪啦往下掉，捶胸顿足地一阵好喊，任谁劝不住。在场的人议论开了，这可怎么办呢？不行就得找虽哈纳大人去。有的说：“虽大人即使带几个兵来了也不行啊，连那两个坏蛋的影儿都见不着，能怎么办？再说他忙得很，不是又领兵出去了吗？”看来，还得想别的办法，一时又想不出什么好招儿来。这时，麦里西、麦里特兄弟两个对波尔辰妈妈说：“奶奶，还是去找萨布素吧，让他帮着出点儿主意。我们知道，他准有办法。”波尔辰妈妈说：“那可不行，千万不能找萨布素，别惹事儿了。已经挨过四鞭子了，能让他再挨顿揍？”小麦里特说：“不要紧，奶奶，反正不是干坏事儿，他阿玛不会说的。”周围的一些小孩儿也纷纷帮腔儿：“萨布素肯定行，鬼着呢，道眼可多了，去找吧！”戴珠瑚的小孙子巴克、老徐家的窝赫，还有老关家的门德赫全在跟前，一个个抢着说：“奶奶，没事儿，是那些人熊咱们，不是咱们欺负他们。”“找萨布素，是让他帮助出个点子，又不是去打架。他阿玛知道了，总得问问因为啥吧？要是弄清咋回事儿，不会怪罪的。”“奶奶，萨布素聪明，有智谋，有办法，像个小谋士一样，遇到事儿可善于动脑筋了，鬼精鬼灵的。再说了，萨布素要是实在没招儿了，还有他爷爷、阿玛呢。他们都是哈番，一准能帮助想些办法，老这么下去怎么行？”孩子们七嘴八舌地话不落地儿。

前书我们说过，萨布素常跟爷爷出去打猎、放鹰。去的次数多了，对周围的岭岭洼洼、沟沟岔岔熟得很，闭着眼睛都能摸到。包括哪块儿住的什么人家、啥样儿的房子、哪块儿有什么猛兽全知道。别看才七岁，却愿意观察地形及山山水水，并能熟记在脑子里，那小脑袋瓜儿里装的东西还真不少。正因为如此，他在这些小伙伴儿中，成了智多星，遇事愿意求助他，是个非常招人喜欢的孩子。关于这些，你说这波尔辰妈妈能不知道吗？此刻她想：“萨布素是我波尔辰从他额莫肚子里拍出来的，下生时哇哇哭，哭声挺大。那时，我跟东海额莫说：‘你这小孙子长大错不了，能出息个人，听啊，哭声多亮！记住，刚生下的孩子哭声越脆，声音越大，证明这孩子越精神，越聪明，将来肯定不一般。’再说萨布素是我看着一点点长大的，像亲孙子一样，既喜欢他，又疼他，几天不见就想。做了什么好吃的，除了给麦里西、麦里特，每次还得告诉他们俩：‘快去，给萨布素送一碗去！’或者把孩子叫到家里来吃。那时，萨布素到我家来，东海额莫挺放心，包括哈勒苏、虽哈纳、舒穆禄夫人也从不担心。两家走得特别近，像一家人一样亲热，啥说的没有。”波尔辰妈妈想到这些，又听两个小孙子和这帮孩子都说要找萨布素，琢磨着或许找了来真能帮助出些主意？再说，孩子们要是闹大了，还有我呢，我能管住他们，惹不出啥乱子。不能给虽大人再添麻烦了，人家是官府上的人，出了事儿可担待不起呀！于是便说：“去吧，把萨布素叫来。”麦里西、麦里特这帮孩子见奶奶同意了，撒丫子一溜风地找萨布素去了。

萨布素被找来时，波尔辰妈妈还在抹眼泪呢。这孩子心地善良，小脑袋瓜装事儿，对波尔辰妈妈特别有感情。自从将自己抱大的奶奶东海额莫去世以后，更是把波尔辰妈妈当作亲奶奶一样看待，几乎天天得跑到家里去看看。此刻一看奶奶哭了，小萨布素忙走到跟前给擦眼泪，边擦边问：“奶奶，别哭哇，怎么了，出啥事儿了？”这时，麦里西、麦里特、门德赫、窝赫你一句、他一句地把事情的来龙去脉讲了。站在萨布素身旁的巴克那是个炮仗脾气，好打架。别看年龄小，个头儿不高，就是厉害。像他爷爷一样倔强、骨头硬，长得壮壮实实的，从来不服输。他小眼睛一眨巴，蛮有把握地说：“萨布素，咱这么办。再找一些伙伴儿，豁出去了，跟他们干，有啥了不起的？咱们人多，不怕他！”萨布素说：“不行，不能打仗。一个因为他们是大人，咱们人再多，也打不过。再一个，‘乌鸦善’是在水里，咋叫不出来，上哪儿打去？所以，这招儿肯定不行，还得琢磨别的道道儿。我爷爷常说：‘败棋有胜招儿’，得想法儿把败棋变成胜棋。”你们看，萨布素这个小脑袋瓜儿不简单吧？把他爷爷这句话在这儿用上了。大伙儿忙问：“那得怎么变成胜棋呀？”萨布素小眼珠儿一转，笑了笑说：“有办法了。”然后在奶奶耳边嘀咕了一会儿，不知讲了些什么。波尔辰妈妈笑了，说：“好孩子，你们别闹扯大了就行。记住，可不能捅娄子，那样又得给爷爷、阿玛添麻烦了。”萨布素说：“奶奶，放心吧，我会听奶奶话的。您老回去吧，我们和小伙伴儿再商量商量，一定能办好。”波尔辰妈妈还是千叮咛、万嘱咐的，萨布素一再保证不会有啥事儿，这才转身回家了。

萨布素这孩子脑瓜儿灵活又聪明，知道不能轻易乱来，寻思了半天，心里已有了个小九九。这帮孩子见波尔辰妈妈走了，萨布素站在那儿不吱声儿，都憋不住了，巴克着急地问："萨布素，怎么办呀？要不咱们在这儿站岗放哨，那两个坏蛋不能总不出来吧？只要一出来，咱就用弹弓打。"萨布素说："不行，不能用弹弓打。再说，那得等到什么时候哇？要知道，抓老鼠，得先找到老鼠洞；抓水獭，必须先知道水獭洞在哪儿。能找到它们的洞，才能抓住水獭和水耗子。"大家纷纷说："这么大的地方，上哪儿找朱巴达住的洞去？咱们不知道哇！"萨布素说："你们跟我来，一块儿找哇嘎哥哥去。"小伙伴儿们听萨布素说去找哇嘎，觉得有道理。为什么呀？知道哇嘎水性好啊，常在水边儿转，没准儿认识破坏鱼梁子的那两个"乌鸦善"。可以通过他，再找到"乌鸦善"的住处，这招儿不是挺好嘛，便都乐颠颠地跟着去了。

小哇嘎以前游手好闲，好吃懒做。特别是平时好玩儿、好贪，常跟一些不三不四的人来往，所以认识的人倒不少。自从萨布素把爷爷带到哇嘎家后，帮他们解决了生活上的困难，还安排爷儿俩养牛放牧，生活比以前好多了。由于有了约束，小哇嘎改好了，人变得勤快了，现在已是个很不错的小牛倌儿了。过去曾被他欺负过的孩子改变了看法，渐渐亲近了，都叫他哇嘎哥哥。反过来，他对这些孩子像弟弟一样照顾，挺有个兄长样儿的。萨布素见哇嘎同过去判若两人了，便愿意和这位哥哥在一起，常去找他。哇嘎也喜欢萨布素，两人的关系越来越密切了。

萨布素领着小伙伴儿们先到东大甸子去找，没看见哇嘎，只有他的阿玛在那里。门突呼老人告诉孩子们："你们到西大甸子找吧，他在那儿看牛呢！"小孩儿腿快呀，呼呼啦啦连跑带玩儿的，不大一会儿便到了西大甸子。果然，见哇嘎骑着匹小青马正在赶牛呢，一边摇晃着马鞭，一边唱着布谷谣，嗓门儿还挺高。小巴克高声儿喊道："哇嘎哥，我们有事儿找你呢！"叫了好几声，小哇嘎才听见，立刻调转马头，冲这边跑来了。到跟前一看，萨布素和好几个伙伴儿来了，便把马缰绳一勒，小青马咯噔站住了。哇嘎跳了下来，笑着问："你们咋来了？跑这么远找我，一定有事儿吧？"于是，萨布素把坏人怎么破坏鱼梁子、欺负那些打鱼人的事儿，还有波尔辰妈妈被两个"乌鸦善"熊得气哭了的事儿，全告诉了哇嘎。又说："我们想替奶奶报仇，可那些'水鬼'怎么着不出来，找不到哇！哇嘎哥哥，你认识他们吗？"哇嘎认真地说："你们可整治不了人家，那才厉害呢，连我都治不了。"麦里西插嘴道："好哥哥，你告诉我们，他们是谁，住在哪儿？”哇嘎说：“我要是告诉了你们，但千万别惹出乱子呀！”萨布素说：“哇嘎哥，放心吧，没事儿，你说吧。”哇嘎想了想，摇了摇头道：“不行。萨布素，你是不知道哇，这几个人特别坏。惹急眼了，真要把你揍一顿，出个三长两短的，我怎么能对得起哈大人、虽大人呀？”萨布素说：“我们肯定不打仗，只想知道他们住在哪儿。咱有理，可以跟他讲理嘛！”巴克、麦里特、窝赫等也随声附和：“对，就是问问他们凭啥薅咱们的鱼梁子。再胳膊粗力气大，不讲理不行呀！哇嘎哥，求你了，快告诉我们吧。”小伙伴儿们一个个仰脸儿瞅着他，显现出焦灼、期待的神情。

我们刚才说了，哇嘎现在不比从前了，不仅学好了，还锻炼得成熟了，遇事总要想想该办还是不该办、该咋办。他仔细琢磨了一下，觉得这些“水鬼”做得确实不对，太霸道了，不能想欺负谁就欺负谁呀？跟他们说道说道也没啥，不会出啥事儿，便说：“好吧，那我告诉你们，不过帮不了太大的忙。因为知道的一些事儿，还是头两年听说的，眼下是啥情况不清楚。过去我跟他们挺熟，这几个人是咱们的同族，你们说的其中两个人，很可能是赫舍里氏的那哥儿俩。听人家说，东海窝集那边部落之间打仗，他们让人家给撵得没处去了，才逃难过来的，大概在这儿已经七八年了。不知你们看到的那俩人，是不是我说的这哥儿俩？”麦里西说：“我们到现在连人影儿都没见着，只知道是俩人，叫‘乌鸦善’。至于是不是哥儿俩，不晓得。”哇嘎说：“我想准保是他俩，老大叫扎尔色，老二叫扎尔太。其实，这俩人还行，不怎么坏。因为以前被人家欺负得太狠了，所以见谁都恨，分不出好坏人，到哪儿只想报复。我头几年不是没吃的、没住的、到处走吗？就是跟他们在一起待了几年。人家水量好，野性。你们想想，原来住在东海那边，海边生、海边长，在海里摸虾、抓鱼、捞海带，到深海里采各种好看的石头给朝廷进贡，全指着这个活着，那水量能不好吗？从小会水，是‘水鸭子’‘水鬼’，我有点儿水量便是跟他们学的。那潜水功夫真数第一，没人能比。后来一个大的部落霸占了他们居住的地方，还把头人给杀了，吓得不少人跑走了，他们阿玛只好领着他俩也逃了出来。”萨布素插嘴问：“那‘乌鸦善’是怎么到这儿的呢？”哇嘎说：“你别急，听我慢慢说。他俩是海边儿长大的，看惯了大海，在内地根本找不到那样的地方，觉得哪条河都小，不习惯。

后来，好不容易在呼尔哈河下游处，看到了必尔腾湖[1]。虽然比不上大海，好在曲曲弯弯的，水还挺深，觉得这里倒可以安家，生活能勉强过下去。因此，从东海逃过来的人，集中奔那儿去了。这样，在必尔腾湖的北葫芦头、南葫芦头、西崴子等处，沿湖住了不少人家。特别是南葫芦头的人更多，扎尔色、扎尔太哥儿俩也住在那块儿。之后，南葫芦头今天来一伙儿，明天来一伙儿，越来越多，大石头河子呀，松意河呀，小夹吉河呀，一直到下边的吊水楼子，就是瀑布那块儿，整个一溜哇，全让他们给占了。占山为王不说，凡是强占的地方，还不许别人来，特别不讲理。”说完，现出一副得意的神情，脸上分明写着：“怎么样，这些事儿你们没听说过吧？我都知道。”

萨布素一听哇嘎提到了必尔腾湖，呼啦一下想起来了，曾听人说此湖位于牡丹江上游，在唐代称忽汉海。四面群山环抱，风光秀丽，景色迷人。湖西北有三大泡，即东大泡、西大泡、达连泡，盛产鲫鱼、红翅、红尾、红鳞等，是个好地方，没想到却让这些人给霸了。忙问道：“他们占了这里，那些老户干吗？”哇嘎说：“人家当然不干了。有些汉人老户，像老朱家、老胡家呀，老马家、老刘家呀都在湖边儿打鱼，年头一长，在一起能不肩碰肩、脚碰脚、互相磨牙吗？往往因为争地盘儿吵骂个没完。有的说这个崴子是我的地方，早就占了，你赶紧离开这儿，该上哪儿上哪儿；有的说那个岛子是我们的，你凭什么占？必须还回来！越说越急，竟动起手来，打得头破血流。甚至动刀动斧子，常有杀人之事发生，闹得相当厉害。我有点儿害怕了，阿玛更担心，怕将来受牵连，便把我叫了回来，不让跟那些人混在一起。从此，我和他们分开了，现在来闹的，可能是这俩人。因为我听说扎尔色、扎尔太同当地的人仗打得挺凶，老阿玛让人给杀了，哥儿俩这才跑的。至于逃到什么地方，那可不清楚。按你们所说的，估计是在海浪河上游这块儿。”萨布素问道：“能住在哪儿呢？”哇嘎说：“要我看，能来附近拆别人的鱼梁子，能在水里待着，估摸不能住太远。总不会在这儿闹了事，再回到几十里以外的南葫芦头去，你们说是吧？再说，那儿有他们的仇人，敢去吗？肯定住在不远的哪个山旮旯儿，你们在这周围找吧，我那边还有事儿呢，得走了。”说完，转身就要上马。

萨布素见哇嘎要走，赶忙上前拉住他的胳膊，真诚地说：“好哥哥，

① 即镜泊湖。

求求你还不行吗？帮我这个忙吧。过去我帮了你，这次你该帮帮我，也是帮大家，咱们一起抓这两个坏蛋。他们太坏了，弄得这块儿家家都没法儿打鱼了。哇嘎哥哥，你不能眼看着不管哪！”小哇嘎犹豫了半天，心想：“这可咋办呀？此事又不是别人提出来的，而是好弟弟萨布素要办。平常对我那么照顾，若是不答应，不光他，伙伴儿们也得不高兴，多不好哇！”便点点头说：“好吧，你们等着，我去跟差官告个假。”说着，一骗腿儿上了小青马，将缰绳一勒，双脚往马肚子磕了两下。小青马挺懂事儿，“嗒、嗒、嗒”地跑向前边山坡儿的牛群，原来差官在那儿放牛呢！这伙儿人里，有几个是牛倌儿，还有一个是衙门的差役，由他领着放牧。哇嘎去了不大一会儿便回来了，告诉萨布素他们几个说：“好了，差官同意了，咱们一块儿去。不过我得快去快回，这里缺人哪！你们不知道哇，这些日子狼群闹得特别厉害，把好几个小牛犊给掏了。哎，对了，我不骑马了，拴在这儿的马桩子上吧。咱们走着去，沿着海浪河边儿顺着山道过去近，快走吧！”

哇嘎领着他的小伙伴儿们连蹦带跳地穿过西大甸子，奔海浪河的河岸方向而去。在过一片密林时，萨布素他们几个往底下一瞅，隐隐约约见到一些房子，忙问：“哇嘎哥，在哪块儿啊，到底哪座房子是呀？”哇嘎不理会，直劲儿地仰着脖儿往上看。萨布素觉得奇怪，问道：“哇嘎哥，你总往上看干什么呀？”哇嘎笑了，说：“不懂了吧？我不是说过嘛，扎尔色、扎尔太是从东海窝集来的。他们是林中人，喜欢在林子里生活，都把房子搭在树上，你得往树上找。”萨布素听了，一边笑一边顽皮地说：“哎呀，树上那不是喜鹊窝、老鸹窝吗？”孩子们一听全乐了。哇嘎说：“你们光知道在下边找噶珊，却没想到树上会有房子吧？知道他们为什么住树上吗？因为在高处看得远，便于瞭望，尤其对河岸的情况看得更清楚。为什么有的鱼梁子刚下完，你前脚走后脚便被薅了，鱼也没了？还不是由于他们在树上，居高临下，鱼梁子下到哪儿，早已看得清清楚楚嘛，不少的打鱼人就是吃了这个亏。他们树下有窝棚，那是晚上太冷时，才到底下睡觉的。大家仔细点儿，要是看到哪片树林子上头搭有大窝棚，说不定是扎尔色、扎尔太住的地方呢，快找吧。”听了哇嘎的话，萨布素才猛然醒悟：“噢，原来是这么回事儿呀！”随即竖起大拇指，高兴地赞许道：“哇嘎哥，你真行！”小哇嘎不好意思地摸摸后脑勺儿笑了。

萨布素和小伙伴儿们按哇嘎说的，很快便在海浪河南岸不远的一片树林里，发现了一些房子。这些房子挺有意思，是把一棵棵杨树或桦树用帐子围起来，然后在里边搭窝棚。上头盖些树枝和杂草，再用狍子皮、獾子皮、鹿皮等包上。在已被砍伐的地方，即树林里像天井似的空地儿搭炉灶、仓房、畜舍，养些鸡、鸭、猪什么的，还算井然有序。林子里挺宽敞，也盖有一些土窑子，就是半地窖子式的房子，还有的是木克楞房子。若不注意，在林子外根本发现不了。因为那是一大片长满杨树和桦树的深深的密林，谁也不会注意，更想不到那里会有人家。这回多亏有小哇嘎领着，才看到了。几个孩子从树的缝隙往里一瞅，哎呀，里边住着好些户哇，起码有十七八家！以前东跑西颠的，没注意呀，以为南边有河水，有人到那儿打鱼而已。再往前走，看到挨着河岸不远的一些高树上，搭了些小窝棚，都搭得挺好。是利用树和树杈儿之间的空隙，横摆一些原木，在原木之上搭建的。一个小窝棚里最少可住四五个人，能做饭，有窗户，有帘子。帘子是用皮条儿将一根根木条儿编在一起而成的，挺规整。有的还在帘子外面缝上一张用花鼠皮子拼在一起的皮围子，既保暖又好看。两边有两三个窗户，一边一个门儿。为了安全起见，不至于掉下来，窝棚外边延伸出一块木板儿，有的木板儿两侧还有栏杆，人可以站在木板儿上面。在底下往上一看，这窝棚像是悬在高高的天上一样，真挺壮观呢！

那么，住在树上的人每天怎么上下呢？有两种梯子：一种是树梯。即利用这棵树，等距离地在树干上从底往上砍一些磴儿，磴儿里夹一块儿木头，人可蹬着木头磴儿上树。这样，树本身便成了梯子。为防备生人上去，晚上把磴儿里的木头拿下来，第二天一早再放上，像插销一样插进去。还有一种是吊梯，用皮绳子编的。即把鹿皮、野猪皮、牛皮三种皮条儿编在一起，在绳子的每一段儿里，插进一个粗木头，像木头磴儿一样，从树房子那儿一直编到树下。这种吊梯容易随风晃动，为使它牢固，则在吊梯下面绑上两块大石头，方能垂直吊在那儿。晚上把吊梯拽上去，白天用时放下来。无论哪种梯子，皆做得既整齐实用，又精巧美观，这就是东海人住的树屋。

萨布素他们头一次看到这种屋子，都好奇地瞪着大眼睛趴在草丛里往树上看着。因为是偷着来的，怕人家听到或看到了惹麻烦，谁也没敢出声儿。可一个个的心却高兴得怦怦直跳，这回好啦，总算找到这几个坏蛋的窝啦！哇嘎推推萨布素，轻声儿说："弟弟，扎尔色和扎尔太到底住哪个树屋不好确定，不过这里肯定是他们住的地方。"萨布素心里有底了，很是感激哇嘎。知道他出来的时间不短了，又是请假来的，一定急着回到西大甸子放牛去呢，就说："哇嘎哥，马场很忙，离开的时间长不好。这么的吧，你先回去，回头有事儿我再找你，好不？谢谢哥哥！"小哇嘎说："那好吧，你们可得小心着点儿，别待工夫长了。"边说边爬起来拍拍身上的土，噌噌地先走了。

萨布素他们几个从草丛里出来，悄悄儿地围着这片树屋看了一圈儿，边看边把哪条道儿通哪儿，一共有几条道儿一一记熟。再细瞧，这会儿才弄明白，闹了半天此处离他们住的地方并不怎么远，距三棵杨最多不超过四里地。只是由于有一片老林遮着，从远处看，是黑糊糊的一片山林，别的啥也看不到，便以为林子那边没有住户。其实，这儿正是宁古塔的西头儿，近在咫尺。如果从密林里往东走，出了林子，下一个坡儿，再上一个坡儿，然后过一片林子，就是宁古塔的西大墙。原先那块儿不是有大牢吗？要是从东数，这里正是西边的西大围子。沿着西大围子的围墙往东走，是萨布素住的三棵杨。从三棵杨再往东走不多远，是宁古塔老户居住的屯落，东北方是兵营、旗房子、旗衙门，就这么个布局。孩子们你瞅瞅我，我瞧瞧你，全惊愣了！萨布素说："哎呀，一直以为朱巴达的住处远在天边呢，这不在眼皮底下嘛，离咱们住的地方太近了，过去咋没往这儿找呢？怪不得连有经验的大人都没找着呢，因为全是从江边儿走的，没下到林子里去。更没想到树上会有房子，加上林子又密，当然找不着了。好了，这下行了，回去吧。"小伙伴儿们听话地立即从林子里退了出来。

往回走的路上，萨布素对伙伴儿们叮嘱道："咱们可得先说好喽，回家后，谁都不许讲这件事儿。"小麦里特赶忙问："那我奶奶要问呢？"萨布素说："奶奶问也不能讲，就说出去玩儿了。谁要是嘴没把门儿的，将今天看到的说出去，以后别怪我不跟他好了。"因为萨布素在这些小兄弟中有威望，是个小统帅，从小有这个天分和能耐。所以，大伙儿全听他的，只要他说的话或交代的事儿，没有不照办的，纷纷点头表示同意。麦里西问道："萨布素，那抓'水鬼'的事儿怎么办呀？"萨布素说："我自有办法。回去以后，找谁来，谁就来。不找的，不要乱问，到时候会告诉你们的。行了，出来的时间不短了，天也晚了，家里大人肯定惦着呢，快回去吧。"于是，孩子们各自回了家。

萨布素看着伙伴儿们全回了家，自己却没进家门儿，而是站在家门口儿思索着，把在林子里想出的招儿又在脑子里过了一遍，仔细地谋划怎样才能达到目的。那么，他想好的这个招儿方才咋不告诉那帮小朋友呢？因为要是说了，怕吓着他们。萨布素从小就有主意，遇事沉着、冷静，从来不慌。他像个小大人儿一样，又不能回家同长辈讲，便站在那儿琢磨，一定要替奶奶报仇，让大家出出这口恶气。这孩子想事儿比较细，别看人小，有时大人想不出来的，他却能想到。萨布素究竟想出一个什么样的绝招儿呢？说书人现在还不能说破，反正此刻他的眼珠儿滴溜溜地转，开动着小脑袋瓜儿正在选人呢！将小伙伴儿麦里西、麦里特、门德赫、窝赫、巴克等一个个地过筛子，提溜出一个，晃一下脑袋。又寻思到小巴盖，仔细想想，他也不行。谁能行呢？这个人必须得胆大心细、遇事不慌。选来选去，终于想到了一个人，谁呀？就是瓦岱的儿子瓦礼祜。这个孩子跟萨布素的年龄差不多，聪明、沉着，萨布素不但喜欢他，而且两人处得挺投缘。往往萨布素想到的，同瓦礼祜一碰，准能说到一块儿。因此要办这件事，觉得非他莫属。

萨布素打定主意后，转身悄悄儿绕过后墙，从小山坡儿下去，穿过一片树林，直奔吴巴海巴图鲁府上的后院儿。因为瓦岱是跟吴巴海一块儿来的，住的都是西营房衙门的房子。他进了外屋，一眼便看见瓦礼祜在里屋坐着呢，还挺像模像样的。他干吗规规矩矩地坐着呀？原来瓦岱十分看重对孩子的教育，请了一位师傅教瓦礼祜学满文。这不，自己正在复习功课呢！萨布素轻轻拍了一下里屋的门，瓦礼祜抬头一看，噢，是萨布素啊。赶忙站起来，走出屋问："你怎么来了？"萨布素没回答，反问道："能出去吗？"瓦礼祜回道："能，不过得跟额莫说一声。"萨布素说："那行，你去跟婶婶讲，我找你有事儿。"瓦礼祜忙问："啥事儿？"萨布素说："先别问了，一会儿出去再告诉你。"瓦礼祜喜欢、也愿意亲近萨布素，觉得只要跟萨布素在一起就开心，遂高兴地返身进额莫的屋里请假。额莫听说是萨布素来找，因为知道这是个好孩子，很放心瓦礼祜跟他在一起，便痛快地答应道："去吧，快去快回。"就这样，两个孩子顺顺当当地从家里出来了。

瓦礼祜随萨布素走出小院儿，刚到院门口儿，又着急地问："到底啥事儿呀？"萨布素说："咱们再往前走走。"二人来到道边儿小树林那儿，萨布素站住了，这才把要找他的前因后果讲了。瓦礼祜担心地问："就咱俩，能行吗？"萨布素说："要那么多人干啥？人多声音大，反倒容易坏事儿，还是人少办起来稳当。你敢不敢吧？要是不敢，那别去了，我再找别人。"萨布素知道瓦礼祜挺好强，你要说他不行，他反倒显得更行。这不，故意不轻不重地激了一下。正像萨布素估计的那样，果然瓦礼祜马上显露出一脸的不忿，说：“咋不敢？敢！咱俩就咱俩，啥时候去？”萨布素说：“马上去。”瓦礼祜催促道：“行，快走吧。”萨布素刚要走，一想：“需要的那件东西怎么办？我不能回家呀！要是去跟额莫说，不仅不会答应，还不得告诉爷爷？况且这事儿眼下不能跟爷爷说。回家要是被爷爷看见了更糟，肯定得把我留住，想出都出不来了。”想到这儿，便对瓦礼祜说：“有件事儿得你办。赶紧回家一趟，向婶婶给我借一块儿红布出来，不用太大，行不？”“好吧！”瓦礼祜答应一声便返回去了。好在他额莫特别喜欢自己的儿子，平时总是要啥都行，进屋跟额莫一说，也没细问，只是随便问了一句：“要红布干啥？”瓦礼祜回道：“不知道，萨布素只是说借一块儿有用，快给了吧。”额莫说：“既然是萨布素要借，那行吧。”边说边从一个小竹篮子里拿出一块儿红布，递给瓦礼祜说：“别弄脏了，用完带回来，不知你们用它干啥。”额莫在那儿叨咕着，瓦礼祜没搭言，拿着红布快步出去了。萨布素一看瓦礼祜把红布拿来了，笑着说：“好了，有这个就行。”他们俩顺着道儿往南山走去，从南山又向西走。这是一条羊肠小道儿，过去是猎道，可以到南葫芦头，也是往敖东去的必经之路。道儿的两旁林子很密，还有不少石砬子。

小萨布素是个很有心计的孩子，平时对什么事儿都留心。前两天跟爷爷出来遛狍子套子的时候，走过这条道，所以已经熟了，并且还经过了一个狼洞。怎么知道是狼洞呢？因为他和爷爷骑马从这儿过时，萨布素正好看见从西边窜过来三只像小白狗似的长尾巴狼，忙喊道：“爷爷，快看，纽合[①]！”哈勒苏说：“对，没错儿，是纽合。”心想：“这狼是从哪儿出来了呢？”他们绕了过去，见山拐弯儿处有一片树林子。挨着树林子是些榛柴棵子、玻璃[②]棵子，玻璃棵子里夹杂一些小桦树，山根儿底下则是石砬子。顺石砬子往右一看，在石砬子下头、贴山根儿往上一点儿的地方立一石洞，有狼从那里出来。噢，原来狼洞就在这里！

说到狼，说书人要在这里告诉各位阿哥，宁古塔当年狼很多，狼群闹得非常厉害。每到冬天，雪下得越大，狼越多。如此一来，什么鹿了、野猪了、狍子了等一些动物全被吓跑了，于是这些狼就和附近的噶珊过不去。时常能见到十只、二十只甚至三五十只的狼群窜进噶珊咬吃牲畜，很凶，挺吓人，危害不小。在狼群里，有一只头狼，只要它把尖嘴巴子

---

① 满语：狼。
② 即柞树。

往雪地上一插，一声接一声地长嗥，马上能招来一群狼。很多动物有呼唤聚群的能力，尤其是狼。头狼一叫，狼群便知道是冲啊、围呀，还是逃散哪、转移呀，等等。头狼具有这种指挥能力，所有的狼皆以叫声分辨是不是自己一伙儿的。狼的组织性特别强，只要一方有难，头狼一叫唤，四外的狼都往一块儿聚，那是拼死相搏呀！如果有个别畏缩不前的，众狼会咬死它、撕碎它。别看它凶残，互助精神却很强。正是狼的这种保护集体、宁可牺牲自己的群力精神，使许多大的猛兽制伏不了它。无论是猛虎、豹子还是黑熊，只要见到狼群，一般是不理它们，或者退避三舍。除非欺负得太甚，才会扑上去。狼很狡猾，啥样儿都能装出来，你是装瘸呀、装死呀、装睡呀全行。怎么装睡呢？有时，它看猎人过来了，立刻在那儿把眼睛一闭，四条腿一趴，像死狼一样，半天一动不动。猎人一看，便不太注意，大摇大摆地走过去了。你一走，它迅疾站起身来，悄声儿扑过去，冷不丁从后面掐你。狼掐任何动物也包括人，专掐喉咙、脖颈儿。把脖颈儿掐断以后，吸脖颈儿的血，血一淌，你不就玩儿完了？它对鹿呀、狍子呀、小兔子呀、獾子、貉子呀全是这样掐脖子。蜜狗子最尖了，别看长得小，可狼却制伏不了它。因为蜜狗子见到狼以后，当即脖子往后一缩，光露个小红嘴儿，龇着牙。狼一见它那丑陋样儿，全身是毛，觉得没处下口。再说蜜狗子身上粘了不少蜂蜜，黏黏的，要用嘴去咬，弄不好能给粘上。所以，它一般不惹蜜狗子。狗见到狼亦如此，先注意自己的脖子，不让狼掐着。如果一群狗围住一只狼或几只狼时，你若听到狗在“汪、汪、汪”齐声儿叫唤，那意思就是提醒同类：“注意呀，注意，千万别让它咬咱们的脖子！”只要不让狼掐住脖子，无论咬身上什么地方，哪怕是啃下一块肉都死不了，完全可以继续抗争。其他野兽也知道这一点，像小鹿哇、狍子呀、兔子呀见到狼以后，猛劲儿地窜着跑，不让它咬到脖子。可以说，所有的动物皆有保护自己的能力，不然它无法生存。

咱们闲言少叙，还是书接上面。萨布素前两天跟爷爷经过这个狼洞的后身时，哈勒苏特意考问了他一下：“萨布素哇，你说说这洞里现在有狼吗？”萨布素听了听，又看了看，说：“爷爷，好像是空的，没有狼，要不，咱们进去看看？”哈勒苏笑了笑，很有把握地说：“小猎人哪，告诉你吧，那里肯定有只狼崽子。”萨布素瞪大眼睛，吃惊地问：“爷爷，你咋知道的？”哈勒苏说：“怎么样，没经验了吧？爷爷告诉你，不管到哪一个兽洞，要先听一听里边有什么声音没有。我已经听到了，里边有动静。

一般来说，太老的动物不出去打食，别的动物打完食送回来给它吃，它在洞里走动不多。伤残的动物也很少动，只是有时来回转悠，能发出走路的声音。还有就是崽子，它像孩子一样淘气，在洞里待不住，总是乱动。一会儿咬这个，一会儿啃那个，窜来窜去的。你只要仔细听，便能听到这洞里有轻微的响动。萨布素哇，一个好猎手，不但要有鹰一般锐利的眼睛，而且要有鹿一样灵敏的耳朵。鹿的耳朵特别尖，它那大耳朵一伸，几里以外的声音全能分辨清楚。不仅如此，还要练就一副健壮灵活的腿脚和粗壮有力的胳膊，再加上精熟的技术才行呢，记住没有？”萨布素信服地点点头道：“爷爷，孙儿记住了。”哈勒苏说：“那好，咱们瞅瞅这个洞，看爷爷猜得对不对。”边说边领着小孙子向洞口儿绕了过去。

祖孙二人来到了狼洞口儿，小萨布素向四周看了看，担心地问道：“爷爷，要是狼来了怎么办？”哈勒苏说：“现在不能来，它们到远处觅食去了。如果要回来了，小狼早蹲在洞口儿了。狼的耳朵尖得很，小狼只要听到它的妈妈和同伴儿回来的动静，就会探出头来。你看不到它的头，说明大狼还没回来。好好儿听听，里边是不是有动静？”小萨布素侧过头，耳朵紧挨着洞口儿一听，果然听到不是很大的噼里啪啦的声响，高兴地说：“爷爷，是有动静，我听到声儿了！”这时，只见哈勒苏从背囊里拿出一块儿事先预备好的红布，到柳树林子里折来一根儿挺长的树枝儿，收拾掉叶子，将上有两条带子的红布绑在树枝儿上，像小红旗似的。哈勒苏说：“孩子，等在这儿别动。你看，我举着这根儿树枝儿晃荡着往前走，有狼也不敢来。它怕火，怕红色的东西。即使现在回来了，洞里又有它的崽子，它看到红色的东西绝不敢近前。小猎人啊，一定要记住这些经验，什么都得学呀！”说完，举着绑好红布的柳枝儿往洞里走去。

萨布素警惕地站在洞口儿，两眼不时地望着周围，生怕有狼回来。不大一会儿，哈勒苏出来了，告诉萨布素：“洞里有只狼崽儿，不大，看起来只有一个多月，长得挺壮实，在里边啃骨头呢！”萨布素跃跃欲试地说：“爷爷，我也进去看看。”哈勒苏说：“别去了，不用看了。这洞里不算小，没想到狼是真有办法，能找到这么大一个洞。”边说边抬头看看天，告诉萨布素：“天色已晚，一会儿狼群该回来了，咱们赶紧走。”又重新把那块儿红布取下，叠好收进背囊，然后领着小孙子骑马上路了。路上，萨布素问哈勒苏：“爷爷，为什么要预备红布呢？”哈勒苏说：“这是必需的，作为猎人，要时时保护自己。为防御野兽，平时总要带上一块儿，不知啥时候能用上，今天不就用上了吗？其实带上它，只是用来吓唬野兽的。

野兽突然见到红布都害怕，不知是怎么回事儿，因为它没见过这东西。以后说不定啥时候，当你看到野兽太多的时候，赶紧拿上一个杆子，晃荡着红布走，它轻易不敢近前。不但狼害怕，对其他的野兽也能暂时遮挡一下，便于赢得时间，立马撤退或想别的办法对付它们。”哈勒苏不失时机地介绍从生活中积累的经验，小孙子听得十分认真、仔细，并牢记在心。

萨布素这次领瓦礼祜走的道儿，便是前两天跟爷爷上山套狍子走的那条道儿，知道在山的拐弯儿处有个狼洞，洞里有只狼崽子。他们干什么来了呢？这就是小萨布素想的那个绝招儿，准备把小狼崽儿抱回去。路上，他已向瓦礼祜说出了招法，具体应该怎么做，小哥儿俩都商量好了。到了狼洞附近，两个小猎人围着山根儿周围看了一圈儿，没发现有任何野兽活动的迹象。若是狼群来了，草准得动。现在草不动，也没有异常的声音，很平静。他们悄悄儿来到洞口儿，听了听，里边有不太大的扑腾扑腾的响声，知道小狼崽儿正在里边蹦跶着等它妈妈回来呢。离开洞口儿时，萨布素向瓦礼祜使了个眼色，二人马上跑到离狼洞不远的桦树林子里折了一根桦树枝儿，麻利地去掉小的枝杈和叶子，把红布的四角儿绑在树枝儿上。萨布素让瓦礼祜举起红布杆儿晃荡着往前走，他在后面跟着。孩子个头儿小，草棵子又高，能到脖子那块儿，只能露出两个小脑瓜儿，远看就是两个小黑点儿，很快又到了狼洞跟前。因狼总在这儿出入，所以洞口儿的地面踩得挺光，有些石头、烂骨头、狼粪什么的，一股腥臊味儿扑面而来。他俩没管这些，按照分工，瓦礼祜站在狼洞前，不管有没有野兽，猛晃红布杆儿，萨布素到洞里抓狼崽儿。

萨布素进洞一看，洞里确实挺大，有些烂草、骨头棒子，还有些死鹿的肋条骨。再往里去，有一只像狗崽子似的小狼趴在那儿。小狼一见有人进洞，吓得直往里跑。萨布素一个箭步蹿过去，猛一扑，摁住了小狼。别看还只是只小崽儿，也想回头咬人呢！萨布素一只手使劲儿抓住它的两条后腿，另一只手摁住它的头，使小狼的脑袋拧不过来。随后，抱起小狼冲出洞口儿，塞到平时总带着的皮囊里。瓦礼祜一看抓到小狼了，赶忙把红布解下收起来，树杆儿一扔，俩人撒腿就往回跑。跑到半道儿，瓦礼祜问萨布素：“咋办呀，咱把它拿哪儿去呀？”萨布素说：“你跟我来。”俩人很快来到了东海人住的树林子里，选了一棵高高的钻天杨。上树可是萨布素的强项，不是凭轻功掏过喜鹊窝吗？他攀着杨树的树干，像个小猴子似的，背着皮囊“噌、噌、噌”儿下就爬了上去。快爬到树梢儿了，才将装小狼的皮囊挂在一个较粗的树枝上。皮囊不大，小狼在里面只能叫出声儿来，却挣不出来。挂好后，小萨布素从树上下来，四周瞅瞅，没见有别人，小哥儿俩高高兴兴地回家了。

当天夜里，东海人住的树林子里可就闹翻天啦！怎么回事儿呢？那小狼崽儿离开狼窝被挂在树上，能不找妈妈和伙伴儿嘛，便一声接一声不停地叫唤。风又大，叫声随风送出挺远，它的同伙儿皆能听到。再说母狼回洞，既闻出了生人的气味儿，又辨认出了人的足迹，看到自己的崽子没了，肯定急着找。刚才说书人讲了，狼有几个特性，一个是它们的团结互助精神，这在动物中是出名的。再一个是爱子胜于爱自身，尤其是母狼，宁可自己死，一定要保护崽子。听老猎人讲，常有这样的事儿：母狼为了保护崽子，会与猎人殊死搏斗，除非它毙命，否则会不顾一切地叼着崽子跑。还听人说，有一只狼，遇到猎人追逐，叼起自己的崽子就跑。猎人在后面用土炮掐折了它一条腿，仍一跳一跳地跑；掐了两条腿，照样一蹿一蹿地跑；剩下一条腿，就爬着向前跑；腿全被掐断了，它便咬死崽子，最后挨了一炮死了，可见狼有多么刚烈！正因如此，才有不少这样让人崇敬的故事。不论是公狼还是母狼，都非常爱崽子，不光爱自己的崽子，把同类的崽子也看作是它的崽子。你想啊，这样爱崽如命的狼群丢了崽子，能不拼命地找吗？

当群狼听到了狼崽儿在树上的叫唤声，马上扑到了东海人住的林子里，半夜就开始闹腾起来了，将各家的鸡呀、鸭呀、猪哇掐死了不少。有的狼窜进马圈，咔咔一阵乱咬，被拴着的马总不能等着让它咬哇，便连尥蹶子带嘶叫的。屋里的人听到声儿不知咋回事儿，赶紧出去看，见有狼在马圈里，顺手拿起棍子呼号地撵。有的户马腿被啃了，有的羊被掐断了喉咙，有的鸡、鸭被吃得精光，好一顿折腾。在这片林子里，损失最大的，是赫舍里氏扎尔色、扎尔太兄弟家。不仅鸡、鸭、鹅、兔全给咬死了，连两头圈养的大肥猪亦被狼掏空了肚子，将七只羊和一头小牛犊吃得只剩半个了。屋子附近血肉横飞，一片狼藉，你说这做坏事儿的人能有啥好报？西大围子乃至宁古塔东街，也有些人家受到了不同程度的侵害。狼群一直闹了三宿，怎么撵都不走，撵走了还回来。一些人甚至张弓射箭，把好几只狼射死了，其他的仍然不走。大伙儿觉得奇怪，这是怎么回事儿呢？后来才发现，原来在一棵高高的钻天杨树梢儿上，挂着一个包袱，直晃荡，里面有个狼崽子在不停地叫唤。有人气愤地说："哎呀，这是谁把狼崽子挂咱们家门口儿的树上了？怪不得狼群拼命往上冲呢!”有的人喊叫着:“谁干的缺德事儿,这不坑人嘛,把个狼崽子挂这儿算怎么回事儿呀?”哭叫声、谩骂声、吵闹声交织在一起,真是乱了套了。与此同时,还吸引来了很多看热闹的人,皆想看看到底出了啥事儿,吴巴海巴图鲁和城守尉虽哈纳急匆匆赶来了。

单说哈勒苏知道这事儿以后,马上抽身回到家里,见小萨布素正躺在屋里的炕上装睡呢!遂上前掀开被子,冲屁股啪地打了一下,厉声儿说:“喔莫罗,起来吧,别装了!那包袱能挂得那么高,又是你干的吧?说吧,是不是你?”小萨布素一骨碌从炕上爬了起来,承认道:“爷爷,是孙儿。你不是说嘛,不许撒谎,我是在替奶奶和一些挨欺负的人家报仇。”哈勒苏盯问道:“报什么仇?”萨布素回道:“爷爷知道的,除了奶奶家,还有很多家的鱼梁子让人给薅了。原来不知道是谁干的,后来我们找到了,是东海来的赫舍里氏扎尔色、扎尔太兄弟俩干的。所以,我把狼崽子挂到那块儿的树上了,好引来狼群吃他们的东西。谁叫那哥儿俩净干坏事儿不做好事了,恶喝沁就不得好报!”哈勒苏一听,果然又是孙子!便说:“行了,行了,快下地,跟我走。”萨布素乖乖穿鞋下了地,跟着爷爷出了家门儿,一前一后往西去了。

萨布素随爷爷来到东海人住的林子边儿,早已里三层、外三层地围了好多人。过去的山村没什么好看的,这可真是千载难逢的热闹哇,连树上、房顶儿上都站满了男男女女、老老少少,还有的小孩儿骑在大人的脖子上往树上看。远处一群狼在嗥叫着,那棵钻天杨上挂的狼崽子三天没吃食了,肯定是又饿又害怕,一直不住声儿地叫唤。哈勒苏领着小孙子分开人群,大步流星地往里走。当萨布素走到挂狼崽子的树下时,见吴巴海爷爷和阿玛也在那儿呢!虽哈纳气得来回走动着,边走边气愤地说:“究竟是谁干的?亏他想得出!”这时,波尔辰妈妈走上前,直截了当地揽过儿道:“你们不用问了,是我干的。要杀要剐,冲我说!”吴巴海说:“别吵吵了,就你那身板儿,还能爬上这么高的树?谁信哪,除非是疯了。别说你呀,那两个小孙子恐怕也爬不上去。”波尔辰妈妈又说:“这事儿真是我干的,就是为了报仇。你们知道,不单单我一家,还有不少家的鱼梁子被薅走了、偷没了,现在连鱼都吃不上,欺人太甚了吧?所以,阿布卡恩都力才惩罚那些做了缺德事儿的人,狼来了,专吃他们家的东西。活该,这是一报还一报!”说着,还痛快地击了一下掌。

就在波尔辰妈妈连说带吵着的时候,一位骑马过来的人搭腔儿了。大家一看,原来是门突呼老人,放牛刚回来,正好路过此地。他说:“吴大人、虽大人，我看你们不要为这件事烦心了，应该趁势治一治狼群。宁古塔这些年，狼闹得太凶了，吃了咱们不少牛羊啊！一直没消停，弄得孤身一人不敢进羊圈、猪圈了，几乎每家都让狼害过。东大甸子放的那些牛，全是朝廷给咱们买的耕牛哇，将来要用它种地的。前两天刚生下不久的两条牛犊子，喂得挺好，蹦蹦跳跳的，可招人喜欢了。这不，狼群来了，给叼走了，叫人多心疼啊！听说西甸子也有一条小牛和牛犊子被掏了，总这么下去还得了？这狼患不治不行啊！”此刻，波尔辰妈妈还在那儿吵嚷不止，扯着嗓门儿喊：“哎呀，我这些年可遭老罪了，孤儿寡母的容易吗？全仗朝廷帮助啊！天天在河里捕鱼，没招谁没惹谁的，鱼梁子总被人薅，三个鱼梁子到现在一个没剩下，今后让我们怎么活哟！”说完，哇哇大哭起来。门突呼老人知道波尔辰妈妈的脾气，便对她说：“我说呀，你就别在这儿吵吵什么丢鱼梁子了，还是想办法治狼才是正事儿。”

门突呼的话音刚落，哈勒苏快步走了过来。吴巴海巴图鲁一看八十多岁、德高望重的哈老将军领着小孙子来了，马上迎上前去，抱拳施礼道：“哎呀，哈大人，你看这事儿，把您老给惊动来了。”哈勒苏说：“吴大人，我看刚才门突呼老人说得对，眼下治狼害要紧。宁古塔这些年被狼闹得损失挺大不说，大人小孩儿不敢出门儿，即或出来也是提心吊胆的。特别是妇女带着孩子，一般不敢晚上走。这些年不知是怎么了，来了这么多狼，我倒有个办法，你们看行不行。就用树上挂的这只狼崽子做诱饵，把狼群引来，然后再想办法狠狠惩治一下。”吴巴海赞同道：“讲得好！您老说说看，具体怎么个惩治法？”哈勒苏想了一下，说：“是不是这样，先请吴大人劝大家回去，咱们找几个人一起合计合计。至于是谁、又为什么把狼崽子挂在树上惹的这个乱子，治完狼再算此账不迟，事儿得一件一件办不是？”吴巴海说：“好，虽哈纳，马上照哈大人说的做。”虽哈纳当然是听吴大人的了，立即吩咐衙门的人劝说大伙儿散开，人们各自回家了。又说服波尔辰妈妈回去歇歇，可无论怎么劝，咋说不动地儿，嚷嚷道：“我跟你们一块儿商量，因为这事儿和我有关。要罚只能罚我，不是别人，就是我干的。”虽哈纳也不好再说什么，只好请她先到三棵杨等候。

人们散去后，虽哈纳叫过来两个壮实的衙役，在门突呼老人的帮助下，费了挺大的劲儿，才把树上的小狼崽子拿了下来。又组织了一些人，连敲锣带打鼓又敲桶的，好歹算是把狼群给惊散了。怕狼再来伤人，下令调来衙门骑兵营的兵丁，执箭拿枪地进行巡逻、警戒，气氛显得十分紧张。

虽哈纳将一切安排妥当后，便请门突呼和一些老猎人来到家里，吴巴海大人、哈勒苏将军早已在此候着了。大家正要商量如何惩治狼群时，扎尔色、扎尔太来到了哈勒苏家的门前。这哥儿俩怎么来了呢？是让狼群给咬醒了，良心发现了，知道以往干的坏事儿太多了，狼群分明是冲自己来的。自家受到了很大损失，这是罪有应得，没啥说的。可让别人家跟着受牵连，觉得太过意不去了，对以前的行为感到特别懊悔。琢磨着本是东海窝集的人，常在林中活动，有惩治狼的经验，理应参加治狼的行动。于是，主动前来对守门的兵丁说："我们有办法治狼群，请帮忙通报一声。"兵丁进屋禀报了吴大人，吴巴海说："好哇！只要有招儿治狼，不管是谁，都可以参加，快请他们进来！"兵丁领命让他俩进去了。

哈勒苏家的大客厅里，来的人真不少，屋里挤得满满的，热气腾腾啊！好客的舒穆禄夫人亲自沏了大碗茶，波尔辰妈妈帮着端给这个一碗，递给那个一碗，大家围坐在一起，热烈地讨论着。在座的多是老猎人，有经验，提了很多办法，出了不少主意，吴巴海、哈勒苏、虽哈纳等人听了频频点头。门突呼老人说："我年轻时，在东大荒子那边多是用箭射狼。怎么射呢？先挖一个大坑，在坑的上面搪上杆子，盖上树枝和草。再用土铺平，中间留一个小窟窿，然后把狼崽子放进去。狼崽子一叫唤，狼群立马过来了。狼可尖了，开始它们不往上走，只是先趟趟。上来一只觉得没事儿，再上来两只仍没事儿，接下来就多了，一只接一只地往杆子上走。等十只二十只一上来，呼啦一下便陷到大坑里了，立刻张弓用箭射。这样，每次用一只狼崽子当诱饵，可以捕杀二十多只狼。"大伙儿听后，觉得这招儿不错。

赫舍里氏扎尔色、扎尔太听门突呼老人这么一说，忍不住了，扎尔色先开口道："各位兄弟、长辈，这儿天出的乱子，和我俩有关。吴大人，我们有错儿、有罪呀，真是没脸见人，使劲儿惩罚我们哥儿俩吧！今天商量治狼的事儿，我和扎尔太常年跟着老人在林子里打猎，有些治狼的招法。要是不说出来，更对不起大家了，所以才硬着头皮来了。"吴巴海说："知错儿就好，这事儿以后再说，现在请你讲讲那治狼的办法吧。"扎尔色说："照我们以往的经验，用火降服狼是最好的一种方法，省事儿，不用挖陷阱、坑什么的。就是把一捆捆的干草，下部分埋在土里，上部分立着。草捆儿一捆挨一捆地摆成螺旋形，中间留出条道儿，把狼崽子放在草捆儿的紧里头。大狼来了，要想找到崽子，只有顺着草中间留出的道儿，一圈儿一圈儿地旋着往深处走，才能进到草捆儿的最里边，救出它们的崽子。正因为草捆儿是螺旋形摆着，大狼不可能直接冲进去。这样摆的草捆儿越多，距离越长，捕杀的狼越多。待几十只、甚至上百只走进去之后，咱们用几根儿长杆子吊上七八个火炭儿、火球子，往草捆儿上一投，草呼啦一下着起来了。再随风呼呼地一刮，火势更旺。这火一着、烟一呛，狼就蒙了，互相连咬带撕扯地往外跑。因为它们是被旋到里头的，所以想出也出不去了，最后只能被烟呛死或被火烧死。这种办法，一次至少能将十之八九的狼置于死地，跑不了多少。”大家听后，纷纷点头，异口同声地说：“这个办法好，准能治狼！”扎尔太接着说：“还有一种办法，就是堵狼洞，同样可以把狼赶走。一般来说，狼不散住，都是找一些比较背风、多是山洼子或山洞子里住。需先将狼洞用火烧一下，然后用湿土或黄泥把洞口儿堵上。在此之前，最好找一只被烧死的狼，把它的骨头和黄泥混到一起糊到洞口儿上。狼的鼻子相当灵敏，也很聪明。看见洞口儿被封住进不去，又闻到洞里有同类被烧的尸骨味儿，肯定是逃之夭夭，以后再不会来了。”在座的人听罢，认为可行。尤其是火烧的办法既简单又省事儿，干草还好弄，便决定先用这招儿，由扎尔色指挥捕狼。

话说简短。第二天，扎尔色、扎尔太带领一些人，选了靠狼洞较近的一块儿地方，用干草捆儿建起了螺旋形的迷魂阵，把那只从树上解下的狼崽子放在里面，周围派几个人在远处看着。狼群听到崽子的叫声，开始不进去，只在那附近吼着。一天多以后，实在是经不住小狼崽儿在里面高一声低一声叫唤的引诱，便由老狼领着往里进。先进去一只，一看，啥事儿没有。又进去一只，还是没事儿，索性越进越多。看狼群进得差不多了，扎尔色、扎尔太把早已预备好的用木头烧成的炭火和火球子往草捆上甩了几个，草忽地就着了。狼群一见到火，惊恐地挣扎着往外窜。围在周围的这些人，持箭的就射箭，拿叉子的就叉，烧死、呛死、射死、叉死了好几十只狼，当然还是跑出去十几只。之后，又用扎尔太说的堵狼洞的办法，将几个狼洞全堵上了。你别说，这招儿真挺灵，果然狼都走了，把家搬到很远的山里去了。此后，宁古塔一带再也不闹狼患了。

狼患平息了，可究竟是谁把狼崽子弄来挂到东海人住的林子里钻天杨上去的呢？这个事儿总得弄明白。听说衙门要进行调查，波尔辰妈妈先到吴大人那儿把事情全揽到了自己身上，并主动请罪。与此同时，哈勒苏领着萨布素来到了衙门，对吴巴海说：“吴大人，这个事儿不用问别人了，是我小孙子干的，别看人小，鬼心眼儿挺多。是他想的招儿，又能爬高树，便把狼崽子挂上去了。说起来我也有罪，前两天领他去套狍子，路过一个狼洞，告诉过洞里有个狼崽子，若不然他找不到那儿。另外，我平时打猎好带着红布，用来防备野兽，这孩子学会了，此次就用上了。没想到他用这个招儿，不但使扎尔色、扎尔太家受了损失，而且附近其他人家还跟着受牵连。这件事与我有关，吴大人，理应罚我。”站在旁边的虽哈纳一听气坏了，瞪着眼睛瞅着萨布素，心想：“怎么每回出事儿都有你呢？阵阵落不下，太不听话了！”抱着膀儿站在那儿直喘粗气，恨不得上前掐他几巴掌，把小萨布素吓得直往爷爷身后躲。

波尔辰妈妈一看这架势，担心萨布素挨打，随即冲哈勒苏说：“哈大人，话可不能这么说，你不了解情况，这个事儿是怨我。因为那天我受了气，三个鱼梁子被人薅了，一股火儿，又哭又闹的。两个小孙子提出应找人帮忙惩治坏人，他们要找的，就是你的孙子萨布素。我当时正在气头儿上，不仅没制止，还同意了。萨布素来了以后，我只是说：‘你们小心点儿，不许闹大了，别给你爷爷和阿玛惹出乱子就行。’其实，这件事儿是我主张干的。我是奶奶呀，孩子小，不懂事儿，罪在大人身上，责任我得负。不过可告诉你，谁也不能打萨布素，碰一下都不行，要打打我。真要打萨布素，我就当着你们的面儿一头撞死！要叫我看哪，这孩子干的事儿没什么毛病，做得对。他是心疼我，把我看成亲奶奶一样啊！”说着，又抹起了眼泪，哈勒苏、虽哈纳赶忙好言劝慰着。一会儿，波尔辰妈妈又说了：“我这宝贝孙子萨布素啊，那是真心疼奶奶呀，所以便想出这么个招儿。他是拼着命去干的，硬是冒着危险到山里把狼崽子抱回来，又爬那么高的树，把狼崽子挂在树梢儿上。这孩子多讲义气呀，要讲孝，他才真是大孝子呢！吴大人，要罚就罚我，要坐牢我去坐！”说完，“呜、呜、呜”地哭了起来。

扎尔色、扎尔太不知什么时候也进来了，站在一旁静静地听着。波尔辰妈妈刚一说完，二人扑通一声跪在地上，扎尔色痛哭流涕地说：“吴大人，罪大恶极的应该是我们哥儿俩，简直不是人哪！宁古塔各姓的人对我俩那么好，朝廷更是关心，又帮助安了家，可我们却得寸进尺，有房子住，有吃有穿仍觉得不够，还要去贪、去霸！原来，我和弟弟逃出东海后，住在必尔腾湖那边。由于受人家欺负，阿玛被人杀死了，才不得不逃到这里。到这儿以后，因为咽不下那口恶气，总想报复。结果是恩将仇报，把恩人当成了仇敌，凭着膀大腰粗、有水性，将海浪河给强行霸占了。谁要到上游建鱼梁子，或下网、下鱼笼子，一概不答应，偷着全给薅了、扔了，或者拿来自己用。官兵来了，根本找不到我们，因为我和扎尔太能在水里待很长时间不出来。真是对不起宁古塔的父老兄弟呀，惹出这么大的乱子！都怪我和弟弟不识好人心，干了这么多缺德带冒烟的事儿。这次家里的猪、羊、牛、鸡全让狼给祸害了，这是报应，罪有应得！往日不是也祸害了人家、使很多家吃不到鱼、不得安生吗？特别是对不起波尔辰妈妈，孤儿寡母的，本来就挺不容易的。我们却变着法儿地欺负，这还是人嘛，人哪能干这等事呢？有罪呀！罪全在我俩身上，与萨布素和波尔辰妈妈无关。”说着，自己啪啪掌嘴。

吴巴海见此，忙站了起来，走过去拦住扎尔色道：“行了，别打了，都起来吧。”扎尔色、扎尔太谢过了吴大人，站起来退到一旁。吴巴海说：“你们都认了自己的账，这就好。通过此事，各自找出过错，我看未必不是件好事儿。本想要严格惩治歹人，现在看来，不能单怪一方。咱们先说小萨布素。一个几岁的孩子，竟能想到尽自己的力量去帮助别人，这么仗义，难得啊！若没有他抓来小狼崽子，就不能有惩治狼群的举动，狼还会继续扰乱民生。宁古塔从此没有狼患了，应该说其中有萨布素的功劳。这孩子孝顺，关心邻里，肯于助人，完全是富察氏家族的家教严、家风好所致，我看值得嘉奖！奖什么呢？对，特赏给他小犁牛一头。”然后回头告诉虽哈纳：“你让管牛圈的差役选一头小乳牛，戴上红花儿，明天牵到萨布素那儿去。”虽哈纳一时有些犹豫，吴巴海说：“不要以为那是你的儿子，该表扬也不表扬，这孩子堪称楷模呀！”哈勒苏忙让孙儿给吴大人叩头谢恩，萨布素照做了。

吴巴海端起茶杯，喝了两口茶，又向波尔辰妈妈说：“我知道，你心肠好，威望高，大家都很赞成。可有时挺粗心哪，怎么能串通孩子去冒险呢？那么小，一旦出个三长两短，你能担待得起嘛，不后悔呀，好在没出啥大事儿。你不用再难过了，能够主动承担责任，可以不追究了。再说，你是受害者。扎尔色、扎尔太的确有罪，现在认识了自己的错误，而且敢于在大庭广众之下承认，同样是好样儿的。前几年，在东大荒子那块儿，他们的人被当地的土著人给杀了。逃到必尔腾湖后，阿玛又被砍死了。本将军不仅听人讲过这事儿，还看过案卷，兄弟俩也是受害者。在河上，他们称雄称霸，破坏别人家的鱼梁子，干扰了人们的正常生活，是一种犯罪行为。但能知错改错，并在除狼患的过程中，主动参加，出谋划策。本将军采用了二人提出的办法，事实证明真正有效，这就有功，算是将功赎罪吧！波尔辰妈妈，他们都是从东海迁来的新户，是咱们的手足兄弟。你呀，不要老惦着过去的事儿了，大家一同往前看，日子会越来越好的。不打不成交哇，各姓各户凑在一起不容易，还是有缘哪！有些磕磕碰碰的，在所难免，咱们就来个一笑泯千仇吧！”说完，哈哈笑了起来。

波尔辰妈妈听吴大人这么一说，觉得很在理儿，不禁扑哧一声乐了。扎尔色、扎尔太兄弟忙走过来给波尔辰妈妈跪下了，诚恳地说：“波尔辰妈妈，我们有罪，真是对不起，给您赔罪了！”这一跪不要紧，反倒使波尔辰妈妈不自在了，赶紧扶起两个年轻人说：“快起来，不要如此，我还真就怕这手，吃软不吃硬啊！你们这么一做，以前的事情立马全忘了。将来咱们常在一起，求你们的事儿多着呢！我的大儿子到现在没找回来，二儿子整天像个傻子似的，两个孙子又小，今后许多事儿得靠你们帮忙撑着呀！”说着，又眼泪汪汪的。扎尔太说：“老妈妈，请放心，今后您老有啥事儿尽管说，一定帮忙。河上的那三个鱼梁子，明天就给您修好，尽可以天天去取鱼。打鱼的事儿我们兄弟替您包了，行吗？”大家一听，都乐了。哈勒苏边笑边直劲儿地点头道：“好哇，扎尔色、扎尔太，你们这两个年轻人还真是好样儿的！”这时，小萨布素走上前来，拉着扎尔色、扎尔太的手说：“两位大哥哥，是我做得不对，把小狼抓来，就是要害你们家的。没想到你俩这么好，我错了，请哥哥原谅弟弟吧。”说完，恭恭敬敬地给哥儿俩行了一个打千儿礼。扎尔色、扎尔太高兴得一把将萨布素搂进怀里，此事就这么顺顺利利地解决了。

萨大人在世时，常向他的将士们讲惩治“狼群”这件事。他说：“我抓狼崽子虽然惹出了乱子，却因此认识了不少小英雄，交下了许多朋友。这次认识的赫舍里氏扎尔色、扎尔太兄弟，后来成了我的知己，也是不打不成交吧！”事实确实如此。萨大人在带着八旗兵打罗刹的时候，曾亲自到扎尔太家请其出山。这位老哥哥当时尽管年岁已经很大了，但还是毅然跟着萨布素将军北上了，统领水师营。不幸的是在征讨罗刹的战役中，英勇献身了，这是后话。萨布素每当讲起这件事时，还总忘不了提到吴巴海巴图鲁赏给的那头小乳牛。到他成为一名赫赫有名的将领、奉旨北上抗俄、打击罗刹入侵的时候，小乳牛已繁殖了大大小小三十六头。他将牛全卖了，用卖牛得来的银两给将士们准备了北征御寒的棉衣，修缮了五十多只战舰。没想到这头小犁牛在抗击罗刹中，立下了不小的功劳，这也是后话。

第六件事是在宁古塔发现了一位圣人。大约是在萨布素十岁左右的时候，也就是庚辰年，大清崇德五年，女真的天龙年，大明崇祯十三年，朝廷向南用兵，攻打明朝的锦州，出兵北征呼尔哈、黑龙江一带各个没有归附大清的部落。当时，黑龙江中下游有个索伦部部落长博穆博果尔，在北方各个部落纷纷归附大清、并向朝廷进贡的大势之下，也带着兵马和妃子，到京师沈阳拜见了皇上，表示愿意称臣纳贡。皇太极厚礼相待，赏给许多布帛、江南瓷器及各种礼品。博穆博果尔见皇上挺器重自己，很是高兴。但回去后没多少日子，由于种种原因就变卦了，第二年便不给朝廷进贡了，断绝了与大清国的联系。皇太极一怒之下，遂派大将征讨博穆博果尔。兵马从哪里来呢？皇上颁旨命正黄旗、镶黄旗的兵丁北上，由宁古塔调集战马出征。

当时，宁古塔的头领已经不是吴巴海巴图鲁了。这位勇猛的战将在处理了宁古塔的狼患事件、赏给萨布素小犁牛之后，奉旨南下征战去了，宁古塔的一应事务，交给了他的亲信、战将钟五戴与虽哈纳共同承担。根据兵力的需要，清代八旗的将领经过朝廷的允许，他隶属的主旗可以变。所以，钟五戴到任后，由原来的正黄旗改隶正白旗。不久，因南方战事紧张，吴巴海又将钟五戴调走了，由隶属镶黄旗的喀尔喀穆任驻防宁古塔八旗的佐领。此人原来是吴巴海手下的一员将领，为人平和，同镶黄旗的哈勒苏、虽哈纳关系不错。宁古塔虽然有正白、镶蓝两旗，但力量较强的，还是哈勒苏所在的镶黄旗。因此，喀尔喀穆在办理宁古塔的事务中，主要倚重的自然是镶黄旗。这次按皇上旨意征调战马一事，便是靠虽哈纳来做。为追逐已被大清国北征大将打跑了而逃往贝加尔湖的博穆博果尔，朝廷先是征调三百匹战马，后又增至九百匹。此项任务十分繁重，喀尔喀穆和虽哈纳忙得整天不着家，衙门里的事儿全交给一个骁骑校了，喀尔喀穆嘱咐他："哈老将军年事已高，有些重要的事可请示老人家，一般的小事儿就不要打扰了。"尽管如此，哈勒苏每天仍然忙得很。

萨布素原来总是缠磨爷爷，不是今天遛狍子，就是明天上山打猎，再不后天去网鱼。现在家里大人都忙，一时顾不上他了。原本淘气的萨布素在家待不住哇，单说这一天，一个人出去溜达，信步走到屯南头儿。

在一片桦树林子里，忽然，前方一个破马架子引起了他的注意。什么是马架子？即临时搭起的小房，不是为了居住，而是用来处理皮子的。那时，宁古塔人常出外打猎，打来的獐子、狍子、野鹿等需要剥皮、晾晒。因为皮子有味儿，所以必须进行处理。先用泔水泡，再用黄米面儿沤，皮子上的毛要用铁刀、木头刀或带牙子的刀刮干净。皮张上的油，时间一长，便有一股哈喇味儿，也得刮掉。之后，还要用各种杠子压，使皮子又薄又柔软。用这样的皮张做衣服，不仅合身，穿着还舒服。为了美观好看，可将皮子涂上漆，镶上各种各样的花儿。制皮本是件挺讲究的活儿，但沤皮子的酸臭味儿太大，因此这些活儿一般不在家里干，再说家里没有那么大地方。大多于郊外搭一个简陋的马架子，在那里放皮子、晒皮子、熟皮子、鞣皮子，把皮子裁好以后拿回家。皮子是各种各样的，有狼皮、熊皮、狐狸皮、虎皮、豹皮、猞猁皮、鹿皮、野猪皮、貉子皮、蛇皮以及各种鸟皮等。皮张不一样，质量不一样，用处不一样，不能混放在箱子里，而是要分别放好。然后，再把从山里采来的草药晒干，揉成面儿，洒在皮张上，或用它熏皮张。这样保护皮张，不仅没有邪味儿，而且可以防虫蛀，家家都这么做。在宁古塔城外的南山、东山、西山一带的沟沟岔岔，有不少这样的马架子，不用时在那儿闲着，用时才收拾收拾。小萨布素好玩儿呀，整天不着家，要么和小伙伴儿们在一起，要么一个人东跑西颠的，平时常到山里去。那里的哪片林子有多少棵大树、是什么树，哪条沟里有鹿、有野猪，哪个山沟有狐狸、棕熊、小黑熊，哪条岔路的林子里有小熊崽儿，哪个黄花甸子里有狍子崽儿、多少只，他全知道。谁家扔下的马架子，是什么样儿的，他也清楚。

话接前书。萨布素走到桦树林子里的马架子跟前，知道这个马架子是主人熟完皮子后扔在这儿的。原先同其他马架子一样，也是破破烂烂的，耗子、野猫、山狸子常常出入。今天看上去，破固然还挺破，可破窗、破门已经修理过了，窗户纸没了，里边用一些皮子和衣服之类的东西遮挡着。他好奇地走到门前，拉了一下，没拉开，里边插着呢。心想：“噢，这里有人哪。哎？怪了，前几天还没人呢，谁会来这儿住呢？”于是，围着破马架子转了一圈儿，发现马架子后边，从墙里伸出一根粗木筒子，在木筒子下边，可见滴水形成的水溜子。心里更觉奇怪了，这是干什么用的呢？瞅了瞅四周，再没看到别的什么，就转身走了。过了两天，萨布素总惦着是个事儿呀，又来到这里想看个究竟。他悄悄儿走到窗户跟前，从破皮子的窟窿眼儿往里瞧。开始因为外面亮，屋里黑，眼睛不适应，里边黑糊糊的什么也看不清。待眼睛慢慢适应了，才看到在土炕上躺着一个白胡子老头儿，身底铺着褥子，身上盖着被子，一只手放在胸前，正仰脸儿在那儿睡觉呢。细看这位老人，不认识，便没出声儿，离开了。后来，他约了几个小伙伴儿到马架子那儿去了一趟，好信儿呀，是想让别的孩子看看是哪家的爷爷在里边住。小伙伴儿们看了半天，都晃着脑袋说没见过。大伙儿又围着马架子看了一圈儿，看到那伸出墙头儿的粗木筒子正在滴答水呢。他们挺纳闷儿，想要仔细瞅瞅，忽听里边咳嗽一声，吓得呼啦一下全跑了。

过了几天，萨布素刚从外边玩儿完了回到家，爷爷亲切地把他叫过去，问道："萨布素哇，你一天天不着家，到处乱跑，都上啥地方去了？"萨布素说："爷爷，前几天我看到一件怪事儿。""什么怪事儿呀？""在南山沟那儿，看到一个熟皮子的破马架子里住着一个白胡子老头儿，我不认识。后来领好几个小朋友去看，都说不认识，不知是谁家的老爷爷。"因哈勒苏知道常有一些流人逃难过来，暂时没地方住，就住在那些破房子里，所以不觉得奇怪。萨布素接着说："这老头儿倒挺有意思的，不出屋却能撒尿，蛮有绝招儿呢，我说了爷爷可别生气。"哈勒苏问："你又做什么事儿了？"萨布素说："头两天，我看那破马架子的后墙伸出一个粗木筒子，从里边往外滴答水，地下淌了一些水溜子。也不知那是咋回事儿呀，就没管那套，用黄泥给糊上了。这一糊不要紧，那老头儿在屋里直劲儿地哎哟。第二天，我又去看，爷爷你猜怎么了？"哈勒苏忙问："怎么了？"萨布素嘻嘻笑着说："他在外头晒了一床褥子，褥子上湿了一大片。我明白了，原来这老头儿不出去撒尿，是从木筒子往外呲尿哇！"哈勒苏一听，忽地坐了起来，生气地说："萨布素，还有脸笑？你都多大了，还那么糟践人，怎么越大越不懂事儿了呢？肯定是老人家岁数大了，腿脚不利索，有尿不能出去解，只能在屋里，咋给堵上了呢？看你做的这事儿，长只烂手，再这样下去，爷爷不疼你啦！我问你，堵了几次了？"萨布素当即收敛了笑容，回答道："就一次。""进过屋吗？""没有，去了几次都没敢进。""他家几口人？""只看到一个老爷爷，没见有别人。""你看你，让他把褥子尿了，你给洗去！"萨布素一看爷爷生气了，低着头不敢吭声儿了。

哈勒苏这些天来，由于年岁大了，事情多，又累着点儿，身子有些发懒，不愿意动，由舒穆禄在家伺候着。前几天，跟了他多年的老家人宝尔赛玛发去世了，葬在龙头山上东海额莫的坟旁。东海额莫身边倒是有个伴儿了，哈勒苏却失去了一位亲人，心里非常难受。虽哈纳总不在家，正忙着到附近的噶珊挨家挨户地征集战马呢。量很大，要征集九百匹，又不是一般的小马，必须是成年马。还不能太瘦，太瘦能驮着骑兵到前线征战嘛！因此，忙得他连宝尔赛老玛发去世都没赶回来，更没有时间管孩子了。可萨布素越大越淘，到处疯来疯去的，不管能行吗？今天哈勒苏一听，这孩子又捅娄子了，虽然事儿不大，但也挺气人。若不管，以后不知还会惹出啥乱子呢！他本不愿意动，又有什么法子呢？便对萨布素说:“走，领我去看看。”哈勒苏拉着萨布素的手，边往外走边说:“爷爷平时怎么教你的？要敬老爱幼，这是咱们的家风。那老人都那么大岁数了，不是跟爷爷一样吗？不光要尊敬自己的爷爷，对别人家的老爷爷也应该尊敬，怎么能做出这等事呢？都快十岁了，什么不懂？人家知道是你干的，不得笑话咱们家嘛，让爷爷的脸往哪儿放？”萨布素听爷爷这么一说，仔细想想，觉得自己不对了。开始他并没在意，还当笑话告诉了爷爷。爷爷越说，他越觉得不是那么回事儿了，脸红红的没话说了，乖乖地领着爷爷朝那个破马架子走去。

祖孙二人到了破马架子跟前，敲了半天门，里边才说话：“谁呀？这些孩子，别在这儿闹了。大人是怎么管教你们的，欺负我一个老头子干什么？快回家去吧！”边说边咳嗽。哈勒苏又敲门道：“是老哥哥还是老兄弟呀？请开门，我不是那些孩子，是来看您的。”屋里的老头儿听声音，认定来的确实是一位长者。既然人家来了，再躲也不行啊，这才慢慢腾腾地下了炕，走来开门。门插关儿很简单，就是立了两根木橛子当门框，在门框上钉上钉子，将门上的皮条儿往上一挂，算是把门拴死了。老头儿摘下了皮条儿，推开门一看，见来人挺精神，两眼炯炯有神。穿的是蓝色长袍儿，上印大菊花儿。外罩深褐色镶着花边儿的巴图鲁坎肩儿，里子是羊羔儿皮的，外面绣着花儿。老头儿从来人的穿着上，知道这不是一般人家的长者，至少是满洲有钱人家的一位员外，便恭恭敬敬地说:“哎呀，不知是大人来了。”所谓的这个“大人”乃尊称，他并不知道哈勒苏的真实身份，因为穿的是便装，未着官服。在清代，对不熟悉的尊贵的人，一般都称“大人”，以表示敬意。老头儿接着说:“大人到这儿来，该不是向我要房子吧？老朽只是暂借几日。您要是这房子的主人，想用的话，我明天就搬走。”哈勒苏忙说：“不，我不是这房子的主人，是特意看您来了。”老头儿问：“大人怎么知道小人在这儿？认识我是谁吗，怎能劳您大驾来看我呀？”哈勒苏听他说话用词不一般，猜出肯定不是平常人，听语音又不是满洲人，而是汉人。仔细看这老人，穿的是汉人的长衫，脚上蹬了一双傻鞋。心想："若是一般的流民，或者逃人、出苦力的，说话必定粗鲁。可老者待人接物很懂礼貌，他是谁呢，怎么到宁古塔来了？"哈勒苏十分看重此事，想弄个清楚。这时，又听那老人说："既然是来看小人的，就请大人进屋坐一会儿吧。您要是觉得屋里有味儿空气不好，咱们可在院子里坐一坐。"哈勒苏说："我还是到屋吧，老哥儿俩坐下唠唠家常。"老头儿相请道："大人，请进吧。"哈勒苏回让道："您先请。"老头儿拄着拐杖回身在前头走，哈勒苏领着小孙子随其后进了外屋。

当时的小马架子都是两间。外间有个锅灶，连着灶坑，旁边放口水缸。还有一些碗、筷什么的，另有一个放工具的木箱子。里间稍大些，有的是南边一趟炕，还有南北对面炕的，墙上钉不少钉子，是挂皮子用的。也有只盘一铺小炕的，地上放着小柜子，里边装满制皮用的刀、刨子、锤子、刮刀等各样工具。哈勒苏领着小孙子随老头儿进了里屋，见那仅有的一铺土炕上没有炕席，只铺了一张破狍子皮和一床褥子，被子叠在上面，看来这位老人平时就在这儿躺着。炕边儿放一个喝水用的茶缸儿，还有个装东西用的褡裢和一个包袱。右面的山墙上掏了一个小洞，没全掏空，凹进一块，里面放了个小油灯，是晚上照明用的。在靠南炕头儿的西墙上，果然有一根粗木筒子插向墙外，余在屋里的那一小段儿是斜坡儿形，下面放了一只破盆。哈勒苏明白了，小孙子说的没错。怎么的呢？晚上不是冷嘛，天又黑，有时还有野兽出没，能不害怕吗？所以就用这个办法撒尿。心想："这个小萨布素，真够气人的了。老爷子身体不好，为了解手方便，安了个筒子，在炕上便能把尿撒到外头去，他还给堵上了。可老人也不知外边有人给堵上啊，这不，尿从盆里漏到褥子上了。"心里这么想着，就挨着炕坐下，同老人唠了起来。

聊了一会儿，哈勒苏发现不论问他什么，回答得都很简单、谨慎，并且有些含糊。于是有意继续问道："老兄弟，来宁古塔的时间不长吧？"老头儿说："不长，也就两三个月吧。"又问："从哪儿来呀？"老头儿回答："我呀，是从乌拉那边来的。"哈勒苏对乌拉熟悉呀，马上盯问道："你在乌拉什么地方？"老头儿说不清楚了。哈勒苏心想："看样子，这位老人不像是从乌拉来的。"便说："我是乌拉的，对那地方很熟。老兄弟，告诉我实话，到底是从什么地方来的？"老头儿支支吾吾地说："我……我是从内蒙古那边逃难过来的。哎呀，请大人别问了。"哈勒苏紧追不舍："从内蒙古来的也不对，你身上穿的衣裳没有一件是羊皮的，更没看见还有什么皮衣裳。咱们都是老哥儿们，不用担心，要相信我。兄弟今年高寿了？”老头儿回道：“六十有九。”哈勒苏笑着说：“你看，还是老弟呢，我今年八十多岁了，是你老哥呀！看出来了，你是尼堪[①]，对不对？”老头儿愣了一下，点点头道：“是啊，是啊。”哈勒苏再问：“听老弟的口音，好像是从山东那边来的。”“对，说得对，是山东即墨人。”“那你是什么时候过来的呢？”“咳，过来有些年头儿了。”哈勒苏就这么问来问去的，越问，回答的破绽越多。后来老人家实在没法儿了，便说：“我呀，是从沈阳来的。”哈勒苏一听是从沈阳来的，更想问了，那是京师呀！接着问：“住沈阳什么地方？为什么到这儿来了呢？”老头儿一看是真没辙了，躲也躲不开、说还说不清，遂反问道：“这位大人，能不能把您的大名告诉小人？您是做什么的，是宁古塔的老户吗？”站在一旁的萨布素抢着说：“这是我爷爷哈勒苏哈大人，城守尉虽哈纳虽大人是我阿玛，阿玛是爷爷的小儿子，我叫萨布素。”说这话时，显露出很得意的样子。

当这位老人一听说坐在面前的是哈勒苏哈老将军时，脑袋嗡的一声，这真是冤家路窄呀，怕碰上怕碰上还是碰上了！他早就知道，哈勒苏是满洲著名的将军，他的儿子是这个城的城头儿哇！顿时满头大汗，马上站了起来，又扑通一声跪在地上说：“都怪小人眼拙，没有看出是哈大人。要问小人是做什么的，说实话，过去是经商的。没啥能耐，为了混碗饭吃，做些字画生意而已。前些年老伴儿故去了，剩下孤寡一人，只想出来走一走，周游辽东，以度残生。没想到在这儿遇上了大人，小人给大人磕头了。”说着，“咣、咣、咣”磕了三个响头。哈勒苏急忙上前，弯下身子将老人搀了起来。就这么一搀的工夫，那眼睛多尖哪，一眼看到老头儿的后腰上挂着一块儿玉石坠儿。待老人起来之后，哈勒苏到他身后，把玉石坠儿拽住了，说道：“我说老弟，看来还是没跟我说实话，这玉石上刻的是什么？我喜欢光明磊落之人，人为生活，各为其主。以前给大明办事儿没关系，现在既然弃暗投明了，那过去的事儿该烟消云散了，何必隐瞒？你当然明白，这玉坠说明老弟是明朝的一位名士。在这里，我哈勒苏给您施礼了。”说着，站了起来，按照明朝的礼节，恭恭敬敬地抱拳施礼。老头儿一看哈勒苏如此懂得礼节，说起话来又这么宽宏大量，很是感动。忙走到跟前，双手握住哈勒苏的手说：“老哥哥，您的眼睛亮如明灯啊！说得对，在下确实是一名败臣。有什么好讲的？耻辱

① 满语：汉人。

哇！大清国现在如明月当空，我们大明朝不行了，这世道的更迭乃天意呀，非人力所能左右也。”说完，难过得落下泪来。哈勒苏说：“请坐吧，咱们老哥儿俩好好儿唠唠。”

哈勒苏拉着老人重新坐下后，笑着说：“老弟，咱们老哥儿俩能见着不容易呀，说实话，我今天到这里来是为向你道歉的。都怪小孙子太淘气，太可恶，没有礼貌。前两天惹了乱子，在外面把方便用的粗木筒子用黄泥糊上了，给你造成了很多不便，是不是有这事儿？”老人一听，摆摆手道：“咳，些许小事儿，何足挂齿，小孩子都好淘气。说起来，这事儿是老朽太懒了，不值一提，不值一提呀！”哈勒苏马上转过头来冲小孙子说：“萨布素，过来，向老爷爷道歉。”萨布素赶忙来到老者面前，扑通一声跪下了，磕了三个头，认错儿道：“爷爷，我错了，不该那么做，让您把褥子弄湿了。那天在外边瞭着，我们都看见了。”这么一说，老人有点儿不好意思了，腼腆地晃着脑袋，边说“起来，快起来”，边将萨布素拽了起来，夸赞说：“好孩子，后生可畏呀。你看这长相，天庭饱满，地阁方圆，又通情达理，将来前程无量啊！”哈勒苏这时才注意到，老头儿尚未剃发，从这儿也可以证明，他是明朝的遗老、一个败将。

哈勒苏环顾一下四周，见什么都没有，喝水的茶缸儿也是空的，觉得老者住在这里实在是太苦了。炕沿儿上的灰尘挺厚，炕又潮，怎么睡呀？一摸，那炕还不平，底下搪着三根儿木头棍子，破狍子皮就铺在棍子上，躺在上面肯定硌得慌呀。再说用水得从前边河里往回挑，这么大年岁了，真难为他了，便关切地问道：“老弟，你怎么住这个地方？”老人说：“我已搬了好几处了，每搬一次，都得东找西找的，前两天才转悠到这块儿。看这里挺好的，朝阳，有桦树林，还背风。更主要的是不愿再出头露面，总觉得败臣无颜见世人，所以便住这儿了。”哈勒苏劝道：“老弟，你咋想这么多呀？我不是说了嘛，人都是各为其主，如今重新做了选择，这就好。你是个聪明人，可能早看出来了，大明早已是日落西山了，而大清正是旭日东升之时。我朝的官兵个个勤于政事，人心所向。明朝那些官员则昏庸腐败、脑满肠肥，只知道中饱私囊、贪赃枉法，百姓繁苛甚重、民不聊生，哪一个官员是为民事、国事而日夜操劳的？老弟，你看我讲得对不对？”老者回道：“说得极是，确如大人所言，小的正是因为这个才不屑一顾、一气之下离开的。”哈勒苏说：“这不结了嘛，既然如此，你大可不必想得那么多。已经过来了，就塌心在这儿生活吧，咱老哥儿俩可以说是一见如故。我看不如这样，你别在这儿住了，到我家去，住我那儿，你看咋样？”老人一听，扑通一声又给哈勒苏跪下了，连连摇头道：“不行，不行，小人斗胆也不敢到大人家去打扰。您是什么人哪，大清的大将军，而我是败军之将。现在有口饭吃，将来闭目那天，大清国能给一口棺材、一块儿埋葬之地便心满意足了。不能去呀，谢谢大人的宽宏大量，小人心领了。”哈勒苏将他搀扶起来，说道：“老弟，不要这么讲，我可都是真心话。俗话说‘客随主便’嘛，你大老远来到了宁古塔，老哥应尽地主之谊才是。我刚到宁古塔时，就听说此地有个风气，凡是从外地来的人，得听主人的。我那时就是这么做的，听宁古塔人的安排。这里的人非常好客，而且心肠特别好，待人热情。你不知道吧？人称这块儿是十里不裹粮之地。就是说走十里地，你不用带粮，到哪儿吃哪儿。主人绝不会对你说一句难听的、不客气的话，有什么好吃的全拿出来，家家如此。所以说，你到了这里，只能按古风办事儿。大家看不得一位老人老无所养、凄凄凉凉住在寒窑中遭罪，没人伺候，这是宁古塔人的性格和心胸。老弟，听我的话，赶紧收拾东西跟老哥走。要是不走，我跟孙子今天晚上陪你睡在这儿了！”老人仍犹豫着。

各位阿哥都知道，哈勒苏是位心地善良、肯于帮助人的长者，哪能眼见一位老人在这么个前不着村、后不着店的地方苦熬着？他又是一位爱刨根儿问底儿的人，对面前这位明朝官员的身世没弄清，岂肯罢休？因此，便对坐在那儿咋说不动地儿的老人继续耐心地劝道：“老兄弟，你不用担心，我家的房子挺宽绰，院儿也大，很方便。家里的人不多，儿子虽哈纳在宁古塔衙门做事儿，最近出外办差，已多日不在家了。在家的除了儿媳妇舒穆禄，就是我这小孙子的额莫，还有个小孙女，不大，有自己的屋。萨布素和我单有屋，你去了以后，咱们老哥儿俩住一起。若不愿意与我同住，旁边另有个屋，你可以住那儿。家里有仆人，有啥事儿了，随叫随到。你像我弟弟一样，家里人一定会像对我那样照料你。舒穆禄夫人是个待人待事心肠儿很热的人，没说的，一向孝敬老人。老弟，告诉你吧，今天我要不接走你，宁古塔任何一家若听说一个孤老头子住破马架子，也会把你接去的。既然已经来了，就应把宁古塔看成是第二故乡，好不好？不用多说了，赶紧到我那儿去。咱们回到家，喝着茶，有的是时间唠。直到现在，我还不知道老弟究竟是谁、在大明朝担当什么差事以及到沈阳做什么。我对沈阳很熟啊，可能听说过吧……”还没等哈勒苏的话说完呢，老者接过了话茬儿：“大人，刚才听小孙子一说您是哈勒苏哈大人，小人全明白了。说实在的，做梦没想到会在这儿碰上您哪。越防谁，谁就来了，真是防不胜防啊！我能不知道您吗？一位赫赫有名的战将！您那五个儿子，大明朝无人不晓哇，人称后金的五虎啊，是不是这样？”哈勒苏听后，哈哈大笑道：“哎呀，老弟，原来你完全知道我家的情况啊，那更没得说了，是我们有幸有缘哪！走吧，还等什么？”萨布素在旁边也一个劲儿地催促道：“老爷爷，走吧，到我们家去吧。”老头儿仍不肯，总觉着不得劲儿，心想：“这怎么行呢？我同哈大人是天壤之别，怎能平等相处呢？但是盛情难却呀，人家是一片真心，小萨布素又在一旁帮腔儿。况且一见老将军，便看得出是位胸怀坦荡、光明磊落之人，可谓仰慕已久哇！在明朝为官时，哈勒苏的大名如雷贯耳。今日得见，正如传说所讲，心胸开阔，心地善良，极为好客，让人肃然起敬啊！与之相比，自己太委琐卑贱了，不配与其相聚。”这么想着，坐在那儿直打咳声。

哈勒苏看老者还是思前想后不肯迈步，便不管老人如何想法，叫过萨布素，告诉他：“你回去把牟三、牟四找来，帮助老人家搬东西。”这二人是哈勒苏家的男仆，年龄都在四十岁左右，做事很勤快，人挺忠厚，是宝尔赛身边的好帮手，从吉林乌拉带出来的。他们在老玛发过世后，替哈勒苏管着家中诸务。萨布素听了爷爷的吩咐，拔腿一溜风地往家里跑去。到家后，推开大门进了院儿，高声儿喊额莫。舒穆禄忙从屋里出来问：“什么事儿呀，这么急三火四的？”萨布素向额莫简单交代了几句，说是有一位老爷爷马上要来，赶紧准备一下，随后叫上牟三、牟四，很快返回到马架子处。牟三、牟四进了屋，给哈勒苏施礼道：“大人，有何吩咐？”哈勒苏说：“你们帮助这位老人把东西拿到咱家去，走之前，把屋子打扫干净，将门窗关好。”牟三、牟四答应一声“嗻”，随即麻利地收拾着东西。哈勒苏转过身来，也不等老人再说什么了，连搀带拽地就往外走，萨布素在后边推着。牟三、牟四将炕上的行李卷好，向正在朝外走着的老者问道：“老人家，还有什么东西吗？”老人边走边回头指着墙角儿说：“那块儿有个箱子，小心点儿拿，可别弄坏了，有劳二位了。”牟三、牟四一看，果然有个箱子，挺好的，楠木的。可能是怕磨坏了，外面用蓝布罩着。就这样，哈勒苏扶着老人的肩膀，萨布素右手扯着爷爷的巴图鲁坎肩儿，祖孙三人在前头先走了。牟三、牟四遵照哈大人的吩咐，把屋子收拾好了，关上了门窗，又抱起那个箱子和行李，于后头跟着回三棵杨了。

哈勒苏领着老者刚到家大门口儿，舒穆禄夫人便笑呵呵地从屋里迎了出来，热情地向老者打招呼："老人家，你好啊？快请进来。"老者说："真是太打扰了，给你添麻烦了。"舒穆禄说："哪里话，不要客气，请进吧。"哈勒苏领着老人进屋坐下后，对他说："看到了吧，你住里屋的暖阁，那屋暖和。我呢，就住在你外屋，行吗？"老者忙道："行行，哪儿都行。"原来这是个里外屋，两屋中间只隔一道薄墙，墙的中间是木板儿的，木板儿上刷的油。上面有窗户，窗子是镂花儿的，刻有青梅、冬竹，很是雅致。因为花儿的中间是镂空的，所以平时挂着一块儿小布帘儿。把帘儿拉开，既可通风换气，两屋的人相互说话又方便，这还是戴珠瑚大人在世时帮助设计的呢！

待一切安置妥帖，哈勒苏便将老者请到旁边的客厅。先让一个女佣打来洗脸水、漱口水，侍候老人洗脸、漱口。之后，让另一个女佣献上了热茶。两人落座后，哈勒苏说："老兄弟，我已吩咐家人，晚上再为你烧点儿热水，擦擦身子，松快松快。"老人点头道："好，好。"哈勒苏看他的穿着太破烂了，又叫儿媳拿几件自己和虽哈纳的衣服，让老人选两件换上。老者忙说："不，不，我有衣裳。只是小人没敢穿，怕引起别人的注意，穿的这身儿是特意在集镇上买的丐服。"边说边起身到他住的暖阁，打开那口楠木箱子，从里面取出衣裳换上了。这一身儿，乃明代人宽边儿大袖儿的绅士服，蓝缎子质地，绣花儿的纽襻儿，甚是好看。要不怎么说人饰衣服马饰鞍呢，果然老人家这么一换，派头儿立马不一般了，肚子突出来了。刚穿好，哈勒苏一脚迈进来了，笑着说："你看，这才是真佛露相呢！我就说嘛，你不是寻常之人，很好，穿这个才对。咱们年岁这么大了，还有几年活头儿，为什么那么拘束呢？坦坦荡荡走一生嘛！"老者听了哈勒苏的话，也挺高兴，二人携手回到客厅，一边品茶，一边攀谈起来，越唠越亲。舒穆禄过来问了几次吃晚饭的事儿，谁都不搭茬儿，自顾唠嗑儿。后来，舒穆禄一看时间太晚了，老人肯定早就饿了，这才又走到跟前，面带笑容地问老者："嗑儿有的是时间唠，饭总得吃呀，您老想吃点儿什么？"老人回道："啥都行。不过，我现在火大，很想吃面，最好是喝点儿稀的，能不能做一碗香椿面？"舒穆禄说："香椿面还真做不了，我们这里没有香椿。这样吧，鸡蛋有的是，做碗鸡蛋面怎么样？"老者说："哎呀，那太感谢了！好哇，就鸡蛋面吧。"舒穆禄很快为两位老人家煮好了香喷喷的鸡蛋面，请他们到饭厅里吃。那老人或许是被哈勒苏全家的热情所感动，心里从来没痛快过。再者也是好长时间没有吃到可口的面了，食欲大增，吃了四大碗，连汤都喝光了。

说到这里，诸位阿哥不禁要问：哈勒苏领着自己的小孙儿萨布素、又唤去牟三、牟四接回来的这位老者究竟何许人也？此人乃大明朝一位赫赫有名的官员，姓周、名顺、字子正，山东即墨人氏。明弘治十三年生，少年参加贡试为举人。后参加乡试，一举夺魁，为解元。明万历末年，大约是明万历四十八年参加殿试，进士及第，夺得第三名，为探花。虽然不是第一名状元、第二名榜眼，这皇上亲点的探花，也是秀士之中的佼佼者。由于他进士及第，遂留在宫廷里做助理编修。后因其文才出众，深得万历皇帝的赏识，调任兵部右侍郎。当时后金势力崛起，金明之战愈战愈烈，明朝为剿灭后金，急需名士出谋划策。周子正是一位很有办法的人，八股文又作得好，常为攻打金国出点子。因此，深得在辽东任经略的熊廷弼的赏识。

所谓经略，即总领兵马的大元帅。这熊廷弼是明朝有名的将领，乃湖广江夏人氏，字飞百，明万历进士。万历四十七年，任辽东经略。当时正是后金伐明之时，大明的有关召集流亡、整肃军令、训练将士、加强防务这些事情急需要人。熊廷弼便呈请圣命，将周子正调来辽东，在其跟前行走。时值明朝党争之故，许多人弹劾熊廷弼。一气之下，辞了经略之职，推荐亲信袁应泰为辽东经略。

袁应泰，字大来，陕西奉籍人氏，明万历进士。此人凡事胆大，十分勇猛，敢用兵，是一员猛将，人送外号儿“袁大胆”。袁应泰接任时，向熊廷弼说:“熊大人，你得给我一个人，不然不敢受此重任。”熊廷弼问：“想要何人？要谁我都给。”袁应泰说：“要你身边行走的周子正进士。”这“行走”，就是无实际官职，但又是很重要的人的一种称谓。“进士”，乃科举时代称殿试考取的人，是经略身边的幕僚。过去，大官身边都养一些人，为之出谋划策、草写奏折等。这些人皆为有本事的能人，有韬略，字也写得好。熊廷弼答应了袁应泰的要求，把周子正给了他，继续做现任经略的辅臣。

周子正在同袁应泰的共事中，与之不仅是上下级关系，而且逐渐成为其密友、心腹和谋士。袁应泰接任经略后，经常率兵与金国的皇太极对阵，许多战略战术是由周子正提出来的。哈勒苏当时正在军中效力，是皇太极的亲信，五个儿子亦随军征战，被誉为“五虎上将”。由于两军交战频繁，不少后金官员提出，首先必须整死袁应泰和周子正。只有这样，后金才能顺利伐明。咱们就说攻打沈阳之战吧，仗打得相当激烈，双方伤亡很是惨重。那么此仗是谁跟谁打的呢？就是皇太极率领哈勒苏以及“五虎上将”等，与袁应泰、周子正打的。哪承想事过这么多年，周子正却跑到宁古塔来了，可见这人生之事，太让人难以预料了！为什么说是冤家路窄呢？后金天天喊着寻周子正、抢周子正、杀周子正，周子正为此东躲西藏，偏偏就藏在了宁古塔。而发现周子正的，又恰恰是哈勒苏的小孙子萨布素，这不是仇人相遇、冤家路窄吗？真是人生何处不相逢，相逢原来是仇家，你说这事儿可咋好？

话再说回来，周子正为什么会选择躲到宁古塔来呢？这还得从沈阳之战说起。前书说过，袁应泰这个人很能打仗，要不怎么叫“袁大胆”呢？当时明朝的好多大将一听到女真兵来了，非常害怕，皆望风而逃。“一男顶十虎”哇，谁敢跟后金兵打呀？何况明朝当时朝政腐败，兵不行，将也不行。将熊那可是熊一窝呀，一说打仗，呼啦全跑了，树倒猢狲散哪！打仗全靠“勇”字，两兵相遇勇者胜。士气都没了，吓得要死，还不全玩儿完？袁应泰不听这个，有胆量啊，就敢在沈阳之战的时候，三路出师，跟努尔哈赤、皇太极对着干。

当时和袁应泰在一起的，除了周子正外，还有他的助手、辽东的巡按张铨。这个人也很出名，单字一个“衡”，信阳人。勇敢善战，有主见，是忠于大明之人。袁应泰、周子正等人为防金兵攻占沈阳，将兵分驻沈阳、辽阳两地。又在沈阳城外挖了沟，设下陷阱，筑起拦马墙，自认固若金汤，万无一失。努尔哈赤毫不示弱，在后金天命六年，辛酉年，天启元年，女真的天鸡年三月下了死令，务要“拼死攻下沈阳城”。各个贝勒领命之后，带着自己的兵卒，竭尽全力誓夺沈阳，那真是前赴后继的血战啊！袁应泰的部下张铨、贺世贤则豁出命守城。在两军对阵中，明军倒下了几员大将，第一个阵亡的就是守城总兵贺世贤。贺世贤死后，又由继任总兵尤世功率领七万余兵丁守城。结果由于金兵的英勇出击，守城之兵几乎全军覆没，剩下些许兵马溃散逃跑了，总兵尤世功战死。后又从外城派来总兵陈策援助，也未幸免。尤世功身边的参将夏国卿、张冈、周知这些人，上吊的上吊，逃走的逃走。哈勒苏护卫着皇太极，率“五虎上将”拼死攻占了沈阳。可万没想到，就在此时，四大贝勒之一的皇太极坐骑中了一箭，摔下山坡儿。是哈勒苏一家奋力从箭雨中将其抢出，救了一命，而哈勒苏却因只顾保护皇太极，左眼眶被一支袖箭射中。这场血战，至今想起来仍令人心惊胆战哪！没想到往日对阵的敌手，现在却同住一处，你说这事儿该是多么不可思议呀？

沈阳被攻破，袁应泰退兵守辽阳。五天之后，努尔哈赤率众攻打辽阳，袁应泰、周子正等人决计从太子河引水注壕，以火器出城五里外迎战。对阵没多久，明军大败，退进城中固守。金兵夺桥，从东门而进，城破。袁应泰见沈阳没保住，进到了辽阳城。辽阳又没保住，一切全完了，无颜面君，遂举火焚楼而死。临难时，他对张铨说："泰不才，邀尚方之宠灵，固当以身许国。但按臣有阃外之责，尚当收拾余烬，为退守河西计，泰死不朽矣！"其余官兵殉节者多人。周子正见此，便劝张铨说："张大人，这仗不能再打下去了。还看不出来么，打不过金兵啊！再说明军别的队伍纷纷后退，只咱们孤军作战，不仅城守不住，最终也必败无疑呀！"听周子正这么一说，有个副史叫何廷魁的，大骂道："你个胆小鬼，这是背叛！怎么打不过？我跟他们拼命！"张铨与周子正的关系十分密切，很是默契，便说："子正啊，你说得对。不过，眼下大势所趋，非我们所能左右。再说，袁大人临难之时，已嘱托于本将。我受朝廷深恩，若降顺苟活，是遗臭后世也，惟有一死而已。周大人，我手中有些字画，是多年留存的，交付于你了。我的夫人目前仍在江南，你要是能走脱，将来能见到她的话，就将这些字画留给她。拜托了！"说完，向天作了一长揖，又给周子正磕头。周子正急忙将他扶起，张铨自缢而亡。何廷魁没听周子正的话，战又战不过，最后揣了一兜子官印，领着两个小老婆跳井而死。他的七八个随从也跟着跳进同一口井，结果把这口井给堵死了。

周子正一看，死的死，伤的伤，其余的人又不听他的话，只好趁机离开了战场。他知道这仗是不能再打了，肯定打不过后金，那是以卵击石呀，继续打下去必死无疑！便找了一处僻静的地方，用锅底灰把脸抹黑，脱去官服，换上丐服，带些东西逃出了辽阳城。路上他想，该往哪儿跑呢？沈阳肯定没法儿呆，谁都认识我，只能往女真人居住的深处走，那里没人注意。于是，直接往北跑。过了铁岭、开原，到了吉林乌拉。呆了一段时间后，又继续北去，来到了宁古塔。想在这儿躲一躲，待风声儿平静了，再去江南一带找张铨的夫人，把字画交给她，完成张大人的临终嘱托。万没想到在此躲了不到三个月，就碰上了哈勒苏将军。在哈大人的盛情感召下，不能再隐瞒身份了，只好一五一十、详详细细地将自己的事情和盘托出了。

哈勒苏和周子正这几天没在两个屋住，哈勒苏说："我说老弟，你不如干脆过我屋来，咱俩在一个炕上睡。”周子正想，反正已经来了，哈老将军这么坦诚，又没什么可隐瞒的了，索性便睡到了哈勒苏的屋子。炕的中间放了个茶桌，他俩一个睡这边，一个睡那边，睡醒了就唠，累了就睡，渴了就边喝茶边接着唠，原来战场上的一对仇敌，现在是越唠越近乎。哈勒苏挺欣赏周子正，认为他非常有头脑，因此也就有啥全往出端。对沈阳之战开诚布公地说：“真是识时务者为俊杰，沈阳、辽阳之战，你当时退出来是对的。如果能早一点儿劝说袁应泰不打这一仗，那将更好，双方不至于死伤那么多人。可惜袁应泰没有你这样的胸怀，也没有你这样的眼光，结果为根本保不住的大明送了命，还使得那么多将领死于非命，我看他是个愚臣。不像祖大寿、洪承畴这两位大人，他们顺应潮流，归附了大清。仍享荣华富贵不说，还特别受大清皇上的重视。”周子正躺在炕上，边点头边打着咳声说：“这人哪，都有自己的定数，不是谁能说了算的。即使当时劝了袁大人，恐怕也不行。可能是我前生有幸，走了这条路，不但没死在刀枪之下，而且还能跟大清国的将军哈大人碰在一起促膝谈心。这冥冥中的事情，真是让人难以琢磨呀！”俩人就这样足足唠了三宿，嗑儿是越摆越深，事儿是越处越明，感情是越唠越近。

在唠嗑儿中，哈勒苏很是佩服周子正为饱学之士，更对他是进士及第另眼相看。因为知道明朝的殿试很严，能在这样的考试中荣登金榜，又是第三名，那是相当不容易的，说明有真才实学。当时的大清与明朝不同，还没有科举制度，选将只看打仗是不是勇敢，立下赫赫战功的勇者便可以升官。所以，哈勒苏把周子正看成是圣人。他想，这大概是阿布卡恩都力的保佑，竟把一个圣人送到自家来，乃富察氏家族的福气哟！真是越想越乐。

萨布素当时年龄小，不太懂得官品的高低，不知道周子正是个什么样的人。不过一看爷爷对他那么敬重，自己当然不敢怠慢。一天，虽哈纳从外办差回来了，哈勒苏忙把儿子叫过去，告诉他接周子正来家的事儿。虽哈纳一听，赶紧过去给老人家施礼，周子正马上站起来拦住了。当他知道这就是哈将军的“五虎上将”之一、现任宁古塔城守尉的虽哈纳时，便说：“小的应先给虽大人见礼，这厢有礼了。”虽哈纳忙扶住说：“万万使不得，做晚辈的理当给您施礼，怎能承受老人家的大礼呢？”二人推让一番后，坐下来说话。虽哈纳在得知了周子正是一位才高八斗的老者时，也认为父亲是把一位儒家之圣人接到了家里，很是高兴。这时，哈勒苏诚恳地对周子正说："子正老弟，正好小孙子的阿玛在这儿，有件事儿已在心里琢磨好几天了。能不能斗胆请求，让我的小孙子拜你为师、在手下受业？让他跟你学些四书五经、汉学之类的知识，小孙子一点儿都不懂，全靠你教了。"周子正想了想，点点头。哈勒苏见周子正同意了，接着又说："还有一点希望，在你空闲之时，能否将辽沈一战记载成书、以传后世？"周子正回道："周某不才，尽力去做就是了。"

自从周子正答应教授萨布素之后，哈勒苏全家上下对他愈加尊重，虽哈纳、舒穆禄更是作为长辈来孝敬。周子正同这一家人处得也越来越熟了，住得越来越习惯了，心情逐渐好了起来。他想："受人滴水之恩，当涌泉相报，是应该帮助哈勒苏的小孙儿尽早成材呀！"一天，虽哈纳来到阿玛的屋子，对哈勒苏说："阿玛，咱们是不是举行个拜师礼，让萨布素正式拜周师傅为师？"哈勒苏说："好，你想得对，是得这样。那就选一个良辰吉日，行个拜师的礼仪。前一阵子吴大人在宁古塔时，让我把孩子们聚到一起，传授武术，不是还举行了仪式、授予了一面色夫旗吗？可惜我这个老朽之人，没能将此事坚持做下去，教了不长时间，便因孩子分散、很难聚拢而半途而废了。这次小萨布素拜周老先生为师，可不能有始无终，一定要持之以恒。"然后，又叫过萨布素，嘱咐道："从今以后，你要套上小夹板儿了，可不能再像过去那样，像个小牛犊子似的，今天跑这儿、明天跑那儿地到处疯了。年龄不算小了，爷爷岁数越来越大了，不能老陪着你了。必须得听阿玛、额莫和周爷爷的话，煞下心来认真刻苦地学，这可是给自己增长知识呀，要记住爷爷说的这些，听清了吗？"萨布素回道："爷爷，听清了。"哈勒苏说："那好，从今以后，每天要早起，按时做功。轻功不练不行，骑术、武术、马步箭不练也不行。孩子，你快成人了，按咱们大清的规矩，十五六就成丁了。这些功夫，对将来报效皇上都是必不可少的本领，千万不能贪玩儿了。以前，你一桩桩、一件件地给我惹了多少事儿呀？因为还小，爷爷不怪。今后除了每天练习武功之外，便是向周爷爷学汉学，不懂是不行的。汉学学好了，将来再让阿玛给你请一位满学老师教授满学。要知道，这是阿布卡恩都力的保佑，将周子正老先生送到了咱们家，是咱的福分哪，你可要珍惜呀！"萨布素说："爷爷，放心吧，我会遵照爷爷的教诲去做的，好好儿学。"

当晚，哈勒苏向周子正告知了举办拜师仪式的事儿，并说："老弟，咱们这次按汉族的规矩来，不过我不知道汉族拜师该怎么做。"周子正忙道："大哥，不用那些讲究，孩子不是已经给我磕过头了嘛，这便行了。"哈勒苏说："不成不成，上次磕头是向你赔罪。这次不一样，是要拜你为师，希望你收下他这个弟子。按辈分讲，萨布素应叫你爷爷，又是他的老师，怎能不磕头呢？我看，要不咱按你当时拜师时的那个程序办？"周子正说："我拜师时，先是向孔夫子至圣先贤宣誓，再向孔大人像磕头，可咱们这里没有孔子的像。这样吧，我用墨笔写个孔子的神位，立起来，在孔子神位前行拜师礼，你看可否？"哈勒苏说："行，就按老弟说的办。"

第二天，哈勒苏找出了一张红纸，周子正在上面用楷书写了"大成至圣先师孔子之位"十个字，然后将纸叠成牌位形状，供在大厅西墙那儿。牌位下放了张桌子，桌子上摆了供果，还有一只刚刚杀死的报晓的公鸡。将这一切准备好后，便择吉时吉刻举行拜师礼。届时，周子正老先生坐在上首，家里人排坐两边。然后把萨布素叫过来，先给孔子行三拜九叩大礼，再恭恭敬敬地向周老先生行三拜九叩认师礼。萨大人后来回忆道："在满族家里，在宁古塔，我是第一个向至圣先师孔夫子磕头的人。那时还小，不会行三拜九叩大礼，是周老师现教的。"萨布素叩头拜师后，虽哈纳向周老先生跪叩，送上一千两白银，周老先生坚决不收。哈勒苏说："老兄弟，你必须收下。这不是正式拜师嘛，那就应当按老规矩办，不都是这样吗？再说向老师献上这点儿薄薄的礼金，算是表示一下我们全家对你的感激之情，请先生一定不要客气。"周子正见实在推辞不过，便站起来说："看来恭敬不如从命，好吧，收下了。"

举行拜师礼之后，萨布素开始每天跟周爷爷学习汉学，按老先生的安排，先学《三字经》《百家姓》《千字文》，学得很用心。学习初期，不止一次地挨过先生的手板儿。开始他不服，连阿玛虽哈纳也有些想法。周子正对萨布素说："你既然拜我为师，必得听我管。不听，理当受罚，我这个老师就要这样教授弟子。"哈勒苏知道此事后，曾两次瞪着眼睛批评虽哈纳："不能因老师打了孩子手板儿你就不高兴，必须按汉族老色夫的规矩办。再说，适当的惩罚没什么不好，只要咱们的孩子能学好汉学，比什么都重要。怎么，你连这点儿道理都不懂吗？"然后又耐心地对萨布素说："孩子呀，不用不服，挨打还不是怨自己没学好？你要是学习用功，肯于努力，学得扎实，先生当然不会打了。要记住，读书和练功一样，是件很不容易的事儿。如果不用心学、刻苦练，那将一事无成。"萨布素听了爷爷的话，从此更加勤奋了。不管是早晨还是晚上，他都认认真真地看书、背书，一丝不苟地学习汉学，下了不少功夫，进步很快。真是严师出高徒哇，正是在这位大明进士的教导下，使萨布素从小打下了很好的汉学和文学功底。

在此期间，还有一件事说书人得交代一下。那就是周老先生在哈勒苏老将军的感化、启发之下，将张铨留给夫人的古画献了出来，请哈大人转交给了大清朝廷。现在沈阳清宫的展品中，我们所看到的张铨的画，就是周子正居于宁古塔时交出来的，这是后话。

萨布素逐渐长大了，到了十二岁的时候，懂事多了，不那么调皮、好惹乱子了。一天，虽哈纳对儿子说："萨布素，你不是有头小犁牛吗？不能总让哇嘎哥哥帮着放啊。那牛现在已经怀犊儿了，尤其是在这个时候，应该自己去放。记住，知识是无穷无尽的，要学的东西太多了，什么都得学，放牛也要学。"这样，萨布素每天除了坚持练功习武、向周老先生学习汉学之外，又加了一件事儿，就是要挤时间跟小哇嘎、门突呼老人一起骑马放牛。瓦礼祜喜欢萨布素，特别愿意同他在一起，见萨布素去放牛，转天便跟了去。每天在茫茫的草甸子上放牧，大瞎虻、蚊子可多了，咬得他们浑身是包。萨布素对这些不在乎，全能忍受，认为是对意志的一种磨炼。

萨布素十三岁那年，崇德八年，癸未年，女真的天羊年，大明崇祯十六年，大清宫廷发生了一件惊天动地的大事。八月的一天，萨布素放牛回来，刚走进院子，便见马桩子上拴了好几匹战马，猜想肯定是有远方的客人来。进屋一看，果然爷爷正在客厅接待自己不认识的几位来人，额莫领着用人出出进进地献茶送水。虽哈纳见萨布素进来了，立即给他使了个眼色，萨布素会意地退出了客厅，到另一间屋子去了。心里琢磨着："来的这几个人都穿黄马褂儿，看来不是一般人，只有皇上身边的人才能穿这种衣服。他们来到我家，为啥事儿呢？"

你还别说，真让萨布素给猜着了。来的人里，其中一位是御前大太监耿公公，以前没到宁古塔来过，哈勒苏也不认识。哈勒苏在沈阳时，耿公公不在皇太极身边，他是原来的主管太监走后才调过来的，现在是宫廷的主管。随耿公公同行的两位贵客，一位是伊尔津将军，乃正黄旗主旗人杨古利将军的族侄，也就是说，是舒穆禄夫人的叔伯弟弟。曾多年跟随叔父杨古利南征北战，立下了赫赫战功。还随其从皇太极东征朝鲜，正是在汉江附近攻城的时候，勇猛的杨古利大将中鸟枪阵亡的。皇太极在得知杨古利殉国的消息时，心疼极了，几乎哭昏了过去。平静下来后，命小弟弟多铎贝勒冒死反攻，打跑了敌人，这才从战场上夺回了杨古利大将的尸体。运回京城后，陪葬于福陵，追封武勋王。伊尔津因跟随叔父征战勇猛，战功累累，被皇上授予梅勒章京衔，后来又被授予一等伯。他也是第一次来宁古塔，早就听叔父说过，有一位叔伯姐姐在这里。此次一是为秘密公务来见哈勒苏大人，二是顺便看看叔父杨古利生前一直惦记着的侄女、自己的舒穆禄姐姐。舒穆禄知道有位叔伯弟弟叫伊尔津，一直跟随叔父南征北战。二人相见，激动万分，泪流不止，叙述着各自的衷情。当唠到杨古利大将阵亡疆场之时，更是泪人一般，难过至极。

姐弟二人的情谊且不详说，再说另一位贵客是谭泰的亲信。谭泰姓舒穆禄氏，正黄旗满洲人，是杨古利大将的从弟，禄授牛录额真。天聪八年，任巴牙喇甲喇章京，与固山额真图尔格分统左右翼兵，攻掠锦州，继之入内地伐明。后来任巴牙喇纛章京时，从皇太极东征朝鲜，继而从多尔衮征明，连战连捷，是一位英勇无敌的战将。这次因有要务在身，没有亲自来，便派了一位身边的亲信，随同耿公公、伊尔津将军同赴宁古塔。

那么，这三人来宁古塔究竟有何公务呢？说到公事，他们只是同哈勒苏密谈，不让任何人听见。耿公公说：“哈将军，眼下朝廷有要事，召你速速进京。”哈勒苏心想：“都这么大岁数了，又离京多年，找我会有什么事儿呢？”想到这儿，便问了一句：“耿公公，谁派你们来的？”耿公公回道：“噢，是二等精奇尼哈番、吏部启心郎索尼、和硕礼亲王代善传话儿找老将军。皇上有秘事，召你觐见，必须得去。”哈勒苏又问：“何时动身？”耿公公说“越快越好，不知哈大人身体行不行？”哈勒苏想：“礼亲王找我，这是在情理之中，因为出京时，是同他一起到的吉林乌拉。为什么索尼也找呢？”又一想：“不管是谁找，既然是皇上召见，就不能不去。尽管年纪大了，只要有一口气儿在，主子召见奴才，奴才得从命。再说自打从沈阳出来去吉林乌拉，又从吉林乌拉派往宁古塔，这些年来，始终没见到皇上，也真想见见哪！”想到此，二话没说，一口答应：“好，咱们马上动身。”说完，从屋里走了出来，让虽哈纳和舒穆禄即刻准备马匹和衣物。虽哈纳奇怪地问：“阿玛，这是急着上哪儿去呀？”哈勒苏不便多说，只含糊地答了一句：“进京有事儿，赶紧打点吧。”虽哈纳想：“时令已是秋八月，天气开始冷了，阿玛一路上吃穿什么的，总得有个人照顾呀！”于是请求道：“阿玛，既要进京，那就让孩儿陪着去吧。”哈勒苏一口回绝了：“不行，不能去。你是朝廷的命官，怎么能擅离职守呢？你要走了，那不是违抗圣命嘛，糊涂了？”虽哈纳说：“阿玛这么大岁数了，独自出门，孩儿能不担心嘛！”“不要紧，你的两个哥哥不是在京城吗？到那儿自有他们照料。要不这样吧，让牟三、牟四跟我去，有他俩在身边，总该放心了吧？”虽哈纳和舒穆禄只好听从父命，忙着为阿玛出行做准备。

伊尔津考虑到哈勒苏的年岁大了，耿公公也六十九岁了。再说耿公公骑马来时，一路上蹾跶得够呛，老人家只是不吭声儿而已。再接着往回返，这么长途跋涉的，恐怕不单是哈勒苏，耿公公更吃不消哇！便吩咐虽哈纳赶紧打造一辆轿车，让两位老人坐。那时轿车好做，将双轮车的外面扎上棚子，然后用毡子和皮子一围，就算做好了。

这天晚饭后，哈勒苏随比他年龄小些的耿公公坐着五匹马拉的大轿车，伊尔津等人骑着马，后边还链着几匹准备随时替换的，匆匆忙忙上路了。为了赶路，马跑得飞快，把哈勒苏折腾得直劲儿咳嗽。他一路上也没想明白到底为啥让进京，心里没底呀，便问耿公公：“这么急着找我，究竟为的什么事儿呀？”耿公公说：“你先喝茶，累了睡一觉，等到了地方，自然就知道了。”哈勒苏见耿公公不说，不能再问了，只好一个人躺在那儿冥思苦想：“看来不会是小事儿，不然的话，怎么能把我这八十多岁的老头子弄来呢？耿公公是宫内的主事，轻易不会离开皇上的。他亲自来接，又是由索大人、礼亲王传的话儿，能是一般的事儿吗？咳，耿公公横竖不告诉，有啥招儿哇，先眯一会儿再说吧。”可架不住他翻来覆去地总想这件事呀，无论如何睡不着。这大轿车里，尽管虽哈纳在准备时，怕两位老人路上蹾着，垫得很厚。然而此时的哈勒苏不管是躺着还是坐着，怎么着都觉得不舒服。也难怪，他心里有事儿呀，着急上火的，又是长途跋涉，能舒服得了吗？

第二天中午，哈勒苏从车窗往外瞅，看到了京师城外的烽火台，烽火台上飘着八旗的旗帜，心想，总算快进沈阳了。这时，车速较前更快了，没有直奔皇宫，而是进了索府。

索府的主人是索尼，姓赫舍里氏，正黄旗满洲人，天命四年随父硕色自哈达归附后金。努尔哈赤以其通晓满、汉、蒙文，命在书房、即文馆办事，授一等侍卫。天聪四年，从征明至榛子岭、沙河驿等地。奉命以汉文晓谕，刀不血刃，使当地居民剃发归降，立了大功。天聪五年从皇太极攻克锦州之后，奉命返沈阳宣布捷音。皇太极登基称帝后，即任吏部启心郎，一直为皇太极的心腹之臣。哈勒苏也曾参加攻打榛子岭、沙河驿之战，因此认识索尼。

哈勒苏进了沈阳城一看，大变样儿了。城内一片寂静，听不到一点儿音乐之声，行人很是稀少。进了索府之后，同样给人一种肃穆之感。看看站在门前的索大人，身着黑色素服，帽子上系了一条白带子，哈勒苏当即一惊："这是怎么回事儿？"随着耿公公刚刚走下轿车，索大人急忙上前迎接："哎呀，哈老将军，好久不见，你好啊？"哈勒苏知道索尼已是御前大臣，级别要比自己高出一大块儿。虽然过去曾在一起打过仗，但现在人家比自己高哇，便快走几步赶过来跪倒叩拜道："索大人，下臣给您请安了。"索尼边搀扶边说："不必多礼，快快请起。"哈勒苏起来后，被让至索府的后堂。进屋一看，屋里所有的摆设皆罩上了黑布，连佛像也用白布罩上了，心里又一激灵。索尼接着说："哈大人，一路劳顿，先请用茶，用过膳咱们再聊。"哈勒苏想："我都要急死了，还能等膳后再唠吗？哪能吃得下去呀！"马上说道："索大人，有什么事儿，请快讲吧。"索尼看他着急的样子，似乎一刻等不得了，便道："好吧，咱们到内室去。"哈勒苏随索尼进了内室，安坐后，索尼说："哈大人，皇上在几日前驾崩了。"说完这句话，扑通一声跪倒在地。哈勒苏大吃一惊啊！或许是年岁大了，承受不起打击了，立马觉得脑袋嗡嗡的不得劲儿，忙随着跪倒在地。索大人又道："皇帝驾崩之事，现在还未对外宣诏，因为储嗣未定，并发生了争论。哈大人，你我都是正黄旗、镶黄旗，又是先帝身边的爱将、老臣，先王一向惦记你、尊重你。因此，在这关键时刻，代善礼亲王提出一定把你找来，其他老臣全来了，吴巴海将军也在。请你们来，为的就是要一起卫皇权、保皇位，拥立皇子继承皇位。"哈勒苏想："找我来，原来是为拥立皇子继位之事。这皇子继位，乃天经地义，有何不可？"当即向索尼表示："谨遵首辅之言，理应如此办。"

立嗣问题究竟发生了什么样的争论，代善礼亲王又为啥要请哈勒苏等老臣来呢？各位阿哥，且听说书人细说端详。

自崇德七年起，皇太极已不似往日健康，托称出猎，实际是在养病。次年，即崇德八年，仍未能复原，多次觉得头晕，也曾几次昏厥。二皇兄代善对皇太极说："皇上，看来最近身体不是很好，千万要珍视龙体，不要太操劳了。有些事情是不是商量一下，早做定夺？"皇太极不以为然。又因事情太多，既惦着攻明，又惦着北征，还要御驾亲征，所以始终没能坐下来。

过了一段时间，代善见皇上身子骨儿还是不好，又一次说道："皇上，如果万一有什么情况怎么办？"皇太极挺自信地说："皇兄，你放心，不会有事的。我的身体状况自己最清楚，不要紧，休息休息就好了。再说了，有皇兄在，有什么不放心的？"皇太极对立嗣问题为什么不着急呢？他是这样想的：一是自己手上掌握着八旗中的两个旗，即正黄旗和镶黄旗，势力较其他诸王大得多；二是朝廷掌握重权的大臣、诸路兵马大将，皆为自己的爱将和老臣，一旦有事，定会维护皇上；三是对二皇兄礼亲王、和硕大贝勒代善十分放心，也很尊重，有大事可交由他来掌握、处理。这位皇兄既德高望重、受众贝勒、王公大臣的尊敬，又审慎、稳健，即使有事，他自会秉公而断；四是自己的身体最近尽管偶有不适，养一养会好的。因此，便不急着设立储君。

万万没有想到，就在这年的八月八日夜，白天还照常在政殿里办公的皇太极，晚上坐在炕上，竟像闭目养神似的什么都不知道了。太监发现皇上已驾崩于南宁宫之南榻，急忙禀告礼亲王代善。代善得信儿后，大吃一惊，众臣也因事情来得突然而异常慌乱，特别是立嗣问题没有遗命，一时成了诸王交争之点。因为尚无人接替帝位，所以暂不能宣告皇太极驾崩，睿亲王多尔衮、豫亲王多铎、英亲王阿济格等人只好将南宁宫作为梓宫，秘密吊丧。

十四日，诸王会于大衙门，讨论继统问题。众将军皆言："吾等衣食于帝，养育之恩，同于天大，若不立帝之子，则宁从帝于地下。"当时也有不赞成立帝之子为帝的，代善之孙阿达礼与其叔父硕托就主张拥立多尔衮。这多尔衮乃努尔哈赤第十四子，即先帝的十四弟。努尔哈赤在时，因多尔衮天资聪敏，所以异常钟爱，并有授予大位的想法。但当时皇太极的势力最大，再说多尔衮尚且年幼，结果是皇太极以势优而继承了汗位。在皇太极时期，多尔衮极力培植自己的势力，早有承继大统的打算。认为同是太祖努尔哈赤的儿子，皇位不应单独落在皇太极一支，自己亦有权当皇上。因此，自然要争这个位置，索尼等人则欲拥先帝的九子福临即位。索尼还征得了代善的支持，与谭泰、图赖等五人立盟，并联络正黄、镶黄两旗之大臣，誓辅福临。而且认为只是这样还不够，又邀集原来正黄旗、镶黄旗在外的老臣来京，一起拥立皇太极的第九子福临，哈勒苏正是为这个被邀进京的。他们言谏不成，便以兵谏，两黄旗的将领集中在大清门前，马队拿着弓箭、刀枪，把整个皇宫围住了。都是皇太极的人，谁敢动？后来，多尔衮看礼亲王代善、英亲王阿济格、郑亲王济尔哈朗，甚至连自己的同母之弟豫亲王多铎都不赞成阿达礼与硕托的动议，又见代善、索尼召来了那么多老臣，当时真是剑拔弩张、大有一触即发之势。思来想去，觉得不能冒天下之大不韪，遂放弃了自立的想法，转而拥戴时年六岁的福临继位。就这样，一场争夺帝位的斗争才告结束。

一开始，哈勒苏并不清楚这里是怎么回事儿，到京之后才明白一切的。当然，他是一心保皇太极的九子福临继位，并带领在京的两个儿子依成额、都克山随索尼大人、图赖、伊尔津等，张弓挟箭于大清门前，参加了这场捍卫福临继位的斗争。这里，说书人还要交代一句，依成额、都克山原来是杨古利麾下的战将，自杨古利在朝鲜阵亡后，他俩便随了谭泰。后谭泰划于索尼麾下，实际上，这哥儿俩眼下等于在索尼手下任职。你想想，他们怎能不同索尼一起卫护福临呢？

朝廷发诏宣告福临登基后，便将皇太极的梓宫移到丛政殿，正式为其发丧。皇宫内外一片肃穆，文武大臣身着皂衣孝服，按班排列，为先帝致丧。哈勒苏在拜皇帝灵寝时，大喊一声："皇上，老臣看你来了！"随即扑通一声，长跪不起，悲痛欲绝，儿次昏迷。两个儿子无论怎样劝慰，老父仍止不住悲痛，费了很大的力气，才将他搀出了灵堂。第二天，依成额、都克山向索大人禀道："哈老将军身体欠安，不能在此久留，需赶紧回宁古塔调治。"索尼说："那你二人即刻陪哈大人回去吧，路上要多加小心。"于是，依成额、都克山和牟三、牟四赶着轿车，一路上晓行夜宿不必细表，把老人家送回了宁古塔。

哈勒苏回到家时，仍然昏迷不醒。你想啊，这么大的事儿他能承受得了吗？岁数大且不说，在不明详细情况之下，参加了一场皇权之争，又是那样的惊心动魄，当时得多么的紧张啊！因他同皇太极的感情不一般，是生死之交，对皇上十分赤诚。所以，哪还能经得起之后的为自己最崇敬的皇上去吊丧呢？这对他的打击和刺激实在是太大了，怎能不悲痛难忍？当时是号啕恸哭啊！最后竟哭没声儿了，嗓子也哑了，光张着嘴却听不到声音。如果依成额和都克山不在跟前，可能早死在殿前了。回来的路上，一直人事不省，连屎和尿都便在裤兜子里了。依成额、都克山、虽哈纳以及从吉林乌拉匆匆赶回来的倭克纳、珠和纳，急得围在老父身边连叫带喊的，喊了半天，没有应声儿，就这么昏昏沉沉了好些日子。

大约半个月以后，哈勒苏才渐渐清醒了。五个儿子和儿媳见阿玛终于明白过来了，高兴得直掉眼泪。几个儿媳妇为给老人补养身子，一块儿忙活开了。今天馇鸡肉粥，明天熬鱼汤，后天煲参汤，再来点儿鱼子、鹿干儿，天天调着样儿做。可养了二十多天，却始终未见大效。一天，哈勒苏自觉有点儿精神了，便对身边的儿子和儿媳说："我呀，活了八十多岁了，算是高寿了。你们的额莫早就走了，肯定在想老伴儿呢！我太累了，知道好不了啦，该走了。孩子们，听了这话别伤心，人总要有这么一天的。"几个儿子、儿媳一听，皆跪地哭个不止。哈勒苏让虽哈纳和小儿媳妇舒穆禄把他搀坐起来，看了看大家道："你们快起来，起来吧。"当时，那是跪了一地的人哪！儿子、儿媳、孙男娣女、奴婢以及一些外姓人，满院子都是。哈勒苏的人缘太好了，邻里乡亲全惦着他，听老将军这么一说，个个止不住眼泪。哈勒苏先告诉大儿子："倭克纳，你是老大，如果乌拉街那边放你们，又想回宁古塔，那就回来，跟你小弟弟在一起。"然后对二儿子说："珠和纳，你要愿意，也可以回来。想继续留在乌拉，就待在那儿，怎么都行。不管在哪儿，皆是大清国的土地，皆是为皇上效力。只要别忘了咱们的家族、不辱没家风便是好儿子。我走以后，你们兄弟一定要和睦相处，互相帮助。"倭克纳和珠和纳跪地磕头道："谨遵阿玛之命。"

又过了几天，哈勒苏想："儿子们领着媳妇、孩子回来了，天天守着我，扔下家谁管呀？"他很心疼，便说："倭克纳、珠和纳，我觉着现在身子骨儿还行，不知哪天能走。你们的家里需要有人照顾，不用都在这儿了，要不先让媳妇和孩子回去吧。"倭克纳、珠和纳当然知道家里扔下不少事儿，就让媳妇领着孩子走了。哈勒苏又叫过三儿依成额和四儿都克山，嘱咐道："孩子，你们眼下在索大人麾下，有军务在身。况且南方战事挺紧，回去吧，做阿玛的完全理解。全留在这儿，我心不安哪！咱们富察氏家族向来是皇上的事、国家的事为大，可不能因为阿玛有病而耽误了大事呀！你们走吧，阿玛想得开。"都克山说："阿玛，听索大人讲，正黄旗可能要拨一部分人到宁古塔来，我们很可能将要回到宁古塔。"哈勒苏说："回来也好，兄弟能够团聚，这是好事儿。富察氏家族既有镶黄旗，又有正黄旗，两黄旗皆有不是更好吗？有助于宁古塔的发展，好事儿啊！"停了一会儿，老人有气无力地说："我累了，想睡一会儿，你们该走赶紧走吧。"不大一会儿，哈勒苏闭上眼睛睡着了。

依成额和都克山遵父命，跟哥哥、弟弟、弟媳挥泪告别。说实在的，兄弟之间真是难舍难分哪！在沈阳，他们一起拼杀。父亲到吉林乌拉后，哥儿几个便分开了。这回好不容易聚在一起，又要分手，不知何时再相见，大家是抱头痛哭啊！虽哈纳和舒穆禄当晚送走了依成额和都克山，第二天又送走了倭克纳和珠和纳，离别时那依依不舍的心情、执手相看泪眼的情景，我们就不去详说了。

时间过得很快，四个儿子离家已一个多月了，哈勒苏的病势不但不见好转，而且一天比一天沉重。有一天，哈勒苏把虽哈纳叫到身边说：“儿子呀，我可能这两天要走了，家里事情全靠你了。你哪点都好，肯干，能吃苦。阿玛不担心别的，只是你的性情太暴躁，今后须少发或不发脾气。舒穆禄是个贤淑的媳妇，要体谅她，对孩子应重教育，少打骂。在外更要多注意，不能总在衙门里发火儿，尽量克制自己。遇事稳当些，先思考思考，然后再决定怎么做。”虽哈纳默默地听着老人家的叮咛，觉得每句话都很重要，切中要害，口里不停地答应着：“是，是，儿记住了。”哈勒苏停了停，让虽哈纳把舒穆禄叫过来。

舒穆禄进屋时，眼里含着泪花儿，坐在老人身边。还没等哈勒苏开口呢，便安慰道：“阿玛，放心养病，什么也不要想。您的寿路长着呢，别着急，慢慢会好的。家里的事儿更不用惦着，有我呢！”说着，怎么也忍不住了，呜呜地哭了起来。哈勒苏说：“孩子，别哭。阿玛得谢谢你呀，能够到我们家来，是这个家的福气呀！你那叔叔杨古利是著名的大将、武勋王，为国家立下了赫赫战功。前几天，有幸见到了你的弟弟伊尔津将军，我高兴啊！现在要说的是，阿玛知道自己的情况，不想说假话，同你们在一起的时间不多了。我要劝你，儿媳呀，为了这个家，可要多保重自己的身体。你是个吃苦耐劳、识大体、育子有功、十分贤惠的女人，自从进了家门儿便没享着福，料理家务，照护老人，有操不完的心。特别是婆婆走了以后，里里外外就指着你张罗了，哪块儿手不到都不行，不易呀！你还是个节俭的人，从未见过像大家闺秀那样穿件好衣服，而是处处想着长辈、丈夫、孩子。这些阿玛看得清清楚楚，真是觉得对不起呀！我的儿子虽哈纳脾气不好，好发急，多担待些吧。今后，要你劳神的事儿会更多，得有思想准备呀。就说小萨布素吧，不让人省心，淘得厉害。我在时，能帮着照看照看，搭把手。走了以后，对他得多管教了。虽哈纳管不了多少，即使知道孩子不听话了，也只是喊、骂，不会耐心教育。加上还有个小格格需要抚养，这些担子都落在你一个人肩上了，要受累了。别看我申斥虽哈纳，他毕竟是朝廷的人，能为国家尽力就不错了，家里的事儿恐怕真的指望不上他。咳，咱们家就是这么个情况，将来由你主持家政，我是一百个放心哪！”哈勒苏说着说着感到没劲儿了，困乏得很，闭上了眼睛。舒穆禄夫人见阿玛睡了，便悄声儿退了下去。

不大一会儿，哈勒苏醒过来了，对虽哈纳说：“快，快去，把牟三、牟四他们给我叫来。”其实，众仆人这时都含着眼泪在旁边站着呢，老人家病得这么重，谁能舍得离开呀？一听老爷招呼，一边齐声儿答应：“奴才在”，一边围了过来。哈勒苏费力地睁着眼睛，缓缓地说：“你们来富察家很长时间了，忠于主子，干活儿勤快，这些我是知道的。全家人向来没把你们当外人，而是看成兄妹、儿孙，既不欺负，又不虐待，不过让大家受累了。”其中一个奴婢说：“老爷，看您说哪儿去了，大伙儿把您看成亲爷爷一样。全家人对我们这么好，从不打骂，这些奴婢都知道的。”哈勒苏歇了歇，又道：“我要说的就是一句话，谢谢你们了！今后不要客气，谁想要成家，或者有什么难事儿、棘手的事儿，跟虽大人说，他会帮忙的。可能由于事情太多，心再粗点儿，有时不一定当时办，勤提醒着点儿。也可以直接去找舒穆禄夫人，她心细，为人善良，对大伙儿挺好的，还疼你们。本是一家人，什么奴才不奴才的，咱们家不讲这些。好了，都好自为之吧。”说到这儿，轻咳了两声，显得很是倦怠无力，众奴婢赶忙散开了。

哈勒苏把留给虽哈纳、舒穆禄以及众奴婢的话说完之后，歇了一会儿，精神又好了一点儿，睁开眼睛，唤了声：“小喔莫罗，你在哪儿？”其实，萨布素哪儿也没去，就在哈勒苏身边。只是听爷爷一直在同大人们说话，没敢打扰，孩子不小了，什么事儿都懂了。这些天除了练功、温习汉文、练练字、背背书外，始终守着爷爷。有时在旁边趴着，爷爷睡着了，便爬起来心疼地看着爷爷。此刻一听爷爷叫，小萨布素马上坐了起来，答应道：“爷爷，孙儿在这儿呢！”哈勒苏转过脸来，看到了萨布素。萨布素挪过来，不敢压爷爷，轻轻地伏在爷爷身上。哈勒苏说：“萨布素哇，你已长大成人了，该是去比棍的年龄了。”萨布素点点头道：“是，爷爷。”什么是比棍呢？当时宁古塔街头立了一根竿儿，是量孩子身高的。如果长到同竿儿一般高了，才算是成人了，这就叫比棍。哈勒苏接着说：“爷爷本想再陪你一程，可是不行了，已经八十多岁了，够高寿的了。从咱们老富家来说，你的达玛发[1]、翁库玛发[2]没活到这么大岁数。比起他们，我活的年头儿最长，爷爷知足了。再说，你的奶奶还自己睡在龙头山上呢，多孤单哪，她想我，我也想她呀！爷爷要离你而去了，孩子，今后的路可要好好儿走哇，小雄鹰，飞翔吧！咱们满洲人崇拜的是鹰。只要有鹰的翅膀、鹰的智慧、鹰的勇敢，什么事儿皆能办成。一个人，就应当像雄鹰那样高高地飞翔。小喔莫罗，我的好孙儿、我的小雄鹰，爷爷无论什么时候都会在身边保佑你！”说着，眼睛里淌出了热泪。小萨布素看爷爷已经一点儿力气没有了，边给擦眼泪边劝道：“爷爷，你累了，歇一会儿吧。”哈勒苏费力地吩咐道：“喔莫罗……我觉得……身子发冷，去端盆水来，给爷爷……洗洗脚。”小萨布素忙说：“好，爷爷，我马上去端，你等着。”说着，赶紧下地跑了出去。

其实，虽哈纳、舒穆禄及仆人们谁都没离开。一听说老人要洗脚，舒穆禄立即打了一盆热水，交给刚从屋里出来的萨布素。虽哈纳同儿子一起进了屋，到阿玛跟前，把被子掀开，慢慢抬起双脚。萨布素说：“爷爷，孙儿给你洗脚。”说着用热水润润掌心，轻轻搓着，洗得干干净净。之后，舒穆禄含着眼泪走过来，用软毛巾把阿玛的脚擦干净，又给穿上了新布袜子。哈勒苏缓了一口气说：“儿子……扶我……坐起来。”虽哈纳和萨布素一个抬着头，一个搂着腰，将老人家半抱着搁了起来。因为已昏过去多次了，所以，家里人早已为他穿上了寿装。这时，只见哈勒苏从衣裳领子开始往下摸，连纽襻儿都一个个摸到了，看是否扣好了。这是过去武将的家风，很是注意自己的装束。又把身子捋一捋，整理了一下，然后说：“好了……我要躺下了。”大家把着他慢慢地躺好。这次倒下去，辛劳了一辈子的哈勒苏再也没有起来，安详地闭目而终了，时年八十二岁。虽哈纳一家、驻防宁古塔的八旗官兵、波尔辰妈妈等各姓穆昆达及宁古塔的众乡亲，为哈老将军的去世万分悲痛！小萨布素一下子扑到爷爷身上，号啕大哭道：“爷爷，你醒醒，醒醒啊！孙儿不让你走，我的好爷爷，再看孙儿一眼吧！”舒穆禄把萨布素抱了起来，流着泪说：“孩子，别压爷爷了，爷爷累呀！”大家见此，更是痛哭不止。遵照哈勒苏的临终遗训，没举行隆重的葬礼，与东海额莫合葬于龙头山上，旁边便是宝尔赛老玛发。有诗为证：

---

① 满语：高祖。

② 满语：曾祖。

擎柱突倾天地恸，
海浪号悲奠英魂。
暮暮朝朝觅亲音，
偎恋甜梦枕湿霖。

各位阿哥可能要问，哈勒苏病重期间，怎么不见待如兄弟的周子正身影呢？原来他此时不在宁古塔，已奉命去了北疆的平北大营，咱们在后书中再细说端详。

哈老将军的仙逝，宁古塔是千山披孝、万水同悲！此时，北国正有一股野蛮的强盗猖狂崛起，虎视眈眈，举起刀枪向我诸民族兄弟袭来。国难当头，匹夫有责，这才引出萨布素少小从军行，各兄弟部落携手战顽敌，同仇敌忾保家园，歼灭贼寇奏凯歌，请听下章乌勒本。

第三章　鹰在飞翔

在本章开篇之前，说书人要向各位阿哥讲讲哈勒苏老将军在世时，与明朝的降臣，即由他老人家聘请作为萨布素业师的周老先生的一段往事。

周子正自住到三棵杨以来，老哥儿俩天天在一起促膝谈心，几乎是无话不说，而且越来越亲近。一天，周老先生在翻他的楠木箱子时，哈勒苏见里面有一本《周易》，便随手拿出来翻看。哈勒苏不识汉字，不知是什么书，就问周子正："老兄弟，这是什么书哇？怎么还有些图，画的一道道杠杠是什么意思呀？"周子正解释道："本书的名字叫《周易》，是儒家重要经典之一，相传是周人所作，内容包括'经'和'传'两个部分。'经'，主要是六十四卦和三百八十四爻。卦、爻各有说明，即是卦辞、爻辞。有人说，那书上的卦图是伏羲氏画的，卦辞、爻辞是文王写的，总之出现得很早。'传'，包含解释卦辞、爻辞的七种文辞共十篇，又叫'十翼'。书里写的八卦，象征天、地、雷、风、水、火、山、泽八种自然现象，我们听说的八卦，便是指这个。《周易》是一本很出名的书，我挺喜欢，一直带在身边。"哈勒苏又问："这书是干什么用的呢？"周子正说："它的用途可大了，可以占卜测事，预知未来。是一本奇书、神书，也是巫书。"哈勒苏一听，高兴了，请求道："既然是测卜用的书，老先生能不能给你的学生、我的小孙子测一测？我这个人哪，说来有点儿偏心眼儿。你说吧，我有五个孙子、孙女，那也是一小帮儿啊，可惜有四个不在跟前。唯独萨布素这个小孙子，从他妈怀孕至降生一直到现在，天天跟着我，所以感情特别深。他是真聪明、真机灵，打小就这样，有啥不明白的一点准透，做的不少事儿都随我心。也不知怎么的，即使是再淘、再气人，仍打心眼儿里喜欢他、疼他。可不知他的这股聪明劲儿和精神劲儿能不能用到正地方，将来会怎么样。不是说嘛，人有十八变，不知以后是往好变呢，还是往坏变。我说老兄弟，你通晓八卦六爻，又有《周易》

在手，那就麻烦你了，给咱小孙子推推卦。此事算是你帮我，也就是你说说、我听听，好不好?”周子正不想给算，推诿道:“哎呀，老哥，最好别算这个。说来你是知道的，卦虽然不一定准，但真要算了，心里便放不下。假如是上上卦，听了自然高兴；要是中下卦或者下下卦，肯定不会舒坦，总觉得是个事儿，没什么好处。咱们不听那个，唠点儿别的行不行?”哈勒苏哪能干呀，忙说:“老兄弟，我今天啥也不想听，只想听这个，老哥求你了还不行？别的不用算，就给算算小孙子将来的路能走得怎么样。”哈勒苏一再地恳求，周老先生再三地推辞，怎么说都不行。磨来磨去的，最后周子正实在没办法了，还是耐不过哈勒苏的情，只好答应道:“那行吧。大哥，咱可说下，算得对与不对，请多包涵。”哈勒苏笑着说:“没事儿，权当听瞎话了。姑妄言之，姑妄听之，我不在意，请先生算吧。”

于是，周子正问了萨布素的生辰八字和降生时的季节、天气、环境以及其他一些情况，问得很细，哈勒苏答得也挺准确。之后，周子正拿出一张纸，用墨笔在上面画来画去的，又写了不少字，不光是写，好像还在计算着什么。哈勒苏在旁边瞅着那些字和一些数字，一点儿不明白，如堕五里雾。周子正写完、画完，看了半天，紧皱眉头不说话。哈勒苏着急呀，催促道:“说呀，咋不吱声儿了呢？你写的什么、画的什么我也不懂，告诉究竟是咋回事儿就行了。”周子正说:“看完这八卦之后，有一首诗，我念给你听听，也就是八卦上所讲的你小孙子一生的情况。”哈勒苏听说是萨布素一生的事儿，忙道:“好哇，快念吧。”周子正想了想，又不放心地说道:“哎，方才咱们可是说好了，我姑妄言之，你姑妄听之，千万别往心里去。只不过是随便那么一讲，不准，不准。”哈勒苏更急了:“好了，我知道，你快点儿念吧。”周子正便把从卦中得到的诗念了出来，是一首五言绝句:

兵戈壮婴啼，
抚民步青云，
不惑天阙宠，
古稀嗟何怜。

哈勒苏听后，根本不懂此诗是啥意思，两眼直勾勾地看着周老先生。周子正吞吞吐吐地开口道:“噢，按这首诗来说嘛，此卦呀，是中下爻，结尾不怎么好。”边说边拿起爻纸要撕，哈勒苏一把抢过去了，说：“你还没讲怎么个意思就撕？得给我讲讲啊！来，中下爻也没关系，不妨说说。”周子正本不想解释，又架不住哈勒苏的一再追问，便按诗意敷衍道：“大哥，其实没什么。诗的第一句‘兵戈壮婴啼’，说的是你小孙子呱呱落地之时，正是兵戈四起的打仗之时。体格不错，生下来就壮壮实实的。”哈勒苏点点头，表示同意。周子正又说诗的第二句：“‘抚民步青云’嘛，大哥，看起来小孙子将来必是当官之人、安民之人。即是说他要走入仕途，当哈番，步步青云，这不挺好吗？大哥，这回不用惦着了吧？别的没啥，确实没啥了。”

哈勒苏一看，周老先生只解释了诗的前十个字儿，后面的十个字儿不接着讲了，便有些着急，说道：“周老先生，你解释的前五个字儿，那都是经过的事儿了，挺符合萨布素的实际。‘兵戈壮婴啼’一句，这‘兵戈’我明白。‘戈’是戈矛啊，是大动干戈，是征战，征战当然要用兵。即是说萨布素生在战争之时，算得很对呀！他是大明崇祯年间，庚午年，后金天聪四年降生的，正逢兵乱、兵戈犹酣之际。他的父兄长辈在战场上前赴后继，跟明朝打，跟北方的诸部落打，为汗王征杀创业维艰，可不正是生在兵戈之时嘛！‘壮婴’二字，你讲得也对。萨布素生下来时，是个大胖小子，又能哭又能笑的，挺壮实，特别招人喜欢。第二句‘抚民步青云’，指的该是萨布素青壮年的事儿了，当然，孩子现在还小。这‘抚民’可是我们老人对他的希望，现在看，还真是块好料。”周子正接过话茬儿道：“是啊，这孩子的确不一般，卦上说得也不错，会是个好命人。‘抚民’，‘抚’是安抚，即安抚民众。也就是说，他是一个安民之人、治民之人。治民，将来必定步入仕途，走官运，是文官还是武将就不清楚了。不过肯定能干一番大事业，治理疆域或管理民政，还会顺利地踏上青云，扶摇直上。放心吧，孩子的前程似锦，可喜可贺呀！至于是什么样的青云，只能看他自己将来的造化了。孩子有福气，当然会一路顺风，咱们做老人的不要为他们太操心了。”周老先生又一次重复这些话，仍是劝老哥哥不要再问下去了，想就此打住。可哈勒苏不答应，心想：“第一句符合实际，第二句也挺好，那后两句呢？”他非要打破砂锅问到底不可，一定让周子正解释后十个字儿是什么意思。虽然说是姑妄言之、姑妄听之，但心里却很当回事儿。爱孙子嘛，惦记着孙子的未来呀！周子正偏偏不愿往下说，折腾来折腾去了好一阵子，就是只讲前十个字儿。

那么，周子正为什么不想往下说呢？因为此卦是中下爻。这“爻”，就是卦中的基本符号。“—”是阳爻，“– –”是阴爻，每三爻合成一卦。卦的变化，取决于爻的变化，爻是言其变的。周子正看见给小萨布素卜的这一卦，爻的走势是中平渐偏下，开头儿听起来挺好，结尾看来令人心酸。这第三句“不惑天阙宠”还好，属于升势。《论语》曰：“四十而不惑。”这“不惑”，当然是指萨布素到中年的时候。“天阙”，即帝宫的意思，指天子住的地方，亦用天阙来代表天子。就是说萨布素到四十岁的时候，会受到天子的宠爱，那当然飞黄腾达、扶摇直上、官途光耀无比了。若将这些卦意说出来，哈勒苏会更高兴，可第四句“古稀嗟何怜”就不好讲了。“人活七十古来稀”，这“古稀”，即人到老年的时候；“嗟”，即叹的意思。可叹到七十岁的时候，便非常可怜了，你说这话怎么好对哈勒苏说呢？因此，周子正不想再详细地给哈大哥分析这个爻卦。怕一旦失口，像泼出去的水一样，收不回来呀，那不给他心里添堵吗？会使他难受哇，何苦给他带来不必要的烦恼和忧伤呢？再说，老哥哥这么大岁数了，喜欢听高兴的话，不愿意听败兴话。一般来讲，算卦的就是凭着一张嘴，顺情说好话，谁愿听你诅咒哇？卦爻若不好，也往往是转弯抹角、含沙射影地用暗度陈仓之法点你一下而已。有时甚至都不点，只言很好、不错、放心就是了。凡是给人算卦的莫不如是，至于卦意怎样，全仗自己去玩味了。

在算卦中，有一个词叫“马前课”，还有一个词叫“马后课”。这马后课没什么意思，人家事儿都过去了，还用你说吗？马前课嘛，必须得有明臣刘基，即刘伯温和三国时期诸葛孔明能算未来多少年的本领，那才是算卦的本事。就是事儿还没发生便算出来了，对一个人的将来如何能测出来，这叫预言。早先，大家知道唐代有个袁天罡，成都人。精通风鉴，会看风水，能未卜先知，预测未来。据说他曾登台作法，不但预测唐王朝必受武姓之乱，而且算出武媚娘有帝王之气，能够成为一代女帝王。所以，弄得朝廷防不胜防。结果武媚娘真的由妃而后，不仅夺了高宗的权，还废了睿宗，终于登上了帝位。能为武则天预言的这位袁术士，与李淳风合写了一本名叫《推背图》的书。此书有六十图象，以卦分系之。每象之下有谶语，并附有“颂曰”诗四句，预言后代兴亡变故之事。那最后一象，即第六十象，颂曰：“万万千千说不尽，不如推背去归休”，故此将书名定为《推背图》。此书传本不一，诗句多模棱两可、若明若暗，以迷惑人们。如第三十五象为鼎卦，签曰：“积德之君，仁政旦温，伊吕股肱，国富民安。”颂曰：“圣人垂衣坐天堂，治化自然无低昂，尧舜无为谁可比，贡献珍珠表四方。”显然词意含糊，说好说坏全仗算卦人。

在哈勒苏一再追问周老先生后十个字儿的卦意时，周子正有点儿坐不住了，心想：“老哥哥，你可千万别把老弟当成袁天罡，也别让我推卜未来的风云变化呀。按刚才的卦意，咱哥儿俩越往后推，心情会越不好哇！”想到此，便对哈勒苏说：“孩子后来会怎样，等长大了自然就明白了，你大可不必为儿孙操这份儿心。俗话讲得好，儿孙自有儿孙福。再说，吉人自有天相，孩子嘛，让他们自己去闯，会是前程无量的。”

说书人暗表，周老先生给萨布素算的这一卦，即对小萨布素一生的预言，你别说还真挺准。不仅前十个字儿说得准，后十个字儿也同萨布素的经历差不多。将来本书讲完了，你自己去品，还是很对位的。什么叫“对位”呢？这是卦爻的一句行话。即指卦爻与所推对象的发展相一致，行家们称其为“对位”。卦爻准不准，行话讲就是对没对位，抓没抓着那个天机妙算。这卦爻，在于讲、在于析、在于破、在于解，能讲、能析、能破、能解便是卜测的学问。有的卦爻能讲透，有的卦爻则只可默记，不可细解。细解会引起思虑重重，甚至引出不必要的波澜和恐惧，即常言所说的“天机不可泄露”。只能让卜测者自己去玩味，自己去看对没对位。

周子正老先生自从住到哈勒苏将军这个清静、优雅的三棵杨大院儿以后，全家待如亲人一般，从上到下没有不尊重的。他又是个知书达理之人，举止行为皆令人肃然起敬，因此都另眼相看。下人们将周子正和哈勒苏一样视为长者，悉心照料，伺候得周周到到。虽哈纳、舒穆禄夫妇俩也像对待长辈一样敬重他，关心他，周子正和哈勒苏两人更是投缘。周子正认为哈勒苏很随和，有爱心，与人为善。特别是对他这明朝降臣、鳏寡孤独之人给以了真心诚意的抚慰，才渐渐对哈勒苏从生疏到熟悉，从熟悉到亲近，最后发展到无话不谈的地步。在富察氏这个家族里生活，感到舒坦、自在，越来越习惯了。哈勒苏则认为周子正是经过科场、有功名之人，不仅有文化、博学、通诗文，还通爻卜，粗通脉学医理。像汉末张仲景的《伤寒论》、魏晋间王叔和的《脉经》等，全能背诵如流。从周老先生所掌握的脉学和医术看，波尔辰妈妈的瞧病接产不能与之相提并论，他俩没法儿比，那是天壤之别。波尔辰妈妈是土方、土药、土办法，周子正老先生则是实通药理、药性，抵得上半个郎中。如果让他坐堂，四诊八纲会讲得头头是道，而且把脉也挺准。由于周子正不喜欢张扬，从不夸耀自己，因此这些能耐很多人都不知道。

哈勒苏是个经过风雨、见过世面的武将，自认识周子正后，越来越觉得他委实不简单。认为这个貌不惊人、老成持重的先生，绝不是金玉其外，败絮其中，而是博学多才、满腹经纶。所以，对周子正越发崇仰，曾直截了当地对他说："好兄弟，可惜呀，你投错胎了。若早到我们汗王爷麾下，准能被封为大学士，建功立业，帮助主子为大清朝干一番惊天地、泣鬼神的大事儿。早早晚晚我要举荐你，不能让这颗明珠总埋在地下，况且你的身板儿、年岁都比我好。真羡慕你呀，我的好老弟！"此次哈勒苏让周老先生给小孙子算卦，周子正是深恨自己多嘴，乱子是惹出来了，也不怪哈勒苏抓住不放。尽管他非常敬重这位老哥哥，不想对预言多解释半句，怕一旦走了嘴，出什么闪失。全家人对自己有大恩哪，真要那样，可就太对不起人家了。但又架不住这顿磨呀！一想，反正老将军不识汉字，只要不多说，便不会有事儿。结果是没事儿找事儿，弄得争来争去不可解。正在一个刨根儿让细讲，一个推脱敷衍、急得满头大汗、无法招架之时，只听屋门被嘎吱一声推开了。周子正回头一看，哎呀，救星来啦！

那么，是谁在此节骨眼儿上来了呢？原来是虽哈纳风尘仆仆地大步流星进了屋。虽大人可是个忙人哪，这些日子正在牡丹江口、依兰三姓地方安排新编入八旗的一些部落住房事宜。差事苦得很，也累得很，已是好些日子没回家了。他回来了，肯定是有事儿。老哥儿俩一见虽哈纳，高兴了，特别是周子正更乐。为什么呢？可以给他解围呀！因为哈勒苏好长时间没见着儿子了，既然回家了，总有不少话要说，所以就不会再继续追问卦上的事儿了。果然，哈勒苏问虽哈纳："那边的事儿办完了吗？这回该好好儿歇歇了吧？看你累的，眼窝儿都凹下去了。"哈勒苏、周子正两位老人挺疼爱虽哈纳的，忙将他推坐到太师椅上，唤用人端来洗脸水、漱口水，让他洗洗脸，漱漱口。又叫传报后房，告诉夫人说小主人回来啦。还张罗着快些准备饭菜，让小主人好好儿吃一顿，歇一歇。仆人"嗻嗻"地答应着，乐呵呵地跑到后房去告诉舒穆禄夫人。虽哈纳只是漱了漱口，脸也没顾上擦，喝了几口水，把瓷缸儿往桌子上一放说："阿玛，我的差事还没办完呢，一会儿得赶紧回去，到北疆大营去见将军。"老哥儿俩看着虽哈纳，不知他为什么这么急，刚回来就要走。虽哈纳见两位老人愣愣的眼神，便详细地禀明了这次回来的缘由。

原来，虽哈纳在三姓那边选地盖房子、忙得脚打后脑勺儿时，驻宁古塔主将喀尔喀穆派来三个拔什库找他。喀尔喀穆正率领兵卒，在黑龙江中游的北岸阿木勒沟一带征战，讨伐没有归附大清的一些部落。那一带住有索伦人、达斡尔人，还有鄂伦春人、鄂温克人，大小部落不少。有的已经归附了大清，并愿意称臣纳税，每年向朝廷纳贡貂皮。有些没有归附，不愿受其管辖，并同前来讨伐的八旗兵展开了激烈的对抗。尽管清廷多次派兵，吴巴海巴图鲁亦率军去征剿过，但一些部落仍没归附过来，就是不称臣纳贡。那时，一个部落是否归附，只以是否称臣纳贡为标准。有的今天降了，明天又反了，尤其最近闹腾得更厉害，连驻扎在阿木勒沟的清兵大本营都感到十分吃紧。喀尔喀穆在不得已的情况下，才派了拔什库赶到三姓见虽哈纳。一个是向他禀告军情紧急，一个是让赶紧返回宁古塔见哈勒苏，请老将军做好住在家中的周子正工作。告之前营主帅有紧急军务找老先生商量，望能出山，鼎力相助大清的骑兵。做通后，务必速将周老先生接到北疆前敌，虽哈纳就为这事儿回来的。

哈勒苏、周子正听完虽哈纳的话，一时都愣住了。哈勒苏开始时觉得很奇怪："为啥非让周老先生去呢，难道他在北疆这地方还能帮上什么忙吗?"周子正更是纳闷儿："自己已和兵戈远离，安乐于山野之中，让去前敌能做啥事儿呢？何况这些年虽在大清地面，但和大清的官员也没啥来往啊？是不是住到哈勒苏家以后，暴露了身份，引出了什么不可测的祸端?"想到此，心里很是忐忑不安。他这个人本来就胆小怕事，书生气十足。加上多少年的刀光剑影，征伐杀戮，早吓破了胆。一听说要到前敌去，当然是心神不宁、不知所措了。可又一想："既然归顺了清朝，现在是大清国的将军让去，我在人家手里掐着，有啥辙呀，敢说不去吗?咳，怎么办好呢?"周子正那种犹豫不决的样子，被站在一旁的哈勒苏看在眼里，心里也在琢磨："前敌在这个时候请周老先生去，一定是有原因的。周子正不但退出了明朝的大营，隐居于宁古塔，而且此后没干一点儿不利于大清国的事儿。为人很好，奉公守法，谨言慎行。再说了，若是想治他罪，用不着等到现在呀！这样看，前营找他去，肯定不会是故意为难他，更不会治什么罪，相反很可能是要用他。"想到这儿，便对虽哈纳说："这么的吧，你先到后房去看看媳妇和孩子，等吃完了饭再过来。"虽哈纳明白阿玛的意思，是想要劝说一下周老先生，让自己退出去。马上顺口答应了一声，起身向两位老人叩别后，快步去后房了。

哈勒苏走了过来，扶着周子正的肩膀道："老兄弟，你坐下，咱哥儿俩唠唠。"周子正坐下以后，哈勒苏说："依我看，自管大大方方地跟我儿子去，他们这是看重你才特意来请的。我早讲过，老先生是一个隐居深山的猛虎，总有一天会出山的。怎么样？果不其然，被我言中了，今天不主动派人来了吗？他们肯定有用你的地方，这也是施展自己才华的机会，相信凭你的才智，一定能帮助前营办好一些重大的差事。好兄弟，不要怕，听我说一句不该说的话，听了可别生气。你已经是改邪归正的人了，在宁古塔这些年谁不知道？况且是住到我家，又把张铨的名画献了出来，送到了皇宫大内，皇上都知道呀，这就是一大功！眼下前营让去，我估摸着是不是北疆有明朝的什么将领在那儿作乱，需要你去调解调解？仔细想想，有没有？”说此话时，哈勒苏显现出一脸的关切之情。

周子正听了哈勒苏一番肺腑之言，心渐渐平静下来，不那么怦怦跳了。首先想到的是，不论是福是祸，看来必须得去一趟了。这是前方将军的命令，是军令，谁敢说“不”字儿？又一寻思：“自打隐居宁古塔，没做啥亏心事儿，以前在明朝也没有直接和清兵对峙过。自己是个文人，又是个哈番。尽管那时身在其中，却看不惯明朝官员的腐败贪婪、嫉贤妒能，早料到明朝将来必定是国破山河碎。而大清国的兵马十分抱团儿，亲如手足，这样一支队伍能不所向披靡吗？基于此，自己才逃出明营，遗恨出走，归顺了大清。没承想这步棋走对了，隐居在宁古塔后，竟鬼使神差地认识了大清国的贤臣哈勒苏老将军，并成为府上的座上宾。哈大哥讲得确实有道理，自己跟大清无冤无仇，有什么必要难为我？正是因为他们信任我，看得起我，才派人来请出山的。我不该退缩，应该为大清效力，将功补过，成为有用之才，说不定是天助我周子正一个名声远扬的机会呢！”想到这里，心里敞亮多了，思路放开了，头脑也清晰了。刚才经哈勒苏一提醒，呼啦想起一个人来，忙说：“对呀，哈大哥，我记得明朝袁应泰经略在崇祯十三年，也就是大清崇德五年的秋天，曾派副将秦楷率兵到北疆巡逻，后来不知回去没有。若说北疆有啥事儿，按我的估计，很可能是这些人在那儿闹腾的。秦楷是个武将，人很聪明，有万夫不当之勇。假如是他们，还真都认识，过去有些交往，或许能帮朝廷收了秦楷，解决北疆的问题。”周子正把这些话说出来之后，感觉心里痛快了，比以前更有信心了。哈勒苏听了，高兴得连声儿道：“好啊，那可太好啦！”然而只过了一会儿，周子正又现出一副满腹心事的样子，瞅着哈勒苏说：“大哥，我这次去前营，不是一天两天能回来的，最不放心的是你呀！大哥对谁都好，就是不会照顾自己。”说着说着，不禁落下了老泪。

方才说书人已经讲了，周子正住在哈勒苏家里，老哥儿俩相处的时间并不长，却有英雄相见恨晚之感。周子正像个谋士，凡事都帮着哈勒苏和虽哈纳，为他们出了不少好主意。无论是治政之法，还是安民之策，一块儿动脑筋、想点子，虽哈纳亦时不时地向这位老者讨教。哈勒苏虽然已告老还乡，但沈阳、吉林乌拉、宁古塔、珲春各方征战的官员、兵卒经常来家拜望，向他索求计谋，该商量的仍然不少。哈勒苏就是这种性格的人，忧天下之忧，喜天下之喜，只要找到他，没有不热心帮助的，总是想着尽量为别人排忧解难。有时因一件事儿暂时解决不了，老头儿是茶饭不进、夜不能寐呀！周子正时常劝哈勒苏要注意休息，不能太累了，岁数不饶人哪，可咋劝劝不住。为了哈勒苏的健康，老先生有时不得不出面向来访的人解释，予以婉拒，虽哈纳也悄悄儿地替阿玛堵住一些琐事，才使哈勒苏稍微清闲了些。

哈勒苏这人也挺怪，别看认识周子正的时间不长，却特别信服他，愿意听他的话。见老先生一哭，哈勒苏很受感动，眼圈儿也红了，笑着说："好兄弟，你的话我哪句没听啊？何必这么动感情呢，现在不是好好儿的嘛！哭啥，不用惦着我，尽心竭力帮助前营办好大事儿才是当务之急。"周子正说："大哥，我敬重你一生刚正磊落、伸张正义、嫉恶如仇、心地慈善，为国家鞠躬尽瘁。可大哥毕竟是上年纪的人了，老弟曾不止一次地劝过你，不宜大喜大悲。心火太旺，肝木生火，火归心。火上燃，风火烈炽必攻头。只有静心抑水，方寸安静，心火控制住，方可延年益寿。大哥，老弟一想到不能陪伴左右了，这心里不安哪，真舍不得你呀！此去不知何时能回来，请好好儿珍视自己吧……"周子正是不厌其烦地劝老哥哥哈勒苏，让他注意身体，少管闲事儿，还絮絮叨叨地嘱咐道："请大哥千万保重，免得我在远地牵挂。皇上既然允准你颐养天年了，那就放开手吧，什么事儿都不要管了，也不要问了，真正做个一心无挂的山野庶人，不问世俗事。大哥，我走以后，务要记住老弟的这些话，如果有谁还来求助兄长，就婉言谢绝吧。"哈勒苏保证："好兄弟，只管放心去，我一定听你的，啥事儿不管总行了吧？好了，该准备一下了。"说完，便到虽哈纳那屋去了。事实上，周子正的这些话，后来还真应验了。

再说周子正老先生要走，小萨布素不知怎么知道了，那能舍得离开吗？赶忙跑来一个劲儿地缠磨玛发："爷爷，好爷爷，快跟阿玛说说，让我随师去吧。身边不能没人呀，我必须得陪着周爷爷，答应了吧，行吗？"这个孩子就是好闯荡，从年岁来看，按满洲人的习俗，已经到了跨马驰骋的时候了，他很想随业师一块儿出外走走。没承想哈勒苏听了孙子的恳求，一点儿没反对，并对周子正说："要不，你带他去？我们这么大岁数的时候，早已领兵打仗、厮杀在疆场了，孩子是得在艰难困苦的环境中磨炼才干。"可周子正不同意，说道："不行啊，大哥，那边是咋回事儿咱们不清楚，怎能带他去呢？暂时还是留在你身边做伴儿吧。等我到了北边，看看到底是咋个情况，然后再说。如果需要待的时间长，就捎信儿来，咱把小孙子打发去不迟呀！"哈勒苏觉得周子正讲的是这么个理儿，就劝小萨布素："好了，好了，现在先别去，仍跟小哇嘎那帮伙伴儿一起在南马场放牛吧。这驯马、放牛羊的事儿也很重要哇，都是为了前线嘛！特别是一定要把马遛好，马场里的事儿不少啊，天天挺忙活人的。行了，听话，别在这儿闹了。再闹，我可要告诉你阿玛了，让他来管你。"萨布素是真怕阿玛呀，虽哈纳总是板着个脸，严肃得很，从不给他笑模样。所以，听爷爷这么一说，倒听劝，跪下给老师磕了个头。站起来刚要走，周子正忙将他留下，出于惦记徒弟的学习，临走之前要布置一下今后的课业。周老先生问萨布素："三国时蜀国军师诸葛亮写的《前出师表》《后出师表》背会了吗？"萨布素的小脑袋瓜儿好使呀，早已背得滚瓜烂熟，马上答道："回老师话，都会背了。"周子正说："好，我再给你留一些作业。《滕王阁序》《岳阳楼记》《陋室铭》，还有《尊经阁记》《进学解》，这些全要会背会写。"萨布素摸摸后脑勺儿道："老师，太多了。"周子正说："不多，必须要认真学。先得熟记，之后才能弄通，听到没？"萨布素点点头。

周子正在教学上一向认真，尽心尽力，对徒弟要求很严。考虑到要走了，不能让萨布素光知道干活儿、贪玩儿，还得抓紧时间学知识。因此，除了留下作业之外，又将程允升撰写的《幼学琼林》手抄本给了他。周子正从明营跑出来到北边隐居，除了《周易》，再没带什么书。他教萨布素的这些文章，什么《三字经》《千字文》《前出师表》《后出师表》《滕王阁序》《岳阳楼记》《幼学琼林》等，全凭自己的记忆。每次都是先用工整的小楷写出来，然后教给萨布素去背诵。他的脑子像书库一样，一本一本地现从里往外拿，一一抄写清楚，再装订好，便成为徒弟的书了，就有这能耐。此刻，他让萨布素坐下，说道："别慌神儿，心要静下来，把这些书看看吧。"哈勒苏走过来一瞅，周老先生正忙着给自己的小孙子安排学业呢，心里很是感激，没吱声儿，转身出外散步了。

周子正本来应该用这点儿时间打点出门儿的行囊，可是没有。他生怕自己走了以后，徒弟荒废了学业，便从萨布素的手中拿过手写的《幼学琼林》，翻到“武职篇”问道：“萨布素，我教过你这篇，还能记住吗？”萨布素回答：“师傅，记得住，要不我背一段儿给您听听？”前书我们说过，萨布素打小特别聪明，哈勒苏、虽哈纳、舒穆禄夫人教他的马上技及武术样样儿学得好，因此出了名。当时，连戴珠瑚大人都夸他像个小神童，如今对业师教的课程亦学得十分认真。在马场放牧时，除了吃饭、睡觉之外，就在马背上看书、背书。不认得的字儿，回来问老师，然后再背。那时候，背书是学懂知识的第一步。周子正原来跟老师学的时候，业师就是用的此种办法教他的。现在周老先生带徒弟，也是这样教授。学哪篇文章，先将生僻的字儿告诉他，记住以后开始背诵。不管懂不懂，先背下来。背完以后再讲，讲完以后再背，正着背完后倒过来背，要背得滚瓜烂熟才行。正因如此，小萨布素学过的文章全记得非常扎实，轻易不忘。

萨布素为了让老师高兴，一听问到“武职篇”，立即要背诵。周子正笑了笑说：“好啊，你就背一段儿我听听。”只见小萨布素规规矩矩地站在地中间儿，两手并直，小脸儿扬扬着，小脖儿梗梗着，胸脯挺得高高的，精精神神的，真招人喜欢。周子正一看他那小宝贝样儿，高兴得不禁乐出了声儿，忙又把嘴捂住。小萨布素大声儿背道：“韩柳欧苏，固文人之最著，起翦颇牧，乃武将之多奇。范仲淹中具数万甲兵；楚项羽江东有八千子弟。孙膑吴起将略堪夸，穰苴尉缭，兵机莫测。姜太公有六韬；黄石公有三略。韩信将兵，多多益善，毛遂讥众，碌碌无奇……”萨布素还要往下背，周子正打断道：“下边这么办，我说上句，你接着往下背。好了，听着：‘韩信受胯下之辱，张良……’”小萨布素忙接道：“有进履之嫌。卫青为牧猪之奴，樊哙为屠狗之辈。求士莫求全，毋以二卵弃干城之将；用人如用木，毋以寸朽弃连抱之材。总之，君子之身，可大可小；丈夫之志，能屈能伸。自古英雄，难以枚举；欲详将略，须读武经。书曰桓桓武士，诗云矫矫虎臣。”周子正听到这儿，说道：“行了，行了，不用背了。孩子，记住，不但能背下来，而且要深谙其意。我走了以后，要把留下的文章背熟，等回来再慢慢地给你讲其中深奥的道理。为人者就应该多学能耐，若此，将来才能不负国恩啊！”萨布素边听边点头。

周子正听徒弟背书，那是真高兴啊！他喜欢萨布素，也疼爱他，喜欢他的聪明、他的过目能诵之才。心想：“这孩子口齿多伶俐呀，讲起来口若悬河，记什么东西就是个快！前几天才教的文章，现在便能背得一字不差。”周子正走过去，把萨布素拉到自己身边，紧紧地搂到怀里说：“孩子，要孝敬爷爷和父母。你也不算小了，还有个妹妹，做什么事儿都要先想想该不该做，免得让老人担心。我走以后，不会忘记你，一定会想你。若是在那儿待的时间长，会让人把你接去的，见见大世面！”萨布素高兴地跳着高儿说：“老师，谢谢您，谢谢！”又忙不迭地扑通一声跪下，给周子正磕了个响头道：“老师，要是没别的事儿，我找伙伴儿去了。”周子正说：“好，去吧，快去吧！”话音未落，小萨布素早已跑远了。

萨布素走了以后，房子里只剩下周子正一个人，便走进自己那个屋，打点着行囊。带了几件日常换洗的夹衣，穿上了舒穆禄夫人亲自为他做的黑狐皮、内镶羊绒的一件大斗篷。又将双腿套上了熊皮护膝，头上戴一顶风雨帽，足登温得[①]。这种靴子靿儿高，一直到膝盖以上，在深雪里走路一点儿不觉得冷，也是舒穆禄夫人为他准备的。穿戴好一看，嚯！还真不错，都挺合适。这时，哈勒苏和虽哈纳进来了。待虽哈纳帮着把老先生的东西一件件包装好后，哈勒苏说：“好了，眼下天短了，黑得快，早点儿上路吧。”三人一起走了出来，两个男仆牵着两匹马，备好了鞍韂，已等在那里了。见他们出来了，上前接过褡裢和行囊，放在周子正所骑的马上。老先生和虽哈纳翻身上马，哈勒苏拍拍两匹坐骑，送出大门外。周子正回过头，看了看哈勒苏，似有很多话要说，却一句也说不出来，摆了摆手走了。走出挺远了，又回过头来大声儿喊道：“大哥，要保重身体呀！别忘了给你配制的‘清心八宝回阳丹’，一定要按时服，听到没有？”哈勒苏看老先生走远了，就踮着脚，高高举着手向他摆着，意思是说：“听见了，放心去吧，去吧，不必惦念我，一路顺风啊！”

周子正和虽哈纳正信马由缰地向前走着，突然，从树林子里出来七八个骑马的人，其中一个人冲他们高声儿喊道：“周爷爷，我们送您来啦！”周子正一看，原来是自己的宝贝徒弟萨布素同小伙伴儿哇嘎、瓦礼祜等一起前来向他道别的，心里别提多高兴了，于是笑着向他们摆摆手说：“回去吧，别淘气，把马看好，注意安全，我走了！”孩子们再次与老人家拜别后，骑着马，像箭似地驰向茫茫的大草原。周子正和虽哈纳也将坐骑使劲儿一拍，马的四蹄尥开，在雪道上飞快地向前奔跑着，不大一会儿，便隐进了远山的密林之中。

---

① 满语：长筒靴。

周子正就是这样被北疆八旗平北大营给找走了，此时是崇德八年六月下旬，哈勒苏还没到沈阳京师去呢。后来才奉命去送大行皇帝的梓宫，由此上了一股急火儿，回到宁古塔后卧病不起，日益病笃，不久离开了人世。所以，哈勒苏故去时，周子正未在身边。没想到周老先生此次北去，竟成了他们老哥儿俩的永别。萨大人在世时，常向族众回忆这段最痛苦的日子，他说："周爷爷走了，我们日日沉浸在对老先生的思念之中，天天盼着老师的信儿。不久，最亲爱的朝夕与共的好玛发哈勒苏撒手人寰了，常眠在龙头山上，对我的打击实在是太大了，像天崩地裂一般！以前，我白天晚上跟爷爷在一起，跟爷爷唠嗑儿，爷爷总是不厌其烦地给我讲一些从未听到的事儿。突然爷爷没了，觉得没着没落的，同阿玛、额莫，还有刚刚懂事的小妹妹安茹天天以泪洗面，抱在一起哭个没完。好心的波尔辰妈妈，那是我的好奶奶，非常心疼我们，常住到我家不回去，抚慰这个，安慰那个，并帮着料理家务。她来了以后，能够使全家悲凉的气氛变得疏淡一些，偶尔能听到几回笑声。因为这位奶奶能找乐，又会唱，还会跳玛克辛[①]，尽量让大家忘掉悲哀。这时的我已渐渐懂事了，爷爷走后，不仅生活能自理了，不再惹阿玛生气了，也更要强了。"

当年，大清国南北的形势发生了天翻地覆的巨变。朝廷原来对汉人不信任，除了用几位著名的名臣之外，其他皆不任用为官。周子正作为一名汉人、明代的降臣之所以能被启用，还得从范文程降清说起。

范文程，字宪斗，号辉岳。先人自明初从江西被贬到沈阳，居抚顺。曾祖范璁，明嘉靖时官至兵部尚书；祖父范沈，为沈阳卫指挥同知。范文程少喜读书，为县学生员。天命三年，努尔哈赤攻克抚顺，他便归服了后金，并参加了攻打辽阳、西平、广宁之战。天聪三年，又随军伐明，克遵化后，留守于此，授世职游击，隶镶黄旗。天聪七年，受命谕招降明将孔有德等。崇德元年，晋内秘书院大学士，晋世职二等甲喇章京。皇太极对他极为看重，每议政，必问"范章京知否？"福临登基后，也就是顺治元年，清军入主中原之时，范文程上书多尔衮。在讲明进取中原策略的同时，提出要安抚百姓，厚对明朝降将，应"官仍其职，民系其业，录其贤能"。即先前是什么官，降过来，仍任原来的官职，不能变；百姓是农、是工、是商，原来干啥的，现在还干啥，秋毫无犯；凡是贤

① 满语：舞。

能之人，不管是什么民族，都要任用。朝廷接受了此建议，对明的降将、降臣封官晋爵。不要说明朝降臣洪承畴得以重用，连明朝主持造红衣大炮的丁启明也授以牛录章京，佐领衔。周子正被启用，正是这个原因。要西征伐明，就要用明臣，知己知彼，方能百战百胜。这是大清在对待满汉之间关系上的一个重大变化，为后来大清直取燕京，即明朝宫廷所在地北京、统一天下奠定了基础。

再一个重大变化，前书我们已经说到了，大明崇祯十六年，大清崇德八年，癸未年，女真天羊年八月八日，是大清举国上下的忌日，皇太极于这一天晏驾。与此同时，围绕着到底由谁来继任，朝廷发生了一场惊心动魄的皇位之争。争斗的结果，最后以六岁的福临登基而告终。在这里，我们还要说说争斗中起了重要作用的孝庄文皇后。这位皇后姓博尔济吉特氏，名布木布泰，乃蒙古科尔沁寨桑贝勒之女、孝端文皇后的侄女。她聪慧、美丽、精明，又会待人处事，与周围人的关系处得十分融洽。天命十年二月嫁皇太极，崇德元年被册封为永福宫庄妃，很受皇太极的宠幸，崇德三年正月生子福临。崇德八年八月皇太极驾崩之时，她正带着五岁的福临孤苦无依。当时，皇位的斗争很激烈，皇太极的皇兄皇弟，像多尔衮、代善、济尔哈朗、多铎、阿济格，还有皇太极的大儿子肃亲王豪格，都是各旗旗主，兵权在握。这些人中，有的想拥兵自登九鼎，有的想立皇太极的长子豪格或豪格的兄弟谁都行，明争暗斗，各不相让。庄妃看这架势，感到不论是多尔衮、多铎，还是豪格继位，对于他们母子二人来说，未来很难预卜。别看庄妃是位女流，却非常有头脑。她想，按长幼之顺，豪格不是自己所生，很有可能继任，何况已有人提出让他继承帝位。可豪格刚愎自用，虽然武功高强，但人缘很差，在诸王中树敌过多。即或有个别人拥戴，也会遭到更多人的反对。又分析了各个王爷的情况。代善，是皇太极的二哥，在众王中威望最高，与皇太极的关系最近，并受到信任。因此，首先得说服他。于是，庄妃带着儿子福临，坐着凤辇，进了礼亲王府。代善一看孝庄文太妃带着贝子来了，急忙出迎。庄妃见了代善，就哭诉起孤儿寡母无依无靠的艰难，希望礼亲王多多关照等。代善被她的哭诉所感动，便道：“太妃，到底让谁当皇上，众议颇多，事难预卜哇！”庄妃说：“礼亲王，您为众贝勒之长，大行皇帝在世时，很是敬重二王爷。您德高望重，何不施威力主？另外，正黄旗、镶黄旗乃先帝之师，可召其秘密入京。礼亲王，勿忧也。”代善斟酌再三，表示同意。

庄妃说服了代善，心里并未安定。因为她知道，睿亲王多尔衮和同母弟弟多铎掌握着两个旗的兵权，过去皇太极也很信任他们。多尔衮勇猛专断，大有自登皇位的趋势，此人若不帮助自己，福临难登帝位呀！所以，务要征服多尔衮，这是取胜的关键。庄妃在见多尔衮时，以她的姿容、威仪和风范震慑之，脉脉含情、眼含热泪说："王爷，你皇兄在位时，便久赞王爷的正义之心。现在，我们孤儿寡母的靠谁呀？只能全靠王爷了。可得伸把手帮帮呀，王爷不会不管吧？"多尔衮在这位美艳皇嫂面前，完全五体投地，一口应承："太妃，请放心，只要有我多尔衮在，就一定帮助你们。"庄妃生怕多尔衮言而无信，又极力结好其他诸王贝勒，使原来归皇太极势力的正黄、镶黄两旗诸将力量日强。最终多尔衮果未食言，同意了和硕礼亲王代善邀集的正黄旗、镶黄旗之老臣所采取的折中办法，共同拥立豪格的小弟弟、皇太极的第九贝子、当时还不懂事的福临继位。由于福临年龄小，大家对他还可以。这些王爷虽然没当上皇帝，但可以辅政啊，辅政倒也很有权的。就这样，明崇祯十一年，清崇德二年生的刚刚虚六岁的福临应承大统，于崇德八年八月二十六日即皇帝位。以明年，即甲申年为顺治元年，庄妃亦名正言顺地成了孝庄文皇后、孝庄文太后。如此看来，这场戏的后面，皆为庄妃指挥。

庄妃这个女人确实很厉害，一步步筹划得非常周密。她把几个王爷的心都聚拢到了一起，不但能让亲生儿子福临当了皇帝，自己稳稳当当地做了孝庄文太后，而且还能使下边的各贝勒、众王爷心甘情愿地为新皇帝赴汤蹈火，肝脑涂地，这真是不简单哪！由于皇帝年幼，便任睿亲王多尔衮、郑亲王济尔哈朗为辅政大臣，皇帝称他们为叔父摄政王。后来多尔衮又被授命为大将军，晋为皇父摄政王。其他众王爷也各有奖赏、封号和封册。为使福临皇位安稳，孝庄文皇后再次策划在登基大典上，让诸王宣誓。誓言是："嗣后有不遵先帝定制，弗殚忠诚，藐视皇上冲幼，明知斯君怀奸之人，互徇情理，不行举发，及修旧怨，倾害无辜，兄弟谗搆，私结党羽者，天地谴之。"多尔衮、济尔哈朗两位辅政大臣宣誓曰："如不秉公辅理，妄自尊大，漠视兄弟，不从众议，每事行私，以恩仇为轻重，天地谴之。"

还有一个变化也是值得向各位阿哥说明的，就是顺治元年，清兵挥师进关之时，朝廷的策略是"南进北抚"。即挥师南进，攻占北京；对北方，则以宁古塔为"北国锁匙"，招安北方各个部落。为此，宁古塔十五六岁的少年全派上了用场，萨布素一生的征程便从此起步了。正如他爷爷哈勒苏临终前所说的，小鹰要飞翔了！

我们先说大清的南进之策。在福临冲龄嗣位之后，多尔衮、济尔哈朗两位辅政大臣遵照太后的旨意，践行已故太宗、大行皇帝皇太极的遗愿，决定由多尔衮亲率满洲、蒙古、汉军各旗将士及诸王、贝勒、贝子、众位大臣、文武群臣，于清顺治元年，在太祖武皇帝，即努尔哈赤陵前和皇太极的庙号前，分别进行祭旗、宣誓，誓告天地。决心集中兵力，挥师南进，强攻大明，直取北京。这次伐明，兵多将广，可以说将大清国所有能用的兵力三分之二汇总一处，统调辽东派用，准备南进。北方的兵力则由吉林乌拉、宁古塔等地的八旗子弟十三至十六者，以竿定制，招募补充，由原北征之旅中谙熟北方的将领率领。北方组合了新的队伍，南进就免去了后顾之忧。

为了增强南进队伍的战斗力，配备了一些红衣大炮。这种炮本为明朝所有，是由丁启明率人铸造的。丁启明现已降清，于是又帮助清朝造出了此炮。红衣大炮以铁铸造而成，每炮重量上吨，炮支架两边有两个轮子，可以推移。使用时，从炮前往炮筒儿里装药。塞满后，打开后边的盖子，点燃火药，再扣上盖子。随着药引子的燃烧，轰的一声巨响，炮筒儿中的铁砂子、铁蛋子便喷出去了。它的后坐力大，射程远，波及面儿广，威力和杀伤力很强，整个一面墙都可以推倒，粗壮的树也能打折。那么，大炮本来为铁铸的，自然是黑色的，为什么叫红衣大炮呢？原来在大炮的外面，大家为它穿上了一件红绒绒的衣裳，就是将大炮用红绒布罩上了。将士们认为它是铁将军，有神力。如果操炮者的技术不高，药装得不好，不仅能将大炮自身崩碎，还得伤及周围的士兵，特别是要先伤及发炮人。所以，操炮之人既要认真地操作，熟练地掌握技术，也要在发炮前为大炮穿上红衣，以崇敬的态度祈求神的帮助。故此，大家尊称这种炮为红衣大炮。

南进队伍在太庙宣誓后，睿亲王多尔衮派出了前锋统领，带兵起行。这支浩浩荡荡的大军，加上红衣大炮一使，向前推进得很快，真可谓所向披靡，如入无人之境，所遇明军无不望风而逃。大军前进至连山时，忽然一军士飞马来报："明辽东总兵吴三桂投书求降！"睿亲王、摄政大臣多尔衮急忙接过吴三桂的书信一看，不禁喜上眉梢，连呼："真乃天助我也，天助我也！"吴三桂的降清信，给大清带来了意想不到的胜利曙光。这就等于山海关不攻自破，城门大开，请清兵入关。人人异常高兴，个个喜笑颜开，顿时号炮齐鸣啊！

吴三桂何许人也？为什么在大清举军伐明之时，选择投书多尔衮呢？他是江苏高邮人，字长白，后入辽东籍。乃一武举出身，以父荫袭军官，渐次升任辽东总兵，封平西伯，率兵百万驻防山海关。他的兵力最强，很有威势。大清前两次伐明，皇太极曾尝令献城投降的祖大寿，即吴三桂的舅舅劝降过吴三桂，但吴三桂不从。那么，他现在怎么就主动投书多尔衮了呢？这与明朝的形势变化有关。原来，明朝此时已衰败到了大厦将倾、瓜熟蒂落的节骨眼儿上。朱由俭，即明朝的崇祯皇帝性格孤僻、暴烈，不允许任何人讲话，又十分多疑，对谁都不相信。在他看来，周围的人全不可靠，只要你与金国相交，稍有败迹，便怀疑是向着大清的。就这样，他以讨金不利，杀了辽东经略、抗金大将袁崇焕。袁崇焕被杀，更使明朝官吏人气大散，朝纲混乱，保国之心尽失。众臣看出如此下去，老朱家的这个所谓的龙厦将倾，败势难挽，朝夕不保。于是官吏狼心毕露，劫掠民财，甚过寇贼。

黎民实在不堪忍受残酷的压榨，顿时烽烟四起，各处举起了反明义旗。其中，势力最强者，当属闯王李自成。恰在多尔衮决定挥师南进的时候，也就是明崇祯十七年三月，李自成攻陷昌平，逼近了北京城。十七日，率众环进九门，明军门外三营尽降。十八日，设座彰仪门外，令降贼太监杜勋进入城内，向崇祯皇帝传话儿："李自成并无不臣之心，因满朝误国奸党，欲扫除以扶王室。然今大势已失，请上自裁。"崇祯皇帝听后大怒，将杜勋轰了出去。当日晚，宫内太监曹化淳打开彰仪门，放李自成兵马进入，北京外城尽落于李自成之手。崇祯皇帝登上宫外的煤山，望见烽火连天，叹曰："苦我民耳！"回宫后，遣散了太子、永定王等，又持剑砍杀自己的女儿长平公主说："你为什么偏偏生在我家呀！"后妃多有上吊而死的。当时，朱由俭想混于太监之中出逃。于是，手持三眼枪，身脱黄巾，以太监大服大帽衣之。出东华门被阻，又至安定门、崇文门，仍欲出不得。转道正阳门想夺门而出，结果被守门太监误为奸细，放弓放炮，不得不退，只好回宫。十九日，内城尽失。崇祯命太监鸣钟集百官，结果一个都没来。他独自一人又登上了煤山，自缢于寿皇亭一株大树上，披发白衣，跣左足，右朱履，衣前书曰："朕自登基十七年，上邀天罪，致虏陷地三次，逆贼直逼京师，皆诸臣误朕也。朕死无颜见先帝于地下，将发覆面，任贼分裂朕尸，可将文官尽皆杀死，勿坏陵寝，勿伤我百姓一人也。"皇帝已死，李自成挥师尽占北京城。

闯王李自成端坐北京后，视据守山海关的吴三桂为一大患，便欲招降之。此时，吴三桂正在督军入卫，拟救援京师。兵行至丰润，得知李自成已攻陷京师，并得其招降之书。吴三桂驻在丰润犹豫不定，派出人马前去京师打探。探者陆续禀告，先是得知其家被李自成籍没，又得知其父被拘后劝降。吴三桂的父亲也是明朝的大臣，李自成对其严刑拷打，命他给儿子写信。就说天命降到闯王身上了，现已成为大舜的皇帝了，要赶紧受降于闯王。你来了以后，可给高官厚禄。吴三桂的父亲没办法，只好给儿子写了信，中心意思是命吴三桂降李自成，并同意李自成称帝。吴三桂看了此信，啥话没讲，拿起笔来，写了这么儿句话："我为明臣，忠于皇上。为父忠于明，为儿理当尽孝。父亲不忠，儿无孝可言，三桂誓不降贼。"然后，叫人传给了李自成。后来，吴三桂又得知陈夫人陈圆圆已为李自成得之。听了这个信儿，可把他气坏了，愤怒之下拔剑砍断了书案。为什么发这么大的火儿呢？因为陈圆圆乃吴三桂最得宠的爱妾。

陈圆圆者本姓邢，母亲死后，依其姨母生活。姨母姓陈，便从其姓。从小即为玉峰歌妓，声色俱绝，时为田妃的父亲所得，后进献给皇帝。因当时义民四起，皇上过于疲劳，无力承受，没有接纳。京师的一些富贵之家，也是惶惶不可终日，皆想找一靠山。当时，吴三桂势力最大，而且逼近了丰润。一天，田父与圆圆私语道："世道艰难，将来咱们可依靠谁呢？"圆圆说："当世乱，而公无所依，祸必至，曷勿缔交于吴将军，庶缓急有藉乎？"意思是说，咱们要交上了吴将军，不就有了依靠了嘛。田父想，如何结交吴三桂呢？想来想去，有了主意，遂请吴三桂赴家宴，观赏家乐。吴三桂来后，被引至深宅之中，招来诸姬，调丝竹。其中一领乐者，淡妆素抹，情艳意娇。吴三桂见此女不觉神移心荡，向田父曰："此非所谓圆圆耶？"圆圆走至席前，吴三桂说："卿乐最好！"圆圆莺声燕语曰："红拂尚不乐越公，矧不逮越公者也？"吴三桂点头示意明白了。不一会儿，传来义军来袭的警报，田父问道："敌人将至，将奈何？"吴三桂说："能以圆圆见赠，吾保公家，当先于保国。"田父听后，痛快地答应了。吴三桂即命圆圆拜别田公，用马驮着回了本营。

对圆圆这样一个姣美的爱妾，吴三桂怎肯让李自成夺去？这在明内监王永章的日记中写得很明白："盖三桂惟拳拳于陈妾一人，虽君亲亦有所不顾，真所谓英雄无奈是多情者矣。"再说吴三桂觉得李自成也欺人太甚了，不仅把我父亲抓去了，还逼其劝子降，我一个堂堂明臣岂能做此等事？一时怒火上燃，便率兵五十万之众回了山海关。李自成发兵追之，先是越滦州而东，三桂不但不降，而且即行抵抗。李自成又亲率十万大军攻山海关，派另一支大军出抚宁，绕到关外，进行夹击，吴三桂大惧。在这种情况下，他才遣副将杨坤投书，乞师于正在山海关外进兵的大清摄政睿亲王多尔衮。书曰：“三桂初蒙先帝拔擢，以蠡负之身，荷辽东总兵重任。王之威望，素所深慕；但春秋之义，交不越境，是以未敢通名，人臣之义，谅王亦知之；今我国以宁远右偏孤立之故，令三桂弃宁远而镇山海，思欲坚守东陲，而固京师也。不意流贼逆天犯阙，以彼狗偷乌合之众，何能成事？奈京城人心不固，奸党开门纳款，先帝不幸，九庙灰烬！今贼僭称尊号，掳掠妇女财帛，罪恶已极，诚赤眉、绿林、黄巢、禄山之流！天人共愤，众志已离，其败可立而待也。我国积德累仁，讴思未泯；各省宗室，为晋文公汉光武之中兴者，容或有之。远近已起义兵，羽檄交驰，山左江北，密如星布。三桂受国厚恩，悯斯民之罹难，拒守边门，欲兴师以慰人心。奈京东地小，兵力未集，特泣血求助。我国与贵朝通好二百余年，今无故而遭国难，贵朝应恻然念之；且乱臣贼子，亦非贵朝所宜容也。夫除暴翦恶，大顺也；拯危扶颖，大义也；出民水火，大仁也；兴灭继绝，大名也；取威定霸，大功也，况流贼所聚，金帛子女，不可胜数；义兵一至，皆为所有，此又大利也。王以盖世英雄，值此摧枯拉朽之会，诚难再得之时也！乞念亡国孤臣忠义之言，速选精兵，直入中协、西协，三桂自率所部，合力以抵都门，灭流寇于宫廷，示大义于中国，则我国之报贵朝者，岂惟财帛？将裂土以酬，决不食言。本应上疏贵朝皇帝，但未悉礼制，不敢轻渎圣聪，乞王转奏。”

这封诬蔑义军、卖主求生的信，转到多尔衮手中之后，的确让他高兴得不得了。多尔衮知道，此乃义军与明朝廷相斗、大清坐收渔利难得的机会。于是，立即召集大学士范文程和明朝降臣洪承畴等，商议、决策进取之事。范文程和洪承畴都主张答应吴三桂的乞请，并力主多尔衮趁明臣还没有完全猛醒，先发制人，与李自成的义军决战。安抚吴三桂，给他重要的爵位，借其手，清兵可乘势入关，继而进取中原。万望不要错过大好时机，这是上天的眷佑。若能如此，幼帝福临可坐殿明宫燕京，立国中兴华夏也。先是范文程启奏摄政王，就由我说书人简单复述一下。略言：“上帝僭为启佑，正摄政王建功立业之会。成丕业以垂庥万禩者此时，失机会而贻悔将来者亦此时。中原荼苦已极，黔首无依，思择令主以图乐业。间有一二婴城固守，自为身家计，非为君效死也。明之受病，已不可治，大河以北，定属他人。其土地人民，不患不得，患得而不为我有耳。我虽与明争天下，实与流寇角也。今日当任贤以抚众，使之近悦远来，蠢兹流孽，亦将臣属于我。彼明之君，知我规模非复往昔，言归于好，亦未可知。倘不此之务，是徒劳我国之力，反为流寇驱民也。举已成之民而置之，后乃与流寇争，非长策矣。往者弃遵化，屠永平，两经深入而返，彼地官民，必以我为无大志，纵来归附，未必抚恤，因怀携贰，盖有之矣。然而有已服者，有未服宜抚者，是当严申纪律，秋毫无犯，复宜谕以昔日不守内地之由，及今进取中原之意。而官仍其职，民复其业，录贤能，恤无告，风声翕然，大河以北，可传檄而定。河北一定，可令各城官吏移其妻子，避患于我军，因以为质，又拔其德贤素著者，置之班行，俾各朝夕献纳。王于众论，择善酌行，闻见广而政事有时措之宜矣。此行，或直趋燕京，或相机进取，要于入边后山海长城以西，择一坚城屯兵而守，以为门户，我师往来，斯为甚便。”这些话说得十分中肯，意思是我们前两次伐明，皆在于掠取，所以不得不返。这次伐明，要体恤民之疾苦，严申纪律，救民于水火。接着洪承畴建议：“此行特扫除逆乱，期于灭贼，抗拒者诛，不屠人民，不焚庐舍，不掠财物，降者官则加升，军民则秋毫无犯。有首倡内应立大功者，破格封赏，法在必行，此要务也。寇遇弱则战，遇强则遁，今得京城，财足志骄，已无固志，一闻大清军至，必焚宫殿府库西遁，我军抵京，财物悉空，亦大可惜。今宜计道里，限时日，辎重在后，精兵在前，出其不意，从苏州密云近京处疾行而前，贼走即行追剿。徜坐据京城以拒我，则伐之更易，庶逆贼扑灭，神人之怒可回，更收其财畜以赏士卒，殊有益也。”多尔衮深纳二人之言，有志中原，变抄掠为吊伐。提笔写信告知吴三桂，言曰可以答应你的要求，若是率众来归，必封以故土，晋为藩王。一则国仇得报，二则身家可保，世世子孙，长享富贵，如山河之永矣。

多尔衮答应了吴三桂，随即星夜进发，逾宁远至沙河，距山海关十里之处。这时，李自成正挟崇祯帝的太子及宗室诸王并吴三桂的父亲吴襄和吴三桂的小妾陈圆圆，东击吴三桂。多尔衮先让吴三桂冲击敌阵，两军对阵，尘沙山起，怒若雷鸣。正打得难解难分时，多尔衮所率清军从阵右突出，万马奔腾，飞矢如雨。李自成见力不能敌，率众西遁，吴三桂开关出迎，清军浩浩荡荡地进了山海关。由于李自成率兵出剿，京师必然空虚，所以清军入关之后，很快占领了北京城。之后，便议定迁都。多尔衮遣辅国公屯齐喀、博和托及管旗大臣和洛会等，往迎福临于沈阳。福临得奏，遣官祭告上帝，庆告太祖太宗于太庙。八月，命和洛会为盛京总管，派定熊岳、锦州、宁远、凤凰、兴京、义州、新城、牛庄、岫岩之城守官，其余大城俱各设满汉章京，率兵驻防。九月自沈阳出发，十月乙卯朔抵北京，祭告天地社稷，奉太祖太宗神主入太庙。从此，大清正式迁都北京。

大清迁都北京之后，比不得偏安于辽东之一隅，要面对的事情更多了，多尔衮遂向百官征询治国方略。范文程身为大学士，足智多谋，想乘机奉上自己的想法。可怎么说好呢？便同洪承畴商量，二人不谋而合。洪承畴说："你的文笔好，由你执笔为妥。可暂不上奏折，先写信给摄政王、顺治小皇帝的辅政大臣、大清国的第一大将军多尔衮。皇上年幼，万事都由他掌握，执掌军政全权，威望最高。咱就写信给他，你看如何？"范文程答应道："好吧，照你说的办。"于是，由范文程执笔，向多尔衮呈上了一封密信。这封信虽一直未在《清史》公开，却在八旗中广为流传，大家无不感激范宪斗，使满洲人从此名声乍起。此信写得特别好，句从字顺，文辞优美，用了许多典故，一些老人全能背下来。说书人在这里，不妨把祖上传下来的这封信念给诸位阿哥听听：

"宪斗诚惶诚恐，伏维上书辅政和硕睿亲王大将军：

敬启曰，山河娇娇，八旗耀耀。夫今燕京哀号，有明皇厦若蚁蛭遗颓，天数尽焉。朱由检性懦诡狐疑，朝臣纲乱，崇焕诛首，忠正之士，狗藏鹿遁。而李自成踞宫肆虐，不抚民心。崇祯弑女，煤山缢恨。圆圆妓泪，三桂启城求师，此乃千岁一时，斗转星移之机耳。其太祖武皇帝、大行皇帝兵伐金甲数十载，盖维求统御中原，四海归一也。王务挥戈驰趋，正正之旗，堂堂之阵，托孤寄命，大节创世。王必白鱼入舟，百举百捷。出奇无穷，制胜如神。神州萧条，生灵涂炭，尤大旱望云霓，必箪食壶浆，以迎王师耳。窃虑者，昔大行皇帝，殚思黑水，挥兵神算，故有南伐北抚之策耳。命骁勇之将，驰捣燕都，崇祯彻夜听漏难宁；命飞师使鹿使犬诸地，安绥散徙；命拒罗刹于额尔必齐与北海之滨。数年间，北固南拓，安弱万民，旗开得胜。王今宜守之，南北兼顾，务忌偏错。今罗刹罴北，日炽日烈。瓮火可熄，原焱难抑。今用人之际，宜广开盛德，广用汉员，抚心重用。以心愠心，以情愠情，畀以重任，鞠躬尽瘁耳。今八旗南进，北地空虚，又宜广招旗民，充塞北兵。满洲童子十龄，则弓马绝能，古俗也。应以漠北旗民老幼充御北方之急。而北地广袤，野泯无数，宜详实查勘，以固边疆。古人云，水泉深则鱼鳖归之，树木盛则飞鸟归之，草盛则禽兽归之，人主贤则豪杰归之。王宜南北兼拓，成就大行皇帝遗旨，开通樊篱，兄弟四海。能者为尊，河山可定矣。”

此信对清之开国关系甚钜，可谓英雄造时势，成为扭转乾坤的神机妙笔。对清王朝北抚漠北、南拓幽燕起了重要的作用，也可以说是大清定鼎北京的一篇建国方略。当初曾有人对这封信中的说法持有异议，视为颇有扬汉抑满之嫌，即有蔑视满族、抬高汉族的意思。故而，对信里的话听不惯。当时，作为摄政王的和硕睿亲王多尔衮还是比较有远见卓识的。他细细地琢磨了密信的每句话，觉得是有道理的，是应该接受的。便慨然准允，完全采纳了信中的主张，并以王命传布，大局既定。这样，慢慢的附应者越来越多，为什么呢？因为这封信破解了清初的三大痼症。

信中所言第一点：“罗刹北嚣，数十年来日炽日烈。”此时提出这个问题，非常重要。罗刹即指沙俄，从十六世纪八十年代起，开始越过乌拉尔山，迅速向东方扩张。到崇德年间，以惊人的速度鲸吞了乌拉尔山以东、太平洋沿岸以西、外兴安岭以北的大片土地。从此，大清国的黑龙江流域成了他们的侵略对象。尤其在北地十分嚣张，数十年来，一天比一天厉害。大清国不仅要正视，而且要解决这个问题。信中写道，要注意“瓮火可熄，原焱难抑”。意思是一个罐子里起了火，可以轻而易举地熄灭之；如果变成燎原之火，那便难以扑灭了，要将祸灾消灭在初起之时。也就是说从此时此刻，应该制止罗刹的继续南侵、正视北御完土的大任了，要居安思危。我们完整的土地正受到威胁，必须考虑到北御外寇，扑灭此火，不能让其变成燎原之势，以确保大清之完土。其实，沙俄入侵已经持续几十年了，从明朝时就存在，只是并未引起足够的重视。现在能正式提出消灭北方隐患这样一个尖锐的问题，应该说，这是范大学士的一大功劳啊！

信中所言第二点：“广开盛德，广用汉员，抚心重用。以心愠心，以情愠情，畀以重任，鞠躬尽瘁耳。”此点又是一个如何对待百姓、如何处理满汉之间的关系、合理任用汉人的重大政策问题。满族本来就是马上民族，贯以能征善战著称。太祖努尔哈赤时，对各个部落多以武力征服。太宗皇太极开始时虽然恩威并重，但主要还是以威为主。而今进了北京，要统治更大的地方，自当以笼络民心为第一要事，应以德感人，德佩天下。清军入关之后，多尔衮便按照范文程、洪承畴等人的营谋，充分体现了减轻负担、俯顺舆情之德政。都做了些什么事情呢？我们在这里不妨列举一二。

清军进入北京之前，崇祯已在煤山上吊而死，其后妃也多有自缢而亡者。大清入京后，即为明帝后发丧、建陵，这是历朝历代未有之事。明朝官吏降服者，各予升级；明室诸王，亦仍其爵；礼俗衣冠，暂从明制。当时还有个十不从之纲，即“男从女不从，生从死不从，阳从阴不从，官从隶不从，老从少不从，儒从而释道不从，娼从而优伶不从，仕宦从而婚姻不从，国号从而官号不从，役税从而言语文字不从”。还有一件在人们心中看得很重的事，那就是剃发问题。当时留头留发的舆论轩波甚高，清军刚一入关，即令黎民剃发。所谓“留发不留头，留头必剃发”，以剃发分顺逆。这当然不是以德治人，而是甚拂民愿。自奠定北京后，便昭谕天下：“自兹以后，天下臣民，照旧束发，悉听其便。”这些策略一实施，三饷除而人民有轻负之喜，衣冠从而人民无抵抗之心，升用诱以禄饵，服丧激起恩义，要以示人民有更始之庆，无亡国之惨耳。因此，归附者日众。以上这些，足可见范文程大学士的“广开盛德”主张所收到的功效。

这“广用汉员，抚心重用”，对大清进关之后的巩固政权更加重要。满族人口与汉族人口相距何甚，特别是在中原，泱泱之域，人口众多，汉族占了绝大多数。汉人有几千年的文化，单纯依靠有限的满人而不用汉人不行，满人才多少？要想立国，发展大清，兴盛大清，应当广用汉人。安其心，委以重任，绝不排斥。如果排斥汉人，则得不了江山。因此，为稳定政局，要广收汉官入仕，以帮助大清国。范文程还提出，在广用汉人的同时，必须予以信任，“以心愠心”，不然等于没用。要以诚挚和真心对待人家，给以重要的官做，把感情交给人家，他就会好心对你。不要信不着，只有信任，才能为你鞠躬尽瘁。范文程作为一名汉人官员，在当时敢于大胆地提出这么个敏感的问题，那真是不简单，愈加显示了他的气魄，这可是关乎大清国的存亡攸关之大事啊！也正因如此，有人对这封信持有异议。事实证明，非此一举，哪有大清政局的稳定，又何谈大清二百余年之一统呢？

信中所言第三点：“八旗南进，北地空虚。”是啊，多尔衮南进入关，用了整个清军十之八九的兵力。吴三桂又大开城门，迎清军入关，一块儿讨伐叛逆，统一华夏。这样，辽东当然就空虚了。怎么办？范文程提出了建议：“满洲童子十龄，则弓马绝能，古俗也。”即是说，大军可以南下，尽管去，统一华夏乃要务。剩下北边故乡的地方，交给满洲人自己，大可不必担心。没有大人，可以由孩子承担嘛！满族的童子十岁的时候，便能骑马张弓、射獐狍野鹿了，马上技、武功都很了不得，可谓弓马绝能。朝廷应用他们，这是满洲女真人自古的习俗，为什么不发挥此长呢？所以提出“广招旗民，充塞北兵”，要尽快从少年中补充兵源。这样，一个能使北地做到何患无兵，再一个能借此加强对旗人子弟的管束和训练，改变当时已经出现的那种满人互相之间殴斗、夺地、广收奴才、不问国事的状况。范大学士的主张，不仅加强了大清的国力，也使闲散的满洲人员统一起来，有事儿干了。

说起此举，十龄孩童习武练功、参军参战，固然是强军安邦之道。但这些小孩童将不分酷暑严寒，披星戴月，弯弓盘马，驰骋疆场，总不免令人感到有些心痛，且不必多说。

以上三点非常重要，范文程还大胆地提出第四点：“开通樊篱，兄弟四海。”这可是开创了几代人的先河之举，中华地大人多，民族何止满汉两族？民族与民族之间的猜疑和积怨，都可能引来刀光剑影之事。相互征杀，那是屡见不鲜啊！能够打开民族之间的界限，化民争、民仇、民怨为民和、民亲、民顺，互相尊重，互称兄弟，四海一家。改变从大元朝以来的民族统治、民族压榨，那该是一番何等壮观的景象啊！一个国家，非一人之国，非一族之国。要能够包容各个民族，善待各个民族，凝聚各个民族，应该成为一项根本的国策。

范文程在当时能写出这样一封方略明确、文采秀美的密信，说明他的头脑是很开放的。真是功莫大焉，难能可贵，了不起呀！信中所提之策略一实施，人心大快。不但汉人高兴，扬了中原汉人之气，科举任官与满人同待，尤比满人优先，给社会带来了新的空气。而且多数旗人也很满意，使他们从中明白了不少道理。认识到要想固国安邦，只有诸族同心同德，互相扶持，才能把国家建设好。范文程大学士的主张，收到了立竿见影之功效，使一代当权人，尤其是两位摄政王非常高兴，从此对他越发信任了。其实，努尔哈赤时，范文程便是被老汗王看中的人，为重要的军师和谋士。太祖武皇帝驾崩以后，大行皇帝太宗皇太极时代，对范文程同样佩服得五体投地，让他帮助出了不少妙点子和好主意。皇太极晏驾不久，六岁的福临临朝时，一切权柄实际上是由其叔叔多尔衮执掌，一开始就得到了范文程居高临下、高屋建瓴的帮助，你想他怎能不重视范大学士呢？

范文程不仅向多尔衮写密信，提出立国之策，还为其进行了具体的谋划。建议在率兵南进、统一华夏之时，也要兼抚北疆。多尔衮认为此议甚好，于是，便与另一位辅政大臣、郑亲王济尔哈朗商量。议定兵分两路，按范老先生的建议，采取南拓北抚、以南拓为重、北抚兼之、南北兼顾、首尾呼应的大计，由多尔衮亲率太祖、太宗直至现在三世积累和锤炼的辽东清代所统辖地域的满洲八旗兵、蒙古兵、汉族兵三支劲旅向南挺进；由济尔哈朗辅弼幼主，护卫小皇帝坐镇京师，统御和兼理朝政诸务。诸王、贝子、群臣辅佐之，同时做好北抚。这样，北抚之任理所当然地交给了郑亲王济尔哈朗。两王做了分工，明确、清楚，各自完成承担之要务。值得一提的是，两王虽有分工，但排在前边的，仍是多尔衮。因其权力最高，济尔哈朗也得听他的。太宗皇太极在世时，一切惟上，怎么都好办；太宗一走，人心大乱，还不错，总算是小皇帝福临继位了。就在人心正散的关键时刻，范文程呈上了此书函，大家的不安情绪顿时冷静了下来。多尔衮马上抓住这个时机，很快确立了治国方略。如此一来，朝纲明确，每位朝臣所担当的职责清楚，精力亦集中了。可以说，大学士的这封信对清朝未来的发展真是及时雨呀，相当的重要。

咱们再说北抚之策。北抚若要收到成效，并不比南进简单。北方尚有不少部落并未归附大清，还不属于清朝管辖，他们会时刻攻城略地、杀人越货。而后方不安定，必然会影响大军南进。再说北方比不得南方，南进只要兵精将勇，指挥得当，就会一路顺风。可要把北抚办好，反倒是件大难事儿，对当时的清朝来说，是任重维艰、异常繁复。为什么这么讲呢？说起来，那时的北方山高林密、寒气袭人哪！一提到北御，人人不寒而栗，十分打怵。简单的讲法就是北地寒冷，大雪连天，冷得伸不出手来。连鸟和兽都愿意到有阳光的地方去，何况人乎？每到冬季，各种野兽的皮毛皆长得很厚，否则过不了冬啊。夏季才几天？一年三百六十五天，真正可以穿夹衣、单衣的时间何其短也！所以，那时的人全愿往南边去，不愿生活在北边，致使北方有些地方历来是人迹罕至的神秘之地。

古书《尔雅》云："朔，北方也。"人们把北方称之为朔方、幽朔、朔漠，意为其地苦寒哪，且无衣，只穿兽衣和鱼皮衣。《礼记》云："北方曰狄，衣羽毛穴居，有不粒食者。"我国古代称北方的民族为"狄"，北狄之人穿的是用鸟的羽毛连缀成的衣裳。穴居，即生活在地下，而且不吃带粒儿的东西。为什么？北方太冷了，吃不着五谷，粮食甚少，到哪儿去找粮呀？《淮南子》中也称："北方曰大冥，曰寒泽。"是说北方茫茫一片，十分寒冷，连水都是冰凉冰凉的，是寒水。凉到什么程度呢？《淮南子》中又说："北方有不释之冰。"即是说，水冻成冰以后，根本不化呀，冰山雪海，千里无路。在这种环境下，军队不要说征战，行进也很艰难，人马更不敢催进。大雪连天，夜难眠，"肩荷难进"。为了保暖，身上穿的、头上戴的本来够笨重的了，还要背负沉重的行囊，不然晚上睡觉怎么办？宿营处天寒地冻，身子底下是厚厚的冰啊，若不多铺多盖，在帐篷里还不把你冻成冰棍儿呀？这些皆为北抚造成了很大困难。

再有难的，便是这里种地很少，找粮食极不容易，因此只好"催牧为粮"。如若单个人到北边，只能背粮食去。估摸着要走十天还是半月，事先需要预备好这些天吃的，吃完必须往回来，否则不得饿死吗？或者赶着牛羊去，边走边杀。因是带牧群往前走，故称"催牧为粮"。过去打仗确实如此，兵马前行，后头得有人赶着大批的牛羊跟着，连瘦弱的马也不例外。走一路，杀一路，吃一路。马与牛身上都驮着粮，待粮吃完了，后头赶的畜群也吃没了，马上往回返。不然，给养供不上，兵丁如何征战？

要说更难的事儿还有。我们前面说过，当时的北方到处是大片大片的林子，百年的丛林也不少，轻易不敢深进。"入如野泯"，迷失了方向，分不清东南西北。走不出来，又无食可进，便有可能成为饿殍。明朝对北方部落的征战向来是速战速决，粮食没了，赶紧回返，不敢恋战。更多的则是采取"以夷制夷"的办法，就是把权交给当地的已习惯于在这个环境下生活的土著人，封各部落头人为官，并且可以世袭。子承父职，子死交孙，代代相传。只要你不反叛，愿意称臣纳贡即可。努尔哈赤建立后金之后，改变了明代的做法，采取了武力征服。皇太极虽有改变，还是多以势压服，辅之以安抚。众大臣亦惦着北边的事儿，常议论、思虑该如何办才好。

特别要指出的是，明所辖北疆虽然已尽入大清版图，但由于地域辽阔，山重水复，各民族部落太多，居住得太分散，清政府又忙于南征伐明，无暇北顾，故此沙俄便乘虚而入。罗刹连年的践踏、染指，蚕食了许多清承继大明之北土。在黑龙江、乌苏里江、鄂霍茨克海[①]、锡霍特阿林以东广袤沃土之东海[②]沿岸大片的土地上，居住着我们同族的众多丁

① 即北海。

② 即日本海。

口。经过清政府数十年的征伐，一些部落已归我属。然而其中人口最多的北边呼尔哈部，当时叫索伦部，居住着赫哲、鄂伦春、鄂温克、达斡尔等民族，至今仍未归附。想要讨伐这些部落，极其困难。因为地域辽阔，你的兵进去只能到一个地方，时间不能太长，粮不够了立马就得回来。他们多在林子里活动，有的被你抓住了，有的则抓住后重新逃回林子里，清兵不敢贸然跟进追赶，怕迷失了方向。相反只要你进林子，部落的人反倒把你给治了。再说他们人人使弓箭，有的箭头儿还是带毒的，只要被射中，非死不可。即或抓住几个人，打他们一顿，掠了些皮张，其他的照样能逃掉，照样生活，继续同你周旋，结果是事倍功半。这些部落常常是今天到这儿，明天到那儿，四海为家。他们是林中人，世世代代在那里生活，对林区熟悉得很，能毫不费力地分辨出东南西北。你分不出来呀，又在明处，人家在暗处，不挨箭射还跑了你了？往往是打完之后，各个部落立即分散了，等你到那儿，人家早走了。一直以来，就是这样我行我素，各自为政，坚持不归附、不称臣、不纳税、不进贡。民族之间常起纠纷，谁都管不服，朝廷也很难办。

尤其让人担心的是，由于索伦部落的不服，给了罗刹以可乘之机，使出了各种伎俩加以笼络。比如送给一些礼品呀，用金银财宝和各种器皿诱惑呀，使他们分不清敌我，反倒帮助罗刹向东侵入我国领土，与大清为敌。若想驱逐罗刹，必先征服这些尚未归附的部落。因此，治理北疆是迫在眉睫的卫国大事，不可小觑。那可不是一般的打打平平、抓儿个人、俘虏几个部落首领、得点儿皮张这样平常的小事儿，而是要将已经侵入北域国土的罗刹驱逐出国门的大事。这就必须要把国内各个部落的人想尽办法安抚过来，一致对外，共同御敌。如此看来，北抚之事不但复杂，而且很难，可以说是难于上青天啊！

索伦部，它既是个地域的概念，也指在那块土地上生活着的各个民族。明末清初时，就是说书人讲的这个时候，索伦部在北方的势力很大，分布的地域十分广阔。西起石勒喀河，包括外兴安岭的山路，东至黑龙江北岸的支流精奇里江一带，皆有索伦部的人在那里生活。这片地方，河流极多，有石勒喀河、额尔必齐河、阿妈扎尔河、鄂嫩河、精奇里江等。索伦部主要有三个民族，即鄂温克族、鄂伦春族和达斡尔族，统称索伦部。其中，鄂温克族、鄂伦春族是渔猎民族，以游猎为主，居无定所。通常是骑着马在林中、江边儿到处游走，见到猎物就打。全家走到哪儿，则在哪儿支起帐篷，那便是家。比较起来，达斡尔族生产较先进，文化还算发达。虽然也游猎，但多是定居一处，农、林、渔、猎全有，又有屯寨、城镇。这些城镇大多建的是木城，很坚固，城内有一些手工作坊。城上有城楼、箭楼，即射箭进攻的地方。城下周围挖有护城河，城内有地道、掩体及秘密的暗道。当时较出名的城镇像铎城、阿巴金城、雅克萨城、多金城等，都是设施、防御能力比较强的木城。乌鲁夫王、鄂尔图、郭博尔等十几个村寨，联攻联防的能力也是相当厉害的。因此，达斡尔族在索伦部中的势力最大，力量最强，也是与本说部关系最密切的部族。

说起达斡尔族，是北疆的民族之一，也是个具有悠久历史文化的英雄民族。在我国汉文文史志中，有不少关于这个民族的记载。达斡尔族的族名，有许多不同的叫法，如达乌尔、达古尔、达呼尔、达瑚里、打虎力等，满洲人当时多称其达斡尔。据《唐高祖实录》中记载，达斡尔是从“契丹本姓大贺氏，后分八部”分出来的，大贺氏即达斡尔的祖先。这个部落最早生活在洮儿河一带，唐书将洮儿河称之为漏河，契丹人叫它挞鲁河，经常到那里打鱼猎雁。大贺氏后来衍化为达斡尔，因此，可以说达斡尔是契丹的后裔。由于长期生活在挞鲁河一带，便以地名命名为族名。经历史考证，达斡尔最早的原始部落，是居住在西拉木伦河一带。为回避战乱，多次迁移，后来迁到黑龙江上游一片的地方，渐渐又迁至额尔必齐河、石勒喀河、鄂嫩河、精奇里江流域。现在，黑龙江沿岸到处留有达斡尔部落村寨的遗址。本说部中，不少抵御外侮、保卫边疆的慷慨悲歌及在北方民族建设中所立下的丰功伟绩，都与他们有关，萨大人一生也与该民族息息相关、血肉相亲。本书所要讴歌的，主要就是这个民族。

书归正传。当时所说的抚北、治北、平北，关键在于制服索伦部中的达斡尔族。他们的人口多、影响大、力量强、文化程度高，清军攻伐要想取胜，须付出一定的代价。我们见到的《清史》上，只讲掠获了他们多少口人，从不讲进兵时的那个难劲儿。实际上，要制伏达斡尔人，真的不那么简单。那个时候，清朝的官兵对深入达斡尔的居住地都很打怵。不单单是因为北方寒冷、雪大、交通不便、没有口粮，还因为达斡尔人勇猛善战、果敢顽强，是一个不屈的民族，清军几次进攻，损失皆很大。因此，一味以武力降服，终归不是办法。要想征服这个民族，只有一个选择，就是要抚民。所谓抚民，即首先抚慰达斡尔的民心，这样北边才可以安抚。范文程老先生早在崇德五年春正月，给太宗皇太极上了一道《北抚用兵疏》，提出对达斡尔应进行一场“解铃之役”。什么意思呢？是说过去只知派兵去征服人家，去的兵多，杀人也多，故结下了不解的积怨。如今看来，有很多事是咱们给造成的。你越去杀伐，越去压服，那便像拍皮球一样，越拍球跳得越高，没个使人服。范文程主张不以武力压服，而以情服人。解铃还须系铃人，要大力地给以安抚，才能解开这个疙瘩。

当时，太宗看了这道上疏，很生气。但因范文程是太祖皇爷身边的人，努尔哈赤驾崩以后，太宗也把他作为身边的重要谋士，很是敬重。所以，只是嗔怪，并未加罪于他。直到太宗晚年的时候，才感到自己对北方的做法不妥，认为范文程的主张是对的。可作为一国之君、位尊九五的皇上，很难放下架子，不能直接说自己错了，只是委婉地表示：“现在看来，范大学士在《北抚用兵疏》中提出的‘解铃之役’是有些道理的。应该对北方做些安抚，以解除仇怨。”皇太极为什么到了这个时候，才觉察到采用武力征服不对了呢？原来是他在回顾了从后金到大清四次征伐索伦部的结果中悟出来的。几次征伐索伦部，在《清史》中都有记载，主要对象就是达斡尔部落，说书人在这里不妨向各位阿哥回头说说四次征伐的情况。

第一次攻伐，是在后金天命元年七月，太祖努尔哈赤武皇帝派扈尔汉率兵前往黑龙江、牛满江、精奇里江一带的索伦部。这次去没啥主攻方向，主要是到那儿探听一下情况，摸摸底。因为那时对北方什么都不清楚，怎么征伐？特别要说明一点的是，对北边的征伐必须是冬天。为什么呢？黑龙江江水滔滔，过不去，只有到了冬天结冰后才能过江。此次尽管是试探性的，由于是突然过江，达斡尔人没有准备，使得金兵取得了胜利。不仅掠回了一些皮张、人口，还抓回了几个“舌头”[①]，从他们口中得知了有关北方的一些情况。如那里有几个民族，大致的地理位置等。后来，努尔哈赤忙于统一内部，征战太多，便没接着去。真正将对北边索伦部的北抚之事提到议事日程上来的，还得说是太宗时代。皇太极继承了汗位之后，为了实现努尔哈赤的遗愿，认为首先应巩固后方。你想啊，后院儿老起火，前方能打仗吗？所以必须解决后顾之忧。只有先把北边安顿好了，方可发兵南进伐明，这才在南边伐明的同时，又开始了北伐。

① 指熟悉情况的人。

第二次北伐是在天聪九年的时候，皇太极命梅勒章京霸奇兰大将和甲喇章京、护军统领萨穆什喀，率两千五百兵进入黑龙江。由于将众兵多，不但详细地摸清了索伦部的全部兵力及实力，而且占领了许多据点，收服了一些部落，取得了较大的胜利。

第三次北伐是在崇德四年至五年间进行的。崇德四年冬天时，皇太极命令萨穆什喀率军征伐索伦部。这次的时间最长，杀伤的人最多，使大清与达斡尔人结下了深深的仇怨。怎么回事儿呢？我们得从索伦部首领博穆博果尔治理索伦部说起。

博穆博果尔是一位年轻有为、威望很高的部落头领。剽悍勇武，性情暴烈，敢打敢拼，有组织能力，有号召力，非常能干。在他的带领和主持下，于黑龙江沿岸建了不少木城，像铎城、雅克萨、阿沙金、多金等。还特别注重练兵、用兵，这些城镇皆布有重兵把守，防御能力很强。正因如此，许多人都崇拜他，拥戴他。当时，博穆博果尔接受了清廷的羁縻、安抚之策，愿意向朝廷称臣纳贡，每年给清廷进贡貂皮。

天聪九年时，博穆博果尔结交了住在精奇里江的一个索伦部落首领，名儿叫巴尔扎奇。两个人从此互相支持，互相帮助，来往十分密切。巴尔扎奇这个人在《清史》中也有记载，在整个黑龙江沿岸的众部落中，唯独他会讨好清廷的官员，与清廷的关系甚好。后来被编入了满洲八旗，清廷还将一位格格下嫁给他，成了额驸。因为巴尔扎奇的部落较小，力量不强，所以很多大的人口众多的部落不愿随着他，而是主动跟着博穆博果尔。由于巴尔扎奇同大清的关系密切，便经常向朝廷介绍和传报一些有关博穆博果尔各城的情况。清廷因此更加亲近巴尔扎奇，将他看成是亲信，对其他的达斡尔族人就不太放心，甚至怀疑、猜测，暗中派人监视。清兵每次到北方来，总是住在巴尔扎奇的部落里，对掌握较大部落的博穆博果尔则有些轻视。这事儿能不传出去吗？时间长了，博穆博果尔对清廷很是有气，对巴尔扎奇也非常不满，认为他是奸细。觉着一样称臣纳贡，清廷不能偏心眼儿吧？巴尔扎奇毕竟是小部落，只有少数人跟着他，而我们才是大部落，大部分人跟着我呀！再说了，我拥有大片的土地，手握兵强马壮的队伍，又是赫赫有名之人，为什么非得让满洲人来管，东西又凭什么上缴给你呀？一段时间后，这种紧张的关系不仅没有得到改善，反而愈演愈烈。于是，博穆博果尔转年便终止了对清廷的朝贡。

皇太极见博穆博果尔不进贡了，便于崇德四年冬，派亲信萨穆什喀率军征战博穆博果尔。萨穆什喀这次带的兵多，力量强，兵分两路予以夹击。萨穆什喀亲任左翼主将，翼林为左翼副将；索海任右翼主将，叶赫舒为右翼副将。两翼过了呼尔哈河，然后进攻所有索伦部的城堡。博穆博果尔很坚强，率领部落的人勇敢地同清兵顽抗，各个城堡，如雅克萨、乌库尔、阿沙津、瓜喇尔等打得相当激烈。清兵久攻不下，伤亡很大，没有办法了，就运用火器，以火烧城。博穆博果尔见长此守下去，自己的部落及父老乡亲损失太大了，便率千余人，悄悄儿地撤出了城堡，往西而行。萨穆什喀见博穆博果尔已逃走，遂派兵装扮成达斡尔人，还派了些奸细以及达斡尔族里已经降清的人一路秘密跟踪。在齐洛台，就是现在俄国境内赤塔那个地方，乘达斡尔人夜晚睡觉不备，首先将博穆博果尔和他的弟弟擒获。尽管当时跑了一些人，也还是抓获了九百余人。这些人被押往沈阳的时候，光囚车排出三里多地，剩下的人均用绳索捆绑，一串儿一串儿的，两边由清兵看守。他们对抓来的达斡尔人非打即骂，一路之上，九百多人多数被杀或被折磨而死。将有威望的博穆博果尔及其弟弟，还有十几个首领圈在囚车里，准备押回京师行刑。辛巳年春天，在沈阳砍了头。

再说那些惨遭大火的城镇，如雅克萨、阿沙津、瓜喇尔、多金等，战后许多时日，到处可闻焚烧尸体的腥臭味儿，城里已无法居住。没被掳走的人，纷纷逃往精奇里江、牛满江一带，更多的族众则藏进了黑龙江以北的大兴安岭之中，同鄂伦春、鄂温克人混在一起。这次征剿，在达斡尔族里引起了极大的震动，人心惶惶，族人都向着死去的博穆博果尔和自己的兄弟姐妹。正因如此，多年来，清兵在时，表面上看平平静静的，好像什么事儿没有。只要班师返还，族人马上重新聚在一起，形成了一个反清联盟，进行反清抗清活动，并不断发生抗交税银、杀死税官及抢掠衙门里的粮食等事件。宁古塔是北方的锁匙呀，驻防衙门自然应该管这些事儿。可又没办法管，只好向京师千里报急求救，那是天天有急报、祸事连连不断哪！可以看出，这次征伐确实是震怒了达斡尔人，与大清结下了不解的冤仇。达斡尔人和许多被杀被砍人的亲属，将这件事深深地埋在了心里。你想啊，死伤那么多人，这是小事儿吗？你向我传，我向他讲，后患无穷啊！有个瞎眼的老太太还把此事编成了民谣传唱，其歌词是：

流血流泪的日子要属庚辰和辛巳，

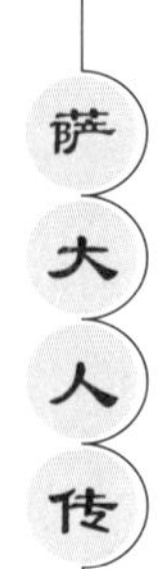

北飞的天鹅为何在高空哀鸣，
吉祥的萨吉哈勒为啥不再报喜。
流血流泪的日子要属庚辰和辛巳，
大火熏瞎双目的母亲，
唱颂着不屈的儿子；
刀枪劈伤的多情妻，
唱颂着顽勇的丈夫。
为着达斡尔人的荣耀，
为着达斡尔人的土地，
阿沙津的烈焰，
齐洛台的叹息，
乌龙而去慷慨就义。

此时，范文程大学士从这首民谣中，从更多人的口中，已得知了讨伐达斡尔人的惨烈情况。于是，赶紧在博穆博果尔兄弟被杀之前，向皇帝呈上了《北抚用兵疏》。一是劝皇上不要杀害博穆博果尔；二是既然因征剿而同达斡尔人结了仇，就应派人去抚慰他们，解开心里的疙瘩。不要使怨恨越积越大，即是俗话所说的“解铃还需系铃人”。可皇上当时没听范文程的，还是杀了博穆博果尔兄弟。这件事儿不只在北方传得沸沸扬扬，连沙俄的传教士得到此信儿以后，都趁机到处煽风点火，讲什么博格多震怒了，在达斡尔的土地上肆意横行，掠走、杀害了数以千计的人口。“博格多”是达斡尔人对皇上、圣上的称谓，他们是用“博格多”来讽刺清廷。不怪有人这样传播，其时，黑龙江一带的确是哭声连天，到处可见无家可归的流浪之人。被抓去的即使未被杀害，也是男人被分给王公贵族为奴，女人则被分拨给一些人为妻、为仆，弄得妻离子散，家破人亡，十分悲惨。

族众的情形越惨，达斡尔人的仇恨越深，闹得也越凶。致使北方急报不断，皇上坐卧不宁，决定派兵进行第四次讨伐。就在杀害博穆博果尔兄弟不久，皇上命护军统领阿尔津、哈宁噶等率军北征黑龙江呼尔哈部。虽有重获，但因此次清军北进是在春夏之交，每战只能突袭，不敢贸然而进。加之粮食短缺，给养难以供应，故不能久留，只好快速班师回朝。说实在的，以武伐之，不可久长，征人不能征心哪！这次讨伐，不但没有解决北方的问题，反而日久仇深。往往是兵到则宁，兵去则反，就像水中按下葫芦起来瓢一样，无济于事。精奇里江、黑龙江沿岸的呼尔哈部，也是达斡尔人部落，他们及其后裔对博穆博果尔兄弟被杀心积仇恨，而且越积越深。此后北地连年的民怨日升、抗清之势日焰，皆出于此。

皇太极到了晚年，身体多疾患，却始终不知道是什么病。总是头昏脑涨的，夜间睡不好觉，常常做梦，多次梦到北伐达斡尔人的惨烈情景。对那四次出兵，越想心里越感到不是滋味，觉得是得按范大学士的主张做些挽救工作了，就是范文程所说的“解铃之役”。于是，崇德七年九月，皇太极命老将沙尔虎达率军往征黑龙江的呼尔哈部。这次时间最长，直到第二年八月才班师回朝。在沙尔虎达出发前，太宗皇太极一再宣谕，此次去，要施行“以德为先，化其愚顽，德化恩威并施”之策，一定要安抚民心，不可滥杀无辜。

率军北征的沙尔虎达，姓瓜尔佳氏，满洲镶蓝旗人，世居呼尔哈地方。后金建国初期，随父归附，授牛录额真。从伐瓦尔喀，授世职备御。天聪元年从攻大凌河，天聪三年从克遵化城，崇德元年随皇太极攻朝鲜，崇德二年列议政大臣。围锦州后，升噶布什贤噶喇依昂邦。后不知何故，说他违背节制，降授甲喇额真。为人慈善，不喜动武，威望很高。不仅民众拥护，包括呼尔哈部及反对清朝的人，对他的印象也很好。这回皇太极授命秘密到北方去安抚、平息达斡尔人，对他寄予了很大的希望。

沙尔虎达到了黑龙江呼尔哈部后，为办好此事，从三个渠道了解了一些情况：一是身边带了很多探子，其中也有一些北方民族的探子。他本人除了运用满语外，还会说达斡尔、鄂伦春、鄂温克等好几个民族的语言，便于与各族人沟通。出行前，先将探子派到精奇里江下游黑龙江北岸一带的达斡尔部落所住之乌鲁斯[1]，弄清他们对清廷的仇怨是什么，有啥要求，想怎么办；二是派人到精奇里江下游巴尔扎奇的部落去。巴尔扎奇是清室的额驸，已死在北京了，不过他下头的人中，有些跟清廷的关系还是比较近的，从他们那里容易了解到哪些达斡尔人的部落不想归附大清及不悔之人的想法；三是靠宁古塔的报呈。宁古塔在前沿，喀尔喀穆这些镇守宁古塔的官兵，主要差事是发兵征讨、供给军队粮草及平息北方一些突发事件，再就是通过八旗的游击和下边的眼线获得信息，观察各个部落的一些动静，随时上报朝廷。沙尔虎达从宁古塔地方衙门

① 达斡尔语：村屯。

的奏文中，既可知晓住在宁古塔附近已被征服部落眼下还存在哪些问题，又可派出已归附部落中的达斡尔人，回到黑龙江达斡尔、索伦一些部落中去摸底。然后进行分析，采取对策。他带兵不多，只有二百名。所带之兵主要是供给给养用的。因为要人吃马喂，就得有吃的、有牵马运粮草的，并非用于打仗。可见这次来，重在安抚，不是施以武力。三条渠道报上来的内容，都谈到一位瞎老太太通过唱歌、跳舞、讲故事，聚拢了许多达斡尔人，意欲抗清。

那么，究竟是怎么回事儿呢？在何斯尔河上游阿木勒沟那儿，有条何斯尔河的支流阿木勒河。“阿木勒”是达斡尔语，汉译为草根鱼。此河又深又窄，河水湍急，流入黑龙江，以出产草根鱼闻名。就在这一带，有一个达斡尔部落。前不久，部落里来了一位瞎眼老太太，无名无姓，衣衫褴褛，弹着木库连，骑马沿街乞讨。本身是个乌都乐沁[①]，能歌善舞，擅讲故事、史诗、说部等。她唱的达斡尔族的乌春[②]低回悲怆，弹的木库连凄婉动听，让人不禁热泪潸潸。不论在什么地方，反复唱的歌儿全是用最出名的曲牌“哈肯麦”和“扎恩达勒”，有时则伴着这两首民歌的曲牌唱史诗、讲英雄。唱的歌儿或讲的故事吸引了很多人，皆争先恐后地前来听她讲唱，很受当地人的欢迎。大伙儿问她是从哪儿来的，便自称是从多金部而来。问起家世，她会告诉大家，曾有儿子、女儿、女婿、丈夫，他们全在庚辰年，就是前书所说的崇德四年，被博格多派来征讨博穆博果尔的清兵杀害了。现在无依无靠，只能靠到处唱歌乞讨维持生活。族人在听歌儿时，有的送几件衣服，有的给点儿粮食。她就这样沿黑龙江两岸边讲边唱边乞讨，已经走不少屯落了。瞎老太太说，她过去是多金那块儿天授的雅德根，这是达斡尔语，汉译为神授的萨满。还能看病，会治小儿、妇科杂症，用的是黑龙江当地的一些野草炮制的草药，有奇效。所以，不管到哪儿，一个是唱歌、讲史诗、故事，一个是给人看病。有几支歌儿唱得很是出名：一支是用“哈肯麦”曲牌唱的《西克申·哈克》，即“好汉歌”。一支是用“扎恩达勒”曲牌唱的《霞达勒替胡》，即有本事的“英雄歌”。还有一支也是用“哈肯麦”曲牌唱的《走了的英雄们》。所讲的长诗、故事很招人听，特别擅长讲庚辰年那场大战中，英雄博穆博果尔和他的弟弟噶凌阿如何带领族众顽强抵抗清

① 满语：民间艺人。

② 满语：歌。

兵，最后壮烈牺牲的故事。达斡尔各姓的男女老少，不仅爱听她讲的故事、唱的歌儿，还很敬重她。因为她的歌声能唤起族中的老人们对庚辰年那场血难的回忆，能引发年轻人那种抗争的激情。有些夜晚，大家燃起篝火，瞎眼老太太边唱民歌、长诗，边跳起达斡尔人最喜欢的“路依给仁”舞，即篝火舞。老太太越唱越激动，大伙儿亦群情激奋地随着她的歌声，手拉着手围着篝火一起跳。一边跳，口里一边叫喊着“哈肯麦、哈肯麦”，继而喊“罕伯、罕伯、罕伯”，个个满头大汗地跳着。时间长了，人越聚越多，跳舞的人转得越来越快，情绪越来越高涨。不只是一个屯寨的人来听老太太唱歌或参加共舞，周围的好多屯落、好多姓氏的人，连被清兵追得逃到山林里及外地的达斡尔人也都回来了，包括一些部落的头领和穆昆达。歌声和激情把大家凝聚在一起，用欢歌狂舞，显示着达斡尔人的力量。

瞎眼老太太到处唱歌、跳舞、讲故事这件事，不但沙尔虎达知道了，而且宁古塔附近的巴尔扎奇部落的眼线也探听到了，还密报了朝廷，说此为“哄事”“谋叛”。这时，沙尔虎达的人才明白，原来皇上派咱们来，是因听到了一些人的密报。沙尔虎达认为，不就是唱歌、跳舞嘛，怎么能说是谋叛闹事呢？他凭借多年积累的经验，觉得有必要深入下去，只有下大力气，才能准确地掌握最真实的情况。随即命令二百名官兵将八旗号牌衣裳全脱了，换上平民服装，化妆成达斡尔人，秘密前往黑龙江何斯尔河及精奇里江一带的各村屯部落之中，晚上同当地人一起唱歌跳舞，静静地观察。三四个月过去了，没有发现这些人有越轨的行为，更没有什么兵斗之争。沙尔虎达认为，暗探向朝廷禀告的事儿，纯属小题大做。心中有数后，便偷着告诉下头的人和到此地后所交的达斡尔朋友，转告瞎眼老太太和那些个别闲散在山林里游荡的人，不要再唱那些歌儿了，最好远离这里，以防那些不了解真相的清兵来抓捕。并从自己的军饷里拿出了二百两银子，给了达斡尔的穷人和瞎眼老太太，还送给他们一些皮张和粮食。沙尔虎达怕节外生枝，又叮嘱他们，对别人不要提银两、粮食是我给的。达斡尔人都在心中默默地祝福着，感激这位亲人般的老将军。

沙尔虎达处理完此事，很快要回朝了。为防备离开后再出什么乱子，也是为了巩固这次来收降的千余户达斡尔人家，便秘密将身边的一位亲信、参领海色留在了北疆。海色是满洲镶蓝旗人，祖籍呼尔哈，会达斡尔语。因妻子是达斡尔人，所以他算是半个达斡尔人，对北疆、对达斡尔的习俗和生活状况很熟悉，又有许多达斡尔的朋友。沙尔虎达对他说：“我们走后，你要继续安抚达斡尔人。希望他们不记前仇，讲清既然事情已经过去了，就要往前看，应与大清和平相处。”还嘱咐道：“你要同宁古塔的喀尔喀穆密切联系，遇到棘手的事儿，立即告之，并传报给我。”沙尔虎达做了一番细致地安排之后，立马班师回朝，向圣上复命。皇太极听了他的禀报，很是高兴。

然而，事情并不那么简单。过了一段时间，便有一些对沙尔虎达不满的人向皇上启奏，说沙尔虎达太软，不及时呈奏文，跟达斡尔人沆瀣一气等，总之讲了不少坏话。因为皇太极平时对沙尔虎达比较了解，特别喜欢这位老臣，知道他心地善良、稳健温和。所以，尽管听到有人告沙尔虎达，却没有加罪于他。可是接着又有谗言，禀奏皇上说，北疆实际上并未平息，仍有些人在闹事、谋叛。皇太极听后，很不放心，遂派心腹大将阿尔津率兵北伐。阿尔津对北方不熟悉，同沙尔虎达的性格也不一样。他是战场上的一员猛将，率直耿烈，强悍勇武。然头脑简单，遇事不善于分析，反正一切皆按圣命从事，根本想不到需要做什么安抚工作。阿尔津所带兵马浩浩荡荡地到了黑龙江上游一带，每到一处，只要发现哪里有唱歌、跳舞、人群聚拢一块儿的，就上前殴打、驱散。还抓了三百多所谓的越轨之人，烧了十几个屯落，抢掠了一些皮张。好在他去时是五月份，那些达斡尔人都有自己的快马、快船，没被撵上的，立马过江逃跑了。清兵追赶了一阵子，再没抓到多少，只好撤回来了。在阿尔津的高压之下，表面上看，已无人聚会、无人唱歌跳舞了，比较平静。他一看完成了圣命，便班师而返。

阿尔津是回朝了，本来经过沙尔虎达的安抚已相安无事的达斡尔人，经这位虎将此次这么一动武，反倒惹出了乱子，又把深藏在心中的怒气给勾起来了，复仇的火焰像篝火一样重新燃起，一些人便开始闹腾。有的说：“不让我们唱歌、跳舞，为什么？这是达斡尔的习俗！”有的则到宁古塔衙门喀尔喀穆那儿去吵，甚至到朝廷说理、告状，还要去劫狱，主要是因为阿尔津绑了他们的人。其实，宁古塔的驻守兵将并不愿意将达斡尔人圈起来，但上命不能违呀，没招儿哇，既然让圈只能圈了。达斡尔人闹起来以后，不仅仅是说说，还真的潜入监狱劫走了三百多号人。兵丁们追了一程便收脚了，原因是都很同情这些人。认为他们又不是坏人、仇人，圈起来干啥呀？天天又哭又闹的还得养着。跑就跑了吧，谁没有爹妈、儿女，何必非抓起来不可呢？所以，表面上呼喊着追，实际上没真追。喀尔喀穆是当官的，总得做出个样子，便领着人、拿着锣去撵。撵到哪儿赶紧使劲儿敲顿锣，意思是告诉逃跑的人："我们来了，你们快跑吧！"那些从监狱里逃出来的人很快又聚到阿木勒沟那块儿了，瞎眼老太太也回来了，人聚得较前更多了。不但歌儿唱得欢，而且直截了当地喊出要为博穆博果尔兄弟申冤报仇。每到晚上，不少部落都是篝火熊熊，歌声不断。大家聚拢在一起，讲着"萨吉尔迪罕"关于祖先的神话，并说萨吉尔勒先神降世了，重新回到达斡尔人的土地上来了，要领着族人同大清抗争。与此同时，老酋长敖木尔穆昆达的敖木嘎勒刚[①]顺古达尔，还有弟弟毛古林，二人同另一个部落的叫多凌阿的一起谋划，决定向朝廷上疏，提出了三条要求：第一条是求博德格[②]开恩，惩治烧杀索伦部七十余处屯寨的萨穆什喀，向那里生活无着的孤男寡女赔偿损失；第二条是在达斡尔的土地上唱歌、跳舞犯什么法？这是我们的习俗，并不是聚众滋事，不该驱逐敬爱的乌都乐沁瞎老太太；第三条是要为英雄、首领博穆博果尔立碑。我们什么也不怕，手中有"玛热莫"[③]，有阿朗嘎[④]，不惧死亡，腾格勒[⑤]会眷佑勇敢不屈的达斡尔人！朝廷对此三条一时未做答复，就这么越闹越厉害，从崇德八年直到顺治元年正月，始终没有平静过。

单说宁古塔驻防八旗衙门为达斡尔人的闹腾不止而上奏了朝廷。此时，睿亲王多尔衮和郑亲王济尔哈朗正忙于南进，征服中原。可即使再忙，北方的事儿也不能不管呀，得赶紧派兵到那儿去，以稳定后方。如若不然，大军怎能安心南进伐明、统一华夏呢？就在这个节骨眼儿上，范文程大学士再次提出安抚北疆的建议，中心意思是要以情以理安定北方民心，不能用武力征讨。他指出，这些年来，已经伤害了手无寸铁的索伦部人，焚烧了人家的房子，杀了不少人。达斡尔人的仇冤，是由于我们处置不当才结下的，要想办法化仇恨为友善。其实先皇早年便认识到了这一点，现在的掌权人更应看清它的重要，应迅速派人到北边去，做好安抚工作。得怎么做能收到实效呢？一个是要满足他们最起码的要

① 达斡尔语：大儿子。

② 满语：皇上。

③ 达斡尔语：指两边磨着刃的锃亮的扎枪。

④ 达斡尔语：利箭。

⑤ 达斡尔语：天神。

求；再一个是拨些银两，尽快安置灾民的生活，使其感受到朝廷的温暖。凡是派去的将领，必须遵照朝廷的旨意，以攻心为上，安抚为主，征伐为辅。只有北地安宁了，才能事事顺畅，也才能有巩固的抵御外患的后方基地，此乃上策。

范文程大学士的这些主张，首先被辅政和硕睿亲王多尔衮所接受。他承认前一段对达斡尔人的做法有些过火，现在不该再动武了，安抚是唯一可取的办法。可是谁能承担这个大任呢？因为此次去，为北固边疆的最后一役，需将那里的问题彻底解决。久拖不决只有坏处，没有好处，也不能像过去那样摁下葫芦起来瓢了。应是一劳永逸，真正把达斡尔人的所有怨气全泄了，使他们今后能与朝廷一心一意，兄弟相亲，再没有萧墙之争。如此看来，选什么人去做北边的领兵大将，是个首先要考虑的重要问题。多尔衮一时难以定夺，加之正忙于南进，于是便写了封信给范文程带上，让他去找辅政大臣郑亲王济尔哈朗共谋良策。多尔衮给济尔哈朗的信中有这么几句话："务请王兄仔细斟酌，慎选良臣谋将。一应诸务，由范老学士面陈。"

济尔哈朗，乃努尔哈赤之弟、二王爷舒尔哈齐之子，四大和硕贝勒之一。年龄比多尔衮大二十来岁，现已五十多岁了。沉着稳健，办事干练，对父亲舒尔哈齐的有些做法看不惯，并不同心。因是在其大爷努尔哈赤身边长大的，故而深得老罕王爷的宠爱。在太宗皇太极时，他备受重用，执掌兵权。福临登基以后，晋升为辅政大臣、和硕郑亲王，列多尔衮之后。郑亲王见大学士范文程来见，便迎出门来，客气地请进客厅。范文程先把睿亲王的信呈上，然后说明来意。郑亲王看了信，又听了范文程的一番话，首先表示同意对北方采取安抚之策。他的头脑很不简单，知道所选派之人不一定能征善战，而是要有智谋，要具有攻心的能力。可一般带兵打仗的没这两下子，谁能堪此安抚之重任、为受害的索伦人、达斡尔人泻火呢？觉得很难选。想来想去，最后推荐了自己的心腹、总参军、昂邦章京鄂罗塞臣。

鄂罗塞臣乃来自科尔沁草原的蒙古人，在大清也是出名的大将。姓郭尔罗氏，正蓝旗，达尔汉的儿子，与科尔沁部赫赫有名的莽古思贝勒同族同宗。莽古思贝勒的女儿，就是太宗皇太极的爱妃、后来晋为皇后的孝端文皇后，鄂罗塞臣是其叔伯哥哥。他于天聪三年夏，随军攻打北京，授备御世职。第二年署固山额真，先后参加了不少大仗、恶仗，威猛顽强，屡立战功。两军对阵时，双手使两把大板斧，圆瞪双目，口中哇呀呀地高叫，声如雷鸣，有万夫不当之勇。明军将士没有不怕的，只要一听到鄂罗塞臣的叫喊声，皆望风而逃。在沙场上，虽头脑简单，但敢于冲杀，敢于拼命，是出名的虎将。松山大战中，与众将一起擒拿了明朝总督洪承畴，从此更是名声大振。济尔哈朗推荐的就是这么个人鄂罗塞臣，并对范文程说："现在身边可以腾出手来、又能办这件事的，只有鄂罗塞臣了，我意让他带兵前往。当然，走之前，咱们得跟他好好儿讲讲，务要认识到安抚北疆的重要性和攻心为主的道理。怎么样，大学士以为如何？"范文程想："这个人的脾气、秉性我是知道的，让他去承担此大任不太合适。可目前很多能将、谋臣都在跟随睿亲王南进，在朝廷的这些贝子、大臣们若派到远处去，还真怕不行。郑亲王既然经过深思熟虑，推荐了鄂罗塞臣，也只能这样了。"这么想着，便答应下来，不过还是委婉地说："我以为派去的将领，最好是熟悉北地的情况，擅于攻心，与北疆的人长期相处过，对索伦部，尤其是达斡尔族众有一定感情的人。像吴巴海巴图鲁，曾是宁古塔的梅勒章京，长期在那儿治理过，有勇有谋，很会办事。再有沙尔虎达老将军，也是北边的人，对达斡尔人不仅熟悉，还有很多朋友，又会达斡尔语。他们俩皆是最了解北边人的心理和民情的人，如果二人之中有谁能去协助鄂罗塞臣，将会把北抚之事办得更好。因为他们有威信，索伦部的人、达斡尔族的首领容易听其劝导，使说服和动员工作能够进展得顺利些。"郑亲王说："那当然好哇！烦劳老先生回去同睿亲王面议，这俩人现都在他的手下忙于战事，看能不能抽出来。"就这样，范文程匆匆离开了郑亲王府，再去找睿亲王商议。

济尔哈朗在范文程走后，马上传来了鄂罗塞臣，当面讲了派去北疆的决定，把安抚民众，尤其是达翰尔人的大任交给了他，并让抓紧准备。鄂罗塞臣接受了王命，唤来身边的一些谋士具体商量了一下。大家的意思是，最好能请吴巴海巴图鲁或沙尔虎达将军一块儿去，但苦于无权调动，只好另外考虑。鄂罗塞臣琢磨了一会儿，便前去拜见郑亲王，禀道："我思前想后，既然适合做北抚的人无法召来，鄂罗塞臣可当仁不让了，一定替王爷办好此要务。我的想法是毛遂自荐，任左翼统领，举荐睿亲工的总参军、昂邦章京巴都礼为右翼统领。他没随工爷南进，正在朝廷，刚好算上。只有我们两个恐怕还不行，如果多尔衮亲王能谕旨驻守锦州的吴巴海巴图鲁前往，那就请他参与其中，做甲喇章京、护军统领。另外，宁古塔位于统军的前哨，南沈北宁，首尾相顾，能否把事情做好抓实，储备很重要。这次大队的粮草全由宁古塔充备，兵马不足时，也从宁古塔和吉林乌拉补用。一应事项，皆由喀尔喀穆办理，不能迟误，我已发函给他们了。”郑亲王听后，点头应允说：“好，等吴巴海巴图鲁受命之后，你们立即号炮启程。早点儿去，以便早些解决，不能再拖了。”鄂罗塞臣接着提出：“我们出发前，能否请范大学士再来一块儿合计一下？”郑亲王心想：“鄂罗塞臣过去没到北边去过，只参与一些讨伐之战，从未做过安抚攻心之事。多找几位大臣、军师帮助出出主意，让他和巴都礼明了此举的势在必行，知道应该怎么做大有益处。”想到这儿，便答应了鄂罗塞臣的请求。这样，在大队行前，郑亲王济尔哈朗又把范老军师请了回来，同时还请了洪承畴等人，共同议一议北抚所涉及的一些问题。

大家在商议时一致认为，北去一定要谨慎行事，那里的民众因为清军多次的征剿，已成惊弓之鸟。他们受难很深，荼毒遭害，许多人妻离子散，家破人亡，再不堪摧揉。为了南进能顺利伐明、平乱、进取中原，必须要有个稳定的后方。所以，此去的主要差事是：息事宁人，稳万人之心，解仇恨之结。绝不可以兵胁之，像伐明那样驱狼擒豚，以求速快。而是要以德感人，以情动人。范文程、洪承畴这些重要的谋士，还详细地谈了各自的想法，洪承畴一再提醒即将北上的二位将军：“北方的一些民族，如今正站在朝廷的对立面，视我们为如今仇敌。你们到那儿以后，要把他们当作兄弟、同族对待，给以温暖。那些族众之所以有些怨恨，是由于咱们有些事儿做得太过火了，加上安抚工作不到家。这次是给人家泻火去了，赔不是去了，采取的策略必须是以德化之，以理宣之。尤其要耐心地讲明朝廷的德政诚意，使之能真正从心里感动、感怀，体会到朝廷的人是关心、爱护他们的，是手足兄弟。就是对那些挑拨离间、对大清耿耿于怀的人，也要恩威并施，想办法说服、争取，以便能跟朝廷像一家人一样，不再仇恨。希望遇事多跟熟悉下情的吴巴海巴图鲁商量，向宁古塔当地的人请教，只有这样，才能同心努力求全功。拜托二位将军了，盼你们早日凯旋，北域永宁矣。”鄂罗塞臣、巴都礼听了，只是点头答应着，不知是否真正理解其意。范文程一看他们似听非听的样儿，心想：“这两个人去，十有八九办不明白，真是让人不放心哪！”为啥这么想呢？因为他了解鄂罗塞臣。这个人仗着自己是皇亲；又有赫赫战功，为人十分粗鲁、高傲，刚愎自用，目空一切，很少听别人的忠告。也是鲇鱼找鲇鱼、虾米找虾米吧，只一个鄂罗塞臣就够一说了，还偏偏推荐了个二愣子巴都礼与之同行，你说范大学士的心里能托底嘛！

那么，巴都礼是谁呢？他是和硕睿亲王多尔衮的亲随二等侍卫，察哈尔蒙古人。打仗挺勇敢，一向冲杀在前，是员虎将。性格豪爽，猛张飞的脾气，喜好喝酒。平时，不喝酒还好点儿，能自持。若是放开量喝上了，一坛子不醉，特别能惹祸。还有个特点，即“酒后布库，无人能敌”。有一次，他喝完酒同人摔跤，一连四十二个彪汉败下阵来，很能耐吧？得胜后，得意洋洋地在那儿叉腰一站，指着大家问：“谁还上来试试？”没想到这时鄂罗塞臣过来了，巴都礼还没怎么注意呢，便被三下五除二地撂倒了。他不服，俩人接着摔，结果又被撂倒了，从此认为天下最值得佩服的就是鄂罗塞臣了。他对鄂罗塞臣是言听计从，赴汤蹈火也心甘情愿，特别愿意在其麾下听差。正是由于巴都礼勇敢、不怕死、对主子忠诚，多尔衮很喜欢这员战将。可又知道他太愣，没心眼儿，喝了酒容易惹乱子。故而此次南进没带去，而是留在了朝中。这下可正称了鄂罗塞臣的心了，俩人情投意合呀！前去北抚自然先把他要过来了。而范文程呢，不管这两个人听没听进去，既然朝廷定他们去了，为了江山社稷，还是不厌其烦地反复讲策略，交代应注意的事项，希望能够记得住。鄂罗塞臣到底听了没有呢？说实在的，没有。不但没听，而且根本没把范大学士、洪老大人说的话当回事儿！他的真实想法是：我和巴都礼合在一起，完全可以包打天下。不就是要北疆安宁嘛，那块儿只是一群野民、乌合之众而已，何足挂齿？你管我是安抚、武服，让他们服了，便是大功一件！甚至觉得范文程、洪承畴的顾虑过多、太没必要了。他原想连吴巴海巴图鲁都不要，可郑亲王有这个意思，又有范大人力荐，才只好随声附和，不得不同意带上这个自认为是多事儿的老头儿。合计了半天，就这么说者自说、听者无意地散了。

鄂罗塞臣和巴都礼带着北抚的八百旗兵，赶着装运给养器械的车辆，选在一个隆冬的暴风雪之夜鸣号登程了。大军越向北行，感觉越发的寒冷。今年是甲申年，女真的天猴年，北方出奇的冷，雪下得特别大，那真是千里冰封、万里冰山落晶啊！山川丛林一片银白，天天小青雪落个不停，即或有阳光的日子，照样飘飘洒洒的。尤其让人不解的是，那雪打在脸上还挺疼。咱不说下得有多大，单说那沟壑中雪厚过丈，山谷积雪深不可测。因为到处是白色，分不清哪里是道、哪里是沟壑，人行尚且困难，何况车马？所以，轻易不敢催进，大队人马行进得极其缓慢，车辆、辎重更是难于前行。鄂罗塞臣和巴都礼从来没去过北方，又不多方打听打听，自以为是。认为选择风雪天进发黑龙江，北民肯定没有准备，可能全龟缩在木屋和地穴之中不愿出来。这样，大军以迅雷不及掩耳之势突至，必获奇胜。你看他俩的想法不是太可笑了吗？真是孤陋寡闻，一点儿不懂得黑龙江一带的北方人。说起北地居民，由于长期在严冬下生活，对那里的气候早已习惯了。暴风雪天，不仅不龟缩于室，反而令他们如虎添翼，活跃无比，那是“冬神”啊！他们素喜在大雪天里，踏着肯古铃，即滑雪板疾走如飞。雪天是不宜骑马的，马蹄打滑呀。再说到雪深之处，马腿陷进去，容易别折了，马也就跑不动了。因此，北方的索伦部达斡尔人一到冬季的大雪天不骑马，而是每人一副滑雪板，在旷野奔驰，“嗖、嗖、嗖”像箭一般，马都撵不上。可鄂罗塞臣既没见过也没听说过，哪能想到这些？还觉得自己的主意不错，一定能出奇制胜呢！这不，没等同吴大将军会合呢，便神采飞扬地想在神将吴巴海巴图鲁到来之前，显示一下自己和巴都礼兄弟的奇能，让他吃惊，让他佩服！

话分两头，各表一枝。咱们暂且放下鄂罗塞臣、巴都礼两位虎将如何进剿不表，恐怕各位阿哥早已等急了，很想知道住在宁古塔的周子正老人走了这么长时间了，究竟到哪儿去了。还有宁古塔的众乡亲，特别是萨布素、哇嘎他们目前都在做些什么。现在说书人回过头来，说说这些人和宁古塔的情况。

前书讲到，周子正正在哈勒苏家教萨布素读四书五经的时候，突然被征召走了。不要说周子正本人提心吊胆，连哈勒苏也不知道是祸还是福。那么，他是被谁召走的呢？即大将军吴巴海巴图鲁。吴巴海又怎么能找到周子正呢？这话说起来就长了。

崇德六年，吴巴海巴图鲁从多尔衮围征锦州。他们用乔装改扮的方法，扮作明祖大寿之军，诈开了城门，一举攻占之。在大军南进山海关时，需要有一位大将留守锦州。多尔衮挑来选去，最后选到了吴巴海巴图鲁的头上。因为多尔衮知道，吴巴海乃三朝老臣，又是太宗的亲信，打仗勇猛，屡立战功。人们都记得，他在一次战役中，身中数箭，像刺猬一样，却毫无惧色。待大家帮着拔出了身上的箭之后，又继续马不停蹄地冲锋在前了。吴巴海不仅是威猛的武将，也是一位有勇有谋的军事指挥者。还有一个长处，即治政有方。就是说做行政官员亦很称职，有办法治理好地方。他任宁古塔梅勒章京六年，将那里的方方面面安排得井井有条，太宗皇帝对此政绩非常满意，曾夸赞曰“成绩可嘉”，而且几个王爷全知道吴巴海有掌管政务的能力。因此，常常是跟随主帅攻城略地之后，大军继续进发，而将他留了下来，以稳定和巩固这个地方。过一段时间，选派别的人来接替，将他再调去征战。凡是经吴巴海治理过的地儿，政务、户籍、粮草及一些杂事，样样儿有章有序，社会秩序良好，没有抢掠殴斗之事发生，人心安定，百姓都拥护他。当时多尔衮考虑锦州刚被攻克，又紧挨着山海关，战略地位十分重要。大军若攻占山海关，这里便是供应粮草、马匹、补充兵源的重要基地，此任惟吴巴海巴图鲁担任最合适。于是，在大军南进山海关时，便将这位老将军留在锦州了。

前书讲过，范大学士在大军南进山海关时，曾提出要安抚百姓，对明朝降臣要“官仍其职”，朝廷接纳了这个建议。吴巴海在得知此消息后，立即想到了在哈勒苏家住着的周子正。他是怎么知道此事的呢？原来是在与沙尔虎达相见时听说的。这两位老将军都曾驻守过宁古塔，又同哈勒苏很熟，自然会说到哈勒苏家里现在住着一位明朝的老臣、十分有才学的周子正。也谈到萨布素已拜他为师，学习汉学等。于是，吴巴海经过认真考虑，遂奏请朝廷启用周子正，让他到北方协助安抚百姓。就这样，便有了三个拨什库找到虽哈纳、接周老先生去北方一事。

时光荏苒，两年过去了。吴巴海巴图鲁正忙于锦州政务之时，突然被召到了睿亲王多尔衮南进大军的行辕。接见他的不仅有辅政大臣多尔衮，还有大学士范文程和不久前去黑龙江收降归来的甲喇额真沙尔虎达。吴巴海巴图鲁进得大帐，向睿亲王、范文程、沙尔虎达见礼后，多尔衮便让范大学士向他详细讲讲此次召来的缘由。范文程说：“大将军，王爷有谕，赶紧把锦州政务交给嘎尔泰牛录章京，立刻去北疆赴任，郑亲王已经同意让你协助鄂罗塞臣、巴都礼平抚黑龙江上游索伦部达斡尔人的内心的伤痛。过去咱们多次派兵讨伐人家，是欠了不少账的。要记住，主要以感化为主，让人家痛痛快快地泄泄怨气，倒倒苦水。既然是平抚，就要以德化之，帮助他们解决一些生活上的具体困难。没有房子住的，伐木建房子；没有粮食吃的，马上送去粮食；有病、受伤的，想办法予以疗治。这次去北疆，不是单纯的打仗，更重要的是安抚民心，解除积怨。”多尔衮接着说：“范大学士刚才所谈之事挺复杂，说起来容易，做起来很难。吴巴海，你治政有方，善于动脑。而且我们知道，只有大将军前去，才能把北抚要务完成好。说心里话，本王和范大学士对鄂罗塞臣，还有我那个侍卫巴都礼真有点儿信不过，对他们不太放心呀！二人打仗没说的，是猛张飞，只怕办不好这等事，必须得是细心人、会关心人的人去做。我是真担心他们本来就心粗，去了之后弄不好再惹乱子。可现在没法子呀，南进战事太忙，郑亲王身边也没别的人可派，只好让他俩去。事儿在这儿摆着呢，不用我多说，只能寄希望于你了。到那儿以后，要多同驻守宁古塔的官员商量，虚心请教。这些人对索伦部的情况比较熟悉，知道他们的难处，清楚他们的疾苦，了解他们的积怨。好在你同宁古塔的官员打过交道，容易沟通，便于统一认识，共同努力。此次去虽然只是充任甲喇章京、护军统领，但必要时，我授权给你，可以不听鄂罗塞臣的指挥。”吴巴海巴图鲁听后，忙叩拜道：“王爷，这万万不行，作为下属，哪能不听将领之命呢？”多尔衮笑了笑说：“我的意思是，如果你们有了分歧，不必公开争执，尽量回避。我授权于你，便具有独立的领兵权，可以放心地按照自己的想法去办。”吴巴海巴图鲁心想：“鄂罗塞臣没去过北疆，不清楚那里的习俗不说，且为人高傲，很难合作，争议肯定少不了，岂不是很难办？”于是，表示了推辞之意。多尔衮说：“好了，回头我会告诉郑亲王，要对鄂罗塞臣、巴都礼有所交代。就这么定了，不要推诿了。”吴巴海只好接受，不再说什么了。多尔衮转身出门，叫上范文程去郑亲王府了。临走时，范文程对吴巴海说：“我今天是特意把沙尔虎达老将军请来的，他在北方呆过，熟悉情况，你们谈谈吧。”

此刻大帐内只剩下吴巴海和沙尔虎达，二人相知有素，是感情深厚的老朋友。论年龄，沙尔虎达大些，吴巴海很是尊敬这位老大哥。沙尔虎达开口道：“老哥知道这次派你去，有些难处。不听主帅鄂罗塞臣的吧，不好；听主帅的吧，他的某些决策、做法未必是对的。我看不用怕，你曾在宁古塔呆过，没有什么事儿能瞒得住老弟。那里的地方官员，谁能不支持？何况王爷又授权于你，可以独立领兵，将军何惧哉？”吴巴海说：“大哥说得有道理，可真正做起来，肯定不会那么一帆风顺哪！”沙尔虎达说：“你去了，不一定非得靠鄂罗塞臣，咱们在那儿也有人。告诉你吧，我在从黑龙江返朝时，将一员勇将、梅勒章京海色留下了，让他静观那里的变化，最近已传报回来不少信息。据海色讲，在阿尔津对黑龙江征伐之后，北民重新燃起了复仇的烈火。为此，达斡尔人请了明将秦楷做他们的谋士。此人骁勇善战，诡计多端，深得达斡尔人的信赖。许多所谓的动乱之事，是由他出主意干的。从海色的情报来看，若要平息北方，求得此役得胜，必须先降服秦楷，敲掉索伦部的智囊，这很关键。对了，我不是曾经跟你说过哈勒苏老将军家住着一位明朝的降臣周子正吗？原来是辽东总兵袁应泰的幕僚，或许他就认识秦楷。此人正直、有才能，对大清颇有诚心，不是还向先皇献出了珍藏多年的张铨的好几幅书画吗？先皇也很赞许老先生。我看不妨请周子正出山，若鼎力相助，会事半功倍的。这样，此番出师必会马到成功，胜利指日可待。”吴巴海巴图鲁由衷地感激老将军的好心嘱咐和热情帮助，致谢道：“谢谢老哥哥，你要不说，我倒差点儿忘了。在启用明臣时，我已派周子正到北方去了，现在应该是掌握了不少情况，相信他一定能尽力而为的。请老哥哥放心，我会依靠宁古塔的官员，还有海色、周子正等，努力把北抚之事办好，决不辜负睿亲王、范老大人的信任。”沙尔虎达说：“好哇，这就对了。把周子正派去北方，倒是很有先见之明啊！”老哥儿俩唠完之后，相互抱拳道别。

吴巴海巴图鲁马上返回了锦州，先向副将交接了政务，布置了走后的有关事宜，回家又向夫人告别，说道：“我奉命去北疆办理军务，不日即可回来，请夫人放心，家中的事只能一个人多操心了。”随后，派人致函京师，向此次北抚的八旗统领鄂罗塞臣禀报：“我直接从锦州到宁古塔去，先为统领做筹粮、征集兵马等补给之事。请不必操之过急，待于北方会师之时，再择日商定如何用兵，必能稳操胜券。”吴巴海之所以这样致函，意在稳住两位猛张飞。让他们务必等着自己到那儿之后，再共谋行动，以防止盲动、蛮干。但心里也明白，那鄂罗塞臣多傲慢呀，是不会把他放在眼里的，更不会听他的。怎么办呢？只好速去北方，尽早与驻守宁古塔的喀尔喀穆细细商量对策。于是，立即派人飞马去宁古塔，向喀尔喀穆呈递一函。函中所言之意，是让喀尔喀穆马上派人到北方黑水达斡尔族的村落，秘密地进行访查和了解，摸清底细。本人已奉命北上，正在部署和处理诸方面的事务，近日就会赶到，余事面详。之后，吴巴海到校场选了五百精兵，带足给养和灶工，从锦州启程向宁古塔进发了。

吴巴海巴图鲁曾多次带兵东征，收复过诺雷等许多部落。诺雷的大汗、一个霸王，就是被他一箭射死的，立了奇功。又在北方当过地方官，对各民族的习俗、地理情况、地域环境了如指掌。因此，对到那里应该怎么做，是蛮有经验的。他想，这次进军不能找生人做饭。为什么呢？因为一找生人，很快便能传扬出去，北民会误以为又有清军进剿，很可能更加激起仇恨的情绪，无形中给北抚设置了障碍。于是，命令大军一路之上不管到哪儿，要自己安锅造饭。悄悄儿地做，吃完就走，不许惊扰民宅。还要尽量做到秘密推进，使对方不易察觉。考虑到北方雪大，路难走，又要在雪中急行军。为了不耽误时间，迅速赶到北疆，吴巴海将大军分为两路：一路是骑兵马队，要求所有兵丁的马必需挂铁掌，以防滑倒。另一路为选出的上百名陆路甲兵，就是不骑马、披坚执锐步行走的士卒，其中也有一些将官、勇士及精通达斡尔语的兵士。那么，在如此恶劣的气候条件下，雪那么深，不骑马能行军吗？这正是北方征战的特点。怎么去呢？每人皆带着木脚或称木马，即滑雪板。滑雪板宽六寸，长七尺，系在双靴的下面，必须绑紧。两手拿着木杖支撑，在雪中疾行。使用滑雪板，是有一套技术的，不是每个人都有这个能耐。吴巴海的这些兵丁早就经过训练了，已熟练掌握了滑雪的技能，在雪地上可以行走如飞，人称千里飞。此次北伐，吴巴海带了两员副将。由其中的一员副将参领乌林泰，带着短小精悍的陆路甲兵抄近道儿，从锦州直奔嫩江活乌屯。一路上，不打清兵旗号，偃旗息鼓，直奔黑龙江南岸，隐蔽在林莽之中，像到北边冬猎一样。为什么要这样呢？因为过去出猎经常是上百人一起去，还有围猎也是集体去，许多人聚在一块儿，是北边司空见惯的事情。大队化妆成打猎的人，不会引起人们的注意，便于暗中访查索伦部的动向。

这里说书人还要细说一下。从锦州到黑龙江以北，总有一千多里的路程。过去往北疆的路十分难行，林海莽莽，重山叠嶂，根本没有平川大道可走。军队从北向南，或者从南向北，只能带着向导自己开路而行。为掩人耳目，防备敌人的袭击，路应当怎么走皆是秘而不宣，谁也不告诉。另外，为躲避对方眼线的跟踪，不是直接去，往往是东拐一下、西拐一下，如蛇行般迂回而进。之所以如此，目的是让你不容易发现这条道。因这是个秘密，不管是哪个队伍的人，对外都不讲。但总的来说，往北进基本上是东西两条道。其中一条是近道儿，只有努尔哈赤手下的部分人掌握，要比其他的道能省出一两天的时间。吴巴海从先祖爷努尔哈赤伐明时，曾不止一次地走过这两条道，对怎么走记得十分清楚，此次他们便是从东西两路分兵而进的。

吴巴海的副将乌林泰率百十号甲兵，扮作猎人走西路。这条路旱道较多，也要经过一段水路。走法是从锦州出来，过沈阳，先入伊通河，后入松花江；从松花江转入嫩江，进南翁河；再穿越兴安岭入呼玛河，可抵达黑龙江中上游，是一条最便捷的近路。到那儿以后，河的两岸树丛很多，适合藏匿，可先隐蔽起来。

吴巴海率大半人马沿东路而行。这一路，水旱道兼有，以水路为主。先走东边道的一段旱路，进入牡丹江，再入松花江，便到汤旺河。过汤旺河后，爬一段山路，下了山接着走一段旱路，进库尔滨河，过迅河，入黑龙江。从黑龙江上溯，就到北疆的索伦部了。这条路的中间，也要过些险山大岭，不过山谷有鹿道，就是野鹿走的道。此路虽然远些，水路又多，但俗话说得好："见水三分活"呀，它比旱路要好走得多。夏天可乘船而行，冬天的水路是冰道，平啊！既可穿滑雪板行进，又可骑着马在冰上驰奔，因马蹄子挂上掌儿了，滑不倒。还可用爬犁、大雪橇等载人运物，在平坦的冰面儿上行进，速度极快，无拘无束，如入无人之境。两旁处处是丛林，各种野兽多的是。粮食不够，可以捕猎动物，边打边吃，予以补充。吴巴海带的这一队人，没穿铠甲，而是着平民百姓的衣服，他本人也是如此。他们晓行夜宿，经过五天五夜的奔波，终于看到了宁古塔。由于雪大天寒马跑得快，身上的汗水和冰水混在一起，人和马如同冰人、冰马一般，一抖搂，浑身上下哗哗直响。大家互相用棍子敲打着皮袍子，把冰凌子打掉后，衣服才开始软下来，一路真是千辛万苦啊！

驻防宁古塔的喀尔喀穆，由于早已接到了吴巴海巴图鲁的传书，知道老将军什么时候抵达，便早一天从北边赶回来，在城门口儿等候迎接。吴巴海巴图鲁率领的队伍，是天亮之前到宁古塔的。尽管是秘密行军，可宁古塔的人还是知道了吴巴海将带队前来。一听说吴老将军要回来了，那是又激动又高兴啊！因为他在这里做了六年的梅勒章京，给宁古塔办了许多好事儿。不但建宁古塔旧街的老城，倡导农耕，把耕牛分给穷苦人，人人有活儿干、有饭吃，而且经常到各家去拜望，帮助解决实际困难。那些关乎民生之举，各族各姓的人当然忘不了，跟老将军的感情是相当深的。十来年没见了，大伙儿很想他，有些人甚至一宿没睡，等着老将军回来。当人们倾城而出，迎接吴巴海巴图鲁老将军进城时，个个兴奋异常，无不欢欣鼓舞！可一看到将军和所带的人马冻得如冰棍儿一般，又为他们的一路辛劳而热泪盈眶！老将军见到宁古塔的父老乡亲，也是禁不住满眼的泪水呀！自离开宁古塔后，便转战各地，无暇回来探望。这回一见，那股亲情油然而生，怎能不激动不已？然而当得知老友、非常敬佩的老将军哈勒苏已经离世的噩耗时，犹如晴天霹雳，使他万分悲痛！没承想从此再见不到朝思暮想、曾经给自己以莫大帮助的老人了，夺眶而出的泪水扑簌簌地往下掉哇！

就在吴巴海巴图鲁百感交集、潸然泪下的时候，哈勒苏的儿媳、虽哈纳的夫人舒穆禄带着儿子萨布素流着泪走了过来，给老将军磕头。吴巴海一见他们母子，更是哽咽不止，一时话都说不出来了，忙低下身来搀扶道："起来，快快起来。"然后把萨布素拉到自己的怀里说："让爷爷好好儿看看。"他上上下下打量着，只见萨布素已从一个淘气的孩子，成长为英俊少年了。大高个儿，浓眉大眼，黑红脸膛儿，宽肩膀，长得跟他玛发、阿玛一样健壮、精神。说实在的，吴巴海刚才一见到萨布素时，如果不是由舒穆禄领着，真有点儿认不出来了。他拍着萨布素的肩膀动情地说："好孩子，小鹰长大了，成材了！"然后亲切地问道："孩子，当年赏给你的那头小母犁牛，现在繁殖几头了？"萨布素回道："吴爷爷，已经有十几头了。"你看这老爷子记性有多好，那档子事儿还记着呢！接着又问："你爷爷教的那帮徒弟，现在武功怎么样了？"萨布素说："练得很好，一个个都挺下功夫的"。前书我们讲过，当年，吴巴海在宁古塔做梅勒章京时，就主张满族的后生不要忘了本族的古俗，须从小练好马上功，要有武术的功底，不能让他们像放鹰似的，一天天到处乱跑。因此经过一番动员，请出了哈勒苏做色夫，教授宁古塔的后生练功，并亲自授予一面色夫旗，这件事儿他也记着。

吴巴海巴图鲁正同萨布素唠着时，呼啦一下过来了一帮小伙子。个头儿跟萨布素肩比肩，差不多一般高，体格都那么健壮，长得一个比一个精神。看到又有一茬人成长起来了，吴巴海非常高兴，感叹宁古塔的后生可畏呀，真是后继有人啊！还没等他分辨出这些年轻人都是谁时，小伙子们一个个扑通扑通地全跪下了："哇嘎给爷爷磕头！""瓦礼祜给爷爷磕头！""门德赫给爷爷磕头！""麦里西给爷爷磕头！""麦里特给爷爷磕头！""窝赫给爷爷磕头！"……对这些孩子的长相和名字，吴巴海巴图鲁有的认识，有的根本不认识，有的不怎么熟悉，有的脑子里还有些印象，记得最清楚的是哇嘎。他感慨地说："好哇，孩子们指日间长大成人了，多快呀！"

吴巴海正高兴时，走过来一位老人。谁呀？就是哇嘎的父亲门突呼。来到跟前后，扑通一声跪下道："老将军，我们全家想念您哪、救命的大恩人！是您给送来了耕牛和种牛，使宁古塔的穷人才有了活路，乡亲们能有今天，全仗着老将军啊！"老人一边说一边哭。不一会儿，宁古塔哈拉的波尔辰妈妈、瓜尔佳哈拉的杜琴妈妈、吴扎哈拉的哲森妈妈以及尼玛察家的几个姓氏新选出来的穆昆达都来了，代表本家族欢迎吴老将军和众将士。另外，东大荒子的扎尔色、扎尔太也来了。各位阿哥可能还记得，他们兄弟过去好闹事儿，常在河边儿破坏别人家的鱼梁子，曾受到吴老将军的训教，后来改好了。老将军还给安排了活计，根据他们水性好的特点，让主管宁古塔的渔猎业，做渔达。宁古塔的水多，有呼尔哈河，又挨着海浪河。当时的水势特别大，一些水性不好的人常出意外。据此，吴老将军提议，让这哥儿俩做了大渡船。从此，不仅方便了交通，也很少出事儿了。如今，扎尔色、扎尔太皆是宁古塔的栋梁之材，这不，听说老将军回来了，赶忙跑来看望，表达自己的感激之情。

说来这人是越聚越多，围得里三层外三层，争先恐后地嘘寒问暖，诉说别后之情，吴老将军简直应付不过来了，不知该回答谁的话好了。此时，吴巴海带来的将士们牵着马，身上满是冰雪，衣服还没来得及换，都恭恭敬敬地站在那儿呢！喀尔喀穆一看，着急了。大冷的天，人没歇着、兵马没安顿，大家就围上了，这哪儿行呢？再说老将军也应接不暇呀！为了让风尘仆仆而来的吴巴海巴图鲁早点儿歇息，让众将士快些进屋暖和暖和，便马上过来劝说大家："好啦，咱们以后有的是时间唠。他们刚来，需要休息，饭还没吃呢，大家先回去吧。"好说歹说，总算把众人劝住了，这才心不甘情不愿地离开了。吴巴海巴图鲁趁此空当儿，命令随军带的两个参将佟保和玛赉传告众旗佐，把队伍分散开，交给宁古塔的各穆昆达，由他们尽快予以安顿。各个旗佐的佐领领令后，立即分派自己的人马，随着波尔辰妈妈呀、哲森妈妈呀、杜琴妈妈呀以及尼玛察等各姓氏的穆昆达去了。再由穆昆达带队，分了好儿拨儿，将几百号人很快安置到了各家各户。吴老将军还向佟保和玛赉交代道："一切就绪后，让兵丁们换换衣服，洗洗脸，洗洗脚，有冻伤的赶快治。抓紧时间造饭，早点儿吃，然后整装待命。一定要严守纪律，行动以布勒[1]为号。每个八旗将士仍像以前一样听布勒声音的长短、断续，凭暗号儿来判断密令，不许随意乱动。"玛赉、佟保"嗻嗻"地答应着，转身布置去了。

八旗将士们分到各家后，家家像过年一样热闹，杀猪哇，宰羊啊，炖鸡呀，热情地招待他们。这些兵丁大多是北边人，是从满族各姓中选出来的棒小伙儿。有些人到这儿就是回家了，可以见到自己的爷爷、奶

① 满语：海螺。

奶、阿玛、额莫和兄弟们，你说那能不欢天喜地嘛！波尔辰妈妈最忙了，将采集的草药和炮制的冻伤药拿了出来，交给玛赉和佟保，让他俩分到各户，给兵丁们疗伤，并像个老妈妈跟自己的孩子说话一样，唠唠叨叨地嘱咐着：“让他们先把草药放到水里，水要烧得热一些，也不要太热。用这水洗脚，可以防冻伤，还可以解乏。另外，你们要记住，有冻伤的人，要先擦些药膏，那是獾子油。已经冻木的地方敷上药，然后用手慢慢地、轻轻地按摩。等到双脚都红了，不发木了，再放进水里洗，千万不要没擦药就用热水泡哇！”各姓的穆昆达家里也是忙来忙去的，把贮藏的最好吃的东西，像什么山里红、冻梨了，小鸡肉、狍子肉、飞龙肉了，还有鳇鱼肉、鲤鱼肉等全从窖里拿了出来，恨不得把自己的心都掏出来。吴巴海巴图鲁同宁古塔的人是心连心哪，深知百姓的热情是挡不住的。还知道此为宁古塔的古俗，不管哪里来的客人，只要到了这儿，全屯的人会围着你，像迎接贵客一样往家里让。他很清楚大家的一片心意，只能客随主便了。事实上，你就是争，也争不过他们，便不说啥了。不过心里还是有数的，再次传令：“夜间要整衣而卧，随时听从命令。遵守纪律，不可搅扰和欺压族众，违者斩！”

小萨布素和额莫见吴老将军已安排完毕，各旗佐将自己的兵丁都领走了，赶紧走了过去。萨布素要乖地拉着吴巴海巴图鲁的手，摇晃着说：“将军爷爷，您住我们家吧，额莫早准备好了，快走呀！”吴巴海很高兴，说道：“是呀，没到这块儿时我想过，到了宁古塔，就住在三棵杨小萨布素家，同老哥哥哈勒苏好好儿唠唠家常。如今你爷爷虽然不在了，也仍像过去一样，住你们家。我去了，可千万不要客气，咱还吃家常饭，一切照旧，好吗？快走吧，回家去！”像是对萨布素说，又像是对舒穆禄夫人说。萨布素乐得半抱半推着吴老将军，如同对待自己的亲爷爷一样往家推，喀尔喀穆在后边陪行。

吴巴海巴图鲁刚走出几步，忽然站住了，回头向喀尔喀穆问道：“为什么没见虽哈纳呢？”喀尔喀穆刚要回答，走在身边的萨布素抢着说：“将军爷爷，我阿玛没在家，已经有些天不知下落了。”听孩子这么一说，吴巴海一激灵！喀尔喀穆忙向前走两步，边搀着吴巴海边说：“老将军，您这次来得太好了，宁古塔有不少事儿呀，我心里正急呢，想等一会儿再向您禀报。既然问了，我就说说。十几天前的一个夜晚，索伦部的两个流寇带一些人潜入了城中的牢房。待半夜时，他们打开牢门，放跑了三百多人。这些人都是上次阿尔津带兵抓进来的，我同虽哈纳随即率领兵将、骑着马边喊边撵。他们在前边跑，我们在后边追，追了一阵子便停下了。说句实话，老将军，其实当时并没真追，这一点不敢欺瞒您。为什么呢？因为总觉得牢房里圈着的那些达斡尔人全是平民百姓，又没杀人放火，被咱们强行掳到这儿圈起来了。弄得人家妻离子散的，天天哭着、闹着，像疯子似的，让人听了心里不好受哇！时间长了，反倒成了我们的包袱。不仅不停地劝，还得给饭吃，做换洗的衣裳穿，宁古塔不少人都得为他们忙活着，何苦呢？大伙儿的意思是跑就跑了吧，别这么圈着了，于是就放跑了。我呢，当时是打心眼儿里想放了达斡尔人。虽哈纳也是这种心情，愿意让他们走，我俩情愿接受朝廷的制裁。可当我拨马回来一看，虽哈纳却不见了，怎么喊怎么找，一点儿踪影没有。十几天过去了，到现在没个准信儿，大家担心是不是让索伦部的人给掳走了。”吴巴海十分惊愕，自言自语道：“竟有此事？”喀尔喀穆说：“确实如此，我们一直在派人到四处寻。”“对，一定要抓紧时间想办法找，必须找到。”喀尔喀穆见老将军一脸的凝重，紧皱眉头思索着，便收住了话题。

喀尔喀穆陪着吴巴海巴图鲁继续向前走着，走了一会儿，吴老将军又问：“还有几位老熟人我怎么没看见呢，他们现在干些什么？”喀尔喀穆回答道：“前两年，瓦岱将军病逝了。您所熟悉的尼玛察哈拉的老穆昆达，就是那个斯木合老头儿，平时好唱乌春，不仅歌儿唱得好，满洲的莽式舞也跳得不错，您不是挺喜欢看吗？这老爷子半年前也走了。还有萨克达哈拉的楚木斤老爷爷，是去年离世的。”吴巴海巴图鲁听了以后，叹了口气，心里很难过。回头看了看个头儿跟自己一般高的萨布素，心想：“老一代人一个个慢慢都得走了，小青年已长大成人了，他们是宁古塔的希望啊！”想到这儿，心情稍好了一些。喀尔喀穆还告诉老将军：“舒穆禄夫人平时除了料理家务，有时要把家事交给奴婢，然后到校场帮助衙门训练那帮小青年，教授马术和武功。她是杨古利将军家族的人，武功好，马术精，是一员女将，教得特别认真。所以，小伙子们在武功、马术方面很有长进哪！明天您可以看看萨布素他们的校场比武。”吴巴海听了这些以后，高兴了，赞许地点头道：“好，太好了！”喀尔喀穆又对舒穆禄夫人和萨布素说：“我呀，得跟你们娘儿俩商量个事儿。老将军肯定住你们家，没说的，这点尽可放心。不过，得先让将军到衙门坐一坐，还有些紧急的军情要务需要禀报。一会儿我陪老将军到家里吃饭，回去尽管打点就是了。萨布素哇，你先去找哇嘎，告诉他明晨寅时马步操练，吴爷爷要阅看校武场的马术，你们可一定要做好准备哟！”萨布素高兴地答应了一声，转身跑走了。舒穆禄夫人由两个侍女陪着，回到三棵杨预备饭菜不提。

再说吴巴海巴图鲁随着喀尔喀穆去了宁古塔八旗驻地的衙门，可谓故地重来。他一看，衙门仍在原来的地方，两旁的树长得比以前更粗壮了。又多出了两排新建的房舍，都是平房，房盖儿挺好，是木瓦的。院套儿也变样儿了，原来的小院套儿变成了大院套儿，墙围子比先前高了，还修了一个正门，挺有气派。看了这些，吴巴海满意地点了点头。走进衙门，小校一个个给将军行打千儿礼。进得屋来，喀尔喀穆请老将军坐在太师椅上，回身将事先准备好的几件衣服拿了出来，让赶紧换上。吴巴海把来时穿的那身儿已经湿了的袍子和坎肩儿以及外边披的貂皮斗篷脱了下来，接过喀尔喀穆递上来的便服。上身儿是白缎绸的内吊内镶灰鼠皮的菊花马褂儿，外罩巴图鲁花团坎肩儿，下身儿是白缎绸的内吊鹿皮软裤。换好以后，吴巴海低头瞅了瞅身上穿的，笑着说：“哎，你看，这衣裳还挺合身呢，好像专门给我缝制的！”喀尔喀穆看后也乐了，说道：“老将军，这下倒像是个精神、富态的老头儿啦！”然后亲自端来了洗脸水，小校拿来了漱口缸儿，吴巴海先接过缸子漱了漱口。喀尔喀穆把毛巾放在水里，洗了洗，搓了搓，又拧了拧，递了过来：“请将军擦把脸吧。”吴老将军接过毛巾擦了擦脸，边擦边说：“嚯，真是痛快！”然后把毛巾交给了小校。小校把毛巾、水、缸子拿走后，另一小校奉上了茶。吴巴海端起茶杯，喝了几口北边的黄芪茶，觉得这圆形大叶儿茶有些苦。他知道，此茶好哇，败火呀！放下茶杯后，便问喀尔喀穆：“你要讲啥呀？说吧，我听着呢！”

喀尔喀穆以前曾是吴巴海巴图鲁麾下的一员猛将，做过佐领，后来调离了。同吴巴海有主从关系，一向很尊敬老将军。当他重又被派回宁古塔时，吴老将军已奉旨南下征战去了，二人没有碰面。目前，宁古塔确有许多难事儿，使得喀尔喀穆焦头烂额，不知如何解决才好。正在这个节骨眼儿上，老将军就来了，你说他有话怎能不倒出来呢？俗话说得好哇，“不当家不知柴米贵”，谁当家谁才知道苦啊！宁古塔和别的地方一样，也是被上头诸条线穿着的那个针眼儿，千头万绪呀。何况在大清国里，素有南沈北宁之说。就是说南边靠的是沈阳、皇城大内，北边靠的是宁古塔。别看宁古塔城本身不大，驻防的官员品级不高，喀尔喀穆只是个佐领衔，兵马也不多。但因所处的位置重要，管辖的地方大，所以事务琐碎繁杂。所管辖之地，北起黑龙江、乌苏里江，一直到西北的石勒喀河、额尔必齐河。所办之事，不仅涉及同外国的疆土关系，也涉及同北方各个少数民族的民族关系。衙门里的人手不多，把个喀尔喀穆忙得天天闲不住，连睡觉的时间都不够，真是疲劳得很哪！

那么，喀尔喀穆请吴巴海巴图鲁来衙门为了什么呢？原来是想诉诉苦、哭哭穷。以便待老上司回到朝廷后，帮忙向皇上禀奏，能多给宁古塔一些照顾，多拨些银两，再增加些兵马。力量强了，差事当然好干些、轻松些。可是这种话哪那么好开口呀？他想了半天，才不得不跟吴巴海说："将军，目前宁古塔的兵看起来似乎比以前多了些，但真正的八旗兵只有八百员，钉是钉，铆是铆，紧得很。况且其中还有四百员是不能动的，实在是不够用啊！由于有十一个正北、正东、正西三方面的前哨哨卡，又有一些烽火台、瞭望哨、游动哨，剩下的四百员中，还包括水师营。这样，能够临时调用的不足百人。可我们东边对着乌苏里江的好些部落，北边对着黑龙江这么辽阔的地方，并要随时面对嫩江流域以及再远一点儿的罗刹。除此，宁古塔设有狗栈、粮栈、草栈、衣被栈等，全是为供应前线准备的，耽误不得。比如器械站，要打造兵器、兵刃，得备铁匠炉。有了铁匠炉，就要有铁匠和车辆。另外，更重要的是牢狱也需要兵丁把守，绝对马虎不得，哪儿都得手到不是？如此看来，我们的一百人肯定不够分了，相当紧张。再说，从宁古塔到前线有千里之遥，马队、车队、狗橇队皆得用人。麻雀虽小，五脏俱全哪，哪儿缺人能行啊？"看来，喀尔喀穆确实有些实际困难。

吴巴海巴图鲁在宁古塔呆了六年，当然知道这些难处，不过也听出喀尔喀穆有点儿哭穷的成分。因此，没等他讲完，便打断道："行了，行了，你说的这些谁都知道，讲讲还有什么主要的吧。"喀尔喀穆说："请老将军回去以后向皇上禀奏一下，现在宁古塔的担子太重了，朝廷有很多事情都牵扯到咱们这儿，而且还得兼管着乌拉。能否请朝廷再拨些骑兵，派一位职衔高点儿的将军来宁古塔任职。我一个佐领，实在是承担不了如此大任呀！"吴巴海听完了喀尔喀穆说的这些话，才开始仔细地打量他。只见自己的这位猛将见老多了，也瘦了。颧骨突出，两颊凹陷，由于缺觉，两眼充满了血丝。看起来，是够辛苦的，挺心疼。喀尔喀穆见吴老将军没搭话，只是直着眼睛看着自己，又道："我们这次接到您的信后，按照吩咐，先派了些人到北边去了解情况，人手更紧了。有些兵将天天得不到休息，城守尉虽哈纳就是因为身边无人才出了事儿的，直到现在下落不明。朝廷真要怪罪下来，我如何担待得起呀?”说着，打了个咳声。吴巴海巴图鲁觉得喀尔喀穆讲得没错儿，大致是这么个情况，应该向皇上禀报。随着北抚重任的展开，宁古塔的事儿要比以前更多，理应加强这里的防卫力量。

说来挺巧，也是老将军吉人天相。就在吴巴海巴图鲁和喀尔喀穆两人正说话的时候，从远处传来“嗒、嗒、嗒”的马蹄声响，紧接着是骏马咴儿咴儿的叫声。衙门里的人一听，一下子全愣住了：“这不是虽大人的坐骑在叫吗？一准是回来了！”大家都知道虽哈纳骑的是塔拉刻勒莫林，即烟熏枣骝马、一匹出名的千里驹。他们盼了这么多天，想了这么多天，现在终于又听到了那熟悉的马叫声，能不高兴吗？一个个顿时舒展开了十几天来紧锁的眉头，高兴得蹦了起来！也顾不得老将军了，欢呼着推开门就往外跑。

外头北风呼啸，飞雪连天。在暴风雪中，衙门里的人果然看到风尘仆仆的虽哈纳骑着塔拉刻勒莫林，由远而近驰了过来。进院儿之后，麻利地从马上跳下，看上去还算精神。大家兴奋地喊着：“城守尉回来啦!”“虽大人回来啦!”他此时虽然能走，但似乎对众人的呼喊声没有反应，一声儿不出。刚一进屋，扑通一声倒在地上不省人事了。大伙儿吓坏了，立马围了上来，纷纷唤道：“虽大人，这是怎么了？快醒醒，醒醒啊!”喀尔喀穆分开人群走上前，弯下身子抱起了虽哈纳，当即感觉这抱的哪是个人呀，简直就是一块大冰块儿，冰冰凉、沉甸甸的透骨寒哪！他心疼极了，赶紧把虽哈纳放到炕上，顺手从身上解下牛耳尖刀，只唰唰几下，便把那身上已经冻到一起的皮外衣和里边穿的内衣以及脚上穿的靴子全豁开了。也顾不了那么多了，反正屋里全是男人，几个人上手将虽哈纳全身扒个精光。长住北方的人明白呀，人若冻僵了，不能用火烤或用热水洗，而是要用雪搓，用凉水泡，得把凉气缓出来，都是这么个救法。有人赶紧拿着小瓦盆儿，到外头装满干净的雪端进来。有人拎着桶、柳罐斗儿，到深井里打来冰凉的井水。然后把雪撒在虽哈纳的身上，将已冻成紫黑色的双脚泡在水里，再用雪搓他的身子。开始时，虽哈纳的全身怎么搓，怎么是凉的。搓了好一阵子，雪化了，那冻得刷白的身子才露出点儿红肉来，并且由凉变温。喀尔喀穆这时才觉得虽哈纳的心口窝儿有点儿热乎了，又继续搓冻僵了的四肢。搓了一会儿好多了，渐渐地能摸到寸关尺脉了，扶阳脉也摸出来了。接着就搓头、搓脸，盼着能早点儿清醒过来。喀尔喀穆看虽哈纳有活动气儿了，遂派人去请波尔辰妈妈，让带些草药及冻伤药膏来。一直在旁边提心吊胆看着的吴巴海老将军，忙拿过来一块灰鼠皮拼成的大苫单，把虽哈纳的阴部和屁股包上了。

不大工夫，波尔辰妈妈带着治冻伤的草药和药膏跑来了。进屋后，二话没说，赶忙给虽哈纳冻伤了的地方涂药，边涂边着急地对喀尔喀穆说："怎么冻成这样？很重啊，整个人冻透了，我担心此药不一定能顶事儿呀！"喀尔喀穆安慰道："还是敷吧，怎么也比不敷药强。"当时的宁古塔人不懂上药房抓药，没有正经的坐堂郎中。谁若有病，就是靠波尔辰妈妈从当地采集的土药给治治，用的全是土方、土办法。这不，波尔辰妈妈用冻伤药擦过后，又用白酒、黄酒为虽哈纳搓身子、搓脚，一刻不停地用力搓。一直搓到身上的紫块儿渐渐地消失，出现了红肉色，这才停了下来。为了止疼，还从兜儿里拿出一块儿大烟膏，捏下一小粒儿，用水搅和一下，撬开仍处在昏迷中的虽哈纳紧咬的牙关灌了进去。冻得最重的是两只脚，已经发黑了。其中一只经过大伙儿连搓带揉的，缓过来了，而另一只的脚掌还是黑的，看来很危险，弄不好有可能锯掉。直到这时，喀尔喀穆才命一名小校去三棵杨，将舒穆禄夫人和萨布素找来。

舒穆禄夫人领着萨布素、后边跟着两个女仆泣涕涟涟地进得屋来，看到虽哈纳伤得如此严重，心疼极了，抱着爱根边哭边说："天哪，是怎么弄的呀？我苦苦地等你、盼你，咋见了面就变成这个样儿了呢？你倒是说话呀，睁开眼睛看看哪！"萨布素是连哭带喊地扑到阿玛身上，摸摸这儿，看看那儿，忙又搓着阿玛的身子，一面搓一面一声接一声地唤着阿玛快醒醒。半个时辰后，在几个人拼命地忙碌之下，随着几声呻吟，虽哈纳的眼睛慢慢睁开了，渐渐地苏醒了过来。大家真是高兴啊！总算把虽大人的命救过来了。这时，有人给舒穆禄夫人递过来一碗已经熬好的热气腾腾的小根蒜汤。小根蒜是春天采的，晒干后保存起来。到了冬天，既可用来做菜，又可药用，感冒发烧的人喝了它，能发汗去寒。用小根蒜加点儿切成片儿的贝母、人参熬成汤，给冻伤的人喝下去，能使他发热、发暖，还可补阳气。这是北方常用的土药，人们离不开它，很有效。此刻，虽哈纳仍不能张嘴，波尔辰妈妈慢慢地撬开了那紧咬的牙关，舒穆禄夫人将热汤一口一口地、嘴对嘴地往里润。因为喝了几口小根蒜汤，又有夫人的热气传递，身子有知觉了，慢慢地有些缓醒了。还听到他肚子里有咕噜噜的响声，看到左脚尖儿稍稍能动了，手指头也能屈伸了。老将军吴巴海一看这情形，忙让舒穆禄夫人再端一碗汤来，赶紧给他喝下去。虽哈纳连着喝下两碗小根蒜汤后，才感到浑身有些热乎了。

虽哈纳这些天紧张、拼命地往家赶，在马上是又冷、又饿、又冻、又渴呀！到了家，精神一放松，就不省人事了，已到了奄奄一息的地步。全仗大家的救助，才死里逃生，在场的人都说："如果周子正在这儿的话，会更好些，他懂医术呀！现在周老先生走了，只能由咱们自己的郎中给虽大人疗伤了。"波尔辰妈妈由于长期给人看病，积累了一些经验，还会按摩。那双大手一到这时候，显得特别灵巧，给虽哈纳掐掐人中、太阳、后脊等穴位，揉揉伤重之处，你别说，真挺管用，似有回天之力。虽哈纳在族众的惊盼之中，睁开了双眼，恍惚看到眼前有不少人头在晃动，一个个正围着自己看呢！神志一点点儿开始清醒了，认出了对面正瞪着眼睛一眨不眨地看着他的是多年不见的吴巴海巴图鲁。旁边有朝夕相处的喀尔喀穆，还有泪眼汪汪的夫人舒穆禄、一头汗水的波尔辰妈妈、哭得鼻涕一把泪一把的爱子小萨布素以及乡亲们。他抬了抬头，冲吴巴海轻轻地说："老将军来了，虽哈纳给您施礼了。"吴巴海巴图鲁一听开口说话了，忙弯下身子，捧着他的头说："我的好侄子呀，看到你醒过来，真是让人高兴呀，这是千喜万喜的事儿啊！孩子，先别说话，不用急。闭目养养神，歇一歇，缓缓劲儿，有什么事儿等一会儿再说，听话。"然后转身对舒穆禄说："快回去取几碗酸奶给他喝，也好补一补。"舒穆禄夫人经老将军这么一提醒，一拍脑门儿想起来了，对呀，我怎么忘了这个茬儿了呢？推开门就往家跑。

酸奶是北方常用的补品，制作方法较简单。即把牛奶放到一个容器里，经过处理后，便酿成了酸奶，但必须得保存好。还有奶酪、奶块儿、奶皮儿等，都做得挺好吃，很有营养。特别是酸奶，对病人、孕妇、孩子以及体格虚弱的人有大补作用，因此那时家家都酿造、贮藏奶制品。虽哈纳已经好几天没正经吃东西了，也是真饿了，当舒穆禄夫人把一大碗酸奶端到跟前时，他接过来咕嘟咕嘟地几口便喝下了肚。刚放下碗，忽然想起了什么，急忙大声儿吩咐道："哎呀，有个事儿呀，赶紧的，你们快出去看看我的宝马，肯定冻得够呛。拉出去遛遛，不能让它趴下，给它刷刷毛上的冰雪，再喂点儿黄豆好料！"喀尔喀穆说："这事儿早就派人办了，塔拉刻勒莫林挺好的，不用惦着。"虽哈纳这才放心地点了点头。

自舒穆禄夫人取酸奶回来后，大家看着虽哈纳把一大碗奶喝下去了，又听他吩咐遛马之事，光顾高兴了，谁也没注意别的什么。这时，就听扑棱一声，不知是何时进屋的一条黑底白花儿的大狗挤过人群，摇着尾巴跳上了炕，冲着虽哈纳汪汪地叫着。然后低下头，不停地舔着虽哈纳的身子。众人见一条狗突然上了炕，又是叫又是舔的，十分惊诧！待细细看来，都不认识这条狗。虽哈纳一见，却来精神了，忙让人扶他坐起来。大狗看虽哈纳坐起来了，扑腾一下跳进了他的怀里，虽哈纳趁势将狗抱住了。舒穆禄夫人见此，忙过去要撵，虽哈纳马上制止道："千万不能撵，你们不知道哇，这可是我和宝马的救命恩犬呀！全仗它了，否则我们就回不来了。它的名字叫楼塔，是俄罗斯种，快看看，狗不小哇！"经虽哈纳一说，大伙儿才细看这条大架子狗：长着一张长嘴巴，两只大耳朵像帽檐儿一样在两边耷拉着，眼睛炯炯有神，是条猎狗。虽哈纳还告诉大家："这是一位好心的达斡尔兄弟送给我的。偷着往回跑的那天，北风嗖嗖地呜呜直叫唤，风雪交加。烟炮儿大雪下起来就是个不停啊，打得眼睛生疼，根本睁不开呀！又是雪雾茫茫，即使睁眼使劲儿看，也看不出两丈远。我骑在马上，根本分辨不出东南西北，全仗楼塔在前头领路了。它边叫着边往前走，我跟在它的后面，在那迷茫的大雪天拼命往回赶。足足走了三天三夜，总算逃出了魔掌，安全回来了。要没有楼塔引路，早就连人带马冻死在雪窝子里了。"说着，动情地用半麻木的不太好使的手轻轻地拍着楼塔，大家不由自主地全用感激的目光看着它。

萨布素平时特别喜欢狗，一听说是楼塔救了阿玛，伸出双手就要抱，楼塔却挣扎着不让抱。虽哈纳笑了，说："儿子，你回家拿一块儿熟牛肉来。"萨布素撒腿跑了回去，不大一会儿便返回来了，虽哈纳示意儿子把牛肉给楼塔吃。萨布素把牛肉放在它跟前，可楼塔连瞅都不瞅，只是瞪着眼睛看着虽哈纳。虽哈纳明白了，冲它说："楼塔，他是我儿子，吃吧，没事儿。"楼塔这才叼起牛肉，跳到一边，大口大口地嚼了起来。看来，它是饿急了。萨布素高兴地跑过去，搂着楼塔亲昵开了。

喀尔喀穆看虽哈纳清醒过来了，又能喝能吃了，心落了地，笑着说："虽哈纳，你能平安地回来，真是喜事一桩啊！吴老将军是今天刚刚带兵赶到的，方才正打听呢，你就回来了，这不是很巧吗？可倒经不住念叨哇！"虽哈纳让夫人快点儿回家准备饭，又冲吴巴海巴图鲁说："我先向大人们禀报军情，一会儿咱们回去吃团圆饭。"舒穆禄夫人边摆手告别边道："我在家等着老将军和诸位大人。"随即转身领着萨布素和两个女仆回去了。大厅里的其他小校和众人也退了出去，只剩下吴巴海巴图鲁、喀尔喀穆，还有炕上坐着的虽哈纳以及吴巴海巴图鲁带来的副将玛赉和佟保佐领。他们一边喝着茶，一边听虽哈纳讲这些天来的不平凡经历及所了解到的重要情况。

原来那天夜里，索伦部的首领岗查儿、吉古林率部飞马来到宁古塔劫狱，带走了三百多人。在喀尔喀穆和虽哈纳的追赶下，有些人逃散了，跟随岗查儿跑的只剩下二百来人。虽哈纳骑的塔拉刻勒莫林是千里驹呀，本来就能跑，何况在这种情况下，当然比别的马跑得快。追着追着便甩开了喀尔喀穆和其他将士，冲到前面，很快超过了岗查儿、吉古林所带的人群。平时，为侦察和工作方便，虽哈纳不穿官服，而是按当地的习惯穿皮衣猎装，完全是猎人的打扮，同岗查儿带走的达斡尔人穿着没什么区别。由于宁古塔有不少被清兵掳掠来的达斡尔人，虽哈纳常同这些人打交道，便学会了一些达斡尔语。再加上他长得也是黑黢黢的大宽脸、浓眉大眼、连鬓胡子，特别像达斡尔人，很容易同逃难的人群混在一起。岗查儿和吉古林带的一些劫狱的兵，穿的也是达斡尔人的衣裳，更加难以分辨谁是谁了。所以，岗查儿一伙人看不出虽哈纳是干什么的。

这些逃难的人，有的两个人骑一匹马，有的三个人骑一匹马，互相抱在一起，两旁由岗查儿带来的兵保护着，飞快地往前跑着。人群里，唯独虽哈纳自己骑一匹马。逃难的人以为他是岗查儿带来的兵，而劫狱的兵则认为他是逃难的人，人家有能耐，单独弄了匹马骑，那跑起来多方便哪，也快呀！正因为互相不认识，虽哈纳才能混在人群里，跟着大队人马一起跑。当宁古塔的兵追了一阵子、听到喀尔喀穆发出了停止的暗号儿、往回返的时候，虽哈纳却没法儿回来了。为什么呢？因为一回来容易露馅儿呀！别人都往前跑，你干啥往回走哇？他一想不能那么做，只好将错就错，跟着继续前行。逃难的队伍里，不光有马队，还有些大车，车上有笼子，为装人用的，这是宁古塔监狱里的笼车。劫狱时，他们把笼车赶了出来，里边坐了一些人。由于马队、车队的人很多，显得特别乱，因此一直到精奇里江，虽哈纳始终没有暴露身份，亦未被发现。再说岗查儿、吉古林的队伍又是刚刚组织起来的，是群乌合之从，根本不像清军的组织那么严密，人员情况自然没法儿查。头领皆认为跟随他们的全是百姓、自己的同族人，压根儿没想查。就这样，虽哈纳被当成是军中的一员，随逃难的人群一块儿到了精奇里江岗查儿、吉古林的大营，即阿木勒沟。在这里，他看到了明将秦楷。

单说秦楷穿的是达斡尔的衣裳，戴的是达斡尔的帽子，看年龄有四十七八岁，达斡尔人将其奉为军师。他当时不叫秦楷，用的是化名，取了个达斡尔的名字，叫敏罕，“罕”是王的意思。岗查儿、吉古林，还有一位首领叫多凌阿的，因为秦楷识文断字，懂得兵法，会打仗，所以都很尊敬他。岗查儿他们几个原本是猎人，哪懂这些？每次打仗，皆向秦楷请教。秦楷确实帮助出了不少主意，是他们的智囊。就是在平时，也经常教授怎么练兵，战时怎么攻、怎么防、怎么守。一个个对秦楷佩服得五体投地，当成宝贝似的，全听他的。秦楷因此很威风，凭着自己的武功高强又擅讲，蒙骗了不少达斡尔人。

前书我们讲过，庚辰年大清讨伐博穆博果尔时，达斡尔人被杀的不少，有些至今不知去向，甚至连死活都不知。达斡尔人因失去了亲人，便要跟清廷算这笔账，为死去的人报仇。他们想的是，既然领着大家干的博穆博果尔已经死了，想继续同清廷对抗，只能靠博穆博果尔曾经训练过的人，像岗查儿、吉古林、多凌阿等达斡尔部落的首领。许多年轻人起誓发愿地要跟随他们，按照明朝的敏罕军师指点，向大清讨回欠下的血债。秦楷恰恰利用了达斡尔人的这种愤懑情绪，一再鼓动道：“只要大伙儿抱成团儿，我一定帮助你们的头领，完全不必怕清廷。他们发兵到黑龙江，需要经过千里迢迢地奔波，咱们却是在家门口儿，来一个抓一个。”大家认为秦楷说得对，因此特别听他的话，也愿意任其摆布。秦楷还献计说：“我们要接受博穆博果尔大罕的教训，不能轻敌，更不能轻举妄动。应该八方联防，以逸待劳，就在这儿等着。清兵远路而来，劳民伤财，粮草接济不上。加之北方天寒地冻，不宜久留，咱们能坚持到春天便好办了。到那时，河一开，四面是树林，草丛连片。只要在江两边一呆，清兵有啥招儿？只能是怎么来的怎么回去，坚持不了多久。”秦楷确实有办法，这打动人心的笼络，还真说服了不少达斡尔人。于是，在他的煽惑下，一些人重新举起了反清的大旗，在黑龙江一带闹腾开了。

当时，在秦楷的谋划下，通过许多巧妙的办法，将黑龙江沿岸的巴乌尔、索伦等十几个部落组织起来了，逐渐形成了一股强大的反清力量。岗查儿、吉古林、多凌阿这几个部落的头目十分高兴，把秦楷当作军师，奉为神明。一切顺着他，宠着他，尽量满足他的所有要求，因为现在正用人家嘛。秦楷这个人非常好色，尽管家里已经有了三房达斡尔的妻妾，仍不满足。只要见到有姿色的女人，就会想尽办法占为己有。岗查儿这些头领见他离不开女人，便千方百计地不仅从本族中，还从各地，包括外兴安岭挑选各族的美女。其中有黄发女郎，也有黑发女郎，供其享乐。

秦楷不只嗜色成性，而且忒愿品尝嫩草。岗查儿见此，马上选来十二三岁的、大的不过十五六岁的美少女，以满足他的淫欲。在秦楷的家里，说是美女云如，一点儿不为过。秦楷好跳舞，每到夜晚，窗帘儿一挡，专有乐队伴奏，簇拥着美女歌舞通宵。他见岗查儿等头领对自己百依百顺，愈加无所顾忌，常常是左拥右抱、忘乎所以，干起了骄奢淫逸的无耻勾当。

咱们且不说秦楷如何飞扬跋扈、称霸一方，单说虽哈纳来阿木勒沟之后，经过细心观察，感到此地既然已有秦楷这样深谙兵法之人掌舵，就不可轻视，不能强攻，必须想出明智的对策。可一时又想不出来，琢磨着只能多待几日，待摸清底细，再回去向朝廷禀报。所以，便没急着返回，凭着自己多年的经验，在那陌生的地方待了下来。

一天，他在牧马场遇到了一位老人。一看，哎呀，认识！这位达斡尔老玛发叫德都古尔，在宁古塔呆过，是从那儿逃回来的，虽哈纳一家救过他的命。老人留着长长的银发，连下巴颏儿底下的白胡子也挺长，快到前胸了。别看头发、胡须全白了，其实今年还不到六十岁，身子骨儿挺硬朗。头几年，被清兵掳到宁古塔，在监狱里呆过一段时间。后来，因为他会骗牛骟马，有一套兽医的技术，便被放了出来，留在牧场里放牧牛羊，给牲畜接生和治疗。老头儿很能干，人也不错。有一天，突然得了暴病，眼看着不行了。虽哈纳心眼儿好，不嫌弃，立即把他背到自己家里。从此，舒穆禄夫人天天一碗热粥、一碗热汤地伺候着，虽哈纳则常给老人擦擦身子、洗洗脚的，还请波尔辰妈妈配制中草药加以调治。过了一段时间，终于救过来了，老头儿高兴极了，不住嘴儿地说着感激虽哈纳一家人的话。

德都古尔老人家住北方，有妻室、儿女，你说他能不惦着嘛，谁不想天伦之乐呀？正赶上岗查儿一伙儿来劫狱，他想，这倒是个机会，要不得呆到啥时候是个头儿啊？我得见见老伴儿和孩子呀！于是，就在混乱中跟逃难的人群一块儿跑了。回来后，还是在牧场放牛羊。可万没想到竟在塞外北疆突然看到了虽大人，刚一见，真把他吓了一跳！当细看虽哈纳的穿着打扮时，知道肯定是秘密来的，心想："这是达斡尔的地方，我要是说出去，虽大人可是必死无疑呀！"老头儿由于在宁古塔呆了一段时间，对满洲的情况较熟悉，对那里的人又有好感。认为满洲人不坏，心眼儿挺好，觉得不能干对不起人家的事儿。再说老玛发是个讲义气、知恩图报之人，寻思虽大人救过自己的性命，是大好人哪，我得帮他才对。于是，不仅没告发虽哈纳，还悄悄儿地领到自己家，保护起来了。他对老伴儿说："这是我收的干儿子，是个好孩子，你也认他干儿子吧。"从此，虽哈纳在阿木勒沟有了落脚之处，便于侦察情况。有时老玛发同他一起去了解摸底，帮着打听了不少事儿，二人之间的感情越处越深。

虽哈纳通过德都古尔老玛发的引荐，又认识了不少达斡尔人。其中，有的是德都古尔老汉儿子的朋友，有的是秦楷周围的达斡尔族卫士，借机更加接近了秦楷。通过闲聊，渐渐地对他的一举一动掌握得一清二楚，甚至对于家庭生活亦了如指掌。知道敏罕之所以能安居北方，不想回去，是因为在这里生活得十分安逸，三房妻妾，个个是天仙一样的美女。一个是北方的雅克特族姑娘，才十二岁；一个是克尔克族姑娘，只有十五岁；第三房是二十四岁的达斡尔族出名的美女、一位有夫之妇，名叫比雅格。此女马骑得好，歌声如百灵，舞跳得也美，又会调情。可以说，在达斡尔族中，人见人爱。就是这样一个大美人儿，自小嫁给了个外号儿叫"古兰"的人。此人相貌还行，却长了一身懒肉，啥都不爱干。懒且不说，还不着调儿。"古兰"，达斡尔语即野狍子。他把媳妇一人扔在家里不管，今天上这儿，明天上那儿，终日浪荡在外。或者要钱去，或者偷鸡摸狗去，不正经，不顾家，屯邻没有喜欢他的，这几年不知又跑到什么地方去了。比雅格是个风流女子，又正是好年华，外号儿叫"阳亢女人"，达斡尔语是指淫乱、放荡的女人。整天像个妓女，离开男的不行，守不住闺房。古兰离家时间一长，她就耐不住，总要去勾搭男人。

有一天，因古兰几年离家不归，比雅格一个人在屋里闷得慌，便骑马到野外去散心。她信马由缰、漫不经心地游荡着，东瞅瞅西看看的，对人们卖弄着风情。这个漂亮女人的举动，引起许多小伙子的注意，皆驻足观瞧。说来也巧，此情此景正好让眼睛很尖、好瞄美女的敏罕、达斡尔人的军师、智囊秦楷看见了。他一见马上的女子乳高腰纤，风情万种，禁不住欲火中烧！一打听，才知道这就是达斡尔族女人中有名的"西施""太阳"比雅格，只可惜名花儿有主儿了。对其垂涎三尺的秦楷哪还顾得上这些？不管是哪个美女，只要他惦记上了，准保跑不了，一定想方设法弄到手。万没想到的是，那比雅格早已认出他是达斡尔人的军师、有权有势的敏罕，也动了心。这样，俩人很快有如干柴烈火，秦楷急不可待地把她拉到自己怀里，比雅格则主动送上了香唇，你卿我爱地勾搭到一起了。一来二去的，比雅格便成了秦楷的第三夫人。别看前两个夫人的年龄比比雅格小，可她俩不像比雅格这么会说话、会调情、会唱会跳、会逗人爱。因此，敏罕最喜欢、最宠爱的还是比雅格。这样，在三个美女里，比雅格自然占了上风。从此，她离开了古兰的家，凭着色相，在秦楷处过起了说话算数、锦衣美食的生活，整天围着秦楷转。

正是这个淫欲成性的秦楷，在北疆备受推崇，成了清兵征服此地的最大障碍。清兵要北征，关键是要先打掉秦楷，就等于砍掉了索伦部的头脑。索伦部的百姓本是纯朴的猎人，心肠好，直率豪爽，没有那么多花花肠子。由于秦楷在这里兴风作浪、煽动蛊惑，他们才与大清对抗的。虽哈纳想，怎样才能除掉秦楷呢？秦楷那么宠幸比雅格，可不可以利用比雅格的丈夫古兰呢？你想啊，媳妇叫别人霸占去了，若是让他知道了，野狍子能答应吗？对，得想办法找到古兰！于是，便通过各种渠道到处打听，却一直没有什么线索。分析古兰很可能逃出去了，或许在内地。接着，虽哈纳又讲到了如何打听周子正老先生的有关情况。吴巴海巴图鲁关心地问道："你在北边听没听说周子正去呀？"虽哈纳当然知道周子正已去了北边，因为就是他将老先生交给前来接人的那三个拨什库的，但具体在哪儿不清楚。虽哈纳说："我这次也没打听到周老先生的下落，估计他目前不便行动。"停了一下又道："秦楷这个人狡诈得很，经常变换住处，狡兔三窟嘛。何况又有那么多达斡尔人拥护他、保护他，很难接近。所以，我想周子正很可能还在隐蔽。即使现在找到了周子正，以秦楷现有的势力和正春风得意的状况来看，不一定会听他的劝告。"

就在虽哈纳详细地向吴巴海巴图鲁、喀尔喀穆禀报着自己在北边获得的信息、二位大人正聚精会神听的时候，突然萨布素插话了："阿玛，这好办呀，没什么难的，让秦楷变瘦不就结了嘛。"虽哈纳没想到小儿子在中间插了一杠子，觉得奇怪，心想："咦，这小子什么时候进来的？"本来，他是忍着挖心般的疼痛、咬着牙、强打精神向两位大人禀报的。可在这节骨眼儿上，萨布素却进来冒冒失失地随便讲话，便有些生气。虽哈纳平时最忌讳儿子插手自己的事情，对孩子的要求十分严格，像当年哈勒苏对他一样。不过哈勒苏对小孙子倒是例外，要求萨布素要敢于说话，敢于发表自己的见解。若是问萨布素今天为什么没有一点儿顾及地在这种场合公开接父亲的话茬儿，毫无疑问，是爷爷给养成的。可虽哈纳看不惯这些，于是，没好气儿地申斥道："萨布素，这儿哪有你说话的地方？快出去！”开朗、活泼的萨布素被阿玛一呲，不吱声儿了，转身刚想往外走，却被吴老将军叫住了。

吴巴海巴图鲁同哈勒苏一样，是个慈祥和善的老人，也很疼爱晚辈。他看萨布素已经长大了，又敢于说出自己的想法，很高兴，便招呼道：“萨布素，过来。”萨布素走了过去，吴老将军一把将他搂到怀里，鼓励道：“孩子，讲得好，讲得很好！不要怕，接着来，让秦楷变瘦了咋的？你说说看。”萨布素一看吴爷爷公然给自己撑腰，胆儿立马壮了，冲虽哈纳说：“阿玛，你想，秦楷是汉人哪，他是靠说假话骗人的。我们想法儿揭穿他的谎言，让索伦人知道到底是谁对他们真好。等大家明白了真相，秦楷哪能胖得起来呀？这样，跟着跑的人会越来越少，他不就瘦了吗？到那时再抓，索伦人不仅不会帮他了，说不定跟咱们一条心了呢！”别看人小，想得倒挺对路，竟琢磨出这么个点子来，很像个小将才呢！

喀尔喀穆一听，还真是吃惊不小，没想到一个小孩子竟有这份儿心计，了得啦！便笑着说：“好哇，小萨布素，怪不得哈勒苏爷爷在世时那么疼你，都快赶上爷爷聪明啦！真是将门出虎仔呀，讲得好哇！这层窗户纸今天让你给捅破了。对，咱们是得想法子让秦楷变成一个瘦子，露出他的穷酸臭相来，这叫釜底抽薪。”吴巴海巴图鲁听喀尔喀穆夸赞萨布素，心里很高兴，接过话茬儿道：“这孩子真是人小智谋高，招人喜欢啊！”又低头拍着萨布素的小脑袋瓜儿说：“你看，喀尔喀穆叔叔也这么喜欢你，不错，是个好孩子。叔叔说得对呀，此招儿挺厉害！”之后转向大家道：“不过，咱们还得商量出个办法，就是怎样找到那个古兰。这可是一把利剑，他有夺妻之恨，能心甘情愿吗？只要把工作做到家，估计会帮助我们的。”小萨布素一看，大人们还要继续唠下去，有些着急，忙说：“吴爷爷、喀尔喀穆叔叔、阿玛，先别唠了，刚才是额莫让我来请你们回去吃饭的，早做好了。”大家这才停下不说了，准备去三棵杨。虽哈纳因腿伤太重，走不了路，只好由两名小校用木板抬着，几个人连说带唠地一起往前走。路上，萨布素紧跟着老将军走，一本正经地请求道：“吴爷爷，今天晚上我想跟您一块儿睡，行吗？咱们睡在我爷爷那屋，那个屋子大，我给您讲拉巴都拉巴都莫德克莫德克[①]，知道不少吴爷爷没听过的新鲜事儿呢！”吴巴海巴图鲁笑着点头答应：“好哇，本将军今天服从小将萨布素的调遣！”萨布素听后，乐得直蹦高儿！心里美滋滋的。

① 满语：好多好多的消息、情报。

吴巴海想："这孩子从小是在哈勒苏老将军的教诲下长大的，有头脑，敢于说话，思维敏捷，将来准错不了！"

用罢晚饭，喀尔喀穆嘱咐虽哈纳："吃完药早点儿歇息，明天我们到外地请个郎中给你治伤。"虽哈纳说："谢谢，让您费心了。"之后，喀尔喀穆同玛赉和佟保回衙门去了。虽哈纳见人都走了，便让舒穆禄铺好被褥，请吴老将军早些安歇。他了解自己的儿子呀，不得不一再地叮嘱萨布素："孩子，你要守规矩，吴爷爷劳累一天了，不许没完没了地缠磨了，让爷爷早点儿歇着。一定要按阿玛说的去做，听到没有？"萨布素答应道："阿玛，孩儿知道了。"吴巴海见虽哈纳伤成那样，还惦记着自己，很受感动。觉得这人真是不错，同他阿玛一样坚强，对朝廷也像哈勒苏一样忠贞不贰。醒过来后，不顾伤痛，马上介绍他的遭遇和在阿木勒沟所了解到的情况，那是咬着牙、忍着疼痛啊，真是好样儿的！吴老将军是既佩服又担心哪，担心虽哈纳的伤势，还怕因伤痛而休息不好，便对舒穆禄夫人说："赶紧请波尔辰妈妈带着药来，今天晚上让她辛苦点儿，看护虽哈纳。好在还懂得一些，有经验，夜里要随时观察，不可大意。如果右腿的伤势控制不住，很可能有保不住的危险，所以千万得特意护理。"舒穆禄边答应着，边派婢女去请波尔辰妈妈。虽哈纳惦着他那条俄罗斯爱犬，吩咐身边的男仆要喂好楼塔，再修个狗窝，好让它有睡觉的地方。小萨布素特别喜欢楼塔，早想到阿玛前头去了，笑着告之："阿玛，不用了。我已经在仓房背风又暖和的地方，用谷草给它修好了窝，还放了一个盆儿，里边装了很多的肉、菜，让楼塔在那儿吃、在那儿睡吧。"看来，小萨布素已经跟楼塔成了好朋友了。虽哈纳一听儿子都安置好了，也就放心了。

夜晚，萨布素亲昵地紧挨着吴老将军躺下了。尽管虽哈纳一再嘱告不要打扰吴爷爷，可他睡不着啊，总想跟爷爷唠唠。吴巴海巴图鲁满脑子是事儿，自然也睡不着，心想："与其睡不着干躺着，还不如听小家伙讲讲当地的新鲜事儿呢！"便伸手推推萨布素，商量道："萨布素，该给爷爷讲讲你的拉巴都莫德克了吧？"其实，此时萨布素正等得着急、单等吴爷爷发话呢！只因为阿玛有言在先，所以不敢先开口罢了。不过，他耍了个心眼儿，故意试探地问："吴爷爷，阿玛让您今天早点儿歇息。要不，咱们明天晚上再讲？"吴巴海忙说："不行，就现在讲。"这下可乐坏了萨布素，巴不得马上讲呢！说道："爷爷，那咱们在被窝儿里小声儿讲，别让我阿玛听见，好不？”吴巴海笑了，说：“好，讲吧，爷爷洗耳恭听。”于是，小萨布素郑重其事地咳了一声，首先讲了一个哇嘎收妻的故事。

哇嘎几年来变化很大，挺有出息，可不是过去那个懒洋洋的臭鱼刺了。现在是马场的场达，大小是个头儿了，不仅干活儿勤快，办事儿也认真负责。他阿玛门突呼老人身体不好，多病，马场不少的事儿只能全靠儿子来处理了，每天忙得脚打后脑勺儿。哇嘎的年龄比其他孩子大一些，对萨布素这些小伙伴儿像兄长一样，很是亲热。有什么苦活儿、险活儿、难活儿，他都抢着干，把马场里的诸事管得井井有条。由于饲养得好，牧场的马、牛、羊皆长得肥壮，繁殖的数量年年增加。特别是支前的战马，匹匹喂养得更是膘肥体壮，多次受到喀尔喀穆的夸奖。哇嘎还好学，学会了配种，能自己选种马相配，使得畜群繁殖很快。这一年多来，宁古塔输送征马二百七十四，耕牛与支前的菜牛两万多头，羊五百只，猪四十头。另外，放养了九只马鹿、三只梅花鹿、两只小狍子崽儿，圈养了三头用挖陷阱的方法抓到的野猪。那头公猪长得壮壮实实的，样子可凶啦，两颗獠牙竟有半尺多长！母猪和小猪崽儿亦喂养得不错。可以看出，小哇嘎把马场办得热热闹闹、红红火火，很是兴旺。只要将军有令，真是要什么有什么，随时可以向皇宫大内贡献牲畜，朝廷对宁古塔牧场近几年的发展非常满意。

单说前些天，马场出了一件新鲜事儿。马场的大门旁边，有一座小房子，小房子的后面还有一趟大房子，牧场的人平时在那里休息。为了安全，每天晚上需要派人轮换看马场。当夜值班的，住在小房子里；不值班的，住在小房子后面的那趟大房子里。值班者年龄小点儿的，像萨布素他们是俩人一班，哇嘎和门突呼老人则一人一班。值班人的差事，主要是夜里察看各个马圈、牛圈、羊圈的草料有没有，若是不够，得添一添。还要看看刚生的小马驹是否压坏了，尤其要注意有没有狼来了等等。再就是注意防范野火，别出啥事儿，保证安全。在一个风雪之夜，本不该哇嘎值班，而是门德赫。可门德赫的阿玛病了，哇嘎关切地说：“兄弟，你回家照顾阿玛吧，我替你看着。”门德赫谢了哇嘎哥哥，赶忙回家了。哇嘎为别人打替班儿，已经不是第一次了，经常这么做，几乎把马场当成自己的家了。他先到外面仔细瞅了一圈儿，见一切正常，然后回到屋里，脱鞋上炕，很快便睡了。

偏偏这天晚上出奇的冷，从南边儿逃来三个蓬头垢面的达斡尔女人。一个个穿得破破烂烂、衣不遮体，脸上沾满了灰土，似乎好长时间未曾洗过了。三个人中，一个是六十多岁的老太太，灰白的头发，满脸皱纹，黑黑的，瘦得吓人。另外两个是姑娘，满身满脸脏兮兮的，两只大眼睛还挺精神，披着破羊皮褂子。说是羊皮褂子，其实只是把破皮子用线连在一块儿了，有的地方缝都缝不上，用皮条子勒在了一起。羊皮褂子勉强能罩住上身，两只胳膊在外面露着。下身也是围了些破皮子，遮住这块儿却遮不住那块儿，还大窟窿小眼的，像个破围裙一样，用麻绳儿胡乱捆在腰间。赤裸着腿儿，看不出里边还穿了什么衣服，好像没穿裤子、光着屁股。双腿让风雪打得红里透黑、黑里透紫，冻得红肿还直冒白，谁能想到这副模样还是达斡尔族的姑娘啊！三个人都光着脚，趿拉着大靰鞡。靰鞡里没有靰鞡草，脚是用破兔子皮包的。因为走路多，皮子早磨飞了，脚也磨出了泡，靰鞡的四周粘些血污。就是这样三个女人，在夜深人静、大冷的风雪天蹒跚而来，冻得实在没招儿了，一头钻进了马场大门旁的夜哨值班小房。她们摸黑儿推门进来，上了炕，觉出炕上睡个人。由于又冷、又累、又饿的，也管不了那么多了，躺倒便睡着了。

此时的哇嘎早睡着了，根本不知屋里钻进人来。睡了一会儿被冻醒了，觉得奇怪，咋这么冷呢？伸手一摸，哎呀，谁把我的被子给扯走了？怪不得呢。还以为是后面那趟房子的哪个小伙伴儿不愿在那儿睡了，跑这儿来凑热闹，跟他闹着玩儿才扯了被子，也没在意。心想："都是哥儿们，冷就冷点儿吧。"便抱着膀子接着睡。刚要睡着，忽然听见有动静，好像是女人的咳嗽声。他一惊，马上从炕上跳了起来，随手把糠灯点着了。一看，可不得了啦，吓坏了！哇嘎是丈二和尚摸不着头脑，琢磨着："这是咋回事儿呀，身边啥时候躺着三个女人呢？"仔细一看，一个是披头散发的老太太，干瘦干瘦的，黑黢黢的，活像个鬼！另两个年轻女人，龟缩在热炕头儿上，扯盖着一床被子。被子太小遮不住呀，四外全露着，只见身上好像没穿啥正经衣裳。哇嘎这下明白了，原来是她俩把自己的被子扯过去了。二人将盖着的那床被子一直拽到下巴颏儿底下，只露出四只又大又黑的眼睛，惊呆呆地瞪眼傻瞅着哇嘎。问话也不答，不论怎么问，好歹说句话呀，就是个不吱声儿。

过了一会儿，先是老太太坐起来了，那身上是瘦骨嶙峋、青筋暴突哇，连肋条骨都能一根儿一根儿地数出来。她坐在那儿不说话，双手捂着脸呜呜地哭。哇嘎看着三个衣不遮体的女人，反倒觉得怪抹不开的，索性把衣服往身上一披下了地，又把羊皮褂子胡乱穿上，拔腿儿就往外走，想到后头那趟房子去。老太太见他要走，着急了，慌忙跳下地一把拽住哇嘎，哆哆嗦嗦地说："小爷爷，饶命啊，千万不要去告我们，求你了！"哇嘎听她说的这几句话，先是用满语，说得很笨，然后又用达斡尔语。哇嘎会达斡尔语呀，便用达斡尔语问她是怎么回事儿，为啥到这儿来？老太太哭着抱住哇嘎的大腿，哀求道："我们是快要死的人了，小爷爷可怜可怜、行行好吧！"说着，扑通一声跪下咣咣地磕起头来，边磕边不住嘴："实在走不动了，等天亮了再走行不行？外头太冷了，可怜我的两个丫头冻得挺不住了，没法儿了，才钻到小爷爷屋里来的。"再看炕上那盖着被子的两个姑娘，因没穿什么遮体的衣裳，所以不敢出来，只是藏在被子里哭。哇嘎被三个女人闹得不知怎么办好了，看着也怪可怜的，老太太又不让走，心想："咳，不出去了，叫她们在暖炕的被窝儿里睡一宿，等天亮了再说吧。"这么想着，便让老太太上了炕，安慰道："天快亮了，你们放心好好儿睡一觉吧。"老太太这才又上了炕，哇嘎则坐在旁边看着。

糠灯是麻秆儿的，一会儿就着完了。三个女人又乏又冷的，好不容易有个热炕，不大一会儿便呼呼地睡着了。哇嘎白天牧场有很多事儿要做，晚上还得出去巡逻，一天顶下来同样是又累又困。灯再一灭，屋子里黑黑的，坐在那儿不知不觉地打起盹儿来。身子一歪，侧身躺在了一个姑娘的身边，和衣而卧，也睡着了。

说来很巧。哇嘎的阿玛门突呼老人年岁大了，觉少，夜里有时睡不着。他担心这帮孩子都不太大，值班时贪玩儿误事儿，照顾不周。因此，平时常出外到各处转转，看有啥异常情况没有。没招儿哇，做老人的，就得多操点儿心。有的孩子常常睡过劲儿了，还得现跑到后边那趟房子把他们叫起来："今天该谁值班了？快起来，出去看一看。"有时，孩子贪睡干脆起不来，只能由他代替了。今天晚上，门突呼并不知道是哇嘎替门德赫值班，睡了一觉起来了。披衣出门到马场各处瞅瞅，看草料添了没有，土墙有没有堵得不严或塌了的地方，是不是有狼或其他什么危害牲畜的动物钻进来等等。看了一圈儿后，见没什么事儿，便来到了马场值班的那座小房子，推门进去了。

这时，天已冒亮儿了，屋里的一切能看得清楚了。他进屋一看，先是吃了一惊，继而大怒！从没看到过这样的情景，哇嘎竟和三个女人躺在一块儿，睡得还挺香！这下可要把老头儿的肺气炸了，大骂着一脚把哇嘎给踹醒了："你个小兔羔子，好大的胆子，长能耐啦，从哪儿弄来的这帮野货？把我这张老脸都丢尽啦！你可倒好，怎么越长越回楦了呢？

不学好，这样做对得起谁呀？对得起咱们的将军嘛，不得把这帮孩子给带坏了吗？”他一吵吵，把睡得迷迷瞪瞪的哇嘎吓得激灵一下，随即起身跳到地上。炕上的三个女人也被吵醒了，扑棱一声坐了起来。待她们睁眼细看时，见屋里地中间儿站着一个老头儿，指手画脚的，嘴里喷着唾沫星子，还撵着揍小爷爷，打得满屋跑。小爷爷想解释都不行，不容分说呀，就是个连踢带打带骂呀！三个女人吓坏了，一时慌了手脚，哪还顾得了身上穿的衣裳啥样儿？老太太先跳下地，哭喊着说：“哎呀，爷爷别打，别打呀，要打就打我吧，这事儿与小爷爷没关系呀！”并用身子挡着哇嘎。两个姑娘见状，也急忙跳下地，惊恐地张开双臂护着哇嘎，苦苦地哀求道：“老爷爷息怒，饶命啊！这事儿真的不怨小爷爷，要怪就怪我们。他没有错儿呀，全是我们的错儿，快别打了，别打了！”边说边哇哇地哭。

马场值班房里的大骂声、哀求声、号哭声，把睡在后边那趟房子的小伙伴儿们惊醒了，你瞅瞅我，我瞧瞧你，互相问：“前屋咋的了，出什么事儿了？咋又哭又号的呢，啥事儿闹得这么厉害？”萨布素、瓦礼祜、麦里西、麦里特、巴克、土球子、窝赫这些小伙子一个不落地跑过来了。进屋一看，全愣住了！只见两个年轻女人几乎是光着上身，裸露着奶子，护抱着哇嘎，怕他挨打；门突呼老人气得不知怎么下手好了，蹲在地上一口接一口地直喘粗气；老太太连滚带爬地到了老人面前，哀告着请门突呼息怒。小伙子们哪见过这种情景啊，都被突发的事儿弄得手足无措，赶紧过去劝说快被气糊涂了的门突呼老人。还是萨布素有心计，他看看三个女人，又想想哇嘎哥哥平时的为人，凭着自己对他的了解，认定不会做出什么出格儿的事儿。特别是三人的面孔很生，从未见过，穿着那么破烂，根本不是宁古塔的人。觉得哇嘎哥哥同外地女人在一起，一定是另有原因，便对门突呼老人说：“爷爷，消消气儿，我看不一定怨哇嘎哥哥。别着急嘛，会弄清楚的。”萨布素如此一说，那三个女人扑通跪在地上，手指哇嘎哭着说：“这位小爷爷是好心人，是他救了我们，不怨他，罪在我们身上，求各位小爷爷饶命啊！”萨布素和几个小哥儿们赶忙走了过去，把老太太和两个姑娘搀了起来，并叫她们把身上的衣服整理好。

此刻，三个女人才想起自己是衣不遮体呀！脸上立马露出了羞色，慌乱中，忙拽了拽衣服。但无论如何，一件破羊皮褂子哪能遮住全身呀？大家一看这种情况，全明白了，门突呼老人一拍脑门儿，觉得自己真是老糊涂了。为什么呢？因为他细一看，三个女人穿的那个脏啊，脸那个黑呀，蓬头垢面的，肯定是要饭的，可就不知她们是如何进到小房子里来的。萨布素先问道：“老奶奶，你们从哪儿来？要找谁去，咋到我们这儿来了呢？”门突呼这时也过来说：“咳，你看我这个人，把你们吓着了吧？一时生气，啥也不顾了，这事儿怨我，错怪你们了。告诉我，是哪儿的人哪？我可以领你们找家去。宁古塔常有从外地来的人，我们都帮他们安家。快说说吧，到底是咋回事儿？”开始，老太太不敢说，慌里慌张地拉着两个姑娘便往外走，想要夺路而逃。萨布素觉得这里边必有隐情，急忙上前拦住老太太道：“老奶奶，别走，大冷的天，到哪儿去呀？你们穿得这么少，出去还不得冻坏啊！到了这儿，就算到家了。这位门突呼老人是位好爷爷，我们是哇嘎的好兄弟。不用怕，若是能讲出来，大家准能帮忙的。”麦里西、窝赫等一帮小伙伴儿随声附和着，不停地劝说着。

老太太看了看，觉得这帮孩子，还有这位老人一个个慈眉善目的，不像是要抓她们的人，放心了，扑通一声又给大家跪下了。她这一跪，那两个姑娘也跟着跪下了。老太太说：“请老爷、小爷爷们快救救我们吧，有些话不敢说呀！咳，已经到这个份儿上了，哪怕你们是阎王爷，我也不得不说了，爱咋办就咋办吧。”萨布素、瓦礼祜、麦里西走过来，把三个女人搀了起来，让到热炕上，倒了几碗热水给她们喝。门突呼老人心更热，到外头提来半桶牛奶，在灶上热开了。又到后屋拿来半筐黑面饽饽，让她们先吃，吃饱了再说。三人早饿急了，抓过饽饽端起碗，狼吞虎咽地边吃边喝，不一会儿便将半桶牛奶、半筐饽饽都吃光了。老太太用手抹抹嘴，这才说：“大恩人哪，真是谢谢你们啦！实不相瞒，我们是逃出来的人呀！”萨布素问：“从哪儿逃来的？”老太太回道：“从开原郑王爷旗庄顾庄头儿那儿，要是知道我们在宁古塔，抓回去准得杀头哇！”老太太说到这儿，停了停，犹豫了一下，然后一拍大腿道：“咳，既然说了，索性说个透吧。”于是，啥也不怕了，一把鼻涕一把泪地把一肚子苦水全倒了出来。

原来，她们是母女三人。庚辰年，在萨穆什喀奉命征剿索伦部的大战中，由于博穆博果尔的失败，雅克萨、阿沙津、多金等地的许多达斡尔人被清兵强行掳去，分给有功将士及众王爷为奴。当时，精奇里江有些部落的人，也参加了博穆博果尔与清军的大战。这娘儿仨是何斯尔河一带的人，老太太的儿子已被诺雷人掳走，不知死活，她只好领着两个姑娘逃了出来。哪承想在逃亡途中，偏巧被清兵抓住了。经查，母女三人没有参战的罪证，遂捆绑着押到开原，分到了郑亲王旗下的顾庄头儿那里做奴才。两年来，她们累得要死不说，还惨遭庄主的百般欺凌。一个贝子特别坏，看中了两个姑娘，非要强行霸占不可。那个年龄大一点儿的早已嫁人，丈夫是索伦部中傲拉部的一个头领，生有一子。贝子为霸占她，抢走了她的小儿子，至今去向不知，估计是关在被抓去的男奴才住的房子里了。贝子逼迫姐妹俩天天陪夜，受尽了凌辱，真是度日如年。后来觉得实在没啥活路了，娘儿仨一狠心，选在一个风雪交加的夜晚，偷着逃出了虎口。她们拼命往北跑，准备过了黑龙江，再回到自己的家乡去。当逃到宁古塔时，夜里风雪太大，天又特别冷，实在跑不动了，两个姑娘冻得直劲儿地哭。老太太心疼孩子，正好看此地是个挺大的庄子，眼前有个小房，便钻进去了，娘儿仨就是这么来到了马场值班的房子。

萨布素他们听了老太太的哭诉，知道也是苦难之人。可该怎么救助母女三人呢？大伙儿合计了一下，当即凑了点儿银子，又找来几件衣服给她们换上了，让拿着盘缠赶紧回北边家乡去。此时，刚才恨不得一步能逃出门去的老太太却犹豫了，心想：“还往前走吗？即使回到家乡，又能怎么样呢？儿子、女婿不知死活，生活无着，不仍然是吃没吃、穿没穿吗？”于是，便跟两个姑娘小声儿商量怎么办。大姑娘开口了：“咱们别走了，留下吧，这块儿挺好的……”没等大姑娘说完呢，二姑娘接了茬儿：“我不想走了，腿脚已冻得不行了，前头的路挺远呢，一步都迈不动了。再说宁古塔的人对咱们这么好，我看不如干脆留下吧。”说着，还略带羞色地看了哇嘎一眼。

老太太聪明着呢，明白了姑娘的心思，高兴了，知道两个孩子和自己想的正合拍，便转过头来说：“我和孩子不想走了，留在这儿行不行？说句心里话，要是没有你们这些好心人相救，我们娘儿仨说不定昨晚就冻死在外头了。另外，经过这一夜的事儿，我看中了个后生。”边说边看着哇嘎。大伙儿明知故问：“谁呀，是不是我们的哇嘎哥哥？”老太太说：“对，就是哇嘎，愿意让他做我的女婿。看不走眼，是个好孩子，看来是跟他有缘哪！全仗小伙子帮忙了，为了我们娘儿仨又挨了打，心里还真有点儿过意不去呢！达斡尔族有个古俗，谁跟姑娘睡到一块儿了，那个姑娘便是他的人了。再说，我二姑娘肯定愿意，不信你们问问她。”说完，还自管自地笑了。二姑娘没等大伙儿问，马上爽快地表态了：“我愿意，既然和哇嘎已经睡在一起了，没说的，今后一步不离地跟着他了。”北方人一向这样，男女都这么大方，直截了当，有啥说啥。站在一旁的哇嘎红着脸辩解道：“倒是那么回事儿，可我并没碰你，还穿着衣服呢！”老太太笑着说：“不用讲那个，这是咱们北方人的习俗，挨着睡，一准有缘。我们相中你了，非要你了，就把姑娘给你了。今天是不要也得要，赖上你了！”老太太说得很有意思，哇嘎听着听着忍不住也乐了，高兴得直摸后脑勺儿。小伙伴儿们围过来推拥着哇嘎，嬉皮笑脸地逗开了：“哇嘎哥哥，好事儿啊，昨晚做什么梦了？天上掉下来个媳妇呀！”“哇嘎哥，啥时候当新郎官呀？我们可着急了，盼着看新娘子呢！”门突呼老人也喜欢这娘儿仨，可能真是有缘吧，那是越看越顺心。他看姑娘的长相、言谈、举止哪样儿都好，还有那老太太更没挑的，是个侃快人，挺满意的，十分愿意成就这桩婚姻。但他做不了主哇，便说：“那好吧，等会儿我再问问将军，看他同不同意把你们留下。好了，大伙儿先回去吧，该干啥干啥，别误了正事儿。”哇嘎的小伙伴儿们听老人家如此一说，说说笑笑地一哄而散了。

吃过早饭，门突呼老人专门去衙门找喀尔喀穆，把昨晚所发生事情的来龙去脉讲了一遍。喀尔喀穆听完以后，高兴地说：“这是好事儿嘛，收留她们吧。大雪天的，能往哪儿去呀？在咱这儿安家吧。像这样的逃难之人挺多，以前不也这么做的吗？今后，仍然是有多少收留多少，只要愿意住下的都成，就这么定了。”于是，没过两天，哇嘎大大方方地把那个二姑娘娶回了家，得了一个送上门儿来的达斡尔媳妇。没想到这个姑娘真挺能干，又勤快又干净利索的，饭做得还好吃。哇嘎心里那个美呀，天天乐得嘴都闭不上了，越发来劲儿了，马场的活儿干得更欢、更快、更好了。

说来巧得很，门突呼老人去世的妻子也是达斡尔人。门突呼年轻时，曾在黑龙江江边儿住过。黑龙江、精奇里江一带的红松木很出名，他在那儿伐木放排，并娶了位达斡尔媳妇，后来又收养了无家可归的哇嘎。正因为哇嘎的妈妈是达斡尔人，所以哇嘎的达斡尔语说得挺好，可惜老妈妈体弱多病，不幸早亡了。门突呼只好领着哇嘎到处流浪，最后在宁古塔安家落户了，眼下已是位六十六岁的老人了。唠嗑儿中，知道老太太和自己同岁。俩人因为是亲家关系，越处越近乎，互相知疼知热的，你帮我，我帮你，走动得挺勤。孩子连亲，渐渐他们俩也好上了。后来，老太太索性领着大姑娘搬到门突呼老人家来住了，笑呵呵地说：“你死的那个媳妇是我们达斡尔人，算是我姐姐。从今以后，让我来照顾你吧。”其实，门突呼早就相中了老太太，看出她是个心地善良的人，当然巴不得这样。宁古塔的人听说门突呼老了老了还有了老来喜，都为他们高兴，纷纷前来道喜，波尔辰妈妈领着大伙儿又给门突呼操办了喜事儿。从此，门突呼、哇嘎父子俩双双有了配偶，并很快传开来，成了宁古塔的一段佳话。

萨布素像讲故事似的绘声绘色地讲完后，接着说道：“吴爷爷，门突呼爷爷家的事儿到现在还没完呢，个个心里装着个铁疙瘩，沉甸甸的，觉得一点缝儿都没有。可又不甘，我们大伙儿也跟着惦念他们的亲人呢！”吴老将军没听明白，忙问：“怎么回事儿？”萨布素回道：“那个老奶奶的儿子究竟是死是活，她大姑爷、小外孙到底在哪儿都不知道，一点儿音信没有。这全是因为咱们派兵征讨，才给他家造成的苦难呀！他们天天哭，眼泪从没干过，尤其是那个大姑娘，又想丈夫又想儿子的。说她的小儿子可能仍在郑亲王庄园里，那天跑得太急，没顾上到男奴才的房子里去抢孩子。再说，她们三个女流之辈，哪有那个能耐呀，总觉得对不起自己的儿子。老奶奶更惦记小外孙，只要一提起，就忍不住掉眼泪，她们心里能安吗？老奶奶疯疯癫癫的，天天叨咕这事儿，做梦都喊儿子，大姑娘又着急又难过的病了好几场了。门突呼爷爷和哇嘎哥哥虽然有了喜事儿，却背上了个大包袱，很替她们娘儿俩犯愁。爷爷您说，这可怎么办好呢？”说完，眼巴巴儿地瞅着吴老将军。

吴巴海巴图鲁是久经沙场的将军，什么样的战阵没见过，此次也是为安抚达斡尔人来的。当听了老太太一家的遭遇，心里很是不安，自言自语道：“是啊，我们有责任哪！”他看了看萨布素，觉得孩子长大了，懂事了，知道忧国忧民了。而且有心计，比一般孩子成熟得早，遇事儿想得比较细，是个有出息的后生，又感到挺欣慰，便说：“萨布素，爷爷率兵前来，正是因知道存在这些问题而为之。但不能操之过急，得慢慢来，有步骤地一样儿一样儿做，你放心，都会解决的。孩子，还有没有故事呀？要有的话，继续讲，爷爷爱听。”萨布素一听吴爷爷还想听，来神儿了，爽快地答应道：“爷爷，我有好多故事呢，那再给爷爷讲一个。”萨布素往吴爷爷身边靠了靠，接下来讲了一个传遍北方的歌谣。他说：“现在，北边的各个噶珊，到处传唱一首歌儿，很好听，挺悲也挺美。听说是为了纪念一位英雄，不知道谁编的。最早是从萨哈连一个流浪的达斡尔瞎老太太那儿唱出来的，很快就在不少部落里传开了，大家都含着眼泪唱。”吴巴海巴图鲁一听，不禁为之一震，忙问：“你听过没有？”“听过。”“会唱吗？”“会。”“给爷爷唱唱好吗？”“阿玛不让唱，说是反咱们大清朝的。爷爷，为什么不兴唱？”“不怕，你唱吧，爷爷爱听。”萨布素见吴爷爷一定要听，胆儿又壮了，小声儿在被窝儿里说：“这首民歌的曲牌是《扎恩达勒》，原为工尺谱，是周子正老爷爷听完后记下来的。爷爷，您听我唱。”于是，轻声儿唱了起来。

萨布素给吴巴海巴图鲁唱的这首歌儿叫《北飞的天鹅》。

北飞的天鹅
为何在高空哀啼？
吉祥的萨吉哈勒，
为何不再报喜？

流血流泪的日子要属庚辰辛巳年里，
大火熏瞎双目的额莫，
讲颂着英雄的儿子。
刀棍劈伤双手的妻子，
唱述着不屈的丈夫。

为了达斡尔人的荣耀，
为了达斡尔人的土地，
从容而去，
慷慨就义。

千里黑龙江，
碧滔滔，
长相忆。
万顷吉登达瓦[1]
翠荣荣，
永镌记。

---

① 达斡尔语：兴安岭。

达斡尔人的好汉，
像北极星升起，
傲然屹立，
英采奕奕。
照亮不知屈服的土地，
繁花似锦。

曲牌为《扎恩达勒》，用此调儿改唱而成，优美、深沉，充满了感情。

6/8 3 6 1̇ 6 5 | 6 1̇ 6 • 6 1̇ 6 1̇ | 5 6 1̇ 6 5 | 3 • 3 • |

3 6 1̇ 6 1̇ | 2 3 5 6 1̇ | 6 3 5 2 1̇ | 6 • 6 • |……

唱中可以改为另调，互相自由互换，尤增活泼度：

4/4 1̇ 1̇ 2̇•3̇ 2̇ 1̇ 6 | 5 — 5 • 6 | 1̇ • 1̇ 2̇ 3̇ 2̇ 1̇ | 3̇ • 2̇ 1̇ — |

2 3 5 3 5 6 1̇ | 6 — — 5 3 | 2 • 3 5 6 1̇ 3 2 1 | 1 — — — ‖

以上的两个调子互相轮换，歌曲活泼、即兴，慷慨激昂。

这里，说书人要说一下。此首民歌我是用后世简谱记的。我们富察氏家族在讲《萨大人传》中，有些人会乐谱，都把工尺谱按1234567简谱翻译过来记下的，谱子也就是这么留下来的。

民歌《北飞的天鹅》，经萨布素用《扎恩达勒》曲牌一唱，的确很感人，深沉、悲怆，非常好听。吴巴海巴图鲁听完之后，吃惊地问：“萨布素，你是跟谁学的？”萨布素说：“吴爷爷，因为这首歌儿好听，所以不少人会唱。喀尔喀穆叔叔和阿玛他们北征掳回来的索伦人，在马场放牧时经常唱。我们天天听，不用特意学，自然而然便会了。”接着，萨布素又十分恳切地央求道：“吴爷爷，我刚才唱给您听，是想让您知道，现在有些人恨咱们。本来啥事儿没有，在那儿安分守己地过日子呢，为啥平白无故地去征讨人家？他们也是挺好的人，有不少人还和满洲人联姻、是亲戚呢。听说北边的罗刹鬼闹得挺凶的，咱应该跟索伦人和好，共同打罗刹鬼才对呀！”吴巴海巴图鲁更惊讶了，问道：“萨布素，这些话是谁告诉你的？”萨布素说：“吴爷爷，大伙儿背地里全这么说，我也是这么想的，再说本来是这么个理儿嘛。我不小了，是大人了，能分辨是非了。只是阿玛不相信我，总认为小，什么都不懂。其实，爷爷在世时，最信着我了！”萨布素就是这样耍娇地搂着吴爷爷不停地说。吴巴海一听提到了哈勒苏老将军，不免思绪万千，很是伤感，深情地问道：“孩子，想你爷爷吗？”萨布素说：“吴爷爷，我可想爷爷了，天天想，有好多次还梦见了呢！”吴巴海巴图鲁见萨布素眼圈儿红了，马上安慰道：“好吧，孩子，时候不早了，睡觉吧。明天带你去龙头山看爷爷、奶奶，给他们烧纸上供去。我也特别想念他们呀，你爷爷是位令人怀念的了不起的大英雄啊！回来以后，我们再去看望你说的那母女三人和哇嘎的阿玛，好吗？”萨布素高兴地点点头，听话地翻过身去，闭上眼睛很快便睡着了。

吴巴海巴图鲁听了萨布素讲的故事和唱的歌儿，心中很不平静，思虑重重，哪能睡得着啊？他深知此次来得太必要了，是重任在肩哪！觉得沙尔虎达老将军返京时，特意留下人了解情况，想得太周到、太细致了。特别是范文程大学士在这个时候提出“解铃之役”，非常及时，寓意很是深远。宁古塔是大清的前沿，也是敏感之地。朝廷决定抚北之举措深得民心，既然派自己来了，就万不可疏怠，一定要奋力开拓这条艰辛之路，尽心竭力地尽快办好才是。此刻，他的思绪又回到了烽烟四起、杀声震天的庚辰年，其时还有一段令他十分感动、终生不能忘怀的故事：

就是那一年，朝廷为了平叛博穆博果尔，派萨穆什喀率兵北征。当时，吴巴海巴图鲁也在军中，是平叛大军的一员大将，与萨穆什喀一起到了黑龙江中游一带。在雅克萨、阿沙津、多金各城的激战中，皆留下了战骥冲杀踏出的蹄迹。那次征伐，打得异常残酷，双方死伤甚多。大清国并没有详细地讲过此场大仗自己的损失情况，实际的伤亡远比说出来的大得多呀！战场上，吴巴海的四周躺倒了一地人，甚至是人摞人，那是血流成河呀！他的战马和身上的征衣都被染红了。冲杀中，清军在明处，手持兵刃骑着马拼命向前冲。而索伦部的人在暗处，或躲在墙后头、或藏在树林里放暗箭，像雨点儿般射出。在这种情况下，清军只能是一匹马挨一匹马地迎着索伦人的箭雨前行，一旦被射中，顷刻间就马倒人亡啊！这个倒下了，那个接着上，马是踏着死人堆儿疾驰的。吴巴海正在率众冲杀之时，突然对方射来一箭，正好射中了他的左肋。随即摔下马来，顺势滚到深雪窝子里，昏了过去，人事不省。待仗打完后，清兵在清点人员时，才发现大将吴巴海巴图鲁没回来，以为是殉国了。哪知受了重伤的吴巴海，已被好心的索伦部达斡尔族的老两口儿背回了家。

怎么回事儿呢？这老两口儿在战事结束时，发现跟清兵打仗的儿子没回来，不知是死是活，便出门儿到处寻。结果没找到儿子，却在雪窝子里发现了受伤的吴巴海巴图鲁。老两口儿是热心肠儿的好心人，看他胸膛在动，左肋上插着的一支箭也随着呼吸一块儿动，知道还有救。二话没说，立马背回了家。老两口儿见他穿的是清兵的衣服，说实在的，当时完全可以杀了他！但没杀他，也没恨他，而是用麻药将他麻醉后，拔出了那支插在左肋上的毒箭。之后，天天为他敷药、疗伤、治病，还到林子里打大雁、飞龙，熬汤以补养身子。吴巴海巴图鲁在老两口儿家里住了半年多，老头儿、老太太一直是瞒着别人精心伺候他。在伤好要走的时候，吴巴海身上分文皆无，只好给老两口儿跪地磕了三个响头，算是感激人家了。离开索伦部回到大本营以后的这么长时间里，老两口儿对他的恩德久久萦绕在心头，难以忘怀。经常想，我们对人家是杀戮、征讨，使之妻离子散，家破人亡，房屋被毁，田园破败。反过来，人家对一个素不相识的清军大将，却能像亲儿子一样给以悉心照护，耐心疗治，补养身体，助之康复，真的让人非常感动。每每想起这些，他都深感内疚，心里始终不能平静。

吴巴海巴图鲁那次出征北疆，还是太宗皇帝在世的时候。当“死讯”传到京城时，皇太极难过得掉下了眼泪，在死亡册上记下了他的名字。半年之后，吴巴海伤愈回到沈阳，太宗皇帝已经驾崩了。年幼的福临登基坐殿，年号改成了顺治，辅政睿亲王多尔衮、辅政郑亲王济尔哈朗正在辅佐幼帝治理朝纲。吴巴海巴图鲁当时因为战功卓著，所以名扬朝野。当他出现在皇上、满朝文武官员面前时，大家一看大将军没死又回来了，个个竖起大拇指称：“真乃神人也！”多尔衮带吴巴海出征过，当然知道那是一员不可多得的战将，遂将他留在自己的麾下统领兵马，准备参加南进。锦州之役后，睿亲王多尔衮思来想去，觉得吴巴海巴图鲁身上的伤刚好，不宜再上前线鞍马劳顿。何况大军南进，后方基地的补给也很重要，需要有能人掌管。而吴巴海恰恰在这方面才干出众，治政有方，便把他留在了锦州，掌管备办粮草、兵马之事。在多尔衮接受了范文程大学士提出“南进北抚”之策、考虑如何实施时，不由得想到了吴巴海。知道他是北边人，而且任过职，对那里的情况熟悉。于是同意了范文程的推荐，答应如果需要，可先让吴巴海参加北抚。就这样，吴巴海奉命来到了宁古塔。

吴巴海回想起庚辰年的往事时，深感睿亲王多尔衮能欣然接受范大学士的建议，实行北抚，化干戈为玉帛，跟北边的少数民族结为兄弟，确实是英明之举。因为北方平抚了，后方真正安宁了，才有利于将来一致对付罗刹的入侵。也十分清楚北抚的大任并不比武力讨伐轻松，只有知民情、懂民心、遂民意，掌握必要的情况和信息，方能将事情办好。此刻，他觉得自己尽管是昨天刚到的，却了解了不少情况，尤其听了萨布素讲的故事、唱的歌儿，收获真是不小。想到这些，内心很是激动，越想越精神，越想越兴奋，琢磨出了不少为实现北抚大计的道眼来。他这个人就是这么个秉性，办事既讲细、准、快，又果断、刚毅。不论是处理政务也好，还是打仗也罢，一向麻利、行动快。快到什么程度呢？往往别人还在困惑之中，他已出师凯旋了。太宗皇太极在世时，对他这一点特别钦佩，看成是将军第一，故而受到了恩宠和信任。现在太宗皇帝不在了，睿亲王多尔衮、大学士范文程、老将军沙尔虎达等人，都举荐他来做重要的北抚工作，坚信凭吴老将军的能力和智慧，完全可以不动干戈而迎来预期的佳音。就为这，他才苦苦地思索、前思后想地整整一宿没合眼哪！

公鸡报晓了，小萨布素也睡醒了，揉揉眼睛一看，吴爷爷还坐在那儿瞪着眼睛寻思事儿呢！他扑棱一声坐了起来，望着将军爷爷，很是吃惊，困惑不解地问道："吴爷爷，您怎么了？想什么呢，是不是一宿没睡呀？"吴巴海巴图鲁看萨布素起来了，便笑着说："孩子，爷爷告诉你，这人生需要学的东西很多呀，最要紧的是要学会装在心里。不能整天东游西逛、浑浑噩噩的，总让自己的小脑袋瓜儿空着、闲着，那样，人生就没有意义了。应学会练达自己，能消化心里装的事儿。得像大蟒蛇吞进鸟蛋一样，到肚子里以后，全部化光，要有这份儿能耐才行，这可是我六十多年来百战百胜的窍门儿呀！"萨布素忙问："吴爷爷，那怎么才能化光啊？"吴巴海巴图鲁一听孩子的问话，笑了，说道："孩子，跟你一句两句恐怕说不明白，人生到处是学问，以后勤学着点儿吧。"萨布素听了，似懂非懂地点了点头。虽然还不能完全理解老爷爷说的确切意义是什么，但从语重心长的话语里，却也领悟到了不少东西，受到了启迪。

一老一少正在唠着的时候，舒穆禄夫人推门进来了，将手里端着的蛤什蚂油汤递给吴巴海说：“老将军，正好空肚子趁热喝下去，可以补养身子。萨布素爷爷在世时，我每天早晨都给他冲一碗。”吴巴海巴图鲁接过了汤，又是一阵百感交集呀，心想：“咳，要是哈勒苏老哥哥能活到现在，那该多好啊，能帮我出很多好主意呢！可惜他早早就走了。”想到这儿，心里酸酸的。

其实，舒穆禄夫人一宿也没睡。虽哈纳的冻伤缓过来后，疼得更厉害了，汗珠子像黄豆粒儿那么大，从额头上滴滴答答往下掉。他很坚强，咬着牙不吭声儿，怕叫出声儿来被老将军听到跟着犯愁，就那么硬挺着。波尔辰妈妈一直在身边看着，见腿上有的地方已流出了黄水，便给换药，涂冻疮膏，一直忙乎到天亮。舒穆禄夫人既要同波尔辰妈妈一起照顾丈夫，又惦着吴老将军能否休息好，自然睡不了。再加上他们住的房子两屋中间的隔墙上有上亮子，只挡着帘子，屋里的人说话声音稍大一点儿就能听见。里屋睡的是虽哈纳和舒穆禄夫人，外屋原来是哈勒苏住，旁边还有一个小屋，是萨布素住着。现在吴老将军来了，萨布素同吴爷爷一块儿睡原来哈勒苏住的屋。你想，里外屋这么近，舒穆禄在里屋糠灯一根儿接一根儿地点，始终亮着灯，连个盹儿都没打，外屋的事儿能听不到嘛。她听到吴老将军和萨布素唠得挺热乎，大半宿没停下，具体唠的什么听不清。后来虽然听不到小萨布素的说话声了，但吴巴海辗转反侧、不能入眠之声却听得清清楚楚，很是心疼老将军为朝廷还在操心费力。她知道老人家办事一向认真，这么多年来，对朝廷、对皇上没二话，可谓一片忠心，不能不让人油然起敬！舒穆禄夫人就是这么听着老将军的动静，不断观察丈夫的伤势变化，还要看着糠灯，不能让它灭了，足足折腾了一宿呀！直到天刚亮时，才见虽哈纳迷迷糊糊地睡着了。波尔辰妈妈累得够呛，看虽哈纳睡了，也躺下了。舒穆禄夫人则不能歇息，悄悄儿叫起了睡在小暖阁里的已经八岁的女儿安茹格格和丫鬟红红。

红红这丫头是个弃婴，说书人此前没提，现在补讲几句。有一年春天，哈勒苏早晨起来后，到海浪河河沿儿遛鱼线去。什么是遛鱼线呢？就是头一天晚上带着鱼线到河边，将线的一头儿埋在岸上，带有鱼饵的另一头儿甩到河里。第二天一早起来去把线拽上来，常能钓到不少鱼，把把不空。这是老头儿的一个营生，像有个事儿干似的，天天乐此不疲。每次回家来都拣出几条鱼交给舒穆禄，吩咐道：“给我熬碗鱼汤，再煎条鱼。”这天，他刚来到岸边，忽然听到草棵子里传出小孩儿的哭声。当即一愣，紧走几步，扒开草棵子一看，有一个大皮兜子，里边装着个小女孩儿。看样子只有两岁多，满脸、满头全是疮，还淌黄水，闻起来已有臭味儿了。哈勒苏气坏了，环顾四周，没见个人影儿，心想："谁扔的呢，简直是造孽嘛，这可是个活人哪！"索性鱼也不遛了，抱起孩子就往家走。

此时，波尔辰妈妈正住在哈勒苏家。因为当时安茹格格刚两岁，她见舒穆禄夫人太劳累了，要操心的事儿太多了，便到家帮助侍候这孩子。哈勒苏将小女孩儿抱回来放到炕上，波尔辰妈妈凑近一看，吃惊地说："哎呀，这个孩子可不太好活呀！满脸满头长的黄水疮。好在毒在上面，如果要攻心，很快会死的。"又细瞅了瞅，还是唉声叹气地直摇头，觉得不好办，难活，很是心疼，生气地骂道："这是谁干的事儿？缺了八辈子德了，人没死就往外扔啊？还是人嘛，心也太狠了！"哈勒苏说："想办法弄点儿草药治治吧，是条小命啊！治好了，算她命大；治不好，咱们不亏欠，总算尽了心了。"于是，波尔辰妈妈采了些草药，炮制好后，天天往孩子脸上、头上抹，想方设法地疗治。还不错，小丫头的疮渐渐好了，连疤痕都没留下，孩子的命真挺大。哈勒苏家就这么多了个孩子，成了舒穆禄夫人又一个亲爱的小格格了，还给起了个名字，叫红红。红红尽管是个小丫鬟，可舒穆禄夫人特别喜欢她，像对自己的亲闺女一样疼爱。

红红和安茹同龄，今年八岁了。她俩性格差不多，个头儿一般高，长得挺像亲姐儿俩，都能跟着干点活儿了。红红同安茹格格睡在小暖阁里，舒穆禄夫人清早起来，便把两个孩子叫起来了。做饭的活儿，她一般不找女佣。因为她们白天又扫地、又扫院子、还要洗洗涮涮、喂猪喂鸭的，有不少的事儿要做，一天到晚不得闲，根本倒不出手来。于是，就让小安茹和红红一块儿做饭。今天早晨的饭，舒穆禄夫人的确费了点儿心思。在这之前，她与躺在炕上的丈夫商量："我琢磨着，老将军在咱家住，可别亏待了人家，你说给做点儿啥好呢？"虽哈纳说："老将军在宁古塔时，最喜欢吃的是当地的饭菜。这老爷子跟咱阿玛一样，不挑食，你调剂着做吧。"舒穆禄夫人思来想去，遂将自家窖藏的土产拿了出来，做了一顿北方满洲的家常便饭。有狍子肝和狍子肉熬成的吉牙里拉拉[①]，这是北方民族的一个吃法。即先把狍子肝、狍子肉剁碎了，然后和小米放在一起煮，煮得烂烂糊糊的，便成小肉粥了。再就是干的，做的是苏子叶儿百合恶芬[②]。这种饽饽外头用苏子叶儿包着，里头有百合。把百合根

① 满语：狍肉粥。
② 满语：饽饽。

儿，即红花根儿和到面里，再放几个红枣儿做成的。蒸熟后，装在了一个大盘子里。另外还备有甜酸的都柿酱，可以抹在饽饽上吃，很是爽口。

饭菜摆在桌子上了，舒穆禄夫人便让女仆把已经温好的漱口水、洗脸水给老将军送过去。待洗过脸、漱过口，她就去请老人家用早膳。进屋一看，将军正忙着写一纸奏函。书毕，将奏函封好，装在一个纸口袋里。然后，又把纸口袋放进一个牛皮囊袋里。牛皮囊袋像箭囊似的，挺大，是过去各个旗之间相互传报信息用的。它像信筒儿一样，所有的公文、函件全在里面，然后用皮绳子吊紧、封好。牛皮囊袋的外头别一布条儿，上有标号，写着所交信函人的名单。是哪个佐领的、哪个营、哪个扎兰的，都标得清清楚楚。之后，交给色刻，统一装到一个大的鹿皮或熊皮做的褡裢里。再将褡裢搭在马鞍的前头，骑上飞马，按标号一站一站地送，风雨不误。谁收到函件或密报后，在应收人名字下签上自己的名字，或者打上一个对号，表示已经收到了，这就是当时信息的传递方法。每个骑兵队不但设有自己的色刻，而且备有专用的马匹和住的房子，以保证及时出行。

舒穆禄见吴巴海把一切都做完了，遂走上前去相请道："老将军，该用早膳了。""好啊！"吴巴海巴图鲁边答应着边缓步来到了后屋。看了看虽哈纳，询问了一下病况，又安慰一阵子，这才走出来。到了侧厅，笑着看看八仙桌上摆着的热气腾腾的饭菜，高兴地说："嚯！这可是我最爱吃的，一闻味儿就香啊，正经有些年没尝到了。谢谢你呀舒穆禄，真是用了一番心思呀！"老人家在椅子上坐好后，回头喊道："哎，萨布素哇，你快跑着去，把喀尔喀穆叔叔请来。再到各旗所在的地方找一找，把我的参将玛赉和佟保也叫来一块儿吃饭，还有些事儿要商量呢！"萨布素答应着飞快地出去了。不大一会儿便呼哧带喘地跑回来了，告诉老将军："吴爷爷，叔叔们都知道了，很快就来。"

须臾，喀尔喀穆先来了，向吴巴海巴图鲁问安后，坐在一边。随后，玛赉、佟保进来了。大家一看，不是空手来的，每人手里提着些猎物，这才知道他们一大早就出去打猎了。至于什么时候起来的，谁也不清楚，估计是老将军昨天暗中嘱咐的。拿的什么呢？拎着三只花翎子的公野鸡，毛色很漂亮，是头胎鸡；三只野鸭子，其中一只是母的，另两只是蓝花儿的小公鸭；三只雪兔，即白兔；三尾呼尔哈河的金翅大鲤鱼。全是"三"，此为满洲人的习俗，取单数。大家明白了，原来这些猎物是老将军专为祭祀用的。舒穆禄夫人开始不知咋回事儿，愣住了，半天才说：

"老将军，弄这干啥？他们一天到晚够累的了，好好儿歇歇多好，这些东西家里都有。大冷天的，起早到野外现打，多辛苦哇！"吴巴海巴图鲁只是笑了笑，没出声儿，回头命令玛赉、佟保："你们俩把打的猎物放到外头那个高高的仓房架栏上边冻着，别让其他什么小动物给叼咬了，一会儿有用。"俩人听命出外放好猎物，回屋坐下刚要吃饭，老将军又吩咐道了："哎呀，还有个事儿。你赶紧把我这个牛皮囊袋交给色刻，让他立即飞马回京师，越快越好。"玛赉"嗻"地答应一声，接过牛皮囊袋，转身出去了。不大工夫，便返回来向将军禀报事儿已办完，吴巴海这才发话："好吧，咱们吃饭。"大家边品尝着，边商量着有关军中的一些事情。

膳后，吴巴海巴图鲁漱了漱口，站起来向后屋喊道："舒穆禄哇！"舒穆禄夫人赶紧应声儿走过来，问道："老将军，什么事儿？"吴巴海说："今天我要看你阿玛去，把西那黑[①]找出来给我。"因为哈勒苏比吴巴海的岁数大，是他的老哥哥，一向很敬重，所以要穿上白色的孝服去祭拜。舒穆禄夫人和众人都劝他不要去了，喀尔喀穆还表示："将军，您的心意我们领了，现在事儿这么多，等办完了再去吧。"客厅里劝阻的话语被躺在里屋的虽哈纳听到了，急忙大声儿说道："将军，您太忙了，这大雪天的别去了。我又受了冻伤，不能陪您前往，咳，真是失礼呀！"吴巴海怕虽哈纳着急，赶紧快步进到里屋，其他人随着跟了过去。吴巴海对虽哈纳说："你千万不要多心，这是早已讲好的了，是昨天晚上我跟小萨布素定的，不能变。不信，你问问他！我去，不用你陪着，舒穆禄更不用去，在家该干啥干啥。你呢，好好儿养伤，听波尔辰妈妈的话，该吃药吃药，该治得治，别怕疼，忍着点儿。喀尔喀穆正在积极想办法，尽快找个郎中给你治腿。今天去拜谒哈老将军，你们俩尽可放心，就是喀尔喀穆、小萨布素，还有玛赉、佟保我们几个去便行了。我呀，这么多年是真想你阿玛呀，老哥儿俩情同手足哇！他不仅仅是大清的一代英雄，也是我最尊敬的兄长，按照咱们满洲人的传统习俗，老弟理应去祭奠自己的兄长。"经吴巴海巴图鲁这么一说，虽哈纳、舒穆禄无话可讲，你看看我，我看看你，谁都不出声儿了。

这里，说书人交代一句，满族十分重礼节。谁家故去了老人，或者是自己的长辈、知心人，只要听到信儿，纷纷主动前去拜祭，过去很讲究这个。停了一会儿，虽哈纳说："老将军既然一定要去给我阿玛拜坟，

① 满语：孝服。

酒由自家拿吧。阿玛生前最喜欢喝的，是宁古塔产的‘醉八方’，我们总用这种酒祭奠他老人家。原是从山东登州府过来的一位尼堪烧的，干了很多年，在附近这一带挺出名。此人技术好，酿出的酒香气扑鼻，度数也高，地上放的大缸里存有不少陈年老酒。过去都说谁要能喝上他酿的八大碗酒，差不多有一葫芦瓢，谁就是盖世英雄。我跟舒穆禄逢三、逢五、逢七上山给阿玛敬‘醉八方’，今天，也请将军带着此酒去吧。”吴巴海说：“那好，听你的。”这样，酒便由舒穆禄准备，其余备了些烧纸、香和蜡烛等。

还有一件事儿，是大家根本没想到的。吴巴海巴图鲁说：“我这次去，顺便要祭奠老将军心爱的伙伴儿、好朋友、他的那匹战马。这个你们不知道吧？”虽哈纳接过了话茬儿：“阿玛的坐骑我知道，是一匹烟熏枣骝马，乃大行皇帝赐给的。近二十年来，他是骑着这匹马东打西杀、转战南北的。后来，塔拉刻勒莫林先于阿玛死去了，埋在海浪河岸西下口那棵古松树下了。”吴巴海说：“其实我比谁都清楚，因为当年是陪着你阿玛去埋葬的，那还是在宁古塔任梅勒章京时候的事儿呢。当时，哈勒苏老将军因失去跟随了多年的战马而痛哭流涕，悲伤了好多天。我天天劝他，可无论如何劝不住，就是个想啊！这也是咱们女真人的习惯，马比生命还宝贵，有了它，便有了自己的前程。因此，马对于我们来说，是非常重要的。这么多年来，塔拉刻勒莫林跟他可以说是生死与共，突然走了，心里当然很难受。为了安慰老哥哥，我想了个办法，专门派人去了科尔沁草原，找到一位蒙古的台吉。在他那马群里一顿左挑右选，最后花重银买了匹小马崽儿，特别精神，也挺厉害，是阿吉里甘莫林[①]。回来后，亲手送给了哈勒苏大哥。当他看到了一匹未来的塔拉刻勒莫林，很是喜欢，高兴得一宿没睡着觉哇！心里总算有了些慰藉。后来这匹马不是被你虽哈纳给骗了吗？哈大哥在告老还乡时，把它给了你，现在不是正骑着嘛。”

此话要是说起来，还真有意思。虽哈纳原来骑的那匹马叫库哇莫林，后来干草黄老了，只好退役了，养在哇嘎的牧群里，在那儿安度晚年。眼下骑的马，正是吴巴海巴图鲁从科尔沁草原买回的那匹阿吉里甘莫林，即骗了以后的烟熏枣骝马。这次虽哈纳冒雪从黑龙江萨哈连死里逃生回来，人还没到却听到了马的咴儿咴儿叫声，就是神骥——塔拉刻

---

① 满语：小儿马。

勒莫林发出的声音。按照满洲人的传统习俗，当主人去世的时候，日夜陪伴他的征马要同主人合葬。吴老将军一直惦着这件事，便说："哈勒苏老将军已经去了，他的战马跟随了二十多年，咱们应该满足主人在天之灵的心愿，把塔拉刻勒莫林的遗骨送到主人身边，也是我们应尽的一点儿心意呀！"吴巴海的话，让大家非常感动，感叹老将军想得如此之细。于是，按照古俗，派人专门请来了富察氏家族的萨满，击鼓焚香，到河边儿进行祭悼，以召回马的魂灵。另外，还预备了一个圆形的黄瓦罐儿，待塔拉刻勒莫林的魂灵被召回，连同一些骨头装在瓦罐儿里。黄瓦罐儿的上头有个小盖儿，盖好以后，在旁边钻个眼儿，那是供魂灵随时出入的地方。

一切准备停当，这天上午，吴巴海巴图鲁领着喀尔喀穆、玛赉、佟保和萨布素，拿着锹、镐，还有那个黄瓦罐儿和各样祭品，跟着萨满出发了。先到河岸西坡儿那棵古松树下，老将军前后左右地寻摸，没找着葬马的地方。那里原来有个小木碑，现在不知哪儿去了。又因时间久，堆起的土丘早平了，所以不容易找。又仔细地辨识了半天，终于发现了哈勒苏将军的"征马塚"，即埋葬战马的那个坟。大家动手刨出了塔拉刻勒莫林的遗骨和同时埋葬的鞍辔、鞍镫等物，不过，这些东西都已经腐烂了。他们精心地将遗物装入一个用木钉儿铆成的红漆大木箱中，然后由吴巴海指导着哈勒苏的孙子萨布素，拣出十几块儿战马胸前的小骨，装入萨满手中拿着的那个黄瓦罐儿里。萨满施法后，将黄瓦罐儿的小盖儿盖上，封好，证明这匹马的魂灵已由萨满掬回来了，完整地领到了神的手里。之后，大家抬着箱子，捧着黄瓦罐儿，击着鼓，跟着萨满到了龙头山哈勒苏将军的墓地。按照萨满测定的方位，在哈勒苏脚下的一个位置，挖了个坑，将黄瓦罐儿和木箱埋了进去，同哈勒苏的坟形成一体。为什么要埋在脚的下边呢？为的是哈勒苏要是想骑马，起来脚一蹬，不就跨上去了吗？埋好了战马，由萨满击鼓助祭，每个人围着坟头儿洒酒、撒鲜花，萨满唱神歌儿，吴巴海领着大家跪拜磕头。礼毕，萨满道："吴老将军，你说几句吧，哈勒苏将军听着呢！"吴巴海含着眼泪动情地说道："尊敬的哈勒苏大哥，老弟奉皇上的谕旨和亲王之命率师北上，经过宁古塔去黑龙江。来到这儿后，惊悉大哥仙逝，真是痛悼涕泪呀！愿英魂永在，万古不朽。现在老弟领着朋友和你的孙子，把大哥在河边儿埋葬的塔拉刻勒莫林接回来了，领到了你的身边，想骑就骑吧。"叩拜后，向哈勒苏告别，一行人恋恋不舍地从原路返回。

吴巴海巴图鲁祭奠老将军哈勒苏回来后，便让萨布素领着他们几位一块儿去哇嘎家，看望那三个逃来的达斡尔女人。此时，门突呼老人没在家，正在马场忙碌着。他已经把马场当成自己的家了，可上心了，吃住差不多全在那里。哇嘎因为萨布素事先向他透了信儿，所以没动地儿在家恭候着众位大人。大家一进院儿，见院子收拾得干干净净，扫得连一点儿碎草末儿都没有。萨布素紧走几步，挑起门帘儿，吴巴海一行进了屋。老太太领着两个姑娘正在屋里忙着，老将军一进来，不用别人介绍，她们便知道肯定是吴巴海巴图鲁大将军来了，慌忙跪下道："给老将军叩头了！"哇嘎也跪下给吴爷爷请安。吴巴海笑呵呵地说："起来，起来，不要客气。到宁古塔像到家一样，这儿就是我的家，还要以主人的身份说一句话：欢迎到宁古塔来安家落户，祝贺你们哪！大嫂，祝贺你的丫头和哇嘎成亲，也祝贺你老来喜呀，与门突呼成了亲。从此有了依靠，好事儿呀，我给你们道喜来啦！"他这一番话，把大伙儿全给说乐了，紧张的空气立刻缓和下来。老太太忙请各位落座，两个姑娘端上了茶。

吴巴海坐下后，边喝茶边看屋子里的摆设。只见大红喜字还贴在墙上，屋子拾掇得干净、利索，摆放的东西尽管不多，却井井有条。黑糊糊的窗釉子都擦下去了，上头厚厚的油泥刮掉了，窗框露出了本来的黄色。看得出母女三人用了不少的工夫、费了不小的劲儿，才把这个旧屋子收拾得焕然一新，吴巴海对此是深有感触啊！以前他在宁古塔时，跟哪家都挺熟。也经常到各户看看，没有一家像门突呼家那样，是最穷、最脏、最破的。现在不同了，大变样儿了，亮堂堂、黄澄澄的，真是窗明儿净啊！老将军一边看一边寻思着，抿嘴直乐。

这时，老太太从外屋地拿进来一个柳条编的篓子，里边装着不少冻果子，什么山丁子、冻梨、核桃、榛子等。吴巴海一看，都是些一般冬天在这里见不到的山果。老太太说："我们在北边住惯了，那地方一到冬天，果子落了一地，很快便被雪盖到里边了。只要把盖在上面的雪打扫干净，就能捡出来好多的山果。拿回家又是筛又是洗的，再擦干净收起来。宁古塔这儿也是一样，我领着孩子到山里，用这种办法捡了些拿回来，不过落地的山果不像我们那儿那么多、雪不那么大就是了。老将军，你们尝尝吧。"说着，把篓子放到桌子上，用几个小盘儿分别装上各种山果，请将军他们几个品尝。

吴巴海拿起冻果放进嘴里，边吃边仔细地打量着母女三人。两个姑娘梳的是女真人的花瓣儿头，穿得很干净。橘红色的旗袍儿上绣着花儿，外套小羊羔儿皮里子的、四周镶红绦子的八宝绣凤小坎肩儿，脚上穿着绣花鞋，很好看。老太太是满洲的头饰，发髻梳在头顶儿上，簪穗儿垂下来，两个姑娘还给她的头上插了花儿。穿的也很打眼，是达斡尔的镶着花边儿的缎子旗袍儿，上绣百鸟朝凤，看上去好像各种鸟正在旗袍儿上翩翩起舞。当中有两只凤，绣得活的一般，眼睛都冒亮儿！外面着一件花绦子的、绣有寿桃和“福”字的、里子为灰鼠皮的坎肩儿，身上挎着个“万”字小荷包，旁边还有一个八宝葫芦的小烟袋包儿，显得格外精神。六十六岁的老太太，这么一打扮，像四十多岁似的。那身儿衣裳看起来挺新，这倒引起了吴巴海的兴趣，遂问道：“大嫂，你这身儿衣服是……”老太太听了老将军的问话，没有一点儿腼腆，爽快地说：“噢，是我姐姐的。”吴巴海不解：“你姐姐的？”老太太一拍大腿道：“咳，就是门突呼前妻的，不是早死了嘛，这是她出嫁时的衣裳。去世后，门突呼便收起来了。我来了，他找出来让我试试，说要不穿，也是白放着。姐姐的身量和我差不多，穿着还挺合身儿，像是给我做的一样。这不，就穿上了！”说着哈哈大笑起来，那真是打心眼儿里高兴啊！大家看她笑得那么开怀，不遮不掩的，也都乐了。

老太太在大家的笑声中，忽然想起一件事儿来，忙问喀尔喀穆和萨布素：“我听说虽大人的双腿冻坏了，一条还挺重，是吗？”喀尔喀穆和萨布素点点头道：“是这样。”老太太着急地说：“哎呀，冻伤可了不得，得抓紧治呀，弄不好还得锯腿呢！我家有人能治，有祖传秘方，可好使了。只要吃了那药，再重的冻伤也能治好。咳，可惜离宁古塔太远了，这可咋整？”说完，坐在那儿一声接一声地叹气。吴巴海一听，高兴了，忙道：“真的？那敢情好哇，快帮帮我们吧！请问那位会治冻伤的是你什么人，能不能去快马把他接来？”老太太说：“咳，那是我娘家哥。庚辰年那个事儿，他儿子跟着一块儿闹，到现在不知是死是活呢。哥哥心情怎么样，我也不知道。”说着，眼圈儿红了，头一扭，眼泪扑簌簌地往下掉。喀尔喀穆说：“大娘，不要哭，朝廷挺重视前些年那件事儿的。这不，已经派来了老将军，是专门为解决问题到北边去的。我们不对的地方就认错儿，该帮的帮，该赔银子的赔银子。你放心吧，只要大叔的儿子还活着，咱会想法儿找回来，不能叫他们再遭罪了，我们也不想让谁家骨肉离散哪！”萨布素见此，走了过去，拉着老太太的手，真诚地说：“奶奶，我阿玛的腿伤可重了，真不知怎么办好。您帮帮忙吧，求您了，怎么也得请那位爷爷来给治治冻伤啊，总不能眼看着锯腿吧?”老太太转过头来，拍了拍萨布素的脑袋瓜儿，安慰道：“孩子，别着急。”然后对吴老将军说：“这样吧，我正想到北边去看看，你们谁去？要有人去，我借个光儿，咱们一起去接人。只要我去，哥哥他一准能来。”听起来，老太太对此事很有把握。

吴巴海与喀尔喀穆商量了一下，觉得这是个好机会。不但能请人给虽哈纳治病，保住冻伤的腿，将来不致落残疾，而且可以利用此机会，通过老太太的关系，联络上索伦部的人，如同在那里打进一个楔子。还能认识其中的一些人，与他们交朋友，以便更好地观察动向，了解情况，争取达斡尔兄弟，瓦解敏罕的束缚，这不挺好嘛。可派谁去合适呢？喀尔喀穆想了想，自荐道：“老将军，我去吧，这是个大事儿，别人去我不放心。早打算到北边走一趟，那里有很多事情需要办，正好有这么个机会。再说宁古塔有老将军坐镇，我一百个放心哪!”吴巴海巴图鲁沉思了一会儿，答应道：“也好，就这么办吧。”于是，去北地接老太太的哥哥给虽哈纳治冻伤和利用机会了解索伦部动向的事儿，很快便定下了。吴巴海对老太太说：“大嫂，事不宜迟。为了抓紧治好虽哈纳的冻伤，不能再拖延了，最好明天动身，快去快回，我们着急呀!”喀尔喀穆完全明白老将军的用心，知道一方面是急着给虽哈纳治伤，担心如果治疗不及时很可能恶化；另一方面也是想尽快了解北边的情况，以便有的放矢地早些做出下一步的安排。于是，向吴巴海使了个眼色道：“请将军放心，大娘会把虽哈纳的伤放在心上的。她同我们的心情是一样的，会快去快回的。”老太太说：“是呀，我就是到那儿看一看，然后把兄长接来，治虽大人的腿伤要紧哪!”

几个人正在屋里唠着，忽然巴雅喇[①]进来传报：“吉林乌拉的珠和纳总管和本簿、巴拉本来了，要见吴老将军和喀尔喀穆大人。”吴巴海遂命将三人引进屋来。萨布素一听说珠和纳大爷来了，高兴极了。但他清楚大爷是吉林乌拉打牲衙门总办之一，必为公事而来，便没敢吱声儿。吴巴海和喀尔喀穆也知道本簿和巴拉本其人，老汗王爷在乌拉赏给各贝勒庄田时，这二人都是贝勒选派的头人。后来，太宗皇太极将庄田统一归到吉林乌拉打牲衙门了，他俩成了打牲衙门的副总管。因为吉林乌拉打牲衙门由宁古塔驻防管辖，所以，那里有些什么事儿，必须报告给宁古

① 满语：传报人。

塔衙门。此次他们为什么事儿来的呢？原来前一阵子从外地跑到吉林乌拉的一些乌堪济，经查全是从叶赫、开原等处逃来的，其中幼童五人。这些人皆为庚辰年被俘、分给各个庄主做奴才的，由于不堪忍受庄主的欺凌，乘人不备逃到了吉林乌拉。后因生活所迫，到处偷抢而被抓，珠和纳等人就是押解着这些人来到宁古塔的。

吴巴海、喀尔喀穆听了珠和纳、本簿、巴拉本的介绍，又出外看了看押解来的逃人，见那些男女被装在一个大铁笼子车里。由于路途远，正值严冬，为抵挡风寒，笼车的外面苫了些皮子。即使是这样，一个个长时间蹲在笼车里，还是冻得瑟瑟发抖。喀尔喀穆吩咐兵丁，赶紧把他们放出来，送到收容逃人的住所。所谓逃人的住所，就是用木板围成的筒子房，里边是长条儿大炕，先让逃人暂时住那里，由官府供应吃穿。到了一定时候，再分配去处。过了一会儿，萨布素看公事已经办完了，便领着大爷回了家。珠和纳进得家门，见弟弟的冻伤挺重，很是心疼。一再嘱咐虽哈纳，要尽快想办法找郎中抓紧时间治，不能再耽误了。并表示等过一阵子有空儿，能脱开身，会再来看看的。哥儿俩只唠了一袋烟的工夫，珠和纳不得不站起身来准备离去。因为吉林乌拉的公务繁忙，加上路远雪大，夜路不好走。所以尽管虽哈纳一再挽留，珠和纳实在是不能多呆，连饭都没来得及吃，便同本簿、巴拉本一起，匆匆告别了吴巴海、喀尔喀穆等人，连夜登上了归程。

萨布素心里惦着去北边接人给阿玛治冻伤的事儿，小伙伴儿们不知怎么听说了，呼呼啦啦一个不落地来到了门突呼老人家。吴巴海、喀尔喀穆、玛赉、佟保送走了吉林乌拉的珠和纳、本簿、巴拉本，又安置了逃人之后，返回到了门突呼的家里。进屋一看，见老太太坐在炕上傻呆呆地擦着眼泪，一帮小伙子将她围在中间，正在那儿七嘴八舌地劝呢！心里觉得挺奇怪，这是为啥事儿呢？吴巴海关切地问道："大嫂，怎么了？"萨布素接过了话茬儿："老奶奶惦着开原的那个小外孙子呢！奶奶能帮助救我阿玛，咱也得救救他们。我倒有个想法，可以跟吴爷爷说说吗？"吴巴海巴图鲁笑了，答应道："好哇，说吧，咋想的？"萨布素直截了当地说："很简单，我们去开原打家劫舍，替老奶奶抢出那个小外孙子！"吴巴海一听，收敛了笑容，嗔怪道："萨布素，什么'打家劫舍'呀，怎么啥话都说呢？有想法好好讲嘛。"哇嘎、瓦礼祜争抢着介绍道："爷爷，萨布素能行，我们信他的，平时全靠他出主意呢。只要定下的事儿，从来是大伙儿一起办，可齐心啦，他是我们的智多星啊！"萨布素说："吴爷爷，请放心，去开原救孩子的事儿，到啥时候不会连累你们，好汉做事好汉当！我们有快马，一天一宿准能赶到。还有辆四轮子的风雪大篷车，就是雪爬犁。驾驶着爬犁样儿的大雪橇，跑多快都翻不了，是前两年打索伦部时，从那儿学来的。雪橇像箭似的，速度特别快，慢马、老马根本跑不过它，在雪地一宿能跑出五百多里地呢！放心吧，保证快去快回。假如被发现也没关系，等他们看到时，雪橇早像老鹰展翅般跑出几百里以外了，就这么快，神得很！吴爷爷，答应了吧，要不信，可以问问我阿玛，还有喀尔喀穆叔叔。我们以前救过人，不过，那是跟着宁古塔的将士、大爷、叔叔一块儿去的。这回放我们单独去，一定能办好。”吴巴海巴图鲁听着、想着，一声儿不吱。这时，坐在旁边的喀尔喀穆说：“老将军，我看不妨让他们试试。这帮孩子曾多次跟着宁古塔的骑兵到京师等地送贡品和逃人，路熟。此次倒是个锻炼的好机会，让小家伙们去吧，挺有能耐，不会出啥纰漏。”吴巴海听后，仍然没出声儿。

各位阿哥可能会问，做事一向大刀阔斧、雷厉风行的吴巴海巴图鲁，此刻为什么迟迟不表态呢？原来他在心里反复地权衡着这么两点：一个是孩子们的安全。无论怎么说，去开原为老太太找小外孙子，是件好事儿。但去的地方不一般，是郑王爷的官庄，有兵马看着。萨布素他们总不能空手去呀，手里得带兵刃吧？一旦出了事儿，那可是刀对刀、枪对枪啊，能没危险吗？到底行不行，他拿不准。另一个也是他最担心的，就是如果这样做了，到王府的内部去查人、找人、抢人，合不合乎法呢，后果能怎样？此事不比跑到宁古塔的一些逃人，想办法将他们收容，譬如眼前这三个女人，能出嫁的出嫁，能安置的安置，这也行；还能拉过来一些人，通过他们做北方索伦部的工作，这还行；或者像吉林乌拉送来的十几个男女逃人那样暂时收下，怎么都好办。现在要去找的人，已是被赏赐到各个王庄家里做奴才的人了，轻易地把他们抢出来，不是容易惹出乱子嘛，怎么做才好呢？一时拿不定主意。

就在吴巴海巴图鲁焦急万分、犹豫不决之时，一位佐领领着京师来的色刻进了屋。叩见老将军后，佐领禀道：“吴将军，京师送来密旨。”喀尔喀穆马上站了起来，接过色刻递上来的牛皮囊袋，解开皮绳儿串儿，取出纸袋，呈给吴巴海巴图鲁。老将军接过纸口袋，拿起墨笔，在牛皮囊袋的布条儿上签上了自己的名字，之后吩咐佐领，将色刻带下去吃饭、歇息。色刻礼貌地问道：“请问将军，还有什么事儿没有？”吴巴海说：“噢，没事儿了。不知你今天来呀，早上刚写好的呈递文书，已经让我的色刻送去京师了。你在这儿好好儿歇歇，吃顿饱饭，然后便可以回去了。”色刻致谢道：“谢谢将军大人。”叩拜将军后，佐领带着色刻退了出去。

吴巴海老将军从纸口袋里抽出信函，展开一看，是一张黄色印有红格的宣纸，上面是密密麻麻的墨迹草书。细细看来，此字很是熟悉，笔走龙蛇，知道是范大学士代王爷亲笔书写的。信的右下角儿，印有一个正方形的大印，乃睿亲王的官印。信是这样写的：

“吴大将军如晤，挥兵顺绥，念焉。兹色刻急报，索伦妄呈条款，已奏圣听。盖恨秦逆蛊惑愚谈耳。诸王贝子议决。惟崇德北伐，乃奉大行皇帝御旨所宗，不可责疑。余可酌也。凡庚辰掠获，非作奸犯科者，已知有充披婢役之人，仍行返籍；凡兵祸荼毒之孤老寡孺，衡其害帑银赏之。恩育德化，安居乐业，怨女旷夫，各得其所，诚沐我朝皇恩浩荡之福祉也。夫王膺天任，庙社入燕，清祚新塑，无暇冗谕。特锡吴巴海巴图鲁王权，沙尔虎达、鄂罗塞臣、巴都礼兵西发，尔速北往，诸奏因情自决。务慰索伦赤忠于朝，同心固北，广布周知可也。”

这里说书人得向各位阿哥交代一句。率领西路大军的本来只是鄂罗塞臣、巴都礼二位将军，睿亲王的信中怎么多出个沙尔虎达呢？原来在西路大军号炮鸣响出发之后，摄政王多尔衮越想越觉得只有鄂罗塞臣、巴都礼两位猛将率大军北去，恐怕难以完成抚民的重任。于是，便同郑亲王商议，还是让已在南进队伍中的沙尔虎达赶去参加北抚。至于为什么选沙尔虎达，前书已经介绍过了。郑亲王知道他派的两员大将对北方不熟悉，巴不得多有几个谙熟北方的将领一起去北抚呢，所以就同意了多尔衮亲王的提议。这样，沙尔虎达便从参加南进改成了同鄂罗塞臣一起北抚了。

此事表过，咱们再接前文。对这封信，吴巴海巴图鲁十分信赖和倚重，仔仔细细地看了好几遍，心里是真高兴啊！因为有了它，就等于拿到了尚方宝剑。说起来，王爷授王权于他人，在清之初年，是少有的事情，可吴巴海却得到了。而且授王权者，不是一般的王爷，那是摄政王啊！在大清朝廷，除了当今皇上顺治爷之外，王爷便是第二位了，很了不得。能享此殊荣，吴巴海感到受宠若惊啊！他感激睿亲王，也感激范大学士，全仗他们的信任和提携，由此更加激起了忠心报国之愿，下定了抚北安民的决心。接下来，吴巴海将王爷的信念给几位将领听，还特别让萨布素、哇嘎、瓦礼祜这帮孩子们跟着听。然后同几位将领在哇嘎家那狭窄的土屋子里，喝着老太太重新端上的清茶，商议起北抚的大计来。谈到了如何尽快北上，应采取什么策略，合计了怎样才能更好地把王爷的旨意变成实际行动，以使朝廷放心。

大人们在议论时，萨布素这帮小伙子不敢乱插言，只是注意地听着。孩子们长大了，懂的事儿也多了。萨布素尽管才十六岁，可个头儿长得挺高，壮实、魁梧，一举一动很像个大人。哇嘎本来就长大成人了，瓦礼祜、门德赫的个头儿亦不比萨布素矮。大人们研究得差不多了，吴老将军既兴奋又郑重地说："现在咱们有王命了，可以拼着劲儿去办北抚这件大事儿了，争取早办、快办。王爷不是说了嘛，沙尔虎达和鄂罗塞臣、巴都礼的兵已经西发，就是说，他们从西路开始北上了。咱们得赶紧跟上，想办法早点儿到精奇里江与他们会合，并且必须要走在他们的前头。"大家纷纷点头表示赞同。

那么，为什么吴巴海说务要赶在鄂罗塞臣之前到达呢？因为来之前，多尔衮王爷不是有话嘛，该交代的早已经嘱咐给他了。言说鄂罗塞臣性格莽撞，遇事想得不细，担心办不明白再出事儿。现在多尔衮又向吴巴海授以王权，自然觉得更要抓紧，否则对不起王爷。但是，目前还有很多事儿拿不准，苦于没有可靠的人能联络上索伦部，为此很是着急。再说，吴巴海是一员天不怕、地不怕的猛将，做什么事情都是说干就干，大行皇帝皇太极因此十分赏识，授予了巴图鲁的称号。他的的确确是位铮铮铁骨的硬汉子，从不计较个人得失，更不把安危放在心上。在战场上总是冲杀在前，哪怕身上中箭像刺猬，也不掉一滴眼泪，将箭一拔，照样往前冲。故而人称"刺猬将"，真可谓英雄好汉，令人钦佩！在他身上，发生过许多动人的故事，大家经常谈起。吴巴海这个人一向是只要认定该办的事儿，不管有多大困难，都会不顾一切地去做，而且一定要完成得好。可对北抚前夕送来的睿亲王的这一密旨，却没想那么多。按道理来讲，既然是军令，不管是王爷还是谁，只凭一封信是不妥的，必须得有金牌令箭才行。可他不这么想。他想到的是王爷眼下正在率兵南征，定鼎中原，事情很多，极其繁忙，能写来信已很不容易了，还要求什么？他认定北抚是对的，只要王爷有令，便应该按王爷的信上所说，抓紧时间快点儿办。对别的根本没想那么多。至于会因此出现什么后果、担什么责任，一概不管，办就是了。

此时，站在一旁的萨布素着急了。别看人小，办起事儿来却想得很细，这点儿挺像他的爷爷哈勒苏，总是把前前后后想得周周到到，迈第一步的时候，便考虑到第二步、第三步如何走，或者可能会出现什么不利的后果。他不无关心地提醒老将军:“吴爷爷，光一封信哪？那能行嘛，怎么没给咱们令牌呢？日后可别让人家挑爷爷的毛病啊!”你看萨布素这问题提得多尖锐，头脑多聪敏，想啥跟别的孩子就是不一样。吴巴海说:“孩子，不要想得那么复杂，不会有啥说道的。再说了，谁敢哪?”吴巴海这么一讲，萨布素不敢再吱声儿了，此事也就放下了。萨布素所言，还真有点儿预见，这是后话。

吴巴海巴图鲁与喀尔喀穆等人又经过了一番仔细地研究，把该定的都定下来之后，便对大家说:“这样吧，北抚索伦部，就按信上说的办，有事儿我担着。萨布素，你带人去开原，早点儿做准备，尽快走。定了谁去，要告诉家里一声。此去千万小心谨慎，早点儿带回老奶奶那个小外孙子，平平安安地回来。”孩子们听说让去开原了，乐得你推我一把、我捅你一下的，还直蹦高儿！喀尔喀穆补充道:“我清楚地记得，当年宁古塔的兵随萨穆什喀北征班师回朝的时候，俘获的一些人全被分到各王爷、将军的家里做奴才了。像郑亲王家里便有哈哈营子[①]、赫赫营子[②]，听说能有二三百人，多数是索伦部的。这些人，我看得想办法把他们一块儿收容过来，对咱们联络索伦部、瓦解秦楷的势力是很有好处的。”吴巴海巴图鲁一听，觉得理该如此。最后决定兵分三路，办好三件事：一是由萨布素带领小伙伴儿速去开原，把老太太的小外孙子接回来，顺道儿摸摸底；二是宁古塔原来的兵勇所承担的差事，一应其职，常任不变。在喀尔喀穆北上期间，委托一名将领抓宁古塔诸务，勤于督导。喀尔喀穆同老太太明天出发北上，请老人家的哥哥来宁古塔为虽哈纳疗伤，并利用有利条件，尽量多掌握一些北地的军情秘事；三是由吴巴海巴图鲁率部迂回到叶赫原来的猎场一带，收容索伦部庚辰期间被掠的一些男女，接来宁古塔。等喀尔喀穆、萨布素回来后，再把他们一并送回黑龙江，交给索伦部头人。同时发兵与沙尔虎达、鄂罗塞臣、巴都礼会师，擒拿明将秦楷，以便与索伦部重新结为兄弟之谊。

商议毕，大家离开了哇嘎家，各自分头做准备。喀尔喀穆回到了衙门，首先需安排自己走后，暂时由谁来管理宁古塔。经认真考虑，选了一名身边的副将担当此任，叮嘱他必须把宁古塔的军政要务抓好，不可有丝毫的疏忽。吴巴海巴图鲁带着玛赉、佟保回到大本营，向各个佐领

① 即圈男奴的地方。

② 即圈女奴的地方。

传达了下一步的行动部署。当晚，派前锋悄悄儿离开宁古塔，到叶赫一带先行调查，争取尽早将被掠的索伦部人带回来。萨布素同伙伴儿们回到马场，合计去开原救人的行动计划。

第二天丑时，喀尔喀穆与老太太带两个小校，天没亮就骑马轻装上路了。各位阿哥可能会问："六十六岁的老人家能骑马吗？"您可别忘了，北边人多数是马上民族，不论大人、小孩儿，包括老人都爱骑马。因此，老太太自然也骑着马。

吴巴海巴图鲁最惦记的是萨布素这帮年轻后生，总觉得他们还是孩子，又是第一次单独出远门，真怕出错儿呀！所以，他在大本营部署完毕后，具体该如何落实，全交给玛赉、佟保及一些佐领了，抽身匆匆忙忙地去了马场。其实，他昨晚便和孩子们一块儿住在马场了。已经把去开原的一些可能碰到的情况研究得相当细致了，连具体怎样行动、遇到困难该如何处理、每一步应怎么做，都考虑得十分周到。然而，尽管吴巴海喜欢萨布素，从与哈勒苏老将军、虽哈纳的私人关系来讲，非常关心萨布素。认为这个孩子聪明、机灵、悟性高，什么事儿一点就透，而且口齿伶俐，善于想问题，反应机敏。还知道他武功好，马术也不错，经常受到喀尔喀穆的表扬和夸赞。但老将军深知此次的差事不同寻常，是重要的军务，孩子们能行吗？办好了，对北抚大有益处；办不好，不用说事儿泡汤了，就是哪个孩子受了伤，我吴巴海都难以担待呀！尤其那萨布素是尊敬的哈勒苏大哥的孙子，哇嘎是门突呼老人唯一的儿子，又是新婚的丈夫，瓦礼祜是已故老将军瓦岱的孩子，真要有个三长两短，能交代得下去吗？心里很不托底。到马场以后，他边跟孩子们一起吃饭，仔细倾听他们的议论，询问对每个人，包括每个行动的具体做法如何打算的，边帮助出谋划策，看看他们的准备情况。由此才相信了喀尔喀穆曾说过的话："萨布素这个孩子我放心，别看人小，办事能力挺强，有组织才能，还有威信。从小看大呀，将来肯定错不了，很可能是个了不起的人物呢！"这么一来，他对孩子们有了进一步的了解，感觉到萨布素处事本领真是不一般。不仅增强了信心，也有了把握，相信他们能把事情办好。

说书人向各位阿哥讲过，萨大人在年轻的时候很了不得，从小便在爷爷哈勒苏的言传身教下习武，之后又在额莫的具体指导下学功夫。舒穆禄夫人使的是杨家枪，是由她的先辈传授下来，再经过舒穆禄氏的加工改造、经年磨砺，才单独成为一派的。要说起杨家枪法，还得从杨古利大将的父亲说起。其父的枪法，先是学的大宋杨家枪的套路，后来通过精心的琢磨、千万次的习练、不断的改进、发展，到杨古利大将时，已形成了自家的枪法套路。一杆枪能变成四十九杆枪，接着能变成四百九十杆枪。怎么回事儿呢？枪同剑一样，舞起来非常快，虚虚实实，对方无法招架。一杆枪等于七杆枪，七杆枪变成七七四十九杆枪。四十九乘以十倍，则是四百九十杆枪，再无数次的翻番，遂变成无数杆枪了。也不知哪杆是虚的，哪杆是实的，就快到这个程度。舒穆禄的枪法，正是得到了叔叔的家传，从小武艺高强。虽然后来结婚生了孩子，还要操持家务，但练枪从未停过。喀尔喀穆调任宁古塔后，始终按照吴巴海巴图鲁提出的要求，培育少年武功。哈勒苏色夫不在了，便亲自登门请舒穆禄夫人继任，由她具体指导，隔三差五地到校场上教授孩子们刀、枪、箭法。萨布素的很多功法得益于母亲的教授，而且聪明、勤奋，每天早晚练功，风雨不误。早晨不用父母叫，到时候保准起来，已经养成习惯了，常年习功不辍。箭术、枪术、刀术及轻功、马术都很好，在宁古塔校场比赛中，屡屡夺魁。后来，又从师周子正学汉学，认真苦读，孜孜不倦。使得那些古文能倒背如流，牢记心中，运用自如，可以说文武全才。要想成为一位将军、未来的大将，可不是凭长辈的名声能得到的，而是全靠自己的刻苦和天分，要有这份儿能耐，有这个造化。

这里还要特别提到一个人，即萨布素的四大爷都克山。清初是以军事立国，兵制即官制。那时，都克山任京师二等侍卫。天聪五年，设立吏部、户部、礼部、兵部、刑部、工部等六大部，每部之下设丞政、参政、启心郎、办事、笔帖式等官职。都克山已由侍卫升任丞政之职，不但官品高，而且剑法好。跟谁学的呢？以前咱们讲过，都克山和他的三哥依成额一直跟着杨古利大将，其剑法就是跟杨古利学的。只要都克山回宁古塔探家，哪怕只呆十天半个月，也要教萨布素马上的剑法、棍法、枪法、刀法。因萨布素肯钻研、能吃苦，又有很多便利的学习机会，所以武功比别的孩子强。可以说，杨氏家族的剑法、刀法差不多都掌握了。正因如此，在马场便有了个武侠的雅号，叫“小剑客”。

咱们把话说回来，刚才所讲的这些，吴老将军不仅听说过，在校武场上也亲眼看见过。觉得萨布素实在是名副其实，真乃后生可畏！每每想起这些，心里总是感到很欣慰，对萨布素领着几个伙伴儿去开原彻底放心了，甚至认为即或由哪个佐领带着去，都不一定赶得上他。吴巴海还想看一下萨布素如何布阵点兵，便考问道：“萨布素，先把你去的地方的大致情况说说。我告诉过你们，要向老奶奶和她两个姑娘问清楚，那块儿的环境是什么样儿的，能不能背下来？”哇嘎、门德赫、瓦礼祜三人抢着说：“吴爷爷，萨布素已经把这个编成歌儿了，我们全会唱。因为会唱了，就记住了。”吴巴海说：“好哇，那你们唱给爷爷听听。”于是，孩子们齐声儿唱了起来：

清河沿，松成排。
四角楼，兵五百。
童女墙，柞木栅。
留歪头，八岁半。
左耳桩，叫小拜儿。

各位阿哥，你们看萨布素多聪明，他竟把老太太所介绍的郑亲王庄园的外部环境和要找的孩子的基本特征编成了一支歌儿！歌诀很有意思，编得还挺合辙押韵的，生动、好听、好记，因此孩子们全会背。你听他们说得多细呀：郑亲王的庄园在清河沿儿那块儿，周围有成排的古松树。外边围着土护墙，护墙的四角儿上，设有瞭望的五百兵丁把守。圈孩子和女人的地方外面围着墙，不是土墙，而是柞木障子。要找的孩子特征是留着小歪头，年龄八岁半。那时候，一般来说，汉人家的小男孩儿剃光头，只在头顶儿上留一绺儿头发，圆圆的，挺好看。而这个孩子是在耳朵上头、太阳穴的一边留了一绺儿头发，叫歪头，为北方达斡尔人男孩儿的发型。就是成人，在辽金时代也是此种头型。老奶奶的小外孙子还有个特点，即左耳的耳屏外侧、耳垂的上方，长了一个小肉桩儿，孩子的名字叫小拜儿。吴巴海听了以后，不禁笑了起来，心想：“萨布素太机灵了，的确有点儿道眼！”

孩子们唱完以后，都规规矩矩地坐在那儿，只见萨布素像个小统帅似的，开始一个一个地点将了：“咱这么办，门突呼爷爷在马场留守。门德赫、土球子、窝赫，你们仨一定要听爷爷的调遣，看好马场，按时放牧，不准偷懒。南去开原的，有我、哇嘎、瓦礼祜。为什么带他俩去呢？前去接小拜儿，要赶四马长斗儿大雪橇。它的架势大，速度快，哇嘎哥哥车赶得拿手，非他莫属。瓦礼祜武功好，受他阿玛瓦岱将军的传授，会蝎子倒爬墙。就是身体可以贴在墙壁往上爬，得需要气功、腕力、腿力都好才行。只我们三个去，人少灵活，多了反倒碍事儿。哇嘎管车，我和瓦礼祜骑马，是先锋。我们的办法是尽早快速行动，在神不知、鬼不觉中，把小拜儿弄到手。此外，官庄那里被抢去的奴才不少，到时候看情况。如果顺利，或许能多带回几个孩子，现在先不定，不过老奶奶的小外孙子说啥得接回来。以沙呼沙虎[1]的叫声为号：长啸——平安无事；短啸——快跑；尖啸——隐蔽；大啸——得手顺利，催马返家。各自带着防身的兵刃。哇嘎哥哥，你武功不行，不用带啥，赶好车便行了。瓦礼祜用腰刀，我使剑，还要带上夜行衣及平时必需的用品，比如晚上用的暗钩、撬门用的铁杠及护脸防身用的遮身之具等。抓紧时间准备好，今天夜半就动身。这么做，大家看行不行？”小伙伴儿们高声儿回答：“行，行！”吴巴海听了听，觉得没什么漏洞，想得很周到，布置得也挺细，便告别说：“好吧，萨布素，我回去了，今天晚上爷爷不在这儿住了。记住：多方留意，谨慎小心，早去早回，祝你们成功！”说完，骑着快马，由两个小校护送，过了山冈儿，奔向宁古塔的旧街，回到三棵杨虽哈纳家安歇去了。

单说萨布素他们待老将军走后，按计划进行了准备。哇嘎把车备好，将马喂饱了，又装了些草料，还带了风火炉等随时用的东西。为什么要带风火炉呢？它实际就是火种，可以用来取暖、烧水、做饭，便利得很。因路长要宿营，宿营取暖需要火。现找火很难，用火镰打，半天打不着，干柴也不好找，所以一般都带个风火炉。那么风火炉是什么样儿呢？有大有小，小的像个小手炉似的。炉子里装的是火炭，还有没烧完的木头。底下通风，随风一吹，火便不能熄灭。平常不用时，火上用少量的炉灰压着，得始终让它着着，又不能快着，即不能很快烧完。这样，保留火的时间长，什么时候用都可以。急需时，在炉子上头用铁钎子一翻，底下风一吹，马上就变成红火了，你是烧水呀、热饽饽呀全行。

到了后半夜丑时，萨布素一行带着鹰、狗、弓箭及干粮、水等必备之物出发了。走的是宁古塔到沈阳的水道，主要是择河为路，即挑有河的地方走。凡是遇有河道，则想办法把这些路连起来走。河道里虽然有雪、有冰，但平坦，人畜都不费劲儿。雪橇在上面滑行，既平稳又迅捷，顶多是多拐几个弯儿，总比爬坡儿下岗儿省事儿。好走，安全，还不容易伤马腿。此乃世代猎人行走之路，后来因兵家也常走而沿袭下来。在当年交通不便的情况下，这条水道可以说是很不错的路了，行人挺多，

① 满语：夜猫子，即猫头鹰。

并不荒凉。萨布素他们以前冬天随大人们到沈阳送鳇鱼、马鹿、虎、熊、野猪等猎物时，曾经走过。从宁古塔出发沿着这条路往西去，是毕尔腾湖的南葫芦头。继续向前走，就到了呼尔哈河。翻过一个不大的龙冈，下了山坡儿以后，便进入长白山的江源，即二道白河。从二道白河一直往北走，是与流入松花江的辉发河相汇的地方。从这儿往西行，至辉发河的尽头儿，翻过一条小龙冈，进入柳河。再往前走，上一个冈儿，下一个冈儿，就是清河源了。正因为他们走的是冰雪道，中间没休息，没打尖，寅时初刻，便赶到了清河口，天还黑着呢，就这么快！此时，塔其妈妈星在天空高照，鹰星刚刚偏西，远处一片黑沉沉的林子里，不时传来金铎的当当声和木梆子的啷啷声。天黑人静，清晰可闻，这是庄园巡逻人在报时，每天如此。三个孩子听到这响声，知道前边便是郑亲王的庄园了，发现庄园的四周没有村寨。

清初时，北方，特别是辽东一带的王庄太多了，每个王爷皆有自己的庄园。一说起庄园，大家会肃然起敬，以为一定经管得规规矩矩、像模像样呢！其实，什么庄园哪，就是个大屯寨。那时，一些王公大臣受皇帝或王爷的封赏，在一些荒地上骑着马跑一圈儿，圈出一片地来。然后钉上木桩子或围上围墙，夹上栅栏，有的四周挖出护城壕，便成庄园了。他们使奴唤婢，不仅有牧场，饲养羊、牛、马、骡、驴、猪及鸡、鸭、鹅等，也开荒种地，种五谷杂粮和荞麦、铃铛麦等。还要种草，做牲畜饲料，因为人要吃肉啊。有的则专门开辟围场，供主人打猎。势力越大者，其庄园的面积越大。为了看管圈在里面一年四季给主人放牧、种地、耕田、出力干活儿的奴才，主人往往派自己的儿子呀、姑爷呀、弟弟呀或三亲六故、亲信部将到庄园中做头领。这样的村寨，满语叫它突克索，头领叫突克索达，即庄园达，或者是常说的庄头儿、庄主。郑亲王在当时那是多大的势力呀，庄园真是太大了，把几座山和几条水都围住了。牧场、猎场、农田、钓鱼场俱全，山川、河流、野林尽在庄园之中。主人闲来无事，经常骑着马，领着仆人，拿着弓箭到围场射猎，狼、虎、豹、野猪、鹿等全有。猎到之后，除了宰杀，将一些野兽放在围场里继续圈养。也可以带上渔具，到庄园内的河流里钓鱼。郑亲王的庄园较之其他的要大得多、庄重得多，男女奴才更多。

萨布素一行到达时，天还没亮。一眼望去，四周根本看不到边儿，你说郑亲王的庄园有多大吧？萨布素告诉哇嘎、瓦礼祜快走几步，趁天黑着，把雪橇赶进前面的密林中，找一个隐蔽的地方藏起来，大雪天的，雪橇不能露在外头。为什么呢？因为庄园的高墙上有岗楼啊，岗楼上有哨兵啊，他们居高临下，隐蔽不好，容易被发现。一旦暴露了，便会引起怀疑，那不就麻烦了？哇嘎赶着雪橇进了林子，在密林深处找到一个比较理想的地方，将马卸了下来。这时一看，马的浑身上下全是白霜。哇嘎、瓦礼祜将白霜打扫干净，把缰绳拴在树上，让马站在那儿吃草。再用绊马索将它的前蹄子绊上，免得跑出去。到附近找来一些木头、干树枝，在马匹和大雪橇的上头盖上树枝。还搭了一个小托保，既可临时在里面宿营、吃饭或歇息，又可掩人耳目。这个小托保同猎人们打猎时搭的是一样的，真要是巡逻的人来了，不会追查他们是干什么的，只会当成打猎的，因为出猎时都得有狩猎房。那时，打猎的太多了，互相间谁也不问谁是从哪儿来的。萨布素告诉哇嘎："你好好儿在这儿呆着，轻易不要出来走动，不能让他们看到此处有人。倘若被发现盘问起来，就说是打猎的。"哇嘎保证道："好弟弟，没事儿，哥在这儿等你。"萨布素说："我和瓦礼祜先去察看一下动静，了解了解情况。咱们的联络暗号儿你一定要记住，不能发困，更不能睡觉，时时刻刻都得精神点儿。"哇嘎答应道："好了，记住了，你们去吧。"萨布素、瓦礼祜看一切就绪后，便穿上猎装小打扮，系上腰带，拿上短兵刃。二人转身刚要走，萨布素又回头叮嘱道："哇嘎哥哥，我俩去了，你可注意听我们的暗号儿哇！"哇嘎摆手道："放心吧，快去快回。"那雪挺深，有的地方能没膝。萨布素和瓦礼祜踏着雪，"嚓、嚓、嚓"地朝黑沉沉的庄园走去。

拂晓前，王庄很静。二人在走近庄园时，萨布素抬手冲瓦礼祜指点了一下，瓦礼祜明白了，他俩立刻分两个方向往庄园的高墙靠近。好在围墙的四周都是古松，被成排的松树包围着。从外头看，只能看到黑糊糊的一片密林，听到的是风声、铎声和梆子声，根本看不到庄园。过了林子之后，在迷蒙的夜色中，才能看到高墙。他们选的地方挺好，分别躲进了古松的缝隙中。周围的参天古树粗得很，有的好儿抱粗，一棵挨一棵，排列得非常密。在里面听不到风声，很暖和，清静又没雪。脚下是每年的一春一绿、一秋一黄落下的一些松枝儿呀、松叶儿呀和各样的野草。经多年堆积，越积越厚，踏在上面暄腾腾的，如同踩在被褥上一般。天色开始放亮儿了，从林子的缝隙中，可隐隐约约地看到前面的高墙，二人警惕地环顾着四周。这时，萨布素用两只手一捂嘴，学夜猫子"嘎、嘎、嘎"的尖叫声，将此暗号儿传给了瓦礼祜。这叫声通常是预示两只公夜猫子碰到一起了，向同一只雌夜猫子求爱。其中一只公夜猫子警告另一只公夜猫子："我喜欢这只雌夜猫子，你要敢来向它求爱，将毫不客气地咬死你！"接着便瞪着一双大圆眼睛，呼扇着翅膀，嘎嘎地叫着，就这意思。萨布素的暗示意味着什么呢？即告诉瓦礼祜："你藏起来，不要动，我先动。"瓦礼祜一听明白了，这是让他隐蔽的暗号儿。于是，手拿兵刃，迅速地找到了三棵成三角形的几抱都搂不过来的松树，往中间儿的空当处一站，别人看不到他，他却可以从树的缝隙中看到其他人。

萨布素发完暗号儿之后，悄悄儿地向围墙贴近。忽然，发现前面有火光。仔细一看，见有两个巡逻人，手拿松树明子的火把，后头跟着两个手拿金铎和梆子的人，不时"啷、啷、啷"地敲。他们的后头还有两个人，带着腰刀，一手握着刀把儿，一手摁着刀鞘的尖儿，前后共六个人围着高墙往前走，谁也没往两边看。当这几个人走过来时，萨布素马上隐到一棵大树后头，待他们过去了，再向高墙靠近。这时，又过来一伙儿人，萨布素只好又一次隐蔽，还真没想到竟防范得如此严密。本以为不就是个大屯子嘛，即使巡逻，也不过是象征性的，松松散散的，不可能很严。面对此情，心想："我得抓紧时间，赶快探个究竟。"于是，身带三尺短剑，欲爬上树去观望。

说起短剑，有八尺、五尺、三尺之分，是近攻时用的。手拿短剑，闪转腾挪十分方便。别看剑短，有时并不弱于长剑，主要看你的躲闪功、弹跳功是否到家，眼神儿是否灵活，腕力、脚力是否有力、快捷。所以说，有能耐的人所使的剑不一定长，不见得越长越好。三尺短剑，再去掉把儿那块儿，也就二尺半长，锋利得很。萨布素把短剑装到剑囊里，挎在身上，准备走到离大土墙最近之处上树。

前面我们讲过，萨布素有轻功，上树像猴子攀杆儿一样，轻巧、灵便。这里的树有个特点，即一棵挨一棵长。要知道，如果是单棵树，它的枝子向旁边长，七枝八杈的。如果树挨着树，则全往上长，争着见太阳老爷，谁也不愿躲在底下，在底下晒不着太阳。因此，树的排列越挤时，越往高长，还长得特别直。萨布素来到靠墙的一棵树下，一只手扶着树杈儿，一只脚蹬着树干，往上一蹿，"噌、噌、噌"几下就上了树，稳稳地站在了树杈儿上。他用的是轻功，不但没有声音，连树枝都不动。你想啊，树枝若突然晃动，不是容易被人发现嘛。密林里，只有几只寒鸦在叫，这对萨布素相当有利。为什么呢？因为树上有老鸹在飞，不易引起瞭望人的注意呀。他站在高高的树杈儿上往下瞅，下面的一切暴露无遗，很是清楚。见土墙里是一片房舍，院内挂些大灯笼。那时的灯笼是用竹纰做的，即将竹纰撅成圆形或长圆形，外头罩上红色的绸布，里边有油碗儿。点的是獾子油或猪油、羊油，也挺亮。借着灯光，萨布素看到有些人在院子里边走动边说话，由于有风声，听不清他们说什么。看了半天，看不出什么道眼来，心想："这不行，我得想个什么招儿进院子里去，那才能探出个子丑寅卯！"

萨布素正琢磨呢，机会来了！只见墙外过来两个巡逻人，没拿火把，也没带腰刀，可能是打更的，一前一后地顺着大墙根儿往前走。前边那个刚拐过墙角儿，后一个走得慢了一点儿，正好与前一个有段儿距离。萨布素瞅准机会，忽地从树上跳了下来，来了个单人骑马术。什么叫单人骑马术？这是一种重要的轻功技能。即先头朝下从高处往下翻，快到底部时，一折跟头，两脚轻轻着地，稳稳地站到地上，一点儿声音没有。如果需要抓人，可在往下跳的同时，运用擒拿术，把下头的人抓住，还不能让被抓的人喊出声儿来，也不能把人掐死。萨布素从树上往下一纵，先是两脚轻轻一点，头冲上，身体腾起来再下坠，两脚马上叉开，两手左右支开。与此同时一悠，脚随即一旋，像骑马一样，稍稍往下一蹲，不前不后，不偏不倚，正好坐在后一个巡逻人的肩膀上。然后将两条腿往里一并，压住那人的肩膀，卡住后脖颈儿。再用左右两手点他的双肋穴，都没来得及叫呢，就蹲坐在地上，只剩下张着大嘴喘气的份儿了。萨布素两腿一迈，用手一抓，像拎小鸡似的将那人提溜起来。往前走时，还不能拖地，那样容易拖出声儿来，会引起别人的警觉。只那么用力一悠，便悠到树林子里了。这样，才可以如同拖死猪般往树林深处拖。这些动作，说时迟，那时快，也就一眨眼的工夫，之后解开了他的穴位。

那巡逻人躺在地上，脸憋得青紫，大口大口地喘息着。待睁眼一看，吓坏了，面前站着一个人，剑尖儿正指着自己的鼻子！刚想喊，只听持剑人压低声音说："不许喊！小心削掉你的鼻子！我问你话，必须小声儿回答。敢有半点儿胡言，先把舌头割下来，然后就地宰了你！"那人连连点头称是。萨布素问："这是什么地方？"那人回答："爷爷，是当今郑亲王府的庄园和猎场啊，王庄挂着的大匾上写着呢。上有四个大字'清河猎园'，那匾还是大清皇上太宗亲笔书就赏给王庄的呢！"又问："谁在这里住，管事儿的是哪个？""禀告爷爷，管事儿的是郑亲王的大公子乌尔敦，现正住在里面。大公子王爷不愿做官，把官职让给了弟弟，他天天吟诗作画，经年住在绿水青山之中。"再问："庄园有多少兵马？""不多。说是五百人，实际没有，顶多二百来人。这儿挺安全，离京城又远，谁来呀？况且平时也没啥事儿，养那么多兵干啥。”萨布素听说没有太多的兵，放心了，接着问：“哈哈围子、赫赫围子在哪儿？”那人纠正道：“爷爷说的是哈哈营子、赫赫营子吧？”“对。”“啊，墙里面西北角儿那块儿是哈哈营子，它的旁边是赫赫营子。那里圈的人可多了，漂亮姑娘也不少，全是掠来的。”萨布素低声儿喝道：“少废话！那儿有围墙吗？”“有，周围一色是用柞木围的障子。”萨布素一听高兴了，看来老奶奶介绍的情况真挺准。又问：“到哈哈营子怎么去好？”“怎么去？爷爷，那大门关着呢，没有认识人是进不去的。不过进到院子后，大伙儿会认为是庄里的人，一般没人问。”“庄里人穿的衣服上，有什么不同的记号儿没有？”“没有，就是旗人随时穿的衣裳，那些掠来的人，原来穿啥衣裳现在还穿啥。只要能进了大门，到里边便没事儿了。”看来回答得倒挺痛快，问啥说啥。

萨布素仰头一看，已近卯时，心想：“天越来越亮了，不能再拖了。要想入哈哈营子救小孩儿，大门不好进，又不能轻易动武，只能智取。”于是继续问那人：“你是干啥的？”回答道：“我是他们抢来的奴才。”萨布素这时才注意到，他的后裤腰带上有一个木牌儿，木牌儿上有火烧的“信”字，牌儿上有个眼儿，结着一条皮绳儿，正好勒在裤腰带上。便指着木牌儿问：“这是干什么用的？”“你是说这个牌儿呀？它的用途可大了。有了它，可以到处走，你是进院儿呀、进屋哇、出来呀，都很方便。如果出现什么异常情况，要靠我们来报信儿，就是干这个用的。”“多少人持木牌儿？”那人想了想，说：“有四五十号人吧。木牌儿无论如何丢不得呀，要是丢了，脑袋也跟着搬家了，是我们的命根子呀！”萨布素一听乐了，好哇，这个牌儿代表人的身份，有了它，事儿好办多啦！随即跳起来骑在那人身上，嘁里咔嚓地把小木牌儿解了下来，然后说道：“好了，我借用一下。”那人忙带着哭腔儿哀求道：“哎呀，爷爷，要是拿走，小的可活不成了，求爷爷还给我吧！”萨布素说：“老实点儿，哭的哪门子？今天晚上就还。一会儿放你回去，待送木牌儿时，咱俩总能见面。”那人不放心地问道：“爷爷，能给我送来吗？那先给爷爷磕头了。”萨布素说：“不用来这个，告诉我，怎么找你？”那人想了半天，说：“这么办吧。过了这片树林，从南河沿儿往东一拐，有个破地窨子，是我们狩猎打尖的地方，到那儿找我吧。爷爷，可千万得给我送来呀！”萨布素答应道：“好吧，一定还你。不用怕，反正别人现在不知道，又不会马上查，怕什么？装作没事儿人似的，啥都不用讲。不过你记住，如果今天我要出了事儿，绝不客气，必要你的狗命！”“爷爷放心，即使给十个胆儿也不敢说呀，到时候可一准把木牌儿还给我呀！”“放心，晚上等我，起来吧。”那人起来拍了拍身上的雪，萨布素问他：“咱们交个朋友，你看好不好？”那人高兴地说：“敢情好！爷爷，你是什么地方人？”萨布素说：“先不用问这些，你马上回去，时间长了，他们会找的，容易引起怀疑。如果方才跟你一起走的那个人要是问起，就说突然一滑摔倒了，把脚崴了，别的啥都不许露，听见没有？”那人一个劲儿地点头道：“听见了，听见了。”“去吧。”就这样，那人看萨布素手拿着剑，鬼才晓得是从哪儿来的，动作那么快便把自己压倒了，差点儿没憋死，功夫真叫绝！知道这人武功高强，不好惹，只好乖乖地回去了。待他走了以后，萨布素按原道折了回来。走不远，捂嘴发出夜猫子的长啸声，预示着平安无事。

萨布素愿意动脑筋，遇到啥事儿总要琢磨琢磨。特别是吴巴海巴图鲁跟他唠过以后，虽然没往深了讲，但对他的启发很大，脑子里转转的事儿更多了。比如吴巴海说：“人的脑袋不能闲着、空着，得勤于思考。得像蟒蛇吞蛋一样，把蛋挤碎，消化掉，变成自己的营养，要学会怎么解决问题。”这些话，的确让萨布素长了不少见识。方才他审问了庄园那个打更奴，便想到了三点：一是郑亲王的庄园所占面积不小，黑压压的一大片。再加上那些猎场、渔场、牧场，与过去同大人们去过的北边一些庄园相比，要大多了。庄园大，用的人必然多，证明这里的奴才不少。二是既然奴才多，除了用男奴干活儿，也要专门收容、囚禁一定数量的女奴，以便随时供主子享乐。三是里面还圈着一些孩子，单住一处房子，他们将是未来的奴才。此次吴爷爷给的差事是救那个叫小拜儿的孩子，反正已经来了，就不能单救一个。如果可能的话，应该多救几个才对。尽管吴爷爷没另外给差事，若能多带些孩子离开此地，也是办了件好事儿嘛！况且他们都是被抢来的，是受苦受难的奴才。过去常听阿玛讲，人做了善事，胜造七级浮屠啊！想到这儿，便下定决心，尽量多救一些人出去。然而现在不行，因天已大亮了。他转身钻进了松树林子，手往嘴上一捂，学着夜猫子的叫声。意思是告诉瓦礼祜，别藏着了，赶紧出来吧。瓦礼祜听到了联络暗号儿，立即从三棵大松树的空地里走了出来，找到了萨布素。二人凑到一起后，瓦礼祜急不可待地小声儿问：“怎么样，下一步咋办？”萨布素说：“跟我走，你没看天亮了？白天办不了，只能等到天黑了。我有个想法，咱们回去跟哇嘎哥哥商量商量再说。”瓦礼祜知道萨布素遇事不慌，想得周到，只要认准了，肯定说干就干。也信得着萨布素，把他看成是智多星，愿意听小剑客的。所以，二话没说，顺从地跟着萨布素钻进树林，快速来到停大雪橇的那片地方。

二人站定后，萨布素发出了暗号儿，哇嘎立马过来了。见到他俩刚想问，萨布素便吩咐道：“哇嘎哥哥，你把车套上，有几个事儿商量一下，然后咱们走。”哇嘎愣了，不解地问：“怎么还走呢，出啥事儿了？”萨布素说：“先别问了，快套车吧。”哇嘎急忙把四匹马拉出来，架好雪橇，萨布素、瓦礼祜则解开他们所骑的那两匹马的绊马索。这时，萨布素才把刚才的事儿一五一十地告诉了两个小伙伴儿。哇嘎的年龄尽管大一些，却愿意服从比他小的萨布素的指挥。此刻，听完萨布素的一番话，觉得现在不动有道理。天都亮了，总不能明目张胆地动武、打开门进去抢人吧？所以只能等到晚上才行。萨布素又说：“既然吴爷爷、喀尔喀穆叔叔信得着咱们，让咱哥儿仨来了，就要把差事完成得更好些。这个庄园里，圈着掠来的受苦受难的奴才不少。我的意思是，好事儿应该做到底，想办法多救一些人出去。”哇嘎高兴地赞同道：“好啊，太好了！对，大老远来了，咱不能只抱一个孩子走。多救出几个，回去不是更光彩吗？”瓦礼祜说：“这么做没错儿，不过必须得准成，不能瞎来。眼下咱们对郑亲王庄园的情况还不太清楚，奴才的确不少，但是否都是崇德庚辰年从北边索伦部掠来的达斡尔人哪，有没有其他地方的呀？我看得弄明白。”哇嘎着急地说：“那怎么办哪？也没别的招儿哇！”萨布素说：“我琢磨半天了，有这么个办法你们看行不行。我四大爷在留都盛京，知多见广，久经沙场，是杨古利大将身边的人。不妨找他去，准能知道一些我们需要了解的情况，听完之后再说。正好天亮了，何必干等呢？沈阳离这儿又不远，可以抄近道儿，用不了多长时间。到那儿以后，你们在城外等，我一个人进去找四大爷。咱们快去快回，晚上必须赶回来，天黑动手，两不耽误。”哇嘎、瓦礼祜一听，觉得此计划想得挺圆全，没说的，就同意了。于是，哇嘎赶着四马大雪橇在前头走，萨布素、瓦礼祜各自骑上快马跟在后头，三人很快离开了郑亲王庄园，急奔盛京。

话说简短。萨布素一行只走了一个多时辰，便到了盛京。因为从郑亲王庄园那儿去盛京的车挺多，他们的车也像是从北边来此办事儿的，所以不必担心谁看见。到了离城门不远的地方，哇嘎把马拴在旁边的小树林里，萨布素嘱咐道：“你俩在这儿等着，别乱走。幸好来时，身上带着我阿玛的宁古塔腰牌儿，你们看着，准能进去。”你看他想得细不细？萨布素说完，牵着马，大步流星地走到了城门口儿，对守门人说：“我有事儿要见都克山大人。”说着，拿出了腰牌儿。守门人一看，是宁古塔城守尉火印的牌子，立刻放行道："好，请吧。"萨布素进了城门，在门内左侧的马桩子处拴了马，很快就找到了都克山大人的府第，即礼部丞政府。

萨布素进得府门，都克山见侄子来了，吃了一惊，怎么也没想到他自己能来这儿，以为家里出了什么大事儿，忙问："萨布素，你咋来了，出啥事儿了？快点儿告诉四大爷。"萨布素便将受吴巴海巴图鲁的委托，到郑亲王庄园要办的事儿说了。都克山又问："那为啥不赶紧去王庄，到我这儿来干什么？"萨布素把自己的想法及请四大爷帮忙的打算讲了出来。都克山想了想，告诉萨布素："崇德庚辰年那场劫难，我倒没参与，因当时正在锦州一带征战。不过可以找你的一位姥爷，他了解情况，看能否帮忙。"萨布素一愣，忙问："我还有位姥爷在这儿？"都克山笑着说："有哇，他叫冷格里，是位将军，杨古利大将的弟弟。你额莫不是杨古利的侄女吗？管他叫叔叔，你当然得叫冷格里为姥爷了。我相信，看你额莫的面子，他也能接待。你跟他讲讲，我再帮着说说，能差不多。"因时间很紧，哇嘎、瓦礼祜还在外边等着呢，所以萨布素说："四大爷，这事儿需快点儿办。我得抓紧时间回去，今天晚上务必动手，不能在此呆的时间太长。"都克山答应道："那好吧。老人家刚从山海关前线回来，身体不适，正在家里养病，咱们马上就去。"于是，都克山把萨布素领到了冷格里大将的府上。

都克山领着萨布素进了屋，向老人家介绍道："大将军，这是你侄女舒穆禄的儿子、哈勒苏将军的孙子萨布素。"萨布素赶忙施礼请安。冷格里一听说是侄女的孩子来了，非常高兴。又见萨布素长得一表人才，不论说话还是举止行为，皆彬彬有礼，很是招人喜欢。而且越看这孩子，越觉得有些地方特别像自己一向佩服的哈勒苏将军。侄女舒穆禄格格自从嫁到富察氏家以后，去了吉林乌拉，又到了宁古塔，这么多年再没见过面。今天看到侄女的孩子，你说他能不乐吗？于是亲热地把萨布素拉到身边坐着，问寒问暖，以为是来串门儿的呢！都克山说："将军，他是有事儿而来，想请您帮忙的。"冷格里一听，马上问道："孩子，啥事儿？说吧。"萨布素开口道："姥爷，我是奉吴巴海巴图鲁之命，去郑亲王庄园找一个名叫小拜儿的孩子。""为什么？""睿亲王和范大学士给吴老将军写来一封公函，提出要南进北抚。目前，南进很顺利，北抚涉及一个问题。就是庚辰年大行皇帝在的时候，萨穆什喀将军领兵抄了索伦部的雅克萨、阿沙津、多金等城，杀了不少人，掳掠了许多人口。此事使得索伦部的人到现在仍耿耿于怀，同我们朝廷的关系始终不好。睿亲王的意思是，尽最大努力，将掳来的索伦人送还给他们，争取与索伦部和好。从此亲密团结，拧成一股绳儿，一致对付犯我大清的罗刹，以利稳定后方，巩固北疆。可庚辰年那场征伐之后，已将许多被掳的索伦部男女，还有孩童全分给了王公贵族为奴。这些奴才实在不堪凄苦，只好偷跑了出来，有的逃向吉林乌拉，有的逃向宁古塔，我大爷他们曾从乌拉往宁古塔送去些收容的逃人。尽管如此，在各王庄为奴的仍有不少。我这次便是受吴巴海巴图鲁之命，到郑亲王庄园找个达斡尔的孩子，要将他接出去。王庄里，有好些个牢房，圈女奴的叫赫赫营子，圈男奴的叫哈哈营子，还有专门圈孩子的地方。据说，其中不少人是庚辰年从索伦部掠来的，分给郑亲王做奴才。我到姥爷府上来，是想向老人家打听一下，郑亲王庄园究竟有多少被这样掠来做奴才的人。”冷格里听后，着实吃了一惊，忙道：“哎呀，孩子，这可不是小事儿呀，最好别参与。因为涉及他们王爷之间的关系，绝不能轻举妄动，弄不好会连坐、甚至杀头的！”萨布素说：“姥爷，我不怕，咱们做的是好事儿，是为了国家的稳定。那些失去亲人的索伦部人，有的要找失散的妻子，有的要找自己的丈夫、找儿子，他们天天以泪洗面。咱们同达斡尔人也是亲戚，有联姻关系，都是兄弟，为啥做得让人如此揪心呢？如今，睿亲王和范大学士提出，真要安抚北方，关键是抚慰民心。民心不稳，国家怎么能安、怎么能强呢，又何谈固北？”萨布素说这番话时，显现出一脸正义的神情。

闻听此言，冷格里老将军琢磨开了：“萨布素这些话讲得好哇，有道理。没想到哈勒苏小孙子的头脑这么敏锐，口齿伶俐且善谈，襟怀坦荡，像他爷爷，继承了富氏家风啊！既然是睿亲王及范文程大学士的意思，又是吴巴海巴图鲁派来的，自己与吴老将军是莫逆之交，所属的正白旗和正黄旗关系很近，皆为大行皇帝皇太极身边的人，包括杨古利也是，此事当然要帮。”想到这儿，便说：“孩子，你讲得对，为了咱们的江山社稷，是这么个理儿。你问的郑亲王庄园奴才的情况，姥爷还真知道，可以告诉你。至于该怎么办，得自己拿主意。现在就说给你听，我所讲的，应该是比较准的。第一个，庚辰年的征伐所涉及的萨穆什喀，其实是个很好的人，性格特别像你所熟悉的吴巴海巴图鲁爷爷。他们都是不怕死的将军，能征善战，对大清忠贞不贰，也是从不计较一己之利的人。他姓瓜尔佳氏，为开国大将扈尔汉的弟弟。”萨布素一听，当即愣了，原来是这样！心中不禁油然起敬。“扈尔汉是清史留名之人，跟随汗王爷一起创世，南征北战，立下了赫赫战功，对北方颇熟悉。他的弟弟萨穆什喀，是皇太极太宗皇上身边的爱将。那时候，太宗皇帝认为北边的达斡尔人异常凶蛮，不好管理。尤其是当知道部落长博穆博果尔抗上、力量最强时，怕他胡来、闹事，就派萨穆什喀和索海带着一些大将，包括我和吴巴海巴图鲁都去了北边。差事是将索伦部制服，防止反叛。当时，萨穆什喀为左翼主将，副将为索海。索海这个人十分狡诈、阴险，好抢功。回来以后，向皇上奏了一本，声称什么萨穆什喀在镶蓝旗人遭到索伦部围攻的时候，不出兵救援。萨穆什喀对这种不切实际的说法自然不服，据理予以辩驳，索海所言纯属无中生有，我不但出兵救援，而且赶走了索伦部的人。索海之所以诬陷我，是为了争一己之功。可索海同郑亲王的关系好哇，又会阿谀奉承，最后到底把萨穆什喀给告倒了。萨穆什喀耿正、直爽，有啥说啥，也因此得罪过不少朝中的人。全仗太宗皇帝喜欢他，一再保护，才没被处以死刑。但所有的功劳没有了，官职亦被免了。这对萨穆什喀的打击太大了，既想不通，又出不了这口窝囊气，结果于崇德八年郁闷而死。这个人没得好哇，你们不要责怪他。那次攻打索伦部，他确实是遵命去北方拼命征杀的，却什么都没得着。别的大将，特别是索海倒得了很多，不仅抢了功，还分到了不少奴才。不过后来索海也让人给告了，要不说这不做好事儿、丧尽天良的人早晚得露馅儿呢，他被判了刑，家产全被籍没，抢来的和赏给的那些男女奴才全让郑亲王济尔哈朗得到了。我们这些人在与索伦部的征战中，也得了一些赏，然获赏人畜最多的，当属郑亲王。”说到这儿，冷格里连咳了两声，萨布素赶紧递上了茶。

大将军喝了两口茶，放下茶杯，用毛巾擦了擦嘴，接着说：“再一个，郑亲王的庄园你们肯定看到了，很大吧？”萨布素回道：“是啊，好大一片呀！我们觉得挺奇怪，咋那么大呢，清河源两岸全是。”冷格里说：“对，那个地方的庄园相当大，所看到的只是其中的一处。知道它的来龙去脉吗？”萨布素回答：“不知道。”冷格里说：“我来告诉你吧，郑亲王这个庄园最早是庄亲王舒尔哈齐王爷的，就是太祖皇爷努尔哈赤三弟的。后来，舒尔哈齐因与努尔哈赤发生严重分歧而被囚杀，太宗遂将庄园赏给了舒尔哈齐的次子阿敏大将。由此，阿敏继承了庄亲王庄园里的所有财产。天聪年间，阿敏因坐失永平，纵兵屠城，掠夺牲畜财物，并驱降人分给各家为奴，败归。诸王议其十六罪被幽禁，后死在监狱里。太宗皇帝最喜欢的是济尔哈朗，虽然也是庄亲王的儿子，但早已过继给了他的大爷、太祖皇爷努尔哈赤，成了努尔哈赤的儿子。皇太极对济尔哈朗的印象特别好，二人相处得像亲兄弟一样，济尔哈朗实际上是受到了太祖和太宗两位皇爷的喜爱。阿敏出事儿以后，太宗把他的六个庄园全部送给了济尔哈朗。这样一来，郑亲王济尔哈朗阿玛的、兄长的所有庄园，归到了他一人名下，集中了好几个人的家产。因此，他的奴才最多，庄园最大，在这些王爷中，属于最富有的人。崇德四年以后所掠得的索伦部的人畜，大部分又集中到了郑亲王的庄园里。说起来，太宗在世时，听到了一些关于索伦部的事情，一些人曾向朝廷禀奏、申述过。有说自己被冤枉的，有说除了不少人被杀死之外，还有八九百人被抓。实际上，被抓的没有像他们说的那么多，只是虚张声势而已，但少说也有三四百，当然还逃跑了一些，大约有二三百。剩下的这些人，除留在郑亲王的庄园里外，很少一部分分散到其他庄园去了。太宗皇帝在世时，认为不应该把抓来的人当奴才，致使索伦部出现了许多孤儿寡母，造成了妻离子散、不能团聚的恶果，进而导致了索伦部的不少族群对我朝产生仇恨情绪，反对大清，后患无穷。在他看来，无疑是涉及江山社稷的大事，所以想尽早解决这个问题，让被掠来的那些人返回原籍。可万没想到，还没来得及着手实行却晏驾了。顺治爷登基不久，睿亲王忙于南进，定鼎中原，那是迫在眉睫的大事，也没有精力顾及索伦部这件较为棘手之事。我认为，范文程大学士提出的建议很好，应该趁机予以解决，情况就是这样。孩子，按说呢，你们这次到郑亲王庄园去要人是应该的，那里的确有不少孤儿寡母是从北边掠来的。如果能把他们送回去，北边便相对安宁了，不然，那里将来很难稳定。不过，办此事不宜张扬，要稳妥。因为把那些人据为已奴的都是王爷，不但有些话不好说，而且有些事儿亦不那么好办。你要记住姥爷说的这番话，最好把这个意思转告给吴巴海巴图鲁，就说是我说的，必须琢磨好其中的利害关系。吴巴海巴图鲁有时想问题比较简单，你务必告诉他，一定要稳当些，想得周到些。别看睿亲王写信了，将来倘若郑亲王追究起来，他不太可能全力袒护你们。咳，这话我已经说多了，好了，不说了。”老人到此打住了。

别看冷格里的话说得不多，萨布素可全听明白了。他曾为此提醒过吴爷爷，光有睿亲王的信不行，还应当有令牌呀！现在听姥爷说的也有这个意思，便暗暗下了决心，定要把去郑亲王庄园救人的事儿办得稳妥些，不能因此害了那些长辈和尊敬的吴巴海老将军，就对冷格里说：“姥爷，您放心，我清楚该怎么做，绝不会连累姥爷及吴爷爷。我知道，你们都是好人。”冷格里笑了笑道：“好孩子，行！像个小军事家，前途无量啊！好了，不多说了，如果没有什么别的事儿，我到后堂歇息去了。”都克山赶忙说：“萨布素，咱们走吧，让姥爷早点儿安歇。”萨布素拜别之后，跟四大爷都克山出了冷格里将军的府门。

伯侄二人顺着原路往回走，当快到礼部丞政府时，萨布素看到了自己在前头马桩子上拴着的那匹马，便恭敬地对都克山说：“四大爷，因有要务在身，时间紧，我得赶紧回去了，伙伴儿们等着呢。有时间多回宁古塔看看，原谅侄子不能进去看大娘和各位了，以后还会有机会，就此向您老拜别了。”说着，打了一个千儿。都克山嘱咐道：“孩子，既然是这样，四大爷不留你了，赶紧走吧。今天姥爷讲的那番话，千万不要对任何人透露，明白不？”萨布素点头道：“大爷，您放心，我懂。”“那好，我就不多说了。”萨布素同都克山一块儿走到拴马桩那儿，解开缰绳，翻身上马抱拳道：“四大爷，您老多保重，孩儿拜别了！”都克山边摆手边说：“好啊，好啊，孩子，快走吧，一路顺风啊！”萨布素把马一打，“嗒、嗒、嗒”很快出了城门。快到小树林时，看见哇嘎和瓦礼祜正焦急地抻着脖子往这边瞅呢。萨布素向他俩一摆手，二人立刻明白了，哇嘎把雪橇一赶，瓦礼祜一骗腿儿上了马，三人很快离开了盛京，直接往东走，奔清河源去了。

一路上，两个小伙伴儿不停地打听，萨布素只是简单地把情况向他俩说了说，二人听了很高兴。萨布素又道：“这回我心中有数了，郑亲王的庄园，是占了不少便宜才有现在这么大的。也确实像吴巴海爷爷、喀尔喀穆叔叔所说，庄园里的男女奴才多数是崇德庚辰年掳来的。那次被抓来的人，没给其他王爷分去多少，大多都集中在郑亲王庄园了。太宗皇帝在世的时候，就要处理这件事，准备对那些变为奴才的达斡尔人进行甄别，没什么大问题的，让他们返回原籍。可惜，还未来得及办呢，就晏驾了。现在就由我们来完成，替太宗皇太极甄别这个事儿，为北方索伦部的达斡尔人主持公道。我也想好了，一旦出了问题，也没关系，我萨布素敢作敢当！”哇嘎、瓦礼祜听萨布素这么一说，佩服得五体投地，连连点头。一个多时辰，三人回到了清河源原来藏雪橇的那个地儿，又将雪橇隐进了密林之中。

冬季的天很短，此刻，完全黑下来了，已近戌时。塔其妈妈星早从东边升起，七女星升入中天，鹰星也升起来了。朗朗高空，满天星斗，是个好天气，就是冷一些。萨布素说：“哇嘎哥哥，你还在这儿等着，不要往前走，注意观察动静。”哇嘎点头答应道：“好，放心吧。”萨布素和瓦礼祜骑上马，穿过树林，朝着同那个打更奴约好的南河沿儿野甸子奔去。走了不一会儿，便到了南河沿儿。往东一拐，果然看见在野甸子的中间，有一个破马架子。黑夜中，他俩悄悄儿地向跟前靠近。正像打更奴说的那样，马架子是地窨子式的。萨布素冲瓦礼祜小声儿说："你在外面监视，我进里头看看。"二人跳下马，瓦礼祜把萨布素的缰绳接了过来，牵着两匹马钻到草甸子后边的树林里，手握腰刀，警惕地倾听着。听听有没有什么异常动静，看看是否有人在周围埋伏，生怕出点儿意外。静听了一会儿，啥动静也没有，只有寒鸦呱呱的叫声。萨布素从剑囊中抽出短剑，向地窨子轻手轻脚地一步步靠近。到了跟前，先围着地窨子转了一圈儿，未发现周围雪地上有脚印儿，说明这里没有埋伏。又见门前有一行新鲜的脚印儿，断定房里肯定有人。

我们前面讲过，地窨子都是一少半儿在地上，一多半儿在地下。里边镶木头，外边的墙是泥墁的，顶部盖着木头。坐北朝南，南边开门，进门那儿有一斜坡儿直到门口儿。这样的房子北方特别多，冬天很暖和，防风又防雪。眼前的这个地窨子，不算太陈旧，也就三四年左右。萨布素下了斜坡儿，见门关着，刚想推门，一想不行，不知里边是否还有别人。冒蒙进去，一旦那个更奴使坏，带几个人在那儿等着抓我怎么办？不能不防啊！又脚步轻轻地上来了，到树林子里把瓦礼祜找出来，耳语了两句，瓦礼祜明白了。俩人一前一后地来到地窨子前，顺斜坡儿下到门口儿，萨布素将门突然哐当一声踢开了。一看，屋里挺乱，听出最里边有动静，便小声儿喊："哎，你在不在？我给你送腰牌儿来了。"这时，有人答话了："在，在，爷爷，我等你半天了。"说着，就往外出。

萨布素听到了回话声儿，影影绰绰地看到只有一个人往外走，但还是不能确定里面究竟是个什么情况。于是，便和瓦礼祜手握兵刃，一边一个站在门口儿，心想："凭我们的高超武艺，哪怕再有几个人，也全能堵住、撂倒，轻易不能让他们出来。"等了一会儿，只一个人出来了，没见其他人。又细细瞅瞅，此人穿的衣服和走路的样子以及听他回话儿的声音，正是早晨见过的那个更奴。萨布素上前将他的肩膀一抓，低声儿喝道："不许出声儿！我问你，里边还有人没有？"更奴说："哪有哇，没有，没有，就我自己。再说了，不敢告诉别人呀！爷爷，帮帮忙，求求你了，赶紧把那木牌儿还给我吧。这事儿要是露了馅儿，别说我的饭碗砸了，连小命也保不住哇！"边哀求边扑通一声跪下了。萨布素让他站起来，命令道："你老实待着，不许动。"又向瓦礼祜使了个眼色，瓦礼祜立即站到那人面前，看着他。萨布素回转身，一个箭步蹿进屋里，手握短剑绕了一圈儿，东捅一下，西划拉一下，认定确实没人。再一看，里边有铺炕，炕上铺了几张破皮子，地上有些木炭和吃完肉扔的一些骨头，便放心了。马上返身出来，告诉瓦礼祜守在外边，又对那个更奴说："来吧，进屋！"打更奴乖乖地进去了，瓦礼祜仍手握腰刀在门口儿监视着。

更奴进屋以后，一再哀求："爷爷，快点儿把木牌儿给我，让我走吧。"萨布素说："急什么？还有话要问呢。听口音，你不是本地人吧？"更奴回道："噢，对，我是黑龙江那边的达斡尔人。庄园里被抓来的奴才，不少是我们乡里的。虽然有的不是同我一个噶珊的，但都是附近噶珊的同族人，这些男女全认识我。"又问："那你咋这么没心肝呢，反倒替他们卖命？"更奴忙辩解道："哎呀，爷爷说哪儿去了，咳，一言难尽哪！这事儿得慢慢告诉你，我是没脸见人呀。本来有个家，可是日子越过越穷，也没心思干活儿了，琢磨着到外边或许好混些，连个招呼都没打便离开家了。出来以后，照样没吃没喝，一点儿不比在家强。没招儿了，只好干那偷鸡摸狗的勾当。这事儿常干哪行啊，一来二去的，到底让人给抓住了。费了挺大的劲儿逃出来后，稀里糊涂地跑到这块儿来了。可生活还是不行，有上顿没下顿的，想夜里偷匹马再跑，结果被王庄的人给逮住了，那是一顿暴打呀！好在他们看我穷，又是达斡尔人，还听说认识不少在里面圈着的人。为了利用我，就没杀，留下了，给了个打更的差事，并让我劝说圈着的那些每天哭喊着想家的男男女女安下心来，在庄园老老实实做奴才，好好儿干活儿。爷爷，我说的句句都是实话呀！"说完，跪在地上咣咣地磕头。

萨布素一听说这小子是达斡尔人，便叫他站起来，用达斡尔语说了几句，对方也用达斡尔语回答他，这才断定确实没说谎。而且从他的话里听出，对北边的情况知道得不少，挺高兴，心想："真是老天保佑，咱有帮手了。"接下来语气有所缓和，说道："这么着，从岁数来看，你应该是我大哥。达斡尔人中，我有些亲戚，叔叔、大爷的都有。他们被掠过来后，没有不惦念家的。你想，这些人背井离乡地到一个人生地不熟的地方，见不到亲人，那得多揪心呀？老人想儿子、孙子，媳妇想丈夫、孩子。实话告诉你吧，我这次来，就是专为帮助达斡尔人。"更奴惊讶地问："啊？爷爷，你是达斡尔人吗？"萨布素说："哪个族的先不用问，将来会知道的，咱们肯定是亲戚。如果你有良心，是个达斡尔人，像个英雄好汉，应该跟着我干点儿正事儿，别干那些缺德带冒烟的事儿。"更奴

一听，乐了，扑通又跪下了，说："爷爷，请放心，真恨不得扒开胸膛给爷爷看看。我的心是红的，一定能帮你！"这小子嘴倒挺会说。萨布素激将道："别讲那没用的，关键是得办实事儿，看是否能拿出真本事来。""让我干啥？说吧！"更奴显露出一脸的真诚。

萨布素一看，火候儿到了，该来真格的了，便直截了当地说："实不相瞒，我们是救人来了，你能不能助我一臂之力？"更奴侃快地答应道："能，当然能！可是咱们人太少哇。你看人家那边，哎呀，那么一座大高墙，还有好多兵马。想往外救人，只你们俩，能行吗？"萨布素说："不会动脑子吗？庄园的大墙里有没有看守，好不好进？"更奴回道："前头平时没有看守，看守人在后大院儿。前头全是奴才营子，有壮小伙儿营子、姑娘营子、孩子营子、老太太营子、老头儿营子，都是一伙儿一伙儿的。姑娘营子最吃香了，那是庄头儿和一帮有钱的主人们最喜欢去的地方。说实在的，别的地方挺静，数那块儿热闹，很多女的被糟蹋了。你是没看到哇，秋天的时候，从大墙往外扔出了不少死孩子呢！"萨布素说："这些暂不用讲，以后再说。我问你，既然前院儿没人看着，你能不能把我领进院儿去？""成！能领进去。这里的人穿的衣服没什么特殊，一色是猎装，你这身儿蛮行。再说，谁认识你这张脸哪，又没贴帖儿。我有腰牌儿，咱俩一块儿进去，别出声儿，没事儿。"萨布素紧盯不放，继续问道："什么时候去合适？"这小子想了想，晃晃头说："现在肯定不行，正是点卯的时候，得等一会儿。我的意思最好是下半夜，那时人都睡熟了。一般来说，打更的是在每个时辰的初更报时。等到丑时初刻，打更和敲金铎的人绕一圈儿报完时后，也回去睡觉了，就在这个时候动手。等到卯时初刻，他们再起来报时的时候，中间还有个寅时的空隙时间，那还办不完事儿吗？况且半夜看管得比较松，庄园又是郑亲王的，相当有名，谁敢来呀？从没听说有谁到这儿来带走奴才的，那不成笑话了？因此，他们不可能有啥准备，认为没人有这么大胆子，除非不要命了。你放手干吧，没事儿！只要办得干净利落，走了以后，他们照样查不出来，信我的准没错儿！"更奴说得十分肯定。

萨布素仔细琢磨了一下，觉得更奴说的丑时动手是有道理的，也只有这个时间最合适。看样子他是真想帮忙，不像是要花招儿或蒙事儿。于是，果断地说："好，按你的意思办，等到下半夜动手。"之后突然又想到，更奴刚才还讲认识不少男女奴才，正好可通过他多带走一些人。于是接着便道："我再问你，动手时，能不能多联络些人一起走？""能！你咋说咱咋做。”“今天半夜时谁打更，你知道吗？”“知道，这些人我都熟，是酒肉哥儿们。那个敲金铎的叫巴不里，敲梆子的叫蒲林，比我早两年到的，是从诺雷那边掠过来的。虽然跟我们不是一块儿的，但处得挺近，全是好人哪。”萨布素点点头道：“好，咱们在屋里歇一会儿，得先喂饱肚子。”然后把瓦礼祜叫了进来，让他给了更奴一捧狗肉干儿，又给两个苏叶饽饽，还把白酒拿了出来，即宁古塔当地有名的“醉八方”，每人吃点儿喝点儿。更奴一边吃一边喝，嘴里不停地说：“这酒喝着是真香啊，肉干儿也好吃。”萨布素问道：“哥哥叫什么名字？”更奴说“唉，哪有啥名儿啊。说出来不怕你们笑话，我的名字是吃的这个肉，叫古兰，就是野狍子，以后喊我古兰吧。”萨布素猛一听，不由心里一震：“啊？此名儿听起来咋这么熟呢？好像阿玛说过要找一个人，似乎叫古兰。难道天下有如此巧的事儿，真的是他？”又一想，现在不是想这个的时候，便说，“那好，我们称你古兰哥哥。”古兰说：“咳，那是我的外号儿。外号儿也行啊，这么叫吧。”

萨布素、瓦礼祜、古兰三人吃饱了、喝足了，便由古兰领着，顺着一条羊肠小道儿，穿过密密的松林，向郑亲王庄园走去。路上，萨布素问道：“古兰哥哥，我想起一个事儿来，他们那院儿里肯定有狗哇，要是听到动静一叫，不糟了吗？”古兰笑了，说：“好兄弟……”马上又一捂嘴，不好意思地问：“哎呀，我现在叫你兄弟行不？”萨布素回道：“行啊，叫兄弟没错儿！咱们已经是一家人了嘛，还客气啥？”“好兄弟，我告诉你，你们是不知道哇，郑亲王这个庄园有个特点，前院儿不养狗，都是奴才营子。奴才们老实巴交的，每天从早到晚只知道干活儿。大人有大人的活儿，小孩儿有小孩儿的活儿，女人有女人的活儿，老头儿有老头儿的活儿，闲不住哇！干完了，个个累得像死猪似的，一头栽那儿便睡了。早晨到该干活儿的时候，那得连踢带打才能叫起来，扒开眼睛就得拼命干。饿死、累死活该，立马拽到院外往柳条沟里一扔，那里的死尸可多了。这样，前院儿根本用不着养狗。你知道的，咱们达斡尔人家家养狗，也都会侍候狗，比那些兵侍候得好哇。听说前几年，前院儿曾经养过狗，后来，有的狗让饿急了的奴才给勒死吃肉了。还有的狗被奴才们侍候的时间长了，有了感情，跟这些人特别好。看守要是把哪个奴才惹了，他只要发个暗号儿，这狗会像疯了似的去咬那些巡逻兵。他们哪能不害怕？真对付不了哇！后来有了教训，再不让前院儿养狗了，都养在后院儿，和巡逻的官兵在一起，巡逻时总是带着狗。不过你不用怕，只要咱们小

声点儿，前院儿和后院儿有大高墙隔着，狗听不见，没事儿。”萨布素一听，暗暗高兴，心想：“还有这样的好事儿，前院儿竟然没有狗，省去了不少麻烦呀！”他们边走边唠，很快到了庄园的高墙下。

萨布素、瓦礼祜、古兰在大墙下抬头看看天，没到丑时初刻，便躲到密林里等着。尽管外头很冷，林子里倒是暖和点儿，时间长了也不行，还是个冷啊！不过由于心里都惦着救人的大事儿，恨不得马上能够办妥，自然顾不得寒冷了。等了不大一会儿，听到啷——啷——啷，敲梆子的过来了；当——当——当，敲金铎的也过来了，丑时初刻到了。古兰碰了萨布素一下，悄声儿道：“别出声儿！这两个人绕一圈儿，走后面那个小门儿回去睡觉了，此后再没有巡逻的了。”萨布素听了点点头。等那两个人绕过去了，梆子声、金铎声随之越来越小，渐渐就听不见了。古兰说：“现在行了，不用怕，不会有打更的了。”这时，萨布素两眼盯着古兰，表情极其严肃地说：“古兰，关键时刻到了。我再说一遍，今天只看你怎么做了，不许耍我们。说狠，咱比谁都狠。要是耍心眼儿、出损招儿，决饶不了你！能够利利索索地把事儿办成，救出咱们的兄弟姐妹，一同回北边的故乡去，让父子、母女、亲人团聚，你古兰便是大功一件。到那时，朝廷会论功行赏的。”古兰听萨布素这么一说，有点儿着急了，忙说：“好兄弟，你们咋还信不着呢？我在北边也有家有业呀！咳，在早不着调儿，跑出家门，无颜见江东父老。这回是你们瞧得起我野狍子，给了这么个露脸儿的机会，能不尽心尽力地去做吗？怎么也得对得起达斡尔人呀！要做不到这一点，那可真是连狗都不如了。好兄弟，你们把心放到肚子里吧，看着我，看古兰是怎么帮你们的！”说得挺是那么回事儿，听起来很实在。

萨布素对周围及大院儿的前门处细细观察了一下，没发现有什么异常，这才最后发话了：“古兰哥哥，看在咱都是男人的份儿上，老弟索性信你一把，全看哥哥的表现了。”古兰说：“谢谢老弟！咱这么着，你俩在大门口儿等着，我熟悉院子里的情况，先进去。听到了我的咳嗽声，你们再行动。”萨布素答应道：“好，我们等你的信号儿。你进去后，悄悄儿到哈哈营子、赫赫营子、孩子营子那几个屋。看哪个人熟悉就叫醒他，讲清救他们出去的事儿，然后一个传一个。我想，既然奴才们想离开这儿，愿意回到自己的家乡去，肯定能听你的指挥，对吧？”古兰说：“那是呀，他们当然愿意返家，恨不得插翅飞回去，可哪能走得出去呀！你别说，也常有偷跑的，要跑不出去抓回来，肯定没好儿了。好不容易有个脱身的机会，他们天天期盼着这一天的到来，当然能听我的了。”萨布素说：“那就好。你去向他们先传报，愿意走的，穿好衣服悄声溜出来。这边有我弟弟瓦礼祜，由他领着到树林那块儿集合。”萨布素看一切交代好了，这才把要找的那个孩子的特点说了一遍，让古兰务必带出来。古兰说：“达斡尔的小男孩儿留歪头的不少，有小肉桩儿的倒不多。这样吧，我多放出一些孩子，你们千万在门口儿仔细看。噢，对了，还有个事儿。等人跑出来以后，最好把他们领到松树通子西边，那是个牧场，里头有不少马。打更的老头儿爱喝酒，给我带上点儿酒，送给那老头儿。只要给他酒就好办，一喝准醉，啥都忘了，那时咱们可不用愁没马骑了。”萨布素一听，这太好了！马上派瓦礼祜去找哇嘎，让哇嘎送一坛子酒来。

话要简说。万事讲妥，古兰一溜风地进了大院儿。不大一会儿，只见用木障子架的前门开了。阿哥们要问，这门咋这么快就开了呢？因为古兰本身是更奴，他同掌管大门钥匙的人特别熟，常在一起喝酒哇、胡侃呀什么的，从来没出过啥事儿。他来偷钥匙，不会引起别人的注意，又是任谁都想不到的事儿。古兰进来时，已经后半夜了，是打更人睡得正香的时候。个别有被古兰来回走动发出的声音惊醒的，还挺不高兴地问：“谁呀？”古兰答道：“我”。“这么晚了咋还不睡？”“肚子不好”。那被惊醒的人也没在乎，翻个身又睡了。这样，古兰顺利地拿到了钥匙，很快将大门打开了。所谓的门，其实做得很简单。就是将碗口粗的木头并起来绑到一起，然后把梆起来如同木排一样的板子一端用粗绳子摽到同墙相连的粗木桩子上，这便成了门。一边一扇，两边向中间一关，再用锁头锁上。

古兰用钥匙把大门打开之后，返身先进了赫赫营子，摸黑儿找到了同乡的胖奶奶，推醒了她。古兰同胖奶奶挺好，要说起来，那是半个情人关系，土话叫占半拉儿屁股。古兰三言五语地告知了救大家出去的事儿，让她赶紧到各屋去传信儿。胖奶奶动作挺麻利，马上把救人的信儿在哈哈营子、赫赫营子、姑娘营子、孩子营子里传开了。你想啊，谁不思念亲人呀，哪个不希望立马逃出虎口、脱离苦海呀？真是天天盼、夜夜盼哪！现在听说有人前来施救，这是多么难得的机会呀！得到信儿的这些人，急忙穿好衣服，一个跟着一个、缕缕行行、悄无声息地往外走。

胖奶奶小声儿说："阿玛拉[①]，安吉[②]！"大家也知道，只要不出声儿，后院儿就发现不了，他们顺顺当当地走出了大门。

萨布素在门外早已听到了里面的动静，又见大门开了，还有几声咳嗽传来，知道是古兰发出的信号儿，接着看见一些男男女女从大门里出来了。他注意着每一个人，边指引他们到树通子西边的牧场去，边盯看着小男孩儿中，有没有留歪头、八岁半、有小耳桩儿的。你还别说，出来的孩子真不少，有七八岁的、八九岁的、十一二岁的。萨布素小声儿问道："谁叫小拜儿，谁叫小拜儿？"连问了好几声后，有个小孩儿接茬儿了："我，我叫小拜儿。"萨布素一听，高兴得忙过去把孩子抱了起来。大门口儿不是挂着灯笼嘛，萨布素借着灯笼的光亮仔细一看这孩子，左耳上方果真有个小肉桩儿，便问道："孩子，几岁了？""八岁半。""家里有啥人呀？""有姥姥、娘，还有小姨。""她们在哪儿呢？""听说在赫赫营子里，我都好些日子没见到她们了，可想了。"孩子哪里知道，他的亲人已经跑了，也根本不可能知道呀！萨布素心想："肯定没错儿，这个孩子就是小拜儿。"遂悄声儿对他说："小拜儿，跟我走，领你去找家。"他背着孩子，带领其他人穿过一条两边长满杂草的小道儿，钻进了前面的一片松树林子里。

在萨布素往外接人的时候，瓦礼祜手握腰刀，站在高处瞭望着。他的差事很清楚，监视庄园后院儿的动静，巡逻兵一旦发现，必要时以武力抵挡。说实在的，逃出来的人真不少，谁得到这样一个千载难逢的好机会不往外跑呀？有的人还懵懵懂懂的，根本不清楚到底是怎么回事儿呢，反正听说能逃出去，便跟着跑了出来。古兰看人出来得差不多了，这才从后面追了上来，和萨布素一起带着大伙儿往松树通子西边的马场跑。这个马场里养着不少马，白天有专人放牧，夜里由一个老头儿看着。萨布素带着一群人到马场时，打更的老头儿正睡着香觉呢。古兰进屋推推老头儿道："老哥，还睡呀？醒醒！哎呀，快起来吧，瞧，我给你送酒来了！这酒可好哇，是有名的'醉八方'，放量喝吧，今天让你喝个够！"老头儿和古兰一样，也是被抓来的，俩人平日里相处得挺好，常在一块儿闲聊，特别爱喝酒。他睁眼一看，果真送酒来了，立刻来了精神，扑棱一声坐起来，倒了一碗就喝上了。由于喝得急，古兰又紧着让他喝，

① 达斡尔语：安静。

② 达斡尔语：小声点儿。

只一会儿工夫，就觉得有些晕晕乎乎的要醉了，但心里还明白。这时，他忽然听到外头有“嗒、嗒、嗒”马跑的声音，急忙晃晃悠悠地出来一看，咦，这是怎么回事儿？怎么好多人把马牵出来了，有的俩人骑一匹，有的姑娘和孩子骑一匹？激灵一下明白了，酒也醒了，捶胸顿足地喊道：“古兰哪，古兰，你小子可把我坑苦了！我的天哪，明天可怎么交代呀？”古兰说：“我说老头儿，等什么呀？是罪没遭够还是愿意继续住下去，糊涂啦？还不快跑！”经这么一提醒，老头儿彻底清醒了，心想：“古兰说得对呀，我干吗还在这儿活遭罪呢，得到啥时候是个头儿哇？跟着跑吧！”就这样，打更老头儿赶紧牵来一匹马，一骗腿儿骑了上去，跟着人群呼呼啦啦地跑了。

回头再说郑亲王王庄的兵丁们，一个个睡得像死猪似的，开始时，并不知道有人救走了圈在各营的奴才。可时间长了，大人、小孩儿、男的、女的那么多人往外跑，还互相小声儿招呼着，怎么小心总得有点儿动静吧？特别是牧场那边马的嘶叫声，跑起来“嗒、嗒”的蹄声，还有大马唤小马、公马唤母马的声儿，能不传到后院儿吗？而且后院儿的狗也叫了起来。被惊醒的巡逻兵马上从屋里跑出来了，到前院儿一看，院子的木障子门开了，姑娘营子、孩子营子的门都敞开着。到门口儿再一看里边，已经没几个人了，凡是能干活儿的全没了，剩下的只是些有病或身残不能动的了。这才知道出了大事儿了，奴才炸营跑了，而且集体逃跑是多少年来没有的事儿呀！他们赶紧骑马追，然而实在是太晚了。要知道，庄外的旷野到处是密林，只要钻进去，很难找到。再说逃走的人又骑着马，跑的速度非常快，早没影儿了，连马蹄声都听不到了，只有呜呜的风声和哗啦啦的松涛声，往哪儿追呀？巡逻的兵马追了一溜十三遭，白费力气，逃人是踪影皆无，只好鸣锣收兵。至于究竟怎么炸的营，根本无从知道，以为是奴才们事先联络好的，合伙儿逃跑了。何况奴才今天跑俩、明天跑仨的事儿，以前曾发生过，只能不了了之。就这样，萨布素和瓦礼祜、哇嘎在打更奴古兰的帮助下，救出了小拜儿等十几个孩子、十多个女奴和一些老少男奴，算起来总共四十多号人。他们跑了一阵子，看后面没什么动静了，便停了下来。让老人和孩子下马，坐到哇嘎赶的雪橇上。一些衣服穿得比较厚的男人和女人，仍然骑马，由萨布素在前面带领，瓦礼祜、古兰于后面保护，大队人马继续往东直奔宁古塔而去。

咱们暂且不说萨布素他们一行回来后，宁古塔的人是何等高兴，逃出来的人是何等兴奋，先说喀尔喀穆带着老太太去接郎中给虽哈纳治冻伤的事儿。喀尔喀穆、老太太和他娘家哥哥从黑龙江回来两天了，萨布素到家时，那个老郎中正住在他家给虽哈纳疗伤呢。舒穆禄夫人看见儿子回来了，乐得嘴都闭不上了，上上下下地打量着萨布素，关心地问："儿子，怎么样？没出啥事儿吧，小拜儿找到了吗？"萨布素笑着说："额莫，我们此去非常顺利，已经把小拜儿接回来了，放心吧！"舒穆禄夫人说："噢，那好哇！儿子，额莫告诉你呀，你是不知道啊，全仗郎中爷爷给你阿玛看腿了。治得可认真了，天天给疗伤、换药的，真是尽心尽力呀！不仅治得拿手，药也有奇效，伤势控制住了，眼下大有好转，这回腿是能保住了。不过听老人家说，以后骑马远行不太可能了。我看已经不错了，还是万幸啊！"萨布素听后，高兴得拍着手围着额莫转了好儿圈儿！

说书人在这里交代，喀尔喀穆北上，不仅接来了给虽哈纳治伤的郎中，还通过老太太的家族和亲属关系，了解到了北边索伦部的一些重要情况，有些竟是出乎意料的。一个是弄清了老太太的家事和背景。老太太和她那两个姑娘，的确是从郑亲王庄园逃出来的。到宁古塔以后，虽然老太太嫁给了门突呼老人，二姑娘嫁给了哇嘎，但是心里有很多话不愿意说，一些事儿也不想多讲，更是从来不谈自己的身世。为什么呢？因为老太太的儿子参加了博穆博果尔率领的那场反清大战，至今是死是活，情况不明。在人生地不熟的宁古塔，怕言多语失惹麻烦。这次喀尔喀穆同老太太去黑龙江接她娘家哥哥的一路上，对老人家照顾得无微不至，表现得很有礼貌，完全是以诚相待。人与人之间在一起相处一般来讲是这样：你尊敬我，我就尊敬你；你信任我，我就信任你；你对我掏心掏肺，我对你就无所不谈。老太太亦如此，整整一道儿，见喀尔喀穆对自己像儿子对待亲娘一样，你说她能不感动吗？差点儿没掉眼泪呀！什么话都愿意说了，十分信任地向喀尔喀穆讲了自己的身世和家里的情况。原来，老太太叫乌力，娘家是何斯尔部落的人。大女儿彩彩已经出嫁，丈夫叫多凌阿，有个儿子便是小拜儿。多凌阿原来是名勇敢的猎手，庚辰年参加了博穆博果尔反清，并在阿沙津受了重伤。后来被过路的兄弟救了，目前与岗查儿在一起。他不知道媳妇还活着，更不清楚儿子的去向，因此怨恨大清。二女儿叫秀秀，现在是哇嘎的媳妇。老太太的娘家哥哥叫芒古勒吉尔，会治冻伤。

乌力老太太和喀尔喀穆连说带唠地很快到了黑龙江老太太的家乡，